Gudrun Krohne

Die Töchter der Beginen

Gudrun Krohne

Die Töchter der Beginen

Hitorischer Roman

Bibliografische Information der Deutschen Nationalbibliothek:
Die deutsche Nationalbibliothek verzeichnet diese Publikation
in der Deutschen Nationalbibliografie. Detaillierte bibliografische
Daten sind im Internet über dnb.dnb.de abrufbar.

Grafik: Morphart Creation caesart Shutterstock.com

TWENTYSIX – Der Self-Publishing-Verlag
Eine Kooperation zwischen der Verlagsgruppe Random House
und BoD – Books on Demand

© 2017 Gudrun Krohne

Herstellung und Verlag:
BoD – Books on Demand. Norderstedt

ISBN 9783740735784

Für meine Freundin Sylvia Buchmann

danke für die Hilfe und bon voyage

Wir werden dein Lachen nie vergessen.

Personen

Die Beginen

Ursula von Buch, die Magistra

Mechthilda, Ratsmann Honsteins Tochter, unterrichtet Mädchen im Lesen, Schreiben und Rechnen

Hedwigis, die kräuterkundige Apothekerin

Mette, die alte, brummige Pförtnersfrau, die wenig sieht und hört aber alles weiß

Walburga, begnadete Köchin, Hildegards Ziehmutter

Grite, Weberin, Schwester des Merten Ellenbruch, muss sich mit dem Tuchhandel plagen

Theresia, Weberin, vermutet allerorten das Wirken teuflischer Mächte und Zaubereien

Else, Weberin

Agnes, Bauernwitwe mit goldenen Händen

Hildegard, Adelgunds Tochter, aufgewachsen bei den Beginen am Ulrichstor, stürzt sich schon mal gern in ein Abenteuer

Die Magdeborcher

Barbel
ehemalige Amme und Leibmagd Adelgunds, eine Frau guter Einfälle

Witho
Knecht der Stadtwache, mit Beziehungen zu Straßenkindern und Beutelschneidern

Tobias Schreinemaker
Schreinschnitzer, der aus tiefsten Herzen den Beginen, vor allem den jungen, zu Hilfe eilt

Ratsmann Peter Honstein
ist den Beginen wohlgesonnen, auch wenn er den Entschluss seines einzigen Kindes nicht gutheißt, ein Leben im Beginenkonvent dem eines Eheweibes vorzuziehen

Lucardis Honstein
sein Eheweib, auch mit guten Einfällen gesegnet

Magister Conrad
Advocatus des Handelshauses Honstein, hinter dem Schein eines kindischen, verfressenen Tropfes verbirgt sich ein scharfer Witz

Pater Bernhard
Beichtiger der Beginen, getrieben von fanatischer Frömmigkeit

Pater Kilian von Granzowe
Nachfolger des Pater Bernhard, in seinem garstigen Körper schlägt ein gar gütiges Herz

Abt Stephanus
Guardian der Barfüßer

Fischmaul
Oberhaupt der Fischmaulbande halbwüchsiger Beutelschneider

Gaukler
Mitglied der Fischmäuler, geschickt im Verkleiden und Einziehen von Erkundigungen

Buntauge
Mitglied der Fischmäuler, in einem schmächtigen Körper schlägt das Herz eines Löwen

Merten Ellenbruch
kann den ererbten Tuchhandel nicht bewahren und versucht, sich mithilfe übler Machenschaften über Wasser zu halten

Die schweifenden Beginen

Radegunde, Anführerin

Ketlin, ihre Schwester

Alheyt, die sich bis Magdeborch schleppt, doch ihr Ziel nicht erreichen kann

Anna, ein verlaustes, schmutziges Ding, das ein schlimmes Geheimnis mit sich rumschleppt

Wer sonst noch mehr oder weniger in das Geschehen eingreift

Ritter Matthias von Eulenhorst
Ritter ohne Fehl und Tadel, stets bereit jenen zu helfen, denen sein Herz gehört, auch über Standesgrenzen oder geltende Sittenstrenge hinweg

Jos das Halbohr
ein Mordbube brutalster Art

Henn
sein Kumpan, nicht gerade mit ausreichend Witz gesegnet, dafür aber grausamen Gemüts

Adelgund von Nigrebe
bringt in einer kalten Novembernacht im Pestjahr 1350 ein Mädchen auf der Egeler Burg des Querfurters zur Welt, kann ihre Tochter jedoch nur wenige Stunden im Arm halten

Clothildis von Querfurt
Herrin auf der Egeler Burg, will kein weiteres Bastardkind an ihrem Tisch und sorgt für Hildegards vermeintliches Ableben

Hartman von Querfurt
Herr auf der Egeler Burg, hat sich zur unrechten Zeit auf die Jagd begeben und erfährt so erst Jahre später, dass nicht alles so war, wie es zu sein schien

Benedict von Quitzow
Vater Hildegards, verschollen in einem Feldzug, bevor er Adelgund freien konnte

Arno von Quitzow
Ritter mit Fehl und Tadel, um seines Vorteils Willen ist ihm jedes Mittel recht, älterer Bruder des Benedict

Oswald vom Winckel
Ritter des Arno, ein Schandbube, der seinem Herrn in Hinterlist und Tücke in nichts nachsteht

Petronella
Hildegards Tante, Eheweib des Arno von Quitzow, ein geduldiges Weib, für die Blut aber dicker als Wein ist

Gisilbert von Nigrebe
Vater von Adelgund und Petronella,

Die Tiere

Rabenaas, schwarzer Mäusefänger und Sahneschleckerer des Konvents

Rose und Dorne, zwei Ziegen, die ihren Namen alle Ehre machen

Trutz, ein wehrhafter Wolfshund, seinem Herrn treu ergeben

ein noch namenloses *Maultier*

Die Töchter der Beginen

November, im Jahre des Herrn 1350

1.Kapitel

Bis in den Rittersaal herab drangen dumpf die gequälten
Schreie der Gebärenden. Kurz vor dem ersten Mittagsläuten hatten sie begonnen und kündeten nun schon den ganzen Nachmittag in mehr oder minder großen Abständen von der Not der jungen Frau, die in einem kleinen Raum im Obergeschoss um das
neue Leben rang.

Die in der großen Halle versammelten Ritter und Dienstmannen des Burgherrn Hartman von Querfurt ließen sich davon nicht
bei ihrem Abendmahl stören. Die auf Schragen liegenden langen
Holzbretter waren mit Brot, Käse und kaltem Braten beladen. Die
Knappen und Wachleute am unteren Ende der Tafel mussten
sich mit Dünnbier begnügen, um das grobe Brot hinunterzuspü-
len. Die fünf Ritter, die am anderen Ende saßen, tranken das gute
Bier aus einem der Fässer, das gestern aus Magdeborch angeliefert worden war.

Das Podest, auf dem sonst die herrschaftliche Familie speiste,
war heute Abend verwaist.

Zwei Mägde eilten mit frischen Leinentüchern und einem
Holzbottich voll heißen Wassers die Treppe ins obere Stockwerk
hinauf.

Einer, dessen rechte Gesichtshälfte von einem Schwertstreich
verunstaltet war, rief grinsend: „Erst schreien sie, wenn das Balg
reinkommt und dann schreien sie, wenn's wieder rauswill." Er
pulte sich einen Fleischknorpel aus den Zähnen und spie ihn in
die nicht mehr ganz frischen Binsen, mit denen der Boden der

Halle bedeckt war. Ein betagter Jagdhund durchstöberte die Bodenstreu sogleich nach dem Bissen.

Grölendes Gelächter am unteren Endes des Tisches war die Antwort und einer seiner Kumpane schlug dem vielleicht Fünfunddreißigjährigen auf die Schulter.

Der Burgherr weilte außerhalb der Burg. Am Morgen hatte er sich mit einem Teil seiner Ritter und deren Knappen auf die Jagd begeben. Und so taten sich seine verbliebenen Männer keinen Zwang an und kommentierten das Geschehen, das sich über ihren Häuptern zutrug, immer wieder mit einem zotigen Spruch.

„Es steht euch nicht zu, so von der jungen Verwandten unseres Herren zu sprechen. Ist doch ihr Schicksal schon schlimm genug. Ihr Ehemann ist beim Feldzug des Erzbischofs Otto gegen die Mark Brandenburg verschollen und das Kind wird schon als Halbwaise geboren."

Von Zorn und Entrüstung mit Mut versehen erhob sich ein junger Ritter und blitzte die Mannen am unteren Ende des Tisches ungehalten an. Er hatte gerade sein einundzwanzigstes Lebensjahr vollendet, war von hoher, schlanker Gestalt und einfach aber edel gekleidet. Ein silberbeschlagener Gürtel aus weichem Leder legte den dunkelblauen Bliaut in reiche Falten. Wellige, helle Haare fielen ihm bis auf die Schultern und seine braunen Augen gaben seinem Gesicht sonst etwas Weiches, Verträumtes. Jedoch lag jetzt seine Hand auf dem Griff seines Schwertes und sein Blick war hart und abweisend.

„Lasst Euer Langschwert stecken Ritter Matthias", beschwichtigte ihn der Narbengesichtige. Und dann setzte er lachend hinzu: „Wir wissen doch alle, dass Ihr für die edle Dame nur allzu gern Euer *Kurzschwert* ziehen würdet." Und dabei machte er ein paar eindeutige Hüftbewegungen.

Wieherndes Gelächter belohnte diese Worte und Ritter Matthias zog langsam sein Schwert. Metall schliff auf Metall. Das Gelächter verstummte und alle verfolgten gespannt das Geschehen.

Eine Hand legte sich auf den Schwertarm des Ritters. Er wandte sich halb um, ließ dabei seinen Gegner jedoch nicht aus den Augen. Der machte keine Anstalten, sich zu verteidigen.

„Lasst gut sein Matthias." Hinter ihm stand der ergraute Waffenmeister. „Gero ist ein altes Schandmaul und wir wissen alle, dass in seiner Brust ein kalter Stein sitzt, dort wo andere Menschen ein Herz haben."

Matthias ließ sein Schwert zurückgleiten und setzte sich mit rötlich angehauchten Wangen wieder auf die Bank. Seine Schwertleite war erst wenige Monate her und noch immer hatte er Mühe, sich gegenüber den Waffenknechten und seinen ehemaligen Knappenkumpanen dem seinem neuen Stand gebührenden Respekt zu verschaffen. Ein Bursche füllte seinen Becher mit Bier. Aber Ritter Matthias war die Lust am Trinken vergangen.

„Und warum bringt sie ihr Kind hier und nicht auf der väterlichen Burg zur Welt? Wahrscheinlich gibt es diesen Ehemann gar nicht und die da oben", Gero wies mit dem Kopf in Richtung Treppe, „hat nur einen Bastard im Bauch."

„Zügelt Eure Worte!", wies ihn der alte Waffenmeister zurecht, noch bevor Ritter Matthias ein zweites Mal auffahren konnte.

***

In dem kleinen Raum im Obergeschoss bemühte sich die Hebamme um die junge Frau, deren Kind einfach nicht kommen wollte. Sie strich sich eine graue Haarsträhne unter die saubere Haube zurück und massierte dann mit sanften, kreisenden Händen den Unterbauch der aufstöhnenden Frau. Fast schien es, als wolle das kleine Wesen den warmen, schützenden Leib der Mutter nicht verlassen, als hätte es schon eine Ahnung von Last und Mühsal des irdischen Lebens.

Obwohl das Kohlebecken in der Ecke der kleinen Stube nur noch schwach glühte und kaum die feuchte Kälte vertreiben konnte, die dieser trübe Novembertag in alle Räume der Burg getrieben hatte, klebten dunkle, nasse Haarsträhnen am Kopf der Frau, für die Ritter Matthias eben sein Schwer ziehen wollte.

Die alte Amme Barbel wischte ihrer jungen Anvertrauten den Schweiß von der Stirn und redete ihr gut zu: „Adelgund, meine Liebe nur noch eine kleine Anstrengung. Bald ist es geschafft."

Hilfesuchend sah Barbel zur Hebamme. Die nickte und beugte sich wieder zwischen die Knie Adelgunds. „Ich sehe schon das Köpfchen!", rief sie und im gleichen Moment glitt das Kind in ihre Hände, als hätte es sich, nun doch neugierig auf die Welt, anders besonnen.

Mit geübten Fingern befreite die Hebamme Mündchen und Nase des Kindes vom Schleim und gab ihm einen Klaps. Gleich darauf kündete lautes Schreien von der Entrüstung über diese

Behandlung. Dann reichte sie Barbel das Kleine mit den freudlosen Worten: „Es ist ein Mädchen. Gebe Gott ihm ein Leben in Zufriedenheit und Demut." Die alte Amme schnaufte. Scheinbar hielt sie nicht viel von Zufriedenheit und Demut.

Während Barbel das kleine Mädchen säuberte und in ein weißes Leinentuch hüllte, überwachte die Wehfrau die Nachgeburt. Schließlich wies sie die Mägde an, alles fortzutragen. Sie selbst öffnete das winzige pergamentbespannte Fenster und lehnte sich etwas hinaus. „Die frische Luft wird uns allen gut tun", beschied sie der Amme, als sie deren überraschten Blick sah. Viele Menschen beargwöhnten frische Luft und glaubten gar, schädliche Miasmen würden mit einem frischen Wind in die Häuser eindringen. Die Hebamme wusste es besser.

Adelgund richtete sich etwas auf und streckte die Arme nach ihrem Kind aus. Barbel legte ihr das gewickelte Neugeborene an die Brust, wo es gierig zu saugen begann. Sein Köpfchen war von einem blonden, lockigen Flaum bedeckt, über den die junge Mutter zärtlich strich.

„Es hat die Haare vom edlen Ritter Benedict", bemerkte Barbel, woraufhin Adelgund die Lippen schmerzvoll zusammenpresste.

„Ich kann eine saubere, junge Amme aus dem Dorf zu Euch schicken", bot die Hebamme an, während sie sich in einer kleinen Schüssel im lauwarmen Wasser das Blut von den Händen wusch.

„Das wird nicht nötig sein." Von den anderen unbemerkt war die Burgherrin in das Zimmer getreten. Ihr dunkelgrünes Kleid aus erlesenem Wollstoff verziert mit Goldstickerei und Seidenborte zeugte von Wohlstand und Reichtum. Mit den Worten: „Du kannst gehen. Wir brauchen dich hier nicht mehr. Lass dir in der Küche noch etwas Brot und Suppe geben", reichte sie der Wehmutter eine kleine Münze.

Nachdem die Hebamme den Raum verlassen hatte, trat die wohledle Frau an das Bett und sah mit heruntergezogenen Mundwinkeln ablehnend auf Mutter und Kind. Ihr verkniffenes Gesicht ließ sie um Jahre älter als Ende Zwanzig erscheinen.

„Erfreue dich noch einen Tag an der Frucht deiner Unkeuschheit", stieß sie hervor. „Morgen Abend wird das Kind nach Magdeborch gebracht."

Adelgund fuhr hoch. Angstvoll riss sie die Augen auf. „Was habt Ihr mit meinem Kind vor?", rief sie besorgt. „Ich dachte, Ihr würdet es hier bei Euch aufziehen."

„Es reicht schon, dass der Bastard meines Mannes, deines Oheims, mit meinen Kindern an einem Tisch sitzen darf. Da muss ich nicht auch noch dein Balg durchfüttern. Keine Widerrede!"

Adelgund fasste ihr Kind fester. „Ich werde es nicht hergeben."

„Sei nicht albern. Nächste Woche wirst du in das Zisterzienserinnenklosters Marienstuhl eintreten. Dein Vater hat es so bestimmt und dich dort eingekauft. Willst du der Äbtissin deinen Bastard als Morgengabe in den Arm legen?" Spöttisch und hart kamen die Worte aus dem Mund der hageren Frau. Dann wandte sie sich um und verließ ohne ein weiteres Wort den Raum.

Adelgund presste noch immer das Kind an sich. Verzweifelt sah sie zu Barbel. Dann richtete sie sich etwas auf, strich ihrem Mädchen liebevoll über das Köpfchen und hauchte einen Kuss darauf. Was hatte die alte Amme gesagt? „Es hat die Haare vom edlen Ritter Benedict." Benedict! Ach, hätte er sich doch nie diesem Feldzug angeschlossen. Aber was blieb einem nachgeborenen Sohn schon anderes übrig, als sich im Krieg auszuzeichnen, damit das Erzstift ihm ein eigenes Lehen geben würde. Sein älterer Bruder Arno hatte, nachdem er die väterliche Burg geerbt hatte, eindeutig klar gemacht, dass für den jüngeren Bruder dort kein Platz mehr sein würde. Auch wenn Benedict nicht mehr unter den Lebenden weilte, würde er nicht wollen, dass sie so einfach aufgab. Er würde für sein Kind kämpfen, auch wenn es nur ein Bastardkind und Mädchen war. Benedict würde jedoch nicht aus dem Krieg zurückkehren. Hätte er sich auch auf den Feldzug begeben, wenn er geahnt hätte, dass ihre eine Nacht der zärtlichen Liebe nicht ohne Folgen geblieben war?

„Barbel", flüsterte sie und zog die Amme am Arm zu sich herunter. „Versuche zu erkunden, was Clothildis vorhat."

Stumm nickte Barbel, huschte aus dem Zimmer hinaus und verharrte im dunklen Gang vor der Kammer. Noch bevor sie sich entscheiden konnte, in welcher Richtung sie nach der Burgherrin suchen sollte, hörte sie deren schroffe Stimme, mit der sie einer der Mägde anwies: „Schick nach Gero. Er soll am Fuße des Nordturms warten."

Ob das mit dem Kind ihrer Herrin zusammenhing? Gero war ein grober, herzloser Kerl und ihm wäre zuzutrauen, dass er das Kind von der Brust seiner Mutter riss. Barbel verließ durch den Kücheneingang die Burg und schlich, sich nach allen Seiten umsehend, auf einem Umweg zum Turm. Inzwischen war es völlig dunkel geworden. In großen Abständen rissen blakende Fackeln kleine Lichtinseln aus der Finsternis des Hofes. Alle Arbeiten ruhten, nur aus dem Pferdestall drang ein blasser Lichtschimmer unter der geschlossenen Tür hervor.

Trotz ihrer Mitte Vierzig war Barbel noch immer flink und wendig genug, um ungesehen an den Wänden des Innenhofes entlang ihr Ziel zu erreichen. Kaum war sie dort angekommen, sah sie auch schon, wie Gero im Schein der Fackeln das Haupthaus verließ und die Richtung zum Turm einschlug.

Barbel zog die Kapuze ihres grauen Umhangs über und verbarg sich hastig hinter einem mit Holz beladenem Karren neben dem Eingang des Turmes. Fast unsichtbar verschmolz sie mit den Schatten der Nacht.

Gero schlenderte heran und ließ sich dann auf den Stufen nieder, die zum Wehrgang hinauf führten. Die Herrin Clothildis war noch nicht da. Aber das beunruhigte den Waffenknecht nicht. Es war nicht das erste Mal, dass ihn die Herrin hierher befahl. Meist hatte er einen Auftrag zu erfüllen, der für fremde Ohren nicht bestimmt war. Seine Verschwiegenheit und Treue erkaufte sie sich mit ein oder zwei kleinen Münzen, die Gero bei der nächsten sich bietenden Gelegenheit zu den Hübschlerinnen ins Dorf tragen würde.

Hinter dem Holzkarren veränderte Barbel ihre Stellung geringfügig, um den Rücken ein klein wenig zu strecken und damit eine bessere Sicht auf den Hof zu erhalten. Leider kam sie dabei dem Holz zu nahe und ein Scheit polterte auf den Boden. Barbel presste ihre Hand auf den Mund, um keinen Schreckenslaut daraus zu entlassen und verharrte vollkommen regungslos.

Gero schreckte hoch und wandte sich dem Wagen zu. Im gleichen Augenblick schoss eine der schwarzgrauen Katzen unter dem Karren hervor und fauchte ihn mit gebuckeltem Rücken an. Er lachte hässlich auf und wollte schon sein Messer ziehen und nach dem Tier werfen.

„Lass den Unsinn!", fuhr ihn von hinten die gebieterische Stimme seiner Herrin an. Gero wandte sich um und nahm sofort eine unterwürfige Haltung ein. Mit der Herrin wollte er es sich lieber nicht verderben. Das Katzenvieh konnte er sich auch noch bis morgen aufheben. Er hatte es erkannt. Vor zwei Wochen war es ihm gelungen, die Katze beim Messerwerfen mit dem Schwanz an die Stallwand zu nageln. Aber noch bevor er dem Schleicher den Garaus machen konnte, hatte die sich losgerissen und nur die Schwanzspitze baumelte noch an der Holzwand.

Clothildis trat noch tiefer in den Schatten des Turmes und Gero folgte ihr, sorgfältig darauf achtend, den gebührenden Abstand einzuhalten. Dabei kamen sie Barbel so nahe, dass die kaum noch zu atmen wagte und am liebsten als graue Maus unter den Karren gehuscht wäre.

„Hör mir aufmerksam zu", begann Clothildis. „Du wirst morgen zur Non nach Magdeborch reiten. Sieh zu, dass du dort ankommst, bevor die Tore geschlossen werden. Ich werde dir ein Bündel mitgeben. Verberge dich bis die Glocken Mitternacht schlagen und lege es dann vor dem Eingang zum Dom ab."

Barbel presste wieder die Faust auf den Mund, diesmal um nicht entsetzt aufzuschluchzen. Es gab für sie keinen Zweifel daran, was Gero nach Magdeborch schaffen sollte.

„Ihr wollt, dass ich in die Peststadt reite? Wenn Ihr etwas loswerden wollt, kann ich das Bündel auch einfach in die Elbe werfen", wagte Gero vorzuschlagen.

„Untersteh dich!", fuhr ihn Clothildis an. „Du bringst das Bündel *lebend* nach Magdeborch und legst es dort ab, wie ich dich angewiesen habe. Alles Weitere liegt dann in Gottes Hand."

Gero, dem sich nun langsam erschloss, was sich in diesem Bündel befinden würde, lies ein beifälliges, böses Knurren hören.

„Halte dich morgen zur rechten Zeit bereit." Damit wandte sich Clothildis um und war wenige Augenblicke später in den Schatten der Nacht eingetaucht.

Gero steckte sich einen Strohhalm zwischen die Zähne und kaute nachdenklich darauf herum. Vielleicht sollte er für das Blutgeld, das er für diesen Auftrag erhielt, doch lieber ein Ablassbriefchen erstehen, anstatt es zu den Hübschlerinnen zu tragen? Noch einmal warf er einen prüfenden Blick zum Karren, zögerte kurz, schüttelte dann aber den Kopf und trottete zum Pferdestall. Ein paar Runden beim Würfeln mit den Stallburschen würden ihn von dem Wagnis morgen ablenken.

Barbel eilte zurück zur Küche, um von dort zu Adelgund zu gelangen. In der Küche wurde sie jedoch vom schroffen Ruf der Köchin aufgehalten. Abschätzend musterte die rundliche Frau mit dem fleischigen, roten Gesicht und den kräftigen Armen die Amme. Dann bewegten sich ihre Mundwinkel nach oben und Fältchen bildeten sich um ihre Augen. Ihr unerwartetes Lächeln ließ eine kleine Sonne in ihrem Gesicht aufgehen.

„Deine Herrin hat ein gesundes Mädchen geboren", sagte sie und seufzte dann kurz. Und mit den Worten: „Die edle Frau wird eine Stärkung gebrauchen können", füllte sie eine wohl riechende Hühnerbrühe mit Fleisch und Wurzelgemüse in eine Schüssel, goss duftenden Würzwein in einen Becher und reichte Barbel das Tablett. „Wenn ihr noch etwas braucht, lasst es mich wissen." Und damit nahm ihr Gesicht wieder den üblichen mürrischen Ausdruck an. Sie wandte sich um und schnauzte zwei der vielleicht zwölfjährigen Küchenmägde an, die die Gelegenheit genutzt hatten und, anstatt ihrer Arbeit nachzugehen, kichernd die Köpfe zusammensteckten.

Barbel trug das Tablett durch die Halle und wollte eben die Treppe zum Obergeschoss betreten, als sie von Clothildis aufgehalten wurde.

„Wo kommst du denn her? Solltest du nicht bei deiner Herrin sein?", fuhr die Burgherrin sie an. Misstrauisch betrachtete sie die Amme.

Die wies stumm ihr Tablett vor und schlug die Augen nieder. Sie vermied es wohlweislich, Clothildis in die Augen zu schauen. Es wäre ihr kaum gelungen, ihren Abscheu über deren Plan zu verbergen. Insgeheim sprach sie ein kurzes Gebet für die Köchin. Ohne Suppe und Wein wäre es schwer gefallen, ihre Anwesenheit hier unten zu erklären.

Mit einer unwirschen Handbewegung entließ Clothildis die Amme.

Wenige Augenblicke später trug Barbel die Speisen in Adelgunds Kammer.

„Was hast du herausgefunden?", wurde sie von der jungen Frau empfangen, die ihr bang entgegensah.

„Esst erst einmal. Die Suppe wird Euch guttun und der Würzwein Eure Zuversicht stärken."

„Zuversicht?" Adelgund schob die Hand beiseite, die ihr die Suppe reichte. „Wie kann ich etwas essen, wenn ich im Ungewissen bin, was Clothildis mit meinem Kind vorhat."

Barbel drängte ihr die Schüssel wieder auf. „Esst!" Ihre Stimme war jetzt etwas schärfer. „Ihr müsst heute Nacht und morgen Euer Kind selbst nähren. Wollt Ihr, dass es schwach und hungrig ins Leben geht?"

Widerwillig nahm Adelgund die Suppe entgegen und aß lustlos einige Löffel. Dann sah sie ihre Amme erwartungsvoll an. Die verschränkte die Arme vor der Brust. „Nicht bevor Schüssel und Becher leer sind."

Ergeben beendete Adelgund ihre Mahlzeit. Barbel wusste genau, wie weit sie bei ihrer Herrin gehen durfte. In all den Jahren seit Adelgunds Geburt waren sie nicht nur Kind und Amme und später dann Herrin und Leibmagd gewesen, sondern auch Freundinnen geworden. Als Adelgunds Mutter im Wochenbett ihrer zweiten Tochter Petronella gestorben war, zählte Adelgund knapp zwei Jahre. Ihr Vater hatte nie wieder geheiratet und so hatte Barbel die Mutterrolle bei ihr und der Schwester übernommen.

„Also, nun sprich", forderte Adelgund Barbel auf und stellte mit Nachdruck den leeren Becher auf das Tablett zurück. Sie musste zugeben, dass Suppe und Wein tatsächlich ihren Lebensmut neu entfacht hatten und die Verzagtheit ein wenig von ihr gewichen war.

Und Barbel erzählte, was sie am Turm belauscht hatte. Mit den Worten: „Gott möge unser kleines Mädchen schützen", schloss sie ihren Bericht und schlug das Kreuz.

Mit großen, entsetzten Augen hatte Adelgund ihrer Amme schweigend zugehört. Jetzt ließ sie sich mit dem Kind im Arm zurücksinken. Wo gab es Hoffnung? Wer konnte helfen? Fragend sah sie Barbel an.

„Was sollen wir nur tun?", flüsterte sie mit zitternden Lippen.

Zögernd ließ sich Barbel auf den kleinen, dreibeinigen Holzschemel neben dem Bett nieder. Auf dem Weg vom Turm zur Kammer hatte sie verzweifelt über einen Ausweg nachgegrübelt. Und ein kleiner Gedanke, noch unfertig, kreiste jetzt in ihrem Kopf.

Bedächtig begann sie diesen Gedanken vor Adelgund zu spinnen.

„Die Herrin Clothildis muss die Gewissheit haben, dass ihr Plan gelungen ist."

Weiter kam sie nicht.

„Bist du von Sinnen!", fuhr Adelgund sie an. „Wie kannst du auch nur daran denken, so etwas zuzulassen!"

„Hört mir erst bis zum Ende zu", beschwichtigte Barbel sie. „Gero muss ihr die Nachricht bringen, alles zu ihrer Zufriedenheit gerichtet zu haben. Nur dann wird sie nicht weiter nachforschen."

Adelgund wollte erneut aufbegehren, aber Barbel sprach unbeirrt weiter: „Wenn Gero Euer Kind auf den Stufen des Doms abgelegt hat, werde ich es an mich nehmen und es dorthin bringen, wo es geliebt und gut aufgezogen wird."

„Und wo soll das sein?", fragte Adelgund zweifelnd.

Jetzt kam das Schwerste. „Das kann und will ich Euch nicht sagen. Ihr werdet bald im Kloster leben. Es wäre weder gut für Euch noch für das Kind, wenn Ihr wüsstet, wo es zu finden ist. Ihr müsst mir einfach vertrauen."

„Und woher willst du wissen, wohin du mein Kind bringen musst?"

„Ich habe eine Base in Magdeborch. Schon in jungen Jahren wurde sie Witwe. Bevor sie wieder heiratete, hat sie einige Zeit bei frommen Frauen gelebt. Dorthin werde ich Euer Kind bringen."

Noch immer unschlüssig kaute Adelgund an ihrer Unterlippe. „Und sie werden ein namenloses Kind einfach so aufnehmen? Das ist doch nicht etwa eines dieser unsäglichen Findelhäuser?"

„Nein, keineswegs", beschwichtigte Barbel sie. „Um bei den Frommen Frauen aufgenommen zu werden, muss die Frau oder das Mädchen eine Mitgift einbringen. Einen Teil davon bekommt sie zurück, wenn sie den Konvent verlässt."

„An einer Mitgift soll es nicht mangeln. Du kannst von meinem Schmuck nehmen, was du brauchst. Und vergiss dich selbst nicht dabei." Langsam schien Adelgund Gefallen an dem Gedanken zu finden. Von allen Möglichkeiten erschien ihr diese als am wenigsten schrecklich. Von frommen Frauen, die kein ewiges Gelübde band, hatte sie schon Gutes gehört, ohne jedoch Genaueres zu wissen. Dort schien ihre Tochter am besten aufgehoben

„So soll es dann sein", beschloss sie. Und dann zur Amme wieder: „Besorge mir Pergament, Tinte und Feder. Ich möchte meiner Tochter einige Worte mitgeben."

Barbel hatte sich mit dem Tablett schon der Tür zugewandt, als Adelgund sie noch einmal zurückrief.

„Wir werden Hilfe brauchen", sagte sie. „Du kannst nicht schon heute loslaufen, um rechtzeitig nach Magdeborch zu kommen. Clothildis würde Verdacht schöpfen, wenn du plötzlich verschwunden bist. Jemand muss dich morgen Nachmittag in die Stadt bringen." Unschlüssig sah sie Barbel an.

Die Amme brummelte etwas vor sich hin, dann sagte sie laut: „Ich glaube, ich weiß da jemanden, der Euch gerne hilfreich beistehen würde."

Lächelnd verließ sie den Raum. Einer erfahrenen Frau wie ihr waren die verstohlen bewundernden Blicke, die Ritter Matthias der Herrin zuwarf, wenn er sich unbeobachtet wähnte, nicht verborgen geblieben. Auch hatte sie gesehen, wie er die von Gero verstümmelte Katze zum Hufschmied getragen hatte, damit der sich um das verletzte Tier kümmerte.

Während Barbel das Tablett zurück in die Küche trug, überlegte sie, wie sie Ritter Matthias ihre Bitte vortragen konnte. Schließlich war es schlecht möglich, einfach so an den Tisch der Mannsleute zu treten und den jungen Ritter um ein Gespräch zu bitten.

In der Küche herrschte große Aufregung. Eine der jungen Mägde hatte sich einen Kessel mit heißem Wasser über den Fuß gegossen und das Küchengesinde stand um das jammernde Mädchen herum und gab mehr oder minder gute Ratschläge. Die Köchin selbst legte ihr einen Lappen, den sie zuvor in kaltes Wasser getaucht hatte, über den verletzten Fuß. Sie beauftragte die andere junge Magd, sich um ihre Freundin zu kümmern und den kalten Umschlag regelmäßig zu erneuern. Dann richtete sie sich stöhnend auf und gab der Verletzten einen Klaps auf den Hinterkopf.

Aus der Halle dröhnten inzwischen die ungeduldigen Forderungen der Mannen: „Mehr Brot, mehr Fleisch!"

Die Köchin drückte Barbel, die ihr am nächsten stand, ein Brett mit kaltem Braten in die Hand. Ohne Zögern eilte diese in die Halle. Als sie das Brett neben Matthias auf den Tisch schob, raunte sie ihm ins Ohr: „Kommt bitte hinter das Backhaus."

Der junge Ritter zeigte keinerlei Reaktion. Hatte er sie nicht verstanden? Aber für einen zweiten Satz war keine Zeit mehr. Ohne noch einmal den Umweg durch die Küche zu nehmen, ging Barbel direkt zum Backhaus, das zwischen Vorratskeller und Küche im Hof gelegen war.

Lange musste sie nicht warten. Wenige Minuten später schlenderte der Ritter über den Hof und schlug schließlich den Weg zum Backhaus ein. Gleich darauf war er im Schatten hinter dem niedrigen Haus verschwunden.

„Ich will hoffen, dass du mich nicht zu einer Tändelei geladen hast." Ritter Matthias versuchte erfahren zu klingen und musterte die Amme abschätzend.

Barbel kicherte, dann wurde sie wieder ernst und enthüllte dem Ritter den Plan seiner Herrin Clothildis.

In einer ersten Regung wollte er sich abwenden, als ihm klar wurde, dass seine angebetete Adelgund tatsächlich einem Bastard das Leben geschenkt hatte. Aber dann siegte seine Zuneigung.

„Was für ein schändliches Vorhaben!", entfuhr es ihm schließlich, nachdem Barbel geendet hatte. Aufgebracht lief er hinter dem Backhaus auf und ab. Dann hatte er einen Entschluss gefasst.

„Du hast mir das alles nicht ohne Grund erzählt. Was kann ich für euch tun?"

Barbel atmete erleichtert auf. Der junge Ritter war ihre einzige Hoffnung gewesen. Wenn er ihnen beistand, konnte sich doch noch alles zum Guten wenden.

„Um das Kind der edlen Dame zu retten, muss ich zum selben Zeitpunkt wie Gero am Dom sein. Ich werde es an mich nehmen und zu Menschen bringen, die es mit Liebe aufziehen werden."

Matthias nickte. Das erschien ihm als gottgefälliges Werk, auch wenn es sich um einen Bastard handelte.

„Und was ist mein Anteil an deinem Vorhaben?"

„Ich kann nicht schon heute loslaufen. Die Dame Clothildis könnte Verdacht schöpfen. Ich muss mich kurz vor Gero auf den Weg machen. Aber zu Fuß ist es unmöglich, rechtzeitig in Magdeborch zu sein, bevor die Tore schließen."

Matthias nickte wieder. „Ich könnte dich auf meinem Pferd bis vor das Stadttor bringen", überlegte er flüsternd. „Aber ich muss mir etwas überlegen, warum ich die Burg allein zu dieser Zeit verlasse." Und dann lauter zu Barbel: „Mir wird schon etwas einfallen. Sei eine Stunde vor der Non an der vom Blitz gespaltenen Eiche an der Straße nach Magdeborch."

Barbel nickte. Etwas beklommen war ihr doch bei dem Gedanken, morgen ihr geordnetes Leben für immer zu verlassen und sich und das Kind einer ungewissen Zukunft auszusetzen. Zwar hatte ihre Base gut von den Frommen Frauen gesprochen, aber das war schon viele Jahre her. Und ob sie wirklich ein Findelkind aufnehmen würden, war ungewiss.

Auch würde sie selbst nie hierher zurückkehren können. Für sie gab es an diesem Ort nichts mehr zu tun, wenn Adelgund nächste Woche ins Zisterzienserinnenklosters Marienstuhl eintrat.

Der junge Ritter nickte der Amme noch einmal zu und machte sich dann auf den Weg zurück in die Halle. Plötzlich hatte er wieder Appetit. Nun konnte er der verehrten Dame doch noch einen Dienst erweisen.

Barbel verharrte hinter dem Backhaus. Sie sollte Adelgund Pergament und Tinte besorgen. Ihres Wissens nach, war nur der Kaplan des Lesens und Schreibens kundig. Aber sie konnte ihn nicht so einfach darum bitten. Er würde wissen wollen, was eine ungebildete Amme damit wollte. Sie lugte um das Backhaus herum zur Kapelle hinüber. Der Wohnraum des Kaplans befand sich in einem kleinen seitlichen Anbau. Beim Abendmahl in der Halle hatte sie ihn nicht gesehen. Also konnte es nicht mehr lange dauern, bis er den Weg dorthin einschlug.

Und wirklich, in eben diesem Augenblick verließ der Kaplan die Kapelle und eilte zum Haupthaus.

Barbel zögerte nicht länger. Nachdem sie sich in die Kammer des Kaplans geschlichen hatte, entzündete sie rasch das Unschlittlicht auf dem grob gezimmerten Tisch und sah sich suchend um. Neben dem Licht lagen mehrere Rollen beschriebenen Pergaments. Davon konnte sie nichts nehmen. Aber im kalten Kohlebecken lag ein handtellergroßer, angekohlter Fetzen oftmals abgeschabten Pergaments. Und unter dem Tisch fand sie eine zerknickte Schreibfeder. Die würde der Kaplan sicherlich nicht vermissen. Tinte! Wie sollte sie etwas von der Tinte abzwacken? Unmöglich könnte sie das ganze Tontöpfchen entwenden. Barbel presste die Lippen zusammen. Es musste irgendwie anders gehen.

Pergament und Feder unter ihrem Umhang verbergend, machte sich Barbel auf den Rückweg. Sinnend blieb sie einen Moment stehen, dann nahm sie wieder den Weg durch die Küche. Inzwischen hatten beide jungen Mägde ihre Arbeit wieder aufgenommen. Um den Fuß der Verletzten war ein Lappen gewickelt. Mit schmerzverzogenem Gesicht stand sie am Tisch und putzte Gemüse.

Barbel wandte sich an die Köchin: „Habt Ihr noch von dem schmackhaften Holundermus? Ich glaube, etwas Frisches würde meiner Dame munden."

„Ich werde es lieber selbst holen", sagte die Köchin und griff nach einer kleinen Tonschale. „Wenn ich eines dieser faulen Dinger schicke", und sie wies mit dem Kopf auf ihre jungen Gehilfinnen. „würden die doch bloß den halben Topf selbst leer fressen."

Froh setzte Barbel kurz darauf ihren Weg zu Adelgund fort. Auf der Treppe ins Obergeschoss kam ihr der hagere Kaplan entgegen. Ob sich der Kerl eigentlich jemals wusch? Säuerlicher Körpergeruch stieg Barbel in die Nase und sie wandte sich halb ab. Was hatte der hier oben verloren? Missmutig warf er ihr einen Seitenblick zu und schlug dann das Kreuz. Barbel grinste. Für den waren alle Weibsleute Teufel und Schlange in einem.

In der Kammer fand sie eine aufgebrachte Adelgund vor.

„Der Kaplan war eben hier und hat mein Kind getauft. Er meinte, weil es so schwach wäre, dürfe es keinen Aufschub geben. Aber mein Kind ist nicht schwach!", stieß sie hervor.

„Auf welchen Namen wurde es getauft?" Barbels Augen blitzten neugierig.

„Meine Tochter heißt Hildegard", verkündete Adelgund stolz.

Barbel nahm das Kindchen in den Arm. „Meine kleine Hildegard, wir werden dich beschützen." Sie hauchte einen sanften Kuss auf den blonden Haarflaum. Dann gab sie es Adelgund zurück.

Barbel wiegte sinnend den Kopf hin und her. „Das gehört alles zu Clothildis Plan", sagte sie schließlich. „Alle denken nun, das Kind wäre schwächlich und würde kaum zum Leben taugen. So muss Clothildis morgen nicht erklären, wo das Kind auf einmal ist, wenn es Gero genommen hat. Sie muss nur behaupten, dass es gestorben ist."

„Diese Hexe! In der Hölle soll sie brennen!" Adelgunds Augen funkelten, als würde sie Clothildis am liebsten selbst in den feurigen Abgrund stoßen. Dann atmete sie einmal tief durch. „Hast du Hilfe gefunden?", fragte sie hoffnungsvoll.

Barbel nickte. „Ich werde morgen zur rechten Zeit in der Stadt sein."

„Du willst mir nicht sagen, wer dir hilft?"

„Nein, will ich nicht."

„Es wird das beste so sein. Ich vertraue dir. Und nun gib mir das Schreibzeug."

Barbel holte Pergament, Feder und Holundermus hervor. „Mit Tinte kann ich nicht dienen. Aber das Mus sollte auch diesen Zweck erfüllen."

Ein kleines Lächeln stahl sich in Adelgunds Gesicht. „Ich wusste schon immer, dass du eine Frau voller guter Einfälle bist."

***

Eine Nacht und einen halben Tag blieben Adelgund noch, um sich an der kleinen Hildegard zu erfreuen. Kurz vor der Non betrat Clothildis die Kammer und forderte das Kind von ihr. Als Adelgund deren harten, unerbittlichen Blick sah, versagte sie sich jedes Bitten und Jammern. Es hätte doch nichts genutzt.

Das Fehlen der Amme bemerkte Clothildis nicht.

Um diese Zeit saß Barbel schon hinter Ritter Matthias auf dessen Pferd und ritt in zügigem Trab gen Magdeborch. In ihrem Beutel, der mit einer festen Lederschnur an ihrem Gürtel befestigt war, führte sie den beschriebenen Pergamentfetzen und einige wertvolle Schmuckstücke Adelgunds mit sich.

Rechtzeitig vor dem Schließen der Tore trafen sie vor der Stadt ein. Matthias ließ Barbel in Sichtweite des Sudenburger Tores vom Pferd gleiten.

„Ab hier musst du dich allein durchschlagen."

Barbel nickte. Der Ritter konnte schließlich schlecht eine alte Amme auf seinem Pferd durch das Tor bringen, als wäre sie eine edle Dame.

„Habt ihr einen guten Grund gefunden, warum Ihr Euch allein von der Burg entfernt habt?" Barbel sah zum verschlossenem Gesicht des jungen Ritters hoch.

Ein kleines schalkhaftes Lächeln erhellte kurz sein Antlitz, bevor es wieder ernst wurde. „Ich äußerte den Wunsch, mich der Jagd des edlen Herrn anzuschließen. Und genau das werde ich jetzt tun."

Barbel nickte wieder. So war es dem jungen Mann erspart geblieben, eine Lüge erfinden zu müssen. Möge Gott ihm seine edle Gesinnung erhalten.

Matthias wendete sein Pferd und ritt an. Doch dann drehte er sich noch einmal um und warf ihr eine gold glänzende, schwere Münze zu.

„Gott schütze dich und das Kind."

„Gott schütze Euch auch."

Kurze Zeit darauf durchschritt Barbel das Stadttor. Niemand hielt sie auf, niemand beachtete sie. Sie führte keine Waren mit sich, für die ein Zoll erhoben werden konnte. Somit war sie für die Wachen uninteressant.

Ob Gero auch durch dieses Tor reiten würde? Sicherlich. Warum sollte er auch ein anderes Tor nutzen? Er würde sich bestimmt so schnell wie möglich seines Auftrages entledigen wollen. Es konnte nicht mehr lange dauern, bis er eintraf. Die Dämmerung legte sich schon über das Land und bald würden die Tore schließen.

Barbel zog sich ihr Tuch tief über den Kopf und kauerte sich an einer Hauswand in der Nähe des Tores nieder. Sie wirkte nun wie eine der Bettlerinnen, die Bauern und Handwerker, die das Tor passierten, um ein Almosen bat.

Sie musste nicht lange warten. Fast hätte sie Gero nicht erkannt. Wie ein fetter Händler hockte er auf seinem Pferd. Selbstsicher ritt er auf die Wachen zu. Ein feiner Mantel spannte über seinen mächtigen Bauch. Den Mantel musste er von Clothildis haben und sein feister Wanst darunter war das Kind, das er dort versteckt hielt. Ohne anzuhalten warf er einem Wachsoldaten ein Geldstück zu und wurde von diesem sogleich durchgewunken. Achtlos ritt er an Barbel vorbei.

Kurz überlegte sie, ob sie ihm folgen sollte. Doch dann entschied sie sich dagegen. Lieber wollte sie erst erkunden, wie sie zum Dom kam und wo sich der Konvent der Frommen Frauen befand.

Sie hielt die erste Magd an, die ihr über den Weg lief.

„Kannst du mir den Weg zum Dom weisen?"

Die Magd beäugte sie gründlich. „Na da", sagte sie dann und wies mit ihrem schmutzigen Finger östlich an der Stadtmauer lang. „Du stehst ja fast schon in seinem Schatten. Bist wohl nicht von hier." Kopfschüttelnd setzte die Magd ihren Weg fort.

Ein kleines Lächeln stahl sich in Barbels Mundwinkel. Das ging ja besser als erwartet. Jetzt musste sie nur noch den Konvent der Frommen Frauen ausfindig machen und konnte dann, verborgen im Dunkel der Nacht, auf Gero warten.

Sie folgte den Menschen, die die Stadt betraten. Trotz der Aufregung und der Unsicherheit, die ihr das Herz beschwerten, betrachtete sie die zwei- und dreistöckigen Häuser, die sich zu beiden Seiten entlang der breiten, gepflasterten Straße aneinanderreihten. Noch nie war sie in einer Stadt gewesen. Ihr bisheriges Leben hatte sich anfangs in ihrem kleinen Dorf abgespielt. Im Alter von fünfundzwanzig Jahren war sie als Amme auf die Burg von Adelgunds Eltern gekommen. Jeden Tag satt zu essen und die kleine Kammer, die sie neben der Kemenate von Adelgunds Mutter allein bewohnen durfte, waren ihr wie das Paradies erschienen. Aber diese Stadt war noch einmal etwas ganz anderes. Da störte auch der Unrat nicht, der sich in der Mitte der Straße häufte.

Trotz der gerade überstandenen Pest gingen die Menschen ihren alltäglichen Geschäften nach. Der Wahnsinn des Gemüts schien sich langsam zu legen. Alle hofften, dass es jetzt überstanden war, denn es hatte seit mehreren Wochen keine Neuerkrankungen mehr gegeben. In großen Kuhlen bei Rottersdorf waren die Toten notdürftig verscharrt worden. Manch ein schon Totgeglaubter war am nächsten Tag wieder herausgekrochen.

Bauern mit ihren Karren und Fuhrwerken verließen die Stadt. Sie hatten ihre Erzeugnisse auf dem Markt verkauft und sahen nun zu, dass sie noch rechtzeitig vor dem Schließen der Tore aus der Stadt kamen, um ihre umliegenden Dörfer vor Einbruch der Dunkelheit zu erreichen. Herausgeputzte Edle auf ihren Pferden ritten achtlos durch die Menschen, die sich zu Fuß ihren Weg bahnten.

Schon bald hatte Barbel den Markt erreicht. Die meisten Stände waren bereits geschlossen oder ihre Besitzer verluden übrig gebliebene Waren auf Schürreskarren. Noch immer hingen vielerlei Gerüche nach heißem Bratfett, frischem Brot, Gewürzen und gerösteten Nüssen in der Luft.

An einer Ecke bot ein Pastetenverkäufer seine letzte schon kalte Backware zum halben Preis an. Misstrauisch betrachtete er das goldene Geldstück, das Barbel ihm hinhielt und biss prüfend darauf. Dann reichte er ihr eine fettige mit Fleisch gefüllte Pastete und dazu noch eine Handvoll kleinerer Münzen.

Langsam leerten sich die Straßen und sie musste noch, ohne aufzufallen, nach den Frommen Frauen fragen. Suchend sah sich Barbel um. Wen konnte sie um Auskunft bitten? Während sie mitten auf der Straße verharrte, stieß jemand unsanft gegen ihre linke Schulter.

„Passt doch auf", wurde sie angefahren. „Stehst mitten auf der Straße und glotzt den Himmel an."

Barbel wandte sich der unfreundlichen Stimme zu. Neben ihr stand eine derbe, vielleicht dreißig Jahre alte Frau, gekleidet in ein einfaches, dunkles Wollkleid, einen dünnen Umhang um die Schultern gelegt. Vor ihrem prallen Leib trug sie einen großen Korb gefüllt mit Wurzelgemüse und einem frischen Brot obendrauf. Und wenn Barbel ihre Nase nicht trog, dann musste sich dort auch noch ein nicht mehr ganz frischer Fisch befinden.

„Kannst du mir den Weg zum Konvent der Frommen Frauen weisen?" Barbel versuchte gleich einmal bei dieser Frau ihr Glück.

Die andere zog kurz die breite Nase kraus. Dann ging ein Flackern der Erkenntnis über ihr Gesicht.

„Ach, du meinst wohl den Beginenhof?" Die Stimme klang nicht mehr ganz so unfreundlich. „Die Frauen haben sich um die alte Beutlerin im Nachbarhaus gekümmert und ihr täglich Essen und auch hin und wieder Arzenei gebracht. Vor einigen Wochen hat sie die Pest geholt. Willst du dich den Beginen anschließen?"

Die andere musterte Barbel abschätzend.

Die Amme schüttelte den Kopf. „Ich habe einen Auftrag für sie", sagte sie ausweichend und hoffte, dass es nichts Falsches war.

Wieder musste Barbel einen prüfenden Blick über sich ergehen lassen. Schließlich beschrieb ihr die Frau den Weg durch die Gassen.

Ohne noch einmal fragen zu müssen, fand Barbel den Weg zu den Frommen Frauen, oder zum Beginenhof, wie die Frau vom Markt sie genannt hatte.

Zwischen Ulrichstor und Ulrichskirche unweit der westlichen Stadtmauer war das Anwesen gelegen. Eine vielleicht acht Fuß hohe Mauer aus festem Stein grenzte den Konvent zur Straße hin ab. Gleich rechts befand sich ein massives Holztor, beschlagen mit gut geölten Eisenriegeln. In das große Tor war noch eine kleinere Tür eingelassen, durch die bequem ein Mensch schreiten konnte und die wohl im Allgemeinen von den Bewohnerinnen genutzt wurde. Die Mauer zog sich gen Süden hin. Mehrere aneinandergelehnte, einstöckige, fensterlose Häuschen zeigten links neben dem Tor mit ihrer Rückseite zur Straße. Dazwischen ragte ein größeres Haus über die Mauer. Hinter einem Fenster flackerte der unruhige Schein einer Kerze. Die gesamte Front des Konvents nahm etwa siebzig Schritt ein, bevor sich rechts und links andere reinliche Häuser anschlossen. Von außen machte der Beginenhof einen gepflegten und auch sicheren Eindruck. Barbel war zufrieden. Hier würde Hildegard beschützt aufwachsen können.

Zwar häufte sich auch hier, wie überall, der Unrat in der Mitte der Straße und sandte faulige Gerüche in aller Nasen, aber zumindest die Wohnhäuser machten einen sauberen Eindruck. Die Goldgräber waren wohl in diesen Zeiten mehr damit beschäftigt, die letzten Pesttoten aus der Stadt zu schaffen und vor den Toren zu verscharren, als den alltäglichen Abfall zu beseitigen. Womöglich waren sie aber auch selbst dem Schwarzen Tod zum Opfer gefallen.

Inzwischen war es vollständig dunkel geworden. Der Mond war hinter dicken Wolken verschwunden und erste Regentropfen netzten Barbels Gesicht. Kaum noch ein Mensch war auf der Straße. Barbel musste sich eilen, um ihren Platz im Schatten des Doms einzunehmen, bevor irgendein Nachtwächter oder Stadtbüttel sie ergriff und für den Rest der Nacht festsetzte oder ihr im Kerker Schlimmeres antat. Mehrfach wäre sie um ein Haar in Haufen von Küchenabfällen und menschlichen Exkrementen ausgeglitten. Ohne Fackel war es unmöglich seinen Weg ungefährdet zu finden. Tote Ratten und andere Tierkadaver lagen allerorten auf den Straßen. Niemand kümmerte sich darum. Die Einen beteten sich in den Kirchen die Knie wund, um Gottes Gnade in diesen Zeiten der Not zu erflehen. Die anderen gaben sich fleischlichen Sünden aller Art hin in dem Glauben, das Jüngste Gericht stände schon mit einem Fuß in der Stadt und sie kämen ohne Zweifel sowieso ins Fegefeuer.

Langsam näherte sich Barbel dem gewaltigen Bauwerk des Doms, an dem jetzt alle Arbeit ruhte. Noch war es nicht vollendet, aber die wuchtigen Turmstümpfe erstreckten sich schon gen Himmel. Barbel schlug ein Kreuz und murmelte ein kurzes Gebet. Hier war man Gott wirklich nah.

Und hier sollte schon bald die kleine Hildegard abgelegt werden. Barbel war sich ganz sicher, dass der HERR ihr beistehen würde. ER konnte einfach nicht zulassen, dass die Sünde der Mutter auf das Kind überging. Das Kind war unschuldig an seiner unehrenhaften Geburt. Barbel bat inständig um Beistand.

Sie schlich zum Eingang und sah sich aufmerksam um. Links neben dem Portal fand sie eine kleine Nische, derer man erst ansichtig wurde, wenn man unmittelbar davor stand. Gerade wollte sie sich darin verbergen, als eine krächzende Stimme aus dem Dunkel heraus sie innehalten ließ.

„Ha, du Schöne. Kommst du, um einen alten Mann des Nachts zu wärmen? Gott wird es dir lohnen." Grindige Finger griffen nach ihr.

„Wenn du deine Klauen nicht gleich von mir nimmst, dann wird genau dieser Gott den Wurm zwischen deinen Beinen verdorren und abfallen lassen." Wenn es darum ging, sich aufdringliche Knechte und andere Mannsbilder vom Leib zu halten, war Barbel in ihren Worten nicht zimperlich.

Die Hand zuckte zurück. „Verfluchte Hexe!" Entrüstung klang aus der Nische.

„Halt's Maul und rück zur Seite." Barbel drängte sich in die Nische. „Es soll dein Schaden nicht sein."

Wieder griffen die Hände nach ihr. Klatschend schlug Barbel darauf, so dass der Bettler aufjammerte.

„Ruhe jetzt!" Barbel streckte ihm eine der kleinen Münzen hin, die sie von dem Pastetenbäcker erhalten hatte.

Lange musste Barbel noch warten. Auch der Bettler, mit dem sie die verborgene Nische teilte, verhielt sich jetzt ruhig. Hier ging offensichtlich etwas vor, das sich eventuell in Geld umsetzen ließ.

Schließlich schlich ein gebückter Schatten heran, der sich immer wieder sichernd umsah. Aber die Straßen waren leer und still. Nur am anderen Ende der Stadt hatten die Büttel einige späte Nachtschwärmer gestellt, denn gedämpftes Gegröle drang bis zum Dombezirk.

Der Schatten näherte sich dem Domtor bis auf Armeslänge, sah sich noch einmal um, legte ein Bündel ab und war im nächsten Augenblick von der Schwärze der Nacht verschluckt.

Barbel holte tief Luft, so als wolle sie in ein unbekanntes Wasserloch springen. Dann huschte sie aus der Nische heraus, ergriff das Bündel und tauchte ebenso schnell im Dunkel unter.

Der Bettler wischte sich über die Augen. Hatte er das eben geträumt? Aber in seiner Hand war noch die Münze, die Barbel ihm zugesteckt hatte und neben ihm der Stein noch warm vom Körper der Frau, die stundenlang neben ihm gekauert hatte. Trotzdem schüttelte er den Kopf. Das war etwas, was er lieber ganz schnell vergessen sollte. Er rollte sich wieder zusammen und grunzte kurz darauf in einem unruhigen Schlaf. Die Münze war fest in seiner Faust geborgen.

Barbel huschte mit dem Bündel durch die Straßen. Kurz hatte

sie nach Hildegard geschaut, ob es ihr gut ginge. In ihrem Mund war ein kleines Tuchläppchen an dem das Mädchen saugte. Barbel schnupperte daran. Honig und Schlafmohnsaft. Kein Wunder, dass die Kleine so still war. Barbel schleuderte das Läppchen in den Straßenschmutz, der vom Regen in schlammige Lachen verwandelt wurde.

Den Weg zum Beginenkonvent hatte sie sich fest eingeprägt. Schon bald stand sie dem Konventseingang gegenüber auf der anderen Straßenseite und barg sich in der Toreinfahrt des dortigen Anwesens. Den Pergamentfetzen mit Adelgunds Bitte um die Aufnahme ihrer Tochter Hildegard und den Schmuck steckte Barbel mit in die Kinderdecke. Beim Schmuck zögerte sie kurz. Sollte sie nicht wenigstens den kleinsten Ring Adelgunds für ihre eigene Sicherheit behalten? Nein, der Schmuck gehörte Hildegard. Und sie selbst hatte ja immer noch den Rest von Ritter Matthias' Münze. Und ihre Base musste noch irgendwo hier leben. Vielleicht fand sie dort Aufnahme.

Noch einmal herzte sie das Kind inniglich, sprach mit ihm in beruhigenden Lauten der Kleinkindersprache und empfahl die kleine Hildegard der heiligen Brigida, der Schutzpatronin der Kinder.

Ohne weiter zu zögern, überquerte sie mit wenigen entschlossenen Schritten die Straße, legte das Kinderbündel vor dem Tor der Beginen ab und lauschte noch einmal in das Dunkel der Gasse. Dann schlug sie kräftig den Türklopfer und huschte im selben Augenblick mit gebeugtem Rücken zur gegenüberliegenden Toreinfahrt zurück, in deren tiefen Schatten sie sich erneut barg. Als kurz darauf eine der Frommen Frauen die Tür des Konvents öffnete, erstaunt das wimmernde Bündel aufnahm, einen suchenden Blick in die Gasse sandte und gleich darauf mit dem Kind im Inneren des Hauses verschwand, presste die Amme die Knöchel ihrer Faust in den Mund, um nicht laut aufzuschluchzen.

Als sich Barbel wieder der Stadt zuwandte, wuschen die Sturzbäche des Regens die Tränen von ihren Wangen.

2. Kapitel

Am darauf folgenden Tag etwa einen Tagesritt nördlich von Magdeborch.

Arno von Quitzow verließ die Feste und Stadt Burg gefolgt von seinen Gewappneten mit dem ersten Morgengrauen. Noch vor dem Mittagsläuten wollte er seinen Stammsitz in Dytershagen erreichen. Die Wege waren nach den heftigen Regenfällen der Nacht verschlammt und zwei Verwundete erschwerten das Vorankommen zusätzlich.

Die Beteiligung am Feldzug des Magdeborcher Erzbischofs Otto gegen die Mark Brandenburg und die Belagerung von Frankfurt an der Oder hatten sich für Ritter Arno als wenig ertragreich gestaltet. Zwei seiner Mannen hatten auf dem Schlachtfeld den Tod gefunden und die Beute, die sie heimführten, war nicht erwähnenswert.

Trotz alledem war Arno zufrieden mit sich und der Welt. Ein boshaftes Lächeln umspielte die Mundwinkel des dreißigjährigen Ritters, als er an seinen ungeliebten Bruder dachte. Schon immer war der um sechs Jahre jüngere Benedict der Liebling seiner Eltern gewesen. Kam er doch mit seinen blonden Locken und der hohen, schlanken Gestalt mehr nach ihrem Vater als er selbst. Bei ihm, Arno, schlugen die Anlagen seines Großvaters mütterlicherseits durch. Mit seinen glatten, schwarzen Haaren, den kurzen Beinen, dem grobknochigen Gesicht und den kalten Augen war er eher unansehnlich.

Arno konnte sich noch gut erinnern, als er dieses schreiende Bündel drei Tage nach der Geburt erstmals ansehen musste, als ihm die Eltern stolz ihren zweiten Sohn präsentierten. Inständig hatte er gehofft, der Bruder würde ebenso wie die drei Schwestern den ersten Geburtstag nicht erleben. Aber er war gewachsen, hatte sich zu einem kräftigen Jüngling entwickelt und Arno hatte nach und nach die Zuwendung des Vaters verloren. Aber das war nun vorbei.

Es war ein kluger Schachzug gewesen, den schwer verletzten Benedict dem Feind zu überlassen. Nie würde der zurückkehren, um Adelgund zu freien. Und selbst wenn er von seinen schweren Wunden genesen sollte, würde er weit in den Osten als Sklave verkauft werden. Nun war der Weg frei für ihn selbst. Nur sein Wäppeling Oswald hatte Kenntnis von dieser Tat. Doch der war ihm treu ergeben und würde schweigen.

Eine blasse Sonne kämpfte sich durch die Wolken und ließ Dampfschwaden über den Ritter und seinen sieben Gefolgsleuten aufsteigen. Schnell würde der vom Vortag noch klamme Gambeson trocknen und die Roststellen, die Kettenhemd und Rüstzeug angesetzt hatten, würden seine Knechte auf der heimischen Burg blank polieren.

Hinten auf dem Trosswagen war eine junge Frau mit einem derben Lederriemen festgebunden. Ihr fadenscheiniges Kleid wärmte sie kaum an diesem windigen Novembertag und die von den Fesseln wund gescheuerten Handgelenke schmerzten. Die einst glänzenden schwarzen Haare waren stumpf geworden und starrten vor Schmutz. Sie zählte gerade fünfzehn Jahre und ihr geborgenes Leben in ihrer Familie und der dörflichen Gemeinschaft war unwiederbringlich verloren.

Arno hatte sie in einem namenlosen Weiler als Kriegsbeute gefangen genommen. Nachdem den Feldzug die Nachricht erreicht hatte, dass zu Ostern in Magdeborch die Pest ausgebrochen war, hatte Arno beschlossen, ein Weib für seine ganz persönlichen Bedürfnisse aus den pestfreien ostelbischen Gebieten mitzuführen.

Wieder zogen sich Arnos Mundwinkel leicht nach oben. Doch seine Augen blieben kalt. Morgen würde er nach Burg Niegripp reiten. Gisilbert von Nigrebe würde sich seinem Werben um seine Tochter Adelgund nicht lange entziehen können. Ihm waren keine Söhne beschieden gewesen und so konnte er nur darauf hoffen, seine Töchter standesgemäß zu verheiraten, um Burg und Landbesitz der Familie zu erhalten. Zudem grenzte beider Grundbesitz aneinander. Und so war es nur natürlich, dass sie sich durch verwandtschaftliche Bande gegenseitig treuepflichtig wurden. Arno leckte sich die schmalen Lippen bei der Vorstellung, dass Adelgund ihm schon bald zu Willen sein musste.

Oswald schien wie so oft seines Ritters Gedanken zu erahnen:

„Wie klug von Euch, der edlen Jungfrau vor zwei Wochen einen Boten mit der Nachricht vom Tode des guten Benedicts zu senden. So wird sie schon über den hehren Verlust hinweggekommen sein und eher bereit sein, Euer Werben anzunehmen." Oswalds böses Lächeln stand dem seines Herrn in nichts nach.

Am späten Vormittag ritt Arno durch das Torhaus seiner Burg. Stalljungen eilten herbei, um die erschöpften Pferde in Empfang zu nehmen und in die Ställe zu führen, welche im Zwinger untergebracht waren.

Arno tätschelte noch einmal den Hals seines schweren Kampfrosses. Es hatte ihn tapfer durch alle Schlachten getragen. Seinen Zügel übergab er dem Stallmeister mit der Ermahnung sich gebührend um das wertvolle Pferd zu kümmern. Mit einem unterwürfigen Lächeln versicherte ihm der, seine Ermahnungen umgehend zu befolgen. Als sich der Ritter abwandte, wich die Unterwürfigkeit des alten Knechts einem ärgerlichen Schnauben. Was dachte sich der Herr? Er hatte noch nie ein Tier vernachlässigt, egal ob alter Klepper oder edles Kampfross.

Arno ließ einen prüfenden Blick schweifen. Auch in seiner Abwesenheit hatten Zucht und Ordnung in der Burg geherrscht. Alles schien gut verwahrt.

Im Wohnturm reichte der Burgvogt dem Ritter einen silbernen Pokal gefüllt mit heißem Würzwein zum Willkommen.

Mägde und Knechte legten die Tafelbretter auf Schragen und aus der Küche wurde eilends eine erste Mahlzeit aus kaltem Braten, Käse, frischem Brot, heißer Zwiebelsuppe und gebratenen Eiern aufgetragen. Etliche Hühner hatten in der Zwischenzeit ihr Leben lassen müssen und flinke Mägdehände rupften die noch warmen Leiber, damit die Köchin sie alsbald über dem Feuer auf Spießen braten konnte.

Arno war es zufrieden. Im Kamin prasselte ein wärmendes Feuer, das die Novemberkälte aus den klammen Gliedern trieb.

Später am Abend ließ er Mila, die junge Frau vom Trosswagen, in sein Gemach bringen. Am meisten Vergnügen bereitete es ihm, wenn er sie wie ein Hengst die Stute besteigen konnte.

Das junge Mädchen hatte in der Zeit seit seiner Entführung gelernt, dass es für sie am schmerzarmsten war, sich dem Willen Arnos widerstandslos zu fügen. Anfangs hatte sie noch an Flucht gedacht. Aber mit jedem Tag, den sie sich weiter westwärts zogen, musste sie sich eingestehen, dass es eine Reise ohne Umkehr war. Wenn sie in diesem fremden Land überleben wollte, musste sie die brutalen Übergriffe klaglos erdulden.

Nach einigen heftigen Stößen erschlaffte Arno stöhnend und grunzend fiel er schon bald in einen tiefen Schlaf. Sabbernder Speichel floss ihm aus dem Mundwinkel.

Angeekelt versuchte Mila, sich mit einem Zipfel der Decke zu säubern. Gut, dass der Ritter heute dem Wein so kräftig zugesprochen hatte. So war die Tortur verhältnismäßig kurz ausgefallen. Nachdenklich wog sie den Dolch Arnos in ihrer Hand. Nein, heute noch nicht.

Kurz vor Mitternacht wurde Arno noch einmal wach und fasste nach Mila. Heute dieses Weib und morgen würde er sich Adelgund holen.

3. Kapitel

Ein schneller Reiter näherte sich der Quitzowschen Burg. Das breite Tor stand weit offen, dass Fallgitter war hochgezogen. In Friedenszeiten machte man sich nicht die Mühe nach jedem Ausritt die Burg sturmfest zu machen. Nur abends wurde das Tor geschlossen.

Vom Wehrgang herunter ging ein Ruf an die Torwächter. Träge erhoben sie sich, stellten ihre Hellebarden auf und sahen dem Herannahenden gelangweilt entgegen. Der Herr Oswald war angekündigt worden. Sie fürchteten ihn soweit, dass sie nachlässig Haltung annahmen, aber sie achteten ihn nicht.

Die Hufe des Pferdes donnerten über die Zugbrücke. Im Zwinger warf Oswald einem Stalljungen die Zügel zu und eilte zum Palas.

Vor einigen Jahren war Ritter Arno der neuen Bauweise gefolgt und hatte an seinen Wohnturm einen Palas anbauen lassen. Im Untergeschoss befanden sich die Küche, Hühner- und Gänseställe und die Kammer für Köchin und Küchenmädchen. Über eine Holztreppe erreichte man eine vorgebaute, überdachte Holzgalerie, von der man in den Rittersaal gelangte. Durch zwei mit Teppichen verhangene Türen an der, dem Eingang gegenüberliegenden Wand konnte man das Gemach des Burgherrn und das seiner Gemahlin betreten.

Der Boden des Rittersaals war mit frischen Binsen bestreut und die Tafelbretter und Schragen standen sauber gescheuert an der Wand des Saals. Über der hohen Tafel zur rechten Hand prangte das Wappen derer von Quitzow in feiner Stickerei, die in kräftigen Farben gehalten war.

Arno von Quitzow hatte diesen Bau nicht zu seiner eigenen Bequemlichkeit errichten lassen. Ihm hätte auch weiterhin das karge Leben im Wohnturm genügt. Wollte er jedoch mit seinen Nachbarn mithalten, konnte er sich dieser neuen Mode nicht länger verschließen. Was er zuvor jedoch nicht bedacht hatte, waren die Auswirkungen, die dieser Neubau auf seine finanziellen Mittel haben würde. Arno war ein Kämpfer, einer der sich im Schlachtgetümmel behaupten konnte, einer der auch zu List und Heimtücke in der Lage war, so ihm ein Vorteil daraus erwuchs. Was er aber auf gar keinen Fall war, das war eine erbsenzählende Krämerseele, die mit jedem Pfennig rechnete, als würde sie sich damit den Zutritt zum ewigen Leben im Himmel erkaufen können.

Da kein Feldzug und damit auch keine Beute in Aussicht standen, musste sich Arno etwas anderes einfallen lassen, um aus seiner geldlichen Bedrängnis hinauszugelangen. Die Mitgift seiner Gemahlin Petronella war schon längst aufgezehrt. Nachdem Arno vor siebzehn Jahren um Adelgund freien wollte, musste er mit großem Verdruss hinnehmen, dass sie aus Harm um den Tod seines Bruders den Schleier genommen hatte. Doch Arno hatte nicht lange gezögert und um Adelgunds jüngere Schwester Petronella gefreit, die ihrer älteren Schwester in Anmut in nichts nachstand.

Nächtelang hatte Arno gegrübelt, wie er zu Geld gelangen könnte. Anfangs hatte er den Plan gefasst, die Steuern und Abgaben seiner Pächter und Hörigen zu erhöhen. Aber, einmal abgesehen davon, dass er dann bald keine Pächter mehr gehabt hätte, weil sie entweder schlichtweg verhungert wären oder in die nahe Stadt fliehen würden, wären diese Einnahmen doch zu gering, um seine Geldnot auf Dauer zu beheben.

Und dann endlich hatte sein Geist sich geklärt, so als hätte Gott selbst ihm eine Erleuchtung geschickt. Aber wahrscheinlich war es doch eher der Teufel gewesen.

Und aus eben diesem Grund war Oswald so in Eile. Aber nicht so sehr in Eile, dass er nicht auf der Außentreppe Irmelin, Milas sechzehnjähriger Tochter, anweisen konnte, ihm einen Krug Bier zu bringen. Der Ritt war lang gewesen, der Weg staubig und die Sonne stand hoch und heiß am Maienhimmel.

Arno wartete auf seinen Gefolgsmann in seinem Gemach. Was sie zu besprechen hatten, war nicht für fremde Ohren geeignet, die sich eventuell im Rittersaal herumtreiben könnten. Kaum hielt es ihn in seinem mit reichen Schnitzereien versehen Scheren-stuhl. Immer wieder sprang er auf, durchmaß mit langen Schrit-ten die Breite seines Raumes, sah aus dem spitzbogigen Fenster über die grünenden Felder seines Dorfes und ließ sich dann wie-der in den Stuhl fallen.

Die vergangenen siebzehn Jahre hatten sein Haar grau und schütter werden lassen. Anfangs hatte er sich noch hin und wie-der einem Kriegszug angeschlossen, um seinen meist leeren Geldkasten zu füllen. Aber auch das war schon lange her. Die letzten trägen Jahre hatten ihm zwar keine Beute dafür aber einen beachtlichen Bauch eingebracht. Sollte ihn sein Lehnsherr jetzt zu den Waffen rufen, hätte er Mühe, sich in seine Rüstung zu zwän-gen. Sein Sohn Linnard war noch nicht alt genug, um anstatt sei-ner der Waffenpflicht zu folgen. Noch versah er seinen Knappen-dienst auf der Burg eines entfernten Verwandten. Es wurde Zeit, dass ihm Petronella noch einen zweiten Sohn gebar, der länger als ein paar Wochen lebte.

An seine elfjährige Tochter Jonatha dachte Arno so gut wie nie. Diese wurde erst interessant, wenn er sie gewinnbringend und standesgemäß verheiraten konnte. Weiber waren dazu gut, Söhne zu gebären, die dann wieder Söhne zeugen konnten. Und viel-leicht noch, um eine politische Allianz zu bilden. Aber damit er-schöpfte sich ihr Wert dann auch schon.

Nach kurzen Klopfen betrat Oswald das Gemach, deutete eine Verbeugung an und grinste dann breit in Arnos erwartungsvolles Gesicht.

„Es ist vollbracht."

Arno, der sich gespannt vorgebeugt hatte, ließ sich erleichtert zurücksinken, nur um sich gleich darauf wieder aufzurichten.

„Berichte!", forderte er und trommelte ungeduldig mit den Fingern auf die eichene Armlehne.

Oswald hatte sich in den vergangenen Jahren nicht unbedingt zu einem Ritter von edlem Geist entwickelt. In Tücke und Hinter-list war er seinem Herrn ebenbürtig. Dazu war er verschwiegen und zuverlässig und hatte sich zu manchem Schurkenstück als tauglich erwiesen. Als jüngerer Sohn eines Ritters konnte er kein Erbe außer Schwert und Rüstzeug erwarten und war so nach sei-ner Schwertleite bei Arno geblieben. Auch zu neuerlicher übler Tat hatte er sich anscheinend brauchbar gezeigt.

„Leider muss ich Euch davon Kunde bringen, dass Euer hochedler Schwiegervater Gisilbert von Nigrebe bei der Hirschjagd von einem verirrten Pfeil getroffen wurde, der sich tief in sein Herz bohrte."

Oswald setzte eine bekümmerte Mine auf und verbeugte sich tief vor Arno. Als er sich aufrichtete, war wieder dieses böse Lächeln in seinem Gesicht, das seine ansonsten ebenmäßigen Züge verunstaltete. Er war fast einen Kopf größer als Arno und seine ganze Erscheinung ließ ihn auf den ersten Blick edel und ehrenhaft erscheinen. Im Gegensatz zu seinem Herrn hatte er sich über die Jahre hinweg seine schlanke Gestalt bewahrt. Noch ahnte sein Ritter nichts von seinen verschwiegenen Absichten. Aber wenn er sich weiter als nützlich und schließlich als unentbehrlich erwies, würde er ihm vielleicht seine Tochter zur Frau geben. Und wenn dem jungen Herrn Linnard ein Unglück zustieß ...

Aber alles zu seiner Zeit. Jetzt erst einmal zu den Ereignissen des heutigen Tages. Sein ungutes Grinsen vertiefte sich noch.

„Burg Niegripp gehört nun Eurer hochedlen Gemahlin und somit Euch. Wollt Ihr selbst der edlen Petronella die Nachricht vom ach so bedauerlichen Ableben ihres geschätzten Vaters überbringen oder soll ich es tun?"

„Wer lenkte den Pfeil?", verlangte Arno zu wissen.

„Seid ohne Sorge", beruhigte ihn Oswald. „Es gibt keine Mitwisser. Ich selbst sandte den Pfeil in sein Ziel."

„Sehr gut", lobte Arno. „Ich werde meinem Weib selbst ...", weiter kam er nicht, denn vor der Tür zu seinem Gemach hatte ein kleines Geräusch seine Aufmerksamkeit erregt.

Oswald legte den Finger auf die Lippen und schlich zur Tür, die er dann mit einem Ruck aufriss.

Vor der Tür stand Irmelin mit einem Humpen Bier in der Hand.

„Wie lange stehst du schon hier?", fragte Oswald schneidend.

Irmelin verbeugte sich und hielt Oswald den großen Tonbecher hin.

„Ich bin gerade eben gekommen, um Euch das Bier zu reichen, Herr."

Oswald nahm den Humpen entgegen und musterte Irmelin misstrauisch.

„Geh wieder an deine Arbeit." Arno war herangetreten und sah ebenfalls auf das Mädchen hinunter.

Irmelin huschte zurück in den Rittersaal.

Nachdenklich sah Arno auf die Tür, die Oswald wieder geschlossen hatte.

„Das will mir nicht gefallen." Arno kaute an seiner Unterlippe.
„Wer weiß, wie lange sie schon dort gestanden und womöglich
gelauscht hat."

„Soll sie auch einen ... *Unfall* haben?" Oswald hätte keine Skru-
pel diese unbequeme Mitwisserin ebenfalls zu beseitigen. „Womöglich im Weinkeller mit einem der schweren Fässer?"

„Nein, keinen Unfall." Arno fuhr sich mit der Hand über sein
stoppelbärtiges Gesicht. „Lass sie einfach verschwinden. Schon
lange erfüllt mich ihr Anblick mit Unbehagen."

Oswald nickte. Er verstand seinen Ritter nur zu gut. Warum
konnte Arnos Bastardtochter im Aussehen nicht nach seinem
Herrn oder wenigstens nach ihrer Mutter Mila schlagen? Warum
musste sie so sehr diesem verfluchten Benedict ähneln, als ob der
Herrgott die beiden Ritter mit diesem Anblick täglich an ihre
Schurkerei vor so vielen Jahren erinnern und strafen wollte.

Oswald verbeugte sich knapp und verließ das Gemach. Er
würde schon einen Weg finden. Er hatte immer einen Weg gefunden.

4. Kapitel

„Hildegard, kommst du endlich!" Ungeduldig wartete Grite nun schon geraume Zeit am Tor. Nur die alte Mette, mit dem Rücken an die Wand ihres Pförtnerhäuschens gelehnt, döste mit halb geschlossenen Augen in der Vormittagssonne auf einem Schemel vor sich hin. Obwohl schon so gut wie taub, entging ihr doch nie, wer den Konvent am Ulrichstor betrat oder wer ihn verließ.

Grite schenkte ihr ein Lächeln, das grummelnd erwidert wurde. So lange Grite hier lebte, war auch schon die alte Mette die Wächterin des Tores. Die junge Frau würde wohl nie vergessen, wie sie vor gut drei Jahren bittend und weinend am Tor gestanden hatte und Mette ihr beruhigend die Hand gestreichelt hatte.

Ihr Bruder, ein vermögender Tuchhändler, wollte sie gegen ihren Willen mit einem Geschäftsfreund in Hamburg verheiraten. Einmal hatte ihr zukünftiger Gatte ihren Bruder besucht, um den Vertrag abzuschließen, wie ihr Bruder die Eheschließung nannte. Das hatte Grite gereicht. Schon immer war sie widerwillig gewesen, sich der Munt eines Mannes zu unterwerfen. Ihr kurz zuvor verstorbener Vater hatte ihr viele Freiheiten gewährt. Sie hatte im Kontor mithelfen dürfen und sogar eigene kleinere Geschäfte abschließen können. Dabei war sie oft, sehr zum Leidwesen ihres Bruders, erfolgreicher als dieser. Und nun sollte sie diesem Mann, der mehr als doppelt so alt war als sie, einen Schmerbauch vor sich herschob, dafür aber schon den Großteil seiner Haare eingebüßt hatte, zu willen sein? Niemals! Sie war ausgerissen und hatte um Aufnahme in den Beginenkonvent gebeten. Zähneknirschend hatte ihr Bruder die noch vom Vater geregelte Mitgift herausgeben müssen. Jetzt war sie Mitte Zwanzig und hatte bisher keinen einzigen Tag ihren Entschluss bereut.

„Hildegard!" Grites Ruf schallte lauter über den Innenhof.

Endlich kam die Gerufene, sich noch im Laufen die letzten sonnengelben Locken unter das Gebände schiebend und den Schleier darüber richtend. Unter dem weiten, lose fallenden grauen Beginengewand war eine schlanke Gestalt zu erahnen, die für eine Frau um ein Weniges zu groß erschien. Graugrüne Augen musterten die Welt neugierig, was mancher als ungehörig bezeichnet hätte. Die ebenmäßigen, jugendlichen Züge wurden lediglich durch einige erste Sommersprossen, die sich um die schmale Nase versammelt hatten, beeinträchtigt. Zumindest war Hildegard der Meinung, das diese eine Beeinträchtigung darstellten. Der Beichtiger des Konvents hatte ihr für die Todsünde der Eitelkeit zehn Vaterunser und den Verzicht aller süßen Backwaren für eine Woche auferlegt. Ersteres war schnell erledigt, zweiteres schmerzte Hildegard doch sehr, zumal Pater Bernhard sich beim gemeinsamen Essen nach der Beichte, Hildegards übriggebliebenes Milchbrötchen selbst einverleibte.

In der Hand trug Hildegard einen kleinen Leinenbeutel, den sie in den großen Korb legte.

Grite zog fragend die Augenbrauen hoch.

„Hedwigis hat uns gebeten, nach dem Markt noch bei der alten Barbe vorbeizusehen und ihr ein Töpfchen Sirup aus Wacholderbeeren zu bringen sowie ihr einen Aufguss aus Bergminze zu bereiten."

„Hat sich ihr Husten noch immer nicht gebessert? Dabei haben wir schon Mitte Mai und die Sonne steht warm am Himmel."

Hildegard zuckte mit den Schultern. „Dann sollen wir noch Seifenkraut und Wacholderbeeren kaufen. Die letzten hat Hedwigis für den Sirup verbraucht."

Grite seufzte. Das würde länger dauern als geplant. Dabei warteten doch Else und Theresia auf sie. Übermorgen musste der Ballen feinen Tuches fertig gewebt sein und beim Tuchhändler Hannes Gessler abgeben werden. Der hatte ihnen versprochen, ihre Ware auf seinem Flussschiff und dann auf dem Wagen bis nach Eisleben mitzunehmen und dort gewinnbringend zusammen mit seinen eigenen Waren zu verkaufen.

„Gehen wir zuerst zum Markt", beschloss Grite und lief mit schnellen Schritten voraus.

Hildegard eilte an Grites Seite. Sie hatte deren Unmut wohl bemerkt. Da sie um dessen Ursache wusste, schlug sie vor: „Geh du doch zum Markt und erledige die Einkäufe. Derweil laufe ich schon zu Barbe und verabreiche ihr die Medizin." Wobei sie den

Hintergedanken zu unterdrücken suchte, endlich einmal wieder einen Ausflug allein in der Stadt unternehmen zu können. Man musste nur verstehen, das Angenehme mit dem Nützlichen zu verbinden.

Grite blieb stehen und zögerte: „Die Magistra hat uns immer wieder ermahnt, nicht allein in der Stadt unterwegs zu sein."

„Aber wir sind doch nicht allein", Hildegards graugrüne Augen blitzten Grite verschwörerisch an. „Die Straßen sind voller Menschen."

Inzwischen hatten sie die Ulrichskirche hinter sich gelassen, den Breiten Weg erreicht und die Gassen und Straßen hatten sich immer mehr belebt. Es war nicht einfach, in dem Gedränge Seite an Seite zu gehen. Immer wieder mussten sie Karren oder schweren Ochsengespannen ausweichen, die sich rumpelnd und ohne Rücksicht auf die Fußgänger ihren Weg bahnten. Wer nicht unter die Räder geraten wollte, musste gehörig aufpassen. Erst vor wenigen Tagen war eine alte Frau, die nicht rechtzeitig aus dem Weg humpeln konnte, das Opfer eines solchen Gespanns geworden, welches Weinfässer von der Floßlände zum Kloster Unserer Lieben Frauen transportierte. Die dortigen Chorherren waren einem guten Tropfen aus dem fernen Burgund nicht abgeneigt, wie man sich erzählte.

„Nun gut, aber wir treffen uns zum Mittagsläuten am Portal der Ulrichskirche. Dann gehen wir gemeinsam zurück in den Konvent." Grite fürchtete nicht für ihr eigenes Wohlergehen. Sie hatte im Handelshaus ihres Vaters gelernt mit frechen Fuhrknechten und vorlauten Handelsgehilfen umzugehen. Aber Hildegard hatte ihr gesamtes Leben behütet im Konvent zugebracht. Grite hielt sie für ein wenig weltfremd, auch wenn sie sich gegenüber dem Federvieh und den zwei Ziegen durchzusetzen wusste. Selbst der pechschwarze, freche Kater Rabenaas war ihr ergeben und umschlich Hildegards Beine weit öfter als die der anderen Frauen.

Sie hatten noch ein Stück gemeinsamen Wegs bis zum Alten Markt. Dort trennten sie sich. Grite würde im Auftrag der Köchin Walburga Gemüse, frischen Flussfisch, Zimt für eine leckere Soße und die Beeren und Kräuter für ihre Apothekerin Hedwigis kaufen.

Hildegard griff sich den kleinen Arzneibeutel und wandte sich nach links. Sie musste zwei schmale Gassen durchschreiten und würde so zum Haus des Bäckers Thomas Nürnberger gelangen, dessen Vorfahren vor langer Zeit aus eben jener Stadt zugewandert waren.

Die weit überkragenden oberen Geschosse der Holzhäuser ließen kaum einen Sonnenstrahl bis zu ihrem Grund dringen. Trotz des hellen Tages war es hier schummrig und die nie trocknenden Abfälle dünsteten einen fauligen Geruch nach allerlei Unrat und Exkrementen aus. Doch Hildegard hatte diesen Weg schon oft genommen und so schritt sie zügig aus. Mit ihren Gedanken war sie schon bei der alten Barbe, die ihr in großer Herzlichkeit zugetan war. Auch Hildegard mochte die alte Frau, die ihr vielerlei Geschichten aus ihrem Leben in der Stadt erzählt hatte. So bemerkte sie nicht, dass ihr zwei zerlumpte Gestalten in die Gasse folgten. Und selbst wenn sie sie wahrgenommen hätte, wäre ihr der Gedanke fern gewesen, dass ihr von diesen Ungemach drohen könnte.

Gerade als sie an einem wenig mehr als schulterbreiten Durchlass zwischen zwei Häusern vorbeikam, überholte sie der eine, drehte sich um und fasste nach ihr. Hildegard wollte ausweichen, aber da war der andere schon hinter ihr, packte sie bei den Schultern und drängte sie in eben jenen schmalen Durchgang in dem sein Kumpan nun schon stand. Gemeinsam zerrten sie Hildegard in das Dunkel. Sie wollte schreien, doch eine schmutzige Hand presste sich von hinten auf ihren Mund und der vor ihr hatte ihr die Spitze eines Dolches auf die Kehle gesetzt.

Hildegards erschreckte Augen blickten dicht vor sich in ein schmutziges Gesicht, das unter einem wild wuchernden Bart fast verschwand und sie tückisch angrinste. Die oberen Schneidezähne fehlten vollständig und auch unten waren nur noch wenige, dunkle Stumpfe zu sehen. Die Nase war platt und schief, wahrscheinlich mehrmals gebrochen. Die abstehenden Ohren stachen durch dunkle, verfilzte Haare und von der linken Ohrmuschel fehlte die obere Hälfte. Der Mann war von mittelgroßer, hagerer Gestalt.

Ein Finger der knebelnden Hand geriet ihr zwischen die Zähne und Hildegard biss kräftig zu.

„Verfluchte Hure!", schrie der Gebissene auf. Der Halbohrige verabreichte Hildegard eine kräftige Ohrfeige. Sie taumelte gegen die Brust des Hinteren.

„Halts Maul", zischte der vor ihr seinem Kumpanen zu, „oder

willst du uns die Büttel auf den Hals hetzen?"

Hildegards Augen suchten verzweifelt nach einem Ausweg, aber rechts und links ragten die fensterlosen Wände der Häuser auf und die beiden Ausgänge waren durch die zwei Galgenvögel versperrt.

„Nun mach schon ein Ende mit ihr. Der Herr hat bezahlt dafür."

„Warum sollen wir nicht erst noch ein bisschen Spaß mit ihr haben?" Die Spitze der Klinge rückte etwas ab von Hildegards Hals und der Halbohrige zerrte mit gierigen Fingern an ihrem grauen Gewand.

Vom Eingang des Durchganges war ein lautes Räuspern zu hören gefolgt von den Worten: „Ich glaube, die Jungfer findet keine Freude an Euren Späßen."

Der Vordere fuhr herum und Hildegard trat ihm kräftig in die Kniekehle, was zur Folge hatte, dass er seinen Dolch fahren ließ und dem Unbekannten geradezu in die Arme stolperte. Der zögerte nicht lange und versetzte dem Schurken mit seinem lange Wanderstab einen kräftigen Schlag, der ihn zusammensacken ließ wie einen löchrigen Sack Getreide.

Als er seinen Kumpanen zu Boden gehen sah, wandte sich der andere um und suchte sein Heil in der Flucht zum anderen Ende des Durchgangs hin.

Der Fremde reichte Hildegard seine Hand und half ihr über den am Boden Liegenden hinweg.

„Was hat eine edle Jungfer allein hier in dieser Gasse verloren? Ihr seid sehr leichtsinnig. Diebsgesindel treibt sich gern an dunklen Orten herum."

Hildegard musterte ihren Retter. Die graue, grobe Kutte, der breitkrempige Hut und der lange, knorrige Stab wiesen ihn als Pilger aus. Er war mindestens einen Kopf größer als sie und unter seinem Hut wellten sich helle Haare bis auf seine Schultern. Sein Gesicht musste ehemals weiche Züge besessen haben, aber Leid und Kummer hatten tiefe Falten um seinen Mund und zwischen seine Augen gegraben. Hildegard schätze, dass er die Vierzig schon überschritten hatte, aber da mochte sie sich auf Grund seines Aussehens auch täuschen.

„Keine edle Jungfer, nur Jungfer", antwortete sie. Und nach kurzem Zögern: „Habt Danke für die Rettung. Ich bin auf dem Weg zu einer alten Freundin, um ihr Arznei zur Linderung ihres

Hustens zu bringen."

„So werde ich Euch begleiten, damit Ihr den Weg zu Eurer Freundin ohne weiteren Schaden übersteht."

Hildegard wollte schon ablehnen, spürte dann aber, wie ihre Knie ob des durchstandenen Schreckens weich wurden und stützte sich dankbar auf den eiligst dargebotenen Arm des Pilgers. Auch war da noch ein Satz, den einer der beiden Männer gesagt hatte und der sie beunruhigte. Aber je mehr sie über den genauen Wortlaut nachgrübelte, um so weiter entfernten sich die bedrohlichen Worte aus ihrem Gedächtnis.

Mit vorsichtigen Fingern betastete Hildegard ihre geschlagene Wange, die langsam zu glühen begann. Sicherlich würde sie sich bei ihrer Rückkehr in den Konvent blau zu färben beginnen oder zumindest tiefrot sein. Der Kerl hatte einen kräftigen Schlag. Sie musste sich bis dahin eine glaubhafte Ausrede einfallen lassen. Denn, wenn sie nicht zugeben wollte, dass sie, entgegen der Anweisung der Magistra, allein in den Gassen unterwegs gewesen war, konnte sie auf gar keinen Fall von dem Überfall berichten. Es wäre nicht das erste Mal, dass sie sich zusätzliche Arbeiten für unbotmäßiges Verhalten einhandelte. Die Magistra war eine sanfte Vorsteherin des Konvents. Wenn es aber um die Sicherheit der ihr unterstellten Frauen ging, konnte die fast Sechzigjährige hart und streng sein.

„Ihr habt schon einen weiten Weg hinter Euch?" Hildegard musterte ihren Begleiter und dessen Kutte mit dem ausgefransten, beschmutzten Saum erneut.

„Mein Weg führte mich von Meißen an der Elbe entlang. Ich habe gelobt, auf meinem Bußgang gute Taten zu begehen."

„Oh, ein edler Ritter", konnte sich Hildegard nicht versagen zu bemerken.

Das Gesicht des Pilgers verzog sich einen flüchtigen Augenblick schmerzhaft, doch er antwortete nicht und stieß stattdessen einen kurzen, leisen Pfiff aus.

Ein großer, wolfsähnlicher Hund, der bis dahin in den Abfällen der Gasse nach Fressbarem gewühlt hatte, schloss sich ihnen an.

Die ersten Schritte legten sie schweigend zurück.

„Euer Hund ähnelt sehr einem Wolf. Habt Ihr ihn in den Wäldern selbst eingefangen?", fragte Hildegard schließlich, nur um überhaupt etwas zu sagen.

„Ein Wolf ist ein wildes Tier. Niemals würde er sich dem Lärm und der Geschäftigkeit einer Stadt aussetzen. Die Urahnen dieses Hundes sind wohl frei in den Wäldern herumgestreift. Er ist ein Geschenk vom ...", der Fremde zögerte kurz. „Er stammt aus Böhmen", setzte er dann hinzu.

Sie verließen nach wenigen Schritten die Gasse und traten auf eine belebtere Straße. Hildegard wies mit dem Kopf zur gegenüberliegenden Straßenseite.

„In dem dritten Haus dort lebt die alte Frau bei dem Enkel ihrer Base, dem Bäckermeister Thomas Nürnberger. Er backt ein überaus knuspriges, leckeres Brot und die kleinen Kuchen mit Mandeln und Honig, die seine Frau alltäglich aus dem Backes zieht, sind in ganz Magdeborch begehrt."

„So werde ich Euch denn hier verlassen. Achtet auf Euer Wohlergehen Jungfer Begine und lasst Euch von einem Knecht des Bäckers nach Hause begleiten."

Hildegard verabschiedete sich mit einem Dank für die Rettung und Begleitung und wandte sich dann dem Haus des Bäckers zu. Dabei entging ihr, dass der Pilger ihr mit zusammengezogenen Augenbrauen hinterhersah, bis sie die Tür erreicht hatte.

Dann wich er zwei Schritte in die dunkle Gasse zurück, ließ sich dort auf einer Türschwelle nieder mit dem Rücken an die Hauswand gelehnt, die Augen halb geschlossen. So musste jeder Vorbeikommende denken, ein ermatteter Büßer döse dort vor sich hin, bevor er sich der nächsten Pilgerherberge zuwenden würde. Der Hund legte sich zu seinen Füßen.

Hinner, der zwölfjährige Lehrjunge des Bäckers, wollte eben das Haus verlassen und stieß fast mit Hildegard zusammen, als sie eintreten wollte. Er machte eine tiefe Verbeugung vor der jungen Frau und die Wangen des mageren Bürschchens überhauchte ein rosiger Schein, als er sie erkannte. Verlegen zupfte er an seinem abgetragenen, viel zu weiten Kittel herum, dessen Saum ihm bis zu den Knöcheln reichte. Die Ärmel waren mehrfach umgeschlagen und die Schultern hingen bis zum halben Oberarm herunter.

„Ihr... sicher zur alten Barbe", nuschelte er, wagte noch einen schnellen Seitenblick und wollte sich dann an Hildegard vorbeidrücken. Doch abrupt blieb er stehen und musterte sie genauer.

„Was ist Euch zugestoßen?" Hinner deutete auf Hildegards Wange.

„Also ja, da war so ein, da war so ein", Hildegard hätte nicht gedacht, dass sie so bald eine passende Ausrede zur Hand haben musste. Dann fügte sie schnell hinzu: „Da war so ein Abfallhaufen. Ich habe ihn nicht gesehen, bin ausgerutscht und mit dem Gesicht gegen die Hauswand geschlagen." Das hörte sich doch ganz gut an, dachte sie zumindest.

„Ihr habt den Abfallhaufen nicht gesehen?" Hinner klang skeptisch. „Und seid mit dem Gesicht gegen die Hauswand gefallen?" Hinner klang ungläubig. „Wem wollt Ihr das erzählen?" Hinner schüttelte den Kopf.

„Wie kannst du behaupten, dass ich die Unwahrheit sage?" Hildegard war ganz Entrüstung.

„Also", begann Hinner und trat einen Schritt näher, um Hildegards Wange besser betrachten zu können. „Wenn ihr ausgerutscht und mit dem Kopf gegen die Wand gefallen seid, dann müsste nicht nur Eure Wange rot sein, sondern auch Euer Gebände über der Wange müsste beschmutzt sein." Triumphierend sah er Hildegard an.

„Ja, da war halt so eine Kante an dem Haus und ich bin nur gegen diese gefallen." In Hildegards Stimme schwang schon ein deutlicher Unterton von Unmut mit.

„Ach, und diese Kante hatte fünf Finger?" feixte Hinner jetzt offen und erklärte auf Hildegards fragenden Blick hin. „Auf Eurer Wange sind ganz deutlich die Abdrücke von fünf Fingern zu sehen. Und glaubt mir, mit dem Abdruck von fünf Fingern auf Wangen kenne ich mich nur zu gut aus."

Thomas Nürnberger war zwar ein sehr guter Bäcker, aber auch ein außerordentlich gestrenger Lehrherr, dem die Hand ziemlich locker saß.

„Du solltest dich beim Stadtrichter oder bei der Heiligen Inquisition als Gehilfe bewerben." Hildegard wuschelte Hinner durch die Haare und der errötete wieder.

„Geht Ihr zur alten Barbe und ich bringe Euch ein feuchtes Tuch. Damit könnt Ihr die Wange kühlen. Zumindest die einzelnen Abdrücke sind danach nicht mehr zu sehen. Aber vorher sagt Ihr mir noch, wer Euch das angetan hat. Ich werde ihn in den Backes schieben, bis seine Augäpfel zu kochen beginnen."

Hildegard musste laut auflachen. „Schon der zweite edle Ritter, der mir heute begegnet." Und auf Hinners grimmigen Blick hin: „Aber sei unbesorgt, der Galgenvogel, der mich ausrauben wollte, liegt jetzt mit brummendem Kopf in der Gosse und wird so bald nicht wieder aufstehen."

Hinner nickte zufrieden und lief dann nach dem feuchten Tuch.

Hildegard wandte sich der Stiege zu, die zu den Kammern unterm Dach führte, wo auch Barbe ihren Lebensabend verbrachte.

Sie klopfte an die Tür zur Linken. Ein unbestimmbares Geräusch von drinnen antwortete. Die junge Frau betrat die karg eingerichtete Kammer. An der Dachschräge stand das schmale Bett, in dem sich Barbe leise stöhnend aufrichtete. An der anderen Wand barg eine kleine Truhe die wenigen Besitztümer der alten Frau. Verschiedene Kleidungsstücke hingen an Haken, die in der Wand eingelassen waren. Ein dreibeiniger Holzschemel vervollständigte die Einrichtung. Aber diese Kammer hatte ein winziges, mit einer Schweinsblase verschlossenes Fenster, dass Hildegard jetzt öffnete, um die frische, warme Maienluft einzulassen.

In dem Halbdunkel blieb Barbe Hildegards verfärbte Wange verborgen.

Als gleich darauf jedoch Hinner mit dem feuchten Tuch die Stiege hoch hastete, musste sie doch die Ausrede vom Ausgleiten im Abfall erzählen.

„Ach, mein armes Kind." Ein schmerzender Hustenanfall unterbrach die alte Frau und krümmte sie zusammen.

„Bringst du mir wieder etwas vom schmackhaften Sirup eurer Apothekerin?" Barbe lachte krächzend.

Hildegard zog es das Herz zusammen, als sie die Frau verstohlen musterte, während sie die kleine Tonflasche mit dem Sirup aus ihrem Beutel zog. Es waren wohl an die zehn Jahre her, als sie Hedwigis begleitete, die der Bäckersfrau Inez Nürnbergerin Breiumschläge auf eine schlecht heilende Brandwunde am Arm legte, die diese sich am Backofen zugezogen hatte. Barbe war Hildegard schon damals alt vorgekommen. Doch sie hatte sich so liebevoll um das Kind gekümmert, dass Hildegard sie öfter als nötig besucht hatte. Aber jetzt lagen im graubleichen Gesicht der alten Frau deren Augen dunkel und tief in ihren Höhlen. Die Krankheit hatte ihren Körper ausgezehrt und jeder Atemzug rasselte in ihrer Brust.

Hildegard verabreichte der Kranken einen Löffel von dem Heilmittel. Barbe schüttelte sich, leckte dann aber doch den Holzlöffel gründlich ab.

Gleich darauf sprang Hildegard schon wieder die Stiege mit den paar Stängeln Bergminze in der Hand hinunter, aus denen sie jetzt noch einen Aufguss brühen würde.

In der Küche traf sie auf die Köchin, die in einem großen Kessel über dem Feuer rührte. Ein Duft nach kräftiger Hammelbrühe und Wurzelgemüse stieg Hildegard in die Nase.

Sie fragte die Köchin nach heißem Wasser und diese wies stumm auf einen Topf, der leise siedend am Rand des Herdfeuers stand.

Ein passender Tonbecher war schnell gefunden. Hildegard zerrieb die Minzblätter zwischen den Handflächen, ließ sie in den Becher rieseln und goss dann mit heißem Wasser auf.

„Ein kleiner Löffel Honig in den Aufguss würde Barbe bestimmt gut tun." Hildegards bittenden Blick konnte die Köchin nicht widerstehen und reichte ihr den Honigkrug vom obersten Regalbrett.

„Wenn Barbe den Sud getrunken hat, dann hol ihr noch eine Schüssel Suppe und hilf ihr beim Essen. Ich muss der Frau Inez noch im Backhaus helfen."

Mit flinken Füßen eilte Hildegard wieder die Stiege hinauf und reichte der alten Frau den heilenden Aufguss.

Barbe schnüffelte daran und schlürfte dann genießerisch den ersten vorsichtigen Schluck. „Wie ist es dir gelungen, der Köchin den Honig abzuschwatzen?"

Hildegard setzte wieder ihren flehendsten Blick auf und sah Barbe an, bis die grinsen musste.

„Hast du eigentlich schon immer bei der Bäckersfamilie gelebt?", fragte Hildegard, als die alte Frau den Becher absetzte.

„Ach nein, ich bin im Jahr der großen Pest nach Magdeborch gekommen."

„Ich auch", rief Hildegard aufgeregt. Und dann fügte sie wehmütig hinzu: „Das heißt, ich wurde im November des Pestjahres bei den Beginen vor dem Tor abgelegt. Aber das weißt du ja, ich hab's dir wohl schon erzählt."

Die alte Frau nickte. „Und dann gab es sieben Jahre später noch eine schlimme Pest. Dem Bäcker sind zwei Gesellen und einer seiner Lehrjungen gestorben und er war froh, dass ich mithelfen konnte. In der ganzen Stadt gab es keine Familie, die nicht von der Seuche betroffen war. Der schwarze Tod hat sie alle geholt, unbesehen, ob es Pfaffen oder Laien, Arme oder Reiche, Alte oder Junge, Bettler oder Ratsmannen waren. Vor den Toren mussten große Gruben ausgehoben werden, um die Toten dort zu verscharren. Zwei Karren mit Toten fuhren jeden Tag aus der Stadt heraus."

„Daran erinnere ich mich nur schwach", unterbrach die junge Frau die alte. „Ich war ja eben erst sieben Jahre alt. Aber ich weiß noch, dass von den ehemals zwölf Beginen nur noch fünf übrig waren. Alle anderen hat das Große Sterben geholt."

„Es brachte die Menschen um den Verstand. Gesetz und Sitte waren abgeschafft. Die Menschen plünderten und vergnügten sich offen auf der Straße. Niemand gebot ihnen Einhalt, denn jeder versuchte seine vermeintlich letzten Tage so lustvoll wie möglich zu verbringen. Das Fegefeuer schreckte kaum noch jemanden, denn die Hölle auf Erden war schon ausgebrochen", fuhr Barbe in ihrer Erzählung fort. „Die einen führten die Pest auf schädliche Ausdünstungen zurück und verhüllten Kopf und Körper und atmeten nur noch durch ein Tuch, andere sahen es als Strafe Gottes, die er den sündigen Menschen gesandt hatte. Und dann waren da noch jene, die den Juden die Schuld gaben, sie hätten die Brunnen vergiftet. Viele von ihnen wurden in ihren Häusern verbrannt oder erschlagen. Viele flohen aus Angst um ihr Leben aus ihrer Ansiedlung vor dem Sudenburger Tor."

„Ich durfte in dieser Zeit den Konvent nicht verlassen. Die anderen Frauen waren ständig in der Stadt unterwegs, um den Sterbenden und Überlebenden beizustehen."

Barbe nahm einige, vorsichtige Schlückchen von ihrem immer noch heißem Aufguss und sah nachsinnend in ihren Becher. Einer der Gesellen des Bäckermeisters war ihr damals herzlich zugetan. Obwohl sie schon die Fünfzig überschritten hatte und der Geselle auch nur unwesentlich jünger war, hatten sie manche Nacht in trauter Zweisamkeit verbracht. Doch eines Morgens war ihr Liebster nicht aus seiner Kammer in die Backstube gekommen. Zwei Tage später fuhr er mit vielen anderen auf dem Schinderkarren aus der Stadt und fand seine letzte Ruhe in einer der Kuhlen bei Rottersdorf.

Barbe seufzte. Aber sie hatte überlebt und Hildegard auch. Vielleicht hielt Gott noch eine Aufgabe für sie bereit und hatte sie deshalb so lange leben lassen. Barbe trank den Rest aus ihrem Becher.

„Beim nächsten Mal erzähle ich dir von den Flagellanten, die in die Stadt kamen, um Gottes Vergebung zu erflehen. Aber jetzt bin ich müde. Lass mich allein."

„Nichts da. Erst hole ich dir noch eine Schüssel von dem Eintopf, den die Köchin über dem Feuer hängen hat."

Und noch ehe Barbe sagen konnte, dass sie doch gar keinen Hunger hatte, war Hildegard schon wieder auf der Stiege. Nur wenige Augenblicke später stand sie mit einer tönernen Schüssel in der Kammertür und ein verlockender Duft kitzelte die alte Frau in die Nase.

„Na gut", gab sie nach. „Du gibst ja doch vorher keine Ruhe. Aber nur ein paar Löffel."

Hildegard reichte Barbe die Schüssel und mit zitternden Fingern führte die Alte den Löffel zum Mund. Hin und wieder floss etwas Brühe aus ihrem Mund und Hildegard tupfte ihr das Kinn mit einem Tuch ab. Und ehe es sich die beiden versahen, war nur noch ein geringer Rest in der Schüssel.

Hildegard trug die Schüssel nach unten und entleerte dann noch Barbes Nachtschüssel in die Abortgrube auf dem Hof. Der Bäckermeister hielt sich strikt an den Erlass des Rates, keinen Abfall und keinen Kot auf die Straße zu schütten und hatte auch alle Angehörigen seines Hauswesens strengstens angewiesen.

Sehr zum Leidwesen des Rates umgingen viele Einwohner der Stadt diesen Erlass, indem sie heimlich des Nachts die Straßen mit ihrem Unrat verschmutzen.

Kurz darauf stand Hildegard im Backhaus im Hinterhof und grüßte artig Frau Inez. Als sie nach einem Knecht fragte, der sie zum Konvent begleiten könnte, musste ihr die Frau des Hauses leider mitteilen, dass die zwei Gesellen gerade mit einem Karren voller Brote zu den Brotbänken auf dem Alten Markt geschickt hatte. Als einzigen männlichen Schutz konnte sie ihr Hinner anbieten. Der hätte am liebsten ein Schwert gegürtet, als er hörte, dass er die Jungfer Hildegard begleiten durfte. Die sah etwas skeptisch auf ihren Beschützer hinunter. Konnte dieser blasse, schmächtige Zwölfjährige ihr wirklich helfen, falls die zwei Galgenvögel sie noch einmal angreifen sollten? Nun ja, vielleicht nicht verteidigen, aber auf jeden Fall konnte er entwischen und lauthals um Hilfe schreien.

Als die beiden schon das Backhaus verlassen wollten, rief Frau Inez Hildegard noch einmal zurück und steckte ihr eines der kleinen Küchlein zu. Mit einem sehnsüchtigem Blick streckte auch

Hinner seine Hand nach einem Gebäck aus, bekam jedoch nur eins mit dem Teiglöffel drauf.

„Du erledige erst dein Tagwerk, dann können wir heute Abend weitersehen", beschied ihm die Bäckersfrau.

Hinner schob die Unterlippe vor und verließ mit Hildegard im Schlepptau das Haus. Auf der Straße hielt Hildegard den Jungen an der Schulter fest, teilte dann ihren handtellergroßen, flachen Kuchen und hielt ihrem kleinen Begleiter eine Hälfte hin.

Hinner machte eine übertrieben tiefe Verbeugung, wobei er sich aber schon eine Hälfte schnappte und herzhaft hineinbiss. Dann erfasste er einen Stecken, der auf der Straße lag, schwang ihn wie ein Schwert und verkündete lauthals: „Kein Ungemach soll Euch zustoßen Jungfer Hildegard, solange Hinner vom Backes Euer Beschützer ist." Dummerweise verfing sich sein hölzernes Schwert in der edlen Heuke eines vorübereilenden Herren, der mit den Worten: „Pass doch auf Tölpel!", Hinner eine kräftige Ohrfeige verpasste.

Der rieb sich mit verblüfftem Gesicht die Wange, bevor er wieder theatralisch rief: „Jungfer, jetzt sind wir beide gezeichnet. Mein Schicksal hat sich erfüllt."

Hildegard fasste ihn lachend bei der Hand und zog ihn mit. „Komm bloß weiter, sonst schickt noch jemand nach den Bütteln und die werfen uns beide in den Narrenturm. Und das würde weder deinem Meister noch meiner Magistra gefallen, von meiner *Freude* daran mal ganz abgesehen."

„Mit Euch im Turm, welch himmlisches Vergnügen." Hinner verdrehte verzückt die Augen.

„Von wem hast du nur dieses Geschwätz gelernt?" Hildegard schüttelte den Kopf. Wenn ein zwölfjähriger Lehrjunge die Kammer mit zwei erwachsenen Gesellen teilen musste, brauchte man sich nicht darüber zu wundern. Nur dem Altgesellen stand eine eigene Kammer zu.

Derweil bogen sie in die kleine Gasse ein, wo der Pilger sie gerettet hatte. Als sie an dem schmalen Durchgang zwischen den Häusern vorbeikamen, spürte Hildegard, wie sich ihre Nackenhaare aufstellten und ihr ein kalter Schauer über den Rücken rieselte. Jedoch fehlte von dem Schurken, den der Pilger mit seinem Wanderstock niedergestreckt hatte, jede Spur. Nichts deutete darauf hin, dass dort vor knapp einer Stunde fast eine junge Frau zu Tode gekommen war.

Schnell hatten sie den Alten Markt erreicht. Dort bot eine bunt-gekleidete Gauklertruppe ihre Kunststücke dar. Ein Jongleur, dessen Kleidung und Kappe rot und blau in mi-parti gehalten war, ließ fünf farbige Stoffbälle in der Luft kreisen und fing sie geschickt wieder auf. Als er seine Kappe abnahm und herum-ging, um kleine Münzen der Zuschauer einzusammeln, wandten sich Hildegard und Hinner ab und setzten ihren Weg fort. Sie hatten kein Geld und der Kuchen von Frau Inez war längst ver-speist.

Gerade als sie sich umdrehten, war es Hildegard, als hätte sie ihren Retter aus Meißen bemerkt. Doch als sie genauer hinsah, war da nur noch ein breitkrempiger Pilgerhut, dessen Träger in einer anderen Richtung davonstrebte. Pilger waren in Magde-borch keine Seltenheit. Viele erflehten in der Sankt-Sebastian-Kir-che Beistand von der Kopfreliquie des Heiligen Sebastian oder beteten um die Vergebung ihrer Sünden.

Kurz vor dem Mittagsläuten verabschiedete sich Hildegard an der Ulrichskirche von Hinner. Der war darüber etwas enttäuscht. Hatte er doch, ewig hungrig, darauf gehofft, Hildegard bis in den Konvent begleiten zu können und von der zwar grimmigen aber doch gutmütigen Köchin eine Scheibe Brot zu ergattern. Womög-lich hätte sie es noch mit dem köstlichen Griebenschmalz, das sie so vortrefflich mit Zwiebeln, Äpfeln und Thymian auszulassen wusste, bestrichen.

Grite wartete schon ungeduldig. Als sie Hildegards verfärbte Wange sah, zog sie missbilligend die Augenbrauen hoch. Grite brauchte gar nicht zu fragen. Ihre Mimik brachte Hildegard von ganz allein dazu, sich zu rechtfertigen. Und sie erzählte wieder ihre Ausrede vom Sturz gegen die Kante an einer Hauswand. Sie war nicht besonders glücklich dabei. Wie oft müsste sie noch die Unwahrheit erzählen? Es widerstrebte ihr zutiefst, ihre Freundin-nen anzulügen.

Wenn der Beichtiger des Konvents, Pater Bernhard, das nächs-te Mal zu ihnen kam, hätte sie einiges zu gestehen. Und die Stra-fen, die Bernhard verhängte, waren allemal streng. Nachsicht und Güte gehörten nicht zu seinen hervorstechenden Tugenden.

Kurz darauf betraten sie durch die kleine Pforte im großen Tor den Konvent. Mette döste wie gewohnt vor sich hin. Ohne die Augen zu öffnen, brummte sie: „Wird Zeit, dass ihr kommt, Wal-burga hat schon nach dem Fisch gefragt."

Grite eilte also gleich mit ihrem Korb voller Einkäufe zu Walburga in die Küche. Vorher drückte sie Hildegard noch ein Leinensäckchen in die Hand.

„Das sind die Wacholderbeeren. Bring sie Hedwigis. Seifenkraut gab's nicht auf dem Markt. Sollen wir beim Apotheker Kruse an der Johanniskirche holen." Und schon war sie durch die Küchentür verschwunden.

Hildegard wandte sich nach links. Gleich neben dem Eingang schmiegte sich Mettes winziges Torwächterhäuschen an die Außenmauer. Dem schloss sich das kleine Waschhaus, das auch als Badehaus genutzt wurde, an. Das daneben befindliche Backhaus sorgte auch in der kalten Jahreszeit für eine angenehme Temperatur beim Baden. Vom Backhaus waren es nur wenige Schritte bis zur Küche. In dem folgenden großen Haus befand sich ebenerdig das Refektorium. Darüber bewohnte die Magistra einen großen Raum. An diesem Haus schloss sich ein kleines Stück Außenmauer zur Straße hin an und dann kamen zwei kleinere Häuser. In dem ersten war unten der Schulraum für Mädchen untergebracht. Darüber befand sie die Kammer von Mechthilda. Sie unterrichtete nicht nur einige Töchter reicher Handwerker und Handelsherren im Lesen, Schreiben und Rechnen.Öfters nahm sie auch ein begabtes Mädchen armer Leute auf. Zur Zeit saßen neun Mädchen im Alter von neun bis dreizehn Jahren im Schulraum. Hildegard hörte sie Rechenaufgaben im Chor wiederholen. Mechthilda war etwa dreißig Jahre alt und die einzige Tochter des Ratsmannen Peter Honstein. Bei dem Nachfahren des Bürgermeisters Hans Honstein, der vor über sechzig Jahren gegen Erzbischof Heinrich II. die Herausgabe des Schlüssels zur Herrenpforte erzwungen hatte, waren viele Bewerber vorstellig geworden, um sie zu freien. Jedoch hatte sie alle ausgeschlagen und war statt dessen vor etwa sechs Jahren in den Beginenkonvent eingetreten. Anfangs war ihr Vater außer sich über diesen Entschluss seiner Tochter, hatte sich dann aber damit abgefunden, dass sie diesen Weg wählte. Ein geringer Trost war es ihm, dass kein endgültiges Gelübde seine Tochter band. Sie konnte, anders als aus einem Nonnenkloster, jederzeit den Konvent verlassen. So gab es noch immer eine geringe Hoffnung auf eine Vermählung seiner Tochter und auf Enkelkinder. Im vorigen Herbst hatte er dem Konvent sogar mehrere stabile Balken und Bohlen gespendet. Damit konnten die Wege zu den einzelnen Häuschen befestigt werden, so dass die Frauen bei Regen einigermaßen trockenen Fußes den sonst schlammigen Innenhof überqueren konnten.

Mechthilda war eng mit Hedwigis, der Apothekerin, befreundet, die das anschließende Häuschen bewohnte. Unten war ihr kleines Kräuterreich und darüber ihre Kammer. Oft saßen Mechthilda und Hedwigis beieinander und studierten eines von Mechthildas Büchern, in denen die verschiedenen Heilkräuter und deren Wirkungsweise beschrieben wurden.

An der Begrenzung zum Nachbargrundstück reihten sich die Stallungen für ein Schwein, die zwei Ziegen und die Schar Hühner aneinander. Früher hatte es dort auch ein Maultier gegeben.

Gegenüber dem Tor wohnte Hildegard in einem weiteren Häuschen in einer Dachkammer. Unten waren Agnes und Walburga untergebracht. Daneben beherbergte ein weiteres größeres Haus, die Werkstatt der Tuchweberinnen. Grite, Else und Theresia teilten sich das Dachgeschoss .

Ein Stückchen abseits stand noch ein kleines Häuschen, das aber zur Zeit nicht belegt war. Es hatte nur zwei ebenerdige Kammern. Der kleine Dachboden wurde zum Lagern hauswirtschaftlicher Gerätschaften genutzt, die nicht täglich benötigt wurden. Vor der großen Pest hatten auch dort Beginen gewohnt. Jetzt diente es als Gästehaus. Hin und wieder kamen Frauen zu ihnen, die nur wenige Tage oder Wochen blieben, weil sie zum Beispiel einem gewalttätigen Ehemann entfliehen wollten. Hin und wieder wurden Sieche zu ihnen gebracht, deren Angehörige sich mit der Pflege überfordert sahen. Besonders Letzteres führte so manche Silbermark in die Kasse des Konvents. Denn eigenartigerweise wollten sich vor allem begüterte Familien der Sterbenden aus ihrem Haushalt entledigen.

Überschattet wurde der Innenhof von einem mächtigen Walnussbaum. Unter seiner mächtigen Krone war es im Hochsommer angenehm kühl. Mücken oder anderes fliegende Ungeziefer mieden die Nähe zum Baum. In guten Erntejahren konnten sie einen Teil der hellbraunen Früchte verkaufen oder gegen Feldfrüchte tauschen.

Hildegard lieferte die Beeren bei Hedwigis ab, richtete ihr aus, wo sie um Seifenkraut nachfragen sollte und überquerte dann den Innenhof, um zu ihrem Häuschen zu gelangen.

Bis zu ihrem zehnten Lebensjahr hatte sie bei Walburga mit in deren Kammer gelebt. Diese hatte in der Pest von 1350 ihre gesamte Familie verloren. Zuvor bewirtschaftete sie mit ihrem Mann das Gasthaus *Zum Eber*, in dem selbst Ratsmannen sich einen guten Krug Wein schmecken ließen und aus der sauberen Küche verköstigt wurden. Danach, kaum dreiundzwanzig, trat sie in den Konvent ein, der ihr als sicherer Ort erschien in einer Zeit, als ihre Welt aus den Fugen geraten war und eine Frau allein schnell zur Beute entfesselter Gewalt werden konnte. Walburga war es gewesen, die Hildegard vor dem Tor der Beginen gefunden hatte. Sie wollte das wimmernde Neugeborene nicht wieder hergeben, erinnerte sie doch das kleine Mädchen so sehr an ihre eigenen zwei Kinder, die der Schwarze Tod geholt hatte. So war Walburga Hildegards Mutter geworden. Von den damaligen Beginen lebten nur noch sie selbst, die alte Mette und die Magistra. Alle anderen waren erst nach Hildegards Ankunft in den Konvent eingetreten und hielten Walburga und Hildegard wirklich für Mutter und Tochter. Aber eigentlich fühlte sich Hildegard als Tochter aller Frauen im Konvent. Später hatte sie eine der beiden Kammern im Obergeschoss des Häuschens bezogen und Walburga teilte sich jetzt die große untere Kammer mit Agnes, welche Witwe eines wohlhabenden Freibauern war.

Vor vier Jahren erzählte ihr die Magistra von ihrer rätselhaften Herkunft und zeigte ihr den Pergamentfetzen und den Schmuck, welche dem kleinen Kind beigegeben waren. Die Schrift auf dem Pergament war verblasst und Hildegard konnte sie nur mit Hilfe der Magistra entziffern.

„Kümmert Euch bitte um Hildegard", so hatte die Magistra vorgelesen.

Hildegard durfte sich ein Schmuckstück auswählen und entschied sich für eine silberne Kette, an der ein kleines silbernes Kreuz hing, welches in der Mitte durch einen winzigen tropfenförmigen Rubin geschmückt wurde. Fast konnte man denken, aus dem Kreuz würde ein Tropfen Blut des Heilands quellen. Vielleicht hatte ihre leibliche Mutter dieses Kreuz getragen und so fühlte sich Hildegard der ihr fremden Frau, die ihr das Leben geschenkt hatte, etwas verbunden.

In ihrer Kammer angekommen, zog Hildegard das graue Beginengewand aus und legte den Schleier ab. Sie flocht ihre Haare zu einem Zopf und streifte einen braunen Kittel über, denn sie musste heute noch die Hühner füttern und die Ziegen melken. Hinter ihrem und dem Haus der Tuchweberinnen gediehen im

Gemüse- und Kräutergarten neben all den nützlichen Pflanzen leider auch allerhand Unkräuter, deren sich Hildegard ebenfalls noch annehmen sollte.

Zuerst streute sie den Hühnern einige Körner hin, sammelte die Eier aus den Nestern und trug sie zu Walburga in die Küche. Wie immer wurde sie von der sonst oft mürrischen Köchin mit einem herzlichen Lächeln empfangen. Nachdem Walburga den Korb mit den Eiern auf einem Wandbord verstaut hatte, schob sie Hildegard noch eines ihrer köstlichen süßen Milchbrötchen aus Weizenmehl mit Rosinen zu, bevor sie die junge Frau mit einem gutmütigen Brummen wieder aus der Küche scheuchte.

Danach wandte sich Hildegard den Ziegen zu, die angepflockt auf der Wiese im Obstgarten grasten. Als hätte er nur darauf gewartet, strich ihr der schwarze Kater Rabenaas um die Beine, um sich seinen Anteil an der Milch durch eifriges Schnurren zu sichern.

Hildegard hatte den zwei Ziegen die Namen Rose und Dorne gegeben. Vor einigen Jahren hatte die Magistra sie gemeinsam mit Agnes zum Viehmarkt geschickt um ein Ziegenlämmchen zu kaufen. Sie hatten sich das sanfte Tier eines Zwillingspärchens ausgesucht. Doch wie erstaunt waren sie, als das junge Tier in seinem neuen Zuhause jede Nahrung verweigerte. In der Annahme, dass sie ein krankes Tier gekauft hatte, suchte Agnes den Bauern noch einmal auf, um im Tausch ein gesundes Tier zu fordern. Dort erfuhr sie, dass auch das andere Zwillingslämmchen kaum noch fraß. Das ließ nur einen Schluss zu: Die beiden Zicklein vermissten einander so sehr, dass sie kränkelten. So nahm Agnes, die ein gutes Herz hatte und sich in der Gesellschaft von Tieren oft wohler fühlte als in der von Menschen, auch das zweite Lämmchen. Leider stellte sich heraus, dass dieses ein rechter Wildfang war und nichts mehr liebte, als die Ärmel, Finger und was auch immer es von seinen Halterinnen zwischen die Zähne bekam, anzuknabbern.

Nachdem Rabenaas seinen Tribut eingefordert hatte, lieferte Hildegard die Ziegenmilch bei Walburga ab. Hildegard wusste es so einzurichten, dass ihre Ziehmutter nicht die verfärbte Wange zu sehen bekam. Die Köchin deckte den irdenen Krug sogleich mit einem sauberen Leinentuch ab. Bevor sich Hildegard ihrer Arbeit in den Gärten zuwenden konnte, beauftragte Walburga sie, die Milch in den kühlen Keller zu tragen, der durch eine Falltür im Steinboden der Küche zu erreichen war. In zwei Tagen würde sie den Rahm abschöpfen und Hildegard müsste dann mit dem Stoßbutterfass die Sahne zu Butter verarbeiten. Das war eine sehr zeitraubende und anstrengende Verrichtung und gehörte zu Hildegards regelmäßigen Pflichten.

„Bring noch gleich einen Krug von dem Unstrutwein mit", rief ihr die Köchin durch die Bodenluke zu.

Hildegard schöpfte den weißen, etwas herben Wein und hoffte, dass Walburga einen Löffel Honig hineinrühren würde

Kurze Zeit darauf versammelten sich die Frauen im Refektorium und Hildegard half Walburga, das Mittagsmahl aufzutragen. Auf einem großen Holzbrett war der große Hecht angerichtet, den Grite auf dem Markt gekauft hatte. Die Köchin hatte Dreierlei Fisch zubereitet: Um die Mitte des Hechts hatte sie ein mit Wasser und Wein getränktes Tuch gewickelt, das immer wieder mit Wasserwein beträufelt wurde. Das Vorderteil wurde mit Mehl bestäubt und mit heißem Fett begossen, der hintere Teil war im eigenen Saft gesotten. Dazu gab es eine Weinessigsoße, die mit zerriebenen Walnüssen, Zimt und Salbeiblättern abgeschmeckt war. Hildegard trug noch einen Korb mit frischem Brot herein.

Bevor sie sich auf ihren Platz setzen konnte, hielt die Magistra Ursula von Buch sie am Ärmel fest und drehte sie so, dass sie Hildegard ins Gesicht sehen konnte. Kleine Fältchen um ihre Augen zeugten von heiterem Gemüt, aber jetzt klang ihre Stimme besorgt: „Was ist mit deiner Wange geschehen."

Hildegard musste zweimal schlucken. Sie konnte die Magistra einfach nicht belügen. „Nur ein kleines Ungeschick", stammelte sie dann. „Es ist schon fast wieder gut." Und das war ja zumindest fast die Wahrheit. Aber auch nur fast.

Mechthilda las während des Mahls aus dem Markusevangelium das Gleichnis vom Senfkorn vor: „Und er sprach: Wie sollen wir das Reich Gottes vergleichen? Oder in welchem Gleichnis sollen wir es darstellen? Wie ein Senfkorn, das, wenn es auf die Erde gesät wird, kleiner ist als alle Arten von Samen, die auf der Erde sind; und wenn es gesät ist, geht es auf und wird größer als alle Kräuter, und es treibt große Zweige, so dass unter seinem Schatten die Vögel des Himmels nisten können."

Hildegard seufzte. Wie groß würde ihre eigene kleine Lüge werden? Könnte es sein, dass sie aus dem Schatten, den die Lüge über sie warf, nicht mehr herausfinden würde?

Der Fisch wollte ihr heute nicht recht schmecken und auch das Milchbrötchen, bestrichen mit Honig, das Walburga zum Abschluss noch jeder Frau reichte, kaute sie nur lustlos.

Walburga musterte Hildegard prüfend, ließ sie dann aber nach dem Abdecken der Tafel, in den Garten ziehen.

Zwischen Kräutern und Gemüse fand Hildegard endlich ein wenig Abgeschiedenheit, um über den Vorfall am Vormittag nachzudenken. Amseln und Drosseln suchten sich Würmer in ihrer Nähe und erfreuten sie mit ihrem Gesang. Laut tschilpend zankten sich zwei Spatzen um eine winzige Hühnerfeder, die jeder für seinen Nestbau beanspruchte. Plötzlich sprang ein schwarzer Schatten auf die beiden unachtsamen Vögel zu. Gerade noch rechtzeitig konnten die sich entrüstet zeternd auf die Zweige eines Holunderbusches retten. Enttäuscht maunzte Rabenaas, der nur noch die Hühnerfeder in seinen Krallen hielt und sehnsüchtig nach seiner jetzt unerreichbaren Beute sah.

Die kräftige Maisonne wärmte Hildegard den Rücken und die bloßen Arme. Schweiß perlte auf ihrer Stirn und als sie ihn mit dem Handrücken abwischte, hinterließ sie einen braunen Streifen in ihrem Gesicht. Erste Thymianblüten lockten Schmetterlinge an und zwei Kohlweißlinge gaukelten über den Pflanzen. Alles strahlte Ruhe und Geborgenheit aus. Trotzdem konnte sich Hildegard nicht daran erfreuen und fand keinen inneren Frieden in ihrer Arbeit.

Während ihre Hände Hirtentäschel, Löwenzahn und Vogelmiere herauszupften, ging sie noch einmal das Vorkommnis in allen Einzelheiten in Gedanken durch. Und plötzlich fiel ihr wieder der eine Satz ein, der ihr, neben den bedrohlichen Umständen, besondere Angst verursacht hatte: „Der Herr hat bezahlt dafür." Was sollte das bedeuten? Jemand hatte Meuchelmörder gedungen, um sie in der dunklen Gasse beseitigen zu lassen? Aber wessen Unwillen hatte sie erregt, das demjenigen eine solche Tat erforderlich schien?

Hildegards Hände ruhten nun. Sie kauerte zwischen den Pflanzen und ihre Augen waren blicklos auf einen noch winzigen Kohlkopf gerichtet. Trotz der warmen Sonne begann sie zu zittern. Wenn dieser erste Angriff gescheitert war, bedeutete das nicht, dass die zwei Galgenvögel zu erneuter Tat schreiten würden, sobald sich die Gelegenheit bot? Vielleicht sollte sie sich doch jemanden anvertrauen? Walburga oder der Magistra? Würde das etwas nutzen? Sie würden ihr nur den Ausgang auf unbestimmte Zeit untersagen. Aber schließlich konnte sie nicht bis ans Ende ihrer Tage im Konvent ausharren. Irgendwann müsste sie wieder die Füße vor das schützende Tor setzen. Sie konnte kaum darauf hoffen, dass immer ein hilfreicher Pilger zur Stelle war.

Unbemerkt hatte die Sonne ein weiteres Stück ihres Himmelsweges hinter sich gebracht. Hildegard erwachte aus ihren Gedanken und häufte das herausgezogene Unkraut in einen Korb und trug es zum Dunghaufen. Sie beschloss, erst einmal nichts von dem Überfall zu erzählen. Allerdings würde sie in der nächsten Zeit nicht mehr allein durch die Stadt streifen. Und sie würde die Augen offen halten, ob diese Kerle ihr weiterhin nachstellten. Soweit mit ihren Gedanken gekommen, konnte sie wieder zuversichtlicher in die Zukunft blicken. Sie würde schon herausfinden, wer es da auf sie abgesehen hatte.

Allerdings schob sie am Abend, als sie allein in ihrer Kammer war, den Hocker vor die Tür und stellte darauf die tönerne Waschschüssel. Sollte es wirklich jemand wagen, sich des nachts in den Konvent zu schleichen, würde er erst einmal viel Lärm verursachen, wenn er in ihre Kammer eindringen wollte. Um sich ganz sicher zu fühle, schob sie auch noch das kleine Essmesser, das sie immer in ihrem Beutel bei sich trug, unter ihr Kopfkissen. So gewappnet gelang es ihr, einigermaßen ruhig zu schlafen.

5. Kapitel

Am Samstag hatte Hildegard den Konvent nicht verlassen müssen. Sie war zuerst Walburga zur Hand gegangen und hatte dann Hedwigis geholfen, die vorjährigen Kräuterbündel, die trocken von der Decke hingen, zu sichten und verschiedene Kräutermischungen herzustellen. Unter Hedwigis Anleitung bereitete Hildegard den begehrten Wacholdersirup vor. Dazu zerquetschte sie einen Teil der Beeren und goss ihn mit vier Teilen Wasser auf. Dieses Gemisch musste nun über Nacht zugedeckt ziehen. Morgen würde sie es langsam erhitzen, kurz aufkochen, durch ein Sieb streichen und nochmals aufkochen, dann noch etwas Honig hinzufügen und fertig war die Arzenei.

Am Nachmittag hatte sich Hildegard um Tiere und Garten gekümmert. Eigentlich war das Agnes' Aufgabe, aber die weilte nun schon seit drei Tagen in Sudenburg vor den südlichen Toren Magdeborchs. Ihre älteste Tochter war im Kindbett von einem Fieber befallen worden.

Hildegard war es zufrieden, hinter den Mauern des Konvents zu verweilen. Steckte doch noch immer der Überfall vom gestrigen Tag in ihren Knochen und vor allem in ihrem Gemüt. Nur einmal war sie zur alten Mette unters Tor getreten. Die saß wie gewöhnlich auf einem Schemel in der Sonne und hatte die Augen geschlossen. Unter dem Vorwand, Ausschau nach einem verlorenen Huhn zu halten, trat Hildegard kurz auf die Straße und spähte in beide Richtungen, wobei sie insbesondere die schattigen Toreinfahrten der gegenüberliegenden Häuser musterte. Doch außer ein paar Schweinen, die im Abfall der Straße nach Fressbarem wühlten und einem erschöpften Pilger, der mit gesenktem Kopf auf der Stufe eines gegenüberliegenden Hauses vor sich hindöste, war nichts zu sehen.

Selbst bei ihrem rechten Nachbarn, dem Getreidehändler Meister Großpeter, waren die Tore geschlossen. Sonst rumpelten dort ständig Getreidelieferungen durch das breite Hoftor ein und aus.

Von den Galgenvögeln war weit und breit kein Zipfelchen zu erblicken und so beruhigte sie sich halbwegs.

Beim Betreten des Innenhofes hob Mette den Kopf und musterte Hildegard.

„Ja, ja die Hühner", murmelte sie verhalten kichernd. „Küken schauen nach Hühnern oder doch eher nach Hähnen?"

Hildegard war sich sicher, dass Mette genau wusste, dass kein Huhn durch das Tor entwischt war. Dachte die alte Pförtnerin etwa, sie würde nach einem Liebsten Ausschau halten? Der Gedanke war so abwegig, dass auch Hildegard kichern musste. Sie umarmte Mette dankbar, dass sie ihr die trüben Gedanken von Galgenvögeln vertrieben hatte. Brummend schob die alte Frau sie von sich, streichelte ihr dabei aber mit ihrer runzligen Hand über die Wange.

Am späten Nachmittag gab es dann doch noch eine kleine Abwechslung. Tobias Schreinemaker stattete dem Konvent einen Besuch ab. Hedwigis und insbesondere Hildegard hatten seine todkranke Mutter bis zu ihrem Ende gepflegt. Fast täglich war Hildegard im Haus des Schreinemakers gewesen, um der alten Frau das Sterben zu erleichtern. Sie hatte sie gewaschen, gefüttert, ihr schmerzlindernde und beruhigende Tees verabreicht, hatte mit der Sterbenden gebetet und ihre Hand gehalten, als ihr Lebenslicht am Verlöschen war.

Dabei hatte ihr die alte Frau ihre Lebensgeschichte erzählt. Mit siebzehn Jahren hatte ihr Vater, ein angesehener Schnitzer von Reliquienschreinen, sie einem ebensolchen Holzschnitzer in Hamburg vermählt. 1350 wütete in Hamburg wie allerorten die Pest und raffte in wenigen Monaten die Hälfte der Bevölkerung dahin, darunter auch ihren Mann. Da sie das Geschäft nicht allein fortführen konnte, machte sie sich mit ihrem damals zehnjährigen Jungen auf in ihre Heimatstadt Magdeborch, in der Hoffnung, dass der Schwarze Tod diese Stadt weitgehend verschont hätte. Es war eine lange, gefahrvolle Reise und am Ende erfüllte sich ihre Hoffnung nicht. Auch in Magdeborch waren Tausende dem Sensenmann zum Opfer gefallen. Aber sie fand wieder Aufnahme in ihrem Elternhaus und ihr Sohn konnte das Handwerk ihres Vaters erlernen und nach dessen Tod seine Werkstatt übernehmen.

Nun war sie gestorben und ihr Sohn wollte der Magistra seinen Dank für die Pflege aussprechen und ihr eine etwa einen Fuß hohe, kunstvoll geschnitzte Statue des Heiligen Sebastians überreichen, auf dass er seine schützende Hand über den Konvent halte und seine Bewohnerinnen vor Pest und anderen üblen Krankheiten bewahre.

Dann bat er die Vorsteherin, auch Hildegard sprechen zu dürfen.

Kurz darauf betrat sie, nach kurzem Anklopfen, den Wohnraum der Magistra. Hildegard hatte nicht oft Gelegenheit, Ursula von Buch in deren Räumen zu besuchen. Von Walburga hatte sie schon vor Jahren erfahren, dass die Magistra von der altadeligen Familie derer von Buch abstammte, die auf Conrad und Friedrich von Buch zurückging und ihr Stammhaus in Buch bei Tangermünde hatte.

Dementsprechend war auch der Wohnraum der Vorsteherin zwar nicht im protzigen Zurschaustellen weltlicher Güter gehalten, strahlte aber in einer schlichten Art Wohlhabenheit aus. Der Boden war nicht mit Binsen bestreut, sondern mit einem Teppich belegt. Auch die Wände waren mit Webteppichen geschmückt. Durch einen Vorhang aus schlichtem Wolltuch war ein kleiner Schlafraum abgetrennt. Ein größtenteils mit Pergament bespanntes Fenster an der vorderen Giebelseite ging auf die Straße hinaus. In diesem Fenster war noch ein kleines, nicht größer als vier Handflächen, eingelassen. Das wertvolle Glas der Insel Murano gestattete einen ungehinderten Blick nach draußen und ließ jetzt das Sonnenlicht in einem breiten Streifen, in dem einige Staubkörnchen tanzten, einfallen. Eine Tür an der linken Seite führte in einen kleinen Raum, in dem die Magistra die Pergamente und Rechnungsbücher des Konvents aufbewahrte. Auch stand dort die eisenbeschlagene, wehrhafte Truhe, in welcher die Einnahmen des Konvents und die Mitgift der Beginen verwahrt wurden. Mit zwei Eisenklammern war die Truhe durch ihren Boden hindurch in den Dielenbohlen diebstahlsicher verankert.

Ursula von Buch saß in ihrem bequemen Armlehnenstuhl hinter dem Schreibtisch aus Nussholz. Davor stand jetzt Tobias Schreinemaker und drehte verlegen seine Kopfbedeckung, die er zu einem unbestimmbaren Knäuel zusammengepresst hatte, in seinen Händen.

Hildegard nickte ihm lächelnd zu und wandte sich dann der Magistra zu.

„Ihr habt nach mir geschickt?"

„Meister Schreinemaker hat uns seinen Dank für die Pflege seiner Mutter bekundet und uns diese wundervolle Statue des Heiligen Sebastian gebracht." Ursula von Buch wies auf die Holzsta-
tue, die auf ihrem Tisch stand.

Hildegard trat näher und ließ ihren Blick auf der Heiligensta-
tue ruhen. Sie wusste noch nicht so recht, warum die Magistra sie
hatte rufen lassen und darum schwieg sie erst einmal.

Tobias Schreinemaker trat nun ebenfalls vor, so dass er an Hildegards Seite stand. Dann griff er in den Lederbeutel, in dem er
die Statue transportiert hatte und holte ein längliches, in ein weiches Ledertuch eingeschlagenes, Päckchen hervor. Mit den Worten: „Für Eure liebevolle Pflege meiner Mutter. Sie konnte umsorgt von Euch in Frieden sterben", reichte er es Hildegard.

Die junge Frau sah fragend zu ihrer Vorsteherin und nahm das
Geschenk nach deren zustimmenden Nicken an. Vorsichtig wickelte sie es aus. Zum Vorschein kam eine handspannenlange,
kunstreich geschnitzte Marienstatue. In der einen Hand trug Maria das Jesuskind, die andere streckte sie hilfreich einer Frau entgegen, die zu ihren Füßen kauerte.

Hildegard war sprachlos, was bei ihr eher selten vorkam. Der
Schreinemaker konnte ihr diese wertvolle Schnitzarbeit nicht
wirklich schenken wollen. Das konnte nur ein Missverständnis
sein. Vorsichtig stellte Hildegard die Marienstatue auf dem
Schreibtisch der Magistra ab.

Ursula von Buch lachte leise.

„Ich glaube, Meister Schreinemaker möchte nicht mir oder
dem Konvent diese Statue schenken, sondern dir, Hildegard."

Tobias Schreinemaker nickte stumm aber heftig.

„Es steht mir nicht zu, eine so wertvolle Arbeit zu besitzen",
wandte Hildegard abwehrend ein. „Alles, was wir für unsere Arbeit erhalten, gehört allen Frauen. Ihr selbst habt mich darin unterwiesen, Magistra."

„Wir haben unseren ganz besonderen Lohn für deine uner-
müdliche Pflege der alten Schreinemakerin schon erhalten", setzte Ursula von Buch dem entgegen und wies auf die Sebastiansta-
tue. „Und wenn dir Meister Schreinemaker ein persönliches Geschenk machen möchte, dann nimm es dankbar entgegen und
trage es in deine Kammer."

Und genau das tat Hildegard auch, nicht ohne sich zuvor noch artig bei dem Holzschnitzer zu bedanken.

Als Ursula von Buch wieder allein in ihrem Wohnraum saß, sah sie eine Weile nachdenklich vor sich hin und entschloss sich dann, einige Erkundigungen über den Schreinemaker einzuziehen. Denn dass der nicht nur aus Dankbarkeit Hildegard ein Geschenk gemacht hatte, war ihr nicht entgangen. Sollte er sich gar für die junge Frau interessieren?

Am Abend sprach Hildegard ihr Nachtgebet vor der kleinen Marienstatue, die sie auf ihre Truhe in einen Kranz aus Löwenzahnblüten gestellt hatte. Ein vertrauter Duft ging von ihr aus und im schwachen Schein des Unschlittlichts schimmerte sie matt. Der Schreinemaker hatte sie mit Bienenwachs eingerieben und lange poliert.

Heute stellte sie nicht den Hocker mit der Waschschüssel unter die Tür. Maria würde sie beschützen.

Hildegard beschloss für die alte Schreinemakerin am morgigen Tag beim sonntäglichen Hochamt ein besonders eindringliches Gebet zu sprechen und um Gottes Gnade für die alte Frau zu bitten.

***

Das war dann aber auch schon alles, was Hildegard am nächsten Vormittag in der Ulrichskirche zustande brachte.

Beim Betreten der Kirche hatte sie einige Schritte vom Hauptportal entfernt einen großen wolfsähnlichen Hund gesehen, der im Schatten der Kirchmauer lag und den Eingang nicht aus den Augen ließ. Das musste der Begleiter des Pilgers sein. Nie zuvor hatte Hildegard ein ähnliches Tier gesehen. Es war wenig wahrscheinlich nun gleich zweien solcherart in so kurzer Zeit zu begegnen.

In der Kirche reckte Hildegard den Hals, um die anderen Besucher, die schon dichtgedrängt standen, überblicken zu können. Dieses auffällige Gehabe brachte ihr allerdings einen Rippenstoß und einen gebrummten Tadel ihrer Ziehmutter ein.

Am liebsten hätte sich Hildegard ihrer Ellenbogen bedient und sich durch die Menge geschoben. Und was wäre, wenn sie den Pilger dann gefunden hätte? Darauf wusste sie selbst keine Antwort. Bedankt hatte sie sich schon bei ihm, unterhalten konnten sie sich während des Hochamtes wohl kaum, worüber auch?

In dem Augenblick, als Hildegard diese Einsicht gewonnen hatte, erblickte sie die hohe Gestalt in der verschlissenen Pilgerkutte. Kaum zehn Schritte entfernt stand ihr Retter und verfolgte hingebungsvoll den Gesang des zelebrierenden Priesters. Lautlos bewegten sich seine Lippen im Gebet.

Hildegard konnte ihn nun genauer betrachten, auch wenn sie nur Kopf und Schultern sah. Das blonde Haar war noch dicht aber von grauen Strähnen durchzogen. Der aufrechte Wuchs und das energische, kantige Kinn zeugten von edler Abstammung, soweit Hildegard das zu beurteilen wusste.

„Was starrst du die Mannsperson so an?", zischte ihr Walburga zu. „Kennst du den Pilger?"

Hildegard schüttelte wortlos den Kopf und wandte den Blick ab. Sie faltete die Hände und senkte den Kopf, um ein Gebet für des Schreinemakers verstorbene Mutter zu sprechen.

Der zuvor Gemusterte wandte jetzt seinerseits leicht den Kopf und betrachtete die junge Frau. An irgendwen erinnerte sie ihn, auch wenn er noch nicht wusste, in welchem Zusammenhang diese Erinnerung in seinem Kopf verborgen war.

Ursula von Buch, die hinter ihren Frauen stand, waren die Blicke nicht entgangen. Musste sie sich Sorgen um Hildegards Tugend machen? Erst der anscheinend verliebte Schreinemaker und jetzt dieser Pilger. Obwohl, wenn sie sich diesen hier genauer betrachtete, dann musste sie sich eingestehen, dass sie vor Jahren sich einem solchen Bewerber um ihre Hand nicht abgeneigt gezeigt hätte. Unwillkürlich schweiften ihre Gedanken Jahrzehnte zurück.

Eine, durch eine unvorsichtige Magd verursachte Brandnacht auf der väterlichen Burg, hatte ihr Leben für immer verändert. Wochenlang hatte sie mit dem Tod gerungen. Schließlich hatte sie gesiegt. Aber die roten, wulstigen Brandnarben, die danach ihre linke Schulter und den Rücken hinunter bis zu ihrem Gesäß verunstalteten, machten eine Heirat unmöglich. Sprach ein standesgemäßer Freier bei ihrem Vater vor, so verweigerte der stets die Hand seiner Tochter und erfand dabei wechselnde Ausreden. Musste er doch damit rechnen, dass nach der Brautnacht seine Tochter mit Schimpf und Schande zurückgebracht werden würde. Kaum jemand wusste sonst von ihrem Makel. Um seinem Kind trotzdem ein Leben in Sicherheit zu gewährleisten, hatte ihr Vater beschlossen, sie in ein Kloster zu geben. Doch auch daraus wurde nichts. Andere Menschen wären unter der schrecklichen Last des Durchlittenen zusammengebrochen. Doch nicht so die junge Ursula. „Ich habe den Tod nicht besiegt, um mich jetzt hinter Klostermauern begraben zu lassen!", hatte sie ihrem Vater entgegengeschleudert. Die Wochen ihres Überlebenskampfes und die ertragenen Schmerzen hatten sie mit einem unbeugsamen Willen zum Leben gesegnet. Und so konnte sie durchsetzen, dass sie wenigstens bei den Beginen eintreten durfte. Diese selbstbestimmte Lebensart sagte ihr bei Weitem mehr zu, als Gehorsam und Duldsamkeit hinter Klostermauern zu üben. Und nach der großen Pest von 1350, die nur vier der Frommen Frauen überstanden hatten, wurde sie von den Überlebenden zur Magistra gewählt. Ihr vierzigster Geburtstag und die Wahl zur Vorsteherin waren auf den gleichen Tag gefallen. Zwar war sie in ihrem Grundwesen immer von sanftmütiger und freundlicher Art gewesen, doch konnte sie entschieden und unbeugsam kämpfen, wenn es um das Wohlergehen ihrer Frauen und den Bestand des Konvents ging.

Der Priester ermahnte eben die Gläubigen zu christlichem Gehorsam, erinnerte sie an Gottes Zorn gegen die Sünder und Unbotmäßigen und warnte vor den Einflüsterungen des Teufels. Damit war das Hochamt beendet und die Gemeindemitglieder verließen nach und nach die Kirche.

Vor dem Hauptportal versammelten sich kleine Grüppchen, die noch über dies und das plauderten. Klatsch und Tratsch wurden ausgetauscht und das eine oder andere Geschäft in die Wege geleitet.

Die alte Mette hakte sich bei Hildegard ein und als sie vor das Tor traten, waren Hund und Pilger bereits in der Masse untergetaucht. Gemeinsam begaben sich die neun Frauen zurück zum Konvent. Walburga hastete voraus. Sie hatte am Morgen schon ein dem Tag angemessenes Mittagsmahl vorbereitet, das nur noch einige wenige Handgriffe erforderte. Eine in einen Mantel aus Brotteig gehüllte Rindslende schmorte im mäßig angeheiztem Backofen vor sich hin und würde schon eine knusprige Kruste gebildet haben. Nur der süße Nachtisch war noch Walburgas Geheimnis. Aber auch das würde wieder eine Köstlichkeit werden. Da war sich Hildegard ganz sicher.

Es waren nur wenige Schritte bis zu ihrem Heim. Hildegard und Mette blieben ein wenig zurück. Die alte Frau setzte nur mühsam Fuß vor Fuß.

Abrupt blieben die Frauen vor ihnen stehen, nur um dann um so schneller dem Konvent zuzueilen. Nachdem auch die beiden Nachzüglerinnen die Menschenmassen durchschritten hatten, sahen auch sie einige Gestalten im Staub der Straße vor ihrem Tor sitzen. Auf die kurze Entfernung fiel die Erschöpfung und Bedürftigkeit der Besucher sofort ins Auge.

Jetzt erhoben sie sich und Hildegard konnte erkennen, dass es sich um vier Frauen in grauer Beginentracht handelte. Ihre Kleidung war jedoch so abgerissen und fadenscheinig, dass sie einen gar jammervollen Anblick boten. Die Füße waren nackt und von Schmutz und Schlamm überkrustet. Zwei der Frauen waren wohl in Walburgas Alter, die eine Dritte stützten, die nicht älter als Grite sein konnte. Diese dritte wurde jetzt von einem schrecklichen Hustenanfall geschüttelt und sackte in den Armen ihrer Helferinnen zusammen. Als sie sich mühsam wieder etwas aufrichtete, rann ein dünner Blutfaden aus ihrem einen Mundwinkel. Etwas abseits stand eine vierte Frau, die wohl eher noch ein junges Mädchen war. Doch das war unter der schmierigen Schmutzschicht auf ihrem Gesicht nur zu erahnen. Unter einer unförmigen Gugel, die sie bis zu den Augenbrauen herabgezogen hatte, schauten fettige, nussbraune Haarsträhnen hervor.

Walburga war schon dabei die Tür zu entriegeln, während Mechthilda und Hedwigis den beiden älteren Neuankömmlingen ihre Last abnahmen und diese mehr in den Konvent trugen als geleiteten. Die Vierte im Bunde humpelte hinter ihnen her. Sie zog das rechte Bein nach, als wäre es nach einem Bruch schief zusammengewachsen. Wie man mit so einem lahmen Bein überhaupt eine längere Strecke laufen konnte, war ein Rätsel.

Inzwischen waren auch Hildegard und Mette herangekommen.

„Was sind das für elende Gestalten und wo kommen die her?", fragte Hildegard flüsternd ihre Begleiterin. „Ich habe sie noch nie gesehen, auch nicht im Beginenhaus in der Jakobi-Pfarre." Einige Male hatte Hildegard Mechthilda dorthin begleiten dürfen.

„Das sind schweifende Beginen", gab Mette ebenso leise zurück und musterte die fremden Frauen misstrauisch. „Das gefällt mir gar nicht, das gefällt mir gar nicht", murmelte sie und wiegte ihren grauen Kopf hin und her.

Hildegard schaute überrascht zu der alten Frau hinunter, die noch immer an ihrem Arm hing. So ablehnend hatte sie Mette noch nie erlebt.

Die Pförtnerin ließ sich von Hildegard zu ihrem Schemel geleiten und setzte sich, noch immer vor sich hinmurmelnd, darauf nieder.

Hildegard selbst eilte den anderen nach, um auch ihre Hilfe anzubieten. Mette wurde wirklich langsam wunderlich. Welche Gefahr sollte schon von diesen Frauen drohen, die sich kaum selbst auf den Beinen halten konnten und dankbar für jede noch so kleine Wohltat sein würden.

Noch bevor Hildegard das Refektorium betreten konnte, wohin man die schweifenden Beginen geführt hatte, wurde sie von Hedwigis auf dem Innenhof abgefangen.

„Die Magistra hat dir aufgetragen, das Gästehaus bereit zu machen. Lüfte kräftig durch und kontrolliere, ob genügend Matratzen und Decken vorhanden sind. Prüfe auch, dass nichts klamm geworden ist. Theresia und Else werden dir gleich helfen kommen. Ach ja, und vergiss nicht, frische Binsen auszustreuen." Dann eilte sie davon, um eine kräftigende Kräutermischung für einen ersten Tee zusammenzustellen.

Während sich Hildegard und die beiden Tuchweberinnen um das Gästehaus kümmerten, wurden die vier Fremden von Mechthilda ins Badehaus geführt, auf dass sie Hände und Gesicht vom ärgsten Schmutz befreien konnten. Walburga kümmerte sich ums Essen. Die Rindslende würde nun nicht für alle reichen. Nach kurzem Überlegen schnitt sie noch einige Blut- und Leberwürste in dicke Scheiben und richtete sie auf einem Brett an. Brot war zum Glück noch genügend vom Vortag vorhanden.

Nachdem sie den Brotkrustenbraten aus dem Backofen gezogen hatte, schob sie die irdene Form mit der süßen Nachspeise hinein. Die gebackene Mandelmilch würde allen köstlich schmecken.

Heute half ihr Grite beim Auftragen des Mahls. Bis auf Hildegard, Theresia und Else hatten sich schon alle im Refektorium versammelt. Die Magistra schicke nach den dreien und so wären kurz darauf alle bereit gewesen, sich Walburgas Köstlichkeiten zu widmen.

Doch als die drei jungen Frauen eintraten, starrten die beiden älteren der schweifenden Beginen so offensichtlich überrascht und bestürzt Hildegard an, dass das niemanden entgehen konnte. Auch die Junge hob ganz kurz den Kopf und Hildegard traf ein fassungsloser Blick aus graugrünen Augen, die ihr seltsam bekannt vorkamen. Schnell senkte die andere jedoch wieder das Gesicht.

„Stimmt etwas nicht?", fragte die Magistra.

„Das ist ... das ist eine überraschend junge Begine", stammelte eine der Älteren ausweichend.

„Hildegard ist meine Tochter und sie hat schon ihr ganzes Leben bei uns verbracht", beschied ihr Walburga bestimmt.

Mechthilda begann mit ihrer Lesung und die Gespräche verstummten und alle lauschten dem Gleichnis vom Samariter.

„Ein Schriftgelehrter stellte Jesus die Frage, was zum Erwerb des ewigen Lebens zu tun sei. Darauf antwortete Jesus: Du sollst den Herrn, deinen Gott, lieben mit ganzem Herzen und ganzer Seele, mit all deiner Kraft und all deinen Gedanken, und: Deinen Nächsten sollst du lieben wie dich selbst.

Auf Jesu Aufforderung, so zu handeln, um zu leben, fragt ihn der Schriftgelehrte, wer denn sein Nächster sei. Daraufhin entfaltet Jesus die Beispielerzählung:

Ein Mann auf dem Weg von Jerusalem hinab nach Jericho geriet unter die Räuber, die ihn ausplünderten und schwerverletzt liegen ließen. Ein vorüberkommender Priester sah ihn und ging weiter, ebenso ignorierte ihn ein Levit. Schließlich sah ihn ein Samaritaner, erbarmte sich, versorgte seine Wunden und transportierte ihn auf seinem Reittier zur Herberge, wo er den Wirt am folgenden Morgen bezahlte und mit der weiteren Pflege beauftragte, verbunden mit der Zusage seiner Wiederkehr und der Erstattung weiterer Kosten.

Anschließend fragt Jesus, wer von den dreien dem Überfallenen der Nächste gewesen sei. Der Schriftgelehrte erkennt den Sachverhalt und antwortet, dass es der Samaritaner gewesen sei. Daraufhin fordert Jesus ihn auf, ebenso wie jener zu handeln."

Schon bald waren nur noch die Essgeräusche zu vernehmen und Walburga war wieder versöhnt, als sie sah, mit welchem Heißhunger die Gäste zugriffen. Nur die Kranke nahm von allem nur wenig und aß auch mehr auf das gute Zureden ihrer Begleiterinnen hin als aus Appetit. Hedwigis warf ihr immer wieder einen prüfenden Blick zu. Sie wusste nur zu gut, dass deren irdische Tage gezählt waren. Allem Anschein nach litt die Frau an der Lungenfäule, denn das Husten von Blut war ein deutliches

Zeichen für den unheilbaren Fortschritt der Krankheit.

Auch Hildegard musterte die Neuankömmlinge verstohlen. Warum hatten die sie so angestarrt? Da war diese Junge, die kaum den Kopf hob und noch immer ihre Gugel bis zu den Augen heruntergezogen hatte. Von ihrem Gesicht, das sie tief über den Teller gebeugt hatte, waren nur die jetzt rosigen, vom Schmutz befreiten, Wangen zu sehen. Sie wirkte schmächtig unter dem viel zu weiten Beginenkittel. Man könnte meinen, dieses Gewand hätte vormals jemanden gehört, der bei Weitem größer und auch breiter gewesen war. Dann diese Kranke, deren Gesicht so grau und abgezehrt war, dass sie Hildegard an die alte Barbe erinnerte. Die beiden Älteren wirkten fast wie Schwestern. Beide waren von gleich kräftiger Gestalt, die von schwerer Arbeit auf dem Lande zeugte. Ihr Haar hatte die Farbe herbstlichen Eichenlaubs und hing glatt und strähnig bis auf die schweren Brüste. Jedoch war die Eine fast einen Kopf kleiner. Diese Kleinere sah jetzt zu Hildegard, bemerkte deren prüfenden Blick und lächelte ihr unbefangen zu. Hildegard konnte nicht anders, als das Lächeln zu erwidern.

Walburga trug zum Abschluss die gebackene Nachspeise auf, die aus Rahm, Mandelmilch, Eiern, Honig und zwei, drei Safranfäden bestand. Hildegard seufzte innerlich erleichtert auf. Da die Köchin den Rahm, der vor zwei Tagen gemolkenen Ziegenmilch für die Süßspeise verwendet hatte, kam sie heute um das ungeliebte Buttern herum.

Nachdem alles, bis auf wenige Reste verputzt war, ließ die Magistra jeder noch einen Becher Wein nachschenken. Am Sonntag gab es unverdünnten Wein und die Wangen der Frauen waren rosig angehaucht.

„Vielleicht möchtet Ihr uns nun erzählen, welches Euer Weg ist und was Euch zu uns führt", wandte sich Ursula von Buch an die Größere der beiden Älteren. Es hatte den Anschein, als wäre sie die Anführerin des kleinen Trupps.

„Mein Name ist Radegunde", begann diese und wies dann auf ihre Gefährtinnen: „Ketlin ist meine leibliche Schwester. Wir stammen aus der Nähe von Lübeck, haben in der Hansestadt mehrere Jahre in einem Beginenhaus gelebt und uns vor einigen Jahren als schweifende Beginen auf Wanderschaft begeben."

Grite kniff überrascht die Augen zusammen. Ihr Vater, der Tuchhändler, hatte des öfteren Geschäftspartner aus Lübeck bei sich im Haus begrüßen können. Jene hatten mit ganz anderer Mundart gesprochen als diese Frauen hier. Die kamen nie und nimmer aus der Gegend von Lübeck.

„Anna ist die Tochter von Ketlin", fuhr Radegunde fort. „ Ein Söldner hat ihr schon vor langer Zeit das Bein zuschanden geritten, als sie nicht schnell genug den Weg räumen konnte, den er für sich und sein Pferd beanspruchte. Und Alheyt ist seit etwa einem Jahr bei uns. In den letzten Wochen geht es ihr immer schlechter. Wir hoffen, solange in diesem Konvent bleiben zu können, bis sie sich erholt hat und wir unseren Weg gemeinsam fortsetzen können. Natürlich werden wir durch Arbeit unseren Anteil zum Brot leisten, dass wir hier essen dürfen."

Die Magistra nickte leicht.

„Ich werde darüber nachdenken und euch meine Entscheidung morgen zum Frühmahl mitteilen. Bis dahin seid Ihr unsere Gäste. Ich habe das kleine Haus richten lassen. Es hat zwei Kammern, in der größeren könnt Ihr, Radegunde, und Eure Schwester wohnen, die kleinere, hintere Kammer ist bestens geeignet für eure kranke Mitschwester Alheyt. So könnt Ihr euch jederzeit um sie kümmern. Anna wird in einem anderen Haus die Kammer im Dachgeschoss neben Hildegard beziehen. Die beiden jungen Mädchen werden sich gut verstehen und Hildegard kann Eurer Tochter", diesmal nickte Ursula von Buch Ketlin zu, „alles zeigen und sie an ihren Arbeiten teilhaben lassen."

Die Magistra überlegte einen Augenblick und entschied sich dann anders: „Noch besser wird es sicher sein, wenn Walburga zunächst den Badezuber in der Waschstube für euch richtet. Else sucht für euch eine saubere Tracht aus unseren Kleidertruhen heraus. Dann solltet Ihr den Rest des Tages ruhen, um euch von den Beschwerlichkeiten der Reise zu erholen."

Sie nickte den Neuankömmlingen noch einmal zu, erhob sich und zog sich in ihr Räumlichkeiten zurück. Es gab einiges zu bedenken.

Die Frauen des Konvents hatten nicht das erste Mal Besuch von Menschen, deren Kleidung und Köpfe nur so von Flöhen und Läusen wimmelten. Ihre Erfahrungen hatten sie bei den Siechen gesammelt, die hin und wieder zu ihnen gebracht wurden. Konnten sie schon den Tod dieser Alten nicht aufhalten, so war es ihnen doch möglich, das Ende so erträglich wie möglich zu gestalten.

Vorausschauend hatte Walburga noch vor dem gemeinsamen Essen genügend Kessel und Töpfe um die Herdstelle gescharrt, so dass jetzt ausreichend heißes Wasser zur Verfügung stand, um den Frauen das Bad richten zu können.

Theresia sammelte die abgelegten Kittel ein und trug sie in den Obstgarten. Dort hatte die handwerklich geschickte Agnes schon vor langer Zeit ein pyramidenförmiges Gebilde aus Holzlatten gezimmert, über das Theresia jetzt die Kleidungsstücke ausbreitete. Darunter entzündete sie ein schwach glimmendes Feuer auf das sie eine Handvoll Flohkraut streute, das ihr Hedwigis zu diesem Zweck bereitgelegt hatte. Der beißende Rauch würde die Blutsauger in die Flucht schlagen. Theresia hoffte nur, dass nicht schon einiges an Ungeziefer auf sie selbst übergesprungen war.

Gemeinsam mit Grite half Hildegard den Frauen im Bad. Mit einer Wurzelbürste schrubbten sie ihnen den Rücken bis die Haut sich rosig färbte. Anschließend schäumten sie ihren Gästen die Haare mit Ascheseife ein. Anfangs sträubte sich Anna, ihre Haare waschen zu lassen, gab dann aber auf Grites Zureden hin nach. Eine abschließende Spülung mit scharfem Essig würde der ersten Generation Läuse den Tod bringen. Einen Großteil der Nisse kämmten Grite und Hildegard anschließend mit feinen Bürsten den Frauen aus den Haaren. Diese Prozedur würden sie alle paar Tage wiederholen müssen, bis sie auch der letzten Laus den Garaus gemacht hatten.

Als Anna aus dem Zuber stieg, versuchte Hildegard einen Blick auf deren krankes Bein zu erhaschen. Doch verstand es Anna geschickt, sich mit dem von Grite gereichten Leinentuch zu verhüllen, ohne dass Hildegard Narben oder Ähnliches erkennen konnte. Sie wandte schnell den Blick ab. Es wäre unschicklich gewesen, länger als einen Wimpernschlag zu starren.

Im Anschluss an das ausgiebige Bad konnten sich die Gäste in die, wenn auch nicht neuen, so doch saubereren Gewänder hüllen, welche Else herausgesucht hatte. Grite führte die Frauen in das Gästehaus und Hildegard nahm Anna mit sich, um ihr deren Kammer zu zeigen.

Die junge Frau humpelte gebeugt und schweigend neben Hildegard her. Ihr lahmes Bein scharrte über den Boden und wirbelte kleine Staubwölkchen auf. Es hatte seit Tagen nicht mehr geregnet.

„Schmerzt dein Bein sehr?", fragte Hildegard. „Unsere Apothekerin Hedwigis kann dir vielleicht etwas gegen Schmerzen geben oder eine lindernde Salbe auftragen, die es erträglicher macht."

„Es geht schon", nuschelte ihre Begleiterin, ohne Hildegard anzusehen. Diese musterte Anna verstohlen von der Seite. Kam es ihr nur so vor, oder waren die Haare der jungen Frau tatsächlich heller als vor dem Bad? Wenn sie sich nur erinnern könnte, wem diese Frau ähnlich sah. Aber es wollte Hildegard beim besten Willen nicht einfallen.

Nachdem sie Anna deren Kammer gezeigt hatte und noch einmal ihre Hilfe angeboten hatte, falls die junge Frau etwas benötigen sollte, zog sie sich in ihren eigenen Raum zurück.

Eigentlich stand der Sonntagnachmittag den Frauen des Konvents zu ihrer persönlichen Verfügung frei. Meistens fanden sich zwei oder drei zusammen, um gemeinsam ihre Kleidung auszubessern und über alltägliche Dinge zu schwatzen oder Verwandte oder Freunde zu besuchen. Mehr als einmal war Hildegard, natürlich in Begleitung, zur Schiffslände spaziert, um den ankommenden oder ablegenden Schiffen und Flößen zuzusehen. Wie musste es wohl sein, auf einem Schiff bis zur Stadt Hamburg zu fahren, um dort ein noch größeres Schiff zu besteigen und in ferne Länder zu reisen? Sie hatte bisher nur selten eines der Magdeborcher Stadttore durchschritten und sich dann nie weiter als eine Wegstunde entfernt. Gemeinsam mit Hedwigis und Mechthilda war sie im nahen Wald und an Wiesenrändern auf Kräutersuche gegangen. Ansonsten hatte sich ihr ganzes Leben in den Mauern der Stadt zugetragen.

Hildegard seufzte. Heute würde sie den Konvent nicht mehr verlassen können. Durch die Ankunft der schweifenden Beginen war der Nachmittag schon weit fortgeschritten und bald würde sie sich um die Tiere kümmern müssen. Denn ob Sonntagnachmittag oder nicht, Ziegen, Hühner und Schwein wollten trotzdem versorgt sein.

Unschlüssig, was sie tun sollte, nahm sie die kleine Marienstatue, die ihr der Schreinemaker geschenkt hatte, in die Hand. Nein, jetzt stand ihr nicht der Sinn nach stiller Einkehr. Sie würde am Abend, vor dem Zubettgehen, ein Gebet sprechen. Also stellte sie die Statue wieder auf die Truhe an der Wand, welche die beiden Dachkammern trennte. Ohne sich über ihr Tun Rechenschaft abzulegen, beugte sich Hildegard vor, näherte ihr Ohr der Wand und lauschte nach drüben. Von dort waren nur die Schritte der anderen jungen Frau zu hören. Unruhig lief diese in ihrer Kammer auf und ab. Bestimmt machte sie sich Sorgen um ihre kranke Gefährtin. Beschämt wollte sich Hildegard schon zurückziehen, als sie mitten in der Bewegung erstarrte und sich noch einmal vorbeugte. Das konnte doch wohl nicht wahr sein! Das Scharren des lahmen Beins über die Holzdielen fehlte! Die Andere lief ganz normal in ihrer Kammer hin und her. Kein Nachziehen des Beins, kein Humpeln. Da stimmte doch irgendetwas nicht.

Hildegard fielen Mettes Worte ein, die diese beim Anblick der schweifenden Beginen vor sich hingemurmelt hatte: „Das gefällt mir gar nicht, das gefällt mir gar nicht." Hildegard beschloss, Mette nach ihrer Abneigung gegen diese Frauen zu befragen. Ganz zufällig und zwanglos natürlich. Mette war zu wachen Geistes, als dass sie ihr mit einer direkten Frage kommen durfte. Dann würde diese zweifelsfrei den Spieß umdrehen und Hildegard ausfragen.

Also schlenderte Hildegard erst über den Hof, schaute ins jetzt leere Refektorium, ging auf einen Sprung zu Walburga in die Küche, um mit der Köchin einige belanglose Worte zu wechseln und gesellte sich schließlich zu Mette, neben der Mechthilda auf einem Hocker saß. Die Lehrerin hatte sich, als sie sich den Beginen anschloss, der lange vernachlässigten Chronik des Konvents angenommen. Da seit dem ersten Pestausbruch kaum noch jemand Eintragungen vorgenommen hatte, befragte Mechthilda hin und wieder Mette zu den Ereignissen der fehlenden Jahre und ergänzte die Annalen des Beginenhauses. Auch jetzt lag eine beschriebene Wachstafel auf ihrem Schoß. Doch der Griffel ruhte in ihrer Hand und die beiden Frauen schwiegen.

„Hast du etwas aufgeschrieben, an das ich mich auch erinnern kann?", begann Hildegard, an Mechthilda gewandt, das Gespräch ganz unverfänglich.

„Das glaube ich kaum, dass du daran Erinnerungen hast", antwortete Mechthilda lachend. „Da warst du wohl knapp ein Jahr alt. Es ging um den Krieg zwischen der Stadt und dem Adel des Erzstifts. Nachdem 1351 die Pest abgeklungen war, kam es zu einem Raubangriff des Adels auf die Bürger der Stadt. Auf der Neustädter Feldmark wurde Vieh entwendet und es wurden Sachen beschädigt."

„Und was hat das mit dem Konvent zu tun?"

„Die damalige Apothekerin Hulda beteiligte sich an der Versorgung Verletzter, die vom Schlachtfeld in die Stadt getragen wurden."

„Schreibst du auch etwas über die Ankunft der schweifenden Beginen in die Chronik?", fragte Hildegard nun und beglückwünschte sich innerlich, wie geschickt sie das Thema in ihre Richtung gelenkt hatte.

„Später sicherlich. Aber jetzt werde ich erst eine Abschrift von diesem hier machen." Mit diesen Worten stand Mechthilda auf, nickte den beiden Zurückbleibenden noch einmal zu und setzte ihre Füße dann in Richtung auf ihr Häuschen.

Da Mette noch immer schwieg, wusste Hildegard nicht recht, wie sie das Gespräch weiterführen sollte, ohne allzu großes Interesse an den Gästen zu bekunden.

Schließlich setzte sie sich auf den von Mechthilda zurückgelassenen Hocker und fragte: „Warst du auch je als schweifende Begine unterwegs?"

Mette schoss einen scharfen Blick auf Hildegard ab und schnaufte verächtlich durch die Nase.

„Ich habe mein Leben immer in Anstand und Sitte verbracht", stieß sie hart hervor. „Für mein täglich Brot habe ich stets gearbeitet, weder habe ich gebettelt, noch mich selbst verkauft."

„Und diese Frauen tun das?" Hildegard klang ungläubig. Beginen lebten doch keusch und in Armut, leisteten Hilfsdienste an ihrem Nächsten und stellten ihren Unterhalt in eigener Arbeit her.

„Nun, sicher führen nicht alle ein unkeusches Leben", beschwichtigte Mette Hildegard. „Aber sie fristen ihr Leben vorwiegend durch Betteln nach dem Leitspruch Brot durch Gott. Nach meiner Meinung sollten sie sich durch ihrer Hände Arbeit ernähren, denn die meisten sind noch jung und kräftig genug, um einer Arbeit nachzugehen oder sie sollten so betteln, wie andere Christenmenschen es auch tun. Manche leben aber auch ... " Mette machte eine Pause. Ach was, Hildegard war kein Kind mehr. „Manche leben aber auch von Diebstahl oder bieten sich als Freie Frauen jedem an, der ein paar Pfennige in der Tasche hat."

Hildegard riss die Augen auf.

„Wie die Hübschlerinnen am Fischmarkt?"

„Was weißt du denn von den Hübschlerinnen am Fischmarkt?" Mette musterte die junge Frau prüfend.

„Na, was man sich halt so erzählt", wich Hildegard aus.

„Wie auch immer, sie könnten dem Ruf unseres Konvents Schaden zufügen. Manche warten nur darauf, den Beginen eine Verfehlung nachweisen zu können."

„Wer sollte uns Böses wollen?" Hildegard klang ungläubig. „Wir kümmern uns um Alte, Kranke und Sieche und führen ein gottgefälliges Leben."

„Nun", Mette musste nicht lange überlegen. „Die Tuchweber sehen mit Widerwillen, dass wir besseres und billigeres Tuch herstellen als sie.".

„Aber der Tuchweber Hannes Gessler nimmt auf seinem Flussschiff den Ballen, den Grite, Theresia und Else gewebt haben, nach Eisleben mit, um ihn dort zum Kauf anzubieten", hielt Hildegard dagegen.

„Das tut er nicht unbedingt uns zum Gefallen, sondern um Grites Bruder Verdruss zu bereiten. Der brachte vor einigen Jahren zur Herrenmesse Meister Hannes' Flussschiff mit gutem flandrischen Tuch zum Kentern und stellte es dann als Unfall dar."

Hildegards Brauen zogen sich in angestrengtem Grübeln zusammen.

„Dann sind wir in Gefahr?"

Mette legte ihr beruhigend eine Hand aufs Knie.

„Zum Glück haben wir einflussreiche Fürsprecher. Beginenhöfe andernorts stehen den Anfeindungen weit wehrloser gegenüber. Mechthildas Vater hält seine schützende Hand über uns. Das Patriziergeschlecht der Honsteins hat seit weit über einhundert Jahren eine wichtige Stimme im Rat."

„Ja, ich weiß, Mechthilda hat im Unterricht oft genug von ihrem berühmten Vorfahren erzählt." Man merkte Hildegard an, dass sie während der Schreib- und Lesestunden mehr als einmal die Geschichte von Hans Honstein zu hören bekommen hatte.

„Die Mädchen, die Mechthilda im Lesen, Schreiben und Rechnen unterweist, werden die Schilderung der damaligen Ereignisse mit nach Hause tragen und dort wiedergeben. So wird jedem klar, dass es klüger ist, uns nicht zu schmähen."

Hildegard nickte nachdenklich. So hatte sie es noch gar nicht betrachtet.

„Und sicher scheuen sich die Missgünstigen auch, sich mit einer Ursula von Buch anzulegen." Hildegard grinste.

„Sicher." Mette nickte der jungen Frau zu. „Kaum jemand wird so leichtfertig sein, sich mit diesem mächtigen Adelsgeschlecht anzulegen. Aber genug des Geschwätzes", setzte sie nachdrücklich hinzu. „Hast du nichts Besseres zu tun, als eine alte Frau um ihr Nachmittagsschläfchen zu bringen?" Sie zwinkerte Hildegard zu und ließ dann den Kopf auf die Brust sinken. Die Junge streichelt der alten Frau liebevoll über die Hand, was diese mit einem gutmütigen Brummen quittierte und wandte sich dem Obstgarten zu, um sich um das Getier des Konvents zu kümmern.

So gingen auch der Rest des Nachmittags und der Abend dahin. Radegunde, Ketlin und Anna kamen nur zum Essen aus ihrem Häuschen. Die Suppe für Alheyt mussten sie zu ihr tragen, da sie zu schwach war und sich nur wenige Schritte auf den Beinen halten konnte. Hedwigis brachte ihr noch einen Aufguss aus Lungenkraut, der das Atmen der Kranken erleichtern sollte.

Bevor Hildegard sich mit Einbruch der Dämmerung zu Bett begab, lauschte sie noch einmal an der Wand zu Annas Kammer. Dort blieb alles still. Sicherlich hatte sich die andere schon zum Schlafen niedergelegt.

Daran war bei Hildegard erst einmal nicht zu denken.

Sie kniete vor der kleinen Marienstatue nieder, betete für all ihre Lieben und bat die reine Jungfrau Gefahren vom Konvent abzuwenden. Kurz hielt sie inne und schloss dann auch die Neuankömmlinge in ihre Fürbitte ein ebenso wie bedrängte Beginen in anderen Städten. Als sie schon unter ihrer Decke lag, gingen ihre Gedanken immer wieder zu dem von Mette Gehörtem.

Nachdem sie doch endlich in einen unruhigen Schlaf gefallen war, plagten sie grässliche Alpträumen. Mit einem Schrei fuhr sie hoch und presste die Hand auf ihr wild klopfendes Herz. Das Mitternachtsläuten der nahen Kirche sagte ihr, dass es noch viele Stunden bis zum Tagesanbruch waren. Trotzdem konnte sie lange nicht mehr einschlafen. Eine verwischte Erinnerung an ihren Traum hinderte sie daran, sich arglos unter ihre Decke zu kuscheln. Sie hatte von den Galgenvögeln und den schweifenden Beginen geträumt. Und schließlich hatte sich alles miteinander vermengt und die fremden Frauen waren gekommen, um das zu Ende zu führen, was den Mordbuben misslungen war.

Erst als Hildegard wieder den Hocker mit der Waschschüssel vor die Tür geschoben hatte, fühlte sie sich sicherer und schließlich schlief sie wieder ein mit dem festen Vorsatz, auf der Hut zu sein.

6. Kapitel

Doch Hildegard ließ sich nicht lange von ihren Traumgespinsten bedrücken. Dazu war sie zu jung und vor allem zu beherzt, um sich lange in den Mauern des Konvents zu verstecken oder den schweifenden Beginen aus dem Wege zu gehen.

Am Morgen nach dem scheußlichen Traum hatte sie Anna beim Frühmahl so kämpferisch angeblitzt, dass diese erschrocken zurück gezuckt war und sich noch tiefer über ihre Schüssel mit Brei gebeugt hatte.

Auch als Walburga sie anschließend zu Alheyt schicke, um der den Brei zu bringen, zögerte Hildegard keinen Augenblick. Es würde sie ja wohl niemand im Konvent angreifen. Und dass Alheyt wirklich krank war, daran bestand nicht der geringste Zweifel. Selbst Walburga, die sich nicht so leicht etwas vormachen ließ, musste die Gäste für harmlos halten. In Alheyts Brei hatte sie gar ein mit Honig gesüßtes Dotter gerührt. Und das wollte schon etwas heißen.

Radegunde, Ketlin und Anna waren von der Magistra für den Garten und die Tiere eingeteilt worden. So war Hildegard dieser Arbeiten ledig und durfte mit Grite auf den Markt gehen. Immer wieder drehte sie den Kopf und hielt verstohlen Ausschau nach den Galgenvögeln oder dem Pilger. Aber weder die einen noch der andere kreuzten ihren Weg.

Die junge Frau seufzte innerlich erleichtert auf. Wahrscheinlich war es nur ein Zufall gewesen, dass sie bei dem Überfall den Räubern vor das Messer gelaufen war. Und je mehr sie über diesen Satz vom Auftrag eines Herren nachdachte, um so unwahrscheinlicher erschien ihr das Ganze.

Nur auf die schweifenden Beginen wollte sie weiterhin achtgeben. Die hatten irgendetwas zu verbergen. Da war sich Hildegard ganz sicher.

Als fiele es ihr eben in diesem Moment ein, fragte sie Grite:

„Wo liegt eigentlich Lübeck? Dein Vater unterhielt doch einen bedeutenden Fernhandel. Hatte er auch mit dieser Stadt zu tun?"

Grite musterte sie aufmerksam von der Seite. „Lübeck liegt in der Nähe des Ostmeeres. Vater hatte Geschäftsfreunde dort. Warum fragst du?"

„Nun, ich wollte nur wissen, wo die schweifenden Beginen herkommen."

Grite schnaubte verächtlich durch die Nase. „Diese Frauen kommen nie und nimmer aus Lübeck. Die Menschen dort reden in einer ganz anderen Mundart."

Hildegard schwieg überrascht. Noch eine Lüge, die die Fremden ihnen aufgetischt hatten.

„Warum hast du es nicht der Magistra gesagt?", fragte sie dann.

Grite zuckte mit den Schultern und fragte dann zurück: „Warum nimmst du solchen Anteil an diesen Frauen? Willst du dich ihnen etwa anschließen?"

Hildegard hob abwehrend beide Hände. „Bei Gott, nein, wie kommst du nur auf solch einen Gedanken?"

Eine Weile liefen die beiden Frauen schweigend nebeneinander her.

„Ich habe auch etwas herausgefunden" platzte Hildegard schließlich heraus. Bestimmt war es besser, sich Grite anzuvertrauen. Walburga würde nur wieder wie eine besorgte Glucke über sie wachen. Grite war viel resoluter und scheute auch vor einem Wagnis nicht zurück.

Die Ältere blieb stehen und zog Hildegard etwas aus dem Gedränge auf dem Breiten Weg heraus zu einer Hauswand.

„Also", begann Hildegard zögernd, „diese Anna mit dem Hinkefuß ist auch eine Lügnerin. In ihrer Kammer ist sie ohne Beschwerden gelaufen. Ich habe es ganz deutlich gehört."

Grite nickte, als hätte sie so etwas schon erwartet. „Aus dem Badezuber ist sie recht geschickt geklettert und hat ihr Bein sorgfältig verhüllt. Wir müssen diese Weiber unbedingt im Auge behalten. Womöglich haben sie es auf unsere Geldtruhe abgesehen."

„Tragen wir unsere Beobachtungen der Magistra vor?" Hildegard war anzumerken, dass sie lieber selbst noch ein bisschen herumstöbern würde.

„Wir sollten niemanden ohne ausreichenden Grund beschuldigen. Vielleicht ziehen sie schon in den nächsten Tagen weiter. Aber lass uns bis dahin ein Auge auf sie haben. Im Übrigen war mir gar nicht bekannt, dass die Wände zwischen den Kammern so dünn sind." Grite grinste Hildegard belustigt an. Die gab nur ein Brummen von sich, mit dem sich auch Mette unliebsame Fragen vom Leibe hielt.

Von dem Traum, dass die Frauen sie meucheln wollten, erzählte sie lieber nichts. Bei Licht betrachtet war dieser Gedanke doch recht lächerlich.

***

Am folgenden Tag begleiteten Radegunde und Ketlin Hildegard auf den Markt. Die beiden hatten darum gebeten, da sie sich ein wenig mit der fremden Stadt vertraut machen wollten. Und da Walburga vier zusätzliche Münder versorgen musste, war ein täglicher Gang zum Markt unausweichlich.

Es war ein wolkiger Tag. In der Nacht waren ausgiebige Regenfälle über der Stadt niedergegangen und hatten einen Teil des Unrats gen Elbe geschwemmt. Aber an manchen Stellen war der Abfall auch zu langen Haufen aufgeschwemmt worden. Hildegard hatte ihre Trippen untergeschnallt. Doch einerlei. Sie genoss jede Stunde, die sie außerhalb des Konvents verbringen konnte. Nicht, dass sie sich im Beginenhof unwohl gefühlt hätte, aber die Mauern bedrängten ihre frei fliegenden Gedanken mitunter doch arg.

Radegunde und Ketlin hatten sich bisher anstellig und freundlich gezeigt, so dass Hildegard über deren Begleitung keinerlei Bedenken hatte.

An ihren Armen baumelten die noch leeren, großen Körbe, die es zu füllen galt.

Zuerst verließen sie die Stadt durch das Elbtor und begaben sich zum Fischmarkt. Dort erstand Hildegard einen Korb voller frischer Flussfische. Als die Marktfrau ihr die Fische mit beiden Händen in den Korb füllte, stieg Hildegard ein leichter Geruch nach Verwesung in die Nase. Sie wühlte in ihrem Korb und zog zwei Fische heraus, die schon einen grünlichen Schimmer angenommen hatten. Entrüstet starrte sie auf die schmierigen Fischleiber in ihrer Hand. Sie wollte sich schon von dem Stand abwenden, als sie die abschätzenden Blicke der beiden schweifenden

81

Beginen spürte. Ein kleiner Hauch von Misstrauen war noch immer in Hildegard und sie wollte vor den zwei Frauen nicht schwach erscheinen.

Also schleuderte sie die Fische zurück auf den Verkaufstisch.

„Willst du uns vergiften, Weib?", fauchte sie die Fischersfrau an.

„Hab dich nicht so! Die Fische sind ganz frisch. Die sind eben von anderer Art als der Rest", gab die Händlerin ebenso entrüstet zurück.

„Ja, von der Art, dass sie dem Deinen schon in der letzten Woche ins Netz gegangen sind." Hildegard ließ sich nicht beirren. Von Walburga hatte sie gelernt, frischen Fisch von Altem zu unterscheiden.

„Meine Fische sind immer frisch. Aber die feinen Damen haben wohl zu empfindliche Nasen!", keifte die andere.

Von den Nachbarständen wurde ihnen zunehmend Aufmerksamkeit zuteil. Einige Käuferinnen und Marktfrauen scharrten sich um sie und beobachteten gespannt den Streit. Vielleicht würde es ja zu Handgreiflichkeiten zwischen den beiden Frauen kommen. Das wollte sich niemand entgehen lassen.

Andere Marktfrauen feuerten die Fischerin an: „Lass dir das nicht gefallen Lies! Stopf ihnen den Fisch in ihr Schandmaul!"

Die Käuferinnen standen größtenteils auf Hildegards Seite. „Hier stinkt nicht nur der Fisch. Hier stinkt auch dein Geschäft!" Sie wiesen auf den Stand, unter dem sich auf einem Haufen Fischinnereien unzählige grünschimmernde Fliegen niedergelassen hatten.

„Vielleicht sollten wir ja nach den Marktaufsehern schicken."

Mit den Marktaufsehern wollte niemand zu tun haben und alle eilten zu ihren eigenen Ständen zurück. Auch Radegunde und Ketlin wollten Hildegard fortziehen

„Was ist nun, bekomme ich endlich die Anzahl frischer Fische, die ich bezahlt habe?" Hildegard schüttelte die Schwestern ab.

Zähneknirschend warf ihr die Fischerin zwei frische Fische in ihren Korb und murmelte einen Fluch vor sich hin.

Hildegard band ein Tuch fest über den Korb, dass ihr ja kein vorbeilaufender Gassenjunge einen Fisch stibitzen konnte. Dann warf sie stolz den Kopf in den Nacken und setzte ihren Weg fort. Diesen Kampf hatte sie gewonnen.

Sie wies den Frauen nun den Weg zum Alten Markt und erklärte ihnen dort die Aufteilung nach Warengruppen und Gewerken. Sie schlenderten anfangs nur durch die Stände und Buden und Hildegard zeigte ihnen den Töpfermarkt und den Milchmarkt, ging mit ihnen zu den Fleischscharren der Knochenhauer und Fleischer und zu den Brotbänken der Bäcker. Kurz verweilten sie am Stand einer Gürtlerin und ließen bei einem Tuchhändler einige feine Stoffe durch die Finger gleiten, obwohl sie sich bewusst waren, dass sie nichts von all dem erstehen konnten.

Die beiden Schwestern waren begeistert von diesem großen Markt. Auf dem in der Mitte mit Pflastersteinen ausgelegten Platz konnte man, ohne bis zum Knöchel im Schlamm zu versinken, trockenen Fußes seine Einkäufe tätigen. Die sich anschließenden Steinschüttungen sorgten auch im Außenbereich des Marktes für ein schnelles Versickern des Regenwasser.

Rund um den Marktplatz standen die prachtvollen Wohnhäuser wohlhabender Bürger. Die dort wohnhaften Kaufleute und Handwerker hatten ihre im Erdgeschoss befindlichen Verkaufsräume bereits geöffnet und davor auf kleinen aufklappbaren Verkaufstischen ihre Waren ausgebreitet. Der Duft von Gewürzen aus fernen Ländern stieg ihnen in die Nase. Teure Stoffe und feine Spitzen wurden angeboten.

Hildegard erklärte ihren Begleiterinnen, dass erst zur Herrenmesse im September Fernhändler und Kaufleute aus allen Himmelsrichtungen Magdeborch auf dem Neuen Markt besuchen und dort ihre Waren feilbieten würden. Dann gab es Pelze von den Moskowitern, Glas aus Murano, Gewürze aus dem Orient und vielleicht auch wieder einen vom Volk der Mohren, von denen man sagte, dass sie am Rand der Welt wohnten.

Viele Bauern aus den umliegenden Dörfern hatten schon bei Morgengrauen ihre Karren durch die gerade geöffneten Tore in die Stadt geschoben und begonnen, ihre hölzernen Stände aufzubauen. Erstes frisches Gemüse, Zwiebeln, getrocknete Bohnen und Linsen warteten auf zahlungswillige Kunden. Marktfrauen priesen die letzten Vorjahresäpfel, Kräuter, Wurst, Speck und Käse an.

Appetitanregende Gerüche aus den Garküchen vermischten sich mit dem Duft von in Schmalz gebackenen Pasteten und ließen den drei Frauen das Wasser im Mund zusammenlaufen. Hildegard überschlug schnell im Kopf die nötigen Einkäufe und die Münzen, die Walburga ihr mitgegeben hatte. Sie kam zu einem zufriedenstellen Ergebnis. Wenn sie beim Wurzelgemüse und den Zwiebeln den Preis herunterhandeln konnte, würden ein paar Pfennige übrig bleiben. Von Grite hatte sie bei ihren häufigen Marktgängen schneller und genauer rechnen gelernt als bei Mechthilda in all den Stunden in der Schulstube.

Kurz entschlossen trat die junge Frau an einen Pastetenstand heran und verlangte eine mit Ziegenkäse gefüllte Pastete. Der rotgesichtige, schwitzende Pastetenverkäufer, über dessen dicken Bauch sich ein stramm sitzender, schmuddeliger Kittel spannte, reichte ihr mit nicht ganz sauberen Fingern das handgroße Stück Backwerk. Dabei zwinkerte er Hildegard zu und fragte mit einem Neigen des Kopfes, das wohl neckisch wirken sollte, doch eher plump ausfiel: „Darf es sonst noch etwas sein, wohledle Jungfer?"

„Teilt bitte die Pastete in drei gleich große Teile."

Die Mine des Verkäufers verschloss sich. „Bettelpack", murmelte er und schob Hildegard die geteilte Pastete mit einer abfälligen Bewegung zu, wobei er sich schon liebdienerisch an den nächsten Kunden wandte.

Die drei Frauen ließen sich von dem Mann nicht den Appetit auf die kleine Zwischenmahlzeit verderben. So war das nun mal. Man war nur so lange *wohledel*, wie man genügend Münzen in seinem Beutel hatte.

Hungrig bissen sie in das fettige Gebäck und leckten sich anschließend gründlich die Finger ab.

Die restlichen Einkäufe waren schnell erledigt. Mit schweren Körben begaben sie sich zurück zum Beginenkonvent. Einige Schritte mussten sie wieder den Breiten Weg entlanglaufen. Radegunde und Ketlin schritten kräftig vor Hildegard aus. Das hinderte die beiden jedoch nicht daran, die Blicke weiter neugierig schweifen zu lassen.

Plötzlich blieb Ketlin ruckartig stehen und Hildegard, die dicht hinter den beiden lief, stieß ihr schmerzhaft mit den Trippen in die Hacken. Zumindest dachte Hildegard, dass es schmerzhaft sein müsste, doch Ketlin reagierte gar nicht auf den Tritt. Sie hatte ihre Schwester am Arm gepackt und deutete mit erschrockenem Gesicht in die Menge zur Linken. Auch Radegundes Gesicht verzog sich bestürzt und sie wich einige Schritte zurück. Hildegard folgte dem Blick der beiden Frauen, konnte aber nichts Beängstigendes erblicken. Schon wollte sie die Schwestern fragen, was sie so in Schrecken versetzt hatte, da war es ihr, als würde sie nur wenige Schritte entfernt jemand anstarren. Als sie sich dem zuwandte, sah sie nur noch einen Hinterkopf mit dunklen, verfilzten Haaren, die durch abstehende Ohren geteilt wurden, in der Menge untertauchen. Und dann traf es Hildegard siedendheiß. Von der linken Ohrmuschel fehlte die obere Hälfte. Das war einer der Galgenvögel, die sie überfallen hatten!

Jetzt hatte Hildegard nur noch ein Ziel: So schnell wie möglich zurück in den Konvent. Dort war sie sicher. Dort könnte ihr niemals etwas Böses zustoßen.

Hildegard fasste ihren schweren Korb fester und eilte, so schnell es das Gedränge zuließ, die Straße entlang. Es kümmerte sie nicht mehr, ob die Schwestern ihr folgen würden. All ihr Sinnen und Trachten war darauf gerichtet, die schützenden Mauern so schnell als möglich zu erreichen. Und so entging es ihr, dass sich hinter ihr plötzlich ein lautes Schreien und Rufen erhob, dass sich beständig näherte. Auch ein Poltern und Rumpeln war zu vernehmen, das die schreienden Menschen vor sich herzutreiben schien. Schließlich drang es auch in Hildegards Bewusstsein und sie blickte zurück, um die Ursache des Tumults zu erspähen. Was sie sah, ließ sie einen Augenblick erstarren. Menschen wälzten sich auf sie zu, hinter denen ein schweres Pferdegespann in rasender Fahrt den Breiten Weg entlangdonnerte. Kurz vor dem durchgehenden Gespann sprangen die Menschen zur Seite und versuchten an den Häuserwänden Schutz zu finden.

Ohne nachzudenken, drängte auch Hildegard sich zwischen die ausweichenden Menschen. Gerade wollte sie aufatmen, als sie einen kräftigen Schlag in den Rücken spürte, der sie wieder zur Straßenmitte hin taumeln ließ. Gewiss wäre es ihr gelungen, sich erneut in Sicherheit zu bringen, wäre die Straße nicht vom nächtlichen Regen, der auf faulenden Unrat gefallen war, schmierig gewesen und ihre Trippen nicht schon reichlich abgelaufen. So aber rutschte sie aus, knickte um und stolperte, im Bemühen, sich endlich zu fangen, weiter nach vorn, wo sie schließlich auf den Knien im Straßenschmutz landete.

Die Menge um sie herum stöhnte gequält auf. Das Unglück schien unvermeidlich. Das führerlose Gespann jagte direkt auf Hildegard zu. Es konnte nur noch einen Wimpernschlag dauern, bis die junge Frau von den Hufen der schweren Pferde zerstampft und von den Rädern des hochbeladenen Wagens zermalmt werden würde.

In eben diesem Augenblick, in dem die gaffende Menge den Hals reckte, um sich ja keinen Moment des schrecklichen Schauspiels entgehen zu lassen, schwang sich ein großer, grauer Engel vor, ergriff die Jungfer an ihrem Gewand und brachte sie mit einem Ruck zurück in Sicherheit. So wurde es zumindest an den nächsten Tagen immer wieder auf dem Markt, in den Schänken und in allen Gassen erzählt. Einige glaubten sogar zu wissen, der Engel habe die Jungfer auf seinen Schwingen fortgetragen, um sie direkt ins Paradies zu geleiten.

Doch verhielt es sich nicht ganz so. Zwar war eine große, grau gewandete Gestalt im Spiele gewesen und Hildegard kam sie auch vor wie ein rettender Engel, doch war diese Gestalt recht menschlich und auch des Fliegens nicht kundig.

Hildegard, der beim Anblick der herandonnernden Pferde die Sinne zu schwanden begannen, wurde durch etwas Kaltes, Feuchtes in ihrem Gesicht zurück in die Wirklichkeit geholt. Als sie die Augen aufschlug sah sie unmittelbar vor sich einen großen grauen Hundekopf, der sie mit seiner feuchten Nase anstupste. Der Hund wurde zur Seite geschoben und ein bekanntes Gesicht beugte sich über sie.

„Ihr habt ein beachtliches Talent, Euch in Schwierigkeiten zu bringen, Jungfer Begine." Die Stimme des Pilgers war tadelnd, aber seine Augen blickten besorgt.

Hildegard richtete sich etwas auf. Ihr Retter hatte sie in einen Hauseingang getragen, auf dessen Stufe sie jetzt saß. Die Menschenmenge, die eben noch auf ein grausiges Spektakel gehofft hatte, begann sich zu zerstreuen. Die Pferde wurden endlich von beherzten Männern ein paar Dutzend Schritte weiter zum Stehen gebracht. Und schon floss der Tag dahin und nahm die Mär von der wunderbaren Errettung einer Jungfrau mit sich, derweil sich um die tatsächlich Beteiligten niemand mehr kümmerte.

Mühsam erhob sich Hildegard, gestützt vom Arm des Pilgers, und versuchte den Schmutz von ihrem Gewand zu wischen. Sie hatte mit dem Leben schon abgeschlossen gehabt und ihre Seele Gott empfohlen und nun sah sie in das lächelnde Gesicht ihres erneuten Retters.

Inzwischen hatten sich auch Radegunde und Ketlin bei ihnen eingefunden, die nicht minder erschrocken waren als Hildegard.

Sie sah zur Straßenmitte. Inmitten der dort wieder geschäftig hin- und hereilenden Menschen lag eine ihrer Trippen, zermalmt von den Rädern des Wagens. Hildegard schluckte hart. „Habt Dank für die neuerliche Errettung." Sie atmete zweimal tief durch und spürte, wie ihre Lebensgeister zurückkehrten. „Auch Ihr habt ein beachtliches Talent", sie konnte schon wieder lächeln, „immer dann zur Stelle zu sein, wenn ich in Schwierigkeiten gerate."

„Ihr solltet jedoch unser beider Talent nicht über Gebühr in Anspruch nehmen." Der Pilger fand offensichtlich Gefallen an dem Wortwechsel, wurde aber gleich wieder ernst: „Aber nun verratet mir, was Euch bewog, unmittelbar vor den durchgehenden Pferden auf die Straße zu springen."

Hildegard überlegte einen Moment. Dann kam die Erinnerung zurück.

„Nun, das war nicht ganz freiwillig. Jemand stieß mich so kräftig in den Rücken, dass es mich geradezu auf die Straße schleuderte, ohne dass ich mich dagegen hätte wehren können." Jetzt, wo es ausgesprochen war, kam Hildegard die ganze Ungeheuerlichkeit des Erlebten zu Bewusstsein und ihre Knie wurden erneut schwach. Sie fing sich aber schnell wieder. Da war dieses Halbohr. Konnten die Galgenvögel Hand an das Gespann gelegt haben? Aber Ochsen und Pferde gingen immer wieder einmal durch. Und wenn es auch meist glimpflich für alle Beteiligten ausging, so waren doch hin und wieder Opfer zu beklagen.

„So nachdenklich?", bohrte der Pilger nach. „Ist Euch sonst noch etwas aufgefallen?" Er nahm Hildegards Korb auf und setzte sich Richtung Beginenkonvent in Bewegung.

Hildegard griff zum Korb. „Das geht doch nicht, dass Ihr mir den Einkauf tragt, wie ein Knecht."

„Erinnert Euch. Ich bin auf Pilgerfahrt, um gute Taten zu vollbringen. Und glaubt mir, ein Korb Fische ist nicht das Allerschlimmste, was mir dabei begegnet ist."

Hildegard blieb nichts weiter übrig, als sich dem Pilger mit ein paar raschen Schritten anzuschließen. Ihre zweite Trippe hatte sie abgebunden und trug sie nun in der Hand. Radegunde und Ketlin folgten ihnen dichtauf. Neugierig lauschten sie dem Gespräch vor sich. Erstaunlich, dass diese junge Begine diesen gutaussehenden Pilger kannte. Der schritt gar nicht demütig vor ihnen einher. Seine gerade aufrechte Gestalt und das stolz vorgereckte Kinn ließen eher einen wohlgeborenen Herrn als einen demütigen Pilgersmann vermuten.

„Also, ist Euch etwas aufgefallen, bevor Ihr auf die Straße gestoßen wurdet?", nahm der Pilger das Gespräch wieder auf.

Hildegard zögerte. Sollte sie ihm wirklich von dem Halbohr erzählen?

„Kurz bevor die Pferde durchgingen, sah ich einen Mann mit nur einem halben Ohr." Forschend sah sie zu ihrem Begleiter. Der zog nur fragend eine Augenbraue hoch.

„Der Schurke, den Ihr in der Gasse mit Eurem Stab niedergestreckt habt, hatte auch nur ein halbes Ohr."

Abrupt blieb der Pilger stehen. „Seid Ihr Euch ganz sicher?"

„Was das halbe Ohr anbelangt, ja. Ob es derselbe Mann war, nein."

„Habt Ihr Euch Feinde gemacht, dass jemand so hartnäckig nach Eurem Verderben strebt?"

Hildegard zuckte mit den Schultern. Sicher war sie mit dem einen oder anderen schon in Streit geraten, gerade vor Kurzem mit der Lies vom Fischermarkt. Aber dass jemand ihr so nachdrücklich nach dem Leben trachten könnte, hielt sie für unwahrscheinlich.

„Ihr solltet Euch Eurer Magistra anvertrauen. Sie wird Euch zu schützen wissen. Schließlich kann ich nicht immer zur Stelle sein, um Euch vor halbohrigen Lumpenkerlen zu bewahren."

Mittlerweile hatten sie den Beginenkonvent erreicht. Der Pilger reichte Hildegard ihren Korb und verabschiedete sich mit einem Neigen des Kopfes. Noch ein leiser Pfiff, der dem Hund galt, der sich viel lieber mit dem Fischkorb beschäftigt hätte und die drei Frauen standen allein vor dem Tor.

Schnell eilte Hildegard an Mette vorbei. Sie wollte jetzt nicht Rede und Antwort für ihren verschmutzten Aufzug stehen müssen. Dafür traf sie Walburgas strafender Blick, als sie gemeinsam mit den Schwestern die Einkäufe in der Küche ablieferte. Aber die Köchin erbarmte sich ihrer Ziehtochter, als sie deren noch immer blasses, verstörtes Gesicht sah und schickte sie in den Garten, sich um die Kräuter zu kümmern. Das Schuppen und Ausnehmen der Fische sowie das Putzen des Gemüses blieb diesmal an Radegunde und Ketlin hängen.

Hildegard war Walburga dankbar. In der Stille des Gartens konnte sie zur Ruhe kommen und ihre Gedanken ordnen. Sie versuchte sich zwar einzureden, dass die beiden Vorkommnisse nichts miteinander zu tun hatten und sie nur durch reinen Zufall zweimal hintereinander in so arge Bedrängnis geraten war, aber tief in sich wusste sie, dass da etwas Böses seine Fäden um sie spann. Nur hatte sie nicht die geringste Ahnung, wer ihr so Übles wollte.

Sie schritt die Gemüse- und Kräuterbeete ab, zupfte mal hier ein Unkrautpflänzchen aus, band mal dort ein Kräuterzweiglein hoch, aber eigentlich gab es hier nichts Richtiges zu tun. Das hatte wohl auch Walburga gewusst, denn fast täglich ergänzte sie die Mahlzeiten durch das Eine oder Andere aus dem eigenen Anbau, das sie meist höchstpersönlich von den Beeten auswählte.

Also wandte sich Hildegard dem schmalen Durchgang zu, der von diesem Teil des Gartens zum Obstgarten mit den alten, knorrigen Bäumen führte, den sich Hühnervolk und Ziegen teilten. Sorgfältig verschloss sie die kleine Pforte. Sie konnte sich noch gut erinnern, wie sie vor Jahren die Tür aus Flechtwerk nur nachlässig angelehnt hatte und Federvieh und Ziegen sich Gemüse und Kräuter hatten schmecken lassen. Zwar war Hildegard nach wie vor davon überzeugt, dass die Ziegenmilch tagelang sehr aromatisch nach Kräutern roch und schmeckte, doch die Schelte, die sie hatte einstecken müssen, hatte sie ebenso wenig vergessen. Gleichwohl versäumte sie seither nie, im Herbst die zurückgeschnittenen Kräuterzweige den Ziegen vorzuwerfen oder kleingeschnitten unter die Binsen ihrer Kammer zu mischen.

In diesem Teil des Gartens standen je drei Apfel-, Birnen- und Quittenbäume. Alle im Abstand von zehn Jahren gepflanzt. Der älteste Baum jeder Sorte war wohl schon an die fünfzig Jahre alt. Sie hatten reichlich Früchte angesetzt, und es würde eine gute Ernte geben. Die frostigen Nächte waren vorüber und hatten den Blüten keinen Schaden zufügen können. Ein Teil der kaum bohnengroßen Fruchtansätze würde noch abfallen.

Ganz hinten stand ein uralter Baum, der vormals sicher schmackhafte Äpfel getragen hatte, aber nun nur noch dazu diente, einer Bank aus sorgsam geglätteten Holzbrettern Schatten zu spenden. Die Bretter waren der Lohn eines Schreiners für die drei Tuchweberinnen, die als Klagefrauen dem Begräbnis seiner Mutter beigewohnt hatten. Die daraus erstellte Bank verdankte ihr Dasein Agnes' begabten Händen.

Darauf ließ sich Hildegard nieder und hoffe hier in der Stille und Abgeschiedenheit die Lösung ihres Problems zu finden. Hinter ihr wucherten Hagebuttensträucher den rückwärtigen Zaun entlang, der das Anwesen der Beginen von dem schmalen Weg trennte, der unterhalb der westlichen Stadtmauer entlanglief. Aus den Fruchtschalen der roten Früchte wusste Hedwigis im Spätherbst ein wirkungsvolles Mus gegen Gicht herzustellen.

Hildegard rief sich zur Ordnung. Sie war nicht hergekommen, um über die Wirkungsweise von Heilkräutern zu sinnieren, sondern um Klarheit über die Vorkommnisse der vergangenen Tage zu gewinnen.

Also, wie war das noch einmal gewesen? Sie war in der Gasse überfallen worden von einem Halbohr, das ihr Tage später wieder begegnet war, kurz bevor die Pferde die Gasse entlangjagten und die schweifenden Beginen mit dem Pilger, der nicht aus Lübeck stammte, sie retteten, nachdem sie herausbekommen hatte, dass Anna gesund war. Nein, so hatte es sich nicht zugetragen.

In Hildegards Kopf ging alles durcheinander. Immer, wenn sie glaubte, ein Zipfelchen der Ereignisse an die richtige Stelle gesetzt zu haben, drängte sich ein anderer Gedanke dazwischen.

Wütend schoss sie einen kleinen Stein weg, der direkt vor ihrer Fußspitze gelegen hatte.

„Aua!" Der schmerzerfüllte Ausruf war nur wenige Schritte entfernt und Hildegard zuckte zusammen, so plötzlich aus ihrem Gedankenwirrwarr gerissen. Vor ihr stand Grite und rieb sich den Knöchel.

„Willst du demnächst mit den Gassenbuben Steine schießen spielen?" Grite setzte sich neben Hildegard. „Oder hoffst du, dir damit durchgehende Pferde vom Leibe halten zu können?"

Hildegard stöhnte gequält auf: „Dann wissen wohl schon alle im Konvent Bescheid, wie ungeschickt ich mich heute angestellte habe."

„Nun ja, Bescheid wissen alle, aber von ungeschickt kann ja wohl keine Rede sein. Du bist doch gestoßen worden. Und gerettet hat dich ein stattlicher Pilger, den du gut kennst und mit dem dich einiges zu verbinden scheint. Ach ja, bevor ich es vergesse, ein Halbohr soll wohl auch noch im Spiel gewesen sein."

Hildegards Stöhnen wurde flehentlich. „Hör schon auf. Diese schwatzhaften Schwestern hatten scheinbar nichts Besseres zu tun, als beim Fische putzen zu tratschen. Die wollen doch lediglich von sich ablenken."

Grite zupfte einige Blätter vom Hagebuttenstrauch und zerrieb sie zwischen den Fingern. „Aber es ist doch etwas passiert beim Gang zum Markt. Willst du mir nicht erzählen, was dir zugestoßen ist? Vielleicht finden wir beim Reden und beim Zuhören die Wahrheit."

Und Hildegard begann von dem heutigen Tag zu erzählen. Als sie berichtete, dass sie erst durch Ketlin auf das Halbohr aufmerksam geworden war, unterbrach Grite sie.

„Halt, das verstehe ich jetzt nicht. Warum hat dir der Anblick dieses Halbohrs solche Angst eingejagt?"

Hildegard knetete ihre Finger und schwieg. Aber es blieb ihr wohl nichts anderes übrig, als Grite auch von dem Überfall zu erzählen, der sich am Freitag der letzten Woche zugetragen hatte.

„Ein Halbohr ist mir schon in der letzten Woche begegnet. Erinnerst du dich noch daran, dass ich am Freitag allein zur alten Barbe gelaufen bin, derweil du die Einkäufe für Walburga erledigt hast?"

Grite nickte und Hildegard schilderte den Überfall stockend. Das Grauen, das sie beim Anblick des Messers erfasst hatte, stellte sich erneut ein und Grite strich beruhigend über Hildegards verkrampfter Hand.

Als die jüngere Frau endete, schwiegen beide eine Weile und jede hing dem Erzählten und Gehörten in Gedanken nach. Das sie ihre Lüge wegen der geröteten Wange gegenüber Grite zugeben musste, schmerzte Hildegard am meisten. Sie schickte einen schnellen Seitenblick zur Freundin, die sich mit Daumen und Zeigefinger die Nasenwurzel massierte und angestrengt nachdachte.

„Es hilft alles nichts, wir müssen unsere Beobachtungen der Magistra mitteilen. Die Schwestern haben sich schon wieder verdächtig gemacht. Das Halbohr war ihnen doch ganz offensichtlich nicht unbekannt. Womöglich stecken sie mit den Galgenvögeln sogar unter einer Decke und verfolgen das gleiche Ziel."

Hildegard schreckte hoch. „Du meinst, sie sind in den Konvent gekommen, um mich auszuspähen?"

„Wer weiß. Das gilt es jetzt herauszufinden. Bist du dir sicher, dass nicht eine von denen dich gestoßen hat? Du hast doch erzählt, sie waren hinter dir."

Nur ein Schulterzucken war die Antwort. Die Schwestern waren doch selbst auffallend erschrocken gewesen, als sie des Halbohrs ansichtig geworden waren. Sie hatte mit den Beiden zuvor geschwatzt, gelacht und die Pastete geteilt. Nein, bei allem, was die schweifenden Beginen zu verbergen hatten, Hildegard konnte nicht glauben, dass sie eines kaltblütigen Mordes fähig waren.

Sie würde sich der Magistra anvertrauen müssen.

Noch bevor sie ihren Entschluss in die Tat umsetzen konnte, ertönte vom Refektorium her die kupferne Triangel, mit der Walburga die Frauen zum Mittagsmahl rief. An der Querstange hängende Metallringe ließen den klirrenden, schnarrenden Klang des Instruments über das ganze Anwesen hallen.

Lustlos stocherte Hildegard beim gemeinsamen Mahl in den glasig gedünsteten Zwiebeln herum. Auch die in Mehl gewälzten und in Butter kross gebratenen Fische wollten ihr heute nicht so richtig schmecken.

Immer wieder trafen sie die verstohlenen Blicke der anderen Frauen. Auch wenn keine sie zu dem Ereignis vom Vormittag direkt gefragt hatte, so stand doch die Neugierde in aller Augen.

Dem konnte sich auch Ursula von Buch nicht verschließen. Bevor Gerüchte und Halbwahrheiten aufkamen, war es allemal besser, den Stier bei den Hörner zu packen und alle mit den tatsächlichen Begebenheiten vertraut zu machen.

Nachdem sie ihr Mahl beendet hatte, legte sie demonstrativ das Essmesser ab und beugte sich vor.

„Alle haben von dem gehört, was Hildegard heute bei ihrem Marktgang widerfahren ist. Aber so viele Frauen hier am Tisch sitzen, so viele unterschiedliche Auslegungen dazu gibt es auch. Wir wollen uns in einer Stunde hier wieder zusammenfinden und Hildegard wird uns allen dann erzählen, was sich genau zugetragen hat."

Die junge Frau fuhr zusammen und starrte die Magistra an. Die nickte ihr aufmunternd zu, erhob sich und zog sich in ihre Räume zurück. Mechthilda begleitete sie, um über die Fortschritte ihrer Schülerinnen zu berichten und sich mit Ursula von Buch abzustimmen, welches Mädchen aus ärmlichen Verhältnissen noch vor dem Sommer aufgenommen werden konnte.

Grite berührte Hildegards Arm.

„Komm, lass uns noch einmal in den Garten gehen und gemeinsam überlegen, was sich in den letzten Tagen ereignet hat."

Hildegard nickt nur und ließ sich von Grite mitziehen.

***

Noch nie war Hildegard eine Stunde so schnell vergangen. Wenn sie jetzt vor die Frauen trat, musste sie auch von ihrer Lüge erzählen und dass sie am Freitag allein in der Stadt unterwegs gewesen war. Auch, wenn Hildegard diesen Tag am liebsten ausgelassen hätte, so hatte ihr Grite doch schnell klar gemacht, dass sie sich damit nur weiter in Lügen verstricken würde. Und Hildegard hatte wieder an das Gleichnis vom Senfkorn gedacht, dass Mechthilda an dem Tag vorgetragen hatte und welche Gedanken ihr dabei durch den Kopf gegangen waren.

Also hatte sie tief aufseufzend zugestimmt, dass die ganze Wahrheit jetzt auf den Tisch musste.

Kurz darauf versammelten sich die Frauen im Refektorium. Die Neugier trieb sie her und so dauerte es nicht lange, bis alle anwesend waren. Alle, bis auf die schweifenden Beginen. Also schickte Ursula von Buch Grite, die drei Frauen zu holen. Auf die Anwesenheit von Alheyt verzichtete sie, denn diese konnte schon seit Samstag das Bett nicht mehr verlassen.

Grite lief schnell zu dem Häuschen, das den schweifenden Beginen zugewiesen worden war. Da sie es eilig hatte, nahm sie nicht den Bohlenweg, sondern lief quer über den noch immer schlammigen Innenhof.

Schon wollte sie das kleine Haus betreten, als sie durch die einen Spalt offenstehende Tür heftige Stimmen vernahm. Zwar sprachen die Frauen nicht laut, aber gerade zischte Radegunde bestimmend: „Wir können dich nicht weiter mitschleppen. Du hast doch gehört, was Hildegard heute Vormittag zugestoßen ist. Wenn die Knechte des Herrn dich bei uns finden, werden sie uns alle umbringen."

„Aber wo soll ich denn hin? Ich habe doch nur euch." Das war die weinerliche Stimme von Anna. „Bitte lasst mich nicht zurück."

„Du hast uns nie erzählt, was dich zur Flucht getrieben hat. Aber es scheint etwas wirklich Arges zu sein, wenn du dafür sterben sollst."

„Richtig", stimmte Ketlin ihrer Schwester zu. „Und darum werden wir jetzt allein gehen und du bleibst einfach hier. Die Beginen werden dich schon nicht auf die Straße setzen."

„Aber was wird aus Alheyt?"

„Sie bleibt auch hier. Die Arme würde es nicht einmal bis zum Tor schaffen. Ihre Tage sind gezählt und sie kann hier in Ruhe ihren Frieden mit Gott machen."

Grite hatte genug gehört. Schnell lief sie einige Schritte zurück, betrat den Bohlensteg und lief mit polternden Holzschuhen zurück zu dem Häuschen. Sie klopfte kurz an und trat im gleichen Augenblick durch die Tür.

Radegunde, Ketlin und Anna standen in der Mitte des Raumes, den Mund noch offen, als hätte Grites Eintreten ihnen das Wort von den Lippen abgeschnitten.

„Ihr sollt ins Refektorium kommen. Die anderen Frauen haben sich schon versammelt", stieß sie atemlos hervor, als wäre sie gerade in schnellem Lauf herangehastet.

Die Schwestern wechselten einen Blick.

„Anna kann schon mitgehen", bestimmte Radegunde. „Ketlin und ich werden noch kurz nach Alheyt sehen und kommen dann nach."

Grite zögerte einen Augenblick. Ach was, die würden doch wohl nicht jetzt entwischen, sondern sich eher bei Nacht und Nebel aus dem Staub machen. Also nickte sie Radegunde zu und verließ mit Anna im Schlepptau das Häuschen. Den flehenden Blick, den Anna den Schwestern zuwarf, konnte Grite nicht sehen.

Im Speiseraum angekommen, zog sich Anna auf den hintersten Hocker zurück, stülpte ihre Kapuze über und ließ den Kopf hängen, so dass niemand auch nur die geringste Regung in ihrem Gesicht erkennen konnte.

Wer nicht kam, waren Radegunde und Ketlin.

Schließlich verlor die Magistra die Geduld, und das wollte schon etwas heißen.

„Holt endlich diese Schwestern. Sie waren heute Vormittag dabei und ich will wissen, was sie beobachtet haben."

Doch die ausschwärmenden Frauen konnten die beiden nicht finden. Nur die kleine Pforte, die in dem großen Tor eingelassen war, stand offen. Mette beteuerte, diese verschlossen und den Riegel vorgelegt zu haben, bevor sie ins Refektorium ging. Allein, sie hatte den großen Schlüssel von innen stecken lassen. So konnte sich niemand von außen her Zugang verschaffen. Sie hatte ja nicht ahnen können, dass nicht jemand einbrechen wollte, sondern zwei das Weite suchen würden.

So musste die Versammlung ohne die Schwestern beginnen. Als Anna von deren Flucht hörte und die abweisenden Blicke der Frauen spürte, sackte sie noch mehr auf ihrem Schemel zusammen.

„Nun denn", entschied Ursula von Buch schließlich, „Mag uns Hildegard erzählen, was ihr heute zugestoßen ist."

Die Angesprochene rutschte unentschlossen auf ihrem Hocker herum und schlang die Finger ineinander. Jetzt musste die ganze Wahrheit heraus. Sie atmete noch einmal tief durch und begann: „Bevor ich von dem erzählte, was mir heute widerfahren ist, muss ich noch vom letzten Freitag berichten." Sie warf einen hilfesuchenden Blick zu Grite. Die nickte ihr aufmunternd zu und so begann Hildegard die Kette der Ereignisse mit leiser Stimme abzuspulen. Als sie an dem Punkt angekommen war, an dem sie sich allein auf den Weg zu Barbe gemacht hatte, wollte Walburga dazwischenfahren, wurde aber mit einer Handbewegung der Magistra zum Schweigen gebracht.

„Wir wollen Hildegard ohne Unterbrechung berichten lassen, um ihren Gedankenfluss nicht durch Fragen oder Ermahnungen in die falsche Richtung zu lenken." Und an Hildegard gewandt: „Sprich weiter, mein Kind."

Die junge Frau warf der älteren einen dankbaren Blick zu und setzte ihren Bericht fort. Als sie dann von dem Überfall erzählte, konnte man ihrer Stimme die Aufregung und die überstandene Angst anhören. Vom Pilger sprach sie mit Hochachtung, doch Walburga fuhr dazwischen: „Das war das Mannsbild aus der Kirche. Er hat dir nachspioniert."

Von der Magistra kam ein warnender Laut an Walburgas Adresse. Die zog die Schultern ein, aber ihre Lippen bewegten sich lautlos weiter, als würde sie Hildegard noch immer stumme Vorwürfe machen.

„Das war am Freitag", schloss Hildegard kurz darauf den ersten Teil ihrer Schilderung. Sie sah fragend zu ihrer Vorsteherin.

„Sprich weiter. Erzähl von heute."

Und Hildegard berichtete von dem Geschehen des Vormittags. Etliche erschreckte Ausrufe zeugten von dem Anteil, den die anderen Frauen an der Gefahr nahmen, in der ihre junge Mitschwester sich befunden hatte.

Als Hildegard endete, wandten sich aller Augen der Magistra

zu, als erwarteten sie von ihr die erlösenden Worte, dass alles nur eine Verkettung von unglückseligen Zufällen war.

Doch Ursula von Buch schwieg. Sie hatte sich in ihrem Stuhl zurückgelehnt, die Augen geschlossen und sann über das Gehörte nach. Dann schien sie alles in ihren Gedanken sortiert zu haben.

„Danke für deinen ausführlichen Bericht." Kurz nickte sie Hildegard zu. „Von einer Bestrafung für deine Unbotmäßigkeit will ich für diesmal absehen. Die ausgestandenen Schrecken sollen Buße genug sein. Mir scheint, es hat dich jemand ausgewählt, um uns Beginen Kümmernis und Schaden zuzufügen."

Ihr Blick ging zu Anna.

„Was ich aber noch gar nicht verstehe, warum haben Radegunde und Ketlin so überstürzt das Weite gesucht. Anna, kannst du uns darüber Aufschluss geben?"

Obwohl es kaum möglich war, hatte es doch den Anschein, als würde Anna noch weiter auf ihrem Schemel schrumpfen.

„Ich weiß gar nichts", nuschelte sie kaum verständlich.

Jetzt war es an Grite unruhig auf ihrem Hocker hin- und herzurutschen. Sie musste unbedingt sagen, was sie vor der Tür des Häuschens belauscht hatte, aber würde sich das nicht wie petzen anhören? Noch bevor sie sich entscheiden konnte, beendete Ursula von Buch die Zusammenkunft, schickte die Frauen wieder an ihre vielfältigen Arbeiten und forderte Hildegard auf, ihr ins Obergeschoss zu folgen.

Unaufgefordert schloss sich Grite ihnen an.

Nachdem sie die schmale Treppe erklommen hatten, drehte sich die Magistra um. Als sie nicht nur Hildegard, sondern auch Grite hinter sich erblickte, hoben sich ihre Augenbrauen fragend.

„Ich weiß, dass das, was ich getan habe, nicht richtig war und ich werde es auch ganz sicher Pater Bernhard am Mittwoch beichten und die Buße klaglos auf mich nehmen, aber ich glaube, ich muss doch sagen, was ich ... nun ja, was ich belauscht habe", stieß sie hastig hervor und hoffte mit dieser Vorrede in den Augen ihrer Vorsteherin glimpflich davonzukommen.

Die beiden jungen Frauen betraten nach der Älteren den großen Raum, wagten aber nicht, die Blicke schweifen zu lassen, sondern hielten die Köpfe gesenkt. Beide fühlten sich nicht sehr wohl hier und jetzt und wären lieber an einem ganz anderen Ort gewesen.

Die Fältchen um Ursulas Augen vertieften sich, als sie die beiden betrachtete, die als fleischgewordenes schlechtes Gewissen vor ihr standen.

„Nun Grite, erzähle uns, was du... nun ja... was du belauscht hast."

Grite hob vorsichtig den Kopf, als sie die offensichtliche Heiterkeit in der Stimme ihrer Magistra vernahm. Vielleicht wurde es ja doch nicht so schlimm.

„Als ich vorhin Radegunde, Ketlin und Anna zur Zusammenkunft holen sollte, habe ich durch die halboffene Tür etwas von ihrem Gespräch gehört", begann sie zögernd.

Die beiden anderen Frauen hörten aufmerksam zu.

Nachdem Grite geendet hatte, lehnte sich die Magistra wieder überlegend in ihrem Stuhl zurück.

„Sie wollten Anna also nicht mitnehmen, weil sie um ihrer aller Leben fürchteten", fasste sie schließlich zusammen. „Im Moment scheinen sich alle Mordbuben der Umgebung in Magdeborch ein Stelldichein zu geben. Ich vermute, dass Anna nicht Ketlins Tochter ist, sondern sie sich irgendwo auf dem Weg von Lübeck nach Magdeborch, aus welchen Gründen auch immer, zusammengefunden haben."

„Da ist noch etwas", warf Grite ein. „Keine der schweifenden Beginen hat in Lübeck oder in einem der umliegenden Dörfer in der Nähe gelebt. In das Haus meines Vaters kamen hin und wieder Besucher aus Lübeck. Dort sprechen die Menschen in einer ganz anderen Mundart." Dann setzte sie noch hinzu: „Und diese Anna hat kein krankes Bein."

Hildegard nickte eifrig und erzählte ihrerseits, was sie an der Wand belauscht hatte, die ihrer beide Kammern trennte.

„Himmel, was für wissensdurstige Geschöpfe", entfuhr es Ursula von Buch auflachend. Und wieder ernst, fügte sie hinzu: „Ich bin mir sicher, Pater Bernhard wird Neugierde als schwere Verfehlung bezeichnen und euch dafür eine ordentliche Buße auferlegen. Aber da es zum Wohle des Konvents war, soll euch von meiner Seite her vergeben sein."

Grites und Hildegards Miene schwankte zwischen Zerknirschung und Erleichterung, was der Magistra wieder ein feines Lächeln entlockte.

„Ich werde wohl allein mit Anna sprechen müssen. Grite, richte ihr aus, sie soll im Refektorium warten, bis ich sie rufen lasse."

Damit war Grite entlassen und die machte sich schnell davon, froh ohne Ermahnungen zu mehr Zurückhaltung davon gekommen zu sein.

„Nun zu dir", wandte sich die Magistra Hildegard zu. „Viel Rätselhaftes hat sich während der letzten Tage zugetragen. Eines dieser Rätsel ist der Pilger. Bist du sicher, dass er dir Gutes will?"

„Er hat mich zweimal vor dem sicheren Tod bewahrt."

„Und damit dein Vertrauen erlangt."

Hildegard wusste darauf keine Antwort. Von dieser Seite hatte sie das Geschehen noch gar nicht betrachtet. Sie rief sich noch einmal die Begegnungen mit dem Mann ins Gedächtnis zurück. Nein, da war nichts Hinterhältiges gewesen.

„Ich habe kein Falsch in seinen Augen lesen können", sagte sie schließlich mit Nachdruck.

„Es wäre gut, mit dem frommen Mann einige Worte wechseln zu können. Es ist schon seltsam, dass er immer dann zur Stelle ist, wenn dir Gefahr droht."

„Ich werde beim nächsten Marktgang Ausschau nach ihm halten."

„Das wird nicht möglich sein. Du und Anna werdet den Konvent bis auf Weiteres nicht verlassen", entschied die Magistra. „Selbst in Begleitung bist du nicht sicher, wie sich heute herausgestellt hat. Vielleicht ist in ein paar Tagen die Bedrohung vorüber."

Hildegard wollte aufbegehren. Doch mit einer, keinen Widerspruch duldenden, Handbewegung wurde sie zum Schweigen gebracht.

„Wenn du durch das Refektorium gehst, schick Anna zu mir."

Damit war Hildegard entlassen und musste sich in ihr Schicksal fügen, die nächsten Tage hinter den Mauern des Konvents zu verbringen. Sie hoffte, dass Anna das Dunkel erhellen könnte, dass sich über ihr Leben gelegt hatte.

Aber das Gespräch mit Anna ergab für Ursula von Buch nichts Neues. Zwar gab sie zu, dass sie nicht Ketlins Tochter war und dass sie sich auf der Flucht vor ihrem Grundherren befand, aber über die Gründe dafür schwieg sie weiterhin beharrlich. Erst als die Magistra ihr drohte, sie den städtischen Behörden zu übergeben, schließlich konnte man ja nicht wissen, ob sie nicht eine gesuchte Diebin oder gar Mörderin war, gab sie zu, eine entflohene Magd zu sein.

„Aber Kind, dein Herr wird dir doch nicht nach dem Leben trachten, nur weil du der Leibeigenschaft entflohen bist", hielt ihr die Magistra vor. „Was hast du ihm oder den Seinen angetan, dass er dich so sehr hasst, dass er dein Leben beenden will?"

Anna war jedoch nicht willens, darüber Auskunft zu geben. Sie versicherte nur bei allen Heiligen, dass sie niemanden einen Schaden zugefügt hätte.

Ursula von Buch sah schließlich ein, dass sie nicht weiter in Anna zu dringen brauchte. Zu diesem Zeitpunkt war diese nicht bereit, ihr Geheimnis zu enthüllen. Also entließ sie die junge Frau, nicht ohne ihr vorher ins Gewissen geredet zu haben, den Konvent auf gar keinen Fall zu verlassen.

Als sie wieder allein war, hatte Ursula das Gefühl, etwas Wesentliches übersehen zu haben, aber es wollte ihr beim besten Willen nicht einfallen, was das sein könnte. Und je mehr sie darüber nachgrübelte, um so mehr vernebelte sich dieses Gefühl. Daher beschloss sie, sich zuerst um Hildegards Problem zu kümmern und dann zu sehen, wie sie Anna helfen könnte.

7. Kapitel

Der Vormittag des darauffolgenden Tages versprach, wie jeden Mittwoch, für die eine oder andere der Frauen eine wenig erfreuliche Begegnung mit Pater Bernhard. Sein Vorgänger, Pater Jacobus, hatte es als ausreichend erachtet, alle vierzehn Tage im Konvent vorbeizusehen und mit den Beginen eher zu plaudern und sie freundlich zu ermahnen, ein Leben in Nächstenliebe und Hinwendung zu Gott zu führen, als ihnen die Beichte aufzuzwingen und ihnen umfangreiche Bußen aufzuerlegen.

Ganz anders jedoch ihr jetziger Beichtiger, der allerorten Sünde und Laster witterte. Jeden Mittwoch erschien der Franziskaner zwei Stunden vor der Mittagszeit, verlangte jede der Frauen zu sehen und drang so lange in sie, bis eine jede mindestens eine kleine Verfehlung gestand, die er dann mit einer Buße belegen konnte.

Daher war es nicht verwunderlich, dass manche der Frauen gerade an diesem Vormittag mit einer ganz dringlichen, wirklich unaufschiebbaren Besorgung in der Stadt unterwegs war, oft bis über die Mittagszeit hinaus. Und da das Mittagsmahl an jenen Tagen sehr karg ausfiel, verpassten sie auch keine von Walburgas Gaumenfreuden. Nachdem der Pater die Köchin am Tage seiner Einführung als Beichtiger des Konvents des Hochmuts und der Völlerei bezichtigt hatte, nur weil sie ein besonders üppiges Mahl ihm zu Ehren zubereitet hatte und dazu auch noch über das Lob ihrer Mitschwestern erfreut war, gab es nun am Mittwoch meist nur in Wasser gekochtes Gemüse, vornehmlich Kohl oder gar Rübenblätter. Hin und wieder reichte Walburga noch eine kleine süße Nachspeise, mehr ihren Mitschwestern zu Liebe, als dem Pater zum Gefallen.

An diesem Mittwoch war es Hildegard nicht vergönnt, Pater Bernhard zu entgehen, denn auf der Magistra Anweisung durfte sie den Konvent nicht verlassen. Also legte sie sich, während sie

Walburga beim Abwaschen des Frühstücksgeschirrs half, schon die passenden Worte zurecht. Am schwersten fiel es ihr oft, für ihre kleinen Verfehlungen aufrichtige Reue zu empfinden und Besserung zu geloben. Dafür musste sie sich dann auch noch des Starrsinns bezichtigen lassen.

Nun gut, sie würde ihm die Lüge gegenüber den anderen Frauen wegen des Überfalls und das Lauschen an der Wand zu Annas Kammer gestehen. Das sollte ausreichend sein, so dass er nicht weiter aushorchen würde. Hildegard seufzte auf. Viel lieber sprach sie allabendlich mit der kleinen Marienstatue, die ihren Platz auf ihrer Truhe gefunden hatte und die ihr aufmerksam zu-zuhören schien. Einen Moment überlegte sie, die Statue vom Pa-ter weihen zu lassen. Aber sicher würde er nur wieder irgendein Laster in deren Besitz hineindeuten und ihr eine weitere Strafe aufbrummen.

In dem Moment, als sie das Wasser aus dem Spülstein mit Schwung auf den Innenhof goss, wehte der Pater heran. Seine weite, braune Kutte blähte sich um seine hagere, leicht gebeugte Gestalt, wie ein flatterndes Laken auf einem Lattenzaun. Obwohl für sein Amt noch verhältnismäßig jung, er hatte die Dreißig si-cher nur um ein Weniges überschritten, wirkte er in seinem ge-samten Wesen wie ein verbiesterter Greis, der die Welt um sich her mit ablehnenden, angewiderten Blicken betrachtete und sich danach sehnte, sein irdisches Leben gegen das im himmlischen Garten eintauschen zu können. Hildegard war der Meinung, dass Pater Bernhard die Armutsbezeugung der Minderen Brüder bei Weitem übertrieb, besonders da er nur diese Lebensweise als wahrlich gottgefällig gelten lassen wollte und die kleinen Freu-den und Annehmlichkeiten des Lebens rigoros ablehnte. Wenn er mit so einem asketischen Leben zufrieden war, dann war das sei-ne Sache, aber Frohsinn und Lebenslust auch allen anderen Men-schen zu vergällen, ging nach Hildegards Ansicht entschieden zu weit.

Mit einem ungeschickten Satz, der an den missglückten Flug-versuch eines flügelbeschnittenen Huhnes erinnerte, brachte sich Pater Bernhard vor dem Schwall des fettigen Spülwassers in Si-cherheit. Ein stechender Blick traf Hildegard und.diese seufzte er-neut, würde ihr doch der Pater dieses als mutwilligen Angriff auf seine Unversehrtheit auslegen. Schlimmer konnte es kaum noch kommen. Und so wurde sie auch als Erste in das Zimmer der

Magistra zitiert. Diese hatte wie jeden Mittwoch dem Pater ihren Raum zum Zwecke der Beichte überlassen und sich in den Garten begeben, um dort in Mechthild von Magdeborchs „Das fließende Licht der Gottheit" Erbauung zu finden.

Wie Hildegard es sich vorgenommen hatte, beichtete sie die Lüge und das Lauschen. War ihr beim Ersten noch die Reue recht leichtgefallen, da sie diese auch ehrlich empfand, so konnte sie es sich nicht versagen, ihre zweite Verfehlung rechtfertigen zu wollen.

Doch Pater Bernhard fuhr mit harschen Worten dazwischen: „Wage es nicht, deine Sünde der Neugierde zu entschuldigen. Ich habe berechtigte Zweifel, ob du dafür innige Reue empfindest."

„Ist nicht eine kleine Sünde, die zum Wohle anderer begangen wird, eine lässliche Sünde?", wagte Hildegard einzuwenden.

Pater Bernhard schnappte nach Luft.

„Wer hat dir solche Gedanken in deinen Kopf gegeben, Weib, dass du mit mir über Sünde und Vergebung disputieren willst? Das kommt davon, wenn Frauensleute in Büchern blättern, deren Inhalt sie mit ihrem kleinen Gehirn doch nicht erfassen können. Ist doch allgemein bekannt, dass Lesen das Weiberhirn schrumpfen und weich werden lässt."

Hildegard reichte es, Beichte hin oder her.

„Ich glaube nicht, dass Mechthild von Magdeborchs Hirn weich war." Mechthilda trug hin und wieder während des Mittagsmahls Visionen und Gottesminnelyrik aus dem Werk ihrer Namensschwester vor. Und so waren Hildegard die Gedanken der großen Begine und Mystikerin, die vor rund einhundert Jahren in Magdeborch gelebt hatte, nicht völlig unbekannt.

„Wie kannst du es wagen, die häretischen Stammeleien dieses Weibes über die unsterbliche Seele und über die Dreifaltigkeit auch nur zu erwähnen!"

Dementsprechend fielen die Bußübungen aus, die Hildegard auferlegt wurden: Morgens, mittags und abends jeweils zehn Vaterunser und Ave Maria für die nächsten fünf Tage, am Freitag sollte sie fasten.

Zähneknirschend verließ sie den Beichtraum und begab sich ebenfalls in den Garten, wo sie ihren Unmut an den Unkrautpflänzchen ausließ, die sich getrauten, ihre kleinen Triebe zwischen den Kräutern hervorzuschieben.

Als sie sich etwas beruhigt hatte, nahm sie auch wieder ihre

Umgebung war. Und mit dem Vogelgezwitscher drang auch eine mit leisen Worten geführte Unterhaltung an ihr Ohr. Hildegard ging in den Obstgarten und sah von der Pforte her, die Magistra und Mechthilda unter dem alten Apfelbaum auf eben jener Bank sitzen, auf der sie gestern Grite ihre Abenteuer gebeichtet hatte.

Mechthilda sprach leise auf Ursula von Buch ein, bis jene endlich zustimmend nickte. Hildegard konnte die Worte nicht verstehen, untersagte es sich aber entschieden, die beiden womöglich zu belauschen. Um nicht weiter zu stören oder gar in Versuchung zum Lauschen zu geraten verließ sie den Garten und machte sich daran, den Hühnerdreck aus des Federviehs Nachtstall zu kratzen und auf den Dunghaufen zu schichten.

Als Pater Bernhard alle Frauen, derer er im Konvent habhaft werden konnte, mehr oder minder große Bußübungen auferlegt hatte, wandte er sich dem kleinen Haus zu, in dessen hinterer Kammer Alheyt das Bett hütete. Die junge Frau hatte ebenfalls nach der Beichte verlangt, spürte sie doch mit jedem neuerlichen Hustenanfall, wie ihre Lebenskraft schwand.

Hildegard verfolgte mit den Augen, wie der Pater das Häuschen betrat. Dort würde er, wenn das zutraf, was ihr Mette über schweifende Beginen erzählt hatte, einige wirkliche Sünden zu hören bekommen.

Aber auf das, was dann geschah, waren weder sie noch irgendeine der anderen Frauen vorbereitet. Fluchtartig und laut vor sich hinzeternd, unablässig das Kreuz schlagend, stürzte Pater Bernhard nach wenigen Minuten durch die Türe ins Freie, als wäre der Leibhaftige hinter ihm her.

„Das ist Gottesfrevel, das ist Gottesfrevel!", stieß er immer wieder hervor. „Dafür kann ich nie und nimmer die Absolution erteilen. Die Hölle und das ewige Fegefeuer sind dein, Weib!"

Die Magistra und einige Schritte hinter ihr Mechthilda eilten aus dem Obstgarten herbei.

Ursula von Buch versuchte, den aufgebrachten Pater zu besänftigen und ihn zu bewegen, der Sterbenden ihre Sünden, welcher Art auch immer sie seien, zu vergeben.

„Ihr seid ein Mann Gottes, Pater. Ihr könnt einer Todkranken nicht die Sterbesakramente verweigern."

„Was ich kann, entscheide noch immer ich, Weib!"

Jetzt wurde es auch Ursula von Buch zu viel. Was nahm sich dieser Mann heraus, eine von Buch in einer dermaßen rüden Weise anzufahren. Sie richtete sich kerzengerade auf.

„Wenn ihr meint." Stimme und Blick gemahnten an ein fernes Gewittergrollen, welches gleich die ersten Blitze gen Erde schleudern würde. „Dann verlasst jetzt meinen Konvent. Ich werde mich noch in dieser Stunde an Euren Abt wenden und um einen neuen Beichtiger bitten."

Mit flatternder Kutte verließ Pater Bernhard den Konvent. Mit den Worten: „Ausmerzen muss man diesen Sündenpfuhl! Ausmerzen mit all seinen Teufelsweibern!", durcheilte er das Tor. Eine verdutzte Mette konnte gerade noch rechtzeitig ihre Beine einziehen, sonst wäre der Pater sicherlich in seiner Hast in den Straßenschmutz gestolpert.

„Da hätten wir schon den ersten Anwärter, der den Beginen Tod und Verderben wünscht", murmelte Ursula von Buch vor sich hin. Dann begab sie sich, nachdem sie die aufgebrachten Frauen wieder an ihre Arbeiten geschickt hatte, in ihre Räume, um sich für den Besuch beim Guardian der Barfüßer umzukleiden.

Noch bevor die Magistra sich auf den Weg machte, verließ Mechthilda den Konvent. Zu Schutz und Begleitung hatte sie Else herbeigewunken.

Kurz darauf durchschritt auch die Vorsteherin, begleitet von Hedwigis, die Tür zum Konvent und schlug den Weg zum Franziskanerkloster ein. Neben dem unerfreulichen Anlass für diesen Besuch der Barfüßer, freute sich Hedwigis doch darauf, mit dem Infirmarius einige Worte wechseln zu können. In Bruder Kamillus, dem noch einiges an die Dreißig fehlte, sah sie eine Art entfernten Sohn oder Bruder. Und Kamillus, der schon mit fünf Jahren ins Kloster gegeben worden war und nur das Leben unter Mönchen kannte, fühlte sich von der spröden Mütterlichkeit der älteren Begine mehr geachtet, als von manchem seiner Mitbrüder. Nachdem im letzten Winter der alte Infirmarius Bruder Lukas verstorben war, ging das Amt auf seinen langjährigen Helfer über. Nicht alle älteren Brüder waren damit einverstanden, doch der Entscheidung von Abt Stephanus wagten sie sich nicht zu widersetzen.

Vielleicht würde die Zeit ausreichen, dass Hedwigis einen weiteren Kräutleinspross aus dem Klostergarten auswählen konnte und die entsprechenden Weisungen zu seiner Anwendung von Bruder Kamillus erfahren würde. Denn obwohl jung an Jahren, verfügte er doch über einen schier unerschöpflichen Schatz die Wirkungsweise der Pflanzen in seinem Garten betreffend. Dieses Wissen kam nicht nur den Kranken zugute, sondern auch dem Cellarius, der seine vortrefflichen Gerichte damit noch weiter zu verfeinern wusste. Dass Bruder Kamillus sich aus diesem Grunde gern in der Küche aufhielt und auch beim Verkosten der Speisen tüchtig zulangte, sah man seiner fülligen Gestalt durchaus an.

Die beiden Frauen gingen schnellen Schrittes am Kirchhof der Ulrichskirche vorbei, erreichten bald darauf den Breiten Weg und folgten ihm in nördlicher Richtung. Die Straße würde sie direkt zum Kloster bringen.

Der Portarius erkannte die Magistra und schickte einen Novizen zum Guardian. Derweil sie warteten, bat er die beiden Frauen in seine Pförtnerstube, so dass sie nicht wie bedürftige Bettlerinnen auf der Straße stehen mussten.

Kurz darauf war der Novize wieder zurück und bat die beiden Beginen, ihm in den Kreuzgang zu folgen, wo Abt Stephanus sie zum Gespräch empfangen würde. Der pickelige Jüngling war sichtlich froh, als der Abt bald darauf ebenfalls den Kreuzgang betrat. Mit einer Handbewegung wies er den Jungen an, einige Schritte entfernt zu warten.

„Sicher möchte Eure Apothekerin mit Bruder Kamillus über die Anwendung verschiedener Heilkräuter disputieren", eröffnete der Abt das Gespräch.

Hedwigis nickte stumm. Da der Abt es selbst ansprach, ersparte er ihr eine entsprechende demütige Bitte.

Abt Stephanus wies den Novizen an, Hedwigis in den Kräutergarten zu bringen und dem Bruder Infirmarius zu benachrichtigen, falls der sich nicht auch dort aufhalten sollte.

Als er allein mit der Magistra war, musterte er sie aufmerksam. Die scharfgeschnittenen Züge drückten Missfallen aus und sein Blick ruhte unfroh auf der fast einen Kopf kleineren Frau, die zu ihm aufsehen musste. Ursula von Buch gab den Blick unbeeindruckt zu dem fast sechs Fuß großen hageren Mann zurück. Ihrer Abstammung nach wären sie gleichrangig gewesen, wenn denn eine Frau je einem Manne gleichrangig sein konnte. Aber Gott hatte es nun einmal so eingerichtet, dass der Abt eines Klosters über weit mehr Macht und Einfluss verfügte, als die Magistra eines Beginenkonvents.

Abt Stephanus setzte sich in Bewegung und lud mit einer

Handbewegung die Magistra ein, ihn auf seiner Wanderung durch den Kreuzgang zu begleiten.

„Bruder Bernhard hat mir Bericht erstattet von seinem Besuch am heutigen Vormittag in Eurem Konvent", begann er die Unterhaltung.

Ursula von Buch nickte. Sicher hatte der Pater ganz in seinem Sinne die Ereignisse geschildert. Und natürlich kamen die Beginen in diesem Bericht denkbar schlecht weg. Sie musste sich bezwingen, ruhig zu antworten.

„Er hat einer Todkranken die Sterbesakramente verweigert, alle Frauen unseres Konvents als Teufelsweiber bezichtigt und die Ausmerzung derselben gefordert."

Die nächsten Schritte liefen sie schweigend nebeneinander her.

„Ihr wisst, welche Sünde Eure Mitschwester auf sich geladen hat?"

„Nein, das ist mir nicht bekannt. Die Sterbende ist keine Schwester unseres Konvents. Sie kam vor einigen Tagen als schweifende Begine zu uns und erfreut sich seitdem unserer Gastfreundschaft und Pflege ganz im Sinne der christlichen Nächstenliebe. Ihre irdischen Tage sind gezählt und so ist es nur verständlich, dass sie zuvor ihren Frieden mit Gott machen möchte."

Wieder Schweigen.

„Pater Bernhard weigert sich, je wieder Euren Konvent zu betreten."

„Das kommt mir sehr entgegen."

„Ich könnte die weitere Betreuung Eures Konvents ebenfalls ablehnen und Euch statt dessen der Seelsorge der Dominikaner empfehlen."

„Das käme mir nicht sehr entgegen." Die Dominikaner bezeichneten sich nicht ohne Grund als die Hunde des Herrn. Unter ihrer Aufsicht zu stehen würde weit mehr Verdruss bringen, als die Beaufsichtigung durch die doch meist recht umgänglichen Franziskanermönche.

Ein erstes feines Lächeln entspannte die Züge des Abtes.

„Pater Bernhard schießt in seinem Eifer, das Böse auszumerzen, mitunter etwas über das Ziel hinaus."

„Dann wäre vielleicht eine Reise in die Tiefen der ostelbischen Gebiete zu den dort noch immer lebenden Heiden zum Zwecke der Missionierung derselben für ihn recht hilfreich."

„Dieser Gedanke kam mir auch schon. Allein, ich befürchte, dass die Heiden noch weniger Verständnis für seinen Eifer hätten und es ihm bald an Leib und Leben ginge."

„Womöglich ist er zum Märtyrer geboren und sehnt sich danach."

Jetzt lachte der Abt laut auf.

„Ich werde sehen, wen ich Euch als neuen Beichtiger schicken kann. Morgen wird er seine Aufgaben bei Euch übernehmen. Aber", Abt Stephanus blieb stehen und wandte sich der Magistra zu. Seine Züge waren wieder hart und unerbittlich, „wagt es nie wieder so mit einem Bruder meines Ordens zu sprechen, als hättet ihr das Recht, irgendetwas von mir zu fordern."

Ursula von Buch schluckte. Schon als sie Pater Bernhard des Konvents verwiesen und gedroht hatte, sich mit der Bitte um einen neuen Beichtiger an den Abt zu wenden, war ihr klar geworden, dass diese Ankündigung den Eindruck erwecken könnte, als hätte sie dem Abt etwas anzuweisen.

Darum neigte sie zum Einverständnis kaum merklich den Kopf.

„Ich danke Euch Vater Abt. Mein Konvent wird sich weiterhin der Bedürftigen und Leidenden annehmen und sich so Gottes Gnade als würdig erweisen."

Auch der Abt nickte ihr zu, gab einem, in einiger Entfernung stehenden Novizen ein Handzeichen, näher zu treten und erteilte die Anweisung die Magistra zum Portarius zurückzubegleiten und die Begine Apothekerin aus dem Kräutergarten abzuholen.

Kurz nach dem Mittagsläuten betraten Ursula von Buch und Hedwigis wieder den Konvent.

Die Hoffnung der Apothekerin war erfüllt worden und sie trug schwer an den zwei, knapp einen Fuß hohen Wacholderbäumchen. Gleich würde sie sie in die sandige Ecke des Obstgartens pflanzen, dorthin, wo sonst nichts anderes gedeihen wollte. Weder Ziegen noch Hühner würden sich an den leicht bitteren Trieben und Früchten der immergrünen Bäume vergehen. Noch trugen die beiden Sprösslinge unterschiedliche Blüten, aber in drei Jahren würden aus den Blüten des einen Bäumchens die ersten Beeren herangereift sein und sie könnte die blaugrünen Früchte für allerlei Heilmittel selbst ernten. So hatte es ihr Bruder Kamillus versichert. Auch die Nadeln, das Holz, ja sogar die Wurzeln waren zu Heilzwecken nutzbar. Und wenn die Bäumchen erst größer waren, dann konnte man Ästchen schneiden, mit deren Rauch sich üble Gerüche oder Ungeziefer vertreiben ließen.

Hedwigis hätte sich also am liebsten gleich zu ihren geliebten Kräutern begeben, wenn nicht Walburga mit Hilfe des Triangels alle im Konvent anwesenden Frauen ins Refektorium zu einem recht späten Mittagsmahl gerufen hätte. Da Pater Bernhard sich davongemacht hatte, gab es nicht den in Wasser gekochten Kohl, sondern die Köchin hatte etliche Blutwürste in der Pfanne gebraten. Dazu reichte sie jeder Frau eine Schale mit heißer Hafergrütze, in deren Mitte sich langsam ein Stückchen Butter auflöste.

Inzwischen hatten sich bis auf Mechthilda und Else auch alle auswärtigen Frauen im Konvent eingefunden. Walburgas Speisen fanden heute nicht die rechte Aufmerksamkeit, was diese aber keineswegs zum Grummeln veranlasste, denn auch sie wartete gespannt auf das, was die Magistra von ihrem Besuch im Barfüßerkloster berichten würde.

Lange Zeit waren nur das Kratzen der hölzernen Löffel in den irdenen Schalen zu hören oder das Scharren der Essmesser, mit denen die fettigen Würste zerteilt wurden.

Endlich legte Ursula von Buch ihr Messer auf dem leeren Teller ab und lehnte sich in ihrem Stuhl zurück. Die ungeteilte Aufmerksamkeit aller war ihr sicher. Selbst, wer noch nicht fertig war, schaute erwartungsvoll zur Vorsteherin, die schon so oft gewusst hatte, die Geschicke des Konvents auch durch stürmische Zeiten hindurch sicher und umsichtig zu lenken.

„Morgen schickt uns Abt Stephanus einen seiner Brüder als neuen Beichtiger."

Erleichtertes Aufseufzen. Endlich waren sie den biestigen Pater Bernhard los.

Ursula von Buch war sich jedoch bewusst, dass sie den Abt verärgert hatte. Auch wenn ein Teil ihres Gesprächs in heiterer Stimmung stattgefunden hatte, so hatte er ihr doch zum Abschluss eindeutig klar gemacht, was er von ihr erwartete und was sie gefälligst zu unterlassen habe. Innerlich zähneknirschend hatte sie sich seinem Willen gebeugt. Jedoch musste sie sich auch um das Wohlergehen ihrer Frauen kümmern, nicht nur um das körperliche sondern auch um das seelische. Und ein Pater Bernhard hatte eher einen Schatten auf alle geworfen. Manchmal kam sie sich vor, wie ein Flößer, der sein hölzernes Gefährt einen unbekannten Fluss entlangsteuerte. Hinter jeder Flusskrümmung konnten plötzlich Stromschnellen oder Untiefen auftauchen, die es zu meistern galt. Und ebensowenig, wie der Flößer den fremden Fluss kannte, so wenig waren ihr die Gefahren bekannt, die die nächste Stunde oder der nächste Tag bringen könnten. Wer jedoch klug handelte, traf Vorkehrungen. Der Flößer könnte regelmäßig die Beschaffenheit seines Floßes prüfen und die Bindungen der Stämme erneuern. Sie konnte sich Verbündete suchen, die ihr halfen die Stromschnellen des Lebens wohlbehalten zu queren, bis sie wieder in ruhigeres Fahrwasser gelangen würden. Und aus eben diesem Grunde entspannte sie sich etwas, als jetzt Mechthilda und Else das Refektorium betraten und die Lehrerin der Magistra kaum merklich zunickte.

8. Kapitel

Nach dem Mittagsmahl bestellte Ursula von Buch Hildegard in ihren Raum und erläuterte ihr das weitere Vorgehen, um die Gefahren zu erkennen und somit vom Konvent und im ganz Besonderen von ihr abzuwenden.

„Leider sind unsere Möglichkeiten, die Mordbuben aufzustöbern und ihre Absichten zu vereiteln, gering. Darum ist es nötig, dass wir uns auf unsere Verbindungen zu Personen, die dazu eher in der Lage sind, besinnen."

Hildegard hörte aufmerksam zu.

„Mechthilda war am Vormittag bei ihrem Vater, dem Ratsmann Peter Honstein. Sie hat ihm unsere derzeitigen Unannehmlichkeiten vorgetragen und ihn gefragt, ob er Willens ist, uns hilfreich zur Seite zu stehen. Er ist zwar noch immer nicht glücklich über Mechthildas Entscheidung, unserem Konvent beizutreten, aber er hat zugesichert, sich unserer Probleme anzunehmen. Dazu möchte er sowohl aus deinem als auch aus meinem Munde erfahren, was genau sich zugetragen hat. Dann wird er entscheiden, ob und wie er uns helfen wird."

Hildegard schluckte. Einem Ratsmann Rede und Antwort zu stehen, war etwas ganz anderes, als sich mit einem Fischweib auf dem Markt anzulegen. Noch nie war sie einem so hohen Herren gegenübergetreten. Aber es musste wohl sein. Bisher war nur sie Ziel der Anschläge geworden. Aber wer sagte denn, dass nicht auch die anderen Frauen in Gefahr waren, jetzt, wo sie selbst den Konvent nicht mehr verlassen durfte.

„Gehe jetzt in deine Kammer, bürste dein Haar und kleide dich in ein sauberes Gewand. Wenn die Kirchglocke zur Non schlägt, wird uns ein Knecht des Ratsmanns abholen und sicher zu seinem Haus geleiten."

Noch vor dem Glockenschlag stand Hildegard an der Tür bei Mette. Sie hatte sich Gesicht und Hände gesäubert, die Haare lange gebürstet, bis sie sich in sonnengelbe Wellen legten und darüber Gebände und Kopfschleier gerichtet. Allerdings hatten sich einige vorwitzige Locken schon wieder hervorgestohlen. Als unverheiratete junge Frau hätte sie ihre Haare auch offen tragen können, aber dem wichtigen Anlass entsprechend wollte Hildegard als vollwertige Begine erscheinen.

Kurz darauf gesellten sich Ursula von Buch und Mechthilda zu ihr und als die Kirchglocke schlug, war auch ihr Begleiter zur Stelle. Der muskelbepackte Knecht mit den wachsamen Augen unter einer fliehenden Stirn und dem Knüppel am Gürtel schien eher geeignet, Wildschweine zu erschlagen oder Weinfässer zu stemmen, als drei Frauen zu begleiten. Aber in Anbetracht der Umstände waren sie froh, eine so abschreckende Mannsperson an ihrer Seite zu wissen. Peter Honstein schien ihre Bedrängnis nicht auf die leichte Schulter zu nehmen, wenn er ihnen diesen Hünen zum Schutze sandte. Das war doch ein gutes Zeichen, und ließ hoffen, dass er ihnen auch sonst zu helfen bereit war.

Eine schwüle Wärme hatte sich in den Straßen der Stadt ausgebreitet und ließ den Unrat, der sich allerorten in der Mitte häufte, intensiver als sonst seine fauligen Gerüche ausdünsten. Halbnackte Kinder jagten einem schwanzlosen Hund hinterher und patschten durch den schlammigen Abfall.

Die Frauen hatten ihre Trippen untergeschnallt und schlugen den bekannten Weg zum Alten Markt ein. Dort bewohnte der Ratsmann neben dem Schöffenstuhl ein prächtiges, dreigeschossiges Haus. Das Erdgeschoss war etwa zwei Fuß hoch aus festem Stein gemauert, darüber schloss sich Fachwerk an. Zu ebener Erde waren Küche und Kontor untergebracht. Peter Honstein betrieb neben seinem Amt noch einen sehr einträglichen Weinhandel, zu dessen Abnehmern auch die Herren des Domkapitels gehörten. Das mittlere und das hohe Dachgeschoss waren ebenso wie das Untere aus dunkelbraunen Balken gefügt, deren gemauerte Gefache in frischer weißer Kalkfarbe erstrahlten. Das breite Tor stand offen und gab den Blick frei auf einen sauber gefegten Innenhof, wo kräftige Knechte einen Wagen voller Fässer entluden. Ein Handelsgehilfe kontrollierte jedes Fass und vermerkte es auf einer Wachstafel. Ihr Begleiter winkte einem Burschen zu, der eben dabei war, die kräftigen, breitrückigen Pferde auszuschirren.

Der Knecht führte sie jedoch nicht durch dieses Tor, denn dann hätten sie das Haus durch die Küche betreten müssen. Er klopfte mit der flachen Hand an die haselnussbraun gestrichene und mit aufwändigen Schnitzereien versehene Tür an der Vorderfront des Patrizierhauses.

Als hätte schon jemand hinter der Tür gewartet, wurde diese sogleich von einem jungen Mädchen geöffnet, die sie mit einem Knicks bat, einzutreten.

Mechthilda nickte der kindlichen Magd zu und beschied ihr: „Mein Vater, der Ratsmann, erwartet uns."

Noch ehe Hildegard sich in der Diele richtig umsehen konnte, führte die Magd sie über eine mehr als drei Fuß breite Treppe, deren Geländer ebenfalls aus kunstvoller Holzarbeit bestand, ins Obergeschoss und öffnete ihnen die Tür zum Wohnraum. Dort erhob sich von der Fensterbank eine Frau mittleren Alters. Aufgrund der großen Ähnlichkeit war sie unschwer als Mechthildas Mutter zu erkennen.

Sie legte ihre Handarbeit in einen kleinen Weidenkorb und wandte sich den Besuchern zu. Sorgsam strich sie über das in weichen Falten fallende Kleid aus edler flandrischer Wolle. Das dunkelgrün gefärbte Tuch ihres Gewandes harmonierte mit der goldgrünen Farbe ihrer Augen, die die Besucher interessiert musterten.

Mechthilda übernahm die gegenseitige Vorstellung der Frauen.

„Mein Mann hat noch einen Besucher im Kontor, wird sich aber gleich zu uns gesellen." Lucardis Honstein umarmte ihre Tochter und bat die drei Frauen an dem großen Esstisch Platz zu nehmen. Die hohen Rückenlehnen der dunkel polierten Stühle verzweigten sich in kunstvollen Blüten und Ranken, die Sitzfläche bestand aus weichem, ausgepolstertem Leder. Noch nie hatte Hildegard dermaßen bequem gesessen. Sie fühlte sich wie auf einem Thron.

Die Hausherrin bot ihnen Obst und Mandelgebäck an. Fast lautlos huschte die kleine Magd mit einem Krug Wein herbei. Noch ehe sie einschenken konnte, nahm ihr Lucardis den Krug aus der Hand und goss persönlich für ihre Gäste den dunkelroten Rebsaft in Gläser aus geschliffenem Glas.

Ursula von Buch wertete diese Begrüßung als vielversprechend. Würde der Ratsmann ihrem Ansinnen ablehnend gegenüber stehen, hätte er sie sicherlich in der Diele warten lassen, um sie dann schnell im Kontor abzufertigen. Also begann sie mit der Vorsteherin des Hauswesens zwanglos über die Herstellung von Tuch und dessen unterschiedlicher Qualität für vielfältige Verwendungszwecke zu plaudern.

Hildegard, der man sonst wirklich nicht Schüchternheit nachsagen konnte, fühlte sich wie eine graue Maus und wäre am liebsten in einem ebensolchen Loch verschwunden. An dem unverdünnten Wein hatte sie nur genippt. Nicht auszudenken, wenn sie dem Ratsmann mit schwerer Zunge Rede und Antwort stehen müsste. Da sie im Moment nicht weiter beachtet wurde, konnte sie die Einrichtung des Raumes ausführlich betrachten. Die beiden großen Fenster, die zur Straße zeigten, waren zur Gänze aus Glas und ließen die Helligkeit des Tages ungehindert in den Raum fließen. Gegenüber befand sich ein großer Kamin aus weißem Stein, der jetzt natürlich kalt war, aber für frostige Wintertage wohlige Wärme versprach. Weitere geschliffene Gläser, fein ziselierte Zinnkrüge und silberne Teller, in die ein begabter Meister kunstfertige Muster gehämmert hatte, reihten sich in eichenen Wandborden, welche mit bestickten Borten verziert waren. Den Boden bedeckte ein dichter Webteppich, der die sonst gebräuchlichen Binsen verdrängt hatte. Hier wurde ganz bewusst Wohlstand und Reichtum zur Schau gestellt, um Gäste oder Bittsteller gebührend zu beeindrucken und ihnen Ehrfurcht vor der Bedeutung des Besitzers zu vermitteln. Und um ganz ehrlich zu sein, Hildegard war beeindruckt.

Von der Treppe her waren gemessene Schritte zu hören und gleich darauf öffnete sich die Tür und der Ratsmann Peter Honstein betrat den Raum.

Er war kein großer Mann, er war kein breiter Mann, aber sein Eintreten füllte den Raum sogleich mit seiner Persönlichkeit aus. Er war nicht einmal besonders auserlesen gekleidet. Zwar verriet sein Obergewand einen kundigen Schneider und war aus gutem, nachtblauem Tuch gefertigt, doch war es keineswegs so prächtig, wie Hildegard es für einen Angehörigen der führenden Patriziergeschlechter der Stadt erwartet hatte. Die braunen, engen Beinkleider steckten in weichen Lederstiefeln. Er frönte offensichtlich nicht der Mode, Stoffschuhe mit überlangen, nach oben gebogenen Spitzen zu tragen. Sein breiter Leibgürtel war indes mit aufwendigen Silberbeschlägen und einer gehämmerten Silberschließe versehen. Dass er im Weinkeller und sonstigen Lagerräumen die Oberaufsicht und Kontrolle ausübte und nicht allein seinem Schreiber oder den Handelsgehilfen überließ, verriet ein verstaubtes Spinnennetz an seinem linken Ärmel.

Wie er dort stolz, mit leicht gespreizten Beinen und etwas abgewinkelten Ellenbogen vor ihnen stand, drückte seine gesamte Körperhaltung Selbstsicherheit und das Wissen um die Bedeutung seiner Person aus. Er hätte auch ein Feldherr vor der Schlacht sein können, der siegessicher seinem versammelten Heer gegenübertrat.

Dann stahl sich ein winziges Lächeln in seine Augen und Mundwinkel und verlieh dem fast Sechzigjährigem überraschenderweise etwas Jungenhaftes, Spitzbübisches, nur um gleich darauf wieder ernst zu werden. Er musterte die Frauen, nickte ihnen zu und sagte schlicht: „Willkommen in meinem Haus."

Waren die Worte auch schlicht, so wurde ihnen durch die kräftige, volltönende Stimme, die viel eher zu einer wuchtigen Gestalt gepasst hätte, Gewicht verliehen.

Hildegard konnte gar nicht anders, sie war sich sicher, dass dieser Mann seine Macht zum Wohle seiner Tochter und damit des Konvents nutzen würde.

Hinter dem Ratsmann huschte die Magd durch die Tür und als er sich in den Armlehnenstuhl in der Mitte des Tisches setzte, füllte sie seinen Glaspokal, welcher von einem Netz gehämmerten Silbers umgeben war.

Nachdem er einen kraftvollen Schluck genommen hatte, wandte er sich der Magistra zu.

„Meine Tochter Mechthilda, die sich vor einigen Jahren Eurem Konvent anschloss", hier bildete sich eine Falte zwischen den Augen des Ratsmannen, „berichtete mir heute, dass eben dieser Konvent oder eines seiner Mitglieder von Anschlägen auf Leib und Leben bedroht ist." Fragend sah er Ursula von Buch an.

Und sie berichtete von den Vorkommnissen der letzten Tage. Auch Hildegard wurde zum Reden aufgefordert und zunächst stockend doch dann immer lebhafter sprach sie von dem Überfall am Freitag und dem durchgehenden Pferdegespann am gestrigen Tag. Sie versäumte nicht, von dem Halbohr zu erzählen und auch der geheimnisvolle Pilger fand einen gebührenden Platz in der Schilderung der Ereignisse.

Peter Honstein hörte schweigend zu. Auch wenn eine der Frauen gestockt hatte, war er ihnen nicht mit einer Frage zu Hilfe gekommen. Bei Geschäften und Ratsversammlungen hatte er die Erfahrung gemacht, dass eigenes langes Schweigen den Gesprächspartner oft zu Aussagen verleiten konnte, die dieser vormals nicht im Sinn gehabt hatte. So gelang es ihm meist, zusätzliche Informationen zu erhalten. Auf diese Weise erfuhr er von den schweifenden Beginen, maß denen aber erst einmal keine Rolle bei der Bedrohung bei.

Schließlich verstummte Hildegard und sah den Ratsmann erwartungsvoll an. Der lehnte sich nachdenklich zurück, beschied der Magd mit einer knappen Handbewegung, sein Glas erneut zu füllen, trank dann aber doch nicht, sondern trommelte sich mit den Fingerspitzen der linken Hand leicht gegen das Kinn.

„Wenn du wissen willst, wer für eine Sache verantwortlich ist, finde heraus, wem die Tat von Nutzen ist." Seiner eigenen Stimme nachlauschend, nickte er leicht vor sich hin.

Dann richtete er sich auf und wandte sich wieder den Beginen zu: „Ich werde meine Augen und Ohren offenhalten", Peter Honstein schmunzelte. „Und ich kenne da ein paar ganz vorzügliche Augen und Ohren, die für diese Aufgabe geradezu gemacht wurden."

Er erhob sich, verabschiedete sich mit einem freundlichen Nicken und der Zusicherung, bei neuen Erkenntnissen, die Magistra umgehend zu informieren.

Mit den Worten: „Wenn die Frommen Frauen den Heimweg antreten möchten, dann sag Haug Bescheid, dass er sie wieder sicher zu ihrem Konvent begleitet", wandte der Ratsmann sich seiner Frau zu und verließ dann den Raum.

Sicher würde er sich in seinem Kontor wieder seinen Geschäften zuwenden oder Weinkeller und Lagerräume in Augenschein nehmen. Hildegard konnte sich kaum vorstellen, dass der Ratsmann sich gleich ihrem Anliegen widmen würde. Er hatte ihnen zwar aufmerksam zugehört, aber außer der vagen Zusicherung, sich umhören zu wollen, war nichts weiter bei dieser Zusammenkunft herausgekommen. Allerdings wusste Hildegard auch nicht recht, was sie anderes erwartet hatte. Schließlich konnte dieser hünenhafte Knecht Haug schlecht vor ihrem Konvent Wache beziehen oder sie auf jedem Gang begleiten. Trotzdem war sie unzufrieden.

Als sie ihren Namen hörte, richtete sie ihre Aufmerksamkeit wieder auf die anderen Frauen.

„Hildegard, was sagst du dazu?" Die Magistra blickte sie fragend an.

„Ich... ich", stotterte die Angesprochene, „ich war in Gedanken." Sie spürte, wie eine heiße Röte ihre Wangen überzog.

„Nun, Frau Lucardis hat angeboten, dass du, wenn diese Angriffe ausgestanden sind, einige Zeit in ihrem Hauswesen leben könntest. Bisher kennst du nur das Leben im Konvent, aber wenn du einmal einen eigenen Hausstand gründen möchtest, dann ist es unerlässlich, dass du auch Kenntnisse in der Führung eines solchen erwirbst."

„Aber ich werde den Konvent nie verlassen. Ich fühle mich dort wohl und kann mir nicht vorstellen, anderswo leben zu wollen." Hildegard hatte heftiger reagiert, als beabsichtigt. Als ihr bewusst wurde, dass ihre Ablehnung sehr unhöflich geklungen haben musste, fügte sie noch schnell mit einem kleinen Lächeln hinzu: „Aber ich danke trotzdem."

Die Hausherrin quittierte es mit einem verständnisvollen Lächeln. „Lasst uns erst einmal die derzeitigen Probleme bewältigen und dann sehen wir weiter", beendete sie beschwichtigend das Gespräch.

Sie schickte die Magd nach dem Knecht Haug und geleitete ihre Gäste dann bis zur Haustür, wo sich die Frauen herzlich voneinander verabschiedeten.

Als der Ratsmann durch das Tor vom Innenhof her auf die Straße blickte und sah, dass sich die Beginen auf den Heimweg begaben, schickte er seinen Lehrjungen mit einem Auftrag zur Stadtwache. Er sollte deren jüngstes Mitglied Witho nach dem Abendläuten in sein Haus bestellen

Der Knecht Haug führte die Beginen ohne Zwischenfälle zum Konvent am Ulrichstor. Kein Halbohr oder bekannter Pilger kreuzten ihren Weg.

Der Nachmittag im Beginenkonvent ging rein äußerlich seinen gewohnten Gang. Jede wusste, welche Aufgaben und Pflichten zu erfüllen waren. Trotzdem lag über Allem eine Spannung, ein Gefühl, dass nicht alles so war, wie es sein sollte. Manch eine zuckte bei einem unerwarteten Geräusch hinter sich zusammen und immer wieder gingen verstohlene Blicke zum Tor, ob von dort eine Gefahr drohte. Trotz der Anspannung musste Hildegard lächeln, als sie den handfesten Knüppel sah, der, von Mettes runzliger Hand umspannt, in deren Schoß ruhte. Die alte Frau würde kaum einem böswilligen Eindringling Einhalt gebieten können, weder mit noch ohne Knüppel. Obwohl, bei Mette wusste man nie so genau.

Doch nichts störte die Ruhe im Konvent und langsam nahmen wieder Gelassenheit und Frohsinn den Platz von Besorgnis und unguten Ahnungen ein. Anna war auf Geheiß der Magistra inzwischen zu Alheyt ins Gästehaus gezogen und so fühlte sich Hildegard in ihrer Dachkammer wieder zufrieden und geborgen. Das hinderte sie jedoch nicht daran, vor dem zu Bett gehen, den Hocker mit der Waschschüssel erneut vor die Tür zu rücken.

***

Derweil bei den Beginen langsam wieder Normalität einkehrte, was nicht zuletzt der Gewissheit geschuldet war, dass der Ratsmann Peter Honstein sich ihrer Probleme angenommen hatte, wartete dieser auf den jugendlichen Knecht der Stadtwache.

Nachdem der Lehrjunge ihm die Botschaft des Ratsmannen überbracht hatte, war Witho eifrig bemüht, alle anstehenden Arbeiten schnell und gewissenhaft zu erfüllen, so dass der Hauptmann der Stadtwache ihn rechtzeitig gehen lassen würde. Von seiner Abendmahlzeit griff er sich nur einen Kanten Brot, den er auch im Laufen hinunterschlingen konnte. Mit dem letzten Glockenschlag des Angelusläutens erreichte er den Markt und verlangsamte nun seinen schnellen Lauf. Wieder zu Atem gekommen zupfte er sich noch einige Strohhalme von seinem Kittel.

Witho betrat das Anwesen neben dem Schöffenstuhl über den Innenhof. Nie hätte er gewagt, an der Vordertür zu klopfen.

In der Küche war die Spülmagd damit beschäftigt, Schüsseln und Teller des Abendmahls zu säubern. Die Köchin weichte eben das Getreide für den morgendlichen Brei ein. Sie musterte den Neuankömmling misstrauisch. Einmal hatte sie den Knecht der Stadtwache erwischt, wie er nach einem Hähnchenschenkel griff. Doch nichts entging ihrem wachsamen Blick in ihrem Reich. Diese Erfahrung hatte auch Witho machen müssen, als ihn der handtellergroße, hölzerne Rührlöffel schmerzhaft am Hinterkopf traf.

Withos hungrigem Blick konnten ihre mütterlichen Instinkte jedoch nicht lange widerstehen, und so schob sie ihm mit einem Brummen einen mit fettiger Soße vollgesogenen Brotkanten hin. Er verbeugte sich tief und bedankte sich artig. Mit Köchinnen sollte man sich immer gut stellen, die Lektion hatte er inzwischen gelernt.

Schnell war das Brot verputzt und die fettigen Finger gründlich abgeleckt. Mit einem Kopfnicken gestattete die Köchin ihm schließlich, nachdem sie ihm noch einige Heuhalme aus den Haaren gesammelt hatte, dass er sich ins Kontor begab.

Die Tür von der Diele zum Arbeitsraum stand offen und so trat Witho nach kurzem Klopfen ein.

Peter Honstein bedeute ihm, sich auf einen Hocker zu setzen, derweil er noch einige Eintragungen in seinem Rechnungsbuch ergänzte. Nur das kratzende Geräusch der Schreibfeder auf dem Pergament war zu hören und Witho hätte viel darum gegeben, diese Kunst zu beherrschen. Aber für einen entlaufenen Leibeigenen war das ein unerfüllbarer Traum. Er konnte schon froh sein, dass der hohe Herr ihn dem Hauptmann der Stadtwache als Knecht empfohlen hatte. Das würde er ihm nie vergessen und alle seine Aufträge zur Zufriedenheit erfüllen, koste es, was es wolle.

Schließlich waren alle Einträge getätigt und der Ratsmann wandte sich Witho zu. Kaum zu glauben, dass der erst sechzehn Sommer zählte. Seine breite Statur und die schon männlich kantigen Gesichtszüge ließen ihn bei Weitem älter erscheinen. Auch ein erster, dunkler Flaum warf einen durchsichtigen Schatten auf die braungebrannten Wangen.

„Witho, ich habe einen Auftrag für dich. Einen Auftrag, der all dein Können erfordern wird. Deine Verbindungen zu deinen ehemaligen Kumpanen werden sich hierbei als nützlich erweisen."

Der junge Mann nickte. Es war nicht das erste Mal, dass er die Freunde aus seinem vorherigen Leben um Mithilfe bat. Bevor sich der Ratsmann seiner angenommen hatte, hatte er ein halbes Jahr lang sein Leben und das seiner Schwester durch Beutelschneiderei und andere kleinere Gaunereien gefristet. Die Kameraden aus dieser Zeit hatten ihm schon manchen hilfreichen Hinweis geben können.

„Die Beginen am Ulrichstor befinden sich in Bedrängnis. Auch meine Tochter Mechthilda gehört diesem Konvent an und es ist mir ein Herzensanliegen, dass die Übeltäter gefunden und ihrer Bestrafung zugeführt werden."

In knappen Worten erzählte er von den Ereignissen der letzten Tage, die die Beginen veranlasst hatten, um Hilfe zu bitten.

„Deine Aufgabe wird es also sein, nach diesem Halbohr Ausschau zu halten, den Pilger aufzuspüren und zu erkunden, wer den Beginen Schaden zufügen will", fasste Peter Honstein seine Ausführungen noch einmal zusammen.

Wieder nickte Witho. Das mit dem Pilger würde einfach werden. Der führte diesen großen Hund mit sich. Das Aufspüren des Halbohrs könnte sich schon als schwieriger erweisen. Meister Hardo, der Henker der Stadt, schnitt einem Dieb gern mal ein halbes oder auch ein ganzes ab. Aber wenn sie den Halbohrigen hatten, würde sich ganz von selbst ergeben, wer den Beginen Übles wollte.

Der Ratsmann reichte Witho einen Lederbeutel, in dem munter eine Handvoll Moritzpfennige klimperte.

„Deine Freunde werden vielleicht ein wenig Anreiz benötigen, um dir hilfreich zu sein. Und der eine oder andere wird womöglich einen Humpen Bier in den Schenken leeren müssen, um dort die Ohren offenzuhalten."

Witho grinste. Das mit den Schenken würde selbstverständlich er selbst übernehmen. Wann hatte er sonst schon einmal die Gelegenheit, sich kostenlos das gute Bier schmecken zu lassen.

Mit der Zusicherung, sich sofort zu melden, falls seine Erkundigungen ein Ergebnis erzielen würden, machte Witho sich kurz darauf auf den Weg zum Knochenhauerufer unter der Westmauer der Stadt. Dort hatten er und seine Schwester sich in einem verfallenen Lagerschuppen ein halbes Jahr lang verkrochen und dort hausten auch nach wie vor seine Freunde aus dieser Zeit.

Der Weg war nicht allzu weit, doch Witho ging langsam, denn er hatte es nicht eilig. Es war noch hell und die ehemaligen Kumpane würden sich erst mit Beginn der Dämmerung in ihrem Versteck einfinden, um dann lange nach Einbruch der Dunkelheit erneut auf Beutefang zu gehen. Wenn weinselige Zechbrüder den Heimweg durch die dunklen Gassen antraten, war noch einmal Gelegenheit, den einen oder anderen um seinen Geldbeutel zu erleichtern.

Immer wenn sich Witho dieser Gegend näherte, stellten sich ungewollte Erinnerungen ein. Seine Eltern waren Leibeigene und auch ihm und seinen vier Geschwistern war dieses Schicksal bestimmt. So war es immer gewesen und auch er hätte es annehmen müssen. Doch dann war etwas geschehen, das ihn und seine Schwester zu überstürzter Flucht zwang.

Im letzten Sommer, ein heißer Tag, Dampfschwaden stiegen vom Waldboden nach den starken Regenfällen der Nacht auf. Er war mit seiner Schwester Mine, die gerade zwölf Sommer zählte, in den Wald gegangen. Sie hatte einen Korb Wäsche dabei, die sie im nahen Bach waschen wollte, derweil er die heimlich gelegten Schlingen nach einem Hasen absuchen wollte. Der würde ihr karges Mahl, das fast nur aus Getreidebrei und wenig Brot bestand, wenigstens für ein, zwei Tag bereichern.

Er hatte sich etwas vom Bach entfernt, aber den angsterfüllten Schrei hörte er trotzdem. So schnell ihn seine Beine trugen rannte er zu dem Wasserlauf zurück. Was sich seinen Augen bot, ließ ihn zornig aufbrüllen. Der halbwüchsige Sohn seines Grundherren hatte sich auf seine Schwester geworfen, ihr den Rock nach oben gezerrt und war eben dabei, halb auf der Seite liegend, seine Bruche aufzunesteln. Ohne auch nur einen Augenblick zu zögern, riss Witho den Burschen von Mine herunter und schleuderte ihn zwischen die Brennnesseln am Bachufer. Zwar war der Grundherrensohn zwei Jahre älter als Witho, aber den starken Bauernfäusten hatte das schmale Bürschchen nichts entgegenzusetzen. Sich wieder aufrappelnd, zog er trotzdem seinen langen Dolch und stürzte sich auf den Bauernjungen. Er war sich seiner Stellung so sicher, dass ihm nicht in den Sinn kam, der andere könnte sich handfest wehren. Diese Unüberlegtheit büßte er mit einem gebrochenen Arm.

Als der jammernde Herrensohn zu ihren Füßen lag, wurde den Geschwistern klar, was sie angerichtet hatten. Für niemanden würde es von Belang sein, dass Witho seine Schwester vor der Vergewaltigung bewahrt hatte. Der Grundherr war gleichzeitig Gerichtsherr und würde dem Bauernjungen, der es gewagt hatte, seinen Sohn anzugreifen, zur Abschreckung für alle anderen eine schreckliche Strafe auferlegen. Es gab nur einen Ausweg, sie mussten weg, weit weg. In fliegender Hast liefen sie zurück nach Hause und erzählten ihren Eltern das Geschehen.

Weinend steckte die Mutter mit zitternden Händen zwei abgetragene Kittel in ein Bündel, zähneknirschend legte der Vater das letzte Brot und ein paar Äpfel dazu. Dann schoben die Eltern ihre Kinder aus dem Haus und diese eilten zurück in den Wald. Keinen Augenblick zu früh, denn gerade, als sie unter den Bäumen ins Dunkel eintauchten, näherte sich vom Grundhof her ein Trupp Reiter. Sie sahen noch, wie der Anführer dem Vater eins mit der Peitsche überzog, so dass der große Mann auf die Knie fiel. Doch sie konnten nicht helfen. Wenn die Demütigung ihres Vaters einen Sinn haben sollte, dann musste die Flucht gelingen.

Von einem alten Kräuterweib, das ihnen für eine Nacht Unterschlupf gewährte, erfuhren sie, dass ein Leibeigener ein Jahr und einen Tag in einer Stadt leben musste, dann war er frei. Und so wendeten sie ihre Schritte gen Magdeborch, wo sie nach langen Nächten der Wanderung ankamen. Doch um in der Stadt zu überleben, waren sie gezwungen, in dem verfallenen Lagerschuppen zu hausen und ihr Leben mit kleinen Gaunereien zu fristen. Bis... ja, bis Witho eines Nachts nach dem falschen Geldbeutel langte. Der Ratsmann Peter Honstein war nicht im Geringsten bezecht. Sein schwankender Gang rührte von einem verrenkten Fuß her und so hatte er die Hand, die er plötzlich an seinem Gürtel spürte mit eisernem Griff festgehalten.

Witho hatte ihn inständig angefleht, ihn nicht den Bütteln zu übergeben, da er für seine jüngere Schwester sorgen müsste. Der Ratsherr hörte seine Geschichte an und ließ ihn dann plötzlich los. Er gab ihm sogar drei Pfennige und bestellte ihn zum nächsten Abend in sein Haus. Und nun war er schon seit einem halben Jahr Knecht bei der Stadtwache. Er hatte regelmäßig zu Essen und durfte im Stall bei den Pferden schlafen. Hin und wieder unterwiesen ihn die Wachtleute sogar im Kampf mit dem Schwert oder er durfte sich im Spießwerfen üben. Und auch seiner Schwester hatte der Ratsmann eine Anstellung als Küchenmädchen in der Schenke „Zum Hufschmied" vermittelt.

Damals konnte sich Witho nicht erklären, was den hohen Herrn bewogen hatte, sich seiner und seiner Schwester anzunehmen. Inzwischen wusste er, dass die Bürger der Stadt und die Adligen und Grundherren des Erzstiftes in ständiger mehr oder weniger offener Fehde lebten. Wo immer sie konnten, war ein jeder bereit, der anderen Seite einen Tort anzutun. Und was war dazu besser geeignet, als einem Lehnsmann des Erzstiftes zwei Leibeigene zu entziehen und sie in der Stadt zu beherbergen.

Je mehr sich Witho dem Knochenhauerufer näherte, um so widerwärtiger wurde der Gestank, der sich um die Schlachthöfe herum ausbreitete. Kein Bürger der Stadt, der auch nur eine Faustvoll Pfennige sein Eigen nannte, hätte hier wohnen wollen. An diesem Ort hausten der Abschaum, die Ausgestoßenen, die Bettler, Krüppel und Diebe. Selbst die Büttel verirrten sich hierher nur, wenn sie den ausdrücklichen Befehl dazu erhielten.

Jetzt ruhte die Arbeit an den Schlachtbänken. Doch an den Blutrinnen, die sich ihren Weg zum Ufer der Elbe hin bahnten, hockten fette Ratten und hielten ein Festmal an stinkenden Fleischbrocken und Klumpen dunkel geronnen Blutes.

Der Erste seiner Freunde, der Witho beim Betreten des baufälligen Lagerschuppens unter der Stadtmauer über den Weg lief, war Fischmaul. Wenn Fischmaul überlegte, was bei ihm recht häufig vorkam, denn er war das Oberhaupt einer fünfköpfigen Bande jugendlicher Beutelschneider, dann zog er die Wangen zwischen die Backenzähne und stülpte die Lippen vor, so dass er einem Karpfen glich.

Fischmaul hatte Witho aufgestöbert, als der mit seiner Schwester vor fast einem Jahr in der Stadt angekommen war. Seinem geübten Blick war nicht entgangen, was das für welche waren, die da in abgerissener Kleidung und mit staunend aufgerissenen Münder am Stadttor standen und sich von Handkarren und Fußgängern herumschubsen ließen. Er hatte sie mit zu der Lagerschuppenruine genommen, in der seine Bande unterkroch. Aber richtiges Talent zum Taschendieb hatte Witho nie besessen. Trotzdem hatte Fischmaul ihn nicht fortgejagt. Der um ein knappes Jahr ältere Anführer gewährte ihnen nicht nur Obdach, sondern er beschützte auch Mine, der er mit verträumten Augen nachsah, wenn er sich unbeobachtete wähnte.

„Oh, die Stadtwache in meinem Gefilde. Ich glaube, ich muss die Hörner zur Verteidigung erschallen lassen." Lachend schlug der Ältere seinem Freund auf die Schulter und Witho boxte spielerisch zurück. Was bei ihm ein verspielter Schlag war, warf den anderen fast von den Beinen. Obwohl älter, war Fischmaul doch ein schmächtiger Bursche. Bei einem Taschendieb kommt es nicht auf Kraft, sondern auf geschickte, lange Finger und wieselflinke Beine an, pflegte er zu sagen. Sein verschlissener Kittel wurde von einem Strick zusammengehalten und über den kahlen Kopf hatte er eine Kapuze gestülpt, die er jetzt nach hinten streifte.

„Wie ich sehe, hast du meiner Schwester vor Kurzem einen Besuch abgestattet", bemerkte Witho mit einem wissenden Grinsen.

Eigentlich wuchs auf Fischmauls Kopf eine karottenrote Lockenmähne, die weder durch Kamm noch Bürste zu bändigen war. Mine hatte, nachdem sie die anfängliche Scheu vor den Dieben überwunden hatte, über Fischmaul gespottet. Genausogut könne er schreiend mit einer Fackel in der Nacht herumlaufen, so auffällig wäre sein Haarschopf. Bisher hatte Fischmaul immer versucht, seine Haarpracht unter einer Gugel zu verstecken. Trotzdem war der rothaarige Beutelschneider auf allen Marktplätzen bekannt. Also hatte ihm Mine kurz entschlossen den Kopf kahlgeschoren. Und nun nutzte er diesen Umstand, um sich regelmäßig von Mine der Haare berauben zu lassen. Außerdem konnte er sich bei der Gelegenheit gleich erkundigen, ob der Schenkenwirt und seine Gäste die Finger von dem Mädchen ließen. Von seiner äußeren Gestalt her konnte sich Fischmaul zwar nicht selbst Respekt bei erwachsenen Männern verschaffen, aber er kannte da ein paar grobschlächtige Kerle, die ihm immer irgendeinen Gefallen schuldeten. Doch bisher war ein solches Eingreifen nicht nötig gewesen. Der Ratsmann Peter Honstein hatte die Magdstelle für Mine sorgfältig ausgewählt.

„Was führt dich heute in unseren Fuchsbau?", wollte der junge Beutelschneider wissen und lenkte damit vom Thema Mine ab.

Die Bezeichnung Fuchsbau war für den alten Schuppen nicht ganz zu Unrecht gewählt. Sollten tatsächlich die Büttel vorn reinmarschieren, dann konnten seine Bewohner immer noch den zweiten Ausgänge nutzen, der hinter einem Wirrwarr von faulenden Bretter und herabgestürzten Dachbalken verborgen waren. Und sollte auch der versperrt sein, so gab es unter dem Bretterhaufen noch den Eingang zu einem versteckten Kellerloch, von dem ein unterirdischer Gang fünfzig Schritte weiter in einem Dornengestrüpp wieder ans Tageslicht führte.

Während Witho vom Auftrag des Ratsmannen berichtete, ohne freilich dessen Namen zu nennen, übte sich Fischmaul im Messerwerfen. Immer wieder schleuderte er seine zwei unscheinbaren Messer mit den dunklen Holzgriffen auf einen sicher zwanzig Schritt entfernten Holzbalken, auf den er mit Kalk einen weißen Kreis gemalt hatte. Die Markierung war nicht größer als ein Handteller und verschwamm im Dämmer des Unterschlupfes, aber Fischmauls Messer gingen nicht ein einziges Mal fehl.

Nachdem Witho geendet hatte, schüttete er die Hälfte der Münzen, die er von Peter Honstein erhalten hatte, in die geöffnete Hand seines Freundes. Der wiegte anerkennend den Kopf.

Auch er war der Meinung, dass das Auffinden des Pilgers schnell vonstatten gehen würde.

„Mit dem Halbohrigen wird es schon schwerer werden. Die

Beschreibung trifft auf mindestens ein Dutzend Schurken zu." Nachdenklich schürzte er die Lippen vor. „Aber wir werden Augen und Ohren offenhalten."

„Seid vorsichtig", riet Witho seinem Freund. „Dieses Halbohr ist nicht nur ein Dieb, er schreckt auch vor Mord nicht zurück."

„Wir werden uns zu schützen wissen", beschwichtigte ihn Fischmaul und klopfte sich auf seinen Oberschenkel, wo verborgen vor neugierigen Blicken ein weiteres Messer in einer Fellscheide festgebunden war.

Seine Kumpane trugen alle ein scharfes Messer, doch ermahnte er seine Bandenmitglieder immer wieder, das Messer nur zum Beutelschneiden zu verwenden und nicht zum Durchtrennen von Kehlen. Zur Verteidigung konnte aber ein Stich in den Arm oder das Bein einen Verfolger zu Fall bringen.

Leises Geraschel vom Eingang her kündigte weitere kleine Taschendiebe an. Buntauge huschte in das Versteck. Beim Anblick von Witho lachte er erleichtert auf und rief Gaukler, Eierdieb und Hasenzahn herbei, die die Bande vervollständigten. Alle waren in Lumpen gekleidet. Manches war viel zu groß. Es hatte den Anschein, als hätten Kleidung und Bekleidete noch nie Bekanntschaft mit Wasser und Seife gemacht. Aber sie waren eine verschworene Gemeinschaft und Witho wusste, dass er sich auf sie verlassen konnte.

Er verabschiedete sich mit dem Wissen, dass seine Freunde ihm sicherlich bald Nachricht senden würden. Selbst wollte er sich noch ein wenig in den Schenken umhören, ob sich jemand fand, der einen solchen Groll gegen die Beginen hegte, dass er auch vor einer Bluttat nicht zurückschreckte.

9. Kapitel

Am nächsten Morgen verliefen die ersten Stunden des Tages im Konvent in gewohnten Bahnen. Wieder war es ein sonniger Tag, aber die schwüle Wärme des Vortages hatte nachgelassen und ein kühlender Wind umfächelte Menschen und Tiere.

Hildegard hatte sich in Vertretung von Agnes wie gewohnt als Erstes dem Federvieh, dem Schwein und den Ziegen gewidmet. Dann fegte sie die letzten raupenähnlichen Blüten des Walnussbaumes zusammen, trug Walburga mehrere Körbe Holz in die Küche und sah sehnsüchtig Grite und Hedwigis hinterher, als diese zum Markt gingen.

Nun war sie schon den zweiten Tag im Konvent eingesperrt. Der Besuch beim Ratsmann gestern zählte nicht, denn sie war in Begleitung der Magistra gewesen. Da hieß es gemessenen Schrittes, mit züchtig gesenktem Kopf im Schatten der Vorsteherin dem Ziele zuzustreben. Kein Stehenbleiben an den Buden der Tuchmacher oder Bronzeschmiede, die bunte Stoffbahnen auf ihren Tischen anboten oder kunstvolle Spangen und Armreife herzustellen wussten. Kein Schwätzchen mit der Tochter der alten Gürtlerin, kein müßiges Staunen beim Anblick der Gaukler.

Am liebsten wäre Hildegard entwischt und hätte sich selbst auf Mordbubensuche begeben. Sollten die bloß kommen! Diesmal wäre sie vorbereitet und würde sich nicht wieder übertölpeln lassen.

Nicht einmal zum Wasserholen durfte sie den Konvent verlassen. Dabei war es nur zwei Häuser weiter zum Anwesen des Mälzers Meister Bruno. Er hatte einen eigenen Brunnen in seinem Hof und gestattete es den Beginen, sich von dort mit Wasser zu versorgen. Dafür durfte seine neunjährige Tochter Susanne bei den Beginen kostenfrei den Schulunterricht besuchen. Das war eine angemessene Vereinbarung zum gegenseitigen Nutzen.

Verdrossen schlug sie schließlich den Weg zum Gemüsegarten

ein, um wieder einmal ihren Groll an den wehrlosen Unkraut-pflänzchen auszulassen.

Außer Grite und Hedwigis hatte heute auch keine der anderen Frauen den Konvent verlassen. Mit Spannung erwarteten sie den neuen Beichtiger und niemand wollte dessen Ankunft verpassen. Wie gestern Nachmittag gingen immer wieder die Augen zum Tor. Aber anders als am Vortag, als sich Furcht und Misstrauen gegenüber jedem unerwarteten Geräusch von der Straße in ihre Blicke geschlichen hatten, spiegelten sich heute gemischte Gefühle in den Augen der Frauen wider. Ein bisschen erwartungsvoll und ablehnend, ein bisschen neugierig und besorgt.

Als sich Hildegard mit in den Rücken gestemmter Hand aufrichtete, sah sie über den Gartenzaun hinweg, wie Anna über den Hof ging und die Schüssel, in der Alheyts Morgenbrei gewesen war, zurück zur Küche trug. Seit dem Gespräch bei der Magistra hatte sie das Hinken sein lassen. Theresia, ihrem Wesen nach sehr abergläubisch und überall das Wirken geheimer Mächte vermutend, erzählte gar, Hedwigis hätte mit einem ihrer Kräuter ein Wunder vollbracht. Dabei hatte Hedwigis nicht einmal das kleinste Zweiglein für Anna verwendet. Die Magistra hatte Theresia schon mehrmals strikt untersagt, solche oder ähnliche Gerüchte zu verbreiten. Der nächste, der es weitererzählte, macht vielleicht daraus schon Zauberei und von der Bezeichnung als Zaubersche bis zur Anklage als Hexe war es nur ein winziger Schritt. Also tuschelt Theresia nur mit ihren Webfrauen darüber, handelte sich aber auch von Grite eine entschiedene Abfuhr ein.

Anna trat jetzt in die Küche. Hildegard hatte den Eindruck, als würden mit jeder der täglichen Essigspülungen gegen die Läuseplage Annas Haare heller werden. Aber das konnte auch an der natürlichen Bleichwirkung des Essigs liegen.

Immer noch unschlüssig, was Anna anbelangte, machte sich Hildegard wieder an ihre Arbeit. Sie ging zum hinteren Zaun. Dort wuchsen schulterhohe Brennnesseln. Geschützt mit alten, brüchigen Lederhandschuhen rupfte sie die tief verwurzelten Pflanzen aus, um sie für das Federvieh fein zu hacken. Die Hühner waren ganz wild darauf. Und mit jeder Brennnesselstaude, die sie aus der Erde zerrte, stellte sie sich vor, sie hätte das Halbohr am Schlafittchen.

In eben dem Moment, als Hildegard mit einem Trog voll der gehackten Pflanzen aus dem Garten in den Hof trat, erhob sich vom Tor her Mettes laute Stimme. Walburga steckte den Kopf zur Küchentür heraus und Else und Theresia erschienen in der Tür ihrer Webstube. Was sie sahen veranlasste die Frauen zwischen Belustigung und Besorgnis zu schwanken. Mette hatte sich von ihrem Hocker hochgestemmt, stand in der Mitte der schmalen Tür, schwang den Knüppel und verwehrte offensichtlich jemanden den Zutritt in den Konvent. Dieser Jemand war nicht zu sehen, stand er doch auf der Straßenseite. Nur eine leise, besänftigende Männerstimme war zu vernehmen, die beruhigend auf Mette einzureden schien. Doch davon ließ sich die alte Torfrau nicht einlullen. Ohne sich umzudrehen rief sie: „Eine soll Mechthilda rufen, damit sie das Pergament des Mönchs lesen kann." Sie selbst war des Lesens unkundig und hatte es auch nie als notwendig erachtet, es zu lernen.

Während Hildegard schnell in die Schulstube lief, näherten sich Else und Walburga dem Tor. Letztere zur Sicherheit mit einem gewichtigen Rührlöffel in der Hand.

Mechthilda verstand die ganze Aufregung nicht. Alle wussten doch, dass heute Vormittag der neue Beichtiger kam. Wahrscheinlich wollte die alte Pförtnerin nur beweisen, dass sie noch nicht ganz nutzlos war. Als sie aber dann den Mann vor der Tür erblickte, musste auch sie schlucken. Die Lehrerin warf einen raschen Blick auf das Pergament, welches das Siegel des Guardians trug und bat den Mönch, ihr zur Magistra zu folgen.

Hildegard hatte nur einen flüchtigen Blick auf den Mönch geworfen, und was sie sah, jagte ihr einen kalten Schauer den Rücken hinunter. Der Barfüßer ging leicht gebeugt, so dass er wohl kleiner wirkte, als er tatsächlich war. Er zog das linke Bein ein wenig nach und auf derselben Seite schien sein Arm kürzer zu sein. Das alles wäre jedoch noch nicht zum Fürchten gewesen, wenn Hildegard nicht einen kurzen Blick in sein zerstörtes Antlitz erhascht hätte. Die linke Augenbraue, die Nase und der rechte Mundwinkel waren schräg über das ganze Gesicht von einem gewaltigen Hieb zerhackt, der rotwulstig verwachsen war. Das linke Augenlid hing halb über einem milchigen Auge herab. Die Wange darunter war schwarz vernarbt, als wäre sie im Feuer geschmolzen. Das war das abstoßendste und abscheulichste Gesicht, welches Hildegard je erblickt hatte. Bestürzt wollte sie sich abwenden, aber der Blick des gesunden Auges hielt sie fest. Es war ihr, als würde eine Feder ihre Seele berühren. Sie hatte sich voller Entsetzen abkehren wollen, aber er hatte ihr vergeben. Und dann war er auch schon vorbei.

Ursula von Buch hatte sich besser in der Gewalt, als Mechthilda den Besucher in ihren Raum führte. Sie hatte in ihrem Leben schon zu viel gesehen, als dass sie ein solches Grauen empfand wie die um vieles jüngere Hildegard. Zwei Pestepidemien hatte sie überlebt, unzählige gebrechliche Alte und Kriegsinvaliden gepflegt. Zudem war sie selbst durch schreckliche Narben gezeichnet, auch wenn diese nicht sichtbar waren wie die des Mannes, dem sie jetzt einen schlichten Holzstuhl vor ihrem Schreibtisch anbot und einen Becher Wein reichte.

Während sie das Beglaubigungsschreiben des Guardians studierte, nippte der Mönch an dem Becher und wiegte anerkennend den Kopf. Schließlich legte die Magistra das Pergament zu den anderen Rollen auf dem Tisch und wandte ihre Aufmerksamkeit dem Mann zu.

„Seid willkommen im Beginenkonvent am Ulrichstor, Pater Kilian. Sicherlich hat Euch Abt Stephanus nicht die Gründe verschwiegen, die Pater Bernhard bewogen, uns als Beichtiger den Rücken zu kehren."

Trotz des verstümmelten rechten Mundwinkels gelang Pater Kilian ein kleines Lächeln.

„Ich komme nicht unvorbereitet. Sowohl der Vater Abt als auch Bruder Bernhard", hier blitzte das rechte Auge des Paters belustigt, „haben mich über Euren Konvent in Kenntnis gesetzt."

Ursula von Buch beschloss spontan, den neuen Beichtiger zu mögen.

„Und ich muss gestehen, dass Bruder Bernhard nicht untertrieben hat, als er dieses Anwesen als einen Hort des Bösen schilderte."

Überrascht kniff die Magistra die Augen zusammen. Sollte sie sich in dem Pater doch getäuscht haben? Womöglich war er ein noch größerer Fanatiker als der alte Beichtiger.

„Schon als ich Euren Hof betrat", fuhr Pater Kilian unbeirrt fort, „musste ich diesen Baum dort erblicken. Ist Euch nicht bekannt, dass der Walnussbaum als Zeichen der Wollust und der Sünde gilt? Soll nicht auf jedem Blättchen ein Teufel wohnen, der mit Hexen unter den Bäumen Liebesorgien feiert? Und demzufolge ist auch der Schatten, den diese Bäume werfen, äußerst gesundheitsschädlich."

Pater Kilian zog die unversehrte Augenbraue tadelnd hoch. Ursula von Buch war sprachlos. Ein außerordentlich seltenes Ereignis.

„Zumindest behaupten das manche Mönche und Priester. Aber wenn Ihr mir im Herbst ein Beutelchen dieser Köstlichkeiten füllen wollt, so kann ich jede einzelne Nuss auf den Wahrheitsgehalt dieser Annahme prüfen und ich bin mir gewiss", er machte eine kleine Pause, „ich werde nichts als Wohlgeschmack und Sättigung finden."

Die Magistra nickte mehrmals, bevor sie die Sprache wiederfand.

„Das lässt sich sicherlich einrichten", beschied sie ihm schließlich. „Und wenn mich nicht alles täuscht, dann backt unsere Köchin Walburga ihre Milchbrötchen in dieser Jahreszeit mit zerstoßenen Nüssen."

Pater Kilian war die Vorfreude anzusehen.

Entspannt unterrichtete die Magistra ihn nun über die im Konvent lebenden Frauen, welche Aufgaben sie verrichteten und wo sie zur Zeit alte Menschen pflegten oder bei der Armenspeisung halfen.

Pater Kilian hörte interessiert zu, ohne Fragen zu stellen. Als die Magistra endete, konnte er sich nicht enthalten, anzumerken: „Ein wahrer Zerberus, der da Euer Tor bewacht. Ich bin mir sicher, dass es niemand wagt, unaufgefordert Euren Konvent zu betreten."

Ursula von Buch lächelte. „Mette ist zu alt, um sich an den anderen Arbeiten zu beteiligen, aber das Tor würde sie unter Einsatz ihres Lebens verteidigen."

„Wollen wir hoffen, dass es nie dazu kommt."

Das hoffte die Magistra auch. Von den Angriffen, die sich eine ihrer Frauen zur Zeit ausgesetzt sah, hatte sie dem Pater nichts erzählt.

Dann führte sie Pater Kilian zum Haus, in dem Alheyt im Sterben lag. Der Mönch zog die Tür hinter sich zu.

Eigentümlicherweise hatten gerade alle Frauen irgendeine Tätigkeit im Hof zu erledigen. Gespannt warteten sie, ob auch der neue Beichtiger herausgestürzt käme, um wie sein Vorgänger den Konvent fluchtartig zu verlassen. Aber alles blieb ruhig und so nahmen sie ihre unterbrochenen Arbeiten andernorts wieder auf.

Ursula stattete Walburga einen kleinen Besuch ab und wies die

Köchin an, etwas Wohlschmeckendes zu kochen. Sie war sich sicher, dass Pater Kilian den Freuden des Gaumens nicht abgeneigt sein würde.

Walburga beauftrage Anna, die ihr heute in der Küche half, in den Keller hinabzusteigen und die Kohlblätter, die sie nach Pater Bernhards überraschenden Abgang gestern dort hinuntergetragen hatte, wieder ans Tageslicht zu holen. Auch die gut durchwachsene Hammelschulter, die die Köchin am gestrigen Vormittag selbst an den Fleischscharren ausgewählt hatte, schien ihr geeignet, den dürftigen Eintopf des biestigen Paters für den Neuen anzureichern. Als alles auf dem offenen Herdfeuer vor sich hinköchelte, gab sie Salz, in Schmalz goldbraun gedünstete Zwiebeln und zerstoßenen Kümmel hinzu. Letzterer half in besonderem Maße gegen die lästigen Blähungen bei Kohlgerichten, die mitunter zu schmerzhaftem Bauchgrimmen führen konnten.

Nach fast einer Stunde verließ Pater Kilian das Häuschen, das sich Alheyt und Anna teilten. Er sah sich auf dem Hof um und trat schließlich zu Hildegard, die gerade die frisch angelieferten Binsen von einem großen Karren ablud und in dem ehemaligen Mauleselstall verstaute.

„Eure kranke Schwester Alheyt verlangt nach Anna. Könnt Ihr mir sagen, wo ich die Frau finde?"

Hildegard wagte einen schnellen Blick in Pater Kilians zerstörtes Antlitz. Konnte es sein, dass sein Auge traurig blickte? Galt das ihr oder Alheyt oder Anna oder der ganzen sündigen Welt?

Hildegard stieß die Heugabel fest in den Binsenhaufen und sah dem Pater tapfer ins Gesicht. Auch sie würde öfter die Beichte bei ihm ablegen müssen. Da war es nur gut, sich beizeiten an den Anblick zu gewöhnen. Und eigentlich war es doch gar nicht so schlimm, zumindest, wenn er ihr, wie jetzt, die rechte Seite zuwandte.

„Anna ist in der Küche bei Walburga. Ich werde schnell hinüberlaufen und sie zu Alheyt schicken."

„Danke meine Tochter. Ich werde noch einmal mit Eurer Magistra sprechen und mich dann zurück ins Kloster begeben, wenn keine der anderen Frauen zu beichten wünscht."

„Ich habe gestern schon bei Pater Bernhard." Hildegard seufzte bei der Erinnerung an die Buße, die sie noch die nächsten Tage begleiten würde. Hatte der neue Beichtiger eben etwa amüsiert den Mund verzogen?

Dann fiel Hildegard noch etwas ein: „Pater Bernhard ist nach der Beichte immer zum Essen geblieben." Ob der hier auch nur in Wasser gedünstetes Gemüse aß?

Mit diesem Gedanken eilte sie zur Küche, um Anna zu Alheyt zu schicken. Als sie den Raum betrat, schnupperte sie zum Herdfeuer hinüber. Das roch zwar nach Kohl, aber der unverwechselbare Hammelfleischgeruch vermischt mit dem Kümmelaroma ließ ihr das Wasser im Munde zusammenlaufen. Das versprach schmackhaft zu werden.

Anna kam eben mit einem Stapel Fladenbrot aus dem Backhaus herein. Hildegard richtete ihr aus, dass Alheyt nach ihr verlangte. Walburga nickte ihr zu und schon eilte Anna zu dem Häuschen hinüber.

Pater Kilian durchschritt derweil das Refektorium und erklomm die schmale Treppe, die zu den Räumen der Magistra führte.

Dort klopfte er an die Holztür. Als ein „Tretet ein!", erklang, betrat er mit sorgenvollem Gesicht den Raum.

Ursula von Buch bot ihm wieder einen Stuhl und einen Becher Wein an. Beides nahm der Mönch dankend an.

„Ihr habt Alheyt die Beichte abgenommen und die Absolution erteilt?", fragte sie schließlich.

Er nickte nachdenklich.

„Sie ist jetzt bereit, Gott gegenüberzutreten. Er allein wird entscheiden, ob ihr je vergeben werden kann." Nach einer längeren Pause fragte er: „Ist Euch bekannt, welche Sünde sie auf sich geladen hat?"

Ebenso wie gegenüber Abt Stephanus erklärte die Magistra. „Nein, das ist mir nicht bekannt. Die Sterbende ist keine Schwester unseres Konvents. Sie kam vor einigen Tagen als schweifende Begine zu uns und erfreut sich seitdem unserer Gastfreundschaft und Pflege."

Ursula von Buch musste sich eingestehen, dass sie auch so manches Geheimnis der Frauen, die schon jahrelang in ihrem Konvent weilten, nie ergründet hatte. Da war zum Beispiel Hedwigis. Nach der Pest von 1357, im Sommer des Folgejahres musste es gewesen sein, hatte sie eines Tages am Tor gestanden und Einlass begehrt. Ihre Kleidung war zerschlissen und sie vermittelte den Eindruck, als hätte sie einen langen Weg hinter sich. Als man sie zur Magistra führte, legte sie einen Beutel mit Silbermark auf deren Tisch und bat um Aufnahme in den Konvent. Sie sprach nie über ihre Herkunft oder die des Geldes. Vielleicht hatte sie die Silbermünzen unterwegs in einem verlassenen Handelshaus einer Peststadt gefunden. Zudem verfügte sie über ein großes Wissen den Anbau und die Wirkungsweise von Heilkräuter betreffend und konnte lesen und schreiben. Womöglich war sie eine vertriebene Hebamme oder eine geflohene Nonne aus einem Kloster, in dem alle an der Pest gestorben waren. Nach einer angemessenen Probezeit wurde sie von der Versammlung der Beginen aufgenommen und übernahm die Apotheke der kurz zuvor verstorbenen Magda. Hedwigis war zu einem wertvollen und unentbehrlichen Mitglied ihrer kleinen Gemeinschaft geworden.

„Da ist noch etwas", riss Pater Kilian die Magistra aus ihren Gedanken. Sie wandte ihre Aufmerksamkeit wieder dem Mönch zu.

„Diese junge Frau, der ich eben die Beichte abnahm, hat eine Bitte an mich herangetragen. Leider ist es mir nicht möglich, ihr diese zu erfüllen oder mich um ihre unerledigten Belange in dieser Welt zu kümmern. Ich vermag nur, mich ihrer Seele anzunehmen. Sie hat nun beschlossen, sich der jungen Frau mit Namen Anna anzuvertrauen und ihr diese Bitte anzutragen. Zu gegebener Zeit wird Anna womöglich an Euch herantreten und Euch um Hilfe bitten. Versagt ihr diese nicht."

Die Magistra zögerte einen Augenblick mit ihrer Zusage. Sie verspürte wenig Neigung, sich jetzt und hier mit einem festen Versprechen zu binden. Ausweichend antwortete sie: „Wenn Anna mich um Hilfe ersucht, werde ich entscheiden, wie wir ihr zur Seite stehen können."

Der Beichtiger hatte allem Anschein mehr auch nicht erwartet, denn er neigte zustimmend den Kopf.

Dann überraschte ihn die Magistra doch: „Darf ich Euch eine persönliche Frage stellen, Pater?"

Wieder neigte er zustimmend den Kopf.

„Zuerst muss ich Euch aber danken, dass Ihr es Alheyt ermöglicht habt, in Frieden diese Welt zu verlassen. Ihr Leiden hat sich von Tag zu Tag so beträchtlich verschlechtert, dass es nur noch eine Frage von wenigen Tagen oder gar Stunden ist, bis sie dahinscheidet. Sie scheint trotz allem eine fromme Frau zu sein."

„Viele werden über die Maßen hinaus fromm, wenn es dem Ende zugeht", hielt der Pater dagegen. „Aber ihr habt Recht, diese Frau ist wahrhaftig gottergeben, auch wenn sie schwere Sünde auf sich geladen hat."

„Und trotzdem habt Ihr sie angehört und ihr die Absolution erteilt. Pater Bernhard hat voller Hass den Konvent verlassen."

„Hass steht einem Gottesmann nicht zu. Seine Aufgabe ist es, sich um die unsterbliche Seele zu kümmern, zu vergeben und zu ermutigen." Er lächelte versonnen und sagte dann mit einem Augenzwinkern: „Ihr habt Eure Frage noch nicht gestellt."

„Warum?"

„Ihr meint, warum mein Verhalten abweicht von dem des Paters Bernhard?"

Die Magistra hob zustimmend die Hand und forderten ihren Gegenüber damit zum Weiterreden auf.

„Ich habe in meinem Leben zu viel Hass gesehen. Ich habe gesehen, wie Menschen aus Angst und Verzweiflung Dinge taten, die sie vor wenigen Wochen oder gar Tagen ungläubig weit von sich gewiesen hätten."

„Ihr wart ein Mann des Schwertes, ein Krieger?" Die Magistra deutete auf seine Verstümmlungen.

Er nickte grimmig.

„Ich liebte das Kämpfen und ich liebte das Töten. Ich erlebte auf den Feldzügen Grausamkeit, Willkür und Brutalität und beteiligte mich ohne Zögern oder Bedauern. Jedem Kriegszug schloss ich mich an, denn ich hatte keinen Dienstherrn und schwang mein Schwert für jeden, der dafür zu zahlen bereit war. Ich war noch jung, erst Mitte Zwanzig, und ich zweifelte nicht daran, dass mein Leben eines Tages durch ein anderes Schwert beendet werden würde. Aber bis dahin genoss ich das Leben mit allem, was für ein paar Beutestücke zu bekommen war."

Pater Kilian hielt inne. Sein gesundes Auge war in eine Ferne gerichtet, aus der das Vergangene zu ihm floss und seine Stimme zum Verstummen gebracht hatte. Dann räusperte er sich.

„Und so war es auch, mein Leben wurde durch ein fremdes Schwert beendet, zumindest das Leben, welches ich bis zu diesem Zeitpunkt geführt hatte. Es war vier Jahre, bevor der Schwarze Tod die Lande verwüstete. Wir zogen gegen die Slawen in den nordöstlichen Gebieten und dort traf ich auf einen Gegner, dem ich nicht gewachsen war. Er kämpfte mit Streitaxt und Schwert gleichzeitig und trennte mir mit einem Streich die vier Finger von meiner linken Hand."

Der Mönch schob den linken Ärmel seiner Kutte zurück.

„Mit dem nächsten Schwerhieb versuchte er mir den Schädel zu spalten, doch ich konnte ausweichen, leider nicht weit genug. Mit der Streitaxt schlug er mein Pferd nieder und es zermalmte mir niederstürzend das linke Knie. Es begrub mich unter sich und ich wusste, dass dies mein Ende war. Ich versuchte ein Gebet, aber noch bevor ich das erste Vaterunser auch nur zur Hälfte gestammelt hatte, verlor ich das Bewusstsein."

Der Pater musste mehrmals schlucken, denn das, was jetzt kam, bewegte ihn noch immer zutiefst.

„Das Nächste, was ich wieder wahrnahm, war ein großer, weiß strahlender Engel, der zu mir herabschwebte und sich über mich beugte. Er versorgte meine Wunden. Dann sprach er mit himmlischer Stimme zu mir: ‚So, wie ich deinen Körper gerettet habe, rette du die Seelen der Kämpfer.' Wieder halbwegs genesen, entsagte ich dem Kriegshandwerk, verschenkte Schwert und Rüstung und trat in das Kloster der Franziskaner in Nyen Brandenborch ein. Später ging ich in das Kloster Granzowe. Dort besuchte ich die Priesterschule und erhielt die Weihen. Von da an zog ich wieder mit den Kriegern ins Feld und kümmerte mich, so wie der himmlische Bote es mir aufgetragen hatte, um die Seelen der Kämpfer. Vor der Schlacht nahm ich ihnen die Beichte aber und segnete sie. Nach der Schlacht zog ich über das Feld und leistete den Sterbenden Beistand. Bis vor vier Jahren eine brennende Pechfackel mein Gesicht verunstaltete. Mein Vater Abt war sich sicher, dass ich nun genug Buße getan hatte und den göttlichen Auftrag zur Genüge erfüllt hätte. Er sandte mich nach Magdeborch ins hiesige Kloster und empfahl mich Abt Stephanus als Pater und Beichtiger."

Ursula von Buch hatte schweigend zugehört. Unwillkürlich fühlte sie sich dem Mönch verbunden. Zwar war sie selbst nie in einen Krieg gezogen, aber auch sie hatte durch ihre Verletzungen und Narben an Geisteskraft gewonnen.

„Und diese Angst und Verzweiflung,", schloss der Pater in seiner Rede den Kreis, „von der ich anfangs sprach, trieb auch Alheyt auf ihren Weg, bis hierher, bis ihre Füße sie nicht weitertragen konnten."

„Ich verstehe und Eure Erzählung hat mich tief bewegt. Ihr habt mein Wort, dass ich Anna beistehen werde, soweit es mit dem Wohlergehen des Konvents und der anderen Frauen in Einklang zu bringen ist."

„Etwas Anderes würde ich nie erwarten."

Beide schwiegen einvernehmlich noch eine Weile, bis der Triangel Walburgas alle ins Refektorium zum Mittagsmahl rief.

***

Derweil sich die Beginen und Pater Kilian den kräftigen Hammeleintopf und das frische Fladenbrot schmecken ließen, kaute Witho nur an einem trockenen Brotkanten, den er beim Frühmahl unter seinem Kittel hatte verschwinden lassen.

Sein Hauptmann hatte ihn heute zum Johannistor geschickt, um der dortigen Wache zu Diensten zu sein. Das Knochenhauerufer war nicht fern und mit ihm die Schlachthöfe der Stadt. Wenn der Wind wie jetzt aus Südwest kam, aber das tat er zum Glück nicht allzu häufig, dann brachte er den Geruch von Blut, tierischen Exkrementen und Verwesung mit sich. Er müsste nur eine Kleinigkeit weiter nach Westen schwenken und würde das Tor mit dem Gestank und den Ausdünstungen der Schlachtbanken verschonen und sie eher über die Elbe schicken.

Withos sollte am heutigen Tag den Rost von den Eisenbeschlägen der wehrhaften Stadttore klopfen und sie anschließend mit Fett einschmieren. In regelmäßigen Abständen musste er zudem für die Wachsoldaten den einen oder anderen Krug Bier heranschaffen.

Viel lieber hätte er mit einer Pike in der Hand und mit Kettenhemd, Überwurf und Helm gewappnet am Tor gestanden, die Wagen der ankommenden Kaufleute kontrolliert und den Zoll von ihnen gefordert. Heute schien ihre Kolonne nicht abreißen zu wollen. Fast gleichzeitig hatten zwei große Flussschiffe an der Floßlände festgemacht. Hafenknechte rollten Fässer über schwankende Planken von Bord oder trugen Bündel mit Tuchen und Fellen an Land. Schwere Truhen wurden von einem Tretkran aufs feste Land gehievt.

Zu der Zeit, als er neu in Magdeborch war, hatte Witho versucht, in der Tretmühle eines solchen Krans das Brot für sich und seine Schwester zu verdienen. Am Abend war er völlig entkräftet auf sein Lager gesunken und sofort eingeschlafen. Am nächsten Tag schmerzten ihm alle Knochen und Muskeln dermaßen, dass er es tags darauf doch wieder mit Beutelschneiden versuchte.

Unermüdlich schwang Witho den Hammer, klopfte den Rost von den Beschlägen und verstrich das Fett. Hin und wieder zogen langgestreckte breite Streifen von Schäfchenwolken über den Himmel und spendeten einen löchrigen Schatten. Witho war auf dem Lande aufgewachsen. Schon zeitig hatte ihn der Vater die Bedeutung der einzelnen Wolkenbilder gelehrt und welche Wettererscheinungen damit verbunden waren. Für einen Landarbeiter war dieses Wissen überlebenswichtig, konnten doch so mitunter Gefahren für die Ernte rechtzeitig erkannt werden. Hier in der Stadt war die Kenntnis über dergleichen nicht lebenswichtig aber nichtsdestotrotz nützlich. Und so freute sich Witho über das, was ihm die Wolken verrieten: Schäfchenwolken, die in Bändern über den Himmel ziehen, versprechen für den Rest des Tages sonniges Wetter.

Die Pflege des Tores war nur eine von vielen Aufgaben, die Witho heute zu bewältigen hatte. Nachdem die Eisenbeschläge im frischen Fett glänzten, musste er die Wachstube fegen und die Binsen erneuern. Auch gehörte zu seinen Aufgaben, immer wieder die Straße rund um das Stadttor von allem möglichen Schmutz zu befreien, seien es nun Pferdeäpfel, von Wagen herabrieselndes Stroh oder was sich sonst noch so von dem stetig fließenden Strom der Karren und Gespanne löste. Der hohe Rat hatte angewiesen, dass nichts das Schließen oder Öffnen der Tore behindern dürfe.

Die Sonne neigte sich dem Horizont zu und warf lange Schatten über das Gewimmel auf den Anlegestegen. Handelsherren trieben ihre Knechte an. Noch vor dem Schließen der Stadttore wollten sie ihre wertvollen Waren in der Sicherheit ihrer Lagerhäuser im Innern der Stadt wissen.

„He, Bursche!" Einer der Stadtknechte trat aus der Wachstube und schwenkte den leeren Bierkrug in Withos Richtung. Der ließ den schweren Hammer fallen, fing geschickt die Münze auf, die ihm der Wachsoldat zuschnipste, ergriff im Vorbeilaufen den Krug und war auch schon in der Gasse stadteinwärts in den sich drängenden Menschen untergetaucht. Außer Sichtweite des Tores verlangsamte er augenblicklich seinen Lauf und schlenderte langsam weiter. Jetzt konnte er sich Zeit lassen. Egal, ob er sich eilte oder trödelte, der schwarze Utz würde ihm beim Abliefern des vollen Kruges doch eine Schelle verpassen. In einem ehrlichen Kampf hätte Witho vielleicht eine Möglichkeit gefunden,

Utz Schwarzkopf zu besiegen. Doch konnte er schlecht den Befehlshaber des Johannistores zu einem Ringkampf herausfordern.

Außerdem hielt Witho bei jedem Gang in die Stadt Ausschau nach dem Pilger mit seinem Hund oder nach einem Halbohrigen. Obwohl er seinen Blick aufmerksam schweifen ließ, bemerkte er nicht, dass ihm schon geraume Zeit ein vielleicht achtjähriges, dünnes Bürschlein dichtauf folgte. Erst als der ihm in den Oberschenkel zwickte, fuhr er mit erhobener Faust herum.

„Den Schlag solltest du lieber nicht tun." Buntauge grinste Witho an. „Mein Kopf ist härter als dein Krug."

Witho sah entlang seines Armes und musste feststellen, dass er die Hand mit dem Krug zum Schlag erhoben hielt. Wenn er den Krug zerbrach, würde es von Utz Schwarzkopf mehr als nur eine Schelle geben.

Er lachte auf. „Eine Beule hättest du aber trotzdem."

„Pah, Beulen hatte ich schon viele. Die gehen wieder weg. Aber dein Krug wächst nicht wieder zusammen, da kannst du noch so lange warten." Und dann fügte Buntauge leise wispernd hinzu: „Gaukler hat den Pilger gefunden."

Flink wie ein Wiesel huschte der Junge in die Gasse zur rechten Hand, die zum Elbtor führte, wohl wissend, dass ihm Witho auf dem Fuße folgen würde.

Schließlich hatten sie sich aus dem Gedränge und Geschiebe der Menschen, die stadteinwärts strebten, gelöst. Witho hielt Buntauge am Arm fest und schob ihn zwischen zwei Häuser, die nur einen schmalen Durchgang offenließen. Es wäre nicht allzu gut, wenn ihn jemand im trauten Gespräch mit dem Lumpenkind sehen würde. Als Mitglied der Stadtwache pflegte man keinen offenen Umgang mit dergleichen.

„Wo kann ich ihn finden?"

Buntauge lehnte sich an die Hauswand und grinste den viel größeren Freund wortlos an. Der seufzte kurz, griff in seinen Beutel und zog zwei Pfennige heraus.

„Einen gibst du aber Gaukler."

Die Pfennige wechselten den Besitzer und Buntauge beschrieb Witho den Weg zum Gasthaus *Brandpeter*, das von dem ehemaligen Kriegsknecht Peter betrieben wurde, der vor neunzehn Jahren die Wirtswitwe geheiratet hatte.

Witho zog erstaunt die Augenbrauen hoch. Es war ungewöhnlich, dass ein Pilger bei den Armen von Sankt Katharina Obdach suchte, statt in einem der Gästehäuser eines Klosters um Unterkunft zu bitten. Aber das würde ihm seinen Auftrag erleichtern. Es war bei Weitem unverfänglicher, sich in einer Schenke umzusehen, als an der Klosterpforte nach einem Pilger mit Hund zu fragen.

So unbemerkt, wie Buntauge aufgetaucht war, verschwand er wieder und Witho fand sich allein in dem Durchgang. Nun noch schnell den Krug mit Bier füllen lassen und dann würden die Stadttore auch schon bald schließen.

Danach müsste er sich noch einmal kurz beim Hauptmann der Stadtwache melden. Wenn der nicht noch einen langwierigen Auftrag für seinen Knecht hatte, könnte sich Witho ohne lange Verzögerung dem Pilger zuwenden. Blieb nur zu hoffen, dass der sich mit Einbruch der Dunkelheit seinem Gasthaus zuwandte und nicht noch stundenlang durch die finsteren Straßen der Stadt spazierte.

Die Aufgaben, die Witho in der Hauptwache erwarteten, waren schnell erledigt und so befand er sich bald auf dem Weg nach Sankt Katharina. Wenn er dort tatsächlich auf den Gesuchten traf, konnte er den ersten Auftrag des Ratsmannen als erledigt betrachten.

Und dann würde er sich auf alle Fälle an einem der nächsten Abende diesen Beginenkonvent anschauen, von dem Meister Honstein gesprochen hatte.

Der Schankraum des *Brandpeter* war übervoll. Tagelöhner in abgetragenen Kitteln spülten den Staub ihres Tagwerks mit billigem Dünnbier herunter. Dem großen, rußig verbeulten Kessel über dem Feuer entströmte ein Geruch nach Kohl und irgendetwas, das den Appetit eher beeinträchtigte, als ihn anzuregen. Aber Witho war nicht allzu wählerisch. Bei Fischmauls Bande hatten sie mehr als einmal Ratten über dem Feuer gegrillt.

Die Unschlittlichter auf den Tischen trugen ihren Teil zum allgemeinen üblen Geruch bei, der sich mit den Ausdünstungen ungewaschener und hart arbeitender Menschen mischte und einem beim Betreten des Raumes anfangs schier den Atem verschlug.

Hier sollte dieser Pilger untergekommen sein? Witho dachte, dass er selbst lieber einen Schlafplatz im Stall wählen würde, als sich auf einen der sicherlich ungezieferverseuchten Strohsäcke zum Schlafe niederzulegen. Er ließ seinen Blick durch den Schankraum schweifen und sah an einem Tisch, unweit des Feuers, einen Mann im Pilgergewand sitzen, auf den die Beschreibung des Ratsmannen zutraf. Als sich Witho dem Tisch näherte, erblickte er den großen Hund, der zu Füßen seines Herrn lag.

Mit einem kurzen Nicken und einem gemurmelten Gruß ließ sich Witho an dem Tisch nieder. Der Pilger sah nur kurz auf und wandte sich dann wieder seinem bescheidenen Mahl zu. Der Hund lag weiter still, doch am Spiel seiner Ohren erkannte Witho, dass das Tier ihn wohl bemerkt hatte. Sollte der Pilger es ablehnen, bei Peter Honstein vorzusprechen, würde es schwerfallen, ihn gegen seinen Willen und im Beisein seines Hundes zu einem Besuch beim Ratsmann zu bewegen.

Eine Schankmagt brachte Witho ungefragt einen Becher des dünnen Bieres, eine Schüssel Eintopf und einen halben Brotfladen. Er warf einige Pfennige auf die fleckige Tischplatte. Die Magd klaubte die Münzen wortlos auf und wandte sich den anderen Gästen zu.

Während Witho mit abgerissenen Brotstücken die dicke Suppe aus der Schüssel löffelte, überlegte er, wie er das Gespräch beginnen könnte. Er konnte schließlich schlecht fragen, ob sein Gegenüber zweimal der Begine Hildegard das Leben gerettet hatte.

Dann hatte er eine Idee. Er schob seine leere Schüssel von sich.

„Seid Ihr nicht der fromme Mann, der vor zwei Tagen diese Begine vor den durchgehenden Pferden gerettet hat?" Unschuldig und neugierig sah er dem Pilger offen ins Gesicht.

Der andere musterte den jungen Mann aufmerksam.

„Ich war zufällig zur Stelle und konnte hilfreich sein."

„Das wird die Begine und auch die Oberen der Stadt sehr erfreut haben. Ist doch ein weiteres schlimmes Unglück verhindert worden."

Witho hatte alle Mühe, sich in der gehobenen Sprache der besseren Bürger auszudrücken. Aber war er erst der Leibeigenschaft endgültig entronnen, wollte er sich nicht nur in der derben Sprache der Stadtwachen verständigen können, die hauptsächlich aus groben Flüche und unflätigen Worte bestand, sondern auch der Sprache der höheren Stände mächtig sein. Keiner sollte ihm mehr den geflohenen Bauernburschen anmerken können.

„Das wird wohl wahr sein."

Witho hätte am liebsten ungehalten geknurrt. So kam er nicht weiter. Er musste direkter werden.

„Ist schon jemand mit einem Dank an Euch herangetreten?"

„Erklär dich."

Überrascht zog Witho die Augenbrauen hoch und sein Unterkiefer klappte etwas herab. Als ihm bewusst wurde, dass er den Anblick eines einfältigen Tropfes bieten musste, schloss er schnell wieder den Mund.

„Wie meint Ihr das?"

„Bursche, du willst doch etwas von mir. Also sprich es unumwunden aus oder troll dich."

Nun, das war ziemlich unfreundlich. Vielleicht hält er mich für einen der Galgenvögel, der ihn ausspionieren will, kam es Witho in den Sinn. Es war wohl besser, wenn er jetzt sein Anliegen vorbrachte.

„Der Ratsmann Peter Honstein würde Euch gern zu diesem Vorfall sprechen."

Der Pilger warf den Rest seines Brotes dem Hund zu und kraulte ihn ausgiebig zwischen den Ohren.

„Welches Interesse hat der Ratsmann an diesem Ereignis?", fragte er, nachdem er sich wieder aufgerichtet hatte.

„Der Ratsmann ist den Beginen verbunden. Er möchte über die Umstände der Tat Kenntnis erlangen."

Fast hätte Witho sich beim letzten Satz die Zunge verrenkt.

„Nun junger Freund, dann führe mich zu ihm."

So einfach hatte sich Witho das nicht vorgestellt. Erleichtert erhob er sich, ließ sich vom Wirt eine Fackel bringen und ging dem Pilger voran zum Haus des Ratsmannen Peter Honstein. Dort angekommen klopfte er kräftig an die Hoftür, die ihm schon bald einen Spalt breit geöffnet wurde.

„Der Ratsmann wünscht diesen Pilger zu sprechen", beschied Witho dem Knecht, der ihnen aufgetan hatte.

Einen Moment musterte Haug die beiden aufmerksam, ließ seinen Blick zu dem Hund gleiten und öffnete das Manntor dann gerade soweit, dass Pilger und Hund hindurchpassten. Witho wollte sich schon anschließen, als die Tür knapp vor seiner Nase zuschlug. Er brummte noch etwas wenig Schmeichelhaftes und überlegte, ob er hier auf den Pilger warten sollte. Aber wenn der Ratsmann mit der Auskunft des frommen Mannes zufrieden war, dann würde er auch dafür sorgen, dass dieser wieder wohlbehalten in seinem Quartier ankam.

Also sah Witho zu, dass er seinen Schlafplatz im Stall der Stadtwache erreichte. Der morgige Tag würde sicherlich nicht mit neuerlichen Aufgaben und Anstrengungen geizen.

Kurz nach dem Mitternachtsläuten öffnete sich die Tür des Hauses neben dem Schöffenstuhl erneut und ein Knecht mit einer Fackel trat heraus. Sicher geleitete er den Pilger zurück zu seiner Herberge.

10. Kapitel

Als Hildegard am nächsten Morgen den Kopf aus dem winzigen Fenster ihrer Dachkammer steckte, konnte sie feststellen, dass sich das sonnige Wetter noch immer hielt. Im Osten jedoch färbte sich der Himmel in einem kräftigen Morgenrot. Die junge Frau zog missbilligend die Augenbrauen hoch. Das wies auf Regen und Abkühlung im Verlaufe des Tages hin. Einerseits war es angenehm, sich von der Sonne verwöhnen zu lassen, andererseits würde ein zu warmer Mai Einbußen bei der Ernte bringen. Im Mai musste es viel regnen und kühl sein. Das hatte ihr Agnes mehr als einmal erklärt.

Und so ein paar Regentropfen würden ihr nichts anhaben können. Heute war Freitag. Und am Freitag stand der Besuch bei Barbe an. Hildegard freute sich schon auf die warmherzige alte Frau und ihre Geschichten, die sie trotz ihres Alters noch immer so lebhaft zu erzählen wusste.

Dann fiel Hildegard die Anordnung der Magistra ein. Sie durfte den Konvent bis auf Weiteres nicht verlassen. Fast wäre ihr ein Fluch entschlüpft, den ihr vor wenigen Tagen die Lies vom Fischmarkt nachgerufen hatte. Gerade noch rechtzeitig konnte sie die Lippen zusammenpressen. Musste man auch einen gedachten Fluch beichten?

Damit war der Sonnenschein von ihrem Gesicht verbannt und es nahm Ähnlichkeit mit den heute noch zu erwartenden Regenwolken an. Es war nun schon der dritte Tag, an dem sie in den Mauern des Konvents eingeschlossen war. Und wenn nun weder die Galgenvögel noch der Pilger je gefunden wurden? Sie konnte doch nicht den Rest ihres Lebens die Stadt meiden. Dann könnte sie ja gleich in ein Kloster gehen und die ewigen Gelübde ablegen. Sie schüttelte sich unwillkürlich und ein kalter Schauer rieselte ihr über den Rücken. Sie hatte sich nie berufen gefühlt, Gott ihr ganzes Leben zu weihen. Man konnte dem Höchsten auch auf vielfältiger anderer Weise dienen. Alltäglich bewiesen das die Frauen des Beginenkonvents.

Vielleicht müsste sie nur geduldig sein und darauf vertrauen, dass der himmlische Vater schon alles richten würde. Zwar war ihr Gottvertrauen ungebrochen, aber Geduld gehörte nicht zu Hildegards vornehmlichen Tugenden. Sie würde die Magistra bitten, ihr heute den Gang zu Barbe zu gestatten.

Nach dem Frühmal widmete sich Hildegard den Arbeiten, die sie von Agnes übernommen hatte. Wenn sie alles gewissenhaft erledigte und damit ihre Zuverlässigkeit unter Beweis stellte, war die Magistra vielleicht eher geneigt, ihrem Wunsche zu entsprechen.

Während ihrer Gartenarbeit waren dichte Wolken aufgezogen und hatten die Sonne verhüllt. Ein frischer Wind trieb kleine Staubwolken auf dem Hof zusammen.

Schnell eilte Hildegard mit einer Holzschale voller Getreidekörner zum Obstgarten, um sie den Hühnern hinzustreuen. Die Außenarbeiten sollten erledigt sein, bevor der Regen einsetzte. Schon fast am Zaun angekommen nahm sie, aus dem Augenwinkel heraus, Bewegung am Tor wahr.

Hildegard verlangsamte ihren Schritt. Der gestrige Aufruhr, als der neue Beichtiger den Konvent betreten wollte, war ihr noch allzu gegenwärtig. Wenn dort wieder ein Fremder stand, der Einlass begehrte, würde Mette womöglich erneut zu zetern und zu drohen beginnen. Und so viel Aufregung konnte für die alte Frau einfach nicht gut sein. Womöglich traf sie noch der Schlag.

Also entleerte Hildegard die Getreideschale schnell über den Gartenzaun. Die Hühner konnten sich auch dort ihre Körner abholen und wandte sich dann dem Tor zu. Sie hatte wohl richtig vermutet. Mette versperrte schon mit ihrer krummen, verhutzelten Gestalt die kleine Tür. Allerdings schwang sie diesmal nicht kampfeslustig den Knüppel. Sie schien sich mit jemanden auf der Straßenseite friedlich zu unterhalten. Vielleicht ein Nachbar, der mit der alten Frau ein paar freundliche Worte wechselte.

Im Näherkommen sah Hildegard, dass dort ein alter Bekannter stand. Sie lächelte unwillkürlich, als sie des Pilgers ansichtig wurde und dessen Worte vernahm, die er an Mette richtete: „Ein junger Bursche der Stadtwache hat mich gestern aufgesucht und mich zum Ratsmann Peter Honstein geführt. Dieser hat mir angeraten, heute dem Beginenkonvent einen Besuch abzustatten und mit Eurer Magistra über die Vorkommnisse der letzten Woche zu sprechen."

Mette bemerkte Hildegard und wandte sich ihr zu.

„Der fromme Mann möchte zur Magistra." Sie erinnerte sich an Hildegards Bericht über deren gefährliche Erlebnisse und welche helfende Rolle der Pilger dabei gespielt hatte. Das hatte ihr sonst borstiges Wesen sanfter gestimmt.

Hildegard atmete erleichtert auf. Endlich würde jemand Licht in das Dunkel bringen, welches ihr Leben seit letztem Freitag überschattete.

„Ich kann den Pilger begleiten und ihm den Weg weisen", bot sich Hildegard gleich an. Vielleicht durfte sie bei dem Gespräch anwesend sein, denn schließlich betraf es hauptsächlich sie.

Mette schien noch einen Moment zu überlegen, ob sie den Fremden einfach so einlassen sollte, aber dann stimmte sie grummelnd zu und machte Platz, so dass der Mann eintreten konnte. Wie selbstverständlich folgte der Hund, schnupperte kurz an Mettes Gewand und wedelte dann leicht mit dem Schwanz. Die alte Frau tätschelte ihm, unbeeindruckt von seiner Größe, den Kopf und murmelte ein paar Laute vor sich hin, die man wohl auch ganz kleinen Kindern sagen würde.

„Folgt mir bitte." Mit diesen Worten ging Hildegard voran, an Backhaus und Küche vorbei, aus der eine argwöhnische Walburga den Kopf streckte.

Schließlich führte sie den Besucher durch den Speisesaal und über die schmale Treppe zu den Räumen der Magistra.

Auf ihr zaghaftes Klopfen hin wurde sie hereingebeten.

„Magistra, ich bringe einen Gast", kündigte sie den Pilger an und trat dann zur Seite, so dass der Besucher den Raum betreten konnte.

Die Magistra war in ihrem Rechnungsbuch vertieft gewesen und nicht gerade erfreut über die Störung. Als sie aber den graugewandeten Mann erblickte, breitete sich Erleichterung auf ihrem Gesicht aus.

Sie ging dem Fremden einige Schritte entgegen und begrüßte ihn freundlich: „Seid willkommen im Beginenkonvent am Ulrichstor. Ich bin die die Magistra dieses Konvents, Ursula von Buch. Ihr habt schon zweimal einer meiner Frauen in arger Bedrängnis beigestanden und dafür danke ich Euch von ganzem Herzen. Vielleicht könnt Ihr uns Aufklärung über die Ursachen geben, warum Hildegard das Ziel dieser Angriffe war."

Sie bot ihm einen Stuhl an und schickte Hildegard nach einem Krug Wein.

In Windeseile war die junge Frau mit dem Gewünschten wieder zur Stelle, denn sie wollte sich kein Wort des Gesprächs entgehen lassen. Gerade hörte sie noch, wie der Pilger antwortete: „... von Eulenhorst. Mein Bußweg führt mich von Meißen an der Elbe entlang, wo ich heilige Orte zum inständigen Gebet aufsuche und versuche, Menschen, die meiner Hilfe bedürfen, diese zuteil werden zu lassen."

Hildegard goss dem Pilger und der Magistra einen Becher Wein ein und zog sich dann zur Tür zurück, ohne jedoch Anstalten zu machen, den Raum zu verlassen.

Ursula von Buch bemerkte wohl, dass Hildegard an der Tür verharrte und überlegte einen Moment, ob sie die junge Frau des Raumes verweisen sollte, besann sich dann jedoch eines Besseren. Schließlich betraf das, was hier gesprochen werden würde, Hildegard in ganz besonderem Maße.

Ursula von Buch nippte an ihrem Wein. „Was war der Anlass, dass Ihr Euch nun entschlossen habt, uns aufzusuchen?", fragte sie schließlich.

Der Pilger wiederholte nun, was er bereits Mette am Tor gesagt hatte.

Die Magistra nickte zufrieden. So hatte also Peter Honstein Wort gehalten, als er versprach, Augen und Ohren offenzuhalten. Gebe Gott, dass er auch des Halbohrs baldmöglichst habhaft wurde. Dann wären die Schrecken der letzten Tage endgültig ausgestanden.

„Sicherlich verwundert es Euch, wie es geschehen konnte, dass ich nicht nur beim ersten Angriff auf Eure Jungfer Begine, sondern auch beim zweiten zugegen war", fuhr der Pilger schließlich fort, nachdem auch er von dem Wein gekostet hatte und anerkennend den Kopf neigte.

Hildegard machte einen kleinen Schritt nach vorn, so dass ihr auch ja kein Wort entging.

Auch die Magistra war ganz gespannte Aufmerksamkeit.

„Ja, ein seltsamer Zufall. Ich muss bekennen, dass mich das schon sehr erstaunt hat", gab Ursula von Buch offen zu.

„Der Zufall gibt sich den Anschein, größer zu sein, als es ihm tatsächlich zukommt. Als ich Magdeborch erreichte, nahm ich

Unterkunft im Gasthaus *Zur Silberflosse*. Der Wirt war so freundlich, mir ein Nachtlager in einem leeren Verschlag seines Pferdestalls zu gewähren, wenn ich täglich ein Gebet für ihn in der Peterskirche sprechen würde."

„Ihr habt bei den Fischern Obdach gesucht? Ich hätte Euch eher im Pilgerhaus eines Klosters vermutet."

„Mein Weg fordert von mir, vor den Altären der Heiligen zu beten und um Vergebung meiner Sünden zu bitten und Buße bei den einfachen Menschen zu tun. So lenkte Gott also meinen Weg zur *Silberflosse*. Als ich die dritte Nacht im Heu schlief, weckte mich ein Streit, der neben mir mit leisen Worten geführt wurde. Aber nicht leise genug, als dass er nicht meinen Ohren, die bei so mancher Nacht unter freiem Himmel geschärft worden waren, entging. Ich schob mich etwas näher an die Trennwand heran, spähte durch ein Astloch und konnte im trüben Licht eines Kienspans drei Männer erblicken. Einer, der Wortführer, war edel gekleidet. Die beiden anderen zerlumpt. Was mir aber besonders auffiel war das halbe Ohr des einen."

Ein unterdrückter Laut von der Tür her zeigte, das Hildegard der Erzählung des Pilgers gebannt gefolgt war und die Erwähnung des Halbohrs ihr einen kleinen Schrecken eingejagt hatte.

„Die drei schmiedeten einen üblen Plan. Leider konnte ich nicht alles verstehen, wollte ich mich nicht in Gefahr bringen, entdeckt zu werden. Und damit wäre niemandem geholfen gewesen. Der Gutgekleidete beauftragte die beiden Strauchdiebe, eine junge Frau zu beseitigen. Als er ihnen Einzelheiten über diese Frau mitteilte, senkte er seine Stimme noch weiter, so dass mir seine Worte verborgen blieben. Aber ich hatte auch so genug gehört. Schließlich wechselte ein kleiner Beutel Münzen den Besitzer, wobei das Halbohr wieder zu zetern anfing. Offensichtlich war das nicht der vereinbarte Lohn für ihre Meucheltat. Aber der Rädelsführer beschied ihm zornig, dass es den Rest erst nach ausgeführter Tat geben würde."

„Ihr wisst also, wo die drei zu finden sind?" Ursula von Buch hatte sich halb aus ihrem Stuhl erhoben. Fast schien es, als würde sie augenblicklich nach den Bütteln schicken lassen.

„So einfach ist es leider nicht", dämpfte der Pilger ihren Eifer. „Als die Galgenvögel den Stall verließen, folgte ich ihnen ungesehen. Mein guter Hund", er strich über den Kopf des Tieres, das ihm zu Füßen lag, „nahm ihre Fährte auf, nachdem ich ihn in dem Verschlag hatte schnüffeln lassen, wo sie ihre finsteren Machenschaften geplant hatten. So konnte ich wenigstens den Mordbuben bis zu dem Augenblick am nächsten Vormittag folgen, als sie die Jungfer Begine in die dunkle Gasse stießen. Leider verliert sich von da an ihre Spur. Ich kehrte noch einmal in das Gasthaus *Zur Silberflosse* zurück. Dem Schankwirt waren die beschriebenen Männer unbekannt. Nur an den Gutgekleideten erinnerte er sich. Der hatte bei ihm in der Dachkammer genächtigt, war aber schon in den frühen Morgenstunden wieder abgereist."

Ursula von Buch nickte nachdenklich.

„Das ist natürlich betrüblich. Wie kam es aber, dass Ihr auch beim zweiten Anschlag zugegen wart?"

„Ich gab mein Quartier in der *Silberflosse* auf, denn ich wollte dort in den Gassen nicht zufällig den Galgenvögeln über den Weg laufen. Sicherlich hätten sie mich erkannt, nachdem ich sie bei ihrem Überfall vertrieben hatte. Ich zog also in die Schänke *Brandpeter* bei Sankt Katharina. Mir war aber klar, dass die Gefahr für die Jungfer noch nicht gebannt war. Die beiden Mordbuben würden sich auf alle Fälle den Rest ihres Blutgeldes verdienen wollen. Von da an folgte ich Eurer jungen Schwester ungesehen und konnte so auch den zweiten Angriff auf ihr Leben abwenden."

„Ihr meint also, dass Hildegard noch immer in Gefahr schwebt?" Große Besorgnis schwang in der Stimme der Vorsteherin mit.

„Hildegard?" Der Pilger drehte sich um und ließ lange seinen Blick auf der jungen Frau ruhen. „Das ist also Euer Name", fügte er leise hinzu.

Und dann, wieder der Magistra zugewandt: „Das ist ungewiss. Aber selbst, wenn es sich so verhalten sollte, werden die Galgenvögel warten, bis sich ihnen eine neue Gelegenheit bietet. Solange Eure junge Schwester hier im Konvent bleibt, werden wir nie wissen, ob die Gefahr gebannt ist oder nicht. Ihr solltet ihr gestatten, hin und wieder in die Stadt zu gehen."

„Damit sie den Lockvogel spielt!" Die Magistra war aufgefahren und scharrend fuhr hinter ihr der schwere Armlehnenstuhl über die Dielenbretter. Die Hände hatte sie fest auf die Tischplatte gestemmt und maß ihr Gegenüber mit einem Blick, der zartere Gemüter zu Stein hätte erstarren lassen.

„Ich wäre immer in ihrer Nähe", wandte der Pilger ein und

hob beschwichtigend die Hände.

„Das will gut überlegt sein." Ursula von Buch setzte sich wieder, aber noch immer funkelten ihre Augen. Es behagte ihr keineswegs, die ihrem Schutz anvertraute junge Frau einer solchen Gefahr auszusetzen.

Hildegard hingegen war sofort bereit, sich in Begleitung des Pilgers in die Stadt zu begeben. Allerdings wagte sie noch nicht, der Magistra gegenüber ihre Freude darüber allzu offen zu bekunden. Sie hatte gelernt, dass es sicherer war, wenn die Vorsteherin nicht gedrängt wurde, sondern selbst zu einer Einsicht gelangte.

„Ihr habt bewiesen, dass ihr ein ernstzunehmender Gegner für die Mordbuben seid. Und auch Euer Hund mag sich als wehrhaft erweisen, aber wohl ist mir nicht dabei. Ich werde erst wieder ruhig meinem Tagwerk nachgehen können, wenn diese Unholde im Bürgergehorsam hinter Schloss und Riegel eingesperrt sind."

Hildegard fand es jetzt an der rechten Zeit, ihr Anliegen vorzubringen.

„Vielleicht kann mich der fromme Mann dann zur alten Barbe begleiten. Heute ist Freitag und sie wird sich sorgen, wenn ich nicht komme. Auch hat Frau Inez den Hinner vor ein paar Tagen geschickt und Hedwigis ausrichten lassen, dass sich der schlimme Husten der alten Frau noch immer nicht gebessert hat. Hedwigis hat schon Wacholdersirup bereitgestellt. Ich könnte auch noch einige frische Salbeiblätter für einen heilenden Aufguss pflücken", sprudelte sie hervor. Endlich würde sie die Mauern des Konvents verlassen dürfen.

Ursula von Buch war noch immer nicht vollends überzeugt, Hildegard gehen zu lassen. Aber den Schlussfolgerungen des Pilgers konnte auch sie sich nicht verschließen. Also stimmte sie schweren Herzens zu.

Darauf hatte Hildegard nur gewartet. Übermütig sprang sie die Treppe hinunter, um sich umzukleiden, die Kräuterzweige zu schneiden und den Sirup bei Hedwigis abzuholen.

Als sie kurze Zeit darauf mit einem kleinen Korb, in dem die Arzeneien verstaut waren, aus ihrem Häuschen trat, stand der Pilger schon, mit Mette in einem freundschaftlichen Gespräch vertieft, am Tor.

Er lächelte ihr entgegen, verabschiedete sich von der Pförtnerin, pfiff seinem Hund und schon standen sie auf der Straße und tauchten bald darauf in das Gewimmel auf dem Breiten Weg ein.

Anfangs liefen sie noch stumm nebeneinander her, bis der Pilger schließlich sein Schweigen brach.

„Die alte Frau, die ihr besuchen wollt, heißt Barbel?" Gespannt sah er in das Gesicht der jungen Frau, die fröhlich neben ihm ging. Die Gefahr, in der sie vielleicht schwebte, schien ihr nicht im geringsten etwas auszumachen. Zu groß war die Freude, endlich wieder durch die Straßen der Stadt laufen zu dürfen.

„Nicht Barbel", antwortete Hildegard, „nur Barbe. Ich kenne sie schon ewig." Und sie erzählte, wie sie das erste Mal als Kind in Begleitung von Hedwigis das Anwesen des Bäckermeisters Nürnberger betreten hatte und wie liebevoll Barbe immer zu ihr gewesen war.

Der Pilger hörte schweigend zu.

Inzwischen hatten sie den Alten Markt erreicht und Hildegard verharrte immer wieder vor der einen oder anderen Bude, dessen Angebot ihr zusagte, ohne dass sie jedoch etwas kaufte. Am Stand des Holzschnitzers Schreinemaker wechselte sie einige Worte mit dem Handwerker. Der Pilger trat ebenfalls näher und vernahm gerade noch die letzten Worte Hildegards: „Vor der kleinen Marienstatue, die Ihr mir am Samstag geschenkt habt, bete ich jeden Abend."

Ein sanftes Rot überhauchte die Wangen des Mannes. „So erfüllt die Statue den Zweck, für den sie gedacht war, Euch in der Not Trost und Zuversicht zu spenden oder Eure Freude mit Euch zu teilen."

Anerkennend nahm der Pilger das eine oder andere Reliquiar in die Hand und begutachtete es.

„Ihr stellt kunstvolle Behältnisse für heilige Kostbarkeiten her. Handelt Ihr auch mit Reliquien?"

Abwehrend hob der junge Holzschnitzer beide Hände. „Das überlasse ich denen, die in der Lage sind, wirklich echte Reliquien herbeizuschaffen. Es kommt immer wieder vor, dass Betrüger unter den Händlern sind. Ich bleibe bei dem, von dem ich etwas verstehe und das ist das Schnitzen von Schreinen. Was immer jemand dann dort hineintut, ist nicht mehr meine Angelegenheit."

Hildegard und ihr Begleiter verabschiedeten sich von dem jungen Mann, wobei es dem Pilger nicht entging, dass der Handwerker ihm einen scharfen Blick nachsandte, bis sie seinen Augen im Gedränge der Marktbesucher entschwanden.

„Der junge Mann ist Euch zugetan." Das war keine Frage, eher eine Feststellung.

„Oh Gott, nein", Hildegard lachte laut auf. „Tobias Schreinemaker ist nur ein dankbarer Mann."

„Er hat Euch eine Marienstatue geschenkt."

„Aus eben dieser Dankbarkeit, die ihn auszeichnet. Ich habe über mehrere Wochen seine sterbende Mutter gepflegt."

„Aha", war alles was der Pilger dazu äußerte.

Wieder liefen sie einige Schritte schweigend nebeneinander her.

„Ihr wisst schon so viel über mich, aber Ihr selbst bewahrt immer Stillschweigen über Euch selbst." Hildegard sah dem Pilger von der Seite her herausfordernd an.

Er gab den Blick lächelnd zurück. Man könnte meinen, sie hätte nicht nur drei Tagen hinter den Konventsmauern ausharren müssen, sondern drei Wochen. Sie ist so glücklich, unschuldig und ahnt kaum etwas von dem Bösen in dieser Welt. Ein Seufzer stieg in seiner Kehle auf. Hildegard nahm es für eine Erinnerung an sein eigenes Leben.

„Was wollt ihr den wissen? Das Leben eines Pilgers gilt dem Gebet und der Buße. Da gibt es nichts, was es wert wäre darüber zu berichten."

„Und nebenbei rettet ihr Jungfrauen aus der Not. Aber das ist es sicher auch nicht wert, erwähnt zu werden."

Der Pilger lachte rau auf. „Ihr führt eine scharfe Zunge, Jungfer Begine. Passt auf, dass Ihr sie nicht eines Tages einem Mann wie einen Dolch ins Herz rammt."

„An Männern ist mir nicht gelegen. Meine Mutter ist eine Begine, ich bin eine Begine und werde immer eine sein."

„Eure Mutter ist eine Begine?" Wieder musterte er sie aufmerksam von der Seite.

„Ja, Walburga, die Köchin, ist meine Mutter." Diese Unwahrheit, schon dutzende Male erzählt, ging Hildegard ohne Zögern oder Rotwerden über die Lippen. „Aber ihr lenkt von Euch selbst ab. Wolltet Ihr nicht erzählen, warum ihr auf Pilgerfahrt gegangen seid?"

„Wollte ich das?"

„Wolltet Ihr nicht?" Hildegard heuchelte übertriebenes Erstaunen. Sie lächelte ihn verschmitzt an und zwei Grübchen bildeten sich in ihren Wangen.

„Nun denn", gab er nach, „aber lasst uns einen ruhigeren Platz suchen, als hier mitten im Marktgewimmel." Und er führte sie zu dem Stand eines Krapfenverkäufers, der am Rande des Marktes mit allerlei Fruchtmus gefüllte Teigtaschen in brutzelndem Schmalz goldgelb buk. Während ihr Begleiter nach den Krapfen anstand, suchte sich Hildegard ein ruhiges Plätzchen auf den Stufen zur Eingangstür eines Kaufmannshauses.

„Was möchtet Ihr denn gern von mir wissen?", fragte der Pilger, nachdem er sich neben ihr niedergelassen und seinen fettigen Kauf mit ihr geteilt hatte.

„Nun, was hat Euch veranlasst, Euch auf Pilgerfahrt zu begeben?"

Der Mann starrte mit fernem Blick auf seinen angebissenen Krapfen, als könne ihm von dorther Kraft zufließen, das Vergangene zu ertragen.

„Vor etwa zehn Jahren sandte mich mein Dienstherr im Gefolge seiner ältesten Tochter nach Meißen. Sie sollte dort einem edlen Ritter aus dem Gefolge des Markgrafen von Meißen Friedrich III. zum Weibe gegeben werden. Nachdem die beiden vor die Kirchenpforten getreten waren, nahm mich ihr Ehemann in Dienst. Kurz darauf konnte ich mich in einer Grenzstreitigkeit für meinen Herrn einsetzen und diese zu seinen Gunsten entscheiden. Die Burg, welche ich als Kastellan befehligte, konnte ich gegen einen räuberischen Nachbarn erfolgreich verteidigen. So übergab er sie mir als Lehen und meinte, ich würde mich umso eifriger um ihren Erhalt und den der zwei zugehörigen Dörfer mühen, je mehr ich damit verbunden wäre. Im gleichen Jahr ehelichte ich eine Edeldame aus dem Gefolge seiner Frau. Ein Jahr darauf wurde unser Sohn Fulko geboren. Er war von Anfang an ein zartes Bürschchen an Körper und Gemüt. Anstatt mit Schwert und Lanze zu üben, saß er lieber in der Kapelle und ließ sich vom Kaplan erbauliche Heiligenlegenden vortragen. Wäre er nicht mein einziger Sohn gewesen, dann hätte ich nichts einzuwenden gewusst, ihm eine geistliche Laufbahn in einem Kloster zu gewähren."

Ein versonnenes Lächeln umspielte die Lippen des Pilgers und er drehte den angebissenen Krapfen hin und her und besah ihn sich, als könne er die glückliche Vergangenheit darin erblicken. Doch dann pressten sich seine Lippen schmerzvoll zusammen und seine Faust zerquetschte das Teigstück.

„Ich war so ein Narr! Ich wollte ihn zu etwas zwingen, zu dem er nicht geboren war und Gott strafte mich dafür."

Hildegard legte ihm eine Hand auf seine Faust und er öffnete die Finger und ließ den Hund die Teigreste ablecken.

„Was ist passiert?", fragte sie leise.

„Fulko hat nie aufbegehrt gegen das, was ich für ihn bestimmt habe. Er war ein folgsamer Sohn. Zum Ende des letzten Sommers nahm ich ihn mit auf die Jagd. Nur wir zwei und Trutz, mein Hund. Wir wollten unter den Sternen schlafen und nach Hasen und Rebhühnern jagen. Doch schon am ersten Tag geschah das Unglück."

Die Stimme versagte dem Manne und er musste mehrmals schlucken, bevor er mit heiserer Stimme fortfahren konnte.

„Auf einer Waldlichtung vernahmen wir ein Rascheln im Unterholz. Trutz tauchte sofort im Gesträuch unter und jagte hervor, was sich dort verborgen hielt. Es war ein Frischling, ein ganz junges Wildschwein. Es sauste an Fulko vorbei und noch ehe ich ihm zurufen konnte, er solle nicht schießen, hatte er den Pfeil vom Bogen gesandt und zum ersten Mal in seinem Leben traf er auf Anhieb. Der Frischling quiekte in Todesangst auf. Ich war nur wenige Meter entfernt, doch konnte ich nicht verhindern, was nun geschah. Aus dem Unterholz brach die Bache hervor und stürzte sich voller Wut auf das, was sich zwischen ihr und ihrem verletzten Jungen befand. Und das war das Pferd, auf dem mein Sohn saß. Das Pony stürzte unter dem Aufprall des wilden Schweines und begrub Fulko unter sich. Im gleichen Moment verbiss sich Trutz im Nacken der Bache und ich machte ihrem Leben mit meinem Speer ein Ende. Doch mein Sohn hatte unter dem Pferd schwere Verletzungen erlitten."

Wieder unterbrach der Pilger seine Erzählung, tätschelte den Kopf des treuen Hundes und strich sich mit der anderen Hand über die Augen, als wolle er die schrecklichen Bilder aus seiner Erinnerung verbannen.

Hildegard fragte angstvoll, ergriffen von der Schilderung des Mannes: „Ist er tot, Euer Sohn?"

Ein flüchtiges Lächeln glitt über die Züge des Pilgers.

„Nein, er lebt, aber er hat seit diesem Tag keinen eigenen Schritt mehr getan. Er kann seine Beine nicht bewegen, obwohl alle seine Knochen geheilt sind. Mein Dienstherr hat sogar, nachdem er von dem Unglück erfuhr, seinen jüdischen Medikus zu uns gesandt, der bei den Mauren die Heilkunst studierte. Doch selbst dieser gelehrte Mann konnte meinen Sohn nicht dazu bewegen, aufzustehen. Er war sich sicher, dass alle seine Glieder heil und gesund wären. Der Medikus sagte, nicht der Körper sondern die Seele meines Sohnes wäre verwundet. Also entschloss ich mich, ein Jahr lang auf Pilgerschaft zu gehen, an allen Stätten der Heiligen zu beten, an denen ich vorbeikam und den Hilfsbedürftigen dienstbar zu sein."

„Und Euer Sohn? Hat er es verstanden, dass sein Vater so lange fort ist?"

Jetzt erleuchtete ein frohes Lächeln die bis dahin düsteren Züge.

„Oh ja, das hat er. In den Heiligenlegenden des Kaplans wimmelt es nur so von Pilgern, denen Wunder widerfuhren oder frommen Männern, die durch Gebet und Hingabe ein solches bewirken konnten."

Er schlug sich wie zum Zeichen, dass er nun genug über sich erzählt hatte, mit den flachen Händen auf die Oberschenkel, stand auf und sagte: „Lasst uns nun aber zu Eurer Freundin gehen, sonst vergeht der Tag und sie bekommt doch nicht ihre Arzenei."

Sie verließen den Markt und wandten sich den Gassen zu, die zum Haus des Bäckermeisters Nürnberger führten. Die ersten, noch zögerlichen Regentropfen netzten ihre Gesichter und beide beschleunigten ihre Schritte.

Als sie an dem schmalen Durchgang zwischen den zwei Häusern vorbeikamen, in den die beiden Galgenvögel Hildegard gezerrt hatten, machte die junge Frau unwillkürlich einen großen Bogen bis zur anderen Seite der Gasse und eine Gänsehaut lief ihr über den Körper. Sie erschauderte. Doch wie bei einem nassen Hund das Wasser aus dem Fell spritzt, wenn er sich schüttelt, so fielen von ihr die Ängste ab, denn der Pilger war an ihrer Seite und solange er sie begleitete, würde ihr kein Ungemach zustoßen. Im Vorbeigehen warf sie einen Blick in den düsteren Spalt. Nichts deutete darauf hin, dass vor einer Woche hier das Leben einer jungen Frau bedroht wurde.

Hildegard eilte an der unheilschwangeren Stelle vorbei und schon bald standen sie vor dem Haus des Bäckermeisters. Auf ihr Klopfen hin öffnete Hinner die Tür. Als er Hildegard erblickte, breitete sich wieder ein rosiger Schein über seine Wangen aus.

Das konnte allerdings nicht den großen dunkelroten Fleck, der schon ins Bläuliche überging, auf seiner linken Wange überdecken.

Dicke Tropfen klatschten jetzt in den Straßenschmutz. Hinner öffnete weit die Tür und die beiden Besucher drängten ins Haus. Eine wahre Sturzflut ergoss sich hinter ihrem Rücken und selbst Trutz schummelte sich vor den Gewalten des Himmels in den Flur. Ein Blitz und ein gleichzeitiger gewaltiger Donnerschlag kündeten davon, dass sich das Gewitter über der Stadt zu entladen gedachte.

„Oh, du bist wohl gegen eine Hauswand gelaufen." Hildegard wuschelte Hinner durch die Haare, wies auf seine verfärbte Wange und schmunzelte wissend.

Der grinste zurück, allerdings nur mit dem rechten Mundwinkel, denn die linke Wange verzog er aus gegebenem Anlass lieber nicht. „Und diese Hauswand hatte fünf Finger, wie das nun mal bei Hauswänden so üblich ist." Dann fügte er hinzu: „Die alte Barbe hat schon nach Euch gefragt." Als er Hildegards Begleiter entdeckte, wandte er sich an den Pilger: „Oh, noch ein Besucher. Ich laufe gleich zu Meister Thomas und sage Bescheid, dass er Euch empfängt."

„Das wird nicht nötig sein, dass Meister Thomas sich um den frommen Mann kümmert", hielt Hildegard Hinner zurück. „Er begleitet mich, damit mir nicht wieder irgendwelche Schurken auflauern. Aber erzähle deinem Meister von meinem Begleiter. Er muss schließlich wissen, welche Personen sich in seinem Haus aufhalten."

Hinner flitzte davon, wobei ihm sein viel zu weiter Kittel zwischen die Beine geriet und er fast gestolpert wäre. Das Zartrosa auf seinen Wangen wurde einen Schein dunkler, als er sich noch einmal nach Hildegard umwandte.

Die junge Frau führte derweil den Pilger die schmale Treppe zu Barbes Kammer hinauf. Sie klopfte kurz und trat dann ein. Der Pilger folgte ihr und sah über Hildegards Schulter zu der alten Frau, die im dämmrigen Licht des kleinen Fensters fast zwischen ihren Decken verschwand. Jetzt richtete sie sich mühsam etwas auf und blickte mit trüben, zusammengekniffenen Augen zu den Ankömmlingen.

„Hildegard, bist du das?", krächzte sie mit leiser Stimme hoffnungsfroh.

Die Angesprochene eilte mit wenigen Schritten zu dem Bett, kniete daneben nieder und erfasst die runzlige, schlaffe Hand der alten Frau.

„Ja, Barbe, ich bin gekommen, wie jeden Freitag und habe dir Sirup und Kräuter für einen Aufguss mitgebracht."

Hildegard hatte Mühe, die Tränen zurückzuhalten. Auch für jemanden, der nicht wie sie schon todkranke Menschen gepflegt hatte, wäre ersichtlich, dass es Barbe von Besuch zu Besuch schlechter ging und eine Heilung kaum zu erwarten war. Die Arzeneien konnten das Unausweichliche nur hinauszögern und der alten Frau ihr Leiden erleichtern.

Hildegard setzte ein Lächeln auf und holte das Fläschchen mit dem Wacholdersirup heraus, ließ die zähe Flüssigkeit auf einen Holzlöffel gleiten und flößte ihn der alten Freundin ein. Schmatzend leckte Barbe den Löffel wieder ab und lächelte die junge Frau dankbar an.

Ein Blitzstrahl erleuchtete durch das kleine Fenster das Dämmerlicht in der Kammer und Barbe bemerkte etwas Undeutbares, das sich hinter Hildegard bewegte. Sie kniff die fast blinden Augen zusammen und konnte einen dunklen Schatten ausmachen. Erschrocken zog sie röchelnd die Luft ein.

„Ich habe einen Besucher mitgebracht", beruhigte Hildegard sie und zog den Pilger unter das kleine Fenster, dass sie jetzt öffnete. Ob die alte Frau gedacht hatte, der Tod schaut mir schon über die Schulter, fuhr es Hildegard durch den Kopf.

„Der fromme Mann befindet sich auf einer Pilgerreise entlang der Elbe und ist ein Freund unseres Konvents. Heute hat er mich auf meinem Weg zu dir begleitet."

Barbe schaute noch immer misstrauisch drein, ließ sich dann aber von Hildegards Worten und dem aufrechten Lächeln des Pilgers besänftigen.

„Ich werde jetzt in die Küche gehen und deinen Aufguss zubereiten." Die junge Frau suchte aus ihrem Körbchen die Salbeiblätter heraus und schon war sie aus der Kammer heraus. Ihre leiser werdenden Schritte auf der Treppe verklangen schließlich.

Kaum hatte Hildegard die Tür hinter sich zugezogen, kniete der Pilger neben Barbes Bett nieder, ergriff, wie wenige Augenblicke zuvor Hildegard, die Hand der Greisin und beugte sich zu ihr hinüber.

„Barbel?", flüsterte er eindringlich.

Trotz ihrer Gebrechlichkeit fuhr die alte Frau hoch und entzog dem Fremden ihre Hand. Seit Ewigkeiten hatte keine Menschenseele sie mehr bei diesem Namen genannt.

„Wer seid Ihr?", fragte sie abweisend. Niemand durfte ihr sorgsam gehütetes Geheimnis erfahren.

„Ein guter Freund", erwiderte der Mann. „Ein Freund, auf dessen Pferd Ihr vor Jahren nach Magdeborch geritten seid."

„Ritter Matthias?" Unglauben schwang in Barbels Stimme mit. Genauer nahm sie den Pilger in Augenschein. Doch ihre alten Augen konnten keine Ähnlichkeit zwischen dem jungen Ritter von einst und diesem hier erkennen, auch wenn der jetzt eifrig nickte.

„Beweist es!", forderte sie ihn auf. Sie war zwar alt, doch würde sie sich nicht von einem Namen und einem Lächeln übertölpeln lassen.

„Ihr wart die Amme der Dame Adelgund, die vor mehr als siebzehn Jahren auf der Burg ihres Oheims ein Mädchen zur Welt brachte. Dieses Mädchen sollte vor dem Portal des Doms ausgesetzt werden, aber Ihr habt es an Euch genommen und in Sicherheit gebracht." Erwartungsvoll sah Matthias Barbel an. Doch die war noch immer nicht vollends überzeugt.

„Das hätte auch ein anderer in Erfahrung bringen können", wandte sie ein.

Matthias kniff die Lippen zusammen. Wie konnte er die alte Frau nur überzeugen?

„Ich habe Euch beim Abschied ein Goldstück gegeben."

Barbel ergriff jetzt die Hände des Pilgers.

„Dann seid Ihr es wirklich. Nur Ritter Matthias und ich können das wissen." Erschöpft ließ sie sich wieder in ihr Kissen sinken.

„Sagt, ist Hildegard Adelgunds Tochter?"

„Ja, die Tochter meiner lieben Adelgund. Ich habe sie zu den Beginen gebracht in der Nacht, als Gero sie vor das Portal des Domes legte. Die frommen Frauen haben sie aufgenommen und mit Liebe und Ernsthaftigkeit erzogen. Sagt selbst, ist sie nicht eine ganz reizende junge Frau geworden?"

Matthias nickte versonnen. Sollten daher die Angriffe rühren, denen die junge Frau ausgesetzt war? Hatte irgendjemand herausbekommen, wer ihre Mutter oder ihr Vater waren und wollte sie aus dem Weg räumen, bevor sie unter Umständen einen Erbschaftsanspruch stellen konnte?

Doch mit diesen Fragen wollte er die alte Frau nicht belasten.

„Wie ist es meiner lieben Adelgund ergangen, nachdem ich fort war? Ich habe niemals wieder etwas von ihr gehört, traute mich auch nicht, mich nach ihr zu erkundigen, um Clothildis nicht auf die Spur von Hildegard zu führen." Barbel hatte sich wieder aufgerichtet und Matthias legte ihr stützend einen Arm unter die Schultern.

„Adelgund ist wenige Tage danach in das Zisterzienserinnenklosters Marienstuhl eingetreten. Ich konnte ihr zuvor noch die Nachricht bringen, dass ich Euch nach Magdeborch gebracht hatte. Das hat sie sehr beruhigt. Sie war sich sicher, dass Ihr alles richten würdet."

Bevor Barbel eine erneute Frage stellen konnte, wurde die Tür zur Kammer geöffnet und eine erstaunte Hildegard blieb mit dem dampfenden Tonbecher in der Hand auf der Schwelle stehen. Der Anblick, der sich ihr bot, war fürwahr überraschend. Der Fremde kniete vor dem Bett der alten Frau und hatte ihr stützend einen Arm untergeschoben. So vertrauensselig kannte sie Barbe gar nicht.

„Hier scheinen sich ja zwei vertraute Seelen gefunden zu haben", bemerkte sie nicht ohne einen leichten Anflug von Eifersucht.

„In der Tat", gestand der Pilger und stand auf, um Hildegard Platz zu machen, die Barbel jetzt schlückchenweise den Aufguss einflößte. „Wir haben festgestellt, dass wir gemeinsame Bekannte haben aus der Zeit, bevor Eure Freundin nach Magdeborch kam", fügte er ausweichend hinzu.

„Von deiner Zeit vor Magdeborch hast du mir nie erzählt." Hildegard schürzte die Lippen vor, während Barbel den Aufguss trank und es vorzog, lieber nichts darauf zu antworten.

Schließlich schob sie Hildegards Hand und den halbvollen Becher doch zur Seite.

„Ich weiß nicht recht, ob ich deinen Aufguss mag oder nicht. Die Vermischung von Honig und Salbei ist schon recht eigenwillig", grollte sie.

Lachend stellte Hildegard den Becher auf den Hocker ab. Mit ein paar gegrummelten Worten gelang es Barbe doch immer wieder, sie schnell zu versöhnen. Sie hätte Mettes Schwester sein können.

„Die Köchin lässt ausrichten, dass es mit der Suppe noch etwas dauert", sagte sie dann. „Eigentlich wolltest du mir ja heute etwas über die Flagellanten erzählen. Aber sicher möchtest du mit dem Herrn lieber über eure alten Bekannten plaudern."

„Die Flagellanten laufen uns nicht davon, mein liebes Kind, aber der Herr Matthias macht sich vielleicht schon bald auf den Weg, um seine Pilgerfahrt fortzuführen. Darum lass uns die Zeit heute. Du kannst ja in der Zwischenzeit der Frau Inez zur Hand gehen."

Als Hildegard wieder die Treppe hinunterstieg, gingen ihr zwei Dinge durch den Kopf. Erstens wusste sie jetzt, dass der Pilger Matthias hieß, wahrscheinlich auch von Eulenhorst. Diesen Namen hatte er der Magistra gegenüber erwähnt. Und zum Zweiten wollte Barbe mit dem Mann allein sein, sonst hätte sie sie nicht zu Frau Inez geschickt.

Kaum hatte Hildegard wieder die Tür hinter sich zugezogen, ergriff Matthias erneut das Wort: „Clothildis ist übrigens drei Jahre nach Hildegards Geburt einem Fieber erlegen, an dem in jenem Winter die halbe Burg erkrankt war."

„In der Hölle soll sie braten." Barbel hatte kein Mitleid mit jener Frau, die ihrer ehemaligen Anvertrauten und deren Tochter solches Unglück gebracht hatte. Andererseits war es fraglich, ob Hildegard auf der Burg ihres Oheims als elternloses Bastardkind soviel Liebe und Zuwendung erfahren hätte, wie im Konvent der Beginen.

„Aber sagt, wie habt Ihr Hildegard gefunden? Ich dachte, ich hätte alle Spuren über ihren Verbleib sorgfältig verborgen. Nicht einmal sie selbst weiß, wer ihre Eltern sind und welchen Anteil ich an dem Geschehen hatte."

Jetzt blieb Matthias doch nichts anderes übrig, als die Ereignisse der letzten Woche zu schildern und welchen Angriffen die junge Frau in dieser Zeit ausgesetzt war.

„Ach mein armes Kind, mein armes Kind", wehklagte Barbel. „Wer mag nur dahinterstecken?"

Diese Frage konnte auch Matthias von Eulenhorst nicht beantworten.

***

Dafür stießen zwei andere am Abend desselben Tages auf eine vielversprechende Spur.

Buntauge hatte Witho am Nachmittag erneut eine Botschaft überbracht. Er solle sich nach Einbruch der Dunkelheit vor der Schänke *Zum Geflickten Rad* einfinden. Als Witho nachdenklich die Augen zusammenkniff, grinste Buntauge herablassend, wuchs dabei um eine Handspanne und erklärte dem jungen Knecht den Weg.

Die Schänke befand sich in der Gasse, die vom Breiten Weg zur Kapelle St. Bartholomäus führte. Das konnte er kaum verfehlen. Zumindest würde er heute Abend in einem besseren Stadtteil unterwegs sein als beim *Brandpeter*. Die Bartholomäuskapelle befand sich im Viertel der Tischler, Böttcher und Wagner.

Nachdem Witho alle Aufgaben und Pflichten des Tages erledigt hatte, machte er sich auf den Weg zum Treffpunkt. Wenn er draußen warten sollte, bedeutete das wohl, dass sich noch jemand ihm anschließen würde.

Zum Glück war das Gewitter schnell weitergezogen und so musste er wenigstens nicht im strömenden Regen ausharren. Allerdings dampften die Unrathaufen in der Straßenmitte nun unter den Strahlen der abendlichen Sonne und ihr fauliger Gestank wurde auch nicht von dem kleinsten Lüftchen fortgetragen.

Witho setzte sich auf einen großen Feldstein neben dem Hoftor der Schänke und machte sich auf eine längere Wartezeit gefasst. Wen immer er hier erwarteten sollte, hatte sich noch nicht eingefunden. Um nicht allzusehr aufzufallen, gab er vor, etwas an seiner Fußbekleidung richten zu müssen. Dabei wurde ihm zum wiederholten Male bewusst, dass diese abgetragenen und löchrigen Lederschuhe, die vor ihm wohl schon viele Jahre einem anderen treulich gedient hatten, diesen Sommer nicht überleben würden. Auf dem Leibeignerhof seiner Eltern wäre er vom Frühjahr bis in den späten Herbst barfuß gelaufen. Und die zwei Paar Holzschuhe, die für die vielen Kinder da waren, hätte er sich mit seinen Geschwistern teilen müssen. Die, die im Winter in der Hütte blieben, brauchten keine Schuhe. Ein paar Lappen zum Umwickeln der Füße und hineingestopftes Heu mussten genügen. Nur, wer draußen einen Gang zu erledigen hatte, durfte die

Füße mit den klobigen Holzpantinen schützen. Aber als Zugehöriger der Stadtwache musste er andere Gepflogenheiten einhalten. Und dazu gehörte Fußbekleidung, egal wie fadenscheinig auch immer sie sein mochte.

Während er noch so sinnierte, streifte ein sanfter Windhauch seinen Nacken. Witho schüttelte leicht den Kopf, beachtete es aber nicht weiter. Beim zweiten zarten Luftzug, fuhr er sich mit der Hand über den Nacken und wandte sich halb um.

„Was zum Henker ...", konnte er gerade noch ausrufen, bevor ihn ein kräftiger Schlag zwischen die Schulterblätter traf und von seinem Sitzplatz stieß.

Verärgert rappelte er sich auf und hielt nach dem Angreifer Ausschau.

„Du wirst nachlässig, stolzer Ritter der Stadtwache. Ein Kind hätte dich übertölpeln können", erklang eine bekannte Stimme aus dem Dunkel.

„Gaukler", knurrte Witho, „zeig dich und ich ziehe dir deine Narrenkappe mitsamt den Ohren vom Kopf."

„Das wird nicht nötig sein." Ein schlanker Junge, nur um ein Weniges älter als Witho, trat aus dem Dunkel. Seine zarten Züge hatten etwas Mädchenhaftes. Niemand würde ihm ein Schurkenstück zutrauen, wenn er unschuldig mit großen, verträumten, von langen, dunklen Wimpern beschatten Augen in die Welt blickte.

Dessen ungeachtet stellte er einen ernstzunehmenden Gegner dar, der es verstand, mit bloßen Händen einen Messerangriff abzuwehren und als Sieger hervorzugehen. Vor zwei Jahren war er einer durchziehenden Gauklertruppe davongelaufen. Dort hatte es es für ihn mehr heiße Schläge als dünne, kalte Suppe gegeben hatte. Danach war er bei Fischmauls Bande hängengeblieben. Der rothaarige Anführer hatte schnell die Talente des neuen Jungen zu nutzen gewusst. Der eine lenkte die Aufmerksamkeit des auserkorenen Opfers ab, während ein anderer sich an dessen Geldbeutel zu schaffen machte. Und Gaukler besaß ganz erstaunliche, sich immer wieder wandelnde Einfälle, das Augenmerk auf sich zu lenken.

„Heute gebe ich nicht den Narren, sondern den anständigen Handwerksburschen." Gaukler strich über seinen einfachen braunen Kittel, der sparsam mit Sägespänen bestäubt war. „Schließlich wollen wir doch nicht auffallen. Obwohl", dunkelblaue Augen musterten Witho kritisch, „dir sieht man den Büttel um drei Straßenecken rum an."

Witho schnaufte empört auf und versuchte wieder, Gaukler zu fassen. Der hatte mindestens einen festen Klaps auf den Kopf verdient. Niemand nannte ihn einen Büttel! Die gehörten wie der Henker und die Goldgräber zu den Unehrlichen. Doch geschmeidig wich der andere aus.

Witho verharrte einen Moment mit erhobener Faust, dann ließ er sie sinken und lachte laut auf. Wieder war es dem Freund gelungen, ihn zu reizen.

Gaukler grinste zurück. „Fischmaul hat in Erfahrung gebracht, dass sich hier seit einiger Zeit ein Kerl herumtreibt, der aufgebrachte Reden gegen die Beginen schwingt. Es kann nicht schaden, ihm etwas genauer aufs Maul zu schauen. Vielleicht führt er uns zu dem Auftraggeber der Schurken."

Der junge Knecht nickte nachdenklich. Das hörte sich vielversprechend an.

Gemeinsam betraten sie die Schänke und ließen ihre Blicke schweifen. Der Gastraum bildete einen deutlichen Gegensatz zu der Spelunke, in der Witho am Vorabend den Pilger aufgestöbert hatte. Die blank gescheuerten, langen Tische waren mäßig besetzt von gut betuchten Handwerkern, die sich Wein und Braten schmecken ließen und nebenbei über geschäftliche Belange sprachen oder einfach nur den Abschluss eines erfolgreichen Arbeitstages genossen.

Zwei fast reinlich gekleidete Schankmägde eilten zwischen Küche und Gastraum hin und her und hatten hin und wieder ein neckendes Wort für den einen oder anderen Gast. Der Wirt, der hinter der Theke stand, achtete jedoch darauf, dass die Vertraulichkeiten zwischen Gästen und Mägden nicht zu innig wurden.

„Der da, am Tisch unter dem Fenster muss es sein", raunte Gaukler dem Freund zu und steuerte einen freien Tisch neben dem finster vor sich hinbrütenden, einzelnen Mann an.

Nachdem sie sich gesetzt hatten, musterte Witho den Mann unauffällig. Er würde ihn auf Anfang dreißig schätzen. Sein gepflegtes Äußere ließ auf einen Handwerker schließen, dessen Geschäfte recht gut gingen. Das glattrasierte, blasse Gesicht wurde von glatten, dunkelblonden Haaren umrahmt, die bis auf die Schultern fielen. Sein dunkelgrünes Obergewand war aus gutem Tuch, das konnte selbst Witho erkennen. Jetzt ließ der andere einen forschenden Blick aus glasigen Augen über die Neuankömmlinge am Nebentisch gleiten. Offensichtlich stand nicht der erste Krug Bier heute Abend vor ihm.

Eine Schankmagd trat an ihren Tisch und veranlasste Witho, den Blick abzuwenden und selbst einen Krug Bier und zwei Becher zu bestellen. Ein Rippenstoß Gauklers erinnerte ihn daran, dass der Freund sich mehr erhofft hatte und Witho verlangte noch Brot und Käse. Ein dankbares Lächeln des Freundes belohnte ihn für diese Großzügigkeit.

Wenn das so weitergeht, muss ich den Ratsmann noch einmal um Geld bitten, ging es Witho durch den Kopf, nachdem er der Magd einige Münzen gereicht hatte. Hoffentlich denkt der nicht, ich wolle ihn ausnützen und mir selbst die Taschen füllen.

Witho grübelte noch darüber nach, wie sie den schweigsamen Verdächtigen in ein Gespräch über die Beginen verwickeln könnten, als ein erneuter Rippenstoß seine Aufmerksamkeit wieder auf Gaukler lenkte.

Nicht allzu laut, aber trotzdem am Nebentisch deutlich zu vernehmen, erklärte der Freund. „Wie gut, dass sich die Beginen um meine alte Muhme kümmern. Ich allein könnte sie niemals so gut versorgen wie die frommen Frauen."

„Beginen, gottloses Pack", kam es grollend vom Nebentisch.

Witho stutzte. Gaukler hatte in Magdeborch eine Muhme, die von den Beginen gepflegt wurde? Hä? Dann verstand er.

„Auch ich habe schon Gutes von den Frauen am Ulrichstor gehört", pflichtete er dem Freund bei.

„Gutes? Dass ich nicht lache." Der andere wandte sich den beiden Freunden mit hassverzerrtem Gesicht zu. „Das Einzige, was die können, ist ehrbare Handwerker zu betrügen. Um mein rechtmäßig Ererbtes haben mich diese Hexen gebracht. Den Roten Hahn sollte man denen aufs Dach setzen. Dann bekommen sie schon mal einen Vorgeschmack auf die Hölle, in der sie bis in alle Ewigkeit brennen werden."

„Aber guter Mann", Gaukler heuchelte gekonnt Anteilnahme, „was ist Euch widerfahren, dass Ihr gar so große Abneigung gegen die Frauen hegt?"

Der angetrunkene Handwerker musterte die beiden jungen Burschen mit verschwommenem Blick und rückte an seinem Tisch näher heran.

„Das kann ich dir genau sagen, du ahnungsloser Welpe. Meine

Schwester, diese Dirne, ist zu diesen Hexen gelaufen und hat ihre gesamte Mitgift mitgenommen."

„Eure Schwester ist eine Dirne?", konnte es sich Witho nicht versagen, entrüstet einzuwerfen.

„Bist du von Sinnen? In meinem Haus war sie eine ehrbare Jungfer. Aber die da haben sie zur Dirne gemacht", geiferte der Handwerker.

„Ah, ja", Witho wiegte verstehend den Kopf. „Es würde mir auch außerordentlich Verdruss bereiten, wenn jemand meine Schwester zur Dirne machen würde."

„Was interessiert mich, was das Weib jetzt treibt. Aber sie hätte die Mitgift nicht nehmen dürfen." Er ließ den Kopf sinken und starrte trübe in seinen Becher.

„Das war sicher ein herber Schlag für Euch", reizte Gaukler den Mann zum Weiterreden.

Der andere hob wieder den Kopf und stierte Gaukler an.

„Es hat mir ein einträgliches Geschäft verdorben", greinte er. „Einem Handelspartner aus Hamburg sollte sie angetraut werden, aber nein, das dumme Ding muss ja ihren eigenen Kopf haben. Das kommt davon, wenn ein Weib lesen, schreiben und rechnen lernen darf. Dann denkt sie, sie dürfe auch über ihr Leben bestimmen. Aber der Mann hat die Munt über die Frau. So ist es gottgewollt." Er schlug mit der Faust auf den Tisch, dass sein Bierbecher einen Satz machte und einen Teil seines Inhalts über die Tischplatte ergoss. Schnell griff er zu, bevor der Becher vollends umkippte und nahm einen langen Zug.

„Fürwahr, eine üble Geschichte." Witho setzte eine betrübte Mine auf, als würde er den schlimmen Verlust des Mannes nachempfinden.

„Aber stand Eurer Schwester die Mitgift nicht zu?" Gaukler hatte offensichtlich genug gehört, denn diese Frage würde den Handwerker jetzt sicherlich erzürnen.

„Seid ihr die Advokaten der Weiber?", fuhr der auch erwartungsgemäß auf und rückte einen Meter von den beiden Burschen ab.

Die rutschten auch wieder zur Mitte ihres Tisches.

„Sicherlich lässt sich in Erfahrung bringen, welche der Beginen die Schwester dieses Kerls ist und dann haben wir auch seinen Namen", raunte Witho Gaukler zu.

„Und das wird gewiss nicht zu unserem Schaden sein. Dein

Ratsmann hat sich bisher als sehr großzügig erwiesen", gab Gaukler ebenso leise zurück und schob sich den letzten Bissen Käse in den Mund.

„Welcher Ratsmann?", fragte Witho überrascht. Hatte er je den Namen Peter Honstein oder überhaupt einen Ratsmann als Auftraggeber erwähnt? Blitzschnell ließ er die letzten Begegnungen mit der Fischmaulbande durch seinen Kopf eilen. Er konnte sich nicht erinnern.

„Na, wir wissen doch alle, wer dein Gönner ist und für wen du hin und wieder einen Auftrag übernimmst, der auch unsere sehr geschätzte Mitwirkung zur Folge hat." Gaukler grinste, so dass seine Ohren Besuch bekamen.

„Ähm, ja", war alles was Witho herausbrachte. Er sollte die Fischmäuler nie unterschätzen. Ihr Anführer hatte viele Quellen, aus denen er Wissenswertes schöpfte.

Eben wollte Gaukler aufstehen, als sich Withos Hand auf seinen Unterarm legte und ihn an seinen Platz hielt. Fragend sah Gaukler den Freund an. Der wies wortlos mit dem Kopf auf zwei Männer, die eben durch die Tür in den Gastraum traten und sich ebenso suchend umsahen wie sie selbst vor einiger Zeit.

Nach ihrem Äußeren zu urteilen, gehörten die Kerle kaum hierher. Ihre Kleidung war abgetragen und schmutzig. Sie selbst sahen ungepflegt aus, mit Haaren, die fettig und verfilzt schmutzige Gesichter umrahmten. Ein wild wuchernder, dunkler Bart verhüllte das Antlitz des einen fast vollständig. Witho konnte sich kaum vorstellen, dass einer der hier anwesenden Handwerker dieses Gesindel als Knechte oder gar Gesellen beschäftigte.

Aber scheinbar hatte er sich geirrt. Nach anfänglichem Zögern näherten sich die beiden Neuankömmlinge zielstrebig dem Nebentisch, an dem noch immer der verärgerte Handwerker saß.

„Das wollen wir uns doch nicht entgehen lassen", wisperte Witho dem Freund zu.

Der schielte ebenfalls zum Nebentisch. „Die scheinen sich aber nicht zu kennen.", gab Gaukler leise zurück, holte aber nichtsdestotrotz einen Kreiswürfel aus seinem Beutel. Den, quer aus einem Röhrenknochen herausgesägten Spielwürfel, hatte er selbst angefertigt. An seiner Außenseite hatte er sechs Flächen gefeilt, auf denen die bekannten sechs Kreisaugen eingeschnitzt waren. Gaukler steckte einen angespitzten Stab durch den Kreiswürfel. Kaum hatte er ihn aber in eine rotierende Bewegung versetzt, trat eine der Schankmägde an ihren Tisch und wies mit dem Kopf zum Tresen.

„Der Wirt duldet kein Glücksspiel in seiner Schänke."

„Schöne Maid", schmeichelte Gaukler mit einem schmachtenden Blick aus verheißungsvollen Augen, „wir spielen nicht um Geld, sondern nur darum, wer morgen die Werkstatt unseres Meisters ausfegen muss."

Mit einem Achselzucken ging sie zurück zum Tresen und erstattete dem Wirt Bericht. Der grinste und nickte den beiden vermeintlichen Handwerksburschen zu.

Witho und Gaukler wandten ihre Aufmerksamkeit wieder dem Nebentisch zu, wo die beiden Neuankömmlinge gerade einen Krug Bier bestellten. Sie tranken schweigend einen langen Schluck, bevor sich der eine an den Handwerker wandte. Dabei sprach er jedoch so leise, dass die beiden Freunde kein Wort verstanden. Schließlich waren die drei am Nebentisch in ein erregtes, mit geflüsterten Worten geführtes Gespräch vertieft. Nur hin und wieder konnte der Handwerker seinen Zorn nicht bändigen und dann drangen Gesprächsfetzen wie „... verfluchte Hexen...", „... Beginenpack..." oder „... Teufelsbrut..." an die Ohren der beiden Freunde.

Scheinbar ganz in ihr Würfelspiel vertieft, entging den beiden nichts vom Geschehen am Nebentisch.

Deren Gespräch wurde jetzt von mehrfachem zotigem Lachen begleitet. Der Bärtige schlug sich auf die Oberschenkel.

„Das wäre noch eine nette Abwechslung zur Nacht!", rief er dann halblaut und grinste gemein. Der andere zischte seinen Kumpan jedoch warnend an und der senkte gleich wieder seine Stimme, so dass die lauschenden Freunde nichts weiter verstehen konnten.

Der angetrunkene Handwerker rief nach der Schankmagd, beglich seine Zeche und zahlte auch für den Krug Bier seiner Gesprächspartner. Schließlich erhoben sie sich und verließen gemeinsam den Schankraum.

Gaukler steckte seinen Würfel weg, als ihn die Hand seines Freundes hart an der Schulter packte.

„Schau, wo die drei hingehen!" Und als der Freund etwas einwenden wollte, stieß Witho erregt hervor: „Geh sofort! Wir treffen uns in einer Stunde am Eingang der Bartholomäuskapelle."

Wenn der Freund so eindringlich wurde, dann musste es wirklich wichtig sein. Und so schlenderte Gaukler aus der Schänke hinaus, sah sich einmal suchend um, tauchte dann im Dunklen unter und folgte nahezu unsichtbar den drei Zechern.

Indes trat Witho an den Tresen.

„Guter Mann, könnt Ihr mir sagen, wer dieser zornige Handwerker war, der gegen die Beginen wetterte?", fragte er den Wirt.

Der maß den Burschen mit einem prüfenden Blick, aber der hatte freundlich gefragt und der andere stänkerte nun schon seit Wochen hier herum und war dazu nicht einmal ein Mitglied der Tischlerzunft.

„Das war der Tuchhändler Merten Ellenbruch."

„Und warum hegt er diesen Groll gegen die Beginen?"

Der Wirt fuhr mit einem schmuddeligen Lappen über seinen Tresen, obwohl dort alles sauber war.

„Nun, seine Schwester hat sich mit ihrer Mitgift den Frommen Frauen angeschlossen. Das wäre nicht weiter schlimm, wäre ihm nicht vor etwa sechs Wochen ein Flussschiff mit einer Tuchladung verlustig gegangen. Und es war nicht nur seine Ware, sondern auch die weiterer Händler, deren Transport er gegen Bezahlung übernommen hatte. Nun fordern die anderen Tuchhändler Ersatz von ihm. Das Geld der Mitgift könnte ihn jetzt retten."

Witho nickte verstehend. „Und meint Ihr, dass der hier nur grobe Worte spricht oder tatsächlich Arges gegen die Beginen vorhat?"

Der Wirt bekreuzigte sich flüchtig. „Da sei Gott vor, dass der Kerl hier in meiner Schänke einen üblen Plan ausheckt. Sicher mag es nicht nach Gottes Gesetz gehen, wenn sich Frauen der Munt des Mannes entziehen. Aber Gott scheint nichts gegen ihr Tun einzuwenden zu haben, sonst würde er ihren Konvent nicht gedeihen lassen."

Witho neigte wieder zustimmend den Kopf. „Habt Dank für Eure Auskunft."

Das hatte einmal der Hauptmann der Stadtwache zu einem Kaufmann gesagt, den er befragt hatte. Der Satz tat auch hier in der Schänke seine Wirkung und der Wirt nickte ebenfalls, mit sich zufrieden, dass er offensichtlich der Gerechtigkeit gedient hatte.

Witho machte sich auf den Weg zum vereinbarten Treffpunkt. Es mochte erst knapp eine halbe Stunde vergangen sein, als sich auch Gaukler an der Bartholomäuskapelle einfand.

„Die drei sind in einem Haus in der Gasse zum Brückentor verschwunden", berichtete er. „Aber warum hattest du es auf einmal so eilig, dass ich denen folge?"

„Als die drei rausgingen, konnte ich sehen, dass dem einen Kerl das linke Ohr zur Hälfte abgeschnitten war."

Gaukler pfiff überrascht. „Na, da hat sich ja unser Ausflug heute Nacht wirklich gelohnt. Aber", fügte er dann hinzu, „ich hatte nicht den Eindruck, dass die sich vorher schon kannten."

Nachdenklich saugte Witho an der Unterlippe. „Das ist mir auch aufgefallen. Dessen ungeachtet haben sie aber etwas gemeinsam, nämlich ihren Hass auf die Beginen. Ich werde gleich morgen zu Peter Honstein gehen und ihm von unseren Nachforschungen berichten."

„Ja, mach das", stimmte Gaukler zu. „Leider wird unser Auftrag damit erledigt sein", fügte er bedauernd hinzu, „und damit eine reichliche fließende Geldquelle versiegen."

Witho zuckte nur mit den Schultern. Was sollte er dazu auch sagen. Ihm war es nicht um das Geld gegangen, sondern darum, sich seinem Wohltäter erkenntlich zu zeigen. Andererseits verstand er den Freund. Es war allemal besser sich auf diese harmlose Weise ein paar Pfennige und ein ordentliches Essen zu verdienen, als sich beim Beutelschneiden der Gefahr auszusetzen, ergriffen zu werden und eines kleineren oder größeren Körperteils verlustig zu gehen.

11.Kapitel

Am nächsten Morgen wollte Witho nicht bis zum Ende seines Dienstes warten, um die Erkenntnisse der letzten Nacht mit dem Ratsmann zu teilen. Also wurde er gleich nach dem Morgenmahl bei seinem Hauptmann vorstellig und bat darum, den Patrizier aufsuchen zu dürfen, da er wichtige Nachrichten für diesen habe.

Dietrich von der Furth, seines Zeichens nach Stadthauptmann und dritter Sohn eines armen Landadligen, war mit der besonderen Verbindung zwischen Witho und Peter Honstein vertraut. Nach kurzem Überlegen gab er die Erlaubnis. Er erinnerte sich noch gut, als der Ratsmann im Spätherbst des letzten Jahres, fünf Tage nach Martini, mit einem in Lumpen gekleideten, zitternden Burschen mit wachem, aufmüpfigem Blick vor ihm gestanden hatte. Ihm war bewusst gewesen, was er da für einen vor sich hatte - einen entlaufenen Leibeigenen. Aber scheinbar einer mit einigem Witz und dem Willen, sein Schicksal selbst in die Hand zu nehmen. Außerdem hatte sich der Ratsmann vor zwei Jahren für seine Ernennung zum Stadthauptmann eingesetzt und so schuldete er ihm etwas. Bisher hatte sich der Bursche auch durchaus willig und anstellig gezeigt. Er kam seinen Pflichten mit Eifer nach und suchte sich sogar eigene Aufgaben. Schade, dass der sich nie die Bürgerrechte wird kaufen können, dachte Dietrich von der Furth. So einen könnte ich in der Wache gebrauchen. Der könnte es sogar zum Wachführer eines Tores bringen. Doch so wird er ewig nur ein Knecht bleiben.

„Aber spätestens zum Mittagsläuten findest du dich am Ulrichstor ein und gehst den Wachen dort hilfreich zur Hand." Der Bursche sollte wissen, dass er nicht den ganzen Tag vertrödeln durfte.

Kurz darauf betrat Witho das Anwesen des Honsteiners durch das große Hoftor. In der Küche machte er wieder Halt, bekam von der Köchin den kalten Rest des Morgenbreis vorgesetzt und musste sich von ihr wieder zurechtzupfen lassen, bevor er schließlich die Erlaubnis bekam, an die Tür zum Kontor zu klopfen.

Der Weinhändler sah überrascht von seinem Rechnungsbuch auf, als Witho zu so früher Stunde vor ihm stand. Noch bevor er etwas sagen konnte, öffnete sich die Tür erneut. Frau Lucardis trat ein und stellte sich neben das Schreibpult ihres Gatten. Der nickte Witho aufmunternd zu.

„Nun, was hast du uns heute zu sagen? Gibt es etwas Neues, das endlich Licht in all die Vorkommnisse bringt?"

Witho blinzelte kurz. Na gut, wenn der Ratsmann meinte, dass sein Weib bei der Unterredung dabei sein sollte, ihm war es gleich.

Und dann berichtete er, was er mit einem Freund, den Namen Gaukler verschwieg er wohlweislich, am letzten Abend in Erfahrung gebracht hatte.

Die Eheleute Honstein hörten ihn schweigend an. Nur bei der Nennung des Namens Merten Ellenbruch kräuselten sich die Augenbrauen des Ratsmannes nachdenklich.

„Es passt alles", fasste Peter Honstein das Gehörte schließlich zusammen. „Der Hass auf die Beginen, der Halbohrige und ein zweiter Kumpan."

„Aber welchen Vorteil könnte dieser Ellenbruch erlangen, wenn der jungen Hildegard etwas zustößt?", gab Frau Lucardis zu bedenken.

„Vielleicht hofft er, seine Schwester bekommt es mit der Angst zu tun und kehrt mitsamt der Mitgift in seinen Haushalt zurück", wagte Witho einen Vorschlag zu machen.

Nachdenklich trommelte der Ratsmann mit den Fingerspitzen der linken Hand leicht gegen sein Kinn und sah fragend sein Eheweib an. Erst wollte er alle Meinungen hören, bevor er sich selbst ein Urteil bildete.

„Eine Möglichkeit", gab sie zu. „Aber warum hat er sich dann mit den beiden Galgenvögeln eingelassen, die er doch anscheinend bis zum vorherigen Abend noch nicht kannte?"

„Das würde ja bedeuten, dass er mit den Anschlägen gar nichts zu tun hat." Witho war enttäuscht. Dabei war er so stolz gewesen, die Halunken aufgespürt zu haben. „Oder sie haben nur so getan, als würden sie sich nicht kennen, um Beobachter in die Irre zu führen", fiel ihm ein.

„All das ist möglich", ergriff Peter Honstein jetzt das Wort. „Das werden wir aber erst erfahren, wenn wir der Schurken habhaft geworden sind. Das heißt also, wir sollten so schnell als möglich handeln, um der Bedrohung endlich Herr zu werden. Unter Meister Hardos kundiger Befragung hat schon so manches Vögelchen zu singen begonnen."

Witho nickte grimmig. Innerlich lief ihm allerdings ein kalter Schauer durch den Körper. Die Wachleute machten sich mitunter einen Spaß daraus, Witho in allen Einzelheiten die Folterinstrumente und deren Wirkungsweise zu schildern. Nur gut, dass die Stadtwachen nicht auch für den Bürgergehorsam und den Folterkeller zuständig waren. Dort walteten die Büttel und gingen dem Henker zur Hand.

„Im Moment bin ich unabkömmlich", fuhr der Ratsmann fort. „Ich erwarte die beiden Herren des Domkapitels, die eine umfangreiche Weinbestellung aufgeben wollen. Demnächst wird wohl der Nachfolger unseres verstorbenen Erzbischofs Dietrich ernannt werden. Wenn der neue Erzbischof eintrifft, sollen die Keller wohlgefüllt sein. Doch hernach werde ich den Schultheiß aufsuchen und ihm unser Anliegen schildern."

Frau Lucardis neigte zustimmend den Kopf.

„Es spricht aber sicher nichts dagegen, dass ich dem Beginenkonvent einen Besuch abstatte und ihnen vom glücklichen Verlauf unserer Erkundigungen berichte. Ich glaube mich zu erinnern, dass Mechthilda vor einiger Zeit eine Grite Ellenbruch erwähnte, die gegen den Willen ihres Bruders um Aufnahme in den Konvent bat. Es wäre hilfreich zu erfahren, was sie über ihren Bruder denkt und ob sie ihm solche Untaten zutraut."

„Ein kluges Vorhaben", stimmte Peter Honstein seiner Frau zu. „Lass dich von Haug begleiten."

„Vielleicht möchte aber unser junger Freund hier". Frau Lucardis deutete auf Witho, „mir gern seinen Schutz zuteil werden lassen und begleitet mich zum Konvent."

„Es wird mir eine Ehre sein", errötend verbeugte sich Witho. „Zumal mich anschließend ein Auftrag zum Ulrichstor führt." Er hatte sich mal wieder darauf besonnen, in der Zunge des gehobenen Standes zu sprechen.

Frau Lucardis lächelte gar reizend und wies ihn an, in der Küche zu warten, bis sie ihn rufen lasse.

***

Ruhig und friedlich hatte der Morgen im Konvent begonnen. Die Frauen gingen ihren alltäglichen Pflichten nach und die Gedanken an die schrecklichen Ereignisse des Wochenbeginns gerieten langsam in den Hintergrund, verdrängt von gegenwärtigen Aufgaben, die Mitmenschen einforderten, die die Zuwendung der Beginen zur Bewältigung ihres kargen Lebens benötigten.

Hedwigis kniete im Kräutergarten auf einem Stück Sackleinwand und pflückte verschiedene Kräutleinzweige, um sie zu heilkräftigen Salben, Tinkturen und Sirup zu verarbeiten. Zuvor hatte sie, wie jeden Tag seit ihrem Besuch im Barfüßerkloster, den zwei Wacholderbäumchen im Obstgarten einen guten Morgen gewünscht. Hin und wieder sprach sie zu ihren Kräutern, war aber stets wachsam, dass niemand in der Nähe war, um sie bei ihrem sonderbar anmutenden Tun zu belauschen. Besonders Theresia hätte daraus wieder irgendeine wunderliche Geschichte gesponnen. Aber die war mit Else schon fleißig am Webstuhl beschäftigt, der laut klappernd sein Morgenlied durch die offene Tür des Weberhäuschens sang.

Grite stand mit einem großen Einkaufskorb am Tor und hielt mit Mette ein morgendliches Schwätzchen, wobei die alte Pförtnerin ihren krummen Rücken wohlig schnaufend den wärmenden Strahlen eines wolkenlosen Maimorgens darbot. Jetzt kam Else eilig aus dem Weberhaus, schloss sich Grite an und fröhlich plaudernd machten sie sich auf den Weg zum Markt.

Vom Obstgarten her kündete das laute Gackern eines Huhns, dass auch das Federvieh nicht faul in der Sonne lag, sondern sein Tagesgeschäft des Eierlegens erfolgreich begonnen hatte.

Unbeachtet vom schwarzen Kater Rabenaas, der neben der Küche die letzten Reste des Morgenbreis aus einer Schüssel schleckte, nahmen drei Spatzen ein morgendliches Bad in einer Sandkuhle vor dem Schweinekoben.

Doch nicht alle Bewohnerinnen des Konvents begannen so frohgemut ihr Tagwerk. Schnellen Schrittes, ihrer Begleiterin Anna einen missmutigen Blick zuwerfend, lief Hildegard über den Hof zur Schulstube. Heute würde sie sicher wieder den ganzen Tag hinter den Mauern bleiben müssen. Kein Pilger war in Sicht, der ihr bei einem Ausflug in die Stadt Schutz gewähren könnte. Mit ihren Gedanken war sie noch bei dem gestrigen Besuch bei Barbe. Seltsam war es schon, wie die zwei sich verstanden hatten. Fast hätte man den Eindruck gewinnen können, dass die beiden mehr verband, als nur gemeinsame Bekannte aus einer Zeit, die schon mindestens achtzehn Jahre zurück lag. Fast wie Bruder und Schwester. Aber nein, der Mann war ein Ritter, also konnte Barbe kaum eine Verwandte von ihm sein. Womöglich eine ehemalige Bedienstete, aus der Zeit, als er noch in der hiesigen Gegend auf der Burg seines damaligen Herren lebte. Das war alles höchst absonderlich. Hildegard beschloss, dem Rätsel beim nächsten Besuch der alten Frau auf den Grund zu gehen. Oder vielleicht könnte sie auch den Pilger in ein trauliches Gespräch verwickeln, ganz so wie auf ihrem Gang über den Markt. Vorausgesetzt, sie sah ihn je wieder. Aber irgendwie war sie sich gewiss, dass er solange in ihrer Nähe sein würde, wie das Verhängnis in Gestalt eines Halbohrs nicht gebannt war.

Derweil versuchte Anna an ihrer Seite zu bleiben. Zwar machte sie nicht ganz so lange Schritte, aber im Gesichtsausdruck stand sie Hildegard in nichts nach. Viel lieber hätte sie in der Küche bei der stets gesprächigen, wenn auch hin und wieder ruppigen Walburga geholfen. Aber nein, die Magistra hatte sie heute Hildegard zugeteilt, die ihr, vom ersten Tag ihrer Ankunft im Konvent an, misstrauische Blicke zugeworfen hatte. Nun gut, sie hatte einige Unwahrheiten erzählt, aber alle hatten in ihr nur die Lügnerin gesehen. Keine ahnte, welche Last sie mit sich schleppte. Allen voran diese Hildegard. Dabei waren sie fast im gleichen Alter und sich auch sonst recht ähnlich. Sie hätten Freundinnen sein können. Doch Anna würde nie von sich aus den ersten Schritt zu einer Freundschaft machen. Besser war es allemal, als mürrisch zu gelten, als dass eine der Frauen ihrem Geheimnis auf die Spur kam. Und wenn sich alles geklärt hatte, dann würde sie dem Konvent den Rücken kehren und keine dieser Beginen je wiedersehen. Wenn da nur nicht noch dieses Versprechen wäre, dass sie der sterbenskranken Alheyt gegeben hatte.

Nichts von den Gedanken ihrer Begleiterin ahnend, öffnete Hildegard die Tür zur Schulstube. Dort waren die neun Mädchen schon fleißig beschäftigt und mühten sich, nach Mechthildas Diktat einen Brief auf ihre Wachstafeln zu schreiben. Die Lehrerin hatte eine schlanke Weidengerte in der Hand, mit der sie ab und an einem der Mädchen auf die Schulter tippte, wenn dieses die

Zunge in Folge höchster Konzentration in den Mundwinkel schob. Mechthilda züchtigte nie mit dieser Gerte, überhaupt lehnte sie jegliche Form körperlicher Gewalt ab. Sie kannte andere Methoden, um ihre Schulmädchen zum fleißigen Üben anzuhalten oder ihren Ehrgeiz zu wecken.

Ungehalten sah die Lehrerin jetzt zur Tür, die, wenn auch leise, so doch störend geöffnet wurde. Sie unterbrach ihr Diktat und wies die Mädchen an, die bisher geschriebenen Wörter auf Fehler zu prüfen.

Hildegard lächelte Mechthilda an. „Entschuldige bitte, dass wir stören. Die Magistra hat uns beauftragt, den Korb mit der Kleidung zu sortieren und wenn nötig auszubessern."

Mechthilda nickte, griff hinter ihr Pult und reichte den beiden jungen Frauen einen großen Henkelkorb, der bis oben hin mit Männerkleidung vollgepackt war. Eine Magd, die die neunjährige Tochter ihres Nachbarn Meister Bruno gestern Morgen zum Konvent begleitete hatte, hatte diesen Korb abgegeben. Er enthielt Kleidung des kürzlich verstorbenen Großvaters des Mädchens. Die besseren Stücke hatte der Mälzer natürlich für sich selbst behalten, einiges auch an Gesellen und Lehrjungen weitergegeben. Und doch gab es einige abgetragene und beschädigte Teile, die so manch armen Mann noch erfreuen würden.

Hildegard bedankte sich, ergriff den schweren Korb und verließ mit ihrer Begleiterin im Schlepptau wieder die Schulstube. Wenige Schritte weiter ergriff Anna auf der anderen Seite den Henkel des Korbes. Überrascht sah Hildegard die junge Frau an und erblickte ein schüchternes Lächeln in deren Gesicht. Unwillkürlich musste auch sie zurück lächeln. Vielleicht ist die andere doch nicht gar so unredlich, dachte Hildegard. So richtig etwas Schlechtes hatte sie Anna auch nie zutrauen mögen. Und ob sie es nun zugeben wollte oder nicht, so erschien ihr die andere doch seltsam vertraut. Aber das mochte auch daran liegen, dass sie fast gleichaltrig waren und ihr Schicksal sich irgendwie ähnelte. Beide hatten offenbar keine Eltern mehr und hatten sich als Töchter von Beginen ausgegeben. Bloß, dass bei Anna der Schwindel schon aufgeflogen war.

Gemeinsam trugen sie den Korb in das kleine Haus, in deren hinterer Kammer Alheyt lag und den Großteil des Tages nur noch vor sich hindämmerte, hin und wieder von bellenden Hustenkrämpfen geschüttelt. Hedwigis hatte eingesehen, dass sie nichts mehr für die junge Frau tun konnte, außer ihre Leiden zu lindern.

In der Vorderstube, die Anna allein bewohnte, wollten die beiden jungen Frauen die Kleidungsstücke ausbreiten und sortieren. Einen Teil würden sie für den Waschtag am Mittwoch zurücklegen müssen. Beim Rest mussten sie nachsehen, was schadhaft war und sich dann an die Ausbesserung dieser Kleidungsstücke machen.

Hildegard und Anna arbeiteten schweigend nebeneinander her. Was sollten sie auch miteinander besprechen? Die Magistra hatte die Aufgabe klar formuliert, da gab es nichts zu überlegen oder zu beraten.

Seltsam, dachte Hildegard, Anna scheint es nichts auszumachen, dass wir beide mit Arrest belegt sind. Sie scheint nicht das geringste Verlangen zu verspüren, die Straßen der Stadt zu erkunden, wie es bei Radegunde und Ketlin zu bemerken gewesen war. Dabei fiel ihr ein, dass Anna seit ihrer Ankunft am letzten Sonntag überhaupt noch nicht den Konvent verlassen hatte. Sie war scheinbar zufrieden, sich hinter den Mauern verbergen zu können. Nun ja, sie hatte ja auch irgendein Problem. Aber das kann bei Weitem nicht so bedrohlich sein wie meines, sinnierte Hildegard.

Nach kurzer Zeit hatten sie drei Haufen Kleidungsstücke auf den von Binsen befreiten Boden gehäuft. Hildegard legte die verschmutzten Stücke zurück in den Korb, um sie in die Wasch- und Badestube zu tragen.

Schon in der Tür des Häuschens drehte sie sich noch einmal zu Anna um. Diese hatte aus dem Haufen mit der sauberen, heilen Kleidung bereits ein Hemd herausgezogen und begonnen, es ordentlich zusammenzulegen. Nu ja, zumindest sieht sie die Arbeit von selbst.

Auf dem Rückweg machte sie noch einen Abstecher zu Walburga in die Küche zum Zwecke eines kleinen Schwätzchens und womöglich einer winzigen Nascherei.

Walburga, die ihre Ziehtochter nur zu gut kannte, schob ihr zwei der Backpflaumen zu, die eigentlich für den sonntäglichen Festtagsbraten bestimmt waren. Aber zwei getrocknete Pflaumen mehr oder weniger würden den Wohlgeschmack der gefüllten Kapaune sicher nicht beeinträchtigen. Natürlich könnte sie auch Hedwigis um weitere vorjährige Pflaumen bitten. In der unteren

174

Kammer der Apothekerin hingen nicht nur getrocknete Kräuter-bündel, auch diverse Steintöpfe mit getrockneten und eingelegten Früchten ihres Obstgartens reihten sich auf den Regalen aneinander.

Eine Pflaume steckte sich Hildegard gleich in den Mund und kaute sie genüsslich mit geschlossenen Augen. Die zweite sah sie nachdenklich an und sagte dann, von sich selbst überrascht: „Die nehme ich für Anna mit. Die Magistra hat uns heute einen gemeinsamen Auftrag erteilt."

„Mach das, mein Kind", antwortete die Köchin und wandte sich wieder ihrem Kessel über dem Feuer zu. Die Magistra ist doch eine weise Frau, dachte Walburga und ein feines Lächeln umspielte ihre Mundwinkel. „Ihr seid euch so ähnlich, da könnt ihr auch die Naschereien teilen."

Hildegard zog die Nase kraus. Sie und Anna sollen sich ähnlich sein? Nun gut, Annas Haare waren nach jeder Spülung heller geworden, fast so hell wie ihre eigenen. Aber sonst? Anna war viel schmaler und sie ging noch immer etwas gebeugt, so dass ihre jetzt fast blonden Haare oft ihr Gesicht verdeckten. Also wirklich, nein, da war doch kaum weitere Ähnlichkeit. Kopfschüttelnd überquerte Hildegard den Innenhof und betrat wieder die Nähstube.

Anna schaute nicht wenig überrascht, als ihr Hildegard die Backpflaume hinhielt. Wieder traf die Ältere ein schüchternes Lächeln, als sich Anna die Leckerei in den Mund schob.

Auch Hildegard konnte sich ein Lächeln nicht versagen. Hatte doch Anna in der kurzen Zeit ihrer Abwesenheit alle unbeschädigte Kleidung sauber zusammengelegt und selbst die schadhaften Beinkleider, Hemden und dergleichen sortiert.

Also machten sie sich gemeinsam an die Flickarbeit. Da Anna keinen eigenen Handarbeitskorb besaß, musste sie sich bei Hildegards Nadeln und Garnen bedienen. Ein kurzer Anflug von Misstrauen, die wird doch nicht meine Nadeln zerbrechen und meine Garne verwirren, legte sich aber bald, als Hildegard gewahr wurde, wie geschickt Anna die Stiche setzte.

„Du machst das nicht das erste Mal." Das war mehr eine Feststellung denn eine Frage.

Anna stichelte erst noch eine Weile weiter, bevor sie antwortete: „Du weißt doch, dass ich Magd war. Da gehören solche Aufgaben zu den alltäglichen Pflichten."

„Dann hast du also im Hause deines Herrn gearbeitet. Das ist bestimmt angenehmer, als im Stall oder auf dem Feld zu schuften."

Anna maß die Ältere mit einem kurzen Blick.

„Du bist noch nicht viel aus aus der Stadt rausgekommen", stellte sie dann fest.

„Wie kommst du darauf?" Hildegard war ein bisschen verstimmt, dass die andere sie so leicht durchschaut hatte.

„Nun ja, das war nicht schwer. Mägde arbeiten fast immer im Haus, für die Stallarbeit sind die Knechte da und die Felder werden von den Leibeigenen und Pächtern bestellt."

„Aha, und du hast folglich im Haus gearbeitet. Das verstehe ich. Und deine Eltern? Leben die auch auf dem Herrenhof oder sind sie Leibeigene?" Hildegard war entschlossen, während der entspannten Handarbeiten endlich etwas mehr aus Anna herauszubekommen.

Lange zögerte Anna mit der Antwort. So lange, dass Hildegard dachte, die andere hätte mal wieder beschlossen, auf unbequeme Fragen hin einfach zu schweigen.

„Meine Mutter arbeitet als Magd auf dem Grundhof meines Herrn. Sie ist eine Unfreie. Ich hoffe, dass der Ritter sie nicht dafür bestraft, dass ich davon gelaufen bin."

„Und dein Vater?"

Anna beugte sich tiefer über das Hemd, bei dem sie einen halb abgerissenen Ärmel wieder annähte.

„Und du?", fragte sie nach einer Weile zurück, ohne die an sie gerichtete Frage zu beantworten. „Bist du hier im Konvent geboren oder noch in der Stadt, bevor deine Mutter hier eintrat."

„In der Stadt, im Pestjahr. Alle anderen unserer Familie sind gestorben." Hildegard behagte es gar nicht, welche Wendung das Gespräch genommen hatte. Sie wollte doch Anna ausfragen und nicht selbst Rede und Antwort stehen müssen.

„Das tut mir leid", Anna sah Hildegard traurig an. „Es ist schwer, seine Familie zu verlieren. Und ein Leben hier im Konvent ist bestimmt nicht immer einfach."

„Ich fühle mich hier wohl und es mangelt mir an nichts", Hildegard war nicht gewillt, von einer Außenstehenden Missbilligung gegenüber dem Konvent zuzulassen.

„Hast du noch Geschwister?", versuchte Hildegard das Gespräch wieder in eine ihr genehme Richtung zu lenken.

„Ich bin das einzige Kind meiner Mutter." Und nach erneutem längeren Zögern: „Ich bin unehrlich geboren, meine Mutter war nie einem Mann angetraut."

„Oh", Hildegard war nun kein solches Küken mehr, als dass sie nicht gewusst hätte, was das für Mutter und Kind bedeutete. Vielleicht wollte ihr Grundherr sie an irgendein Scheusal verheiraten oder an Gott weiß wen verschachern, ging es ihr durch den Sinn. Ein unehrlich geborenes Kind hatte nicht mehr Rechte als ein streunender Hund.

Da hatte sie doch zumindest eine kleine Neuigkeit über Anna erfahren.

Schweigend arbeiteten die jungen Frauen weiter. Die Luft zwischen ihnen war nicht mehr ganz so frostig und die Sonne, die durch die geöffnete Tür hereinschien, fand auch mit dem einen oder anderen kleinen Strahl ihren Weg in Hildegards Gemüt.

So verging die folgende Stunde in Eintracht und gemeinschaftlicher Arbeit. Der Haufen der beschädigten Kleidung schmolz dahin und im gleichen Zuge erhöhten sich die ordentlichen Stapel der Stücke, die man demnächst den Armen zuführen würde. Ob sie der Armenpfleger der Stadt oder der Almosenpfleger des Barfüßerkloster bekommen würde, war noch ungewiss. Vielleicht entschied die Magistra aber auch, dass die Beginen selbst die Verteilung vornehmen würden.

Inzwischen waren auch Grite und Else vom Markt zurückgekehrt und hatten sich zu Theresia ins Webhaus begeben.

Eben wollte sich Hildegard das letzte Wams auf den Schoß ziehen, um einen langen, ausgefransten Riss im Rücken mit einem Flicken zu versehen, als sie Mette laut ihren Namen rufen hörte.

Ein freudiger Schreck durchzuckte Hildegard. Das hörte sich ganz nach einen Besucher an, den sie wohl zur Magistra führen sollte. Womöglich wieder der Pilger, der ihr einen Ausflug in die Stadt ermöglichen würde.

Lachend warf sie Anna das Wams zu und war auch schon im nächsten Augenblick auf dem Hof, um zum Tor zu eilen.

Walburga und Theresia steckten neugierig ihre Köpfe aus Küche und Webstube.

Am Tor stand aber nicht der Pilger.

„Guten Tag Frau Lucardis." Hildegard konnte den leichten Anflug von Enttäuschung in ihrer Stimme nicht verbergen. Wenn das die Ratsmannsfrau bemerkte, so verstand sie es doch gut, es

Hildegard nicht spüren zu lassen.

„Auch Euch einen guten Tag, Maid Hildegard. Würdet Ihr mich bitte zu Eurer Magistra begleiten?"

Hildegard nickte und bat Frau Lucardis, ihr zu folgen. Der Frau schloss sich ein junger Bursche an, der an Mette vorbeischlüpfen wollte. Auf seiner Schulter trug er ein kleines Fass vom Fassungsvermögen eines Wasserschaffs.

„Euer Knecht muss aber draußen bleiben", beschied ihr Mette und trat dem Burschen mutig entgegen..

„Das ist mitnichten mein Knecht", Frau Lucardis lächelte ihren Begleiter an und sah dann zu Mette. „Dieser junge Mann ist ein äußerst fähiges Mitglied der Stadtwache. Er hat maßgeblichen Anteil daran, dass wir den Mordbuben wohl auf die Schliche gekommen sind. Das Fässchen auf seiner starken Schulter trägt er nur aus reiner Gefälligkeit. Es ist ein Geschenk für Euren Konvent vom Handelshaus Honstein."

Hildegard war beeindruckt und Mette nicht minder, aber im Gegensatz zu Hildegard ließ sich die alte Torfrau das nicht so leicht anmerken.

„Tragt den Wein zu Walburga in die Küche. Sie wird ihn in ihrem Keller sicher verwahren", grummelte sie in Richtung des Burschen.

Auch Witho war gelinde gesagt sprachlos. Zum einen hatte ihn die Frau des Ratsmanns kurzerhand vom Knecht der Stadtwache zum Mitglied der Stadtwache befördert, zum anderen maß ihn die junge Begine mit einem so forschenden Blick, dass sich die Wangen unter seinem Bartflaum ins Rötliche färbten und er nur ein tumbes Lächeln zustande brachte. Das war also diese Hildegard, der die beiden Anschläge gegolten hatten. Er würde seine Anstrengungen, die Übeltäter hinter Schloss und Riegel zu bringen, verdoppeln, mindestens. Dann wurde er sich seines schwachsinnigen Lächelns bewusst und die Röte in seinem Gesicht wurde um einen Schein dunkler.

Walburga beauftragte Witho gleich den Wein in den Keller zu tragen und begleitete ihn dort hinunter, um ihm die richtige Abstellfläche zuzuweisen. Nebenbei war es sicher ratsam, diesen jungen Burschen im Auge zu behalten, dass nicht eine der dort unten lagernden Würste ihren Weg unter seinen Kittel fand. Nach kurzem Nachdenken zapfte die Köchin einen Krug des bessten Roten. Hildegard, die wartend in der Küche zurückgeblieben war, bekam den Krug in die Hand gedrückte. Ursula von Buch würde der Ratmannsfrau einschenken wollen.

Hildegard führte die Gäste durch das Refektorium und die schmale Treppe hinauf. Auf ihr kurzes Klopfen erfolgte ein gewährender Ruf und die junge Frau öffnete die Tür und kündigte die Besucher an.

„Frau Lucardis und ein Mann der Stadtwache sind gekommen. Sie bringen Neuigkeiten über die gesuchten Schurken."

Die Magistra ging der Frau des Ratsmannen einige Schritte entgegen und bot ihr einen Platz auf einem zweiten Stuhl an, der zwar weich gepolstert, aber nicht gar so prächtig anzusehen war, wie der hinter ihrem Schreibtisch.

Unaufgefordert schenkte Hildegard den beiden Frauen Wein in zwei kunstvoll verzierte und bemalte Tonbecher ein. Einen abschätzenden Blick warf sie zu dem jungen Burschen, der breitbeinig an der Tür stehengeblieben war. Er hatte ein hochmütiges Gesicht aufgesetzt und die Arme vor der Brust verschränkt. Was für ein aufgeblasener Gockel, dachte Hildegard und machte gar nicht erst Anstalten auch ihm Wein anzubieten. Doch dann sah sie, wie er mit der linken, untergeschlagenen Hand nervös an einem Stofffaden zupfte, der aus seinem Wams hing. Aha, dachte sie, du versuchst nur deine Unsicherheit hinter deinem überheblichen Auftreten zu verbergen.

Sie musterte ihn einmal von oben nach unten, zog dann die Nase kraus und die Mundwinkel abfällig nach unten und freute sich diebisch, als sie sah, wie dem selbstgefälligen jungen Kerl der Mund ob ihres prüfenden Blicks aufklappte. Zufrieden mit sich, wandte sie ihre Aufmerksamkeit wieder den beiden Frauen zu.

Gerade fragte Lucardis: „Gibt es in Eurem Konvent eine Frau, die die Schwester des Tuchhändlers Merten Ellenbruch ist?"

„Grite Ellenbruch lebt seit etwa drei Jahren im Konvent und hat sich in dieser Zeit als achtbarer Teil unserer Gemeinschaft erwiesen. Gibt es einen Grund, weshalb Ihr fragt?" Der gelassene, freundliche Gesichtsausdruck der Magistra verriet nichts von ihrer Besorgnis. Doch Hildegard wusste es besser. Ein leichter Anflug von Unruhe lag in der Stimme der Vorsteherin.

„Dieser junge Mann der Stadtwache", Lucardis wies auf Witho, der einen Schritt nach vorn machte und heftiger an dem Faden an seinem Wams zog, „hat in einer Schänke den Tuchhändler

Merten Ellenbruch aufgestöbert, wie er in gröbster Form gegen die Beginen redete und schließlich mit zwei zerlumpten Kerlen die Schänke verließ, von denen der eine nur ein halbes Ohr hatte."

Hildegard zog die Luft scharf ein und maß den Burschen mit einem neuerlichen Blick, in dem ein Funken von Anerkennung aufglomm.

„Wenn dem so ist, sollte der junge Mann uns vielleicht ausführlich berichten, was er in Erfahrung gebracht hat. Aber es wäre sinnvoll, wenn Grite anwesend ist, denn sie kann sicher am besten einschätzen, ob ihr Bruder dazu fähig ist, einen solchen Plan zu ersinnen und Mordbuben zu seiner Ausführung anzuwerben." Mit einer Handbewegung schickte Ursula Hildegard los, um Grite zu holen.

Diese war nicht wenig erstaunt, dass ihre Anwesenheit bei der Besprechung der beiden älteren Frauen erwünscht war. Hildegard hatte ihr auf dem kurzen Weg nur gesagt, dass es um die Anschläge ginge, der Freundin aber verschwiegen, dass ihr Bruder darin wohl verwickelt war.

Mit einem herzlichen Nicken und einem kleinen Knicks begrüßte Grite Frau Lucardis und blieb dann einige Schritte seitlich des Tisches stehen. Abwartend und vertrauensvoll sah sie zu ihrer Vorsteherin.

„Dieser junge Mann der Stadtwache hat sich als sehr findig erwiesen, die Halsabschneider aufzuspüren, die Hildegard und damit unserem Konvent Schaden zufügen wollen. Höre bitte aufmerksam seinem Bericht zu. Anschließend wollen wir überlegen, ob es sich so verhalten kann, wie es den Anschein hat."

Für Grite war die Ankündigung der Magistra mehr als nur rätselhaft. Aber wenn die um so vieles ältere und erfahrenere Frau meinte, dass sie hilfreich sein konnte, dann wollte sie dem Bericht des jungen Mannes bereitwillig folgen.

Witho trat jetzt zu den anderen vor und berichtete von dem, was er am gestrigen Abend in Erfahrung gebracht hatte. Den Namen seines Freundes verschwieg er wiederum. Von seiner Verbindung zur Bande jugendlicher Taschendiebe musste hier niemand erfahren. Anfangs war er noch etwas aufgeregt und der abschätzende Blick Hildegards trug keinen geringen Anteil daran, aber mit der Zeit wurde er ruhiger und verstand es auch wieder, in wohlgesetzten Worten seine Beobachtungen zu schildern.

Als er schließlich geendet hatte und erwartungsvoll in die Runde schaute, schwiegen alle einen kurzen Moment und ließen das Gehörte wirken. Grite schüttelte ein ums andere Mal den Kopf. Das alles sollte ihretwegen und um ihrer Mitgift willen geschehen sein? Sie konnte es nicht glauben.

„Grite sprich, hältst du es für möglich, dass dein Bruder an den Vorfällen seinen Anteil hat?", brach die Magistra das Schweigen und sah die junge Frau forschend aber gleichwohl beruhigend an.

Grite schüttelte diesmal mit Nachdruck den Kopf.

„Mein Bruder mag ein rechter Haderlump sein, aber so etwas glaube ich nicht von ihm. Zwar ist er allzeit zu großen Worten bereit, aber die Taten denn doch scheuend. Nein, es muss ein Zufall sein, dass er die zwei traf oder es ist ein anderes Halbohr."

„Es ehrt dich, dass du deinen Bruder verteidigst, aber die Hinweise deuten auf seine Beteiligung an den Anschlägen." Frau Lucardis war nicht so leicht vom Gegenteil zu überzeugen. „Mein Mann wird heute noch den Schultheiß in Kenntnis setzen und dann werden wir sehen, ob unsere Vermutungen richtig sind oder nur eine Verkettung von Zufällen."

Damit war die Unterredung beendet und Ursula von Buch schickte die jungen Frauen wieder an ihre Arbeit, um mit der Ratmannsfrau noch einige andere Dinge zu besprechen. Hildegard mutmaßte, dass es dabei womöglich um ihren Eintritt in das Hauswesen der Honsteins gehen würde.

Auch Witho verließ das Schreibzimmer der Vorsteherin und schloss sich den jungen Beginen an. Er hatte alles gesagt, was er wusste. Diese Hildegard hätte ruhig etwas dankbarer sein können. Die andere tat ihm leid. Sie konnte ja nichts dafür, dass sie einen Lumpen zum Bruder hatte.

Witho zuckte die Schultern. Was kehrte ihn das? Er folgte lieber seiner Nase, welche ihn geradezu magisch zur Küche zog. Womöglich gab es einen Topf auszukratzen oder ein übriggebliebener Brotkanten wartete auf die Zähne eines immer hungrigen Mannes der Stadtwache. Mitglied der Stadtwache, das hörte sich doch traumhaft an. Ein breites Grinsen zog sich über Withos Gesicht.

Mit zusammengekniffenen Lippen begab sich Grite wieder in das Webhäuschen. Theresia und Else versuchten natürlich, sie auszufragen, was der hohe Besuch im Konvent zu bedeuten habe. Grite gab nur ausweichende, einsilbige Antworten. In ihr reifte ein Entschluss. Sie musste nur einen günstigen Zeitpunkt abwarten.

Hildegard hingegen war mit der Besprechung außerordentlich zufrieden. Endlich ging es voran mit der Aufdeckung der Angriffe auf ihr Leben. Dass der Bruder von Grite hinter all dem stecken sollte, kam zwar überraschend, hörte sich aber erst einmal folgerichtig an. Frohgemut gesellte sie sich wieder Anna zu und erzählte ihr von den neuesten Erkenntnissen. Interessiert hörte die andere zu. Als Hildegard dann aber Merten Ellenbruch erwähnte, glitt ein Schatten von Unglauben über Annas Gesicht. Hildegard beachtete es nicht weiter, denn zu sehr war sie in die Schilderung der Nachforschungen des jungen Stadtwächters vertieft.

Dessen Aufmerksamkeit galt im Augenblick uneingeschränkt einem Brotkanten, den Walburga dick mit ihrem köstlichen Griebenschmalz bestrichen hatte. Anschließend sollte er mit ihr noch einmal in den Keller hinabsteigen, um die Fässer mit gepökeltem Schweinefleisch und Salzheringen umzustellen. Die Köchin musste Platz für das Hängeregal schaffen, dass die Magistra bei einem Tischler in Auftrag gegeben hatte. In diesem Regal, das an zwei Seilen von der Decke hing, würde Walburga mancherlei teure Spezereien mäusesicher aufbewahren können. Und wenn dieser Bursche mit den breiten Schultern schon kauend in ihrer Küche herumlungerte, konnte er sich auch nützlich machen.

Während Witho sich die letzten Schmalzreste von den Fingern leckte, sah er aus dem Augenwinkel eine der Frauen schnell über den Hof zum Tor eilen. Er trat einen Schritt aus der Küche heraus und sah die junge Begine, die bei der Besprechung vor kurzem dabeigewesen war, eilig durch das Tor laufen, ohne der fragenden Rufe der alten Torfrau zu achten. Witho zuckte nur kurz die Schultern. Das ging ihn nichts an. Er hatte seine eigenen Aufträge, um die es sich zu kümmern galt. Und wenn er im Keller fertig sein würde und die Ratmannsfrau noch immer bei der Magistra verweilte, würde er die Köchin vielleicht zu einem weiteren Stück Brot mit gar schmackhaftem Aufstrich überreden können.

Obwohl so in angenehme Gedanken vertieft, entging ihm trotzdem nicht, dass sich eine weitere Frau dem Tor näherte. Neugierig streckte er erneut den Kopf aus der Küche. Diese Hildegard lief genauso ungestüm, ohne der Torfrau eine Antwort auf ihre Frage zu geben, aus der schmalen Tür hinaus, wie vor Kurzem die Tuchhändlersschwester.

„Bei Euch am Tor geht es ja zu wie im Taubenschlag. Eine nach der anderen läuft davon, als wäre ihr der Leibhaftige auf den Fersen." Grinsend wandte sich Witho wieder der Köchin zu.

Walburga, mit einem untrüglichen Gespür für Widrigkeiten gesegnet, musterte den Burschen argwöhnisch und eilte dann zum Tor. Witho heftete sich an ihre Fersen. Solange die Quelle ihrer Freigebigkeit nicht versiegte und sie ihn nicht mit einem Kochlöffel davonjagte, würde er ihr nicht von der Seite weichen.

Noch ehe sich die Köchin mit einer Frage an Mette wenden konnte, schimpfte die alte Frau schon los: „Was ist bloß in die jungen Hühner gefahren, dass sie ohne Begleitung und ohne auch nur eine meiner Fragen zu beantworten, den Konvent verlassen, als stünde das Haus in Flammen? Erst Grite und dann auch noch Hildegard."

Walburga hatte genug gehört. Hier war irgendetwas im Gange, das der Beaufsichtigung bedurfte. Und da sie nicht auch noch allein loslaufen konnte, drehte sie sich abrupt zu ihrem Begleiter um.

„Hör zu Bursche, wenn du wirklich so ein findiger Stadtwächter bist, dann läufst du jetzt den beiden aufgeregten Hühnern hinterher, fängst sie ein und bringst sie wohlbehalten in den Konvent zurück."

Witho stülpte die Unterlippe vor. So hatte er sich seinen freien Vormittag nicht vorgestellt. Es gab sicher angenehmeren Zeitvertreib, als zwei hitzigen Maiden hinterherzurennen. Und was, wenn die gar nicht zurück in den Konvent wollten? Er konnte sie ja schlecht bei den Haaren packen und gegen ihren Willen zurückschleifen. Er hatte so gar keine Ahnung, wie man mit jungen Frauen umging. Schon wollte er ablehnend den Kopf schütteln, als Walburga die zwei Zauberwörter „gebratene Blutwürste" sprach.

Ohne weitere Zeit zu verlieren, war Witho im gleichen Moment zur Tür hinaus. Da, wo sich die beiden jungen Frauen durch die Menschen drängen mussten oder einem Karren auswichen, pflügte er hindurch oder setzte mit einem Sprung über einen Handkarren hinweg. Wieder einmal zahlte sich seine Zeit bei den Fischmäulern aus. Den Sprung über einen beladenen Karren hatten sie bis zur Meisterschaft geübt. Mehr als einmal konnten sie durch einen solch waghalsigen Sprung einen erbosten Verfolger abhängen. Kurz darauf sah er die hochgewachsene Hildegard auf den Breiten Weg einbiegen. Nun brauchte er ihr nur noch zu folgen.

***

Derweil war Grite, nichts ahnend von den zwei Verfolgern, die sich nacheinander an ihre Fersen geheftet hatten, schon an der Ulrichskirche vorbei zum Breiten Weg gehastet und lief diesen entlang. Bis zum Haus ihres Bruders war es ein längerer Weg. Ihr graues Beginengewand hatte sie leicht gerafft, so dass sie schnellen Schrittes dem Haus in der Gasse zum Brückentor zueilen konnte. Unter ihrer Haube hatten sich einige Haarsträhnen hervorgeschoben, ihr Gesicht war vom schnellen Lauf gerötet. Es scherte sie nicht, dass ihr missbilligende Blicke nachgesandt wurden. Hier ging es um ihren Bruder. Mochte er ihr auch nach dem Tode ihres Vaters noch so übel mitgespielt haben, so war er doch ihr letzter lebender Anverwandter in Magdeborch.

Sie wollte aus seinem Munde hören, dass er unschuldig war. Oder wollte sie hören, dass er sich zu diesen Taten bekannte? Nein, so konnte es nicht sein. Nie und nimmer würde er seinen Ausweg in Mord und Totschlag suchen. Lug und Trug traute sie ihm ohne Zögern zu, aber nicht Mordbuben auf ihren Konvent zu hetzen. So weit konnten seine Verbitterung und sein Hass einfach nicht gehen.

Völlig außer Atem schlug sie schließlich mit der Faust gegen die verschlossene Haustüre. Womöglich waren die Büttel schneller gewesen als sie und führten ihren Bruder schon fort. Erneut hämmerte sie gegen die Tür. Als auf der anderen Seite ihres Bruders Stimme zu vernehmen war, atmete sie erleichtert auf.

„Wer in Gottes Namen schlägt mir fast die Türe ein? Steht die Stadt in Flammen oder was hat dieses Gelärme zu bedeuten?"

Knirschend drehte sich der Schlüssel im Schloss, die Tür wurde einen Spalt geöffnet und Merten Ellenbruch steckte sein unrasiertes, übernächtigtes Gesicht heraus. Als er seiner Schwester ansichtig wurde, verzerrten sich seine Züge.

„Verschwinde von meiner Schwelle!" Er wollte die Tür wieder zuschlagen, aber Grite hatte schon einen Fuß in dem Spalt.

„Merten, um Gottes Willen, lass mich ein und höre mich an. Ich bitte dich als deine Schwester!"

„Schwester? Ich habe keine Schwester mehr", schleuderte er

ihr entgegen, „seit dem Tag, als du dieses Haus verlassen hast. Und nun scher dich zurück zu deinem Beginenpack."

„Bruder, so höre mich doch an", flehte Grite erneut. „Es geht um dein Wohl und Wehe."

Merten wurde nun doch schwankend. Das hörte sich durchaus dringend an. Aber was konnten ihm diese Weiber schon anhaben? Keiner wusste von seinen heimlichen Machenschaften. Und die, die zu ihm kamen, würden schon im eigenen Interesse Stillschweigen bewahren. Aber andererseits konnte es nichts schaden, seine Schwester auszuhorchen und so in Erfahrung zu bringen, was gegen ihn im Gange war. Er zog die Tür weiter auf und ließ Grite ein.

„Also sprich, was du so Wichtiges zu sagen hast und dann mach dich wieder davon."

Grite wusste nicht, wie sie beginnen sollte. Ihr ganzes Trachten war dahin gegangen, vor den Bütteln das Haus zu erreichen. Sie hatte sich keine Worte zurechtgelegt, wie sie ihren Bruder befragen sollte, ohne dass er sie womöglich gleich wieder hinauswerfen würde.

„Gegen eine meiner Mitfrauen wurden zwei Anschläge auf ihr Leben begangen." Forschend sah sie ihn an. Würde er aufgeschreckt zusammenzucken? Doch sein Gesicht blieb gleichgültig.

„Ja und? Warum sollte mich das bewegen?", knurrte der Tuchhändler abweisend.

„Sie wollen es dir zur Last legen, denn…", weiter kam sie nicht.

„Bist du von Sinnen Weib!" Ellenbruch hob die Hand, als wolle er sie schlagen. Dann besann er sich. „Es überrascht mich nicht, dass jemand diese Teufelsbrut ausmerzen will. Und er hat mein aufrichtiges Wohlwollen, aber lass dir gesagt sein, dass ich meine Zeit nicht mit dem Beginengesindel vergeude." Er dachte einen Moment nach. „Wer will es mir anlasten und wie kommen die darauf?"

„Du bist gestern mit zwei der Mordbuben in der Schänke *Zum Geflickten Rad* gesehen worden und hast gemeinsam mit ihnen das Wirtshaus verlassen."

Ellenbruch zog die Augenbrauen zusammen. Jemand hatte ihn bespitzelt.. Womöglich die beiden jungen Burschen, die ihn gestern am Nebentisch in ein Gespräch verwickelt hatten. Im Nachhinein fiel ihm auf, dass sie sich auffällig interessiert an seinem Widerwillen gegen die Beginen gezeigt hatten.

„Was für eine aberwitzige Idee. Zufällig setzten sich zwei Fremde an meinen Tisch und zufällig gingen wir zur selben Zeit." Unwillig schüttelte er den Kopf. „Und wer wird sich schon um die Befindlichkeiten deiner Beginenbrut sorgen? Will euer Oberweib Anklage gegen mich erheben? Wer wird ihr schon Gehör schenken?" Abfällig zogen sich seine Mundwinkel herab.

„Der Ratsmann Peter Honstein hat sich unserer Probleme angenommen. Seine Tochter Mechthilda lebt seit Jahren im Konvent und er sorgt sich um ihre Sicherheit. Er fürchtet, dass womöglich auch sie zu Schaden kommen kann."

Der Ratsmann Peter Honstein. Ellenbruch nagte an seiner Unterlippe. Das warf ein ganz anderes Licht auf die Sache.

„Ach was", er machte eine wegwerfende Handbewegung. „Was sollen sie schon gegen mich in der Hand haben? Ich habe mit der ganzen Angelegenheit nichts zu schaffen. Und nun pack dich."

Bevor Merten Ellenbruch seiner Schwester die Tür weisen konnte, wurde erneut kräftig dagegengeschlagen.

„Die Büttel", flüsterte Grite entsetzt.

„Büttel? Mach dich nicht lächerlich", Merten streckte die Hand nach der Tür aus, hielt aber dann doch inne. „Wie kommst du darauf, dass die Büttel vor dem Haus stehen?"

„Der Ratsmann wollte heute Vormittag zum Schultheißen gehen und ihm den Verdacht gegen dich vortragen. Sie werden dich in den Bürgergehorsam schaffen." Furchtsam riss Grite die Augen auf. Über den Bürgergehorsam und den darunter befindlichen Folterkeller wurden schreckliche Dinge erzählt.

Langsam machte der Tuchhändler zwei Schritte nach hinten. Doch noch bevor er die Flucht ergreifen konnte, wurde die Tür, die er nach Grites Eintritt nicht wieder verriegelt hatte, aufgestoßen. Zwei grobschlächtige Kerle in Lederwams und mit Knüppel in den Händen stürmten herein. Einer ergriff Merten Ellenbruch bei den Armen und drehte sie ihm auf den Rücken.

„Seid Ihr der Tuchhändler Merten Ellenbruch?"

Der wand sich unter dem derben Griff und stieß zwischen den Zähnen hervor: „Ja, bin ich. Und nimm gefälligst deine dreckigen Pfoten von mir."

Der Büttel packte fester zu, so dass Merten gepeinigt aufstöhnte und ihm jeder Gedanke an Flucht verging.

Der andere wandte sich Grite zu. „Bist du die Magd?"

„Ich bin die Schwester Grite Ellenbruch", brachte sie tonlos hervor. Die würden doch nicht auch sie mitnehmen?

Die beiden sahen sich ratlos an. Einer schob nachdenklich die Unterlippe vor. Dass das Denken bei ihm reichlich langsam vonstatten ging, war nicht zu übersehen. Schließlich kam er zu einem Ergebnis: „Wir haben nur den Auftrag, den Tuchhändler mitzunehmen. Von einer Schwester war nicht die Rede."

Der andere nickte erleichtert, dass sein Amtsbruder die Entscheidung übernommen hatte.

Sie banden Merten die Hände am Ellenbogen auf dem Rücken zusammen, schlangen ihm eine Seilschlaufe um den Hals und führten ihn ab. Ellenbruch warf seiner Schwester einen letzten gehetzten Blick zu. Sein Mund war vor Entsetzen stumm.

Schon hatten sich einige Neugierige aus den Nachbarhäusern zusammengefunden und mit jedem Augenblick wurden es mehr. So ein Schauspiel, wollte sich niemand entgehen lassen. Jede noch so kleine Abwechslung im eintönigen Alltag war willkommen und wurde von den Gaffern mit lauten Rufen kommentiert:

„Wird auch Zeit, bei dem Gelichter, das dort nächtens immer ein und aus geht!"

„So einer gehört nicht in anständiger Leute Viertel!"

„Hoffentlich behalten sie ihn lange im Bürgergehorsam!"

„Meister Hardo wird ihm schon die Zunge lösen!"

Grite war fassungslos. Wo kam nur dieser Hass gegen ihren Bruder her? Er war doch ein angesehener Tuchhändler. Oder steckte er doch tiefer in Schwierigkeiten, als sie wahrhaben wollte?

Langsam entzog sich die kleine Prozession ihren Blicken. Nur die johlend nebenherlaufenden Kinder waren noch eine Weile zu hören. Und auch die Nachbarn zerstreuten sich nach und nach, nicht ohne heftig die Gründe der Verhaftung zu erörtern und immer gewagtere Mutmaßungen über deren Ursachen anzustellen. Die Inhaftnahme des Tuchhändlers würde noch für einige Zeit das Tagesgespräch bestimmen und jeder würde seiner Erzählung eine Kleinigkeit hinzufügen, solange, bis ein anderes Ereignis in den Mittelpunkt des allgemeinen Interesses geriet.

Grite trat zurück ins Haus und schloss die Tür. Als sie sich umwandte, fuhr sie erschrocken zusammen.

Im Flur ganz hinten, fast unsichtbar im Schatten der Treppe, die ins Obergeschoss führte, stand eine Gestalt, die jetzt zögernd einen Schritt ins Helle machte. Grite erblickte eine schmächtige Magd mit riesigen, verängstigten Augen in einem bleichen, hohlwangigen Gesicht. Das linke Auge der jungen Frau war blau verfärbt und Grite hatte den Eindruck, als würde sie jeden Moment zusammensinken. Mit einem schnellen Schritt war sie bei der Magd und ergriff stützend deren Arm. Sie führte sie in die Küche und drückte sie dort auf die Bank.

Vier Augenpaare sahen erschüttert, aber auch erwartungsvoll die Schwester des Tuchhändlers an, als erhofften sie von ihr ein erlösendes Wort, mit dem sie alles wieder ins rechte Lot bringen würde. Ein Teil des Hauswesens hatte sich wohl bei dem Aufruhr in der Küche versammelt.

Sie winkte dem Kontoristen Carl, ihr ins Kontor zu folgen. Alle anderen schickte sie an die gerade anstehenden Arbeiten zurück. Jetzt galt es zuerst, das Handelshaus zu sichern. Für ihren Bruder würde sie im Moment nichts tun können.

Allerdings erklärte ihr der Kontorist, der schon seit fast fünfzehn Jahren für das Haus Ellenbruch arbeitete, dass vom Tuchhandel ihres Vaters nicht mehr als der Name geblieben war. Nachdem im Aprilhochwasser das von Merten gemietete Flussschiff mit all dem Tuch zum Grund der Elbe gefahren war, hatten ihm die anderen Tuchhändler die Lagerräume leergeräumt, um so wenigstens einen geringen Ersatz für ihre verlorenen Waren zu erlangen. Kurz darauf hatten sich auch seine anderen Geschäftspartner nach und nach von ihm zurückgezogen. Vor zwei, drei Wochen war der Handel vollkommen zum Erliegen gekommen und Ellenbruch hatte die Fuhrknechte und Handelsgehilfen entlassen. Nur er selbst, Carl, hatte bleiben dürfen. Aber sein Herr musste ab und zu doch zu Geld kommen. Woher? Das blieb ihm verschlossen, denn des abends verließ er das Handelshaus, da er mit seinem Weib ein eigenes, winziges Häuschen nahe der Magdalenenkapelle bewohnte. Doch morgens waren mitunter Spuren mehrerer nächtlicher Zecher im Hause zu finden. Wer zur nächtlichen Stunde noch den Herrn aufsuchte? Carl zuckte die Schultern. Darauf wusste er keine Antwort.

Grite schickte ihn fort, um alle Bediensteten in der Küche zusammenzurufen. Sie selbst ließ sich im Kontor auf einen Hocker sinken. Was sollte sie den Leuten ihres Bruders sagen? Eigentlich müsste sie alle fortschicken, die Türen verriegeln und hoffen, dass ihr Bruder den Handel wieder aufnehmen würde, nachdem sich seine Unschuld an den Vorgängen herausgestellt hatte. Und wenn nicht? Dieser kleine Gedanke bohrte unaufhörlich in ihr und machte alle Zukunftspläne zunichte.

Wollte sie das Lebenswerk ihres Vaters bewahren, musste sie selbst Hand anlegen. Bestimmt würde die Tuchhändlerzunft ihr gestatten, den Handel wieder aufzunehmen, bis.. ja bis wann? Bis sie einen zünftigen Tuchhändler heiratete, der dann die Geschäfte weiterführen durfte? Grite musste an den Hamburger Händler denken, mit dem ihr Bruder sie verkuppeln wollte und es schüttelte sie. Aber bis dahin war noch Zeit. Erst einmal musste der Handel überhaupt gerettet werden.

Das würde sie aber nicht vom Beginenhof am Ulrichstor aus regeln können. Sie musste die Magistra bitten, sie für unbestimmte Zeit aus dem Konvent zu entlassen. Würde sich die Vorsteherin damit einverstanden erklären oder würde das bedeuten, dass sie den Konvent für immer verlassen musste?

Entschlossen betrat Grite die Küche und sah sich dem Kontoristen, der Köchin, der kleinen Magd und einem Knecht gegenüber. Hatte sie vorhin noch gedacht, diese vier wären nur ein Teil des Hauswesens, so wusste sie es nun besser. Das war alles, was übriggeblieben war vom einst florierenden Handelshaus Ellenbruch.

Grite informierte die Bediensteten, dass sie jetzt die Zügel in die Hand nehmen würde, wies alle an, die Türen geschlossen zu halten und machte sich dann auf in den Beginenkonvent. Ihre Schritte waren langsamer als auf den Herweg, fast schon zögerlich. Ihre eigene Zukunft war mehr als nur ungewiss. Dazu hatte sie auch ein schlechtes Gewissen, dass sie den Konvent jetzt, in Zeiten der Gefahr, verlassen wollte. Auch wenn ihr Bruder im Bürgergehorsam saß, immer vorausgesetzt, er hatte seine Hände wirklich bei dieser Schurkerei im Spiel, so liefen doch die Mordbuben noch immer frei herum.

12. Kapitel

Zu diesem Zeitpunkt war Hildegard schon wieder von ihrem Beobachtungsposten vor dem ellenbruchsen Handelshaus verschwunden.

Als sie in Annas Stube von der Flickarbeit aufgeschaut hatte, sah sie gerade noch, wie Grite an Mette vorbei auf die Straße lief. Sie wird doch wohl nicht ihren Bruder warnen wollen? In dem Augenblick, als sie dieser Gedanke durchfuhr, sprang Hildegard auch schon auf und eilte der Freundin hinterher.

Anna konnte darüber nur den Kopf schütteln. Sie würde keinen Fuß auf die Straße setzen, solange es sich vermeiden ließ.

Trotz ihrer längeren Beine gelang es Hildegard nicht, Grite einzuholen. Sie hätte ansonsten schon wie ein Gassenjunge in einen schnellen Lauf verfallen müssen. Die tadelnden Blicke und unfreundlichen Worte, die man ihr hinterhersandte, reichten auch so schon. Trotzdem verlor sie die andere nicht aus den Augen.

Als Grite schließlich an einem gediegenen Haus in der Gasse zum Brückentor haltmachte und gegen die Haustür schlug, verbarg sich Hildegard in der tiefen Toreinfahrt eines schräg gegenüberliegenden Anwesens.

Also doch, dachte sie, als Merten Grite einließ. Unterwegs hatte sie noch gehofft, dass Grites überstürzter Aufbruch ein anderes Ziel haben könnte. Aber jetzt, nach der zum Teil lauten Auseinandersetzung auf der Straße, war klar, dass die Freundin ihren Bruder sicherlich zur Flucht drängen wollte.

Enttäuscht presste Hildegard die Lippen aufeinander und wandte sich ab. Sie empfand Grites Verhalten als Verrat an sich selbst und den anderen Frauen. Das beste wäre, in den Konvent zurückzukehren und der Magistra zu berichten.

Unwillig schüttelte sie den Kopf. Sie konnte das Leid der Freundin nicht einfach so verraten. Aber was tun?

Die Antwort auf diese Frage wurde ihr abgenommen, als sie

aus der Toreinfahrt heraus auf die Straße treten wollte. Ein kräftiger Arm packte sie von der Seite und zog sie wieder zurück. Als sie aufschreien wollte, legte sich eine Hand auf ihren Mund. Das kam ihr nur zu bekannt vor. Wild fuhr sie herum, bereit zu treten und zu kratzen und ihr Leben so teuer wie möglich zu verkaufen.

Doch kein Halbohr oder anderer Galgenvogel stand hinter ihr, sondern dieser aufgeblasene junge Stadtwächter. Beschwörend legte er einen Finger auf den Mund und sah sie eindringlich an. Schon wollte Hildegard dem aufdringlichen Burschen eine schallende Ohrfeige verpassen, als sie sich doch anders besann und sich zurück in die Toreinfahrt ziehen ließ.

Vorsichtig beugte sich Witho vor und wies dann mit Blick und Zeigefinger zu dem hochbeladenen Karren eines Holzhändlers, der drei Häuser weiter stand. Halb davon verdeckt stand reglos ein zerlumpter Mann und starrte ebenfalls auf das Haus, in dem Grite eben verschwunden war. Da der Karren, den er als Deckung nutze, sein Beobachtungsfeld einschränkte, hatte er weder Hildegard noch Witho kommen sehen.

Hildegard warf nur einen flüchtigen Blick auf den Fremden und zuckte dann mit den Schultern.

Witho verdrehte ob soviel Begriffsstutzigkeit die Augen und machte mit der Hand ein Zeichen an seinem linken Ohr, als wolle er es abschneiden.

Wieder beugte sich Hildegard etwas vor, um den Beobachter hinter dem Karren genauer in Augenschein zu nehmen. Entsetzt aufstöhnend fuhr sie zurück. Dabei war es ihr gänzlich egal, dass sie gegen die Brust des Wächters stolperte und der sie gerade noch vor einem Sturz bewahren konnte.

„Das ist der Kerl, der mich überfallen hat", wisperte Hildegard Witho aufgeregt zu und fügte dann noch hinzu: „Den würde ich unter allen Halbohren Magdeborchs erkennen."

Noch bevor er etwas antworten konnte, entstand erneut Lärm vor dem Haus des Tuchhändlers. Zwei Büttel begehrten Einlass.

Witho schob Hildegard tiefer in die Einfahrt zurück, behielt aber selbst den Halbohrigen im Auge. Und wie erwartet, zog der sich unauffällig zurück und wandte dem beobachteten Haus den Rücken, um sich aus dem Staub zu machen.

Neugierig hatte sich Hildegard wieder etwas vorgeschoben und sah dem unauffällig Davonschlendernden nach.

„Hinterher", raunte sie Witho zu, „bestimmt führt er uns zu

seinem Kumpan."

„Ihr geht zurück in den Konvent", entgegnete der bestimmend. „Ich verfolge allein."

„Und wenn sich sein Kumpan hier herumtreibt? Wollt Ihr etwa, dass ich ihm in die Hände falle?" Verschmitzt grinste Hildegard den jungen Mann an. Und noch bevor er dem etwas entgegensetzen konnte, war sie schon aus der Toreinfahrt hinausgehuscht und lief in die Richtung, in der der Galgenvogel verschwunden war.

Immer auf Abstand zum Halbohrigen und Deckung durch Karren oder andere Menschen bedacht, machten sich die beiden an die Verfolgung.

Allein, der Gauner wurde sich seiner Verfolger schon bald bewusst. Unter dem Brückentor wandte er sich noch einmal um. Gerade war eine Lücke im Gedränge vor dem Tor entstanden, so dass er Hildegard und Witho in einer Entfernung von etwa dreißig Schritten gegenüber stand. Er machte eine tiefe Verbeugung vor Hildegard und grinste sie hämisch an. Im nächsten Augenblick war er auch schon nach draußen entschwunden. Als Hildegard und Witho unter dem Tor standen, war der Halunke unauffindbar untergetaucht.

Grimmig blickte Witho Hildegard an.

„Ihr wart zu auffällig. Mich allein hätte der Strolch nie bemerkt."

„Ach ja, seid Ihr Euch da ganz sicher? Und wem hat der Kappesbauer einen Kohlkopf hinterhergeworfen, weil jemand beim Sprung darüber seinen Karren umgeworfen hatte?" Kampfeslustig blitzte Hildegard zurück.

„Weibsleute! Sollten zu Hause bleiben und kochen und Hemden nähen." So leicht wollte Witho nicht klein beigeben. Darüber hinaus ärgerte ihn der verpatzte Sprung so schon genug. Da musste nicht noch diese Begine dran rühren.

„Was wisst Ihr denn schon von Frauensleuten, die kochen und Hemden nähen? Ihr kennt doch höchsten die lustigen Forellen vom Haus am Fischmarkt."

Das hatte gesessen. Witho klappte der Unterkiefer herunter und sein sonnengebräuntes Gesicht ging in ein kräftiges Rot über. Sich ihres Sieges gewiss, drehte sich Hildegard hocherhobenen Hauptes um und schlug den Weg zum Konvent ein. Der Bursche würde schon folgen.

Witho blieb gar nichts weiter übrig. Erstens warteten da die gebratenen Würste und zum anderen musste er auch noch Frau Lucardis nach Hause begleiten. Aber eins war sicher. Dieser Hildegard würde er keinen Blick und kein Wort mehr gönnen. Sie hatte ihn direkt an seinem wunden Punkt getroffen. Den lustigen Forellen, wie die Hübschlerinnen vom Fischmarkt allgemein genannt wurden, stattete Utz Schwarzkopf regelmäßig einen Besuch ab und prahlte dann vor seinen Leuten lang und breit mit seinen Heldentaten. Schon lange hatte sich Witho vorgenommen, sich dort auch zu beweisen. In vier Monaten wurde er siebzehn, sah aber jetzt schon aus wie weit über achtzehn und es war allemal an der Zeit, dass er diese Erfahrungen selbst sammelte.

Gerade noch rechtzeitig erreichten die beiden den Konvent. Die Ratmannsfrau trat eben in Begleitung der Magistra aus dem Refektorium.

Grite saß mit verheulten Augen bei Mette und klagte der alten Frau wohl gerade ihr Leid. Feindselig blitzte Hildegard die Freundin an. War sie jetzt überhaupt noch eine Freundin? Aber als die andere dann schniefend in ihrem ganzen Elend zu ihr aufblickte, konnte sie nicht anders, sie musste Grite einfach in den Arm nehmen und ihr ein paar tröstende Worte ins Ohr flüstern.

Plötzlich war ihr nämlich der Gedanke gekommen, wie es wäre, wenn sie selbst Geschwister hätte, die in Gefahr waren. Dann würde sie doch sicher auch versuchen, diese zu retten. Ihre Familie waren die Konventsfrauen. Und sie würde alles tun, um diese zu schützen und in Sicherheit zu bringen, selbst wenn sie Schuld auf sich geladen hätten. Diese Einsicht ging aber nicht so weit, dass Hildegard auch Merten Ellenbruch in ihre Vergebung mit einschloss. Der sollte in der Hölle braten, dass er ihr und den anderen Frauen soviel Ungemach bereitet und sie in Angst und Schrecken versetzt hatte.

Noch bevor sich Frau Lucardis verabschieden konnte, traf ein Bote des Ratsmanns mit einer Nachricht für die Magistra ein. Er berichtete, dass der Tuchhändler Merten Ellenbruch in Gewahrsam genommen und zum Bürgergehorsam geschafft worden war. Weiterhin ließ Peter Honstein ausrichten, dass, da jetzt der Anstifter gefangengesetzt sei, die Gefahr wohl gebannt sei. Ohne ihren Auftraggeber und damit der Bezahlung verlustig gegangen, würden die Mordbuben kaum an der weiteren Umsetzung ihres ursprünglichen Planes festhalten.

Ellenbruch musste bis Montag erst einmal im Kerker schmoren und dann sollte er gütlich befragt werden. Sollte er sich dann aber als verstockt erweisen, würde Meister Hardo ihm die Folterinstrumente zeigen. Viele brachen schon bei deren bloßem Anblick zusammen und gestanden ihre Schandtaten. Wenn auch das bei dem Ellenbruch nicht wirken sollte, würde am Dienstag oder Mittwoch die peinliche Befragung einsetzen.

Als Grite das vernahm, brachen ihre gerade versiegten Tränen erneut hervor. Sie entschloss sich, ihren Bruder am Montag im Kerker einen Besuch abzustatten und ihm noch einmal ins Gewissen zu reden.

Frau Lucardis verabschiedete sich und ließ sich von dem Boten zurückbegleiten. Zuvor reichte sie jedoch Witho mit einem wissenden Lächeln und den Worten: „Nimm es als Spende für bedürftige Straßenkinder", einen kleinen Stoffbeutel, in dem munter etliche Münzen klimperten.

Somit war Witho des Auftrags der Begleitung der Ratmannsfrau ledig und konnte sich den zwei gebratenen Blutwürsten zuwenden, die ihm Walburga in einer Ecke ihrer Küche auftischte. Eigentlich hätte er ja nur die Hälfte der Würste verdient, grummelte die Köchin, denn er hätte ja auch nur die Hälfte der entlaufenen Beginen zurückgebracht. Die andere Hälfte war ja von allein gekommen. Als sie Withos entsetzten Blick sah, gab sie ihm lachend einen Klaps auf den Hinterkopf und schob ihm das Holzbrett mit den Blutwürsten zu.

Bis auf Grite und Hildegard verzehrten die Beginen im Refektorium die gebratenen Würste, das Wurzelgemüse und das frische Brot mit ebenso gutem Appetit wie der junge Knecht der Stadtwache. Allein, die beiden jungen Frauen knabberten an ihren Würsten nur lustlos herum. Der Magistra waren ihre eigenwilligen Ausflüge in die Stadt schon zu Ohren gekommen und sie hatte die beiden Übeltäterinnen nach dem Essen in ihren Raum bestellt. Das würde eine gewaltige Strafe nach sich ziehen. Hildegard sah schon ihren freien Sonntagnachmittag entschwinden.

Witho hatte nach seinem Festmahl noch rasch im Keller die Fässer geordnet, wie die Köchin es ihm angewiesen hatte. Da Walburga mit den anderen Frauen im Refektorium gemeinsam das Mittagsmahl einnahm, war Witho allein im Keller. Einen Moment schwebte seine Hand über der irdenen Schüssel mit den restlichen frischen Blutwürsten. Aufseufzend zog er seine Finger jedoch leer zurück. Schließlich galt er hier als Mann der Stadtwache. Da konnte er sich nicht wie ein gewöhnlicher Dieb die Taschen füllen.

Als er nach getaner Arbeit auf die Straße trat, stellte er mit einem prüfenden Blick zum Himmel die ungefähre Tageszeit fest. Das Mittagsläuten würde noch etwas auf sich warten lassen und somit war die Gelegenheit günstig, auch sein zweites Vorhaben für heute in die Tat umzusetzen.

Er schlenderte an der Vorderseite des Konvents entlang. Rechts und links schlossen sich die festen Mauern anderer Häuser und Höfe an. Linker Hand traf er kurz darauf auf die Straße, die durch das Ulrichstor hindurch nach Rottersdorf führte. Er schritt die Straße bis zum Tor entlang. Und genau, wie er vermutet hatte, befand sich zwischen der hinteren Begrenzung der Anwesen und der Stadtmauer ein vielleicht zehn Schritt breiter Weg, der von den Anliegern frei und befahrbar gehalten werden musste.

In Kriegszeiten konnten so entlang der Stadtmauer schnell für die Verteidigung notwendige Gerätschaften oder Truppen bewegt werden. Jetzt wuchs auf dem Weg knöchelhohes Gras, das unterschiedlicher Nutzung zugeführt wurde. Hinter einem Anwesen waren zwei Ziegen angepflockt, ein Stückchen weiter legten gerade Mägde Wäsche zum Bleichen und Trocknen aus. Ein anderer hatte das Gras einfach nur abgeschnitten und ließ es trocknen, um Heu für die Winterfütterung zu gewinnen. Zum Zwecke der besseren Zugänglichkeit waren bei vielen Anwesen kleine Pforten in die hintere Abgrenzung eingelassen.

Langsam schritt Witho in diesen Weg hinein, bis er sicher war, hinter dem Konventsgarten zu stehen. Missbilligend schüttelte er den Kopf. Nach vorn war immer alles verriegelt und gesichert. Warum dachte eigentlich kaum jemand daran, dass auch von hinten Gefahr drohen konnte? Zwar gab es hier keinen Eingang und die Bewohnerinnen des Beginenhofs nutzten wahrscheinlich eine Leiter zum Übersteigen des Zaunes, aber ein wirkliches Hindernis stellte die fehlende Pforte nicht da.

Von einer Mauer konnte hier keine Rede sein. Auf einen wenig mehr als einen Fuß hohen Sockel aus Feldsteinen grenzte ein ehemals stabiler Zaun aus unbehauenen Pfosten und dichtem Flechtwerk den Garten zum Weg hin ab. Jedoch waren einige Zaunpfähle am unteren Ende schon angefault und das Flechtwerk wies allerlei Löcher auf, welche kräuterhungrige Nager hinterlassen hatten. Ein kräftiger Tritt gegen einen der wankelmütigen Pfosten würde einen Durchlass schaffen, durch den ein Mann mühelos eindringen konnte.

Der Zaun wurde noch dazu an einer Ecke von einer kräftigen Hagebuttenhecke überwuchert. Gleich neben der Hecke streckte ein alter Apfelbaum seine knorrigen Äste einladend in den Weg hinaus. Es bereitete Witho nicht keine Mühe, sich an einem der Äste hochzuziehen und somit einen prächtigen Überblick über die Obstwiese und den Kräutergarten zu gewinnen.

Unter den Obstbäumen kauten zwei Ziegen lustlos am Gras und einige Hühner scharrten nach Würmern und Schnecken. Die Kräuter- und Gemüsebeete waren in tadellosem Zustand und verrieten, dass hier jemand mit Liebe all die Gewächse hegte und pflegte.

Zwar waren Ratsmann und Schultheiß offensichtlich der Meinung, dass die Galgenvögel von ihrem Vorhaben ablassen würden, aber Witho hatte da so seine Zweifel. Was, wenn die noch immer irgendwo lauerten? Und ebenso wie er selbst, könnten auch die zwei die nahezu ungesicherte Rückseite des Beginenkonvents auskundschaften.

Es half alles nichts. Hier musste ein versteckter Beobachter her. Richtig sicher würden die Frauen erst sein, wenn alle Beteiligten eingekerkert waren oder nachweislich die Stadt verlassen hatten.

Witho kannte da genau den Richtigen, der besser als alle anderen für eine heimliche Wacht geeignet war. Buntauge konnte sich so unauffällig verbergen wie ein trockener Zweig im Reisigbesen. Gleich heute Abend würde Witho die Fischmaulbande erneut aufsuchen und den Jüngsten mit diesem Auftrag betrauen. Die Münzen, welche die Ratmannsfrau ihm gegeben hatte, würden die Freunde zu größter Wachsamkeit ermuntern.

Gerade wollte er sich vom Ast wieder auf den Boden herunterlassen, als er eine Bewegung zwischen den Obstbäumen wahrnahm. Neugierig machte er einen langen Hals und sah Hildegard und die Schwester des Tuchhändlers genau auf den alten Apfelbaum zukommen, in dessen Geäst er geklettert war.

Witho schmiegte sich dichter an den Ast und verbarg sich so gut es ging im schütteren Laub des alten Baumes.

Die beiden jungen Frauen waren jedoch zu sehr in ihre Gedanken vertieft, als dass sie einen Blick in die Krone des Apfelbaumes geschickt hätten. Schweigend mit gesenkten Köpfen strebten sie der Bank unter dem Baum zu. Aufseufzend wie zwei alte Frauen ließen sie sich darauf nieder.

Schließlich brach Hildegard das Schweigen: „Es ist sehr großzügig von der Magistra, dass sie dir erlaubt hat, dich um den Handel deines Bruders zu kümmern."

„Zumindest um das, was vom Handelshaus Ellenbruch übriggeblieben ist." Grite schlang verzweifelt die Finger ineinander. „Wie konnte Merten nur den geachteten Handel unseres Vaters so zugrunde richten? Ganz allein wird es mir kaum gelingen, den Tuchhandel wieder zum Laufen zu bringen."

„Vielleicht kannst du dich an Hannes Gessler wenden", wagte Hildegard einen Vorschlag in den Trübsinn der Freundin. „Er hat sich doch auch um das Tuch gekümmert, dass ihr hier im Konvent gewebt habt. Womöglich unterstützt er dich."

„Er war zwar freundlich zu uns, doch wird er kaum daran interessiert sein, einem zusammengebrochenen Konkurrenten wieder auf die Beine zu helfen." Grite schüttelte den Kopf. Den Bediensteten im Haus ihres Bruders war sie noch sehr selbstbewusst gegenübergetreten und hatte deren Hoffnungen genährt, dass sich doch noch alles zum Guten wenden würde. Doch schon auf dem Heimweg in den Konvent waren ihr Zweifel am Gelingen ihres Vorhabens gekommen.

Andererseits lag ihr das Handeln gewissermaßen im Blut. Sie erinnerte sich an die Zeit, als sie noch im Hause ihres Vaters gelebt hatte und er ihr erlaubte, eigene kleine Geschäfte zu tätigen. Fast immer war sie erfolgreich gewesen und der Vater hatte ihren Spürsinn für gewinnbringenden Kauf und Verkauf mehr als einmal gelobt.

„Wirst du gleich morgen mit der Arbeit dort beginnen?", riss Hildegard Grite aus deren Gedanken.

„Nein, morgen bleibe ich noch im Konvent. Nach dem Hochamt werde ich Theresia und Else zur Hand gehen und meine Angelegenheiten hier ordnen. Ab Montag werde ich dann am Vormittag im Haus meines Bruders die Bücher sichten und mir einen Überblick verschaffen. Dann will ich ihm auch noch einen Besuch abstatten und die Kerkermiete entrichten, damit er nicht mit all dem übelsten Abschaum und Gelichter im untersten Verlies sitzen muss. Wobei mir immer mehr Zweifel kommen, ob er wirklich nicht in die Anschläge verwickelt ist. Was hat sich dieser Haderlump nur dabei gedacht!" Wütend stampfte Grite mit einem Fuß auf.

Wieder stahlen sich zwei Tränen in ihre Augenwinkel, die sie jedoch resolut abwischte. Nach Hildegards Bericht im Raum der Magistra über ihre Verfolgung des Halbohrs vom Handelshaus bis zum Brückentor gemeinsam mit dem Stadtwächter, war Mertens Beteiligung immer wahrscheinlicher geworden. Trotzdem wollte sich Grite jetzt keine Schwäche mehr gestatten. Sie musste in erster Linie daran denken, den Handel und damit die Arbeit der Bediensteten zu retten und womöglich wieder einige der entlassenen Angestellten in Dienst zu nehmen. Würde sich die Schuld ihres Bruders tatsächlich erweisen, musste er für seine Taten ganz allein den Preis zahlen. Sie konnte nur versuchen, ihm seinen Aufenthalt im Bürgergehorsam erträglich zu gestalten.

Grite vertraute der Freundin an, dass sie sich auch um die kleine Magd kümmern wollte, die offensichtlich hart geschlagen worden war und einen über die Maßen verängstigten Eindruck auf sie gemacht hatte. Überhaupt schien es fast so, als wäre den Bediensteten des Hauses mit der Inhaftnahme ihres Herrn eine Last von den Schultern genommen worden. Grite wollte unbedingt herausfinden, was im Hause ihres Bruders vorgegangen war und was es mit diesen nächtlichen Besuchern auf sich hatte. Sie versprach Hildegard, sie auf dem Laufenden zu halten. Das würde sich nicht als allzu schwierig erweisen, denn die Magistra hatte Grite nur gestattet, sich bis nach dem Mittagsmahl um den Handel zu kümmern. Nachmittags musste sie sich wieder im Konvent einfinden und auch hier die Nächte verbringen. Noch war Grite Konventsfrau und die Magistra wollte sie nicht so einfach aus ihrer Obhut in eine ungewisse Zukunft entlassen. Die weitere Entwicklung würde sich in den folgenden Wochen und Monaten zeigen. Sollte das Handelshaus nicht zu retten sein, würde Grite im Konvent nach wie vor eine geschützte Heimat haben.

Die junge Frau hatte genügend über ihre eigenen Probleme nachgegrübelt und gesprochen. Da gab es doch noch andere interessante Begebenheiten.

„Mit deiner Strafe für das unerlaubte Verlassen des Konvents bist du eigentlich noch recht gut davongekommen."

„Nu ja", Hildegard schürzte die Lippen vor, „wahrscheinlich hätte ich auch so zum Waschen mit hinunter zum Fluss gemusst.

Und mit Hedwigis und Anna wird die Arbeit schon flink und tadellos von der Hand gehen."

Grite nickte. Ja, da war die Magistra doch recht gnädig mit der Freundin gewesen.

„Und dieser junge Stadtwächter hat sich nicht gesträubt, als du dich an der Verfolgung beteiligt hast?" Grite grinste Hildegard herausfordernd an.

„Pah", machte die auch erwartungsgemäß, „dieser aufgeblasene Bursche ist mir doch nicht gewachsen. Er bildete sich zwar ein, mich herumkommandieren zu können und mich nach Hause zu schicken, aber diesen Vorschlag konnte er sich gleich wieder aus dem Sinn schlagen."

„Das kann ich mir gut vorstellen." Grite lachte jetzt hellauf. „Überhaupt machte der Bursche einen recht abgerissenen Eindruck."

Hildegard nickte bestätigend. „Wahrscheinlich nur ein dahergelaufener Tagedieb, der sich einen Vorteil davon versprach, sich dem Ratsmann nützlich zu zeigen."

Der solchermaßen geschmähte Beobachter begann auf seinem Ast unruhig hin- und herzurutschen. Und da der Baum nicht mehr zu den jungen und geschmeidigen seiner Art zählte und seine alten Äste brüchig und spröde wie die Knochen eines alten Menschen waren, gab der Sitzplatz des Burschen schließlich nach und landete mit ziemlichem Getöse mitsamt seinem Gast auf der anderen Seite des Zaunes im weichen Gras.

Dort lag Witho nun und fluchte gar lästerlich, wobei auch die beiden jungen Frauen ihren Teil abbekamen.

Nach anfänglich erschrockenem Schweigen, kicherten die beiden schließlich wie zwei Küchenmädchen, stellten sich auf die Bank, so dass sie sich über den Zaun beugen konnten und begutachteten so von oben herab den jungen Burschen, der sich bemühte, unter dem Ast hervorzukommen, ohne seine Würde vollends zu verlieren.

„Oh, schau nur", spottete Hildegard, „und ich dachte, der alte Baum trägt keine Früchte mehr. Dabei wachsen neugierige Lausejungen darauf."

„Wahrscheinlich sind seine Ohren so groß und schwer geworden, dass er jetzt nur noch als Fallobst zu gebrauchen ist", setzte Grite hinzu.

Schließlich war es Witho gelungen, sich von dem Ast und seinen hakigen Zweigen zu befreien. Seine Gesichtsfarbe hatte sich wieder einmal in ein tiefes Rot gewandelt. Dazu lief ein dünner Faden Blut von seiner Schläfe, die er sich bei seinem Sturz geritzt hatte. Wütend wischte er darüber.

Den beiden dummen Gänsen musste er jetzt unbedingt eine Lektion erteilen. Denen würde das hämische Kichern schon vergehen.

„Das hätte genausogut der Halbohrige sein können!", schleuderte er ihnen entgegen. Und als die beiden erschrocken schwiegen, setzte er noch eins drauf: „Dieser jämmerliche Zaun hier wird nie und nimmer einem mordlüsternden Kerl Einhalt gebieten."

Zufrieden sah er, dass die beiden jungen Frauen erblassten. Mit boshaftem Grinsen sonnte er sich in seiner vermeidlichen Überlegenheit.

„Und was gedenkt Ihr dagegen zu tun?", fragte Hildegard herausfordernd, nachdem sie sich von ihrem anfänglichen Schrecken erholt hatte.

„Bin ich der Bewahrer Eures Konvents?" Witho zog sich seinen Kittel glatt. „Ich bin doch nur ein dahergelaufener Tagedieb, der nur an seinen eigenen Nutzen denkt. Also, welchen Nutzen sollte es mir bringen, dass ich mir Gedanken über das Wohlergehen solcher Spottdrosseln mache?" Grimmig blickte er zu den beiden Frauen auf.

„Wie ich Euch kenne, habt Ihr doch bestimmt schon einen Plan." Hildegard versuchte es zur Abwechslung einmal mit einer kleinen Schmeichelei.

„Richtig, ich habe einen Plan, oder besser gesagt, ich hätte da einen Plan gehabt." Demonstrativ wandte sich Witho ab und schickte sich zum Gehen an.

„Aber so bleibt doch, junger Stadtwächter", fiel Grite in die Lobelei ein. „Wie sollen wir schwachen Weiber ohne Euren männlichen Beistand der Gefahr trotzen können?"

„Übertreibt es bloß nicht." Mit einem erneuten kräftigen Zug auf einen Ast hatte Witho in Windeseile den Zaun überstiegen und setzte sich siegessicher auf die Bank. Dort erläuterte er den beiden Frauen seinen Plan, einen Beobachter unter der Hagebuttenhecke zu platzieren.

Die beiden waren begeistert, einen wachsamen, kleinen Jungen dort hinten zu wissen, den sie unbemerkt verköstigen könnten.

Mit einer manierlichen Verbeugung verabschiedete sich Witho schließlich, setzte mit einem gekonnten Sprung über den Zaun und schlenderte hoch erhobenen Hauptes pfeifend davon. Eben war das Mittagsläuten zu hören und er würde seinen Dienst am Ulrichstor rechtzeitig aufnehmen können.

Grite und Hildegard beschlossen, den anderen den heimlichen Wachtposten zu verschweigen. Das würde ihr kleines Geheimnis bleiben. Je weniger davon wussten, um so besser.

Und Grite war es zufrieden, dass sie wenigstens kurzfristig von ihren drängenden Sorgen abgelenkt worden war. So ganz würden sie diese auf lange Sicht nicht verlassen, aber der kleine Zwischenfall im Garten hatte ihr gezeigt, dass das Leben nach wie vor auch seine lustigen Seiten hatte.

13. Kapitel

Am folgenden Morgen wurde Hildegard von einem stetigen Tröpfeln geweckt. Feuchtkühle Luft war über Nacht durch die offenstehende Fensterluke in ihre Kammer geströmt und hielt sie noch einen Augenblick unter der warmen Decke. Aber der Pflichten gab es heute wieder viele. Sie warf die Federdecke mit einem entschlossenen Ruck beiseite. Fröstelnd wusch sie sich in der irdenen Schüssel, die sie an jedem Abend mit frischem Wasser füllte.

Der anschließende Blick aus dem Fenster zeigte ihr einen einheitlich bleigrauen Himmel, an dem keinerlei Wolkenformen zu erkennen waren. Dichte Regenschnüre spannten sich vom Himmel zur Erde und hatten im Innenhof schon für ausgedehnte Pfützen gesorgt. Kein Windhauch regte sich. Kein noch so geringes Lüftchen würde den Regenhimmel heute freiputzen. Doch die Feldfrüchte und Obstbäume würden sich mit reichhaltigem Ertrag dankbar erweisen, wenn Agnes mit ihren Vorhersagen recht behielt. Und daran zweifelte Hildegard nicht einen Augenblick. Die erfahrene Bauernwitwe konnte in dieser Hinsicht auf einen reichen Erfahrungsschatz zurückgreifen.

Heute vor einer Woche waren die schweifenden Beginen in Magdeborch angekommen, ging es Hildegard durch den Kopf, als sie die Treppe hinuntersprang und über die Bohlenwege ins Refektorium lief. Wie es Radegunde und Ketlin wohl ergeht? Hoffentlich haben sie bei diesem Wetter ein trockenes Plätzchen gefunden. Auch wenn sich die zwei heimlich aus dem Staub gemacht hatten, wünschte ihnen Hildegard nichts Schlechtes. Bei diesem Wetter sollte niemand ungeschützt draußen verharren müssen. Abrupt blieb sie mitten auf dem Holzweg stehen. Ob der Stadtwächter den Jungen schon unter dem Hagebuttengebüsch postiert hatte? Der musste doch dann schon pitschnass sein.

Als ihr selbst die Regentropfen den Nacken hinunterrannen,

lief sie weiter. Bevor sie sich nachher unauffällig mit einem Brotkanten in den Garten schlich, wollte sie unbedingt in den Kleidertruhen auf dem Dachboden des Gästehäuschens nach etwas Passendem für den kleinen Wächter suchen.

Dazu kam sie schneller, als sie gedacht hatte. Gerade wollte sie sich auf ihren Platz setzen, an dem schon eine Schüssel mit Haferbrei stand, als die Tür ins Refektorium hart aufgestoßen wurde, Hedwigis eintrat und auf die Magistra zueilte. Sie flüsterte der Oberin etwas ins Ohr, drehte sich um und hastete wieder hinaus.

Alle schauten erwartungsvoll zu Ursula von Buch, als diese mit bestürztem Blick aufstand und verkündete: „Hedwigis ist sich sicher, dass Alheyt das Ende dieses Tages nicht mehr erleben wird." Sie schwieg einen Moment, um sich auf die Notwendigkeiten zu besinnen.

„Grite und Else", fuhr sie dann fort, „ihr lauft zu den Barfüßern und bittet Pater Kilian zu kommen, damit er Alheyt die Sterbesakramente erteilen kann und ihr den Weg zu Gott ebnet. Hildegard und Theresia, ihr sucht aus den Kleidertruhen frische Leintücher heraus und legt sie in Annas Kammer bereit. Mechthilda, es würde Alheyt sicher Trost spenden, wenn du ihr aus der Bibel vorlesen würdest."

So mit Aufträgen versehen, machten sich die Frauen gleich daran, diese zu erfüllen. War auch viel Geheimnisvolles um Alheyt, so bedurfte sie doch gerade jetzt ihres Beistandes und Trostes mehr denn je. Ihrem Körper konnte nicht mehr geholfen werden, doch ihrer unsterblichen Seele den Übergang zu erleichtern und Angst und Zweifel zu verbannen, dazu konnten die Beginen ihren Teil beitragen.

Schon eilten Grite und Else durch das kleine Tor. Sie hatten sich einen festen Umhang übergeworfen und die Kapuzen tief ins Gesicht gezogen.

Hildegard und Theresia traten leise in Annas Kammer, um von dort über eine schmale Stiege auf den Dachboden zu gelangen, wo die Kleidertruhen standen. Bevor sie die Treppe erreichten, warfen sie einen verstohlenen Blick durch die offene Tür zu der Sterbenden. Anna saß neben deren Bett, streichelte sanft ihre Hand und sagte eben leise: „Sei ganz ruhig. Ich werde das Versprechen, das ich dir gegeben habe, nicht vergessen."

Theresia öffnete schon den Mund um sogleich eine ihrer fantasiereichen Geschichten zu spinnen. Doch noch bevor sie den ersten Ton herausbrachte, griff Hildegard sie fest ans Handgelenk und zischte ihr eindringlich zu: „Kein Wort darüber. Zu niemanden."

Erschrocken blinzelte die andere und schüttelte dann mit mürrisch zusammengepressten Lippen den Kopf.

Doch Hildegard wusste, dass ihre Zurechtweisung bei Theresia nicht lange anhalten würde. Irgendwann würde die Ältere beginnen, aus dem Erlauschten eine Geschichte über Tod und Teufel, Sünde und Verdammnis zu ersinnen.

Die beiden huschten ungesehen die Treppe hinauf. Sie suchten saubere Leinentücher heraus, in denen Alheyt aufgebahrt werden sollte.

Bei der Gelegenheit fiel Hildegard ein alter, schon reichlich zerlumpter Umhang aus gewalktem Tuch in die Hände. Dieses fadenscheinige, löchrige Stück würde hier niemand vermissen, aber dem Wachjungen mochte es noch dienlich sein. Sie schickte Theresia schon mal mit dem Leinentuch nach unten. Sie selbst rollte den Umhang zu einem kleinen Päckchen zusammen und legte ihn auf die oberste Stufe der Treppe. Dort würde sie ihn später abholen.

Dann gesellte sie sich zu Theresia, die unweit der Tür zur hinteren Kammer stand.

Mechthilda war jetzt bei Alheyt und las ihr das Gleichnis vom verlorenen Schaf mit leiser, sanfter Stimme vor: „ Es nahten aber zu ihm allerlei Zöllner und Sünder, dass sie ihn hörten. Und die Pharisäer und Schriftgelehrten murrten und sprachen: Dieser nimmt die Sünder an und isset mit ihnen.

Er sagte aber zu ihnen dies Gleichnis und sprach: Welcher Mensch ist unter euch, der hundert Schafe hat und, so er der eines verliert, der nicht lasse die neunundneunzig in der Wüste und hingehe nach dem verlorenen, bis dass er's finde? Und wenn er's gefunden hat, so legt er's auf seine Achseln mit Freuden. Und wenn er heimkommt, ruft er seine Freunde und Nachbarn und spricht zu ihnen: Freuet euch mit mir; denn ich habe mein Schaf gefunden, das verloren war.

Ich sage euch: Also wird auch Freude im Himmel sein über einen Sünder, der Buße tut, vor neunundneunzig Gerechten, die der Buße nicht bedürfen."

Solcherart getröstet, dass auch ihre Sünden durch Reue und Buße vergeben werden, atmete Alheyt ruhiger. Ihre Augen waren geschlossen und ihr ohnehin schon blasses Antlitz wirkte geradezu durchsichtig. Auf der anderen Seite ihres Bettes kniete Anna und hielt die Hand der Gefährtin.

Vor der Tür zum Hof entstand Bewegung. Hildegard wandte sich um und erkannte Pater Kilian, der, vom schnellen Lauf mit rotem Gesicht, jetzt gemessenen Schrittes eintrat. Anna überließ ihm ihren Platz am Bett der Freundin. Er würde mit Gebeten und der Salbung mit geweihtem Öl die Vollendung des kirchlichen Bemühens um die Heilung der Seele vollziehen und damit alle Hindernisse vor dem Eingang in die himmlische Glorie beseitigen.

Hedwigis betrat ebenfalls die kleine, hintere Kammer und schloss die Tür. Alheyt wollte im Kreise dieser drei Frauen, die sich hauptsächlich um sie gekümmert und sie des öfteren besucht hatten, um ihr geistige oder körperliche Erquickung zu bereiten oder einfach nur, um für sie da zu sein, diese Welt verlassen. Auch zu Pater Kilian hatte sie großes Vertrauen gefasst, da er vor ihrer einen so großen Sünde nicht zurückgeschreckt und entsetzt geflohen war.

Die anderen Frauen konnten erst einmal nichts tun und gingen schweigend und bedrückt an die Arbeiten des Vormittags zurück. Bald würden sie zum Hochamt in die Ulrichskirche aufbrechen, aber bis dahin war noch einiges zu richten.

Hildegard trug die Schalen mit dem erkalteten Morgenbrei, auf dem sich eine graue, zähe Haut gebildet hatte, zurück in die Küche. Walburga kratzte den Brei in einen großen Kübel und beauftragte ihre Ziehtochter, das Schwein und die Hühner damit zu füttern.

Die junge Frau warf sich einen Umhang über und machte sich mit dem Kübel auf zum Schweinekoben. Nachdem sie die Hälfte des Breis dem immer gefräßigen braunen Schwein vor den Rüssel gekippt hatte, betrat sie das kleine Häuschen, in welchem Alheyt in der hinteren Kammer zwischen Leben und Tod schwebte. Ohne Aufenthalt huschte sie die Treppe hoch, wo sie den zusammengerollten Umhang unter ihrem eigenen verbarg. Dann trug sie den Kübel in den Obstgarten und kratzte den Hühnern ein wenig hin. Die hatte der Regen in ihren Legestall vertrieben, wo sie verschlafen auf den Nestern hockten. Doch das Kratzen des Holzlöffels im Kessel weckte sie schlagartig aus ihrer Schläfrigkeit und einander wegschubsend flatterten sie aufgeregt zu dem

Napf mit dem kleinen Häufchen Brei, wo sie gierig versuchten, sich gegenseitig die Happen aus dem Schnabel wegzustehlen.

Hildegard eilte zum rückwärtigen Zaun.

Wie sollte sie jetzt in Erfahrung bringen, ob der Junge schon seinen Beobachtungsposten bezogen hatte? Sie konnte ja schlecht auf die Bank steigen, über den Zaun spähen und nach dem Bürschchen rufen. Das wäre einer Geheimhaltung nicht zuträglich. Sollten schon irgendwelche Spitzbuben in der Nähe sein, würden die sich doch vorläufig nicht mehr hier sehen lassen und man würde ihnen nie auf die Schliche kommen.

Als Hildegard noch so vor sich hin sinnierte und schon ernsthaft in Erwägung zog, sich hinzukauern und durch Zaun und Hecke hindurch nach dem Jungen zu rufen, wurde sie zaghaft am Saum ihres Gewandes gezupft.

Erschrocken wich sie einen Schritt zurück und spähte misstrauisch zu der Bank, unter der ein schmächtiges Ärmchen hervorschaute, dem jetzt ein struppiger, nasser Schopf folgte.

Gar nicht so dumm, dachte die junge Frau. Das Bürschlein hat sich unter der Holzbank in Sicherheit gebracht. Da die Bank unmittelbar vor dem Zaun stand, befand sich darunter eine winzige Höhle.

Der Rest des Menschleins kam zum Vorschein und Hildegard warf ihm als Erstes den Umhang um die mageren Schultern, die nur von einem durchnässten schmutzstarrenden, löchrigen Kittel bedeckt waren.

„Du musst der Wächter des Stadtwächters sein", begrüßte Hildegard den verdutzten Jungen, der den Umhang fest um seine dürre Gestalt zog und der jungen Frau einen unsicheren, schnellen Blick zuwarf, bevor er die Augen wieder abwandte. Es war besser, wenn sie nicht gleich zu Anfang ihrer Bekanntschaft seine Teufelsaugen bemerkte.

„Welcher Stadtwächter?", fragte er scheu. „Witho hat mich geschickt." Und dabei machte er den Hals lang, denn der köstliche Duft des restlichen Morgenbreis stieg ihm verlockend in die Nase.

Hildegard, der nicht entging, dass der Junge den Kessel und dessen Inhalt weitaus interessanter fand, als sie selbst, reichte ihm das Gefäß mitsamt dem Holzlöffel. Nicht weniger gierig als das Hühnervolk machte sich Buntauge daran, den Brei hinunterzuschlingen. Dabei störte es ihn keineswegs, dass das Mahl schon kalt war und sich ein wenig Regenwasser zum Haferbrei gesellt hatte. So gut hatte er seit langem nicht mehr gegessen und das schon am Morgen. Vielleicht würde die freundliche Frau ihm ja noch etwas im Verlaufe des Tages zukommen lassen. Diesmal war der rasche Blick schon weitaus zutraulicher. Schnell ließ er seine Augen wieder zur Seite gleiten. Aber nicht schnell genug.

Mit sanfter Hand fasste Hildegard den Jungen unters Kinn und drehte seinen Kopf, so dass er ihr in die Augen hätte schauen müssen, wenn er nicht die seinen angstvoll zusammengekniffen hätte.

Eben war diese Frau noch so freundlich zu ihm gewesen, aber gleich würde sie ihn mit harter Hand schlagen und angewidert von sich stoßen. Buntauge war fest entschlossen, auch unter Androhung von Folter und Bann die Augen nicht zu öffnen. Noch wollte er ein wenig dieses Gefühl auskosten, wie sie ihm fast liebevoll den Umhang um die Schultern gelegt und ihm mit einem Lächeln den Kessel gereicht hatte. So musste es sein, eine sorgende Mutter zu haben. Seine leibliche Mutter war ganz anders gewesen. Sie und der Rest der Familie, sein Vater und die drei größeren Geschwister, hatten ihn von dem Tag an drangsaliert, als offensichtlich wurde, dass das eine seiner anfangs blauen Augen sich braun färbte. Buntauge konnte sich nicht erinnern, ob er, wie andere Kinder auch, einen christlichen Namen trug. „Teufelsauge" hatten ihn alle gerufen. Wo immer etwas zuwider lief, wurde er beschuldigt. Starb das Kalb der Nachbarin, war er schuld. Wurde die Milch der Ziege sauer, war er schuld. Beschädigte der Herbststurm das Dach ihrer erbärmlichen Hütte, war er schuld. Alles Ungemach, das seine Familie oder die Nachbarn traf, wurde auf seine Schultern geladen.

Für alle war klar, dass das Kind mit den Teufelsaugen noch vor der Manneszeit auf dem Scheiterhaufen enden würde. Manchmal, wenn die Pein gar zu arg wurde, sehnte Buntauge diesen Zeitpunkt geradezu herbei.

Als er fünf Jahre alt war, jagten sie ihn davon. Zu groß war die Angst des Vaters, dass die ganze Familie in Verruf geraten könnte, wenn sie dieses teufelsäugige Balg weiter unter ihrem Dach beherbergen würden.

Fischmaul hatte ihn beim Stehlen eines Apfels auf dem Markt erwischt und mit ins Bandenversteck genommen. An dem Abend wurde aus Teufelsauge Buntauge. Der stets lustige Gaukler hatte ihm diesen Namen verpasst und Buntauge war ihm dafür dankbar und ergeben. Das war vor drei Jahren gewesen, und war sein Leben nun auch entbehrungsreicher als in der elterlichen Hütte, so war die Fischmaulbande doch zu seiner wahren Familie geworden.

Aus diesem Grund war er sich sicher, dass die Freundlichkeit der fremden Frau verlöschen würde wie eine Kerze in einer Sturmnacht, würde sie erst seine zwei verschiedenen Augen erblicken. Aber andererseits war es auch albern, so mit zusammengekniffenen Augen dazustehen. Irgendwann musste er sie ja doch aufmachen.

Vorsichtig und jederzeit zur Flucht bereit, öffnete der Junge seine Augen und schenkte Hildegard einen bittenden Blick.

Überrascht setzte sie sich auf die Bank und konnte ihren Gegenüber nun Auge in Auge betrachten.

„Du hast zwei verschiedene Augen", stellte sie fest. „Das ist aber etwas ganz Besonderes."

„Teufelsaugen", flüsterte Buntauge, als könnten beim bloßen lauten Aussprechen des Schimpfnamens ihm gleichfalls Teufelshörner aus der Stirn wachsen.

„Quatsch!" Hildegard schüttelte entschlossen den Kopf. „Oleg, der Hund von Meister Bruno, hat auch zwei verschiedene Augen. Des Mälzers Bruder hatte ihn als Welpen von einer Nordlandfahrt mitgebracht und Meister Bruno geschenkt. Das Tier und die gerade geborene Tochter des Mälzers sind gemeinsam aufgewachsen. Und drei Jahre später hat der Hund die kleine Susanne bei Eisgang aus der Elbe gezogen, wo sie sonst ertrunken wäre. Der Hund ist ein Held und du hast auch Heldenaugen."

Fassungslos war Buntauge der Geschichte von Treue und Heldentum gefolgt. Zwei kleine Tränen stahlen sich in seine Augen. Und als Hildegard den Jungen jetzt an sich zog und ihm beruhigend übers nasse Haar strich, konnte er die Tränen nicht mehr zurückhalten und barg schluchzend sein Gesicht an ihrer Schulter. Hildegard hatte hier und heute eine kleine Seele für sich gewonnen, deren Besitzer Tod und Teufel trotzen würde, wenn es um ihr Wohlergehen gehen würde.

Sacht schob Hildegard ihren neuen Freund etwas von sich und wischte ihm mit einem Zipfel ihres Gewandes die restlichen Tränen fort.

„Ich muss zurück zu den anderen Frauen. Eine unserer

Schwestern liegt im Sterben. Vielleicht werde ich gebraucht."

Buntauge nickte und mit kindlichem Ernst sprach er: „Ich werde ein Gebet für Euch und Eure Schwester sprechen. Bestimmt werden die Engel sie gleich in den himmlischen Garten bringen."

Für ihn war klar, dass eine Schwester der engelsgleichen Hildegard nur ebenso rein und freundlich sein konnte und ihr, ohne Umweg durchs Fegefeuer, sogleich die göttliche Gnade zuteil werden würde.

Buntauge schenkte Hildegard ein letztes Lächeln und kletterte über den Zaun zurück, um sich unter dem Hagebuttengesträuch zu verstecken und somit den Grasweg zwischen Zaun und Stadtmauer besser im Auge zu behalten. Doch alles lag ruhig und sog die Nässe des Morgens still in sich auf. Weit und breit war keine Menschenseele zu erblicken. Der kräftige Regen war in einen feinen Niesel übergegangen. Ein paar Amseln flöteten bereits die ersten Töne nach dem kräftigen Regenguss und kündeten das baldige Ende des Regens an. Der Junge wickelte sich fester in sein neues Kleidungsstück und genoss das Gefühl eines seit langem wieder einmal wirklich vollen Bauches.

Auf halben Wege durch den Obstgarten kam Grite Hildegard entgegen.

„Hast du schon nach unserem Hilfswächter gesehen?", wisperte sie der Freundin zu, obwohl nur die beiden missmutig, mit gesenkten Köpfen unter einem Pflaumenbaum stehenden Ziegen Zeuge ihres Gespräches waren. Der Regen tropfte aus ihrem Fell und sie erweckten nicht den Eindruck, als würden sie den beiden Frauen sonderlich viel Interesse schenken.

Hildegard wies den leeren Kessel vor. „Gefüttert und mit einem regenfesten Umhang versehen."

„Und? Liegt er dir auch schon zu Füßen wie der Stadtwächter?" Grite kicherte verhalten.

„Was du wieder für einen Unsinn redest", Hildegard tat entrüstet. Wieder ernst fügte sie hinzu: „Der Kleine ist ein armes, verlassenes Geschöpf. Er wird noch nicht viel Zuwendung in seinem Leben erfahren haben. Aber er hat ein gutes Herz und ich werde für ihn sorgen, solange er dort am Zaun Wache hält."

Während die beiden jungen Frauen zurück auf den Hof schlenderten, erkundigte sich Hildegard nach Alheyts Zustand. In der kurzen Zeit ihrer Abwesenheit hatte sich nichts an der Verfassung ihres Gastes geändert. Pater Kilian und Anna verweilten noch bei der Sterbenden und sprachen mit ihr Gebete. Hedwigis und Mechthilda hatten sich zurückgezogen, um sich für das sonntägliche Hochamt in der Ulrichskirche zurechtzumachen. Und auch für Grite und Hildegard wurde es Zeit, sich noch einmal Gesicht und Hände von den morgendlichen Verrichtungen zu reinigen und ein sauberes Gewand anzulegen.

Nach und nach sammelten sich die Frauen im Refektorium. Beim Betreten des Raumes bemerkte Hildegard, dass Theresia angeregt mit Else tuschelte. Die jüngere Weberin schien nicht sehr interessiert an dem Getratsche zu sein, wussten doch alle, dass Theresias ausufernde Fantasie gern aus einem Regentropfen eine Sturzflut machte. Das schien den Redefluss der Älteren jedoch nicht im Geringsten einzudämmen. Erst als Ursula von Buch die schmale Treppe herabstieg und einen zurechtweisenden Blick über die beiden Weberinnen gleiten ließ, verstummte Theresia abrupt und Else ergriff die günstige Gelegenheit und wandte sich Grite zu.

Mette hängte sich wieder bei Hildegard ein und langsamen Schrittes formierte sich die Gemeinschaft zu einer kleinen Prozession, um dann die wenigen Schritte bis zur Pfarrkirche gemeinsam zu gehen Vorn weg schritt die Magistra, gefolgt von Mechthilda und Hedwigis. Ihnen schlossen sich die drei Weberinnen an. Den Schluss bildeten Walburga und Hildegard,die Mette von beiden Seiten stützend in die Mitte genommen hatten.

Wie von Hildegard erhofft, lag Trutz, der Hund des Pilgers, wieder etwas abseits neben der Kirchentür. Sie hatte den frommen Mann seit ihrem gemeinsamen Gang zu Barbe am Freitag nicht mehr gesehen und schon befürchtet, er hätte auf seiner Pilgerfahrt die Stadt verlassen. Andererseits konnte sie sich nicht recht vorstellen, dass er ohne ein Abschiedswort seinen Weg fortsetzen würde.

Ein schneller Blick, nachdem sie das Kirchenportal durchschritten hatte, zeigte ihr den Pilger in unmittelbarer Nähe der Tür. Mit einem achtungsvollen Kopfneigen vor der Magistra bis zu einem augenzwinkernden Lächeln für Hildegard begrüßte er die Frauen.

Hildegard war froh, ihn zu sehen, denn im Kampf gegen die Feinde des Konvents war er sicherlich ein wehrhafter Verbündeter. Zudem fühlte sie sich durch seine Freundlichkeit zu ihm hingezogen, wie zu einem Vater, den sie nie kennengelernt hatte.

Wenn sie je ihrem Vater gegenüber stehen sollte, dann müsste er so wie Matthias von Eulenhorst sein.

Auch an diesem Sonntag vermochte Hildegard nicht den wechselnden Gebeten und Gesängen aufmerksam zu folgen. Waren vor einer Woche Gedanken an den überstandenen Überfall der beiden Galgenvögel durch ihren Kopf gegeistert, so hatte sie am heutigen Tag noch viel mehr zu bedenken, das sich beharrlich in den Vordergrund schob und ihre Andacht immer wieder verdrängte.

Jedoch sprach sie inbrünstige Gebete für die im Sterben liegende Alheyt. Anfangs hatte es den Anschein gehabt, als wäre die Kranke etwa in Grites Alter. Aber da war sie schon zu sehr von der Krankheit gezeichnet. Sie muss um einiges jünger sein. Welche Qual und Pein schleppte diese Frau, die nur um ein Weniges älter war als sie selbst, mit sich herum, das den verabscheuten Pater Bernhard mit solchem Entsetzen erfüllt hatte? Und welche unerfüllte Aufgabe hatte sie in Annas Hände gelegt? Hoffentlich zerbrach Anna nicht daran und stürzte sich in ebenso tiefe Sünde, so wie es Alheyt wohl geschehen war. Also schloss Hildegard auch Anna mit in ihre Gebete ein. In einem ganz entfernten Winkel ihres Herzens verwunderte sich etwas darüber, für Anna ein Gebet zu sprechen. War Hildegard doch der jungen Frau noch vor Kurzem mit Misstrauen begegnet.

Mit Erstaunen erkannte Hildegard, dass die Begegnung mit so vielen unterschiedlichen Menschen in dieser einen Woche sie aufgeschlossener für das Leid und die Beweggründe anderer gemacht hatte. Und so schloss sie auch den kleinen Wächter in ihre Fürbitte mit ein. Sie hatte ihn nicht einmal nach seinem Namen gefragt. Ein Versäumnis, das sie unbedingt noch an diesem Tag nachholen wollte.

Der Gottesdienst schloss mit den üblichen Ermahnungen, den Fallstricken des Bösen auszuweichen und den Verführungen, so süß sie auch erscheinen mochten, zu widerstehen. Seien sie doch aus Schwefel und Feuer gemacht und trügen den sündigen Odem des Satans in reine Seelen.

Nach und nach leerte sich die Kirche. Die Schäflein solchermaßen in aller Eindringlichkeit ermahnt, nahmen sich vor, fürderhin ein gottgefälliges Leben zu führen. Dieses Vorhaben währte mindestens so lange, bis sie eines Geschäftspartners vor der Kirchenpforte ansichtig wurden und mit ihm beratschlagten, wie sie einem Dritten das Fell über die Ohren ziehen könnten oder beim unbedachten Tritt in einen Haufen Unrat einen gar lästerlichen Fluch von ihren Lippen entfleuchen ließen.

Walburga hatte es nicht eilig, den Konvent zu erreichen. Heute rief kein Braten im Backofen nach ihr. Im Angesicht des Todes, der schon an Alheyts Bett stand, war es ihr unpassend erschienen, ein Festessen auf den Tisch zu bringen. Also führte sie gemeinsam mit ihrer Ziehtochter Mette zurück in den Konvent. Heute kauerten auch keine abgerissenen Gestalten vor ihrem Tor und warteten auf Einlass.

Vor dem Tor warf Hildegard noch rasch einen Blick über die Schulter zurück und erblickte den Pilger, der ihnen unauffällig in einigem Abstand gefolgt war. Jetzt, da er sicher sein konnte, dass alle Frauen ihre Heimstatt wohlbehalten erreicht hatten, wandte er sich um und schlug den Weg zum Markt ein.

Er glaubt auch nicht, dass die Gefahr schon gebannt ist. Hildegard straffte kampfesmutig die Schultern.

Ursula von Buch ließ als erstes Hedwigis nach Alheyt sehen. Wenige Augenblicke später berichtete diese, dass Alheyt in eine tiefe Bewusstlosigkeit gefallen war und daraus wohl nicht mehr erwachen würde. Ihre Atemzüge gingen unregelmäßig und mühsam. Pater Kilian und Anna harrten weiterhin bei der Sterbenden aus.

Bedrückt zogen sich die Frauen in ihre Kammern zurück, bis Walburga zum Essen rufen würde. Die ließ einen betrübten Blick durch ihre Küche schweifen. Das Herdfeuer war fast erloschen, Töpfe und Pfannen leer und kein frisches Brot gebacken.

Hildegard war Walburga gefolgt und drückte sich in der Ecke auf eine schmale Bank. Sie wollte jetzt nicht allein sein und bestimmt würde die meist redselige Köchin sie bald von ihren trüben Gedanken ablenken.

Aber Walburga seufzte nur tief und bedrückt und schwieg ansonsten. Sie fand ihren Frohsinn im raffinierten, schmackhaften und trotzdem preiswerten Kochen, Backen und Braten. Die drei Kapaune, die für den sonntäglichen Festschmaus bestimmt gewesen waren, mussten im kühlen Keller bleiben. Sollte Alheyt heute wirklich dahinscheiden, würden sie morgen nach der Bestattung das Leichenmahl krönen.

Noch einmal sah sich Walburga prüfend um und schob die Unterlippe vor. Tod hin oder her, ihre Mitschwestern mussten etwas Sättigendes in den Bauch bekommen. Im Brotfach lagen noch zwei altbackene Brote vom Freitag. Eier, Milch und Schmalz waren immer ausreichend vorhanden. Heute würde es Arme Ritlere geben. Sie wies Hildegard an, zwei Stangen Zimt im Mörser fein zu zerstoßen und dann mit Honig zu vermengen. Sie selbst schnitt das Brot in Scheiben, tunkte diese kurz in Milch, wendete sie in verquirltem Ei und Mehl und buk sie dann in heißem Schmalz von beiden Seiten goldgelb aus. Dabei summte sie das alte Kinderlied vor sich hin:

> „der vater verseufft und verspilt seyn lohn,
> ehe dem ers verdint,
> lasset weip und kind
> arme ritlere backen"

Als sich die gebratenen Brotscheiben auf einer großen Holzplatte zu stapeln begannen, schickte Walburga Hildegard aus, um alle an den Mittagstisch zu rufen. Das fröhliche Klingeln des Triangels erschien ihr unangebracht.

Nach und nach fanden sich die Frauen im Refektorium ein. Keine hatte wirklichen Hunger, aber da schon das Frühmahl ausgefallen war, schien es an der Zeit, dem Körper Nahrung zuzuführen, um den weiteren Anstrengungen des Tages gestärkt gegenüberzutreten.

Mechthilda las heute über die zehn Aussätzigen aus dem Lukasevangelium: „Und es begab sich, da er reiste gen Jerusalem, zog er mitten durch Samarien und Galiläa. Und als er in einen Markt kam, begegneten ihm zehn aussätzige Männer, die standen von ferne und erhoben ihre Stimme und sprachen: Jesu, lieber Meister, erbarme dich unser! Und da er sie sah, sprach er zu ihnen: Gehet hin und zeiget euch den Priestern! Und es geschah, da sie hingingen, wurden sie rein. Einer aber unter ihnen, da er sah, dass er geheilt war, kehrte um und pries Gott mit lauter Stimme und fiel auf sein Angesicht zu seinen Füßen und dankte ihm. Und das war ein Samariter. Jesus aber antwortete und sprach: Sind ihrer nicht zehn rein geworden? Wo sind aber die neun? Hat sich sonst keiner gefunden, der wieder umkehrte und gäbe Gott die Ehre, denn dieser Fremdling? Und er sprach zu ihm: Stehe auf, gehe hin; dein Glaube hat dir geholfen."

Wieder einmal hatte Mechthilda eine sehr passende Stelle ausgewählt. Der eine Fremdling, der umkehrte, sollte bestimmt Alheyt sein, die mit schwerer Sünde beladen zu ihnen gekommen war, aber doch nach der Beichte verlangt hatte, um Gottes Gnade zu erhalten. Durch Pater Kilians Absolution war ihr nun der Weg geebnet. Letztendlich würde aber Gott entscheiden. Die sterblichen Menschen konnten nur beten und hoffen.

Schweigend nahmen sie nach der Lesung ihr sparsames Mittagsmahl ein. Der Zimthonig, den sie über die gebratenen Brotscheiben träufelten, hellte nur wenig die Stimmung auf.

Während sie jeden Bissen gründlich kaute, sinnierte Hildegard darüber, dass sie doch schon des öfteren Sieche in ihrem Konvent beherbergt hatten. Trotzdem war ihnen das Dahinscheiden dieser alten Menschen nie so nahe gegangen wie Alheyts Ende. Eigentlich sollte Alheyt heiraten, Kinder bekommen und einem Hauswesen vorstehen, dachte Hildegard. Wo kam sie her, was hatte sie auf die Straße getrieben und welche unerledigte Aufgabe hatte sie Anna anvertraut? Einen langen, beschwerlichen Weg musste sie hinter sich haben, wenn ihr junger Körper dermaßen geschwächt war, dass er einer Krankheit erlag, die sonst nur Alte oder bitterarme Menschen traf.

Noch während sie den letzten Happen hinunterkauten, betrat Anna das Refektorium, trat leise neben die Magistra und flüsterte ihr etwas zu. Ihre roten Augen und die schniefende Nase verrieten allen auch ohne Worte, das Alheyts irdisches Leiden beendet war.

„Alheyts Seele ist jetzt in der Hand Gottes." Ursula von Buch legte die Hände aneinander. „Lasst uns ein Gebet für sie sprechen."

Die leise gemurmelten Worte würden Alheyts Seele begleiten.

Nach einem kurzen Innehalten nach dem Gebet, verteilte die Oberin die nun anstehenden Aufgaben. Grite und Theresia sollten die Tote zurechtmachen, sie waschen, in die bereitgelegten Leinentücher hüllen und aufbahren. Zwei Kerzen sollten an ihrem Kopfende entzündet werden.

Else und Walburga erhielten den Auftrag, sich zum Pfarrer der Ulrichskirche zu begeben, um ihm die Beisetzung für den Vormittag des kommenden Tages anzutragen. Danach mussten sie noch den Sargtischler aufsuchen, denn Alheyt sollte einen schlichten Sarg erhalten. Sie hatte als schweifende Begine bei ihnen Obdach gesucht und die Magistra würde nicht dulden, dass eine der Ihren nur auf einem Brett bestattet wurde.

Um alle anderen anstehenden Arbeiten im Konvent würde sich Hildegard allein kümmern müssen, denn Anna sollte, so sie dazu imstande war, nach der langen Zeit am Sterbelager ihrer Gefährtin jetzt etwas essen und dann ruhen. Sie hatte auf eben jener Bank in der Küche Platz genommen, auf der kurz zuvor noch Hildegard gesessen hatte. Später würde sie wieder die Kammer neben Hildegard beziehen, um nicht mit der aufgebahrten Alheyt Wand an Wand schlafen zu müssen.

Also machte sich Hildegard daran, die Teller in die Küche zu tragen und Anna einen dick mit Griebenschmalz bestrichenen Brotkanten zu reichen. Von den Armen Ritlere war leider nichts mehr übrig. Lustlos nahm die junge Frau den Brotkanten in Empfang und begann daran herumzunagen. Aber schon bald merkte sie, dass sie wirklich Hunger hatte. Ihr junger Körper verlangte nach Nahrung, selbst wenn der Geist voller Trauer war.

Den anderen Brotkanten brachte Hildegard schon mal in Sicherheit, bevor jemand auf die Idee kommen konnte, ihn an das Schwein zu verfüttern. Sie kannte da jemanden, der sicherlich nach dem Morgenbrei auch noch eine zweite oder sogar dritte Mahlzeit vertragen würde.

Anna rollte sich nach dem Essen auf der schmalen Bank zusammen und war gleich darauf in einen erschöpften Schlummer gesunken. In ihre Kammer wollte sie jetzt auf gar keinen Fall gehen. Im hinteren Raum des kleinen Hauses wurde Alheyt gewaschen und aufgebahrt.

Nachdem sie in der Küche alles zur Zufriedenheit der sicherlich bald heimkehrenden Walburga gerichtet hatte, verbarg Hildegard den Brotkanten und eine Zwiebel in ihrem Gewand und schlenderte in den Obstgarten.

Der Nieselregen wässerte noch immer die Erde und sie bedeckte ihr Haar mit einem Tuch. Dank der Holzspende des Ratsmannes Honstein, gelangte sie trockenen Fußes über die Pfützen im Innenhof.

Als sie an dem kleinen Gästehaus vorbeikam, traten gerade Pater Kilian und die Magistra aus der Tür. Hildegard schlug die Augen nieder. Es fiel ihr noch immer schwer, in das zerstörte Gesicht des Paters zu schauen. Sie knickste kurz und eilte dann in den Garten.

Unschlüssig stand sie dann am hinteren Zaun. Unter der Bank

war kein Wächterjunge zu erspähen. Schließlich kauerte sie sich vor das Hagebuttengesträuch und rief leise: „Hallo, bist du da?"

Ein Rascheln auf der anderen Seite antwortete ihr. Und dann war eine dünne Stimme zu vernehmen: „Ja, ich bin hier. Niemand hat sich am Zaun zu schaffen gemacht."

„Ich habe etwas zum Essen für dich", raunte Hildegard.

Ein schmaler Arm streckte sich dicht über den Erdboden durch ein Loch im Flechtwerk. Hildegard drückte den Brotkanten und die Zwiebel in die Faust. Langsam zogen sich die Finger zurück, darauf bedacht, keine der Gaben auf dem Weg durch den löchrigen Zaun zu verlieren. Gleich darauf war genussvolles Schmatzen von der anderen Seite zu hören.

„Wie heißt du eigentlich?", raunte die junge Frau.

„Buntauge", war die undeutlich Antwort.

„Buntauge", flüsterte Hildegard, und dann um ein Weniges lauter: „Ich komme am Abend noch einmal, wenn sich die Gelegenheit ergibt."

Die genuschelte Antwort, mit viel Brot und Zwiebel zwischen den mahlenden Zähnen, war unverständlich, aber Hildegard war sich sicher, dass es ein Dank war.

Leise lächelnd ging sie zurück. Ein Leben nahm Gott aus ihrer Obhut und schenkte ihnen ein anderes, das es wert war, umsorgt zu werden. Alles war ein beständiges Kommen und Gehen und Kommen. Und darin lag ein großer Trost.

14. Kapitel

Am nächsten Morgen waberten Nebelschwaden von der Elbe her durch die Stadt. Ein Nordostwind war aufgekommen und hatte den Großteil der Regenwolken über Nacht fortgetrieben. Aber der Wind hatte auch eine Abkühlung mitgebracht, in deren Folge sich der Nebel bildete. Ein diesiger Morgen nahm seinen Anfang. Aber wenn es der Sonne gelingen sollte, die Nebelbänke zu durchdringen, würde es ein angenehmer, frühsommerlicher Tag werden.

Gestern Nachmittag hatten der Sargtischler und sein Gehilfe bei Alheyt Maß genommen. Heute lieferten zwei Knechte des Tischlers gleich nach dem Frühmahl mit einem Handkarren den einfachen Fichtensarg. Den Karren und die Knechte hatte die Magistra angemietet, damit ihre Frauen nicht selbst Hand anlegen mussten.

Frau Lucardis hatte ihre Köchin und eine Magd geschickt, die das von Walburga schon seit dem Morgengrauen vorbereitete Leichenmahl vollenden sollten, so dass alles bereit war, wenn die Trauergesellschaft heimkehrte.

Kurz nach der Terz machte sich der kleine Zug auf den Weg zum Friedhof von Sankt Ulrich und Levin. Es war nur ein kurzes Stück Wegs.

Der Himmel hatte sich weiter aufgeklart und immer mehr hellblaue Flecken leuchteten zwischen den in vielen Grautönen den Himmel noch bevölkernden Wolken hindurch. Der böige Wind wehte den Nebel aus den Straßen der Stadt. Bald würde die Sonne hervorkommen und vielleicht Alheyt auf ihrem letzten Weg begleiten.

Gleich hinter dem Karren gingen Ursula von Buch und Anna, die heute zum ersten Mal seit ihrer Ankunft die Mauern des Konvents verließ. Ihnen schlossen sich die drei Weberinnen als Klagefrauen an. Häufig wurden sie auch bei anderen Beisetzungen gegen ein Entgelt zu diesem Zwecke gemietet. So war ihnen diese Verrichtung nicht fremd. Danach folgten Mechthilda und Hedwigis. Den Schluss bildeten wieder Walburga und Hildegard, die Mette in die Mitte genommen hatten.

Als sie das Tor des Konvents durchschritten hatten, schloss sich ihnen Pater Kilian an und reihte sich wortlos in den kleinen Zug ein.

Noch war die Straße frei von schweren Karren und geschäftigen Hausfrauen, die schon bald zum Markt eilen würden. Nur einige Mägde waren bereits unterwegs und sandten den Beginen auf ihrem traurigen Weg flüchtige, gleichgültige Blicke hinterher.

Zwei, drei alte Frauen schlossen sich ihnen in einiger Entfernung an, neugierig und dankbar für jede Abwechslung, die ihr sonst eintöniger Tag versprach.

Der Trauerzug überquerte die Straße und zog dann an der Mauer des Kirchhofs entlang, um den Friedhof durch das Nordtor zu betreten. In der Westecke, dort wo die Stadtfremden beigesetzt wurden, sollte Alheyt zur letzten Ruhe gebettet werden.

Doch zuvor gab es noch eine unerwartete und bösartige Verzögerung. Gerade wollten die zwei Knechte den Karren durch das Tor ziehen, als sich ihnen eine braun gewandete Gestalt entgegenwarf. Mit ausgebreiteten Armen und hassverzerrtem Gesicht verwehrte ihnen Pater Bernhard den Zutritt zum Kirchhof.

„Niemals wird diese Metze in geweihter Erde ruhen!", geiferte er ihnen entgegen.

Verdutzt hielten die Knechte inne und sahen sich unsicher zu den Nachfolgenden um. Zwar hatten des Paters dürre Arme den kräftigen Tischlerknechten nicht viel entgegenzusetzen, jedoch getrauten sich die beiden nicht, einen Klosterbruder einfach so aus dem Weg zu schieben.

„Hinfort mit euch, ihr Satansknechte und nehmt eure sündige Last mit euch, um sie auf dem Schindacker zu verscharren." Pater Bernhard wedelte mit den Armen, als wolle er eine Schar Raben verscheuchen.

Ursula von Buch wollte schon vortreten, um den eifernden Pater in die Schranken zu weisen. Doch spürte sie in eben diesem Augenblick eine leichte Hand auf ihrem Unterarm. Sie sah in Pater Kilians Gesicht, der leicht den Kopf schüttelte und selbst seinem Bruder entgegentrat.

„Sei gegrüßt Bruder Bernhard", sprach er den anderen mit

sanfter Stimme an, „die junge Frau, die wir zu Grabe tragen wollen, hat von mir die Sterbesakramente erhalten, ich selbst habe die Salbung vorgenommen. Also ist jede Sünde von ihr genommen und sie darf hier ihre letzte Ruhe finden."

„Niemals!", kreischte Bernhard puterrot im Gesicht und der Speichel flog aus seinem Mund. „Ich werde es nicht zulassen, dass diese... diese..."

„Halte ein", beschwörend hob Kilian beide Hände, „bevor du das Beichtgeheimnis verletzt."

„Das muss ich gar nicht." Bernhard war, im Bewusstsein seiner eigenen übergroßen Tugend, um ein Weniges ruhiger geworden. „Ich stehe hier an der Pforte zu Gottes geweihter Erde und verwehre ihr den Zutritt. Ich wache darüber, dass dieses unwürdige Geschöpf nicht den Gottesacker verunreinigt."

Pater Kilian trat dichter an seinen Bruder heran. Seine Stimme war leise, aber nichtsdestotrotz hatte sie an Schärfe gewonnen.

„Wer bist du, Bruder, dass du dich erkühnst zu entscheiden, welcher gesalbte Körper hier ruhen darf und welcher nicht? Du maßt dir ein Urteil an, das nur Gott allein zusteht. Ist nicht die übergroße Frömmigkeit, die du an den Tag legst, schon eine Art Hochmut. Und ist nicht Hochmut eine Todsünde? Wer also ist der wahre Sünder, der hier steht?"

In diesem Moment brach die Sonne endgültig durch die Wolken und schickte ihre Strahlen auf den Kirchhof.

Kilian streckte eine Hand aus und schob den sprachlosen Bernhard einfach zur Seite.

„Gott hat uns ein Zeichen gegeben", beendete er den Streit. „ER erwartet den Körper dieser Frau in Seiner Erde."

„Der Vater Abt wird von diesem gottlosen Tun hier erfahren!", rief Bernhard ihnen in ohnmächtigem Zorn hinterher.

„Tu das, Bruder, tu das", murmelte Kilian mit einem sanften Lächeln.

Die Beisetzung verlief von da an ohne weitere Vorkommnisse. Pater Bernhard hatte, nachdem der Trauerzug das Tor zum Friedhof durchschritten hatte, das Feld geräumt und war, ohne ein weiteres Wort, aber mit verkniffenem Gesicht, davonstolziert. Jedoch drehte er sich in einiger Entfernung noch einmal um, schüttelte die erhobenen Fäuste drohend gegen den Kirchhof und rief mit sich überschlagener Stimme: „Brennen werdet ihr, ihr Teufelsweiber. Euren Scheiterhaufen will ich mit meinen eigenen

Händen errichten!"

Die alten Frauen, die sich kein Wort der Auseinandersetzung hatten entgehen lassen, machten sich auf den Heimweg. Den Skandal um die Beisetzung einer Begine würden sie als allerletzte Neuigkeit des Tages weitertragen und in Windeseile würden die Gegner des Beginenhofs neues Wasser auf ihre Mühlen bekommen.

Ursula von Buch seufzte leise. Dieser Pater Bernhard war schlimmer als die Pest. Wie würde wohl der Abt reagieren? Aber in Pater Kilian hatten sie einen wohlwollenden Fürsprecher. Da war sie sich ganz sicher.

Kurz darauf versammelten sich die Trauernden beim Leichenmahl. Nun gab es doch noch den mit Backpflaumen gefüllten Kapaun. Die drei am Spieß gebratenen Hähne waren zart und lecker. Die frischen, aus hellem Mehl gebackenen Gebildbrote brachen kross und dampfend. Leicht gesalzene Butter, Walburgas berühmtes Apfel-Thymian-Griebenschmalz und fetter, honiggelber Käse waren auf Holztellern angerichtet. Gedünstetes Wurzelgemüse und Rübenmus wurde in großen Schüsseln gereicht. Zum Abschluss trug die Köchin stolz Körbe mit süßen Pasteten, gefüllt mit Fruchtmus, Rosinen und Nüssen, herein.

***

Währenddessen kauerte Buntauge unter dem Hagebuttenbusch und hoffte, dass von dem Leichenmahl auch eine kleine Leckerei für ihn übrigbleiben würde. Am Abend des Vortages hatte Grite ihm noch schnell zwei Äpfel zugesteckt und erzählt, dass eine ihrer Schwestern gestorben war. Darum nahm er es auch nicht weiter übel, dass niemand ihm etwas vom Frühmahl gebracht hatte. Die Frauen hatten an einem solchen Tag sicher wichtigere Aufgaben zu bedenken, als einen Straßenjungen zu füttern. Außerdem hatte er gestern dreimal zu essen bekommen. Er konnte sich nicht erinnern, wann das in seinem Leben je der Fall gewesen wäre. Dafür konnte er sich an tagelanges Hungern erinnern, das ihn dermaßen schwach gemachte hatte, dass alles um ihn herum verschwamm und seine Glieder ihm nicht mehr gehorchen wollten. Gut, dass Fischmaul ihn gefunden hatte. Im Verein mit Gaukler war es ihm noch immer gelungen, zumindest eine bescheidene Tagesmahlzeit zu ergattern. Und in der allergrößten Not fingen die geschickten Zwillingsbrüder Hasenzahn und Eierdieb ein paar Ratten, die sie über dem Feuer in ihrem Versteck braten konnten.

Dem aufmerksamen Jungen entging nicht, dass sich auf der Gartenseite des Zaunes etwas bewegte. Und das waren weder die Ziegen noch das Federvieh. Das krakeelende, flügelschlagende Getue der Hühner nach jedem Eierlegen oder ihre zeternden Streitereien um jeden Wurm und jeden Käfer konnten ihn nicht beunruhigen. Auch das Meckern der Ziegen war zu alltäglich, um ihn aufmerken zu lassen.

Nein, jemand näherte sich leichten Fußes dem Zaun. Über Buntauges Gesicht huschte ein kleines, erwartungsvolles Lächeln. Sollte da jemand kommen, um seinen hungrigen Bauch zu füllen? Obwohl er es kaum erwarten konnte, verhielt er sich doch mucksmäuschenstill. Es könnte ja auch eine der anderen Frauen sein, die ein wenig Stille auf der Bank unter dem alten Baum suchen wollte.

Und so schien es sich auch tatsächlich zu verhalten. Er hörte das weiche Rascheln eines Gewandes, als sich jemand auf der Bank niederließ. Ein leises Schniefen drang bis unter Buntauges Gebüsch. Die Unbekannte auf der Bank ließ ihren Tränen freien Lauf. Am liebsten wäre Buntauge über den Zaun geklettert und hätte der fremden Frau Ermutigung zugesprochen. Ihr Schluchzen klang gar so hoffnungslos und mit hoffnungslosen Lebenslagen kannte sich der Junge nur zu gut aus.

Doch auch er hatte Freunde und Trost gefunden. Warum sollte das für die leise Weinende nicht auch möglich sein? Aber nein, er musste auf seinen Posten bleiben und durfte sich nicht zu erkennen geben. Im Beginenkonvent waren viele Frauen. Sicherlich würde sich jemand finden, der ihren Lebensmut neu entfachen konnte.

Erneute leise Schritte ließen Buntauge abermals die Ohren spitzen.

„Hier bist du Anna, ich habe dich schon überall gesucht." Das war seine Wohltäterin, die engelsgleiche Hildegard. Sie setzte sich ebenfalls auf die Bank. „Ich verstehe, dass Alheyts Tod dich betrübt, aber du musst Mut fassen."

„Sie hätte so gern noch weitergelebt", schluchzte die andere leise und verzweifelt.

„Und wir ehren ihr Andenken am besten, indem wir das Leben

mutig weiterführen, solange es uns gegeben ist."

„Aber jetzt, wo sie nicht mehr ist und ich unnütz bin in eurem Konvent, wird mich die Magistra sicher fortschicken." Neuerliches hoffnungsloses Schluchzen stieg in Annas Kehle auf.

„Das wird sie ganz sicher nicht", widersprach Hildegard zuversichtlich. „Die Magistra sorgt für alle Frauen, die unter diesem Dach Schutz suchen."

„Aber ich habe gar nichts, was ich als Mitgift einbringen könnte."

„Du hast zwei gesunde Hände, einen starken Rücken, bist geschickt im Nähen und kannst sicher in Haus und Hof vielerlei Arbeiten erfüllen. Warum gehst du nicht zur Magistra und bittest um ein Gespräch? Dann weißt du sicher, dass du bleiben darfst und musst hier nicht weiter Trübsal blasen."

„Selbst wenn ich bleiben darf, da ist immer noch Alheyts Bitte, die ich erfüllen muss. Und dazu muss ich weiterziehen." Verzagtheit klang in Annas Stimme mit.

„Willst du mir anvertrauen, worum dich Alheyt auf ihrem Sterbelager gebeten hat?"

„Nein, noch nicht. Vielleicht später. Ich muss selbst erst darüber nachdenken." Anna seufzte ein letztes Mal tief auf und erhob sich dann.

„Du hast recht, Hildegard. Ich werde mit der Magistra reden. Es macht wirklich wenig Sinn, hier zu jammern, wenn sich doch die eine Bürde durch wenige Worte abstreifen lässt."

Kaum hatte Anna die Pforte vom Obstgarten zum Innenhof hinter sich geschlossen, da raunte Hildegard auch schon: „Buntauge, bist du noch da?"

Von der anderen Seite war ein leises Rascheln unter dem Hagebuttenstrauch zu hören und dann eine wispernde Stimme: „Ich werde hier wachen, bis die Gefahr vorbei ist."

Hildegard kicherte leise. „Na dann habe ich ja nicht umsonst die Pastete vor neugierigen Blicken unter meiner Schürze verborgen."

Sie kauerte sich wieder vor den Zaun und legte ein Stück weißes Brot, eine mit gemahlenen Nüssen und Rosinen gefüllte Pastete und einen Apfel in die durch das Flechtwerk gestreckte Hand.

„Oh", hörte sie von der anderen Seite den überraschten Ausruf des Jungen, als er die Schätze betrachtete, die sie ihm gebracht

hatte. Und schon war sein genüssliches Schmausen zu vernehmen.

„Ich muss zurück zu den anderen", flüsterte die Spenderin der
Leckereien, „aber gegen Abend komme ich noch einmal."

Kurz darauf war Buntauge wieder allein. Noch nie in seinem
Leben hatte er so etwas wie diese Pastete gegessen. Und er hoffte,
dass sein Wachdienst hier noch einige Zeit so weitergehen würde.

Er rollte den Umhang zusammen und schob ihn unter seinen
Kopf. Tief hatte er sich in das Gesträuch zurückgezogen und war
vom Weg her weder zu sehen noch zu hören. Dafür spitzten sich
seine Ohren erneut, als er das murmelnde Geräusch eines entfernten Gesprächs hörte, das auf dem Grasweg langsam näher
kam.

Vorsichtig schob er den Kopf um ein Weniges vor, gerade weit
genug, um zwei Männer zu erkennen, die auf ihrem Gang an den
Begrenzungen der Anwesen entlang immer wieder stehen blieben und sich unterhielten. Die beiden waren in lange, abgewetzte
Umhänge gekleidet. Ihre Gesichter lagen im Schatten der Kapuzen, die sie tief in die Stirn gezogen hatten. Das wäre an sich
nichts Ungewöhnliches gewesen, hätte nicht inzwischen die Sonne von einem fast wolkenlosen Himmel geschienen. Von der Statur her waren sie unauffällig, vielleicht mittelgroß. Einer war
vielleicht zwei, drei Finger größer und von schlanker Gestalt, der
andere breiter, dabei aber beweglich und wie es schien von
beachtlicher Körperkraft. Ihre Stimmlage verriet, dass sie wohl in
mittleren Jahren sein mussten.

Nach und nach näherten sie sich dem Versteck des Jungen, so
dass er auch schon bald ihre Worte verstehen konnte. Der um ein
Weniges Größere war wohl der Wortführer, während der andere
nur einsilbige Antworten gab, die sich oft nur auf ein zustimmendes Brummen beschränkten.

„Der Weg ist meist in gutem Zustand", sagte der Größere gerade. „Nur dort hinten haben sie Unrat aufgehäuft. Das muss unbedingt beseitigt werden."

„Hm, hm, ja", machte der andere.

„Und dort vorn sind drei Steine aus der Stadtmauer gebrochen. Das muss ausgebessert werden."

„Muss ausgebessert werden", brummte der andere bestätigend.

Buntauge entspannte sich. Die zwei waren im Auftrag des Rates unterwegs, um die Beschaffenheit des Weges entlang der Stadtmauer zu prüfen und anstehende Instandsetzungsarbeiten zu veranlassen.

Jetzt blieben die zwei Kontrolleure direkt am Zaun der Beginen stehen und beäugten die Begrenzung aufmerksam. Der Wortführer trat näher und fasste nach einem der schon recht morschen Zaunpfosten und rüttelte daran, bis er sich neigte.

Buntauge zog sich lautlos tiefer in sein Versteck zurück.

„Der hier ist schon reichlich angefault. Die Beginen sollten ihren Zaun baldmöglichst erneuern lassen. Es wäre ein Leichtes hier einzudringen."

Der andere ließ ein böses Lachen hören, das Buntauge eine Gänsehaut über den Rücken trieb. „Leicht einzudringen", brummte der Kleinere und rüttelte an einem anderen Pfosten. Und als der noch standhaft blieb, trat er mit der Stiefelspitze dagegen. Knirschend brach der Pfahl und wurde nur noch durch das Flechtwerk rechts und links in eine aufrechte Lage gehalten.

„Oh, jetzt hast du ihn kaputt gemacht", sagte der andere in gespielter Zurechtweisung. Aber auch er ließ ein leises, höhnisches Lachen vernehmen.

Die beiden Männer schlenderten weiter. Ihr Gespräch entfernte sich, bis sich das Murmeln ihrer Worte in der Ferne verlor.

Buntauge merkte erst jetzt, dass er die Luft angehalten hatte. Wie ein Ertrinkender zog er sie heftig ein. Das war unheimlich gewesen. Waren das die zwei Galgenvögel, nach denen er hier Ausschau halten sollte oder nur zwei böswillige Männer, die den Beginen mit Abneigung begegneten?

Hoffentlich ließ sich Witho heute Abend noch sehen. Er sollte entscheiden, was es mit den Kapuzenmännern auf sich hatte.

***

Aber auch der wusste nicht, was er von den zwei Männern halten sollte. Nach Einbruch der Dämmerung war Witho zu Buntauge geschlichen und hatte sich ebenfalls unter das Gesträuch gehockt. Allerdings gelang es ihm nicht, sich vollständig unter dem Busch zu verbergen. Irgendein Teil seines Körpers schaute immer hervor. Doch kam ihm die beginnende Nacht zu Hilfe und verhüllte auch das, was sich nicht unter den Strauch quetschen ließ.

Buntauge schloss seinen Bericht mit den Worten: „Ob das nun die zwei Galgenvögel waren und ob ein Halbohr dabei war, konnte ich nicht erkennen." Bedauernd zog er die Schultern hoch.

Witho nagte an seiner Unterlippe. Was sein junger Freund erzählt hatte, klang alltäglich. Die Mordbuben würden sich kaum allzu auffällig zeigen, wenn sie den Konvent ausspionieren wollten. Was war besser geeignet, als sich als solide Bürger zu geben.

Andererseits mussten die zwei Unbekannten keineswegs dunkle Absichten verfolgt haben, als sie die Zaunpfosten beschädigten. Einige Bürger standen den Beginen nicht gerade freundlich gegenüber. Er musste an den bösartigen Bruder dieser einen Begine denken. Aber der saß jetzt im Bürgergehorsam. Das Ganze war doch recht verworren. Witho schüttelte den Kopf. Er konnte seinen eigenen Gedanken nicht mehr folgen.

Schließlich entschied er sich dafür, seinen geheimer Wachtposten noch einige Tage hier ausharren zu lassen. Es schien ihm nicht allzu schlecht zu gehen. Die zwei Äpfel, die er ihm mitgebracht hatte, verspeiste der Freund langsam und mit Bedacht. Wäre er so ausgehungert wie sonst, hätte er seine Zähne gierig in die Früchte geschlagen und sie in Windeseile hinuntergeschlungen. Auch hatte er sich in einen Umhang gewickelt, der Regen und Nachtkälte abhalten würde. Das neue Kleidungsstück hatte seinem vorherigen Besitzer jahrelang gedient und wies auch schon das eine oder andere kleine Loch auf, aber für ein Straßenkind bedeutete dessen Besitz einen wahren Schatz. Buntauge würde darauf achten müssen, dass ihm nicht ein größerer oder stärkerer Streuner den Umhang abjagte. Doch Witho war sich sicher, sollte es tatsächlich dazu kommen, würde Fischmaul mit seinen weitreichenden Verbindungen sicherlich ein paar grobe Kerle auf die Spur des Diebes hetzen. Ihre Bande war ihre Familie und seine Familie beschützte man mit allen zur Verfügung stehenden Mitteln.

„Dir scheint es recht gut zu gehen", Witho strubbelte dem Freund durch die kurzen Haare. „Füttern dich die Beginen gut?"

Buntauge grinste. Zwar konnte Witho das im Dunkeln nicht sehen, doch die zustimmende Kopfbewegung des Kleinen fiel so heftig aus, dass der ganze Busch bebte. Und dann schilderte er, was die Frauen ihm schon alles an Köstlichkeiten gebracht hatten. Als er bei der Beschreibung der Pastete angekommen war, wehrte der Größere lachend ab: „Hör bloß auf, sonst schicke ich dich zu Fischmaul zurück und verberge mich selbst unter diesem Strauch. Die Hand durch den Zaun strecken kann ich auch."

„Tu das", kicherte Buntauge verhalten. „Und dass die Hand, die die Speisen empfängt, plötzlich viel größer ist und die Beine unter dem Busch vorschauen, fällt natürlich niemanden auf. Oder sie sehen es als Wunder für ihre wohltätigen Gaben an, stecken dich in einen Käfig und hängen ihn im Dom auf."

So alberten sie noch eine Weile herum und beide waren mit der Anwesenheit des anderen zufrieden und wärmten sich an seiner Zuneigung.

Schließlich machte sich der junge Stadtknecht auf den Heimweg zu seinem Schlafplatz, nicht ohne den Freund zuvor noch einmal zu größter Wachsamkeit anzuhalten. Auch trug er ihm auf, den Beginen vorerst nichts von seinen Beobachtungen mitzuteilen, um sie nicht zusätzlich zu beunruhigen.

Auf seinem Weg durch die stockdunklen Straßen und Gassen ging Witho das Gehörte noch einmal durch den Sinn. Und je mehr er darüber nachdachte, um so unbehaglicher wurde ihm. Wenn die beiden Kapuzenmänner in amtlicher Mission unterwegs waren, dann wollte er nicht länger Witho heißen. Der Zufall eines Kontrollganges von Beauftragten des Rates erschien ihm mittlerweile doch zu groß. Morgen würde er den Stadthauptmann einfach danach fragen. Der war doch mit allem, was die Stadtmauer und die Verteidigunganlagen betraf, bestens vertraut.

So mit sich zufrieden und über seine weitere Vorgehensweise einigermaßen beruhigt, erreichte er den Pferdestall der Stadtwache und wühlte sich gleich darauf in seine Strohschütte. Im Einschlafen schreckte er noch einmal auf. Hoffentlich behielt Buntauge den Kopf unten, egal was da am Zaun auch immer geschehen mochte.

15. Kapitel

Der 25. Tag des Monats Mai, Sankt Urban, begrüßte Mensch und Tier und Pflanzenwelt mit zwar kühlem, jedoch sonnigem Wetter. Hildegard schlüpfte nach der morgendlichen Wäsche flink in ihr Arbeitsgewand. Hoffentlich bleibt uns die Sonne heute treu, dachte sie, als sie den Hof betrat. Wie pflegte Agnes an diesem Tag immer zu sagen? „Wie's Wetter an St. Urbanstag, so es im Herbst wohl werden mag." Nun gut, der Spruch traf nicht immer, aber er ließ zumindest eine Ahnung der künftigen Herbstmonate zu.

Nach dem Morgenbrei teilte die Magistra die anstehenden Arbeiten ein. Die Weberinnen hatten endlich einmal fast einen ganzen Tag, sich um ihr Tuch zu kümmern. Mit Ausnahme von Grite, die den Vormittag im Kontor ihres Bruders verbringen würde. Die gestrige Beisetzung hatte sie von diesem geplanten Vorhaben abgehalten. Heute wollte sie sich nun einen ersten Überblick verschaffen.

Hedwigis begleitete erst Walburga auf den Markt und wollte gleich nach dem Mittagsmahl mit Mechthilda verschiedene Krankenbesuche durchführen. In sicheren Zeiten war sie oft allein in der Stadt unterwegs gewesen, aber im Moment erschien es Ursula von Buch zu gewagt, eine ihrer Frauen ohne Beistand ihrer Wege gehen zu lassen. Also würde die Lehrerin, nachdem der vormittägliche Unterricht beendet war, die Freundin auf ihren Gängen in die Stadt begleiten.

Am späten Nachmittag wollten dann alle gemeinsam die großen Töpfe und den Badezuber mit Wasser füllen. Über Nacht sollte die Wäsche in der warmen Seifenlauge weichen, damit am nächsten Tag Grite, Anna und Hildegard mit der Wäsche zum Fluss hinunterziehen konnten, um sie dort gründlich zu reinigen.

Hildegard und Anna wurde wieder einmal die Sorge um Vieh und Garten übertragen. Derweil Hildegard die Ziegen und das

Hühnervolk in den Obstgarten entließ, sammelte Anna die ersten Eier ein und trug sie zu Walburga. Hildegard nutzte die günstige Gelegenheit und huschte schnell zur Hagebuttenhecke und steckte Buntauge einen kleinen Kanten trockenes Brot und einen Becher frisch gemolkener, noch warmer Ziegenmilch zu. Sie hätte ihm gern mehr gebracht, aber der Junge war dankbar für jeden Bissen, der ihm ohne eigenes Zutun oder Aufregung zufiel.

Anna brachte aus der Küche für das Schwein die Rübenschalen und andere Reste des gestrigen Leichenmahls mit. Schmatzend machte sich das Tier darüber her, als das Gemenge in seinen Trog klatschte.

„Das Schwein gehört in den Wald, da kann es sich seine Nahrung selbst suchen." Anna, auf einer Burg mit vielerlei Getier aufgewachsen, hatte mehr als einmal dem Schweinehirten beim Austrieb zugesehen.

„Das mag sein", stimmte Hildegard zu. „Aber wer von uns soll ein einziges Schwein im Wald hüten und dabei seine anderen Aufgaben vernachlässigen? Und es einem Schweinehirten mit in seine Herde zu geben, würde bedeuten, dass wir dafür bezahlen müssen. Im Herbst zur Eichelmast nimmt es der Friedel mit. Dann bekommt es genügend Speck und Fleisch auf die Knochen, um es beim ersten Frost zu schlachten. Dieses Schlachtefest ist ein sehr anstrengender aber auch vergnüglicher Tag. Nu ja, für das Schwein wohl eher nicht", schränkte sie ihren letzten Satz lachend ein. Und dann fügte sie noch hinzu: „Hoffentlich bist du dann noch bei uns. Was hat denn die Magistra gestern gesagt, als du sie fragtest?"

„Sie war recht freundlich und gestattete mir zu bleiben, bis ich selbst weiterziehen möchte."

„Das hört sich doch gut an." Hildegard war unschlüssig, ob das dem Konvent zum Wohle gereichen würde oder nicht. Irgendetwas war da noch mit Anna, da war sie sich ganz sicher. Die andere erzählte immer nur so viel von sich und ihrem Leben, wie sich nicht umgehen ließ. Aber Hildegard war fest entschlossen, das Geheimnis der Jüngeren zu lüften. Und was war dazu besser geeignet, als ein zwangloser Plausch im Gemüsegarten.

„Lass uns in den Garten gehen", schlug sie also vor. „Die Pastinaken, die wir im März ausgesät haben, müssen verzogen werden. Nur so bekommen die Pflanzen genügend Platz, um eine dicke Wurzel zu bilden."

Anna folgte der Älteren widerspruchslos.

Die Pastinaken waren in vier, etwa zehn Schritt langen Reihen ausgebracht worden. Sie waren gut aufgegangen und mussten nun vereinzelt werden. Die beiden Reihen hatten einen Abstand von vielleicht einem halben Schritt und Hildegard unterwies Anna, wie sie in ihrer Reihe die Arbeit vorzunehmen hatte.

„Du lässt immer die kräftigste Pflanze stehen und ziehst die anderen dazwischen raus, so dass ein Abstand von etwa einer Handbreit zwischen den einzelnen Pflänzchen bleibt."

Anna hockte sich hin und stellte sich recht gelehrig bei dieser ungewohnten Tätigkeit an. Als Hausmagd hatte sie nie solche Arbeiten verrichten müssen. Aber sie murrte nicht. Hier, in diesen geschützten Mauern, war jede Arbeit besser, als in der Burg ihres Dienstherren, wo sie sich nur durch viel Geschick und mitunter auch handgreiflich den Übergriffen des Ratgebers ihres Herren hatte entziehen können.

Hildegard nickte zufrieden, als sie die flinken Finger der anderen sah und versuchte mit einem Lob Annas Verschwiegenheit zu durchdringen: „Du machst das recht geschickt. Hast du auf der Burg auch im Küchengarten arbeiten müssen?"

„Nein, meine Arbeiten beschränkten sich auf das Haus und das Bedienen meines Herrn und seiner Dienstleute." Anna arbeitete mit gesenktem Kopf weiter.

„Aber dass Schweine in den Wald getrieben werden, wusstest du schon." So schnell wollte Hildegard nicht aufgeben.

„Das war nicht zu übersehen." Annas Finger waren emsig im Pastinakenbeet unterwegs und warfen die herausgerupften Pflänzchen achtlos auf einen kleinen Haufen.

Hildegard breitete ein sauberes Tuch zwischen den Reihen aus.

„Die kleinen grünen Blättchen kommen auf das Tuch. Walburga nimmt sie gern als Gewürz für Pasteten, Salat oder Gemüsebrei."

Anna nickte, knipste die winzigen Blattstiele ab und legte sie sorgsam auf das saubere Tuch.

„Hast du auch in der Küche geholfen?" Hildegard war fest entschlossen, wenigstens eine Kleinigkeit der schweigsam Arbeitenden zu entlocken.

„Das ließ sich nicht vermeiden. Ich musste die Speisen auftragen."

Herrgottnochmal, die andere war heute ja noch einsilbiger als sonst. Sollte ihr das Ableben von Alheyt noch so zu schaffen machen? Aber da wollte Hildegard lieber nicht dran rühren.

„Bist du eigentlich gern hier?" Das war eigentlich eine dumme Frage. Nicht umsonst hatte Anna gestern auf der Bank geweint, als sie befürchtete, den Konvent nach Alheyts Tod verlassen zu müssen.

„Ja, hier ist es gut, alle sind freundlich, niemand stellt einem nach."

Aha! Jemand hatte Anna nachgestellt. War das der Grund für ihre Flucht?

„Bist du deswegen geflohen, weil dir jemand nachstellte?"

„Nein, so war es nicht."

Inzwischen hatten sie das Ende der Reihen erreicht und Hildegard richtete sich mit in den Rücken gestemmter Hand auf. Sie musste einsehen, dass aus Anna heute nichts weiter herauszulocken war.

„Lass uns in die Küche gehen und sehen, ob meine Mutter schon zurück ist." Sie raffte das Tuch mit den Pastinakenblättchen zusammen und beide Frauen strebten der Küche zu. Hätte Hildegard geahnt, welche Aufgabe dort auf sie wartete, wäre sie lieber mit Anna im Garten geblieben.

Walburga freute sich, als die beiden ihr das Tuch reichten und schüttete die Blättchen sogleich in eine Schüssel mit Wasser, um sie gründlich von Erde und Staub zu befreien. Dann wies sie Hildegard an, in den Keller hinabzusteigen und den Rahm der vergangenen Tage heraufzutragen. „Wir brauchen unbedingt frische Butter.", war der Satz, den Hildegard gar nicht gern hörte. Aber es blieb ihr nichts weiter übrig, als den Auftrag ihrer Ziehmutter zu erfüllen.

Anna ging zurück in den Garten, um sich nun den zarten Möhrenpflänzchen zu widmen und sie gleich den Pastinaken auszudünnen.

***

Langsam kehrte wieder der Alltag ein und so ging der Vormittag mit vielfältigen Arbeiten dahin. Zum Mittag reichte Walburga die Reste des gestrigen Mahls. Hildegard gelang es im Anschluss daran, für Buntauge etwas Gehaltvolleres als trockenes Brot beiseite zu schaffen.

Grite betrat am Nachmittag mit besorgtem Gesicht den Konvent. Die Einsicht in die Bücher ihres Bruders hatte ihr das ganz Ausmaß des heruntergekommenen Handels offenbart. Ihre anfängliche Zuversicht hatte sich in brütendes Grübeln verwandelt.

Gestern, nach dem Leichenmahl hatte sie Merten im Bürgergehorsam besucht und versucht, ihm ins Gewissen zu reden, eventuelle Verstrickungen in dunkle Geschäfte zuzugeben. Aber ihr Bruder hatte sie mit groben Worten abgewiesen. Im Verlaufe der ersten gütlichen Befragung hatte er seine Beteiligung an den Vorfällen lauthals zurückgewiesen. Wenn er Glück hatte, gab es eine zweite gütliche Befragung, bevor Meister Hardo ihm die Folterinstrumente wies und dann war es bis zur ersten Marter nicht mehr weit. Das alles trug nicht dazu bei, mit viel Hoffnung auf diesen Bereich ihres Lebens zu blickten. Aber ein kleines Schwätzchen mit Mette, die in der Weisheit eines langen Lebens in allem ein Körnchen Gottvertrauen fand und die emsige Betriebsamkeit im Konvent, weckten ihren Lebensmut neu. Hier würde sie immer Sicherheit und Geborgenheit finden.

Als die Glocken zur Vesper läuteten, legten alle ihre Arbeiten nieder und fanden sich zusammen, um vom Hof des Mälzers Wasser heranzutragen. Jede fasste ein Schaff und in einem zwanglos plaudernden Zug begaben sie sich zu dem nur wenige Schritte entfernten Brunnen. Mette hatte das breite Hoftor des Konvents geöffnet. Walburga heizte das Herdfeuer kräftig an, um sogleich das herangeschaffte Wasser erhitzen zu können. In den Badezuber streute sie reichlich Ascheseife, die sich in dem erwärmten Wasser schnell auflöste. Die Wäsche lag auf einem großen Haufen. Obenauf das Bettzeug, in dem Anna gestorben war und die aussortierten Kleidungsstücke von des Mälzers Vater.

Es war eine mühsame Arbeit, bis der große Zuber und alle Kessel mit Wasser gefüllt waren. Aber da sich bis auf Mette jede an der Arbeit beteiligten, wurde sie in einer guten Stunde bewältigt. Auch Hildegard und Anna mussten helfen. Da ein ständiges Kommen und Gehen erfolgte und die beiden jungen Frauen immer mit mehreren auf der Straße unterwegs waren, erschien die Gefahr eines Angriffs verhältnismäßig gering. Auch war es seit der Inhaftnahme des Merten Ellenbruch zu keinem neuerlichen Überfall gekommen und so hatte es den Anschein, als wäre die Gefahr endgültig gebannt.

Und wirklich, kurz nachdem die Glocken Komplet geläutet

hatten, trugen die Frauen ihr letztes Schaff Wasser durch das Tor und füllten es in die großen Kessel, die sich auf dem Herdfeuer drängten.

Grite legte die Wäschestücke nacheinander in die heiße Seifenlauge im Badehaus und Theresia stukte sie mit einem riesigen Holzlöffel, der ihr bis zur Schulter reichte, unter. So wurde die Wäsche gleichmäßig mit der Lauge benetzt und aller Schmutz konnte sich über Nacht lösen.

Das war ein arbeitsreicher Tag gewesen und Walburga tischte ein entsprechendes Abendmahl auf. Frische Butter, unter die sie die Pastinakenblättchen gemengt hatte, Käse, Brot, Schmalz, Rauchwurst und Zwiebeln ließen die Frauen schnell wieder zu Kräften kommen. Anschließend saßen sie noch eine Weile schwatzend und mit dem Gefühl, nach einem arbeitsreichen Tag sich wohl verdient den Bauch gefüllt zu haben, beisammen, nicht ahnend, dass sich die Ereignisse schon bald überstürzen würden.

***

Nach dem Essen zogen sich die Beginen noch einmal zu ihren Tätigkeiten zurück, um angefangene Arbeiten zu beenden oder doch zumindest so zu sichern, dass sie am folgenden Tag leicht wieder aufgenommen werden konnten.

Plaudernd begaben sich die Weberinnen in ihr Haus. Sie hatten Grite in die Mitte genommen und sprachen leise auf sie ein.

Anna wollte die restlichen Möhren verziehen.

Hildegard sagte, dass sie die Tiere zur Nacht in die Ställe sperren würde, getrieben von dem kleinen Hintergedanken, Buntauge noch einen Besuch abzustatten.

Aber zuerst sah sie bei dem Schwein vorbei. Schon als Kind hatte ihr Agnes davon abgeraten, den Tieren, die zum Verzehr bestimmt waren, einen Namen zu geben.

„Isst du lieber eine Wurst vom Schwein oder lieber eine Wurst von Olk?", hatte die erfahrene Bauernwitwe die kleine Hildegard gefragt. *Olk*, diesen Namen hatte sie für das damalige Schwein ausgesucht. Nein, eine Wurst von Olk würde sie nie essen können. Auf eine Wurst vom Schwein konnte sie sich sehr wohl freuen. Also war es bei der Namenlosigkeit der Schweine geblieben.

Bei den Ziegen Rose und Dorne sah das schon ganz anders aus. Die würden erst geschlachtet werden, wenn sie keine Milch mehr gaben und das konnte noch lange dauern. Zudem würde das alterszähe Fleisch in der Armenspeisung landen und die Haut beim Pergamentmacher.

Einen Moment hielt Hildegard vor dem ehemaligen Maultierstall inne. Es wäre schön, wieder ein Maultier oder zumindest einen Esel zu besitzen. Der könnte das schwere Wäschefass morgen zum Fluss hinunterziehen und vor allem wieder vom Fluss zum Beginenkonvent aufwärts. Das war eine ziemliche Schinderei. Oder sie könnten selbst das Mehl von der Elbmühle an der Möllenvogtei holen und müssten nicht den Müllersknecht und das Gespann des Müllers dafür bezahlen. Und es würden sich bestimmt noch viele andere Arbeiten finden, bei denen so ein Grautier von Nutzen sein konnte.

Hin und wieder brachte auch Agnes dieses Anliegen bei ihren Versammlungen zur Sprache. Aber die Magistra hatte bisher noch immer die Gegenrechnung aufgemacht. Da musste der Stall wieder hergerichtet werden, Futter und Stroh mussten gekauft werden und das Tier musste regelmäßig vom Hufschmied beschlagen werden. Nein, der Aufwand wog schwerer als der Nutzen. Wichtiger war es, noch in diesem Sommer den hinteren Zaun zu erneuern. Eine Ausbesserung war nicht mehr möglich. Zu groß waren die Schäden in der Zwischenzeit geworden. Aus diesem Grund trieb Hildegard jetzt auch die Hühner in ihren Legestall, wo sie auf einem alten Besenstiel schlafend die Nacht verbringen würden. Im letzten Winter hatte sich ein Fuchs durch den löchrigen Zaun zur Stadtmauer hin gezwängt und unter dem Federvieh ein Blutbad angerichtet.

Die Ziegen würden zwar einem Fuchs widerstehen können und besonders Dorne würde jedes Raubgetier auf die Hörner nehmen, aber einem diebischen Zweibeiner, der sich einen saftigen Ziegenschenkel in seinen Suppenkessel wünschte, war auch sie nicht gewachsen. Also führte Hildegard die zwei gehörnten Schwestern in den Stall. Bei der sanften Rose war das schnell erledigt. Dorne sträubte sich hingegen wie gewohnt, stieß mit den Hörnern nach Hildegards Beinen, biss in ihr Gewand und zerrte daran. Aber schließlich war auch das mit viel Geduld und Schieben und Ausweichen erledigt und Dorne gesellte sich zu ihrer Schwester.

Inzwischen begann es zu dämmern. Nicht mehr lange und die Stadttore würden schließen. Noch ein prüfender Blick durch den

Obstgarten. Nein, niemand war in Sicht. Schnell wollte Hildegard zu Buntauge huschen, um ihm noch eine dicke Zwiebel und eine Scheibe Brot zuzustecken.

Eben wandte sich die junge Frau dem hinteren Teil des Obstgartens zu, als sie hörte, wie vom Hof her Grite nach ihr rief. Wollte die Freundin sie beim Gang zu ihrem Wächterjungen begleiten? Vielleicht hatte sie ja auch noch eine kleine Leckerei beiseite bringen können.

Hildegard war im Dämmerlicht zwischen den Obstbäumen verborgen und machte ein, zwei Schritte zum Hof hin. Doch Grite kam nicht in diesen Teil des Gartens. Sie ging in den Gemüsegarten. Hildegard zog überlegend die Augenbrauen zusammen. Wenn die Freundin sie zu Buntauge begleiten wollte, warum ging sie dann in den Gemüsegarten? Abwartend blieb sie an der Pforte zwischen Obst- und Gemüsegarten stehen und blickte Grite hinterher, die zu dem Möhrenbeet schritt. Aber dort hockte doch nur Anna zwischen den Pflänzchen.

„Hildegard!", rief Grite wieder, diesmal etwas lauter. Schließlich stand sie hinter Anna und legte ihr die Hand auf die Schulter. Die fuhr erschrocken hoch und schaute Grite fragend an.

„Du bist nicht Hildegard." Überrascht zog Grite ihre Hand zurück.

Anna schüttelte den Kopf, musterte Grite aber wachsam.

Inzwischen war auch Hildegard näher gekommen. Grites Blick ging zwischen den zwei jungen Frauen verwirrt hin und her.

„Ihr seht euch ähnlich wie zwei Schwestern", brachte sie schließlich hervor, ungläubig darüber, dass ihr das erst jetzt auffiel. Aber die Verwandlung von der schmutzstarrenden, dunkelhaarigen, hinkenden Anna mit ihrer zu großen Gugel in diese saubere, blonde, aufrecht stehende junge Frau war so langsam vonstatten gegangen, dass es niemanden bisher so richtig aufgefallen war. Und nicht nur in Gestalt und Haarpracht ähnelten sich die zwei jungen Frauen. Bei genauerem Hinsehen bemerkte Grite den gleichen kühnen Schwung des Kinns und die hohe Stirn über den graugrünen Augen. Auch die etwas große Nase, umgeben von einigen Sommersprossen, war wie aus einer Gussform. Nur war Anna im ganzen etwas schlanker als Hildegard. Nun, das nahm auch nicht weiter Wunder, nachdem Anna sicher ein recht karges Leben mit den schweifenden Beginen geführt hatte.

Anna machte einen kleinen Schritt zurück und Hildegard

schnaufte leicht entrüstet.

Und dann traf Grite die Erkenntnis wie ein Schlag. „Die Galgenvögel waren gar nicht hinter Hildegard her, sondern hinter dir!" Anklagend wies sie mit dem Finger auf Anna.

Doch noch bevor die junge Frau etwas zu ihrer Verteidigung vorbringen konnte, ertönte vom Konvent her ein gellender Schrei: „Feuer! Feuer! Leute kommt und helft! Feuer!" Das war doch Mette.

Entsetzt wandten sich die drei dem Hof zu und wollten zu Hilfe eilen. Doch sie kamen nur wenige Schritte. Wie aus dem Nichts erschienen, standen plötzlich zwei Männer in dunklen Kapuzenumhängen mit ausgebreiteten Armen vor ihnen.

Gehetzt sahen sich die drei Frauen nach einem Ausweg um. Vom Hof her konnten sie keine Hilfe erwarten. Dort schlugen die Flammen bereits aus dem Dach des Badehauses.

Aber auch die Männer zögerten eine Winzigkeit, bevor sie zum Angriff übergingen.

„Von der gibt's ja zwei", sagte der eine verblüfft und kratzte sich an seiner fliehenden Stirn.

„Egal, wir nehmen beide", gab der andere kurz entschlossen zurück.

„Hier nimmt niemand jemanden!", schleuderte Grite ihnen entgegen, griff sich einen der handgroßen Steine, die unter einem Baum lagen und ging damit auf den ihr zunächst Stehenden los.

Doch kaum hatte sie den Arm zum Schlag erhoben, gab ihr der eine so groben Fausthieb ins Gesicht, dass sie niederstürzte und bewegungslos liegenblieb.

Entsetzt wollten Hildegard und Anna zur Seite hin ausweichen. Bevor sie sich jedoch in Sicherheit bringen konnten, packten kräftige Arme zu und hielten ihre Beute fest wie in Eisenklammern geschmiedet. Ein an den Hals gedrücktes Messer ließ jeden Widerstand versiegen.

Bei dem Kampf war dem einen die Kapuze vom fettigen Haarschopf geglitten und Hildegard musste mit Entsetzen sehen, dass dem, der ihre Handgelenke mit seiner breiten Pranke umklammert hatte, ein halbes Ohr fehlte. Hinterhältig grinste er sie an, als er die Angst des Wiedererkennens in ihren Augen sah.

„Hilfe!", schrie sie durchdringend und versuchte mit ihren Zähnen die festhaltende Hand zu erreichen. Doch bei all dem Lärm und Getöse, das inzwischen auf dem Hof des Konvents herrschte, verhallte ihr Schrei ungehört.

„Ruhe jetzt", fuhr der Halbohrige sie an und gab der sich heftig Wehrenden eine derbe Ohrfeige. Nicht ganz so stark wie bei Grite, aber Hildegard taumelte und fühlte, wie ihr das Blut aus der Nase schoss.

Mit wenigen Handgriffen waren den beiden Frauen die Hände auf den Rücken gebunden. Ein fester Knebel hinderte sie an weiteren Hilferufen.

Anna unternahm einen letzten Fluchtversuch. Einen Haken schlagend versuchte sie dem Gauner zu entkommen, der sie nun schon durch den Obstgarten zum hinteren Zaun hin vor sich herstieß. Sie trat ihm, als er ihr zu nahe kam, kräftig zwischen die Beine, so dass er schmerzvoll aufquiekte und sich zusammenkrümmte. Schon glaubte Hildegard, die andere könne entkommen, als der Galgenvogel im Niederstürzen Annas Fußgelenk packte und sie niederriss.

Dumpf schlug Anna auf und rührte sich nicht mehr.

Leise vor sich hinfluchend stand der Halunke auf und trat der leblose Daliegenden mit der Stiefelspitze in die Rippen. „Steh auf, du Schlampe!", knurrte er noch immer gebeugt stehend vor unterdrücktem Schmerz. Doch Anna gab keinen Laut von sich.

Sie wird doch nicht tot sein? Hildegard wusste um die vielen Steine, die zwischen den Bäumen lagen. Anna wird doch nicht mit dem Kopf auf einen davon geschlagen sein?

Wieder stieß ihr Peiniger sie mit dem Stiefel grob an. „Hoch mit dir, du Hexe, bevor ich dich an den Haaren wegschleife."

Anna regte sich nur ganz kurz, ein Zittern lief über ihren Körper, bevor er wieder erschlaffte.

„Du hirnloser Ochse", zischte der Halbohrige, „musstest du sie gleich halbtot schlagen? Nimm sie gefälligst auf und lass uns verschwinden, bevor die andere Schlampe dort", er wies mit dem Kopf in die Richtung, wo sie Grite bewusstlos zurückgelassen hatten, „zu sich kommt und Alarm schlagen kann."

„Pah", machte der andere, warf sich aber trotzdem die reglose Anna wie ein Kleiderbündel über die Schulter, „die sind viel zu sehr mit ihrem Feuerchen beschäftigt."

Ohne weiteren Aufenthalt erreichten sie den hinteren Zaun, der auf einer Breite von vielleicht zwei Schritt niedergerissen war und ungehindert den Zugang zu dem Grasweg entlang der Stadtmauer ermöglichte.

Hildegard fasste eine winzige Hoffnung. Es würde den beiden schwerfallen, mit ihrer Beute von zwei gefesselten Frauen ungesehen zu entkommen. Selbst wenn sie dem wenig genutzten Weg entlang der Stadtmauer folgten, würden sie irgendwann auf andere Menschen treffen und dann würde sie sich schon bemerkbar machen. Aber halfen nicht alle Nachbarn bei der Brandbekämpfung? Ein Feuer inmitten der Stadt konnte in einem schrecklichen Unglück enden. Beim letzten großen Stadtbrand von 1207 war sogar der ursprüngliche Dom zerstört worden.

Doch halt, da war ja noch Buntauge. Als die Entführer mit ihren Opfern den eingerissenen Zaun überstiegen, ließ Hildegard ihren Blick über das Hagebuttengestrüpp gleiten. Dort bewegte sich rein gar nichts. Sehr gut. Buntauge würde wissen, was zu tun war.

In der zunehmenden Dämmerung erblickte Hildegard auf dem Grasweg einen einachsigen, mannslangen Karren, der mit Stroh beladen war. Davor war ein struppiges, mageres Pferd gespannt.

Der Halbohrige machte vor Hildegard eine tiefe Verbeugung und lud sie mit einem bösen Grinsen ein: „Darf ich bitten, holde Jungfer?" Dabei wies er auf den Karren und der andere, der Anna trug, gab ihr einen harten Stoß in den Rücken, so dass sie vorwärts stolperte und mit der Wange gegen den Wagenkasten prallte.

Hildegard wurde klar, dass die Entführung gut geplant war und nicht mal eben so unüberlegt stattgefunden hatte. Vielleicht gehörte sogar das Feuer als Ablenkung dazu. Dann musste es noch einen dritten Kumpanen geben. Wehe den Brandstiftern, wenn sie gefasst wurden. Es erwartete sie ein langer, qualvoller Tod. Brandstiftung wurde härter bestraft als Mord und Totschlag und Raub zusammen.

Das Halbohr stieß Hildegard derb auf den Karren und der andere warf Anna unsanft neben sie. Dann wurden beide Frauen gründlich mit Stroh zugedeckt. Hinten wurden noch zwei hohe Bretter als Begrenzung des Wagenkastens eingesetzt, so dass weder das Stroh noch mit ihm Hildegard oder Anna unbemerkt herunterrutschen konnten.

Einer setzte sich auf das Kutschbrett des Karrens und ließ die Zügelleine kräftig auf den Pferderücken klatschen. Langsam setzte sich das Gefährt in Bewegung.

Der andere Halunke hockte sich gleich hinter das Kutschbrett zwischen die zwei Frauen.

„Keinen Mucks, sonst schneide ich euch die Kehle durch, bevor ihr auch nur Amen sagen könnt", zischte er ihnen zu. Anna lag noch immer ohnmächtig unter dem Stroh. Die Worte des Entführers erreichten sie nicht. Hildegard presste die Lippen zusammen. Sie nahm sich vor, auf die Kurven zu achten. So würde sie wissen, wo ungefähr in Magdeborch sie ankämen. Doch kurz darauf bogen sie nach rechts ab. Das war falsch, völlig falsch. Da ging es doch zum Ulrichstor.

Ohne sich zu rühren oder sich bemerkbar zu machen, musste sie mit anhören, wie der Kutscher ein paar belanglose Worte mit den Torwächtern wechselte. Dann waren sie raus aus der Stadt. Wer sollte sie hier draußen finden?

***

Als das Pferdegespann von zwei Männern in Kapuzenumhängen langsam rückwärts in den Grasweg geführt wurde, hatte sich Buntauge noch nichts dabei gedacht. Sicherlich irgendwelche Anwohner, die ihr Anwesen von der hinteren Begrenzung her erreichen wollten. Neugierig hatte er aber trotzdem seinen Kopf soweit vorgestreckt, dass er den Weg überblicken konnte, selbst aber unsichtbar blieb. Eine willkommene Abwechslung in dem eintönigen Wachehalten. Zwar wurde er vorzüglich verpflegt, aber schon vor geraumer Zeit hatte sich Langeweile bei dem Jungen, der ansonsten beständig in der Stadt unterwegs war, um sich auf die eine oder andere Weise den Bauch zu füllen, breitgemacht. Endlich passierte mal etwas.

Auch als das Pferd unmittelbar am Beginenzaun hielt, wurde er noch immer nicht misstrauisch. Der Zaun war schadhaft und musste dringendst erneuert werden. Das hatten ja auch die beiden Männer gestern festgestellt.

Doch dann kniff er überlegend die Augen zusammen. Die Dämmerung setzte bereits ein. So kurz vor Einbruch der Dunkelheit noch mit der Arbeit zu beginnen, war recht ungewöhnlich. Und hätte es ihm seine fürsorgliche Freundin Hildegard nicht erzählt, wenn noch des Abends eine Wagenladung Baumaterial angeliefert werden sollte? Leider konnte er von seiner Stellung unter dem Gestrüpp nicht erkennen, womit der Wagen beladen war. Aber eine erstaunliche Ähnlichkeit in Körpergröße und Gestalt dieser zwei hier mit den Kontrollgängern fiel ihm jetzt auf. Das war doch sehr verdächtig.

Vorsichtig, nach rechts und links sichernd, näherten sich die beiden Kapuzenmänner dem Zaun und begannen ihn leise aber zielgerichtet niederzureißen. Sie machten sich an dem Zaunpfahl zu schaffen, gegen den der Kleinere gestern mit seiner Stiefelspitze getreten hatte, so dass er abgebrochen war. Nun mussten sie nur noch rechts und links das Flechtwerk entfernen. Und das ging fast geräuschlos vor sich. Der Pfahl fiel dann von ganz allein.

Lautlos schlichen die beiden in den Garten und verhielten dort. Es hatte ganz den Anschein, als würden sie auf irgendetwas warten. Fast hatte man den Eindruck, sie wüssten, dass Hildegard ihrem kleinen Freund heute noch einen Besuch abstatten würde. Aber dann hätten sie den unwillkommenen Zeugen doch schon längst unter seinem Gebüsch hervorgezogen.

Buntauge beschloss abzuwarten, bevor er eingreifen würde. Erst musste er wissen, was die beiden im Schilde führten.

Es wurde nur eine kurze Wartezeit. Die „Feuer! Feuer!" Schreie drangen auch bis zu ihm und die hektische Betriebsamkeit, die den ganzen Hof und die Straße kurz darauf erfasste, waren ebenfalls nicht zu überhören. Buntauge kroch unter seinem Gestrüpp hervor, so dass er einen Blick durch die Zaunlücke auf das Geschehen im Garten erhaschen konnte.

Gerade riss einer der Halunken eine junge Frau zu Boden und stieß die Reglose dann grob fluchend mit dem Stiefel. Buntauge riss entsetzt die Augen auf, denn seine verehrte Hildegard wurde ein Stückchen weiter von dem anderen geknebelt und gefesselt durch den Garten zum Zaun gestoßen. Hastig zog sich der Junge zurück. Es nutzte niemanden, wenn die Galgenvögel auch auf ihn aufmerksam wurden.

Hilflos musste er mitansehen, wie die beiden Frauen rabiat auf dem Karren verstaut und offensichtlich mit einer dicken Lage Stroh zugedeckt wurden.

Als das dürre Pferd den Wagen langsam anzog, überstürzten sich die Gedanken in Buntauges Kopf. Was sollte er nur tun? Jedes Einwohners erste Pflicht, egal ob angesehener Bürger oder heimatloser Streuner, war es, bei der Brandbekämpfung zu helfen. Andererseits musste Witho unbedingt erfahren, dass die Galgenvögel zugeschlagen und die zwei Frauen entführt hatten.

Und was konnte ein so schmächtiges Bürschchen wie er schon groß bei der Eindämmung des Brandes ausrichten? Bestimmt waren schon ausreichend Hände damit beschäftigt, sich Wassergefäße zuzureichen, um der Flammen Herr zu werden. Wenn sicher auch nicht alle Freunde der Beginen waren, die dort tätig wurden, so half doch jeder sich selbst, wenn er eine Ausbreitung der Feuersbrunst vermeiden konnte. Sollten die Flammenzungen erst nach den nebenstehenden Anwesen zu lecken beginnen, konnte der ganze Straßenzug, wenn nicht sogar die ganze Stadt den Flammen zum Opfer fallen.

Jede Deckung entlang der Zäune der anderen Gärten nutzend, machte sich Buntauge an die Verfolgung des Wagens. Das beste war es sicherlich, wenn er in Erfahrung bringen konnte, wohin die beiden Entführten geschafft wurden. Die Stadt bot vielfältige Versteckmöglichkeiten, wo sich die Gewalttäter mit ihrer Beute verbergen konnten. Hatte er erst einmal deren Unterschlupf ausfindig gemacht, konnte eine Befreiung der Frauen schnell in die Wege geleitet werden.

Doch gleich darauf wurde das Vorhaben des Jungen zunichte gemacht. In gemächlichem Zockeltrab wandte sich das Pferd dem Ulrichstor zu. Außerhalb der Stadt würde er mit dem Wagen nicht lange Schritt halten können, denn dann konnte der Kutscher das Tier zu schnellem Trab antreiben, um so bald als möglich einen abgelegenen, verschwiegenen Ort zu erreichen.

Mutlos wandte sich Buntauge um, als die Entführer mit ihrer Beute das Tor passierten. Jetzt musste er so schnell als möglich Witho ausfindig machen. Der Freund würde wissen, was als Nächstes zu tun war.

„... und du hast auch Heldenaugen." Das hatte Hildegard zu ihm gesagt, als sie ihm die Geschichte des Hundes Oleg erzählt hatte. Wütend heulte der Junge in ohnmächtigem Zorn auf. Dann drehte er sich um und rannte durch das Stadttor, gerade als die Wächter dabei waren, die großen Torflügel zu schließen.

Der Wagen hatte schon die Fahrt beschleunigt und Buntauge lief eiligst hinterher.

Der zweite Galgenvogel hatte sich zu seinem Kumpan auf das Kutschbrett gesetzt und beide blickten jetzt in Fahrtrichtung. Einmal der Stadt entkommen, schienen sie sich ihrer Sache sicher zu sein und keine Entdeckung mehr auf dem menschenleeren Fahrweg zu befürchten.

Schon bald hatte Buntauge den Wagen erreicht. Eine Weile lief er in gleichmäßigem Tempo hinterher. Dann erfasste er das hintere Brett des Wagenkastens und zog sich hoch. Die Füße setzte er auf den überstehenden Rand des Wagenbodens. So kauerte er sich, unsichtbar für die Entführer und an den Wagen geklammert, auf kaum eine Handbreit Holzbohle und hoffte, dass sie ihr Ziel erreichen würden, bevor ihm Arme und Beine erlahmten.

***

Nach dem Abendmahl hatte sich Mette wie gewöhnlich zum kleinen Tor begeben, um dort ihren Pförtnerpflichten nachzukommen. Dazu gehörte auch, dass sie mit einem Reisigbesen den Schmutz, der sich während des Tages vor der Mauer des Konvents angesammelt hatte, zur Straßenmitte hin kehrte. Das entsprach zwar nicht ganz dem Erlass des Rates, aber damit nahm es Mette nicht so genau. Alle machten es doch so. Oder noch schlimmer, sie ließen den Unrat einfach liegen und hofften, der nächste starke Regen würde alles in Richtung Elbe und hinein in den Fluss schwemmen. Und so war es ja auch am letzten Sonntag geschehen. Die starken Regenfälle der Nacht und des Morgens hatten die höher gelegenen Straßen der Stadt weitgehend gesäubert.

Mette verrichtete ihre Arbeit betulich nach der Art alter Menschen, die nichts so leicht aus der Ruhe bringen kann und die zwar langsam aber stetig auf ihr Ziel hinarbeiten. Sie hatte am südlichsten Punkt der Mauer mit der Arbeit begonnen und arbeitete sich gemächlich zum Tor hin vor. Ein Schwätzchen mit einer Nachbarin hatte ihr eine kleine Ruhepause verschafft, bevor sie ihre Arbeit mit der gewohnten Gründlichkeit wieder aufnahm.

Vertieft in ihr Tun nahm sie nur aus dem Augenwinkel heraus wahr, wie ein Mann mit einer Fackel in der Hand von der Ulrichskirche kommend in die Straße zum Konvent hin einbog. Vielleicht wunderte sich irgendwo, in einem Winkel ihres Überlegens, ein kleiner Gedanke, warum jemand mit einer Fackel durch die Straßen lief, wo doch noch genügend Tageslicht vorhanden war, um seinen Weg gefahrlos zu finden. Aber dieser Gedanke trat nicht in den Vordergrund. Und selbst, wenn dem so gewesen wäre, wäre ihr nie in den Sinn gekommen, was gleich geschehen sollte.

Der in eine braune Kutte Gewandete schwang die Fackel, als er nur wenige Schritte von ihr entfernt war. Dann ließ er sie los.

In dem Moment sah Mette auf, machte drei schnelle, humpelnde Schritte auf den Unseligen zu und konnte doch nicht mehr verhindern, dass die Fackel einen feurigen Bogen beschrieb und schließlich funkensprühend auf das Dach des Badehauses niederfiel.

Einen kurzen Moment war die alte Frau wie gelähmt. In einem lautlosen Schrei stand ihr Mund weit offen und ihre Finger krampften sich um den Besenstiel. Als eine feine Rauchfahne vom Dach aufstieg, erwachte sie zum Leben.

„Feuer! Feuer! Leute kommt und helft! Feuer!" Ihr durchdringender Schrei riss den Konvent und die angrenzenden Häuser aus ihren besinnlichen Abendvorbereitungen. Die Nackenhaare stellten sich auf und ein kurzes, angstvolles Zittern überlief so manchen Körper. Ohne Feuer gab es weder Wärme, noch Licht, noch schmackhafte Nahrung, aber einmal zur unkontrollierten Ausbreitung entfesselt, konnte es in seinem unersättlichen Hunger in einer Stunde verschlingen, was schaffensfreudige Menschen in Jahrzehnten ersonnen und aufgebaut hatten.

In Windeseile hasteten Menschen herbei mit Eimern und Töpfen und allem bewaffnet, in das sich nur eine größere Menge Wasser schöpfen ließ. Schnell hatte sich eine Menschenkette von des Mälzers Hof bis zum nun schon brennenden Dach des Häuschens gebildet.

Die muskelbepackten Knechte des Getreidehändlers hatten Leitern an das Haus gelehnt, standen auf den oberen Sprossen und kippten mit Schwung den Inhalt der Gefäße auf das Dach. Tagtäglich stemmten sie schwere Mehl- und Getreidesäcke. So ein Wassereimer war vergleichsweise ein Leichtgewicht.

Kurze Zeit darauf rückte auch Dietrich von der Furth mit allen zur Verfügung stehenden Männern der Stadtwache an, um sich an der Brandbekämpfung zu beteiligen.

Die Holzschindeln des Daches waren zum Glück nicht staubtrocken. Ein Rest des sonntäglichen Regens hatte sich gehalten. Trotzdem schickte der Brandherd erste Flammenzungen, die wie gierige Schlangen über das Dach krochen, in alle Richtungen aus. Die Hitze machte auch den stärksten Knechten langes Ausharren ganz oben auf den Leitern unmöglich. So tauschten sie immer wieder ihre Plätze mit anderen. Rußverschmiert, mit angesengten

Brauen und Haaren und schweißglänzender, roter Haut nahmen sie einen Posten weiter unten auf den Leitern ein.

Die Dunkelheit hatte sich fast vollständig über die Stadt gesenkt und die zuckenden Flammen warfen verzerrte, tanzende Schatten auf die umliegenden Hauswände, als nähmen sie schon einmal Maß, wo sie als nächstes ihr zerstörerisches Werk fortsetzen könnten.

Schließlich hatte sich das Brandnest vollständig durch das Dach gefressen und fiel krachend und einen Funkenregen aussendend hinunter in die Badestube.

Alle erwarteten, dass die Flammen jetzt mit noch größerer Kraft durch das Dach stoßen würden, da sie unten neue Nahrung finden und der entstehende Luftzug das Feuer zusätzlich anfachen würde.

Jedoch vernahmen die Männer, die schnell einige Sprossen hinuntergestiegen waren, um der zu erwartenden feurigen Lohe zu entgehen, ein gewaltiges Zischen, als würde der Hufschmied ein Dutzend glühender Hufeisen gleichzeitig ins kalte Wasserfass tauchen. Eine gewaltige, weiße Dampfwolke brach sich Bahn durch das Loch im Dachgebälk und verwehte von einem aufkommenden Wind fortgetrieben. Die brennenden Holzschindeln waren in den großen Badezuber gestürzt, wo die eingeweichte Wäsche auf den morgigen Waschtag wartete. Das wie eine Flutwelle überschwappende Wasser des Zubers löschte auch die auf den Boden gefallenen feurigen Bretter und Schindeln.

Verdutzt hatten die Männer einen Moment innegehalten, nur um gleich darauf mit erneuter Anstrengung und frischem Mut, einer allumfassenden Feuersbrunst doch noch Herr zu werden, den restlichen Flammennestern auf dem Dach zu Leibe zu rückten.

Die aufsteigenden Funken fielen auf die umliegenden Dächer, doch dort standen schon leichtfüßige Burschen bereit, um ihnen mit nassen Decken und Lederklatschen den Garaus zu machen.

Nach und nach wurde auch das letzte Flammengezüngel unter dem stetig fließenden Wasserstrom aus Eimern und Kesseln erstickt.

Erst jetzt nahmen die Umstehenden die Gestalt in der braunen Kutte bewusst wahr, die ob der Aussicht auf baldige Beendigung des Brandes nicht etwa in freudige Rufe ausbrach, sondern mit sich überschlagender Stimme immer wieder kreischte: „Nein,

nein, facht den Scheiterhaufen neu an! Brennen sollen sie alle, brennen!"

Langsam rückten die Menschen von dem sich wie wild Gebärdenden ab. Schließlich stand er allein in ihrem Kreis, schüttelte die erhobenen Fäuste immer wieder gegen den Konvent und schrie seinen geifernden Hass auf die gottlosen Beginen heraus. Auch packte er den einen oder anderen an seinem Gewand, schüttelte ihn und forderte ihn auf, sich an der Ausmerzung der Teufelsweiber zu beteiligen.

Von Ruß und Feuer geschwärzt und von unbändigem Zorn getrieben schob sich Mette durch die anwachsende Menschenmenge.

„Der war es!", rief sie den staunend Gaffenden zu. „Der hat die Fackel auf unser Dach geworfen!"

Langsam verengte sich der Kreis um den Tobenden und im Näherkommen wurden die Menschen gewahr, dass es sich um einen Barfüßermönch handelte. Schon griffen erste Hände nach dessen Kutte, stießen ihn im Kreis umher und gaben ihm schon die eine oder andere Faust zu kosten. Mönch hin oder her, der Zorn der Menschen und ihre ausgestandene Angst brauchten eine Möglichkeit, sich zu entladen. Zwar würden sie morgen ihr Tun bereuen und beichten und Buße tun, aber hier und heute, war das Leben des Franziskaners keinen Halbpfennig mehr wert. Doch bevor es zum Äußersten kommen konnte, bahnte sich eine zweite weitaus kräftigere und befehlsgewohntere Gestalt als die alte Begine ihren Weg zwischen den dichtgedrängten Leibern der erzürnten Menge hindurch.

„Haltet ein Leute, beiseite!", rief ihnen Dietrich von der Furth entgegen. „Dieser Mann", dabei wies er auf den Barfüßer, „mag ein Brandstifter sein. Aber er untersteht nicht der weltlichen Gerichtsbarkeit und schon lange nicht dem einfachen Bürger. Ich verstehe euren Zorn über den feigen Brandanschlag. Doch werde ich diesen Mönch jetzt mit mir nehmen und ihn persönlich mit der Anschuldigung der Brandstiftung seinem Abt übergeben. Mag der dann über diesen Mann entscheiden."

Murrend gaben die dichtgedrängt Dastehenden den Weg frei. Eine schmale Gasse öffnete sich, durch die der Stadthauptmann mit seinem Gefangenen abziehen konnte. Ihm schlossen sich drei Stadtwächter an. Doch wo immer die kleine Kolonne vorbeikam, gab es Püffe und Tritte für den Mönch.

Dietrich von der Furth ließ zwei seiner Wachleute an der Brandstelle zurück, die den Rest der Nacht Brandwache halten sollen. Würden die Flammen aus einem verborgenen Glutnest heraus wieder auflodern, könnten sie sich nicht unentdeckt ausbreiten. Eimer und Kessel, gefüllt mit ausreichend Wasser, standen bereit, um die Brandbekämpfung sogleich wieder aufnehmen zu können.

Jedoch sollte sich diese Vorsichtsmaßnahme schon bald als überflüssig erweisen. Ein stetig an Kraft zunehmender Wind trieb von Westen schwere Wolken heran. Blit. ze zuckten fast ohne Unterlass und rollender, rumpelnder Donner erfüllte die Luft. Kaum war noch eine Pause zwischen den einzelnen Schläge auszumachen.

Im Angesicht des aufziehenden Unwetters zerstreuten sich die Helfer und zogen sich in die umliegenden Häuser zurück. Aber Schlaf würde heute niemand mehr finden. Zu tief saß der Schreck, zu groß war die Furcht, dass ein neuerlicher Alarmruf sie aus ihren Betten treiben könnte.

Nach und nach leerte sich auch der Hof des Konvents. Zurück blieben die Beginen. Sie scharrten sich um ihre Magistra unter dem Walnussbaum. Dorthin hatten sie vorausschauend und in aller Eile die Gerätschaften aus der Küche und Mettes Habseligkeiten aus ihrem kleinen Torhäuschen getragen, um sie nicht dem Raub der Flammen zu überlassen.

Else trug ein Kohlenbecken herbei, das ihnen ein wenig Licht spendete. Das Dunkel der Nacht wirkte nach dem blendenden Flammenschein tiefer als je zuvor. Walburga schenkte allen aus einem großen Krug Dünnbier ein. Es war dringend notwendig, sich Rauch und Angst aus der Kehle zu spülen.

„Das war das Werk von Pater Bernhard. Wer hätte geglaubt, dass sich sein Wahnsinn in einer solchen Tat Bahn brechen könnte." Verständnislos schüttelte Mechthilda den Kopf. Die anderen mussten ihr zustimmen.

Ursula von Buch ließ den Blick über ihre Frauen gleiten, um sich zu vergewissern, dass keine außer Schmutz und versengter Kleidung größeren Schaden davongetragen hatte. Ihre Augen verengten sich. Beunruhigt musste sie feststellen, dass die Schar der Beginen weitaus kleiner war, als sie hätte sein dürfen.

„Wo sind Grite, Hildegard und Anna?"

Suchend sahen sich die anderen um, als müssten die Vermissten sogleich aus dem Dunkel ins Licht des Kohlenbecken treten. Statt dessen schälte sich eine dunkle Kutte aus der sie umgebenden Finsternis. Entsetzt wichen alle zurück. Hatte sich der wahnsinnige Mönch seinen Wächtern entrissen und war zurückgekehrt, um sein Werk zu vollenden?

Walburga fasste nach ihrem größten Haumesser, das ganz oben auf dem Berg geretteter Küchenutensilien lag und die anderen griffen ebenfalls, was sich eben darbot, um den Tollwütigen für immer zu vertreiben.

Doch es war nicht Pater Bernhard, der jetzt in den Schein des Kohlebeckens trat. Matthias von Eulenhorst, den hier die meisten nur als den Pilger kannten, entbot ihnen seinen Gruß. Sein Erscheinungsbild ließ erkennen, dass auch er sich tatkräftig an der Brandbekämpfung beteiligt hatte. An seiner Seite war der große wolfsähnliche Hund. Knurrend stellte er sich vor seinen Herrn, als er die angriffsbereiten Frauen sah. Doch ein Wort des Pilgers ließ ihn sich niederlegen. Seine gelben Augen beobachteten die Menschen weiterhin aufmerksam.

Langsam und noch immer argwöhnisch allen Kuttenträgern gegenüber, ließen die kampfbereiten Beginen ihre erhobenen Arme sinken, ohne jedoch ihre Waffen ganz aus der Hand zu legen.

Matthias achtete nicht auf das Misstrauen der Frauen. Nach diesem Schrecken und der ausgestandenen Angst würde es noch eine Weile brauchen, um wieder aufgeschlossen und zugewandt einem Mann in einer Kutte gegenüberzutreten.

Ursula von Buch reichte dem späten Gast einen hölzernen Becher mit Bier. Dankbar nahm er das Getränk an und ließ die ersten Schlucke durch seine rauchig kratzige Kehle rinnen. Forschend schweifte sein Blick über die versammelten Frauen. Als er nicht fand, was er suchte, zogen sich seine Augenbrauen zusammen.

Die Magistra wandte sich wieder der drängendsten Angelegenheit zu: „Wer hat Grite, Hildegard oder Anna bei der Bekämpfung des Brandes gesehen?"

Fragend ließ sie ihre Augen von einer zur anderen wandern. Doch überall sah sie nur Kopfschütteln und Schulterzucken. Sollten die drei ihr Heil in der Flucht gesucht haben? Bei Anna war Ursula von Buch unschlüssig. Dieses Mädchen konnte sie auch nach zehn Tagen nicht richtig einschätzen. Zu verschlossen hatte sich die junge Frau gegeben. Bei Grite und Hildegard war sich die Oberin völlig sicher. Nie würden sich die beiden aus freien Stücken vom Konvent entfernen, wenn dieser in Flammen stand.

„Wer hat die drei zuletzt kurz vor Ausbruch des Brandes gesehen?", schaltete sich der Pilger ein. Er warf einen schnellen Blick zur Magistra. Sie neigte zustimmend den Kopf. Das wäre auch ihre nächste Frage gewesen.

„Anna war im Gemüsegarten." Nachdenklich massierte Hedwigis ihre Nasenwurzel. „Ich habe sie beim Möhrenverziehen gesehen, als ich einige Blätter Salbei pflückte."

„Und Hildegard wollte zur Nacht die Tiere versorgen", gab Walburga Auskunft. Kaum ein Schritt ihrer Ziehtochter blieb ihr verborgen.

„Dann müssen zumindest die zwei in den Gärten gewesen sein, als der Brand ausbrach. Wir wollen dort nach ihnen suchen." So richtig konnte sich Ursula von Buch nicht vorstellen, dass die Vermissten sich dort noch immer aufhielten. Aber sie konnten hier auch nicht tatenlos unter dem Nussbaum stehen und so tun, als wären sie vollzählig. War der eine überstandene Schrecken der Nacht noch nicht genug? Kam jetzt noch ein weiteres Unheil auf sie zu?

Walburga griff in den Haufen Küchengerätschaften und zog ein Bündel trockener Kienspäne hervor. Sie verteilte sie und die Frauen hielten den Kien in das Kohlenfeuer, bis sie sich paarweise mit dem kleinen Licht auf die Suche begeben konnten.

Gleich darauf hörten sie Mechthildas alarmierenden Ruf: „Hier schleicht einer rum!"

Die Beginen und Matthias eilten herbei und hatten den Fremden gleich darauf eingekreist. Der machte jedoch keinerlei Anstalten, sich gegebenenfalls gewaltsam einen Fluchtweg durch den enger werdenden Ring zu bahnen.

„Lasst ab von mir, gute Frauen! Ich will Euch nichts Böses." Gelassen blieb er mit hängenden Armen aber stolz erhobenen Kopf stehen und wehrte sich auch nicht, als ihm Walburga mit ihrem Kienspan ins Gesicht leuchtete.

„Bursche, du bist doch der Stadtwächter, den Frau Lucardis uns brachte", stieß sie überrascht hervor.

„Und der sich noch immer an Eure köstlichen Würste erinnert." Witho verbeugte sich tief. Es konnte nie schaden, einer Köchin zu schmeicheln.

„Sicher haben Euch heute Nacht nicht die Würste unserer Köchin hergelockt." Ursula von Buch musterte den Burschen im Licht des Kienspans genauer. Wie auch der Pilger und alle Bewohnerinnen des Konvents war das Gesicht des jungen Mannes mit einer Schicht aus Ruß und Schweiß verschmiert. Sein ohnehin schon fadenscheiniges Wams wies kleine Brandlöcher auf, wo sich fliegende Funken auf ihm niedergelassen hatten.

„Wie ich sehe, seid auch Ihr uns zu Hilfe geeilt. Habt Dank dafür", fuhr die Magistra nach ihrer eingehenden Musterung fort. „Aber nun sagt uns, warum Ihr noch jetzt hier herumschleicht, wo doch die Gefahr gebannt ist."

Anfangs druckste Witho noch etwas herum. Wie viel wussten die Beginen über den Jungen, den er zur Wache am hinteren Zaun postiert hatte?

„Nun Bursche?" Walburga stupste den vermeintlichen Stadtwächter an. „Du wirst ja kaum Übles im Sinn gehabt haben."

„Ich wollte mich nur vergewissern, dass alle das Feuer ohne größeren Schaden überstanden haben", kamen seine Worte zögernd. Und nach einem Blick in die Runde: „Aber ich muss feststellen, dass Ihr nicht vollzählig seid." Erwartungsvoll versuchte er einen Blick über Walburgas Schulter in die Dunkelheit hinein zu werfen. Vielleicht tauchte diese widerspenstige Hildegard ja gleich auf.

Hedwigis und Mechthilda tasteten sich inzwischen im schwachen Schein des Kienspans in den Gemüsegarten vor. Der Bursche stellte keine Gefahr dar und hatte die Suche schon lange genug verzögert.

„Hier liegt jemand!", erreichte gleich darauf ihr Ruf die anderen.

In Windeseile hasteten alle zum Gemüsegarten. Voller Entsetzen erblickten sie die bewusstlose Grite, neben der schon Hedwigis kniete und nach ihrem Atem und Herzschlag spürte.

Schließlich richtete sie sich auf und sprach die erlösenden Worte: „Sie lebt, ist aber in eine tiefe Bewusstlosigkeit gefallen. Sie muss einen kräftigen Schlag erhalten haben. Ihr Gesicht beginnt sich an der Seite blau zu verfärben." Dann wandte sie sich zur Freundin um und wies sie an. „Lauf schnell Mechthilda und hole mir ein Stück Filz, das mit dem scharfen Essig getränkt ist."

Mechthilda eilte davon, um das Gewünschte herbeizubringen. Vielleicht konnte Grite Auskunft über den Verbleib der anderen beiden Vermissten geben .

Indessen hatte sich auch die Magistra niedergebeugt.

„Grite weißt keine Rauch- oder Rußspuren auf. Ihr Gewand ist völlig rein. Das heißt, sie wurde schon vor dem Brandanschlag niedergestreckt."

Witho zog sich langsam rückwärts in die Dunkelheit zurück. Hier war heute mehr passiert als nur eine Brandstiftung. Er musste jetzt unbedingt mit Buntauge reden. Im höchsten Maße beunruhigt, suchte er sich seinen Weg durch die Obstbäume hindurch zum hinteren Zaun.

Das unstete Licht der in immer kürzeren Abständen zuckenden Blitze reichte aus, um die Verwüstung des Zaunes zu beleuchten.

Leise rief Witho nach Buntauge, doch niemand antwortete. Auch als er den Kopf unter den dornigen Busch steckte, war niemand zu sehen. Seine Hände ertasteten jedoch ein Stück Tuch. Sollte Buntauge hier liegen und die ganze Aufregung um das Feuer verschlafen haben?

Kräftig zog Witho an dem Stoff. Doch es war nur der Umhang aus gewalktem Tuch, den Hildegard dem Jungen geschenkt hatte. Nie würde Buntauge das wertvolle Kleidungsstück ohne Not zurücklassen. Etwas Schlimmes musste passiert sein, wenn der Kleine seinen Umhang zusammengerollt unter dem Busch verborgen hatte und ohne ihn in die Nacht gegangen war.

Eine Hand legte sich von hinten auf Withos Schulter. Der fuhr mit geballten Fäusten hoch. So leicht würde er sich von keinem Galgenvogel übertölpeln lassen. Doch es war nur der Pilger, der ihm eine Hand auf die Fäuste legte und sie besänftigend nach unten drückte. Mit der anderen Hand hob er seinen Kienspan und leuchtete Witho ins Gesicht.

„Du hast etwas gefunden?"

Einen Moment zögerte Witho noch. Aber wenn die Vorsteherin des Konvents diesem Mann vertraute, dann konnte er ihm wohl von seiner Entdeckung erzählen.

„Ich hatte einen Freund hier unter dem Busch als Wachtposten zurückgelassen", berichtete er. „Der Zaun war schadhaft und würde Eindringlingen kein wirkliches Hindernis in den Weg stellen. Und so scheint es auch gekommen zu sein. Der Zaun ist niedergerissen und der Junge verschwunden."

Matthias nickte nachdenklich. „Und du machst dir jetzt Sorgen um deinen Freund." Das war mehr eine Feststellung als denn eine Frage.

Zwischen zusammengebissenen Zähnen presste Witho heraus: „Sie müssen ihn mitgenommen haben." Dann fiel ihm etwas ein: „Diese Bewusstlose, ist sie inzwischen erwacht und konnte sie etwas sagen?"

Wieder nickte Matthias. „Das Essigtuch hat sie zurück aus der Ohnmacht geholt. Sie sprach von zwei Männern in Kapuzenumhängen, die Hildegard und Anna mitnehmen wollten. Der Eine hat sie niedergeschlagen, als sie sich zur Wehr setzte. Mehr weiß sie nicht."

„Vielleicht gibt es auf dem Weg Spuren der Entführer." Witho nahm Matthias den Kien ab und beleuchtete den Grasweg vor dem Zaun. Ein mächtiger Blitz, der zuckend von einer Wolke zur anderen sprang, erhellte die Umgebung zusätzlich.

„Hier hat ein einachsiger Wagen gestanden. Seht Ihr?" Der junge Mann beugte sich tiefer mit dem Licht und musste gegen den sogleich folgenden Donnerschlag anschreien. „Die Hinterräder laufen nie genau in der Spur der Vorderräder aber es ist nur eine Spur, also war es ein leichter Wagen, gezogen von einem dünnen Pferd. Die Hufabdrücke sind nicht sehr tief."

Der Pilger nickte anerkennend. „Und beladen war der Wagen mit Stroh. Es liegen noch einige Halme in der Spur."

„Wahrscheinlich hat man die Frauen damit bedeckt, um sie unsichtbar für andere zu machen."

Trutz schnüffelte an der Spur, lief in die Dunkelheit, kam aber wenige Augenblicke später zurück. Die Spur hatte sich zwischen vielen anderen verloren.

Matthias tätschelte dem Hund den Kopf und sagte zu Witho: „Wir wollen unsere Erkenntnisse den anderen Beginen mitteilen. Die Aufregungen der Nacht sind noch nicht ausgestanden. Mir scheint, der Brand und die Entführung hängen zusammen."

Das sah auch Ursula von Buch so, als die beiden Männer ihr die Ergebnisse ihrer Untersuchung mitteilten. „Aber welche Rolle spielt der irre Pater in dem Spiel? Wie kommen die Mordbuben und Bernhard zusammen?"

Diese Frage konnte in dieser Nacht niemand mehr beantworten. Sicher war nur, dass Hildegard und Anna von den Kapuzenmännern mitgenommen worden waren. Aber wie sollte man ihre Spur finden? Auch das Verschwinden des Wächterjungen, von dem Witho nun doch allen erzählt hatte, warf einige Fragen auf. Gleich am nächsten Morgen wollten sie den Stadthauptmann und den Schultheiß von der Entführung in Kenntnis setzen. Auch Peter Honstein war sicher an der Entwicklung der Ereignisse interessiert.

Heute konnte niemand mehr etwas unternehmen, so sehr die Sorgen um ihre zwei Mitschwestern auch alle quälte, sie mussten bis zum neuen Tag warten.

Schnell brachten sie noch die unter den Walnussbaum gestapelten Küchengerätschaften und Mettes bescheidene Besitztümer vor dem heraufziehendem Unwetter ins Refektorium. Die alte Pförtnersfrau würde den Rest der Nacht bei Walburga verbringen. Auch von den Beginen fand keine mehr erholsamen Schlaf in dieser Nacht.

Als sich das Gewitter über der Stadt befand und Blitz und Donner in unmittelbarer Folge die Luft erzittern ließen, öffneten sich die himmlischen Tore und sintflutartiger Regen löschte auch den letzten Glutfunken in der Ruine des Badehäuschens.

16. Kapitel

Von all dem wussten weder Hildegard noch Anna noch Buntauge etwas. Ein inniger Wunsch, dass es in der Stadt nicht zum Äußersten kommen würde, streifte ihr Denken. Doch dann wandte sich ihre Sorge um so dringlicher den eigenen Angelegenheiten zu.

Schon eine ganze Weile rumpelte der Wagen über die recht gut befahrbare Straße, die nach Westen führte. Der Junge klammerte sich noch immer am hinteren Wagenkasten fest. Doch jedes Holpern über einen Stein oder durch eine ausgefahrene Spurrinne sandte einen schmerzhaften Stoß in seine mittlerweile tauben Arme und Beine. Wenn er sich doch nur einmal strecken und dehnen könnte, dann würde es sicher wieder besser gehen. Doch wagte er nicht, auch nur den Kopf über die Wagenbretter zu erheben. Jederzeit konnte sich einer der Strauchdiebe umwenden, um sich zu vergewissern, dass die Frauen noch immer gut verschnürt unter dem Stroh lagen.

Auch getraute sich Buntauge nicht, einfach abzuspringen und wieder eine Zeitlang hinter dem Wagen herzulaufen, um Arme und Beine zu lockern. Vielleicht würde er dann nie mehr die Kraft finden, sich erneut an den Brettern hochzuziehen. So blieb ihm nichts weiter übrig, als zu allen Heiligen zu beten, von denen er je gehört hatte und zu hoffen, dass einer von ihnen sein Flehen erhörte und ihn mit neuer Kraft segnen würde.

Und tatsächlich schien einer der heiligen Männer und Frauen sich seiner annehmen zu wollen. Gerade rief er in Gedanken den heiligen Mauritius an, der denen wohlgesonnen sein sollte, die in gerechte Kämpfe, Gefechte und Schlachten zogen, als der Wagen seine Fahrt beachtlich verlangsamte und scharf nach rechts abbog

Sie waren in einen schmalen Waldweg eingebogen. Bäume und Sträucher am Wegesrand rückten dichter heran und streckten ihre Zweige nach dem Wagen aus. Als wollten sie ihn festhalten, scharrten sie über dessen Seitenwände hinweg, nur um hinter ihm wieder in ihre ursprüngliche Lage zurückzuschnellen. Dieser Weg war offensichtlich ein Reitweg und nur langsam befahrbar für den Karren. Oder hier war seit langer Zeit niemand mehr vorbeigekommen. Egal, entscheidend war, dass der Wagen nur noch im gemächlichen Schritttempo vorankam.

Buntauge öffnete einfach die verkrampften Finger und ließ sich mit geschlossenen Augen rückwärts vom Wagen fallen. Zu einem geschickten Absprung war er nicht mehr in der Lage. Und wieder war ihm das Glück hold. Er fiel mit dem Rücken in daunenweiches Moos, das unterpolstert war von einer Schicht weichen Erdbodens. Mühsam streckte er Arme und Beine aus. Kribbelnd, als laufe eine Armee Ameisen darüber hinweg, begann das Blut wieder seine Bahnen zu ziehen und wenige Augenblicke später konnte sich der Junge zumindest auf die Knie erheben.

Der Wagen hatte sich noch nicht allzu weit entfernt. Zwar war er in der tiefen Dunkelheit, die hier inmitten des Waldes herrschte, nicht mehr auszumachen. Doch die kratzenden Geräusche der Zweige verrieten ihn und die Entführer.

Schwankend kam Buntauge auf die Beine und hüpfte ein wenig auf und ab. Schon bald war er soweit wieder hergestellt, dass er die Verfolgung erneut aufnehmen konnte. Er musste nicht einmal in schnellen Lauf verfallen. Es genügte schon, zügig auszuschreiten, um allmählich näher zu kommen. Der Wagen polterte jetzt unüberhörbar über einen hölzernen Steg.

Und dann öffnete der Waldweg sich unerwartet zu einer größeren Lichtung. Buntauge schmiegte sich an einen der letzten Bäume und spähte von dort aus dem Wagen hinterher. Auf der Waldrodung konnte er im kalten Licht des halben Mondes einige schemenhafte Umrisse von Gebäuden erkennen. Doch schien alles verlassen zu sein. Kein Kerzenschein, keine Fackel oder sonstige Lichtquelle begrüßten die Ankommenden. Dem Jungen, der sein ganzes Leben in der Stadt verbracht hatte, war diese Ansiedlung unbekannt. Doch hatte er schon von Wüstungen gehört, die in den Jahren der Pest entvölkert und nie wieder aufgebaut worden waren. Vermutlich befanden sie sich an einem solchen geheimen, verschwiegenen Ort.

Die Entführer sprangen vom Wagen und wandten sich dem Karren zu. Sie warfen das Stroh beiseite und zerrten die zwei

Frauen unsanft herunter. Auch die, welche zuvor getragen worden war, hatte nun das Bewusstsein wiedererlangt und stand schwankend auf eigenen Beinen. Der eine entzündete mit Feuerstein und Zunder eine Fackel und dann stießen die Männer ihre Beute grob auf die baufällige Hütte zu, vor der sie Halt gemacht hatten.

Was gesprochen wurde, konnte Buntauge nicht hören, dazu war er zu weit entfernt. Aber es war offensichtlich, dass das Leben der beiden Frauen erst einmal nicht bedroht war. Wären die Strauchdiebe auf Mord ausgewesen, so hätten sie ihren Opfern gleich im Garten des Konvents den Garaus machen können, ohne sich auf das gefährliche Geschäft der Entführung einzulassen.

Wenige Augenblicke später lag die Lichtung wieder verlassen da. Nur durch die Ritzen der geschlossenen Fensterläden verriet ein schmaler Lichtstreif die Anwesenheit von Menschen.

Gebückt schlich Buntauge näher. Behende übersprang er einen nicht einmal einen Schritt breiten Wasserlauf, welcher sich am Waldsaum entlangschlängelte. Den Steg offen zu überschreiten wagte er nicht.

Vorsichtig versuchte er durch eine der Ritzen im Fensterladen einen Blick ins Innere der Hütte zu erhaschen. Doch konnte er weder eine der Frauen noch die Galgenvögel erspähen. Dafür hörte er, wie einer der Männer die Gefangenen mit groben Worten in eine kleine, angrenzende Kammer wies, sich selbst darin zu schaffen machte und diese dann verschloss.

Buntauge sah ein, dass er hier erst einmal nichts weiter tun konnte, als darüber zu wachen, dass die Entführten nicht an einen anderen Ort geschafft wurden. Gegen Morgen würde er sich auf den Weg in die Stadt machen. Erst dann könnte er durch die wieder geöffneten Stadttore zu Witho gelangen. Gemeinsam würden sie einen Weg zur Befreiung der Frauen finden.

Jedoch konnte es nichts schaden, wenn er sich selbst schon einmal einen Überblick über die örtlichen Begebenheiten verschaffte und womöglich eine Schwachstelle für einen Angriff finden würde.

Also umrundete Buntauge, sich vorsichtig auf allen Vieren vortastend, die windschiefe Hütte, die nur sehr unvollkommen wieder hergerichtet worden war und den Galgenvögeln wohl hin und wieder als Unterschlupf diente. Als er an der Bretterwand ankam, hinter der sich die beiden Gefangenen befinden mussten, konnte er leises Stimmengemurmel vernehmen. Er drückte das Ohr dichter an eine breite Ritze, aus der schon vor langer Zeit der dichtende Lehm herausgerieselt war

Hildegard zischte gerade verärgert: „So hatte Grite also recht?"

Nur ein wortloses Brummeln war die Antwort.

Hildegards Stimme wurde schärfer: „Ich wüsste schon gerne, warum ich hier sitze. Denn eins ist sicher, ich habe niemanden auf Leben und Tod verärgert."

Doch die andere schwieg beharrlich und eine längere Pause folgte.

„Hör mal Anna, es tut mir leid, ich wollte dich nicht so anfahren, aber du musst mir schon sagen, warum die hinter dir her sind." Hildegard bemühte sich, ihren Unmut zu unterdrücken.

„Ich heiße nicht Anna." Kaum zu verstehen waren die leisen Worte.

„Aha, aber das dachte ich mir schon. Nun erzähl schon, warum die Galgenvögel dich jagen."

„Ich heiße Irmelin", begann die junge Frau noch immer leise und zögernd. „Die beiden Strauchdiebe habe ich noch nie zuvor gesehen, aber ich vermute, dass sie von meinem Herrn gedungen wurden, um mich für immer zum Schweigen zu bringen."

„Was hast du angestellt, dass er dich so sehr hasst, um dir nach dem Leben zu trachten?"

„Ich habe gar nichts angestellt", begehrte Irmelin auf. „Ich habe nur etwas gehört, das nicht für meine Ohren bestimmt war." Wieder schwieg sie.

„Lass dir doch nicht jedes Wort einzeln aus der Nase ziehen! Vielleicht fängst du mal ganz von vorn an!" In Hildegards Stimme klang schon wieder eine leise Ungeduld mit.

Irmelin stieß einen tiefen Seufzer aus und begann dann mit der Schilderung der Ereignisse, in dessen Folge ihr Leben völlig auf den Kopf gestellt wurde: „Also, ich heiße Irmelin und bin die Bastardtochter des Ritters Arno von Quitzow. Als er vor achtzehn Jahren von einem Feldzug heimkehrte, hat er meine Mutter aus einem kleinen Weiler weit östlich der Elbe entführt. Ein Jahr später wurde ich geboren, wuchs auf der Burg auf und diente dort als Magd. Es war nicht immer einfach. Ich musste mich hin und wieder vor dem Ritter Oswald in Acht nehmen, der darauf sann, mich allein in Keller oder Stall zu erwischen. Doch ich konnte ihm stets entkommen oder einer der Knechte stand plötzlich mit einem scharfen Werkzeug in der Nähe und schaute bedrohlich. Doch dann ..." Irmelin schluckte hart. Ihre Stimme klang belegt, als sie fortfuhr: „Doch dann passierte das Unglück, dass ich vor einigen Wochen meine Ohren wieder einmal zu lang machte. Der Ritter Oswald, der der engste Vertraute vom Ritter Arno ist, kam in eiligem Ritt auf die Burg und stürmte gleich durch den Rittersaal und zur Kammer des Herrn. Er hatte so etwas Gehetztes in seinem Blick, dass ich mir gleich dachte, es müsse etwas Bedeutendes passiert sein. Noch bevor er die Kammer betrat, wies er mich an, ihm einen Humpen Bier zu bringen. Also bin ich schnell in die Küche gelaufen und mit dem Bier zurück zu Arnos Gemach. Dort stand ich lauschend vor der Tür. Ich konnte einfach nicht widerstehen." Irmelin verzog schuldbewusst das Gesicht.

Hildegard konnte sich gut vorstellen, wie Anna, ach nein Irmelin dort stand und die Ohren spitzte. Zwickte sie doch selbst oft genug der Stachel der Neugierde.

„Dort vor der Tür habe ich Ungeheuerliches erfahren", fuhr Irmelin in ihrem Bericht fort. „Oswald hatte mit einem Pfeil den Herrn Gisilbert von Nigrebe, den Vater von Arnos Gemahlin Petronella, gemordet. Dadurch würde der gesamte Besitz des Nigrebers in Arnos Hände fallen. Leider habe ich einen Ausruf des Erschreckens nicht unterdrücken können und die beiden haben mich vor der Tür entdeckt. Zwar versicherte ich, dass ich gerade erst mit dem Bier vor die Tür getreten war, aber ihren Gesichtern war anzusehen, dass sie mir nicht glaubten. Da wusste ich, dass mein Leben keinen Pfennig mehr wert war. Noch in der gleichen Stunde bin ich von der Burg fortgelaufen. Lieber ein ungewisses Leben in der Fremde, als mit durchschnittener Kehle zu enden."

„Weit gekommen bist du aber trotzdem nicht", warf Hildegard ein. „Und jetzt sitzen wir beide hier. Bist du dir sicher, dass die Entführung mit den Ereignissen auf der Burg des Quitzowers zusammenhängt?"

„Ja, denn meine Geschichte ist noch nicht zu Ende." Irmelin versuchte, sich trotz der Fesseln etwas bequemer hinzusetzen. „Ich bin völlig kopflos in den angrenzenden Wald gelaufen. Ich wollte mich nur verstecken. Erst bin ich zwei Tage ziellos herumgeirrt. Dann in der dritten Nacht versteckte ich mich im Stall eines Bauern. Dort bin ich auf die drei schweifenden Beginen gestoßen. Ich habe ihnen erzählt, dass ich auf der Flucht vor meinem Herrn bin, da der mir beständig hinterher stieg. Sie haben es geglaubt und ich konnte mit ihnen gehen. Sie wollten nach Magdeborch und mir war es recht. Damit ich nicht zu auffällig war, kleideten sie mich in alte Lumpen, färbten mein Haar mit Walnussschalensud dunkel und rieten mir zu dem hinkenden Gang, wenn andere Menschen in der Nähe waren. Drei Tagesmärsche vor der Stadt übernachteten wir im Stall eines Gasthauses. Ketlin, die sich auf Heilkräuter und Hebammendienste versteht, war der Frau des Wirtes bei einer schwierigen Geburt hilfreich. Er erzählte uns am nächsten Morgen, dass ein edel gekleideter Mann am Abend nach Beginen fragte, in deren Gesellschaft sich ein blondes Mädchen befinden sollte. Weiß der Teufel, woher er wusste, dass ich mich den Frauen angeschlossen hatte. Der Wirt hat uns aus Dankbarkeit nicht verraten. Er beschrieb uns den Mann und ich erkannte, dass es Oswald war. Den Halbohrigen und seinen Kumpan muss er später gedungen haben. Den Rest kennst du. Wir sind dann am Sonntag in Magdeborch angekommen und haben Aufnahme in eurem Konvent gefunden."

Soviel hatte Irmelin schon lange nicht mehr gesprochen. Zum Schluss waren die Worte geradezu aus ihr herausgesprudelt, wie als wäre sie froh, sich endlich alles vom Herzen reden zu können. Erleichtert schwieg sie jetzt. Auch Hildegard musste das Gehörte erst einmal verdauen.

„Aber warum hast du uns nicht schon viel eher davon erzählt? Vieles hätte verhindert werden können, wenn du dich uns anvertraut hättest."

„Nachdem Ketlin und Radegunde sich aus dem Staub gemacht hatten, war meine Angst zu groß, ihr würdet mich davonjagen, wenn ihr von der Gefahr wüsstet, die von mir ausgeht."

„Und du hattest gar kein schlechtes Gewissen, als ich das Ziel der Anschläge wurde?"

Doch noch bevor Irmelin antworten konnte, war ein leises Geräusch von der hinteren Außenwand zu hören. Dort machte sich jemand an einem losen Brett zu schaffen und versuchte es vorsichtig aus der Wand zu ziehen.

Die jungen Frauen rückten näher zusammen und bemühten sich, die Finsternis mit ihren Blicken zu durchdringen. Versuchte dort ein wildes Tier Einlass zu finden?

Kurz darauf gab das Brett leise knirschend nach und eine Gestalt zwängte sich durch die entstandene Lücke.

„Pst, pst", zischte das Wesen und tastete sich näher heran. „Ich bin's, Buntauge. Ich bin gekommen, um euch zu befreien."

„Buntauge", stieß Hildegard erleichtert aus. „Wie hast du es geschafft, uns zu finden? Sind noch andere bei dir?"

„Nein, aber seid still", wisperte der Junge. „Ich werde eure Fesseln lösen und dann laufen wir davon."

Buntauges suchende Hände fanden den Strick mit dem Hildegards Hände gebunden waren und mit seinem Messer begann er daran herumzusäbeln. Bald schon hatte er sie durchtrennt und machte sich dann an Irmelins Fessel zu schaffen. Auch sie war wenige Augenblicke später frei und konnte ihre geschwollenen Handgelenke massieren.

„Dich schickt der Himmel", flüsterte Hildegard.

Doch leider mussten die drei feststellen, dass dort, wo sich Buntauge mit Mühe hinduchgequetscht hatte, die Gefangenen nie hinausgelangen würden. Gemeinsam versuchten sie, ein weiteres Brett aus der Rückwand zu lösen. Doch das erwies sich schwieriger als gedacht. In dem Bestreben, endlich in die rettende Freiheit zu gelangen, zerrte Irmelin heftiger an dem Brett. Es wollte sich einfach nicht lösen lassen. Stattdessen geriet die gesamte Rückwand ins Wanken. Aus dem morschen Dach löste sich ein brüchiger Balken und fiel krachend herab. Gerade noch rechtzeitig konnten sie sich durch einen blinden Sprung in die Dunkelheit in Sicherheit bringen.

Jedoch war der Lärm so laut, dass ihre Wächter fluchend die Tür aufrissen und mit einer Fackel die Kammer ausleuchteten.

In dem Moment, als der Balken mit Getöse herunterfiel, wurde Buntauge klar, dass ihnen die Flucht nicht gemeinsam gelingen würde. Er musste allein raus. Dann war wenigstens er frei und konnte Hilfe aus der Stadt holen.

Flink wie ein Wiesel versuchte er sich durch den Spalt zu winden. Schon war er mit dem Oberkörper und den Armen draußen und versuchte seine Beine nachzuziehen, da fühlte er sich von innen am Fuß gepackt. Verzweifelt stieß er mit dem anderen Fuß nach dem, was ihn festhielt, doch nur höhnisches Gelächter quittierte sein vergebliches Mühen.

„Halt still du Wurm, sonst reiße ich dir gleich das Bein aus." Heftiger wurde an seinem Fuß gezerrt. Aber so leicht würde er sich nicht wieder reinziehen lassen. Er war doch schon fast draußen. Nur noch eine kleine Anstrengung und es war geschafft.

In dem Moment rief jemand direkt vor ihm: „Lass ihn los!"

Buntauges Fuß wurde freigegeben und er wollte sich schon erleichtert aufrichten und seinem Retter danken. Wie auch immer, jemand war ihm zu Hilfe geeilt und würde auch die Frauen aus der Hand der Mordbuben befreien. Doch diese Hoffnung zerbarst im gleichen Augenblick. Eine harte Hand packte ihn derb am Kragen und drehte den Stoff dermaßen eng zu, dass ihm die Luft knapp wurde. Sein vermeintlicher Helfer schleifte den nach Atem ringenden Jungen zur Tür der Hütte und stieß ihn schließlich mit einem lästerlichen Fluch hinein. Hart schlug Buntauge mit dem Kopf gegen einen Schemel und blieb benommen liegen.

Nur verschwommen bekam er mit, dass Hildegard und Irmelin von dem Halbohrigen mit kräftigen Lederriemen gefesselt und im Hauptraum der Hütte an einen stabilen Stützbalken festgebunden wurden. So hatten die Entführer ihre Opfer beständig im Blick und eine Befreiung würde sich weitaus schwieriger gestalten.

Derweil die Männer mit ihren Gefangenen beschäftigt waren, versuchte Buntauge, noch immer nicht vollends im Besitz seiner Kräfte, zur Tür zu kriechen. Doch wieder kam er nicht weit. Der Kumpan des Halbohrigen packte ihn, kurz bevor er die rettende Freiheit erreichen konnte, erneut am Fuß und schleppte ihn zur Mitte der Hütte zurück. Dabei war es ihm ganz und gar egal, dass der Kopf des Jungen über den unebenen Boden holperte und gelegentlich an die gemauerte Umfassung der Feuerstelle stieß.

Vor dem qualmenden Herdfeuer ließ er den Jungen los und fast gutmütig sagte er: „Hör mal Bursche, versuch das nicht noch mal. Solltest du dich davon machen, brennen wir den Weibern ein Schandmal auf die Stirn, bevor wir uns anderweitig mit ihnen vergnügen. Und danach schneiden wir ihnen Ohren und Nase ab." Er verzog seinen fast zahnlosen Mund zu einem gemeinen Grinsen und trat Buntauge zur Bekräftigung seiner Worte mit dem Stiefel hart gegen die Schulter.

„Was gehen mich die Weiber an?", fragte Buntauge und versuchte zähneknirschend den Schmerz zu unterdrücken. Er richtete sich halb auf und sah den Kerl herausfordernd an.

Der stutze und sein Gesicht verzog sich in dem vergeblichen Bemühen, Worte und Taten des Jungen in Einklang zu bringen.

„Wie meinst du das?", stieß er schließlich hervor und fügte dann, einer plötzlichen Eingebung folgend, schnell hinzu: „Versuch nicht, mich zu übertölpeln."

„Das braucht er gar nicht versuchen, das besorgst du schon ganz allein", mischte sich der Halbohrige, der offensichtlich der Anführer der beiden war, ein. Und dann, an den Jungen gewannt: „Wer bist du und was suchst du hier?" Dabei begann er sich mit einem spitzen Dolch, dessen Klinge mehr als eine Handspange maß, die Fingernägel zu säubern. Fast gelangweilt saß er auf einem Hocker und sah auf den Jungen herab, der vor ihm mit niedergeschlagenen Augen im Schmutz des gestampften Lehmbodens lag.

„Ich bin meinem Grundherrn weggelaufen und und wollte mich hier verstecken." Hoffentlich schluckten die Galgenvögel diesen Lügenbrocken. Aber entflohene Leibeigene waren immer wieder in den Wäldern unterwegs, um sich bis in die Stadt durchzuschlagen. Von daher war seine Schwindelei durchaus glaubhaft. Dachte er zumindest.

„Ach ja? Und warum hast du dann den Weibern die Fesseln durchschnitten? Bursche, heraus mit der Wahrheit! Wer hat dich geschickt!" Blitzschnell setzte ihm der Schurke die Dolchspitze an die Kehle. „Der nächste Satz ist keine Lüge, sonst schnitze ich dir ein Muster in deinen dreckigen Hals." Der faulige Atem des halbohrigen Scheusals wehte Buntauge entgegen. Am liebsten hätte er angewidert den Kopf abgewannt, doch durfte er den Kerl jetzt nicht verärgern.

„Ich bin wirklich ein geflohener Leibeigener." Buntauge wimmerte ängstlich in dem Bestreben, seiner Aussage mehr Gewicht zu verleihen. „Ich wollte mich dort hinten verstecken und fand dabei die Frauen. Sie versprachen mir eine Belohnung und dass sie mich mitnehmen in ihr Haus in die Stadt und dass ich dort sicher bin."

Langsam drang die Spitze des Dolches in die Haut. Buntauge spürte, wie ihm ein kitzelnder Blutfaden den Hals hinunterlief.

„Bitte Herr, glaubt mir", flehte er und kniete mit gefalteten Händen vor seinem Peiniger. „Ich werde Euer Knecht sein und alles tun, was Ihr von mir verlangt. Aber bitte lasst mich am Leben."

Ein kräftiger Tritt mit der Stiefelsohle gegen die Brust schleuderte den Jungen auf den Rücken und hätte ihn fast in das Herdfeuer geworfen.

„So sei es. Aber wage dich nicht in die Nähe der Weiber. Und du wirst keinen Schritt vor die Hütte tun. Glaube mir, ich finde dich, wo auch immer du dich verstecken wirst."

Und dann, an seinen Kumpan: „Henn, sieh zu, dass du zum Herrn Oswald kommst. Richte ihm aus, wir hätten zwei Weiber gefangen. Er soll kommen und das seines Ritters aussuchen."

In dem Moment erschütterte ein gewaltiger Donnerschlag die Hütte und ließ alle darin Befindlichen erschrocken den Atem anhalten. In ihrem Tun vertieft, war ihnen der sich nähernde Aufruhr der Elemente entgangen.

Maulend warf Henn sich seinen Umhang über und trottete zur Tür. Aber kaum hatte er sie geöffnet, blies der Sturm eine Handvoll abgerissener Zweige herein. Trotzdem machte er einige Schritte in die Nacht hinaus, kam aber Augenblicke später zurück und weigerte sich den Auftrag auszuführen.

„Es geht ein mächtiges Unwetter. Die Blitze werden mich und das Pferd erschlagen." Noch während er sprach, erhob sich ein so gewaltiges Rauschen, als würde jemand gleich eimerweise Wasser über der Hütte entleeren. „Außerdem sind die Stadttore noch zu." Stolz auf seinen klugen Gedanken grinste Henn in die Runde.

Der Halbohrige knurrte unwillig, aber auch er musste einsehen, bei einem solchen Gewittersturm würde Henn sein Ziel nie erreichen.

„Dann schaff das Pferd in den Stall. Hat der Herr Oswald so lange gewartet, wird er es auch noch die eine Nacht aushalten. Aber gleich morgen früh reitest du. Ich will die Weiber endlich loswerden und dann verlassen wir diese Gegend erst einmal, bis Gras über die ganze Sache gewachsen ist."

Wieder vor sich hinmurmelnd verschwand Henn in der Finsternis. Rund um die Hütte tobte das Unwetter jetzt mit aller Macht und ließ das kleine Haus durch die Gewalt des Sturmes in seinen Grundfesten erbeben. Das Krachen umstürzender Bäume und das ohrenbetäubende Rollen des Donners mischten sich zu einem wahren Inferno.

Es dauerte nicht lange und durch diverse größere und kleinere Löcher im Schilfdach begann sich der Regen Zutritt zum Inneren der Hütte zu suchen und tropfte auf den Boden, wo er schon bald kleine Pfützen bildete. Unflätig fluchend rutschte der Halbohrige beiseite, als ihn ein Rinnsal traf und in den Nacken floss.

Buntauge betete wortlos, dass ihr Peiniger draußen vom Blitz erschlagen oder sein Leben unter einem entwurzelten Baum aushauchen würde. Aber diesmal war kein Heiliger zur Stelle, der sich seines innigen Wunsches annahm. Triefnass stand Henn kurz darauf wieder in der Tür und schüttelte sich wie ein Hund, der gerade aus dem Fluss gestiegen war. Er warf einen ledernen Beutel und ein ungerupftes Huhn auf den wackligen Tisch und herrschte die Frauen an: „Wenn ihr schon da seid, könnt ihr euch auch nützlich machen."

Das Halbohr wollte erst widersprechen, doch dann stimmte er seinem Kumpan zu: „Aber mach die Dünne lose. Die andere ist zu aufmüpfig. Die macht ohne Fesseln nur Ärger." Wieder begann er mit seinem Dolch zu spielen. „Und du Bursche", die Dolchspitze zeigte in Buntauges Richtung, „kümmere dich darum, dass unsere Decken nicht im Wasser liegen."

Froh, einen Auftrag erhalten zu haben und bemüht, sich in das Vertrauen der Schurken zu schleichen, eilte sich der Junge sogleich, dem Befehl Folge zu leisten und alles zur Zufriedenheit des Halbohrigen zu erfüllen. Er stellte einige Becher und Schüsseln unter die ärgsten Löcher, goss sie dann in einen Eimer, den er an der Tür entleerte. Der Anführer verfolgte ihn anfangs mit wachsamen Blicken, besonders als er sich der Tür näherte. Nachdem Buntauge aber die Schwelle nicht überschritten hatte und sich weiter seinem Auftrag widmete, erlahmte seine Aufmerksamkeit und er wandte sich Irmelin zu, die das Huhn rupfte, nachdem sie einen Kessel Wasser über das Feuer gehängt hatte.

Henn zog aus dem Beutel einen prall gefüllten Weinschlauch und warf Irmelin dann den Lederbeutel zu. Einige Rüben kollerten vor ihre Füße und widerwillig begann sie diese zu schälen und zu dem Huhn in den Kessel zu schnipseln.

Fast liebevoll strich Henn mit einer Hand über den Weinschlauch, der wohl gut zwei Kannen fasste, und blickte fragend zu seinem Komplicen.

„He Jos, wie wär's schon mal mit einem Schluck auf die Silberlinge, die bald unseren Beutel füllen werden?"

Wortlos nahm der mit Jos angeredete den Weinschlauch und tat einen kräftigen Zug. Dann reichte er ihn an seinen Kumpan weiter.

So verging die nächste Stunde mit Trinken für die Entführer, Kochen für Irmelin und der Begrenzung des Wassereinbruchs durch Buntauge.

„Ist Oswald der, der die Fackel auf unseren Konvent geworfen hat?", meldete sich Hildegard nach langem Schweigen und Nachdenken.

„Hä? Bist du irre Weib?" Jos brach in schallendes Gelächter aus. „Der Herr Oswald wird sich kaum die Finger mit so etwas beschmutzen. Der sitzt sicher und warm in der Herberge und wartet auf unsere Nachricht."

„Aber wer hat es dann getan?" Hildegard hatte den Zeitpunkt der Frage klug gewählt. Die beiden Entführer hatten dem Wein schon kräftig zugesprochen und ihre Zungen lösten sich weit genug, um mit ihren Heldentaten zu prahlen.

Jos richtete sich auf seinem Schemel auf und in der Gewissheit seines gerissenen Plans brüstete er sich: „Der irre Mönch war's."

„Welcher irre Mönch?" Hildegard war ehrlich verwirrt.

„Na der, der euch Weibern einen Scheiterhaufen errichten wollte. Er hat doch laut genug getönt, als diese Hure auf dem Kirchhof verscharrt werden sollte."

„Pater Bernhard!" Hildegard war entsetzt. Der Pater war zwar ein eifernder Fanatiker, aber nie hätte sie ihm eine solche Wahnsinnstat zugetraut.

„Es war ein Leichtes, ihm eine brennende Fackel in die Hand zu drücken und einzureden, wann sich die Teufelsweiber zu ihren satanischen Riten in dem Häuschen mit dem flachen Dach versammeln würden." Die Bosheit aus den Augen des Halbohrigen sprang Hildegard geradezu an.

„Warum gerade dieses Haus?", fragte Irmelin vom Herdfeuer her, wo die Suppe im Kessel vor sich hinköchelte.

„Weiber", tönte Jos verächtlich. „Natürlich auf ein Dach mit geringer Neigung. Es wäre doch außerordentlich beklagenswert, wenn die Fackel von einem Dach mit zu großer Schräge gleich wieder herunterrollen sollte." Wiehernd lachte der Schurke und nahm einen neuerlichen tiefen Zug aus dem Weinschlauch.

Inzwischen waren auch das Huhn und die Rüben gargekocht und Irmelin füllte den Galgenstricken zwei schmutzige Schalen mit dem Eintopf.

Jos verzog angewidert das Gesicht und schnauzte Irmelin an: „Warum schmeckt das so fade, verdammt noch mal?"

Langsam wurde es auch Irmelin zu viel. Bisher hatten die Schurken ihnen weiter nichts angetan. Das bedeutete wohl, dass ihr Leben vorerst sicher war. Also fauchte sie zurück: „Ich kann nur das reintun, was ihr mir gebt. Könnte ich Salz aus Luft zaubern, würde ich in einem Palast wohnen und ließe euch an die Hunde verfüttern."

Das Ergebnis ihrer zornigen, aber unüberlegten Worte war eine erneute heftige Ohrfeige. Auf einen Wink von Jos hin band Henn Irmelin wieder neben Hildegard fest. Diese zischte ihr leise zu, nachdem sich die Entführer wieder dem Essen und vor allem dem Wein gewidmet hatten: „Der Junge ist ein Freund. Er wird uns helfen."

„Komische Freunde habt Ihr", wisperte Irmelin zurück. „Wie könnte ein entsprungener Leibeigener uns helfen. Schaut nur, wie er sich den Schurken andient."

„Kein Leibeigener. Ein Straßenjunge aus der Stadt. Er ist uns wohl gefolgt."

Unterdessen hatte Buntauge immer wieder die Becher und Schüsseln mit dem Dachwasser entleert, das alte Stroh und die muffigen Decken auf eine etwas erhöhte Stelle der erbärmlichen Hütte geschafft und es vermieden, auch nur einen Blick zu den Frauen zu riskieren.

Dann zog er sich in die gegenüberliegende Ecke zurück und beobachtete die Gauner verstohlen. Vielleicht würden sie durch den reichlichen Weingenuss unaufmerksam werden oder sogar einschlafen. Dann könnte er entwischen und Hilfe herbeischaffen.

Seine flinken Augen erregten jedoch Henns Missfallen.

„Der Bursche starrt mich die ganze Zeit an", beschwerte er sich maulend mit schon leicht schwerer Zunge bei seinem Kumpan.

„Wahrscheinlich hat er so ein schmatzendes Schwein nicht mal auf dem Hof seines Herrn gesehen", spottete der andere.

Das fachte aber nur Henns Unmut an.

„Komm her Bursche!", befahl er dem Jungen.

Buntauge hatte schnell den Blick abgewandt, als er sich ertappt sah. Langsam näherte er sich Henn und hielt die Augen gesenkt. In einer Entfernung von fünf Schritten blieb er stehen.

„Näher!" Henn fand Gefallen an dem Spiel. „Noch näher!"

Er packte zu, als Buntauge auf Armeslänge vor ihm stand.

„So, und jetzt trau dich, mich anzustarren." Genüsslich krallte der Lumpenkerl die Finger um des Jungen Oberarm, so dass der schmerzvoll aufstöhnte. Aber seinen Blick hielt er unten.

„Schau! Mich! An!", brüllte Henn und schüttelte sein Opfer erbarmungslos. Speicheltropfen trafen Buntauges Schopf. Mit der anderen Hand griff der Schurke in des Jungen halblanges Haar und riss es nach hinten.

Trotzig öffneten sich dessen die Augen und starrten seinem Peiniger in das von Wut und Wein rot angelaufenes Gesicht. Der schrie entsetzt auf und schleuderte den Jungen von sich.

Sich immer wieder mit beiden Händen über die Augen fahrend, stammelte er: „Der Bursche hat mich verhext, hat mich verhext mit seinen Teufelsaugen. Der starrt mich noch immer an mit seinem Satansblick."

Jos betrachtete den Jungen genauer. „Dann stich ihm doch eines aus", sagte er gelangweilt zu seinem Komplizen.

„Meinst du wirklich, das hilft?", fragte der andere hoffnungsvoll.

„Klar", gab Jos zurück. „Mit nur einer Farbe kann er dich nicht behexen und der Fluch fällt ab von dir." Grinsend beobachtete er, wie Henn hinter dem ausweichenden Jungen her war und stolpernd in seinem Weinrausch versuchte, ihn zu greifen. Schließlich hatte er den Burschen in eine Ecke getrieben, packte ihn bei den Haaren und schleifte seine Beute zurück zum Herdfeuer. Dort warf er ihn zu Boden, zückte sein Messer und kniete sich auf seine Brust.

„Welches willst du behalten? Das blaue oder das braune?", lalle er in das schreckensbleiche Gesicht des Jungen und fuchtelte ihm mit dem kurzen Dolch vor der Nase herum.

„Aufhören! Sofort aufhören!", schrie Hildegard und zerrte an ihren Fesseln, die sich jedoch nur noch fester zusammenzogen. „Um der Gnade Gottes willen, lasst ab von dem Jungen."

Doch die Mordbuben achteten ihrer flehenden Rufe nicht. Im Gegenteil, sie schienen sie noch weiter anzufeuern in ihrem grausigen Tun.

Lachend klatschte Jos beide Hände auf die speckigen Oberschenkel seiner Hose und sah seinem Kumpan interessiert zu.

„Schneid ihm das braune raus. Das sind Heidenaugen", stichelte er Henn an.

Ohne noch einen Moment zu zögern, fuhr die Hand mit dem Messer vor und die Klinge bohrte sich in das braune Auge.

Buntauges gellender Schrei ging in ein Wimmern über, als sein Peiniger von ihm abließ, und sein blutiges Messer am Kittel seines Opfers abwischte. Ein Strom von Blut ergoss sich über das Gesicht des Jungen, tropfte auf den Lehmboden und wurde dort zu einer kleinen Lache.

„Nun schau dir an, was du für eine Sauerei angerichtet hast."
Missbilligend schüttelte Jos den Kopf. „Schaff ihn raus, das Ge-
wimmer ist ja nicht auszuhalten."

Grunzend packte Henn den Jungen am Fuß und schleppte ihn
zur Tür der Hütte, über die Lichtung hinweg und warf ihn wie
ein Bündel Abfall unter die Bäume.

„Die Wölfe werden den Rest erledigen", brummte er, sehr zufrieden mit sich, dass er den Fluch gebrochen hatte.

Schreckensstarr hatten Hildegard und Irmelin ohnmächtig zu-
schauen müssen. Irmelin hatte die Hände vor das Gesicht geschlagen und schluchzte haltlos.

„Pest und Aussatz sollen über euch kommen und eure lebendi-
gen Leiber langsam verfaulen lassen. Für diese Grausamkeit werdet ihr in der Hölle brennen, in alle Ewigkeit!", schleuderte Hildegard Jos voller Hass entgegen. Doch der lachte nur wieder mit-
leidlos und entblöße dabei sein überaus schadhaftes Gebiss

„Der Herrgott wird es uns danken, dass wir einen solchen Sa-
tansbalg von ihm genommen haben", gab er böse grinsend zurück.

Und am Rande der Lichtung weichte, der nun in einen geruh-
samen Landregen übergegangene Wolkenbruch dieses kleine
Bündel Mensch langsam durch und wusch das Blut aus dem
blicklosen Auge.

17. Kapitel

Ein blankgeputzter Himmel begrüßte die Beginen am Morgen, als sie ihre übermüdeten Gesichter mit den noch immer vom Rauch geröteten Augen aus den Fensterluken heraus in den böigen Wind steckten. Doch auch die frische Brise, die aus Nordwest kommend den Duft von Heide und Wald mit sich trug, konnte nicht den kalten Brandgeruch überdecken, der wie eine nasse Decke über dem Konvent lag.

Nach und nach fanden sich die Frauen in dem vollgestellten Refektorium ein, nicht ohne zuvor an dem eingestürzten Badehäuschen einen Moment gestanden zu haben, um das Ausmaß der Zerstörung zu erkunden. Auch denen, die in dem Gewerbe des Bauhandwerks völlig unerfahren waren, wurde beim Anblick der geschwärzten Ruine schnell klar, dass hier nichts mehr zu retten war.

Unausgeschlafen und schweigsam saßen sie im Refektorium und zerbröselten das altbackene Brot zwischen den Fingern, das heute als Frühmahl reichen musste. Wenigstens hatte Walburga eine große Kanne Dünnbier bereitgestellt, mit dem sich die groben Bissen hinunterspülen ließen.

Anstatt wie sonst morgens mit einem munteren Schwätzchen das erste Mahl des Tages zu würzen, hörte man heute nur hin und wieder wenige Worte, wenn eine um die Bierkanne bat oder einer anderen ein unterdrückter Seufzer entfloh, verbunden mit einer kleinen Fürbitte für die fehlenden Schwestern.

Saß schon die vergangene Brandnacht noch allen tief in den Knochen, so bedrückte die Entführung Hildegards und Annas doch aller Gemüt auf das Nachhaltigste. Grites Zustand gab glücklicherweise keinen großen Anlass zur Sorge mehr. Die junge Frau saß bei ihnen. Ihre ins Violett übergehende Verfärbung der Wange kündete allgegenwärtig von den Vorkommnissen der Nacht.

Jedoch die Beginen wären keine Beginen gewesen, sondern nur ein Haufen verzärtelter, weltfremder, jammernder Stiftsjungfern, wenn sie nicht wieder aus dieser Verzagtheit herausgefunden hätten.

Und darum hielt Ursula von Buch eine kleine Rede, die ihre Mitfrauen aufrütteln sollte und daran erinnern, dass sie hier zusammenlebten, um ihre Geschicke selbst zu bestimmen und einander in Gefahr und Verdruss beizustehen.

„So schwer uns auch die Ereignisse der letzten Nacht zugesetzt haben mögen, wir werden unseren Konvent wieder aufbauen. Es liegt nicht in unserem Wesen zu verzagen und uns abzuwenden. Es ist wichtig, zu überlegen, was als Nächstes getan werden muss. Die Badestube, Mettes Häuschen, das Backhaus und die Küche müssen daraufhin überprüft werden, was noch zu retten ist und was unwiederbringlich verloren ist. Am wichtigsten aber ist es, dem Verbleib von Hildegard und Anna nachzuspüren. Aus diesem Grund werde ich mich gemeinsam mit Mechthilda zum Schultheiß und zum Stadthauptmann begeben und die Entführung der beiden jungen Frauen anzeigen. Die Verantwortung für die Aufgaben, die hier zu erledigen sind, übergebe ich Hedwigis. Grite, du wirst dich heute von allen schweren Arbeiten fernhalten“, wandte sie sich an die Weberin. „Dir übertrage ich die Sorge um unsere Tiere und dann wirst du noch ein wenig ruhen. Aber jetzt wollen wir gemeinsam zur Brandstelle gehen und uns den angerichteten Schaden besehen.“

Bei genauerer Untersuchung stellte sich heraus, dass die Badestube vollständig zerstört und ein umfassender Wiederaufbau nötig sein würde. Auch die im Zuber eingeweichte Wäsche war wohl nicht mehr zu gebrauchen oder nur noch dem Almosenpfleger zu übergeben. Das musste entschieden werden, wenn die Trümmer soweit beiseite geräumt waren, um an die Wäschestücke zu gelangen.

Ebenso war das Backhaus, das sich zwischen Küche und Badestube befand, unbrauchbar geworden. Ein Teil der Ziegel des Backes war gesprungen und ins Innere gestürzt. Vorerst würde hier kein frisches Brot mehr herausgezogen werden.

Die Küche sowie Mettes Häuschen waren von der Zerstörung weitgehend verschont geblieben. Auf deren Dächern hatten zwar einige Schindeln Feuer gefangen, waren aber schnell durch reichlich Wassergüsse erstickt worden. So belief sich der größte Schaden darin, dass das Löschwasser durch das Dach ins Hausinnere gelangt war und dort einige Verwüstungen angerichtet hatte. Deren konnte man aber schnell Herr werden. Wind und Sonnenschein, die heute von einem mitleidvollen himmlischen Wesen ausreichend zur Verfügung gestellt wurden, würden die beiden Häuschen schnell austrocknen.

So hätten sie sich in dieser Hinsicht beruhigt an die Aufräumungsarbeiten begeben können, wäre da nicht die beißende Sorge um die beiden jungen Frauen gewesen.

Gerade wollten sich Ursula und Mechthilda in ihre Räume begeben, um sich für den Besuch bei den Stadtoberen gebührend herzurichten, als kräftig an das verschlossene Tor gepocht wurde.

Mette schlurfte zur kleinen Tür und misstrauisch öffnete sie nur die Klappe darin, um zu sehen, wer Einlass begehrte. Auf der Straße konnte sie einige Kuttenträger erspähen. Eingedenk der Ereignisse der letzten Nacht und auf der Hut vor allem, was irgendwie nach Mönch aussah, rief sie die Magistra herbei, ohne die Wartenden einzulassen.

Auch Ursula von Buch lugte erst hinaus und fragte nach dem Begehr der Männer.

Wie sich herausstellte, stand Pater Kilian, begleitet von zwei kräftigen Laienbrüdern, vor dem Tor.

Auf Ursulas Anweisung hin öffnete Mette das Tor, nicht ohne etwas von gottlosen Gottesmännern vor sich hinzubrummeln, und die drei Mönche traten ein. Die Laienbrüder zogen einen Handkarren, mit verschiedentlichem Werkzeug in den Hof.

„Der Vater Abt schickt uns, um hilfreich bei der Behebung des Schadens zu sein, den Bruder Bernhard angerichtet hat", vernahmen die überraschten Beginen die Worte ihres Beichtigers.

„Der Stadthauptmann hat den tobenden Bernhard in der letzten Nacht zurück ins Kloster geschafft und dem Vater Abt Bericht erstattet über dessen unheilvolle Tat", fuhr Pater Kilian fort. „Pater Bernhard wird die nächste Zeit in einer verschlossenen Büßerzelle verbringen, bis der Abt über sein weiteres Schicksal befindet. Von dem Wahnsinnigen droht Euch also keine Gefahr mehr."

Erleichtertes Aufseufzen und das eine oder andere zaghafte Lächeln sagten Dank.

Pater Kilian sah sich auf dem Hof um.

„Weiterhin lässt Euch Abt Stephanus sein tiefes Bedauern über den angerichteten Schaden ausrichten und Euch diese Münzen als Entschädigung überreichen."

Kilian legte der erstaunten Magistra einen kleinen, kunstvoll bestickten Seidenbeutel in die Hand. Abschätzend wog sie die Münzen in ihrer Hand und nickte dann zufrieden. Das Gewicht des kleinen Beutels ließ darauf schließen, dass es sich um gute Silbermark handelte.

„Richtet Eurem Abt unser aller Dank aus, sowohl für die Hilfe als auch für das Geld. Beides ist uns willkommen." Sie wies auf die Brandruine. „Dort könnt ihr unseren Frauen helfen. Doch ich muss jetzt zum Schultheiß, um ihm die Entführung zweier unserer jungen Frauen anzuzeigen."

„Wie ist das möglich?", fragte der Pater bestürzt. „Ist in der Nacht mehr geschehen, als es erst den Anschein hatte?"

Mit wenigen Worten setzte die Magistra Kilian ins Bild. Entsetzt musste der Pater erkennen, dass Bruder Bernhard offensichtlich in mehr als nur in eine Brandstiftung verwickelt war, denn an eine zufällige Verkettung der beiden Ereignisse konnte auch er nicht glauben.

Kurz darauf wollten Ursula von Buch und Mechthilda den Konvent nun endlich verlassen, als erneut ans Tor geklopft wurde.

Matthias von Eulenhorst und Witho standen davor. In der Nacht hatten sie gemeinsam den Konvent verlassen und sich auf der Straße noch ein wenig über ihre Erkenntnisse, die Entführung betreffend, unterhalten. Heute nun wollten auch sie ihren Beitrag zur weiteren Nachforschung leisten.

Witho hatte sich einen freien Tag vom Stadthauptmann erbeten, den der ihm auch bereitwillig erteilt hatte. War ihm doch in der Brandnacht nicht entgangen, dass der junge Knecht sich bei der Brandbekämpfung hervorgetan hatte. Weiterhin schilderte Witho seinem Hauptmann, dass es noch zu einer Entführung gekommen war. Auch von Buntauge sprach er und dass er den Jungen unbedingt finden musste. Dietrich von der Furth hatte dem jungen Mann anerkennend auf die Schulter geklopft und bedauerte ein weiteres Mal, dass seinem Knecht die Bürgerrechte wohl verwehrt bleiben würden.

Zufrieden vernahm Ursula von Buch, dass der Stadthauptmann schon informiert war. Witho konnte ihr ausrichten, dass die Stadtwachen auf ihren Kontrollgängen und an allen Toren die

Augen offenhalten würden.

Matthias bot sich an, die beiden Frauen zum Schultheiß zu begleiten. Ein, ihnen gewogener Ritter, selbst wenn er die graue Kutte eines Pilgers trug, würde ihrem Anliegen zusätzlich Gewicht verleihen. Dem Hund gab er den Befehl, hier zu bleiben. Vertrauensvoll, dass sein Herr wiederkommen würde, legte er sich in den Schatten des Nussbaumes, ohne jedoch das Tor, durch das Matthias geschritten war, aus den Augen zu lassen.

Nachdem Witho von Walburga mit einem Kanten Brot, dick mit Griebenschmalz bestrichen, welches sie inzwischen aus dem Keller hatte heraufschaffen können und einem Becher Dünnbier versorgt worden war, sah er kauend den Arbeiten an der Brandstelle zu. Dort waren genügend Hände beschäftigt, als dass er noch gebraucht wurde.

Seine wichtigste Aufgabe war es, Buntauge zu finden. Zum einen konnte der sicher Aufschluss über den Verbleib der Frauen geben und zum anderen plagte Witho das schlechte Gewissen, dass er den Freund durch seinen Auftrag in Gefahr gebracht hatte. Nachdenklich leckte er sich die letzten Schmalzreste von den Fingern. Wenn er der Entführer wäre, wo würde er die Maiden verstecken? Wo wäre er am sichersten vor Entdeckung? Welches war der kürzeste Weg in ein verschwiegenes Versteck? Nachdenklich zerwühlte er seinen braunen Haarschopf mit den Händen.

„He Bursche, bevor du dir die Haare ausraufst, schaff mir noch einen Armvoll Brennholz her." Walburga hatte begonnen, eine offene Feuerstelle auf dem Hof einzurichten und einen Kessel darüber aufzuhängen. Heute würde sie viele schwer arbeitende Menschen verköstigen müssen. Sie gab sich zuversichtlich, doch die tiefliegenden, rotgeränderten Augen zeugten von einer schlaflosen Nacht, die nicht arm an Tränen gewesen war.

Schnell brachte ihr Witho das Gewünschte. Aber noch bevor sie ihm einen weiteren Auftrag erteilen konnte, rief er ihr zu: „Ich muss Buntauge finden! Wenn ich weiß, wo er abgeblieben ist, dann weiß ich auch, wo die Jungfern versteckt sind."

Diesem Beweggrund konnte sich auch Walburga nicht entziehen und sie gab dem vermeidlichen Stadtwächter noch ein faustgroßes Stück fetten Käses mit auf den Weg.

***

Etwa zur gleichen Zeit wühlte sich Jos aus seinen klammen Decken. Im Verlaufe des vergangenen Abends und der Nacht hatten er und Henn den Weinschlauch geleert und das bescherte ihnen einen langen, tiefen Schlaf. Zu lange, wie Jos jetzt feststellte. Langsam kam er hoch und sah sich um. Das Herdfeuer und die Fackeln waren längst verloschen, aber durch die Ritzen der Fensterluken drang genug Tageslicht in den Raum, um zu erkennen, dass der Platz, an dem die Weiber gefesselt gelegen hatten, nun verlassen war.

Jos kniff die Augen zusammen, massierte sich den schmerzenden Schädel und versuchte, sich zu erinnern. Dann entsann er sich, dass er selbst bestimmt hatte, die Dirnen wieder in die angrenzende Kammer zu bringen und dort an den herabgestürzten Dachbalken zu binden.

Zum einen hatte diese Dünne sich gar nicht beruhigen können, nachdem Henn diesem kleinen Wurm das Auge ausgestochen hatte. Was für ein Aufruhr und Geplärre wegen dieses unbedeutenden Bauernburschen. Verständnislos schüttelte Jos den Kopf, was ihm neuerlichen Kopfschmerz einbrachte. Für ihn zählte ein Leben nur so viel, wie es ihm Münzen einbringen konnte. Und dieser Bauernlümmel war nichts wert. Selbst die Mühe, ihn zu seinem Grundherrn zurückzuschaffen, lohnte den Aufwand nicht.

Und zum anderen war ihm nicht entgangen, dass Henn, je mehr er dem Weine zugesprochen hatte, begehrliche Blicke zu den Weibern warf. Doch er, Jos, war noch so weit klaren Verstandes gewesen, den neuen Befehl des Herrn Oswald nicht aus den Augen zu verlieren. Der hatte eindeutig erklärt, dass ihm die Magd seines Ritters unversehrt zu übergeben war. Und da sie noch nicht wussten, welche der zwei Heulsusen das war, mussten sie warten, bis der Herr Oswald sich die Richtige ausgesucht hatte. Mit der anderen konnten sie sich dann immer noch zur Genüge befassen.

Jos leckte sich im Vorgeschmack der zu erwartenden Vergnügungen die Lippen, rülpste ausgiebig und weckte dann seinen Kumpan mit einem derben Fußtritt.

Der kam brummend hoch und fasste sich ebenfalls aufstöhnend an den Kopf.

„Was für ein elendes Gesöff hast du bloß angeschleppt?", fragte er und ließ gleichzeitig einen sauren Rülpser und einen üblen
Darmwind entweichen.

Jos kümmerte sich nicht um die Ausdünstungen seines Komplicen, sondern gab ihm einen neuerlichen Tritt.

„Steh endlich auf! Es ist schon helllichter Tag. Du reitest zum
Herrn Oswald. Er soll kommen und sich das richtige Weib aussuchen. Wir sollten diese Gegend schon lange verlassen haben."
Ungeduldig kippte Jos eine Schüssel voll brakigen Wassers, die
noch vom nächtlichen Regen gefüllt neben dem Herd stand, über
den noch immer schlaftrunkenen Henn.

Der kam prustend und fluchend hoch, schüttelte sich das Wasser aus den fettigen, verfilzten Haaren und stolperte nach draußen. Gemein grinsend stapfte er zum Waldrand, dorthin, wo er
gestern das Menschenbündel geworfen hatte. Er würde sein Wasser über dem leblosen Körper abschlagen. Das würde den Fluch
sicher endgültig brechen.

Kurz darauf flog die Hüttentür krachend gegen die Innenwand
und ein aufgeregter Henn stand auf der Schwelle.

„Der Bursche, der Bursche..." stotterte er, konnte seinen Satz
aber vor Aufregung nicht zu Ende bringen.

„Was ist?" Jos wandte sich ungehalten um. Er war gerade damit beschäftigt, die kalten Reste des gestrigen Eintopfes aus dem
Kessel zu kratzen.

„Der Bursche... er ist weg." Henn stierte seinen Kumpan an, als
könnte der den Vermissten mal eben so aus dem Kessel ziehen.

„Wie weg?" Der Anführer war noch immer nicht richtig klar
im Denken und blinzelte den anderen verständnislos an.

„Na, weg eben. Ich habe ihn gestern unter die Bäume geworfen
und heute ist er nicht mehr da."

Langsam dämmerte Jos, was das bedeuten könnte. Mit einem
wütenden Schrei schleuderte er den Kessel beiseite und stürzte in
die kleine Kammer. War es dem Burschen trotz seiner Verletzung
womöglich doch noch gelungen, die Weiber zu befreien? Schnell
überblickte er den winzigen Raum und atmete dann erleichtert
auf.

Die Dirnen saßen, eng aneinander gekauert, nach wie vor gefesselt in der Dunkelheit und starrten hasserfüllt zum ihm auf.

Ohne die Frauen eines weiteren Blickes oder gar Wortes zu

würdigen, trat er schon weit ruhiger wieder in den Hauptraum und sah Henn überlegend an.

„Such den Burschen! Weit kann kann er nicht gekommen sein. Aber wehe uns, wenn er die Straße nach Magdeborch erreicht und dort Hilfe findet."

Henn stolperte wieder raus, wandte sich aber noch einmal um.

„Kommst du nicht mit? Zu zweit werden wir ihn schneller finden."

„Damit er doch noch zurückkommt und die Weiber befreit? Nein, ich bleibe hier. Und nun sieh zu, dass du ihn findest und zu Ende bringst, was du gestern versäumt hast."

Wüst vor sich hinfluchend suchte Henn den angrenzenden Waldsaum ab und stocherte lustlos in den dichten Büschen herum. Ein weiterer lästerlicher Fluch galt Jos, der jetzt in der Hütte saß und es sich wohl sein ließ. Warum musste eigentlich immer er, Henn, die Drecksarbeit tun?

Als er sich den, vom Wein noch immer dröhnenden Schädel an einem tiefhängenden Ast anschlug, reichte es ihm endgültig. Grunzend rollte er sich unter einem Holunderstrauch zusammen. Bestimmt hatten Wölfe den Körper des wehrlosen Burschen weggeschleppt. Oder der Bengel war irgendwo von alleine verreckt. Weit konnte der mit der Wunde nicht gekommen sein. Henn nahm sich vor, nur ein wenig zu ruhen, dann würde er einfach zurückgehen und behaupten, er hätte diesen Wicht in die Hölle geschickt.

Kurz darauf kündete geräuschvolles Schnarchen, dass Henn vorläufig nirgendwo hingehen würde. Erst nach Mittag wachte er auf, diesmal erfrischt und machte sich wenig später auf den Weg in die Stadt. Zuvor hatte er Jos erzählt, dass er dem Burschen die Kehle durchgeschnitten und unter einen Busch geschoben hätte. „Die Würmer werden schon bald an den Gedärmen dieses Bauernlümmels nagen", hatte er versichert und Jos hatte ihm geglaubt.

Das magere Pferd war keineswegs zu einem flotten Trab anzutreiben und so verzögerte sich die Nachricht an Oswald weiter.

274

***

Im Gegensatz zu Henn hatte Witho nicht dem Bedürfnis nachgegeben, den versäumten Nachtschlaf nachzuholen. Ruhelos war er durch die angrenzenden Straßen gelaufen, hatte Mägde und Straßenjungen befragt, aber niemand hatte etwas von entführten Jungfern oder einem unscheinbaren Jungen gehört oder gesehen. Auch hatte Witho einen Augenblick überlegt, ob er nicht Fischmauls Dienste in Anspruch nehmen sollte. Der wusste sich vielerlei Informationen zu beschaffen. Aber jetzt war bestimmt niemand im Bandenversteck und bis zum Abend wollte Witho nicht warten.

Schließlich hatte er sich niedergeschlagen auf einen Torstein gehockt, die Ellenbogen auf die Knie gestützt und das Gesicht in den Händen vergraben. Die Klosterglocken schlugen eben zur Sext und er war noch keinen Schritt weitergekommen. Wo nur konnten die Gesuchten sein? Die Stadt war so groß und durch zielloses Herumlaufen würde er die Entführten nie finden. Und was, wenn die Frauen gar nicht mehr in der Stadt waren? Womöglich waren sie zur Elbe hinuntergeschafft worden und befanden sich schon längst auf einem der vielen Flussschiffe, die gen Hamburg und weiter fuhren. Hin und wieder gab es Gerüchte von entführten Kindern und Frauen, die zu den Nordmännern oder weit in den Osten hinein als Sklaven verkauft wurden.

Aber warum gerade diese zwei? Die Galgenstricke waren doch schon länger hinter Hildegard hergewesen. Nein, sollten die zwei als Sklaven verkauft werden, wäre die Entführung schnell und unauffällig geschehen und hätte sich nicht über Wochen hingezogen. Da musste mehr dahinter stecken.

Witho fuhr hoch. Der Gedanke, dass die Frauen aus der Stadt geschafft worden waren, setzte sich in seinem Kopf fest. Natürlich, nur so konnten die Schurken sicher sein, dass ihnen niemand zufällig auf die Schliche kam. Noch vor Bekanntwerden der Entführung mussten sie die Maiden fortgebracht haben. Und was lag näher, als sie durch das nächstgelegene Stadttor zu schaffen? Das Ulrichstor! Endlich hatte er den Hauch eines erfolgversprechenden Einfalls.

Erfüllt von neuer Zuversicht lief Witho, so schnell ihn seine Füße trugen, zum Ulrichstor.

Die Wächter, die dort Dienst taten, kannten den jungen Knecht der Stadtwache als arbeitswilligen und zuverlässigen Burschen und gaben ihm bereitwillig Auskunft. Ja, gestern, unmittelbar vor dem Schließen des Tores, war ein strohbeladener Wagen, gezogen von einem dürren Pferd mit zwei Männern drauf hinausgefahren. Und kurz darauf, schon als sie die Torflügel für die Dauer der Nacht schließen wollten, war noch ein mageres Bürschchen hindurchgeschlüpft.

Jetzt wusste Witho, dass er auf der richtigen Spur war. Ohne weiter Zeit zu vergeuden, lief er die Straße entlang, die gestern in der einbrechenden Dunkelheit auch der Wagen genommen haben musste. Noch wusste er nicht, wo er genau suchen sollte. Aber bis ins nächste Dorf waren die Entführer mit ihrer Beute sicherlich nicht gefahren. Irgendwo dazwischen musste das Versteck sein.

Weit musste Witho nicht laufen. Nur wenige hundert Schritte vor dem Ulrichstor lag ein Kleiderbündel am Rand des Weges. Im Näherkommen sah er, dass aus dem durchweichten, schlammverkrusteten Bündel Arme und Beine herausragten und es sich immer wieder mühsam ein Stück weiterschob, bevor es erneut verharrte.

Langsam und wachsam trat Witho an das heran, was wohl ein kleiner Mensch war, womöglich ein Aussätziger, mit dem es zu Ende ging. Und dann schrie er entsetzt auf und beugte sich zu dem Freund hinunter.

Doch Buntauge hatte ihn nicht erkannt, sondern versuchte um ihn herumzukriechen, in dem alles bestimmenden Bestreben, die rettende Stadt zu erreichen, um Hilfe zu finden und Kunde zu bringen vom Verbleib seiner Freundin Hildegard.

„Buntauge", flüsterte Witho bestürzt und Tränen traten ihm in die Augen, als er den Körper seines gemarterten Freundes in die Arme nahm. Erschüttert sah er die blutverkrustete Augenhöhle des Jungen und ein wilder, hasserfüllter Schrei entrang sich ihm. Eigenhändig würde er dem Mordbuben den Bauch aufschlitzen, der das verbrochen hatte.

„Witho", flüsterte Buntauge und ein schmerzvolles, erkennendes Lächeln verzerrte seine Züge, „ich weiß, wo sie sind." Der Junge versuchte sich aufzurichten und auf die Füße zu kommen.

„Ja, ja, sei ruhig, alles wird gut. Ich bringe dich in die Stadt zu den Frauen. Sie werden dir zu helfen wissen", versuchte Witho den Freund zu beruhigen. Dann nahm er ihn auf die Arme und merkte zum ersten Mal, wie leicht der magere Körper seines kleinen Freundes eigentlich war. Buntauge barg seinen Kopf an Withos breiter Brust. Jetzt war alles gut. Der Freund würde ihn beschützen.

Im Laufschritt eilte Witho wieder der Stadt zu. Der Kittel des bewusstlosen Freundes in seinen Armen war voller trockenem Blut. Er musste viel davon verloren haben.

„Bitte stirb nicht, bitte stirb nicht. Heilige Mutter Maria, Beschützerin der Gepeinigten, bitte steh ihm bei", flüsterte er immer wieder vor sich hin und beschleunigte seinen Lauf weiter.

Schon bald stand er vor dem Eingang zum Beginenkonvent. Wenn sich die Frauen der Pflege alter und kranker Menschen widmeten, gab es sicherlich auch eine kräuterkundige Schwester unter ihnen.

Sich nach Hilfe umsehend, durchschritt Witho mit seiner schmächtigen Last das Tor.

Viele Menschen waren tätig im Hof: an der Brandruine mit schwerem Werkzeug, etwas abseits mit nassen Wäschestücken hantierend, am Kochkessel und vielfältigen anderen Arbeiten. Auf den Stadtwächter achtete niemand. Wohl war auch dieses schmutzige Kleiderbündel, welches er im Arm hielt, auf den ersten Blick nicht als Menschenkind erkennbar.

„Ich brauche Hilfe", flüsterte der junge Mann, außer Atem vom hastigen Lauf. Noch immer nahm ihn niemand wahr. Und dann mit der Kraft der Verzweiflung: „Hilfe! Mein Freund braucht Hilfe!"

Wäsche wurde achtlos über den Zaun geworfen, Säge und Hammer fallengelassen und der Rührlöffel versank in der Suppe, als von allen Seiten Menschen herbeiliefen, um zu sehen, wer dort so dringlich nach Hilfe verlangte.

Sprachlos starrten alle auf den kleinen Jungen mit dem blutverschmierten Gesicht und der leeren Augenhöhle. Verletzungen und gar Verstümmlungen waren nichts allzu Ungewöhnliches. Aber ein Kind dermaßen entstellt zu sehen, ging doch allen ans Gemüt.

Grite, die trotz des Schmutzes Buntauge erkannt hatte, schluchzte auf und schlug die Hand vor den Mund. Fragend sah sie zu Witho, der nickte grimmig und die junge Frau ballte voller Wut die Fäuste.

Entschlossen schob sich nun Hedwigis durch den Menschen-ring. Gerade noch hatte sie in ihrer Apotheke einem Laienbruder einen Holzsplitter aus dem Daumen gezogen und mit einer ent-zündungshemmenden Salbe bestrichen.

Ein Blick in das bleiche Jungengesicht genügte, um zu erken-nen, dass das Auge zwar unwiederbringlich verloren aber das Kind wohl noch zu retten war. Mit einer resoluten Bewegung scheuchte sie die Zuschauer auseinander und hieß Witho den verletzten Jungen in ihre Kräuterstube zu tragen.

Grite und Else räumten rasch eine Holzbank frei und polster-ten sie dann mit einer wollenen Decke. Walburga trug schon eine Schüssel mit warmem Wein herbei, mit dem Hedwigis die Wun-de kundig säuberte. Auf einen sauberen Leinenstreifen trug sie eine Paste aus Beinwellwurzel und Huflattichblättern auf. Beide würden in der Verletzung ihre wundheilende und entzündungs-hemmende Wirkung entfalten. Gut, dass sie schon ein Tiegelchen der Salbe in der letzten Stunde vorbereitet hatte, wohl ahnend, dass der eine oder andere Helfer sich bei der Beseitigung des Ba-dehäuschens einen kleinen Schnitt oder eine Hautabschürfung zuziehen könnte.

Pater Kilian betrat leise den Behandlungsraum.

„Wird meine Hilfe benötigt?", fragte er verhalten.

„Noch stirbt er nicht", fuhr Witho den geistlichen Herrn an, denn ihm war der entsetzliche Gedanke gekommen, der Pater wolle seinem Freund womöglich schon die Sterbesakramente er-teilen.

„Das will ich hoffen, junger Freund", beruhigte ihn Kilian. „Doch bin auch ich nicht unerfahren in der Heilkunst. Viele Jahre zog ich mit auf die Schlachtfelder. Ich stand den Sterbenden bei, aber dort wo noch Hoffnung war, legte ich auch schon Hand mit an, um Arme und Beine zu richten oder Wunden zu versorgen."

Ein wenig besänftigt rückte Witho beiseite, verfolgte aber miss-trauisch jede Handbewegung des Paters. Auch Hedwigis' Augen-brauen rückten über der Nase zusammen, als der Beichtiger sich über den Jungen beugte und ihre Arbeit begutachtete. Am liebs-ten hätte sie missbilligend geschnauft. Aber das Auftreten Pater Kilians war bescheiden und verständig, so dass sie ihn schließlich gewähren ließ.

„Woraus habt Ihr die Salbe zubereitet", fragte er und schnup-perte interessiert an dem Tiegelchen.

„Aus zerstoßenem Beinwellwurz undBlättern von Huflattich", gab die Apothekerin bereitwillig Auskunft.

Pater Kilian nickte anerkennend. „Das wird der Heilung förderlich sein. Gut, dass der Junge während Eurer wohldurchdachten Behandlung nicht das Bewusstsein erlangt hat. Die Schmerzen wären unerträglich gewesen. Ich sah schon gestandene Männer ob einer solchen Wunde heulend und zähneklappernd winseln."

„Wenn er aufwacht, werde ich ihm einen starken Aufguss aus Baldrianwurz geben. Das sollte ihn soweit beruhigen, dass er die Schmerzen nicht allzu stark empfindet." Hedwigis fand Gefallen an dem gelehrten Disput mit dem Pater.

Der wiegte nachdenklich den Kopf. „Wenn es Euch recht ist, könnte ich eine Nachricht an Bruder Kamillus schicken. Unser Infirmarius verfügt immer über einen kleinen Vorrat an Schlafmohnsaft. Einige Tropfen davon in einen Becher Wein würden dem Jungen schmerzfreien Schlaf sowie körperliche und geistige Erholung schenken."

„Aber wenn sein Leiden nicht umsonst sein soll, muss er uns zuvor noch sagen, wo die beiden Jungfern gefangengehalten werden", wandte Witho ein.

Pater Kilian nickte wieder. „So soll es sein." Dann verließ er die Kräuterstube, um einen der Laienbrüder mit einem eiligen Auftrag zurück ins Kloster zu schicken.

Witho wollte sich ans Krankenlager seines Freundes setzen, aber Hedwigis wies ihn an, dem Jungen die nassen Sachen auszuziehen.

„Ich werde etwas Trockenes für ihn holen." Mit diesen Worten wandte sie sich der Tür zu und überließ Witho vorerst die Krankenwache.

Mit zusammengepressten Zähnen schälte der junge Mann Buntauge aus dessen schmutzsteifen Kittel. Dabei entgingen ihm nicht die Prellungen und blauen Stellen, die wohl von den Schlägen und Tritten der Schurken herrührten. Und erneut malte er sich aus, wie er Rache nehmen würde für das, was sie seinem Freund angetan hatten.

Schon bald kam Hedwigis mit sauberer Kleidung zurück. Das ehemals safrangelbe Hemd würde dem Jungen wohl bis zu den Waden reichen und das graubraune Wams aus Hasenfell war auch eher für einen schmächtigen Mann gedacht. An Kinderkleidung für ein so mageres Bürschchen herrschte Mangel im Konvent. Aber Buntauge würde die Sachen voller Stolz tragen. Behutsam streifte Witho dem Jungen mit Hedwigis Hilfe das Hemd über und deckte ihn mit dem Hasenfellwams zu. Nun galt es abzuwarten, wann der Freund das Bewusstsein wiedererlangen würde, um ihnen den Weg zu den Entführten zu weisen.

Im Verlaufe des Vormittags waren weitere Helfer im Konvent eingetroffen. Tobias Schreinemaker war gekommen, um seine Hilfe anzubieten. Zwar gehörte das Bauhandwerk nicht zu seiner Profession, aber für den Abriss des Häuschens reichte es allemal. Als er von der Entführung hörte, war für ihn schnell klar, dass er hier erst weichen würde, wenn auch das ausgestanden war.

Frau Lucardis hatte sich in Begleitung des Knechtes Haug eingefunden, um sich nach dem Befinden ihrer Tochter zu erkundigen. Die Nachricht von der Brandstiftung im Beginenkonvent hatte auch im Hause Honstein für große Aufregung gesorgt.

Beruhigt, dass es Mechthilda gut ging und sie mit der Magistra in der Stadt unterwegs war, hatte sie ihren Knecht zu den Aufräumungsarbeiten geschickt und sich dann zu Walburga gesellt. Die Köchin rührte fahrig in einem riesigen Kessel, der über der offenen Feuerstelle im Hof hing. Eine einzelne Träne rann aus ihren rotgeränderten Augen über ihre Wange.

„Wenn die ihr was antun... wenn die ihr was antun", schluchzte sie und weitere Tränen suchten sich ihren Weg durch die tiefen Kerben zwischen Nase und Mundwinkel. „Ich schwöre es, eigenhändig werde ich die am Strick hochziehen." Voller Grimm stieß sie den Rührlöffel in den Kessel, so dass die Suppe überschwappte und zischend im Feuer verdampfte.

Frau Lucardis hatte Walburga in den Arm genommen und ihr tröstend über das Haar gestrichen. Dann, um die Köchin von ihrem Kummer abzulenken mit gerümpfter Nase zum Kessel hinweisend: „Nicht gerade eines Eurer Meisterwerk heute, Frau Köchin."

Froh, die Gedanken auf etwas anderes lenken zu können, hatte die Köchin der Ratmannsfrau ihr Leid über den verlorenen Backofen und die zur Zeit unbrauchbare Küche geklagt. Kurz entschlossen hatte Frau Lucardis Theresia und Else herbeigerufen und sich mit ihnen auf den Weg zum Markt begeben. Jetzt betraten sie wieder den Hof. Die beiden Weberinnen trugen jede zwei große, schwere Körbe, aus denen es verlockend nach frischem

Brot und köstlichen Pasteten duftete.

Da im Refektorium, in dem noch immer ein Großteil der geretteten Gerätschaften stand, nicht genügend Platz für alle Helfer war, stapelten die Laienbrüder zwei, drei angekohlte Balken und legten einige der herausgerissenen Bretter darüber. So schufen sie schnell eine lange Bank und einen behelfsmäßigen Tisch.

In eben diesem Augenblick fanden sich auch Ursula von Buch, Mechthilda und Matthias von Eulenhorst wieder im Konvent ein. Der Schultheiß hatte ihr Anliegen entgegengenommen und versprochen, sich darum zu kümmern, aber sehr zuversichtlich klang er nicht. Zumal schien es ihm wichtiger zu sein, sich mit Abt Stephanus in Verbindung zu setzen, dass der seine Brüder besser beaufsichtigte.

Schwanzwedelnd wurde der Ritter von seinem Hund begrüßt. Geduldig hatte das Tier unter dem Baum auf seinen Herren gewartet. Matthias beugte sich herab und kraulte Trutz zwischen den Ohren.

Theresia und Else verteilten Brot und Pasteten und Walburga schenkte Dünnbier und mit Wasser gemischten Wein aus.

Grite legte Brot und eine fleischgefüllte Pastete in ein kleines Weidenkörbchen, ließ sich von Walburga einen Becher Bier reichen und brachte die Speisen zu Witho in die Kräuterstube. Der tupfte gerade Buntauge mit einem feuchten, weißen Leinentuch den Schweiß von der fieberheißen Stirn.

„Hat er schon etwas sagen können?", fragte Grite und stelle Korb und Becher zwischen Tiegel und Mörser auf Hedwigis Arbeitstisch.

Witho schüttelte mit zusammengepressten Lippen den Kopf.

Der Freund stieß zwar hin und wieder unzusammenhängende Worte oder schmerzgepeinigte Laute aus. Auf alle Fragen reagierte er jedoch nur mit heftigen Abwehrbewegungen, schlug mit Armen und Beinen um sich oder versuchte fortzukriechen.

Gerade war es wieder so weit. Buntauge gurgelte laut auf und war bestrebt, einen nur für ihn wahrnehmbaren Feind von sich zu stoßen.

Witho bemühte sich, den Freund sanft festzuhalten, dass er nicht von der Bank stürzte und sich weiter verletzte. Doch je mehr der junge Mann Buntauge hielt, um so wilder wurden dessen Zuckungen, bis er schließlich ermattet mit einem grausigen Schrei zusammensank.

„Ihr macht das völlig falsch", tadelte Grite, die kopfschüttelnd dem neuerlichen Anfall des Jungen und Withos Bemühungen zugesehen hatte.

Sie setzte sich ans Kopfende der Bank, bettete behutsam Buntauges Kopf in ihrem Schoß, strich ihm beruhigend über Arme und Schultern und summte leise ein Kinderlied. Und wirklich, der Körper des Jungen entspannte sich, seine verzerrten Züge glätteten und die verkrampften Finger lösten sich.

Ein Zittern lief über seinen Körper und dann öffnete er das Auge. Verwirrt sah er sich um, bis sein Blick an Witho hängenblieb. Der strahlte seinen Freund an, kniete sich neben die Bank und ergriff die Hand des Jungen.

Und dann kam der Schmerz. Aufstöhnend fuhren Buntauges Finger zu seinem Kopf hoch. Doch eine andere Hand war schneller. Unbemerkt war Hedwigis hinzugetreten und hielt die Hand des Jungen fest.

„Du darfst nicht an das Auge fassen. Ich habe dir einen Breiumschlag aufgelegt."

„Mein Auge", stöhnte Buntauge, sich erinnernd, „mein braunes Auge. Das Messer..." Krampfhaftes Zittern deutete auf eine bevorstehende erneute Ohnmacht hin. Bevor es jedoch dazu kam, griff Witho den Bierbecher und hielt ihn dem Freund an die Lippen. Gierig trank der einige Schlucke, aber jeder Schluck, jedes damit verbundene Verziehen der Gesichtsmuskeln brachte neuerliche Schmerzen.

„Weißt du, wohin die Entführer die Jungfern gebracht haben?" Witho setzte den Becher ab und sah seinen Freund erwartungsvoll an.

„Die Straße lang... weit... dann rechts... Lichtung... Wald", kamen die Worte abgehackt, immer wieder unterbrochen von langen Pausen.

Witho wiederholte die Worte, um sie sich einzuprägen. Er war noch nicht lange genug in der Stadt, um sich auch in der Umgebung auszukennen. Aber vielleicht kannte ja jemand von den anderen diesen Ort. Er überließ die weitere Pflege den beiden Frauen und trat auf den Hof zu den speisenden Helfern.

„Buntauge ist zu sich gekommen. Er konnte sagen, wohin die Frauen gebracht wurden." Und er wiederholte die Worte des Jungen.

Das waren keine sehr genauen Angaben und die Versammelten ergingen sich in Mutmaßungen, wo nach den Entführten gesucht werden sollte.

Schließlich fragte Tobias Schreinemaker: „Fließt ein Bach über die Lichtung?"

Witho konnte nur mit den Schultern zucken. Von einem Bach hatte Buntauge nichts gesagt.

Gemeinsam ging er mit Tobias zurück in die Kräuterstube. Der Schreinemaker beugte sich über den Jungen und stellte ihm seine Frage.

„Ja, ja, ein Bach ... am Waldrand." Hoffnungsvoll sah Buntauge mit seinem einen Auge zu dem Fremden auf.

Matthias und die Magistra hatten ebenfalls die die Kräuterstube betreten.

„Konntest du sehen, welche Waffen die Entführer tragen?", fragte der Pilger.

„Nur Messer", kam die leise Antwort.

„Keine Schwerter? Keinen Bogen?"

„Nur Messer." Buntauges Stimme klang zunehmend erschöpfter. „Drei Männer ... einer aus Stadt kommt", fügte er mit letzter Kraft kaum hörbar hinzu.

Bis auf Hedwigis und Grite verließen alle den Krankenraum. An der Tür stießen sie fast mit Bruder Kilian zusammen, der Hedwigis eine kleine Phiole reichte und sich dann den anderen anschloss.

„Ihr kennt den Ort?", fragte der Ritter den Schreinemaker.

„Als ich im Pestjahr mit meiner Mutter nach Magdeborch kam, konnten wir bei ihrem Vater, einem Holzschnitzer, unterkommen. Er hat mich später des Öfteren mitgenommen, wenn er auf Holzsuche für seine Arbeiten ging. Dabei sind wir auch nach Verlorenenort gekommen. Eine Wüstung nach der Pest. Wir haben dort von den verlassenen Häusern mehrmals Feuerholz oder abgelagerte Balken für seine Schnitzarbeiten geschlagen." Tobias nickte nachdenklich. „Mit einem Pferd kann man in weniger als einer Stunde dort sein."

„Aber wieso drei Männer?", fragte die Magistra. „Grite berichtete nur von zwei Entführern. Der dritte Beteiligte, Pater Bernhard, sitzt in einer verschlossenen Büßerzelle im Kloster, will ich zumindest hoffen."

„Erinnert Euch, in jenem Stall in der Herberge hatte ich auch drei Männer belauschen können." Matthias Stirn krauste sich im

angestrengten Nachdenken. „Das bedeutet, dass der Auftraggeber auch anwesend ist und wir der ganzen Bande auf einmal habhaft werden."

Während ihres Gespräches hatten sie sich wieder dem Tisch
genähert, wo gerade die letzten Pasteten verspeist wurden. Sie
ließen sich auf der Bank nieder und begannen einen Plan zu
schmieden, wie sie die jungen Frauen befreien und gleichzeitig
die Mordbuben ergreifen konnten. Es hatte wenig Sinn, sofort
kopflos nach Verlorenenort zu eilen. Es galt einige Vorbereitungen zu treffen.

Witho bot sich an, zu Dietrich von der Furth zu laufen, ihm
von den neuesten Erkenntnissen zu berichten und ihn um zwei
berittene Stadtwächter zu bitten. Frau Lucardis beauftragte ihren
Knecht, zwei gesattelte Pferde aus dem Stall des Hauses Honstein
herbeizuschaffen.

Derweil Witho und Haug nach den Stadtwächtern und Pferden
unterwegs waren, begab sich Matthias zum Ulrichstor. Einfacher
wäre es zwar gewesen, wenn Witho die Wächter erneut befragt
hätte, aber der war aus besagtem Anlass anderweitig beschäftigt.
Also musste der Ritter selbst versuchen, die Torwächter zum Reden zu bewegen. Einem Pilger, einem frommen Mann, würden
sie gewiss eine Antwort geben. Einen beliebigen, ortsunkundigen
Fremden hätten sie vielleicht mit einigen Schmähworten davon-
gejagt.

Es wäre interessant zu erfahren, so überlegte der Ritter, ob einer der Strauchdiebe womöglich in die Stadt zurückgekehrt ist.
Als Pilger hatte er den beiden Galgenvögeln in der Gasse gegen-
übergestanden, als er Hildegard beim ersten Überfall beistand.
Der Halbohrige hatte ihm den Rücken zugewandt und er hatte
den Gauner mit seinem Stab niedergestreckt, ohne sein Gesicht
gesehen zu haben. Aber an den anderen erinnerte sich Matthias
noch recht gut, auch wenn der hinter Hildegard gestanden hatte
und sich gleich darauf zur Flucht wandte.

Und so trat er an die Wächter des Ulrichstores heran und stellte seine Fragen.

„Gute Männer, ich erwarte einen Freund am heutigen Tag.
Könnt Ihr mir sagen, ob ein Reiter auf einem mageren Pferd heute schon durch das Tor geritten kam? Der Mann ist nicht allzu
groß, aber von kräftiger Gestalt. Ein dunkler Bart lässt von seinem Gesicht kaum etwas sehen." Erwartungsvoll und offenen

Blicks sah Matthias die beiden Wächter an.

„Komische Freunde habt ihr, Pilger", sagte der eine unfreundlich. „Euer Freund ähnelte eher einem Strauchdieb, als einem ehrbaren Bürger."

„So ist er also heute schon durchgekommen?"

„Ja, das Läuten zur Sext war wohl schon eine Stunde her."

„Und hat er die Stadt wieder verlassen?" Gespannt beugte sich der Pilger vor.

„Nein, hat er nicht, zumindest nicht durch dieses Tor. Aber sagt frommer Mann, warum sollte er die Stadt verlassen, wenn er doch ein Freund von Euch ist und von Euch erwartet wird?" Misstrauisch geworden senkte der eine seine Pike, während der andere Matthias langsam umrundete und in seinem Rücken Stellung bezog.

„Vielleicht seit Ihr gar kein Pilger, sondern steckt mit diesen Brandstiftern und Entführern unter einer Decke?" Dietrich von der Furth hatte seine Männer strengstens unterwiesen, gerade heute, im Angesicht der nächtlichen Schrecken, wachsam gegenüber allen Fremden zu sein.

Der hinter Matthias Stehende bohrte dem Ritter die Spitze seiner Pike in den Rücken und lobte seinen Wachführer bewundernd: „Du bist so klug, Veit."

Der warf sich im Bewusstsein seiner Geisteskräfte in die Brust und fügte seiner Anklage noch hinzu: „Schließlich war sogar ein Mönch der Brandstifter. Und ein Pilger ist viel weniger, darum ist seine Schuld auch viel größer."

Überrascht von der Wendung der Dinge schnellten Matthias' Augenbrauen in die Höhe. Dieser logischen Schlussfolge eines nur mit dem Verstand eines Regenwurms bedachten Menschen würde kein noch so gewaltiges Gegenargument standhalten. Also machte er eine schnelle Drehung, entriss dem verblüfften Wachmann seine Pike und schleuderte sie gen Torflügel, so dass sie mit zitterndem Schaft dicht neben dem Wachführer im harten Holz des Tores steckenblieb. Dem klappte vor Schreck der Unterkiefer herunter und um seine Nase breitete sich ein blässliches Grün aus.

Zähnefletschend stellte sich Trutz an die Seite seines Herrn. Die beiden Wächter fanden sich fluchend damit ab, dass diesem Pilger erst einmal nicht beizukommen war und widmeten sich wieder der Bewachung des Tores. Wohlweislich würden sie diesen Vorfall verschweigen. Wie sollten sie auch erklären, dass zwei bewaffnete Männer von einem waffenlosen Pilger dermaßen gedemütigt worden waren?

Grimmig lächelnd wandte sich Matthias ab und schlug den Weg zurück zum Konvent ein. Neun Monate Pilgerfahrt hatten weder seiner ritterlichen Gewandtheit noch seiner Körperkraft geschadet.

Zufrieden durchdachte er das, was er erfahren hatte. Der eine Galgenvogel war also noch immer in der Stadt und wollte wohl seinen Auftraggeber holen. Das bedeutete, dass die jungen Frauen solange in Sicherheit waren, bis der Rädelsführer in Verlorenenort eintraf.

Als er durch das Konventstor trat, sah er, dass inzwischen Haug mit den Pferden eingetroffen war. Zu dem Knüppel, der am Gürtel des Knechts baumelte, hatte sich zudem ein unterarmlanger, einfacher Dolch gesellt.

Tobias Schreinemaker war ebenfalls nach Hause geeilt. Mit einem Kurzschwert gegürtet, ritt er auf einem kräftigen Karrengaul in den Hof.

Die Reittiere wurden in den Obstgarten geführt, wo sie misstrauisch von den beiden Ziegen beäugt wurden.

Und auch Witho ritt eben mit zwei Stadtwächtern durch das weit geöffnete Tor. Dietrich von der Furth, froh darüber, dass so schnell eine Spur der Entführer gefunden worden war, hatte dem jungen Knecht bereitwillig die Männer mitgegeben.

Witho schwang sich vom Pferd, warf den Zügel dem Pilger zu, der ihn großmütig in Empfang nahm und lief in die Kräuterstube. An Buntauges Zustand hatte sich jedoch nichts geändert. Fiebernd und in tiefer Bewusstlosigkeit lag der Freund noch immer auf der Bank. Hedwigis und Grite wachten bei ihm, bereit, dem Jungen einen fiebersenkenden Aufguss einzuflößen, sobald er aus dem tiefen Schlaf des Mohnsaftes erwachen sollte.

Mit finsterem Gesicht stand Witho einen Moment am Krankenlager seines Freundes. Noch immer plagte ihn das schlechte Gewissen. Aber da er nichts weiter für Buntauge tun konnte, überließ er ihn schließlich den behutsamen Händen der Frauen und begab sich wieder in den Hof.

Dort hatten sich auf den Bänken der Pilger, Tobias Schreinemaker, Haug, die Magistra, Mechthilda und die beiden Stadtwächter zusammengefunden. Witho setzte sich zu ihnen. Gerade berichtete Matthias von dem, was er von den beiden Wächtern am Ulrichstor in Erfahrung gebracht hatte.

„So ist anzunehmen, dass der Jungfern Leben solange nicht in unmittelbarer Gefahr ist, bis der Anstifter des arglistigen Plans dort eintrifft."

„Oder der Entführer will nur das Blutgeld in Empfang nehmen, um sich dann mit seinem Kumpan aus dem Staub zu machen?", wandte der Schreinemaker ein.

„Nein, der Junge in der Krankenstube sagte, dass ein Mann aus der Stadt kommen soll", hielt ihm Ursula von Buch entgegen. So schnell wollte sie der Möglichkeit, dass für ihre zwei Schutzbefohlenen jede Hilfe zu spät kam, nicht ins Auge blicken.

„Das heißt also, die Maiden sind noch am Leben. Warum sonst sollte sich der Rädelsführer der Gefahr aussetzen, mit den beiden Entführern gesehen zu werden?" Auch der Ritter wollte daran glauben, dass sich alles noch zum Guten wenden ließ. Er hatte vor vielen Jahren schon einmal an der Rettung Hildegards Anteil genommen. Er würde es wieder tun, jederzeit.

„Wenn wir gleich aufbrechen, können wir den Galgenvogel und seinen Auftraggeber vielleicht noch am Tor abfangen, bevor sie die Stadt verlassen. Dann haben wir es in Verlorenenort nur noch mit einem Mann zu tun." Auffordernd sah Matthias in die Gesichter seiner Mitstreiter.

Zustimmendes Nicken antwortete ihm.

Die Pferde wurden geholt und die Stadtwächter, Matthias von Eulenhorst, der Schreinemaker und der Knecht Haug saßen auf. Tobias schob sein Schwert zurecht. Der Ritter legte seinen kräftigen Pilgerstab quer über den Sattel.

Auch Witho schwang sich auf ein Pferd, doch Matthias hielt ihn zurück.

„Das ist eine Arbeit für ganze Männer. Ich werde nicht zulassen, dass sich so ein junger Bursche in Gefahr begibt. Der eine halb tote Junge dort in der Krankenstube reicht aus."

„Die haben meinen Freund verstümmelt und ich werde hier nicht bei den Frauen hocken und warten, bis diese verdammten Hunde gefangen sind!" Wütend starrte Witho dem Pilger in die Augen und dachte nicht daran, den Blick abzuwenden.

„Er hat ein Recht dazu."

Überrascht sahen alle zu Haug, der bisher geschwiegen hatte, wie es einem Knecht zukam und nur den Anweisungen der über ihm stehenden Männer gefolgt war. Was jedoch nicht heißen sollte, dass er keine Meinung zu Ehre und Gerechtigkeit hatte. Mit diesem kurzen Satz tat er sie kund.

Matthias von Eulenhorst nickte schließlich und der Reitertrupp machte sich auf den Weg zum Ulrichstor.

Haug ritt neben Witho und reichte ihm verhalten lächelnd den Dolch.

„Ein Mann sollte nicht unbewaffnet seinen Feinden gegenübertreten", meinte er, „und mir reicht der hier." Fast liebevoll strich er über den kräftigen Knüppel an seiner Seite.

Witho nickte dem Knecht dankbar zu. Dann steckte er den Dolch in der schmucklosen Lederscheide in seinen Gürtel und fasste die Zügel fester. Entschlossen, seinen Freund zu rächen, ritt er in den Kampf.

Pater Kilian sah der fortreitenden Kämpferschar nach. Dann kniete er mitten auf dem Hof nieder und betete inbrünstig für die sichere Rückkehr der Befreier und für das Leben der beiden jungen Frauen. Auch den einäugigen Jungen schloss er in seine Fürbitte mit ein.

Als sie das Stadttor erreichten, läutete es eben zur Non.

Leider mussten sie dort erfahren, dass die beiden Gesuchten schon die Stadt verlassen hatten. Der eine war ein wohlhabend gekleideter Herr gewesen. Für Matthias bestand nun kein Zweifel mehr, dass es der war, den er im Stall der Herberge belauscht hatte. Nun gut, dann würden sie drei Gegner statt nur des einen haben. Aber sie waren zu Fünft und hatten die Überraschung auf ihrer Seite. Das war so gut wie zwei zusätzliche Kämpfer.

Ohne auf Widerspruch zu stoßen, hatte der Pilger die Führung über die kleine Truppe übernommen. Aufrecht saß er auf dem Pferd, befehlsgewohnt und gar nicht mehr demütig glitt sein Blick über seine Männer. Hart ritt er an, als sie das Ulrichstor hinter sich gelassen hatten. Keiner zweifelte daran, dass ihr Anführer schon in größere Schlachten geritten war, als die, die ihnen bevorstand. Niemand sonst hatte die Führerschaft beansprucht und auch die beiden Stadtwächter waren froh, dass sie keine Entscheidungen treffen mussten.

Trutz verfiel neben dem Pferd seines Herrn in einen ausdauernden Trab. Stundenlang würde er so laufen können. Auch für ihn war es nicht das erste Mal.

Es dauerte wirklich keine Stunde, bis sie die kleine Lichtung erreicht hatten. Schon kurz nachdem sie in den Seitenweg eingeritten waren, hatte ihnen Tobias Schreinemaker bedeutet, abzusteigen und langsam die Pferde weiterzuführen. Es wäre fatal, würde das Poltern der Hufe auf dem kleinen Holzsteg am Rande der Lichtung sie vorzeitig verraten.

Matthias von Eulenhorst hatte seine Leute, unsichtbar für die Hüttenbewohner, am Waldrand gesammelt. Die Pferde waren tiefer im Wald verborgen. Kein Wiehern oder Schnauben durfte die Annäherung der Befreier verraten.

Neben der Hüttentür waren zwei Pferde angebunden. Eines, mit edlem Zaumzeug und Sattel, tänzelte an dem ungewohnten Ort unruhig und ließ die Ohren spielen. Das andere, ein magerer Ackergaul, stand stur da und würde sich erst wieder bewegen, wenn es sich gar nicht mehr vermeiden ließ.

Es war noch heller Nachmittag. Wenn sich in der Hütte keine dramatische Veränderung vollzog oder sich eine günstige Gelegenheit bot, würde eine Befreiung in der Dämmerung am erfolgversprechenden sein. Aber es konnte nicht schaden, schon einen Kundschafter auszusenden.

***

Mit neuer Hoffnung erfüllt hatten Hildegard und Irmelin am Morgen in ihrem Verschlag mitangehört, dass es dem verstümmelten Buntauge anscheinend gelungen war, sich dem Zugriff der Mordbuben zu entziehen. Zwar kehrte der, der dem Kleinen das Auge ausgestochen hatte, nach längerer Zeit zurück und behauptete, er hätte dem Burschen die Kehle durchgeschnitten und unter einen Busch geschoben, aber so richtig glauben wollten es die zwei in ihrem düsteren Verschlag nicht. Auch als der Schurke stolz tönte, die Würmer würden schon bald an den Gedärmen dieses Bauernlümmels nagen, schüttelte Hildegard vehement den Kopf. Nein, das konnte nicht wahr sein. Buntauge war ein zäher kleiner Bursche, der sich trotz vieler Hindernisse durchs Leben geschlagen hatte. Der würde nicht aufgeben oder sich ein zweites Mal gefangen nehmen lassen. So redete sie zumindest Irmelin zu und schaffte es, auch ihrer eigenen wieder wachsenden Verzweiflung Herr zu werden.

Nachdem der Wortführer seinen Kumpanen in die Stadt geschickt hatte, war es still in der Hütte geworden. Auch die beiden jungen Frauen regten sich kaum, um nicht die Aufmerksamkeit ihres Entführers zu erregen. Froh darüber, dass sie in der Nacht wieder in die Kammer verfrachtet worden waren, unterhielten sie sich nur wispernd. Und mochten sie auch weder Speise noch Trank erhalten haben, so verlangte doch der Körper nach einer gewissen Zeit sein Recht. Und es war allemal angenehmer, seine Notdurft in einer Ecke der winzigen Kammer unbeobachtet von den Galgenstricken verrichten zu können, als dieses im Wohnraum der Hütte tun zu müssen und unter Umständen Begehrlichkeiten bei den Kerlen zu wecken. Oder sich gar in den Wald führen zu lassen.

Unerwartet musste Hildegard, trotz der Fesselung und der unerquicklichen Lage, kurz eingenickt sein. Eine Bewegung an ihrer Seite ließ sie aufschrecken.

„Es ist jemand gekommen", hauchte Irmelin.

Hildegard setzte sich, soweit es die derben Lederschnüre zuließen, aufrechter hin und spitzte die Ohren.

„Der Messerstecher und ein Fremder", stellte sie dann fest.

Wieder lauschten sie eine kleine Weile, konnten aber keine einzelnen Wörter verstehen. Trotzdem erkannte Irmelin die dritte Stimme.

„Oswald!" Die Jüngere stieß den Namen bebend hervor.

Schnell legte ihr Hildegard beschwichtigend die Hand auf den Arm.

„Wir müssen weg hier!" Todesangst schwang in Irmelins Stimme mit. Sie zerrte an ihren Fesseln und versuchte zu dem kleinen Spalt zu kriechen, den Buntauge in der letzten Nacht in die Bretterwand gerissen hatte und durch den ein schmaler Streifen Tageslicht fiel. Aber selbst, wenn sie sich von den Riemen befreien könnte und das Loch in der Wand vergrößerte, würde sie doch nicht hinausgelangen. Jos hatte am Vormittag den Karren davor gerollt und mit mehren Seilen fest an die Bretterwand gebunden. Ein Rad deckte den kleinen Spalt fast vollständig ab. An ein Entkommen war nicht zu denken.

„Warum will dich dein ritterlicher Vater auf einmal zurück?", flüsterte Hildegard, um die Freundin von ihrem fruchtlosen Tun abzubringen.

„Bist du dir sicher, dass er mich lebend will?", fragte Irmelin mit einer winzigen Hoffnung und kauerte sich wieder neben Hildegard.

„Sonst würde doch nicht sein Handlanger kommen."

Irmelin nickte nachdenklich. Dann fiel ihr etwas anderes ein: „Aber wenn er mich mitnimmt, was wird dann aus dir?"

Nu ja, diese Frage hatte sich Hildegard auch immer wieder gestellt, aber bisher noch keine Antwort gefunden. Aber vielleicht wollte sie auch gar keine Antwort finden, denn die Möglichkeiten, die sich boten, waren allemal beängstigend. Ihre ganze Hoffnung lag auf Buntauge, jedoch konnte der kleine Freund genausogut auch tot im Wald liegen. Ein Schauer lief über Hildegards Rücken und die feinen, blonden Härchen auf ihren Armen richteten sich auf.

Lauter werdende Stimmen von nebenan lenkten sie von ihren unerwünschten Gedankengängen ab. Wieder spitzten die beiden Gefangenen die Ohren.

„Verdammt nochmal, das ist der Lohn für eine!", fluchte Jos zornig. „Wir haben aber zwei gefangen."

Oswalds leisere Stimme zischte böse eine unverständliche Antwort.

„Das schert mich nicht!", blaffte Jos. „ Erst hieß es, wir sollen sie beseitigen, dann wolltet Ihr sie lebend. Größerer Aufwand, größere Gefahr! Wir mussten Pferd und Wagen besorgen."

Wieder eine leisere Antwort.

„Was soll'n wir mit Pferd und Wagen, wenn wir hier verschwinden?", mischte sich Henn in seiner behäbigen Art ein.

„Versucht nicht zu handeln! Das ziemt sich nicht für einen hochherrschaftlichen Ritter", beharrte Jos auf seine Forderung und lachte böse auf. „Größerer Aufwand, größere Gefahr, größerer Lohn. Sonst behalten wir beide", spielte er seinen letzten Trumpf aus.

Die leise Stimme wurde besänftigend und auch die beiden Galgenstricke senkten ihre Tonlage wieder.

Polternde Schritte näherten sich kurz darauf ihrem winzigen Gefängnis und die Tür wurde aufgerissen. Mit einem Kienspan in der erhobenen Hand trat Jos als Erster ein. Ihm folgte der Mann aus der Stadt. Er musste sich tief bücken, wollte er sich an dem niedrigen Türsturz nicht den Kopf anschlagen.

Hildegard kniff im Licht des Spans die Augen zusammen. Dann gewahrte sie einen hochgewachsenen, schlanken Mann. Er stand mit dem Rücken zur Tür. In dem Schatten, der über seinem Gesicht lag, konnte sie seine Züge nicht wahrnehmen.

Anders Irmelin. Ihr genügte der Schattenriss der Gestalt, um beklommen „Ritter Oswald", zu flüstern.

„Ja, meine Liebe, ich bin gekommen, um dich aus diesem elenden Loch zu befreien und dich deinem liebenden Vater wieder zuzuführen." Mit dem Hohn, der aus seinen Worten troff, hätte man ein Wasserschaff füllen können.

Er wies auf Irmelin. „Das ist die, die ich später mitnehmen werde. Mit der anderen könnt ihr nach eurem Belieben verfahren. Aber sorgt dafür, dass das Vögelchen nicht mehr singen kann, wenn ihr mit ihr fertig seid."

Hildegard glaubte Henns genüssliches Schmatzen aus dem Nebenraum zu hören und wieder stellten sich ihre Haare auf.

Oswald nahm Jos den Kien aus der Hand, beugte sich damit hinunter, leuchtete Hildegard ins Gesicht und musterte sie eindringlich. Dann schwenkte er das Licht zu Irmelin und wieder zurück.

„Erstaunlich, sehr erstaunlich", sagte er dann. „Sie ähneln sich wirklich wie zwei Schwestern." Und einer plötzlichen Eingebung folgend, fragte er: „Bist du so alt wie Irmelin?" Man konnte ja nie wissen, welche Mägde Arno noch so alles nach der Rückkehr von jenem Kriegszug besprungen hatte. Andererseits hatte die Pest Arno mit unbändiger Furcht erfüllt und er hatte sich monatelang tunlichst von allen Körperkontakten mit den Einheimischen ferngehalten.

Erst wollte Hildegard nicht antworten, besann sich dann aber eines Besseren. Es hatte keinen Sinn, die Schurken zu reizen. „Ich bin ein Jahr älter", zischte sie.

„Nein, dann kann es nicht sein. Auch gut." Oswald drehte sich um und verließ mit Jos die Kammer.

„He, du", wies er einen der Galgenvögel an. „Geh zu meinem Pferd und hol die Satteltasche. Euer Lohn, Wein und ein paar wohlschmeckende Bissen sollen den Handel besiegeln."

Hildegard und Irmelin fassten sich in ihrem Verlies bei den Händen. Es konnte nicht mehr lange dauern und sie würden auseinandergerissen werden. Eine jede würde einem ungewissem Schicksal entgegensehen.

Darum entschloss sich Irmelin, ein weiteres Geheimnis mit der anderen zu teilen. Vielleicht würde ja wenigstens eine von ihnen mit dem Leben davonkommen und dann versuchen, dass einer Sterbenden gegebene Versprechen einzulösen.

„Ich muss dir noch etwas erzählen", begann sie flüsternd, obwohl kaum zu befürchten war, dass einer ihrer Entführer mithören würde. Die waren inzwischen mit Essen und vor allem mit Trinken beschäftigt und führten selbst laute Reden, in denen sie sich ihrer Heldentaten rühmten.

„Es ist wegen Alheyt", fuhr sie fort. „Kurz vor ihrem Tod hat sie mir ihr Geheimnis anvertraut und mir ein Versprechen abverlangt."

Hildegard verstand: Wenn zwei Alheyts Vermächtnis weitertrugen, war es sicherer, dass wenigstens eine die gegebene Zusage erfüllen konnte.

„Ich verspreche, dass ich Alheyts Bitte erfüllen werde, wenn du es nicht schaffen solltest." Dass der letzte Teil ihres Satzes eine doppelte Bedeutung hatte, ging Hildegard erst auf, als es ausgesprochen war. Aber so war es nun einmal. Es hatte keinen Sinn, die Augen vor der Gefahr zu verschließen.

„Also, Alheyt hat mir anvertraut, dass sie auf der Suche nach ihrem Kind war, das man ihr genommen hatte. Ich sollte es finden und mich darum kümmern."

Noch bevor Irmelin mehr erzählen oder Hildegard etwas fragen konnte, hörten sie von dem Loch in der Bretterwand her ein winziges Geräusch. Fast als wäre ein etwas schärferer Luftzug über das Loch gestrichen und hätte es zum Klingen gebracht.

Die beiden jungen Frauen verharrten reglos, nur ihre Augen bewegten sich. Dann zuckte Irmelin mit den Schultern. Sie hatten sich wohl geirrt. Wer oder was sollte dort auch sein? Doch Hildegard bedeutete ihr, sich weiter still zu verhalten. Und da war es wieder, ein leises Zischen. Ein solches Geräusch konnte kein Tier von sich geben. Dort draußen musste ein Mensch sein. Sollte Buntauge etwa?

„Buntauge, bist du es?", fragte sie voller Hoffnung. So hatte der Junge doch überlebt. Aber was konnte er schon allein gegen drei erwachsene Männer ausrichten? Schon einmal hatten sie ihn gefasst und grausam zugerichtet.

„Nein, hier ist Witho. Wir sind mit einer kleinen Streitmacht gekommen, um Euch zu befreien", hauchte der feine Luftzug seine Botschaft herein.

Hildegard fasste Irmelins Hände fester. Jetzt würde alles gut werden.

„Seid Ihr gebunden", wisperte die Stimme wieder.

„Nur an den Händen, an einen Balken, der herab gestürzt ist."

Wieder war verhaltene Bewegung wahrzunehmen. Dann wurde etwas durch den Spalt geschoben. Die Gefangenen machten die Hälse lang und erkannten schließlich ein Messer mit vielleicht einer handspannenlangen Klinge. Mit den gefesselten Händen konnten sie es nicht fassen. Aber Hildegard angelte mit einem Fuß danach, schob es Stück für Stück näher und so konnte es Irmelin greifen.

„Befreit Euch von den Fesseln und versucht, die Tür zum großen Raum zu blockieren. Wir greifen zur Dämmerung hin an."

„Was ist mit Buntauge?", stieß Hildegard leise hervor, derweil Irmelin schon begann an den Fesseln der Freundin herumzusäbeln.

„Er ist in Sicherheit bei den Beginen", gab Witho bereitwillig Auskunft. Es machte ihn froh, dass Hildegard sich ebenso um seinen kleinen Freund sorgte, wie er selbst.

In dem Moment wurde die Tür zum Verschlag aufgerissen. Sowohl Witho draußen vor dem Spalt als auch Hildegard und Irmelin erstarrten wie Lots Weib und konnten vor Schreck kein Glied rühren.

Oswald trat zu Irmelin und schnitt ihre Fesseln vom Balken los. Als er sie auf die Beine ziehen wollte, klammerte sie sich an Hildegard fest und schluchzte jammervoll auf. Doch Hildegard spürte, wie ihr die Freundin das Messer unter das Gewand schob.

„Mach nicht so ein Gewese! Nun komm schon." Mit harter Hand zerrte er die sich heftig Wehrende mit sich fort. Schließlich reichte ihm das weibische Geplärre und er versetzte Irmelin eine kräftige Ohrfeige. Widerstandslos folgte ihm die junge Frau nun, nicht ohne Hildegard noch einen letzten zuversichtlichen Blick zuzuwerfen.

Hildegard blieb allein zurück. Durch die dünne Bretterwand konnte sie hören, wie Oswald die Galgenvögel noch einmal ermahnte, die andere ja nicht davonkommen zu lassen. Dann ließ er sich sein Pferd bringen. Kurz darauf war das eilige Davontraben von Pferdehufen zu hören. Wenigstens hatte Oswald Irmelin wohl zu sich aufs Pferd gehoben und ließ sie nicht an einem Strick hinterherlaufen. Hildegard atmete tief durch.

Auch Witho stieß draußen unter dem Karren die angehaltene Luft aus. Unmittelbar neben ihm war der Wohlgekleidete auf sein Pferd gestiegen und hatte dann das Mädchen hochgezogen. Unterdessen hatte Witho versucht, sich unter dem Karren unsichtbar zu machen. Aber so, wie unter Buntauges Strauch am Zaun der Beginen stets ein Körperteil von ihm unter dem Busch herausgeragt hatte, so hatte er auch hier das Gefühl, dass ständig irgendeines seiner langen Glieder für alle sichtbar unter dem Karren hervorlugte. Aber niemand gönnte dem Wagen auch nur einen Blick.

Das entwickelte sich ja besser als gedacht, ging es ihm durch den Kopf. Der Reiter würde mit seiner Beute nicht weit kommen. Sicher hatte vom Waldrand her der Pilger mit seinen Mannen den Aufbruch des einen beobachtet und würde ihm im Wald, ausreichend weit von der Hütte entfernt, ein herzliches Willkommen bereiten.

Und so geschah es auch. Guter Dinge und nicht sonderlich wachsam, ritt Oswald den Waldweg entlang. Er hatte sein Ziel erreicht und Arno würde sich erkenntlich zeigen. Hinter einer Biegung sah er einen gebeugten Pilger vor sich den Weg entlangschlurfen. Was machte der denn hier? Hatte sich wohl verlaufen.

„Platz da, alter Mann", fuhr er ihn herrisch an. Mit demütig gesenktem Kopf trat der Alte einen Schritt an den Wegrand. Doch als Oswald an ihm vorbei reiten wollte, ergriff der auf einmal gar nicht mehr so gebrechliche Wanderer seinen linken Fuß, zog ihn aus dem Steigbügel und gab dem Bein einen so kräftigen Schubs, dass der Reiter auf der anderen Seite seines Pferdes fluchend im weichen Gras landete.

Noch bevor er sich mit einem weiteren unflätigen Fluch auf den Lippen aufrappeln konnte, sah er die Spitzen von drei Schwertern auf sich gerichtet.

Kurz darauf lag er ordentlich an Händen und Füßen verschnürt und geknebelt neben den Pferden der Befreier.

Matthias reichte Irmelin, die sich schnell von dem Schreck des neuerlichen Überfalls erholt hatte, einen kräftigen Knüppel, den er vom Waldboden aufgelesen hatte.

„Streichelt ihn damit Mädchen, wenn er sich rührt."

„Darf ich ihn auch streicheln, wenn er sich nicht rührt?"

„Das wäre nicht sehr ritterlich."

„Ich bin kein Ritter."

„Nun, dann."

Oswald stöhnte unter seinem Knebel dumpf auf, als Irmelin ihm Rücken und Kopf streichelte. Zufrieden trat sie einen Schritt zurück und begutachtete das erbärmliche Bündel, das vor ihr lag.

Irmelin wurde zur Bewachung zurückgelassen. Trutz schnüffelte an dem Gefesselten, legte dann die Ohren zurück, zog die Lefzen hoch und zeigte knurrend sein kräftiges Raubtiergebiss. Sein Herr hatte diesen hier vom Pferd gestoßen, also musste es ein Feind sein. Auf ein Zeichen des Pilgers hin, legte sich das Tier wenige Schritte von Oswald nieder, ließ diesen aber nicht einen Augenblick unbeobachtet.

Die Kämpen begaben sich wieder zum Waldrand. Jetzt war Eile geboten. Nachdem die Entführer ihren Handel abgeschlossen hatten, würden sich die zwei in der Hütte verbliebenen Schurken wohl bald über Hildegard hermachen.

Witho war noch nicht zurück. Aber als Matthias zum Karren späte, unter dem der junge Mann vor einiger Zeit verschwunden war, sah er ihn das vereinbarte Zeichen geben.

Alle Unebenheiten des Geländes nutzend, hinter Hausecken und Bäumen in Deckung gehend, schlichen sich die fünf Männer langsam an die Hütte an. Witho war bereits mit dem blanken Dolch in der Hand neben der Tür in Stellung gegangen. Von drinnen war grölendes Singen zu hören.

Gerade als der kleine Trupp vollzählig an der Hütte versammelt war, tönte es von drinnen: „Hol mal das Vögelchen, Henn. Erst soll es für uns tanzen und dann wollen wir ihm ein paar Federn rupfen."

„Gibt es einen Hintereingang?", wisperte Matthias Witho zu. Der schüttelte den Kopf. Matthias gab daraufhin Haug ein Zeichen. Der trat mit einem kräftigen Tritt gegen die Tür, dass sie krachend aufflog und das mürbe Holz zerschmettert an die Wand schlug.

Drinnen war es halb dunkel, doch die Augen der Eindringlinge gewöhnten sich rasch an das Dämmerlicht. Ein torkelnder Jos versuchte auf die Beine zu kommen und nach seinem Messer zu fassen. Doch ein Schwertstreich des Schreinemakers trennte ihm zwei Finger der rechten Hand ab, so dass der Halbohrige aufheulend zusammensackte.

Henns dumpfer Verstand hatte Mühe, dem Wandel der Verhältnisse in der Hütte zu folgen. Triefäugig ließ er seinen Blick über die Fremden gleiten, ohne recht zu verstehen, wo die plötzlich hergekommen waren.

„Wassen los, Jos?", lallte er, denn Oswalds Wein war stark und reichlich gewesen. Er hatte die Tür zur kleinen Kammer halb aufgezogen und unsicher, was jetzt zu tun sei, ging sein Blick hin und her.

Doch noch bevor er einen Entschluss fassen konnte, hatte er das Schwert eines Stadtwächters an der Kehle und der andere zog ihn zur Mitte der Hütte, trat ihm dort kräftig in die Kniekehlen, so dass er neben dem wimmernden Jos zu liegen kam.

Mit einem Satz wollte Witho in den Verschlag springen, konnte jedoch gerade noch rechtzeitig abbremsen. Hildegard war während der Befreiungsaktion nicht müßig gewesen, sondern hatte einige Bretter so vor den Eingang geworfen, dass, wer auch immer zu ihr wollte, darüber stolpern müsste oder bei mehr Aufmerksamkeit doch zumindest aufgehalten worden wäre.

Vorsichtig überstieg Witho die Bretter und sah sich dann in dem dämmrigen Licht des Gefängnisses um. Sein Messer vorgereckt stand die junge Frau in der hintersten Ecke der Kammer und blitzte ihn kampfesmutig entgegen. Dann erkannte sie ihn jedoch und ließ die Waffe sinken. Witho reichte ihr die Hand.

„Kommt heraus, alles ist vorbei, die Galgenstricke gefangen. Meister Hardo wird schon bald seine Freude an ihnen haben."

Nun doch etwas zittrig von der überstandenen Aufregung, ergriff Hildegard dankbar die dargebotene Hand und ließ sich über die Bretter hinweghelfen, die sie noch kurz zuvor selbst dort aufgeschichtet hatte.

Erstaunt sah sie, wer alles zu ihrer und Irmelins Befreiung angerückt war. In der Hütte wurde es langsam eng und Witho führte Hildegard hinaus. An der Tür warf sie noch einen Blick zurück. Die Galgenvögel wurden gerade von den zwei gewappneten Stadtwächtern gebunden. Das die dabei nicht sehr zartfühlend vorgingen, erfüllte sie mit grimmiger Zufriedenheit.

Hildegard ließ sich von ihrem Begleiteter bereitwillig zu dem kleinen Bach führen, wo sie notdürftig Hände und Gesicht vom Schmutz befreien und ausgiebig von dem frischen, klaren Wasser trinken konnte.

Tobias Schreinemaker trat zu ihnen und erkundigte sich nach ihrem Befinden.

„Jetzt, wo der Schrecken ausgestanden ist, geht es gut. Aber sagt, wie ist es Irmelin mit Oswald ergangen?"

„Irmelin?", Überrascht umwölkte sich das Gesicht des Schreinemakers. „Aber wo ist dann diese Anna, die mit Euch entführt wurde?"

„Anna ist Irmelin", beruhigte ihn Hildegard. „Und das ist eine lange Geschichte. Aber sagt, wie geht es ihr und konntet Ihr Oswald gefangennehmen?"

„Oswald, verschnürt wie ein Frachtpaket und bewacht von Eurer wehrhaften Freundin, die es gar trefflich versteht, den Knüppel zu schwingen." Tobias lachte anerkennend auf.

„Irmelin? Knüppelschwingend?" Jetzt war es an Hildegard verdutzt dreinzuschauen.

„Nun ja, Eure Schwester versteht es vorzüglich, blaufleckige Streicheleien auszuteilen, so dass dem Bedachten fast die Sinne schwanden ob der Aufmerksamkeit, die ihm zuteil wurde."

Witho gefielen die Plänkeleien zwischen Hildegard und dem Schreinemaker so gar nicht. Er kam sich selbst dumpf und tölpelhaft vor. Nie würde er so geschliffene Reden schwingen können wie der angesehene Zunftmeister.

Also bat er Tobias die Pferde zu holen. Dessen Augenbrauen kräuselten sich zwar einen Augenblick unwillig, aber in Anbetracht der Lage, dass sie einen gemeinsamen Feind besiegt hatten, wollte er mal den Wunsch des Burschen erfüllen.

Die Stadtwächter stießen Jos und Henn aus der Hütte heraus und Haug schirrte das magere Pferdchen vor den Karren. Die Galgenvögel wurden auf den Karren gestoßen und dort an die Seitenwände gebunden.

„Der da, der hat Buntauge verstümmelt", rief Hildegard anklagend und wies auf Henn.

Witho sprang auf den Wagen und kniete sich mit dem blanken Dolch in der Hand auf die Brust des Gefesselten. Hasserfüllt hielt er ihm die Klinge vor sein Gesicht. „Soll ich dir auch ein Auge ausstechen, du fauliger Sohn einer aussätzigen Hündin?"

„Willst du wirklich einen Wehrlosen töten oder verstümmeln?" Der Pilger war neben den Karren getreten. „Morgen wirst du es bereuen. Überlass ihn Meister Hardo, da wird er genug zu winseln und zu heulen haben."

Witho zögerte noch einen Moment, dann spie er seinem Gegenüber ins Gesicht und schwang sich wieder vom Wagen herunter.

Kurz darauf kam auch Tobias mit den Pferden zurück. Vor ihm im Sattel saß Irmelin. Den gefesselten Oswald hatte er kurzerhand über einen Pferderücken geworfen. Sie beförderten ihn zu den anderen beiden Mordbuben auf den Wagen.

Doch sie hatten nicht mit Henns Überlebenswillen gerechnet. Arm an Witz war all sein Saufen und Fressen in seine Körperkräfte geflossen. Aufheulend zerriss er seine Stricke, sprang vom Wagen und rannte dem Wald zu. Schon hatte er die ersten Bäume fast erreicht, als er abrupt, ohne ersichtlichen Grund, stehenblieb, als wäre er gegen eine Wand gelaufen. Dann machte er noch ein paar stolpernde Schritte, bevor er langsam nach vorn kippte.

Als seine Verfolger eintrafen und ihn umdrehten, ragte ein Messer mit einem einfachen, dunklen Holzgriff aus seinem Hals. Dem war nicht mehr zu helfen.

Witho zog das Messer heraus, wischte es ab und betrachtete es. Das kannte er doch. Dann sah er zum Wald. Dort verschmolz gerade ein schmächtiger Schatten mit dem Halbdunkel unter den Bäumen.

Ein bisschen bedauernd, dass dieser Galgenstrick so einfach davongekommen war, warfen sie ihn wieder zu den anderen auf den Wagen.

Die beiden Stadtwächter gingen noch einige Schritte in den Wald hinein. Aber so richtig eifrig waren sie nicht bei der Sache. Hier hatte jemand einen Entführer und Brandstifter gemordet. Das war nur gerecht. Und sie brachten ja noch zwei lebende Gefangene mit. Das sollte reichen.

Matthias von Eulenhorst wies Witho und Tobias an, die beiden Jungfern schnellstens auf ihren Pferden in die Stadt zu bringen und sicher im Beginenkonvent abzuliefern.

Er selbst würde mit Haug und den Stadtwächtern die Gefangenen in den Bürgergehorsam schaffen und dort dem Schultheißen übergeben.

Witho war es recht. Und da Anna, nein Irmelin, ja schon vor dem Schreinemaker auf dem Pferd saß, reichte er Hildegard die Hand und zog sie zu sich hoch. Seinetwegen könnte der Ritt ewig dauern. Obwohl sie jetzt nur im Schritt ritten, war doch die Stunde viel zu schnell vorbei.

Unterwegs erkundigte sich Hildegard nach Buntauge und es beruhigte sie ungemein, dass der mutige Junge die Marter wohl überstehen würde, wenn ihm auch niemand das verlorene Auge zurückgeben konnte.

„Wie kommt es aber, dass Ihr solche Kinder kennt, Herr Stadtwächter?", fragte Hildegard und der letzte Teil des Satzes klang schon wieder eine Spur spitzzüngig.

Witho drruckste ein wenig herum. Ach, was sollte es? Früher oder später würde er ja doch bekennen müssen, dass er kein Stadtwächter sondern nur der Knecht war.

„Es sind Straßenkinder", antwortete er darum. „Ich habe bei ihnen gelebt, bevor sich Meister Honstein meiner annahm und mich der Stadtwache als Knecht gab."

„Ihr wart ein Straßenkind?" Da klang keine Abfälligkeit in der Stimme der jungen Frau.

„Und seid jetzt der Knecht der Stadtwache?" Nein, da klang eher Anerkennung mit.

„Ihr werdet es noch weit bringen, Herr Stadtwächter." Oder doch ein ganz klein wenig Spott?

18. Kapitel

Zwei, sich vor ihrem Fenster streitende Amseln weckten Hildegard am nächsten Morgen aus dem Schlaf. Schließlich flog eine laut protestierend davon. Die junge Frau blinzelte im Halbschlaf in das helle Licht, welches durch das offen stehende Fensterluk fiel. Der neue Tag musste schon weit fortgeschritten sein. Warum hatte sie niemand geweckt? Ihre Ziehmutter war doch sonst nicht so nachsichtig mit ihr.

Nun drangen auch andere Laute an ihr Ohr. Da wurde gehämmert und mit einer Axt gearbeitet. Scherzworte von männlichen Stimmen flogen hin und her. Was hatten Männer im Konvent verloren? Dann fuhr sie mit einem Schreckensschrei hoch. Jos und Henn! Sie war in der Gewalt der beiden. Ihr Herz begann zu rasen und bittere Galle stieg ihr in den Mund. Gleich würde sie sich übergeben müssen.

Eine Hand legte sich auf ihre Schulter. Entsetzt fuhr Hildegard zurück. Jetzt würden die beiden Mordbuben sie holen.

„Mein Liebes, sei ganz ruhig, alles ist gut. Du bist in Sicherheit, mein Herz", drang schließlich eine sanfte Stimme in ihr von Furcht und Erinnerung an die schlimmen Stunden umklammertes Hirn.

Langsam kehrte die Besinnung an die Befreiung zurück. Witho und der Schreinemaker hatten sie und Irmelin auf ihren Pferden zurück in die Geborgenheit und den Schutz des Beginenkonvents gebracht. Walburga hatte ihnen einen Waschzuber in ihrer eigenen Kammer gerichtet, hatte vor ihnen Speis und Trank aufgetürmt und sie mit Erleichterung und Zuversicht umgeben. Immer wieder waren Tränen der Freude über ihre Wangen geronnen und mit einem Schniefen hatte sie sie fortgewischt.

Auch Irmelin hatte die Köchin ohne Zögern in ihre Fürsorge und Zuwendung einbezogen. Ihr Gebaren erinnerte an das einer Glucke, die ihre schon verloren geglaubten Küken wiedergefunden hatte und sie nun unter ihre schützenden Flügel nahm. Die

Erinnerung daran zauberte ein erstes zerbrechliches Lächeln in Hildegards Gesicht.

„Mutter", flüsterte sie nur und schmiegte sich in Walburgas Arme. An deren üppigen Busen hatte sie noch immer Trost und Liebe gefunden.

Beschwichtigend streichelte die sonst oft mürrisch wirkende Köchin ihrer Ziehtochter über die Haare und versuchte die eigenen Tränen wegzublinzeln. Nach einer geraumen Weile schob sie Hildegard ein wenig von sich und brummelte: „Es hat schon zur Terz geläutet. Zeit, sich dem Tag zu stellen."

Hildegard setzte sich vollends auf und schwang die Beine aus dem Bett. Erst jetzt wurde sie gewahr, dass sie nicht in ihrer Dachkammer geschlafen, sondern die Nacht in Agnes' Bett verbracht hatte. Dankbar streichelte sie die kräftige, breite Hand ihrer Mutter und gab ihr einen schmatzenden Kuss auf die Wange.

„Irmelin?", fragte sie dann.

„Irmelin? Anna? Du hast Anna gestern Abend schon mit diesem Namen angesprochen." Fragend schaute Walburga Hildegard an.

„Irmelin ist Anna, aber das ist eine lange Geschichte und die wird sie euch selbst erzählen", gab diese zurück.

„Gut. Also Irmelin hat die Nacht bei den Weberinnen verbracht. Auch sie sollte nicht allein nach dem durchstandenen Schrecken bleiben."

Wieder fühlte Hildegard die Geborgenheit und Zuwendung, die sie wie eine flauschige, wärmende Decke einhüllte. Hier wurde keine allein gelassen.

Dann erinnerte sich die junge Frau noch an etwas anderes.

„Wie geht es Buntauge?"

„Der arme Junge ist kein Buntauge mehr, sondern nur ein Einaug." Bedauern und Mitleid mit dem geschundenen Jungen schwangen in Walburgas Stimme. „Er liegt noch immer im Fieber, aber Hedwigis glaubt, dass sie das Leben des Jungen retten kann, wenn sich kein Wundbrand bildet. Ein tapferer kleiner Bursche."

Noch etwas musste Hildegard wissen. „Ich habe Männerstimmen durch das Fenster gehört."

„Ja, bei uns wimmelt es zur Zeit nur so von Männern", gab die Köchin belustigt zurück. „Da ist zum einen Pater Kilian auf Geheiß seines Abtes mit zwei Laienbrüdern angerückt, um bei der

Beseitigung der Schäden zu helfen, die dieser wahnsinnige Bernhard angerichtet hat. Dann ist da noch der Schreinemaker, der unbedingt auch helfen will. Und Frau Lucardis hat uns ihren Knecht Haug geschickt. Ach ja, und dieser junge Stadtwächter sitzt schon den ganzen Morgen im Gästehäuschen und weicht seinem Freund nicht von der Seite. Dabei steht er aber Hedwigis nur im Wege rum. Selbst als sie den Kräuterumschlag des Jungen wechselte, beäugte er wachsam ihr Tun."

Hildegard nickte erleichtert. Das waren alles Männer, vor denen sie sich nicht zu fürchten brauchte. Gute Leute, die zum Teil geholfen hatten, sie aus Gefangenschaft und Gefahr für Leib und Leben zu retten.

Während sich Hildegard frisch machte und sich über ein weißes Leinenhemd ein sauberes Gewand streifte, trug Walburga einen Krug Honigwasser, zwei Becher und frisches Brot und Käse herbei.

Kurz darauf fand sich auch Irmelin ein. Die beiden begrüßten sich mit einem freudigen, warmen Lächeln. Die Stunden der gemeinsam durchstandenen Ängste und die überwundene Gefahr hatten sie so vertraut miteinander werden lassen, wie es selbst bei Menschen, die jahrelang Seite an Seite gelebt hatten, nicht immer der Fall ist.

Während es sich Hildegard und Irmelin schmecken ließen, berichtete Walburga von der Brandnacht und welche Rolle Pater Bernhard dabei gespielt hatte. Die beiden Maiden konnten ihrerseits beitragen, dass Jos den verrückten Barfüßer dazu aufgestachelt und ihm die brennende Fackel in die Hand gedrückt hatte.

„Die Magistra möchte euch zur Sext sprechen", beschied Walburga ihnen schließlich. „Bis dahin könnt ihr noch etwas ruhen und euch von dem Schrecken erholen."

Sie selbst würde sich mit neuer Tatkraft in ihrer wieder hergestellten Küche an die Zubereitung eines gehaltvollen Mittagsmahls für all die tatkräftigen Helfer machen.

Jedoch stand weder Hildegard noch Irmelin der Sinn danach, sich wieder hinzulegen und zu ruhen. Auch für Handarbeiten fehlte Hildegard die nötige innere Ruhe. Noch immer war sie ein wenig zittrig und das würde den feinen Fäden und dem komplizierten Stickmuster, das sie vor geraumer Zeit begonnen hatte, nicht guttun.

Also verließen sie das Häuschen und besahen sich aus gebührender Entfernung die Brandruine, die jetzt schon weitestgehend abgetragen war. Die angekohlten Bretter und Balken türmten sich in einer Ecke des Hofes, um bei Gelegenheit zu Brennholz verarbeitet zu werden.

Tobias Schreinemaker trat zu ihnen. Sein ärmelloses, graues Wams ließ kräftige, gebräunte Oberarme sehen und mit einer staubigen Hand strich er sich den Schweiß von der Stirn. Unbeachtet verteilte er den Schmutz der Hand nun über sein Gesicht.

Er erwies ihnen seine Reverenz und ließ wieder den Blick verblüfft von einer Maid zur anderen wechseln.

„Ich wusste nicht, dass ihr eine ebenso lieblich anzusehende Schwester habt, wie ihr selbst es seid, Jungfer Hildegard." Wo war seine Schüchternheit geblieben, die ihn noch vor nicht allzu langer Zeit seine Mütze in den Händen hatte zerknüllen lassen, als er ihr die kleine Statue überreichte?

„Weder sind wir Schwestern noch sonst verwandt", antwortete die lieblich anzusehende Jungfer Hildegard mit einem belustigten Zwinkern zu Irmelin.

„Nein, gänzlich unverwandt, edler Retter", bekräftigte Irmelin und musste ein Kichern unterdrücken. Wie gut es doch tat, wieder zu scherzen und zu kichern. Was ließ einen Schrecken schneller vergessen, als ein erquickliches Wortgeplänkel mit einem jungen Mann, der einem auf seinem Pferd vor Verfolgung und Not errettet hatte.

Nu ja, das Pferd war kein edles weißes Ross, sondern nur ein breitrückiger Karrengaul und sein Reiter kein Ritter in schimmernder Rüstung, sondern ein kräftiger Handwerker in einem nach Holz und Bienenwachs riechenden Wams. Aber Retter blieb Retter, ob nun Ritter oder nicht.

Tobias verneigte sich tief.

„Es war mir eine Ehre und ein Vergnügen, wohledle Jungfern."

Ein missvergnügliches Schnauben im Rücken der wohledlen Jungfern war nicht zu überhören. Beide wandten sich um und standen einem Witho mit einer steilen Falte zwischen den Augen gegenüber.

Hildegard erschrak. „Geht es Buntauge schlechter?", fragte sie besorgt.

Withos Züge glätteten sich, als er den Kummer in Hildegards Gesicht sah.

„Nein, seid unbesorgt. Er ist erwacht und würde sich sicher

freuen, Euch zu sehen." Dabei sah er nur Hildegard an. Die andere sollte ruhig bei dem Schreinemaker bleiben. Ihm wäre es recht. Doch sein Wunsch ging nicht in Erfüllung. Alle drei schlossen sich ihm an. In Withos Kopf arbeitete es. Schließlich stand er vor der Tür zu dem kleinen Haus, in das er gestern Abend Buntauge getragen hatte und wo der verletzte Junge ein weiches, warmes Bett gefunden hatte. Die Apothekerin hatte bei seinem Freund die Nacht über gewacht, denn bevor die alte Pförtnerin die Tür zum Konvent verschloss, musste auch er den Hof verlassen.

„Zu viel Besuch könnte schaden", sprach Witho zu seinen Begleitern. „Es wäre sicher besser, wenn nur Jungfer Hildegard eintritt. Zu viele Fremde machen ihm noch Angst." Anerkennend klopfte er sich, ob dieser Eingebung, in Gedanken selbst auf die Schulter.

Und so trat nur Hildegard an Buntauges Krankenlager.

In einer Ecke der Krankenstube rührte Hedwigis leise in einem Salbentopf und wachte so unauffällig über den kranken Jungen.

Einen Moment blieb Hildegard sprachlos, denn das entsetzliche Geschehen der letzten Nacht trat wieder überdeutlich vor ihre Augen. Sie hörte das Schreien und Kreischen des Gemarterten und spürte ihren eigenen ohnmächtigen Hass. Doch Buntauge strahlte sie mit seinem blauen Auge an und die Erinnerung fiel von ihr ab.

„Hildegard", flüsterte er leise und die junge Frau setzte sich auf den Schemel neben dem Krankenlager und ergriff die Hand des Jungen.

„Es tut mir so furchtbar leid." Ihre Augen waren dunkel vor Gram. Sie legte die Hand an die Wange des Jungen und streichelte sie sanft.

„Ich habe es geschafft", flüsterte er stolz. „Witho hat mir erzählt, dass auch Eure Freundin gerettet wurde."

„Ja, du bist ein wahrer Freund und ein Held. Und Helden sollten nicht auf der Straße leben", fügte sie, einem plötzlichen Gedanken folgend, hinzu. Sie wusste noch nicht, wie sie es anstellen würde, aber dieser Junge würde nie wieder sein Brot durch Betteln oder Stehlen erlangen müssen.

Noch bevor Buntauge etwas erwidern konnte, trat Pater Kilian an die Seite seines kleinen Patienten. Er musste nicht fragen, um zu sehen, dass der Junge auf dem Wege der Besserung war und die Gesellschaft der Jungfer ihm guttat.

„Wie heißt du mein Sohn", fragte er. „Ich würde beim Gebet deine Genesung Gott gern mit deinem Namen empfehlen."

Buntauge drückste ein wenig herum. „Buntauge", nuschelte er dann.

„Nein, ich meine den Namen, auf den du getauft wurdest und mit dem dich deine Eltern gerufen haben."

„Von einem Taufnamen weiß ich nichts, ehrwürdiger Vater. Meine Eltern und die anderen haben mich immer Teufelsauge gerufen." Leise und zögernd kam die Antwort über die Lippen des Jungen. Ob ihn der Pater jetzt immer noch in seine Gebete einschließen würde?

Doch der zuckte nicht zurück. „Ich verstehe", sagte er nur. Und dann, nach einem kurzen Nachdenken: „Ich könnte deine Eltern aufsuchen und sie befragen."

„Nein!" Buntauge fuhr um ein Weniges auf, ließ sich aber sogleich wieder mit einem schmerzvollen Aufstöhnen zurücksinken. „Wenn die wissen, wo ich bin, nehmen sie mir alles weg."

„Ich verstehe", sagte der Pater wieder und versank erneut in Nachsinnen. „Wenn du deinen Namen nicht weißt, könntest du dir selbst einen wählen."

Diese Möglichkeit schien dem Jungen sehr zu gefallen und nach kurzem Überlegen tat er allen kund: „Mein Name ist Oleg. Oleg Buntauge." Erwartungsvoll sah er in die Runde.

„Oleg? Was ist denn das für'n Name?", fragte Witho stirnrunzelnd.

„Eine gute Wahl", stimmte Hildegard ihrem jungen Freund mit einem verständnisvollen Zwinkern zu.

„Oleg?", Pater Kilian kratze sich überlegend am rechten Ohr. Hatte er da nicht vor geraumer Zeit etwas in einem Heiligenkodex gelesen? Richtig. Oleg, Prinz von Bryansk, Mönch, gestorben vor fast 100 Jahren. Und wenn er sich richtig entsann, war Oleg die russische Form vom nordischen Helge oder Helgi, was soviel wie der Heilige, der Unversehrte bedeutete. Aber da würde er noch einmal genauer nachlesen müssen.

„Ja, eine gute Wahl", stimmte auch er zu. „Oleg war Prinz von Bryansk und Mönch in der Kiewer Rus. Er ist ein Heiliger."

„Ein Heiliger." Witho grinste.

„Ein Prinz." Hildegard wuschelte Buntauge vorsichtig durch die Haare.

„Aber ich werde genauer in unserer Bibliothek nachlesen müssen." Pater Kilian kratzte sich noch einmal am rechten Ohr.

Doch für Buntauge war das nicht so wichtig. Langsam fiel sein verbliebenes Auge zu. Der Besuch hatte ihn ermüdet und Hildegard und Pater Kilian zogen sich zurück. Witho übernahm wieder die Krankenwache bei seinem Freund.

Auf dem Hof gingen die Aufräumungsarbeiten weiter. Tobias Schreinemaker gesellte sich eben wieder dazu, nachdem er Irmelin ein nun wieder schüchternes Lächeln geschenkt hatte.

„Ich möchte so gern etwas für den Jungen tun." Hildegard sah den Pater an, dessen zerstörtes Antlitz sie gar nicht mehr mit Grausen erfüllte. Er hatte ein mitfühlendes Wesen und sorgte sich ohne jeglichen religiösen Übereifer um seine ihm anvertraute Herde.

Sie waren vor dem Gästehaus stehengeblieben und sahen dem Treiben auf dem Hof zu. Die Beginen waren gerade dabei, die letzten Einrichtungsgegenstände der Küche und aus Mettes Häuschen vom Refektorium an den ihnen bestimmten Platz zurück zu tragen. Trutz, der Wolfshund, lag unter dem Walnussbaum und nagte an einem großen ausgekochten Suppenknochen, den ihm Walburga spendiert hatte. Aufmerksam beobachtete er über den Knochen hinweg die Umgebung, nahm aber wohl keine Bedrohung wahr, denn er wirkte entspannt und zufrieden. Über ihm, auf dem untersten Ast des Baumes, balancierte der schwarze Kater Rabenaas, den die Unruhe auf dem Beginenhof umtrieb. Vor allem dieser vierbeinige Geselle am Fuße des Baumes flößte ihm Unbehagen ein.

„Ihr könntet ihn als Knecht oder Schweinehirten beschäftigen", machte der Pater einen Vorschlag. „Hier gibt es doch bestimmt vielerlei Arbeiten, die dem Jungen anstehen könnten."

„Leider ist es Männern und männlichen Kindern nicht gestattet, im Konvent zu leben", hielt Hildegard dem entgegen. „Aber er darf auch nicht wieder auf die Straße geschickt werden. Er ist kein tumber Tropf, sondern ein pfiffiges Bürschchen. Er hat Besseres verdient, als eines Tages von den Bütteln beim Stehlen ergriffen zu werden."

„Wohl wahr." Pater Kilian nickte zustimmend. „Ich werde auch darüber nachdenken", versprach er.

Gerade wollte Hildegard zu Walburga in die Küche treten, als sie einer nicht sehr großen, erstarrten Gestalt im weitoffenen Tor gewahr wurde.

Eine graugewandete, nicht allzu große, rundliche Frau stand dort und ließ ihre zu schmalen Schlitzen misstrauisch zusammengezogenen Augen über den Hof schweifen.

„Agnes!", rief Hildegard freudig und lief zu der Bauernwitwe, die nicht recht fassen konnte, was ihre Augen erblickten.

„Was ist denn hier geschehen?", fragte sie mit leichtem Schaudern. „Kaum werde ich für wenig mehr als eine Woche andernorts gebraucht, schon legt ihr den halben Konvent in Schutt und Asche und Mannsleute tummeln sich auf unserem Hof."

Hildegard lachte auf ob des gutmütigen Tadels der älteren Begine.

„Ja, dir ist einiges entgangen. Aber das ist eine lange Geschichte und sollte in Ruhe erzählt werden. Aber sag, Agnes, wie geht es deiner Tochter. Ist sie wieder bei Kräften?"

Agnes nickte froh. „Trude hat das Fieber überstanden und ist wieder kräftig genug, um ihren Haushalt ohne meine Hilfe bewältigen zu können. Der Hensel ist ein guter Mann und unterstützt sie, wo er nur kann. Auch achtet er darauf, dass sie sich nicht über Gebühr belastet. Und auch dem kleinen Gustl geht es gut. Er ist der ganze Stolz von Vater und Mutter."

Während Hildegard Agnes zuhörte, linste sie neugierig zu dem Sack, den die Bauersfrau über der Schulter trug und der sich jetzt bewegte, als zapple darin etwas, das unbedingt ans Licht des Tages wollte.

„Lass uns den mal hier erst zu seinem neuen Volk bringen." Schelmisch zwinkerte Agnes Hildegard zu und fuhr dann fort: „Der Hensel hatte zwei von der Sorte. Jedoch haben die sich ständig bekriegt und es gab nur Unruhe im Volk, wie das halt so ist, wenn zwei Herrscher um die Macht streiten."

Hildegard wurde immer neugieriger, zumal Agnes ihre Schritte zum Obstgarten lenkte. Überrascht blieb diese dann aber stehen.

„Wo sind denn unsere Hühner? Hat der Fuchs uns etwa auch noch heimgesucht?"

„Nein, nein", beschwichtigte Hildegard der Bäuerin Sorge um das Hühnervolk. „Die mussten im Stall bleiben, weil der Zaun hinten niedergerissen ist. Sonst wären sie uns entfleucht oder hätten den Weg in einen fremden Suppenkessel gefunden."

„Der Zaun ist auch entzwei? Kind, Kind, was ist hier bloß passiert?" Agnes schüttelte ein ums andere Mal den Kopf. Dann schlug sie den Weg zum Hühnerstall ein, wo sie den zappelnden Sack aufband und einen entrüsteten schwarzbraunen Hahn mit schillernden, zerzausten Schwanzfedern entließ. Er schüttelte sein Gefieder aus, schlug kurz mit den gestutzten Flügeln und ließ dann ein martialisches Krähen erschallen.

„Ohje, das bedeutet nun wohl, dass wir alle beim ersten Sonnenstrahl kerzengerade in unseren Betten sitzen werden." Hildegard hielt sich die Ohren zu und schob kritisch die Unterlippe vor. „Aber vielleicht weiß Walburga ein leckeres Rezept für Hahn am Spieß."

„Das soll sie mal versuchen", gab die stolze Hühnermutter zurück. „Wenn der Gockel hält, was Hensel versprochen hat, dann sollten hier in drei, vier Wochen ein paar Küken durchs Gras piepsen."

Sie warf noch einen letzten Blick auf das Hühnervolk, das von seinem neuen Herrscher inspiziert wurde und schlug dann mit den Worten: „Ich werde mich dann mal bei Ursula zurückmelden", den Weg zum Refektorium ein.

Hildegard begleitete Agnes noch über den Hof und gesellte sich dann zu Irmelin. Diese wurde von Agnes mit einem prüfenden Blick gestreift, bevor die ältere Frau ins Refektorium trat.

„Lass uns schauen, ob wir meiner Mutter helfen können." Hildegard zog Irmelin am Ärmel hinter sich her. Der Köchin fiel es nicht schwer, eine leichte Beschäftigung für die zwei zu finden. Wieder waren viele Mäuler zu stopfen und jede helfende Hand in der Küche willkommen. Natürlich konnte es sich Walburga nicht versagen, die beiden gehörig über ihr Abenteuer auszufragen. Deren Erzählung begleitete sie mit vielen Ahs und Ohs.

***

Kurz darauf schlugen die Kirchenglocken zur Sext. Die beiden jungen Frauen wischten sich die Hände an einem Lappen sauber und machten sich auf den Weg zur Magistra. Auf der schmalen Treppe in die oberen Räumlichkeiten kam ihnen Agnes entgegen. Sie mussten am Fuß der Stiege warten, bis die Begine an ihnen vorbei war. Diese ließ den Blick zwischen Hildegard und Irmelin hin- und hergleiten, sagte aber nichts. Die Magistra hatte die Bauernwitwe wohl in groben Zügen über die Vorkommnisse der letzten Tage unterrichtet.

Als sie die Tür zum Raum der Magistra durchschreiten wollte, blieb Hildegard überrascht stehen. Irmelin, die so unerwartet nicht innehalten konnte, stieß leicht gegen sie und beide machten ein, zwei stolpernde Schritte nach vorn, was beiden eine leichte Röte in die Wangen trieb. Neben dem Nussbaumtisch hatten Mechthilda und der Pilger auf zwei weiteren Stühlen Platz genommen und sahen den beiden Maiden erwartungsvoll entgegen.

Auf den ersten Blick wirkte das wie eine Gerichtsverhandlung und Hildegard musste zweimal krampfhaft schlucken, bevor sie den Hals freibekam.

Ursula von Buch bedeutete den jungen Frauen, vor ihren Schreibtisch zu treten. Wie gewöhnlich lagen auf dem Tisch an einer Seite verschiedene Pergamentrollen. Der große Registrierband, in dem gewissentlich alle Einnahmen und Ausgaben verzeichnet wurden, war jedoch geschlossen. Das deutete darauf hin, dass sich die Magistra Zeit für die jungen Frauen nehmen würde und diese ausführlich von den Begebenheiten berichten mussten.

„Es hat uns alle schrecklich bekümmert, als wir nach dem Brand feststellen mussten, dass ihr das Opfer von Entführern geworden ward. Von unserem Kampf gegen die Flammen hat Walburga sicherlich schon ausführlich erzählt?" Mit ernstem Gesicht sah die Magistra die beiden Maiden an. Deren Anspannung wuchs.

Hildegard erzählte erneut, wie Pater Bernhard und die zwei Entführer zusammenpassten.

Ursula von Buch nickte verstehend. „Gebe Gott, dass uns Abt Stephanus auf Dauer von diesem Eiferer befreit." Einen Augenblick verfiel sie in Nachsinnen. Dann forderte sie die beiden jungen Frauen auf, nun von den Ereignissen zu sprechen, die sich ihrer Kenntnis bisher entzogen.

Hildegard begann zu berichten, wie sie im Garten bei Ausbruch des Brandes von den Mordbuben ergriffen worden waren und wie der eine Grite niedergeschlagen hatte. Es blieb nicht aus, dass sie auch über Buntauges Wachposten sprechen musste und dass sie schon seit einigen Tagen um den Jungen unter dem Hagebuttenstrauch gewusst hatte.

Ohne Zwischenfragen zu stellen, hörten die anderen schweigend zu. Erst als Hildegard begann, von Buntauges Gefangennahme zu erzählen, versagte ihr die Stimme mehrmals, so dass Irmelin den Arm der Freundin drückte und den Bericht fortsetzte.

An der Stelle, an der Buntauge von Henn nach draußen geschleift worden war, hob Matthias von Eulenhorst die Hand und unterbrach Irmelin.

„Mir ist noch immer nicht klar, warum Ihr entführt wurdet." Fragend ließ er seinen Blick zwischen den beiden Maiden wechseln.

Schuldbewusst aufseufzend erzählte Irmelin nun von ihrer ritterlichen Abkunft und ihrem Leben als Magd. Leise und stockend sprach sie über das, was sie auf der quitzowschen Burg belauscht hatte und wie sie in die Gesellschaft der schweifenden Beginen geraten war.

„Du hast uns alle in Gefahr mit deinen Lügen gebracht! Wir müssten nicht um das Leben des Jungen bangen, wenn du uns von Anfang an die Wahrheit gesagt hättest!", fuhr die sonst so ruhige und besonnene Mechthilda Irmelin zornig an.

Ursula von Buch hob beschwichtigend die Hand. „Es war nicht recht, dass Irmelin uns die Gründe ihrer Flucht verschwiegen hat, aber das Geschehene ist nun nicht mehr zu ändern. Ein wenig kann ich ihre Beweggründe verstehen, wenn ich sie auch nicht gutheiße. Fahrt fort mit eurem Bericht. Was geschah, nachdem der arme Junge von dem Mordbuben verstümmelt worden war."

Das Folgende war kurz erzählt, zumal auch schon der Pilger von der Befreiung berichtet hatte.

„Wie konntet ihr aber so schnell unseren Aufenthaltsort in Erfahrung bringen? Hat es Buntauge etwa bis in den Konvent geschafft?" Unglauben ob des übermenschlichen Willens des Jungen klang in Hildegards Stimme mit.

Und so erfuhren Irmelin und Hildegard von den klugen Überlegungen Withos, die ihn schließlich vor das Ulrichstor führten, wo er den verletzten Jungen fand. Und auch der Schreinemaker wurde lobend erwähnt, dessen Kenntnis von Verlorenenort die Befreier schließlich zu der Wüstung im Wald geführt hatte.

Nur wer Henn mit einem Messerwurf zur Strecke gebracht hatte, darauf wusste keiner eine Antwort.

Nachdem alles Wissen ausgetauscht worden war, fasste Ursula von Buch schließlich das Gehörte zusammen: „Dass der Entführer und dieser Oswald im Bürgergehorsam hinter Schloss und Riegel sitzen, ist beruhigend. Allein, ich befürchte, damit ist die

Angelegenheit noch nicht ausgestanden. Dieser Arno von Quitzow ist noch immer auf freiem Fuß und wird weiterhin bestrebt sein, Irmelin zum Schweigen zu bringen. Wir können erst dann aufatmen, wenn er für den feigen Mord an seinem Schwiegervater zur Rechenschaft gezogen wurde."

Matthias von Eulenhorst nickte nachdenklich. „Es wird schwerfallen, einen Ritter und Lehnsmann des Erzstiftes anzuklagen." Er nagte an seiner Unterlippe. „Zuerst einmal müssen wir ihn in die Stadt locken, denn auf der Burg können wir seiner nie habhaft werden. Am besten zum Gerichtstag. Er muss sich sicher sein, dass er nur als Zeuge aussagen soll, denn Irmelin und Oswald gehörten zu seinen Dienstleuten."

Ursula von Buch stimmte zu: „Dazu müssen wir uns der Hilfe des Schultheißen versichern."

„Ich werde meinem Vater von dem berichten, was ich hier erfahren habe", spann Mechthilda des Pilgers Faden weiter. „Er wird seinen Einfluss im Rat und gegenüber dem Schultheißen geltend machen und dafür sorgen, dass alles unserem Plan entsprechend in die Wege geleitet wird."

In dem Moment rief Walburgas Triangel zum Mittagsmahl. Hildegard und Irmelin waren froh, dass sie gehen durften. Die Ankündigung aber, dass Ritter Arno in die Stadt gelockt werden sollte, verursachte besonders Irmelin großes Unbehagen. Was, wenn der Ritter sich rausreden konnte und sie weiterhin seinen mörderischen Nachstellungen ausgesetzt war? Würde das denn nie ein Ende nehmen?

Die Beginen konnten sich nun wieder in ihrem Refektorium zum gemeinsamen Essen versammeln. Dort informierte Ursula von Buch die Konventsfrauen in groben Zügen über die Geschehnisse, die mit der Entführung zusammenhingen. Von dem Plan, Ritter Arno in die Stadt zu locken, sprach sie jedoch nicht. Nicht, dass sie einer ihrer Frauen misstraut hätte, aber ein unbedacht zu einer Wäscherin oder auf dem Markt gesprochenes Wort konnte seinen Weg in das Ohr des Schurken finden und alle Mühen vergeblich werden lassen.

Die Mannsleute waren es froh, dass sie sich an den behelfsmäßigen Tischen und Bänken unter dem Walnussbaum aus einem Kessel mit dickem Linseneintopf, in dem eine ausreichende Anzahl geräucherter Würste schwamm, ihre Schüsseln füllen konnten. So waren sie unter sich. Die Nähe der keusch lebenden Beginen hatte sie bis dahin in ihrem Reden und in ihren Späßen doch immer wieder mit erschrockenem Blick auf die Frauen innehalten lassen. Und so flogen schon bald Scherzworte hin und her, die nicht unbedingt für die Ohren frommer Frauen geeignet waren. Auch die Laienbrüder beteiligten sich nach anfänglichem Zögern. Sie hatten ein Leben vor dem Kloster geführt und waren ihrer Berufung erst gefolgt, als sie schon viele Jahre in der Welt hinter sich gebracht hatten.

Und so mussten sich Witho und auch Tobias einige gutmütige Spötteleien gefallen lassen. Den Klosterbrüdern und auch Haug und dem Pilger war nicht entgangen, dass sich die beiden jungen Männer ein wenig gockelhaft benahmen, sobald Hildegard oder Irmelin in der Nähe waren.

Witho entzog sich schließlich dem Schulterklopfen und doppeldeutigen Worten, indem er eine Schüssel Eintopf für Buntauge füllte, um diese in die Krankenstube zu tragen. Anfangs behagte es ihm nicht so recht, dass sich ihm der Schreinemaker mit einem Brotfladen und einem Becher Dünnbier für den Kranken anschloss.

„Wir müssen auch den hinteren Zaun erneuern", versuchte Tobias mit Witho ins Gespräch zu kommen.

Ein grimmiges „Hm", war jedoch alles was er erntete.

„Die Jungfern ähneln sich schon sehr. Aber diese Irmelin ist ... ähm ja, doch wieder anders ... nun ja irgendwie weicher als die mitunter kratzbürstige Hildegard." Dem Schreinemaker schoss das Blut ins Antlitz und er blieb stehen, um einen prüfenden Blick auf den jungen Stadtwächter zu werfen. Der zog die Nase kraus. Was wollte der andere ihm damit sagen?

„Also, als wir zurück nach Magdeborch geritten sind, da hat sich ... nun ja, Irmelin in meinen Arm gelehnt. Das war ... hm, schön."

Endlich ging Witho ein Licht auf. „Den Zaun, den müssen wir unbedingt erneuern." Sprachs und schlug seinem Begleiter auf die Schulter, dass dem fast der Becher aus der Hand gefallen wäre.

Buntauge strahlte seine Besucher an, als sie das Häuschen betraten. Hedwigis hatte ihm einige Kissen in den Rücken geschoben, so dass er ein wenig aufrechter sitzen konnte und seine zahlreichen Prellungen und blutunterlaufenen Stellen mit kühlenden Umschlägen versehen. Über seiner leeren Augenhöhle spannte sich ein frischer, blütenweißer Leinenstreifen und seine langen, verlausten Haare waren vollständig geschoren. Fast hätte Witho den Freund nicht wiedererkannt.

„Dir scheint's ja schon richtig gut zu gehen", foppte er den Jungen erleichtert. „Ja, ja, die Pflege von zarter Frauenhand ist wahrscheinlich die allerbeste Arzenei."

Er setzte sich auf den Bettrand und begann, mit Hilfe kleiner, abgerissener Brotstücken den Linseneintopf aus der Schüssel zu schaufelten und den Freund zu füttern. Der ließ sich das gern gefallen. Soviel wohlwollende Aufmerksamkeit und Zuwendung hatte er in seinem gesamten bisherigen Leben noch nicht erfahren. An die Zeit nach seiner Gesundung verschwendete er keinen Gedanken. Hildegard hatte gesagt: „Und Helden sollten nicht auf der Straße leben." Sein Vertrauen in sie war grenzenlos.

***

So ging der Nachmittag mit den verschiedensten Arbeiten dahin. Ursula von Buch hatte zwischen Non und Vesper einen Zimmerer empfangen, der Maß nahm für Bretter, Bohlen und Pfosten, aus denen das neue Badehaus errichtet werden sollte. Auch den hinteren Zaun hatten sie gemeinsam begutachtet. Nach längerem Feilschen war der Handwerker, zufrieden mit dem Handel, abgezogen. Immerhin war es ihm gelungen, sich auch den Auftrag für den Zaun zu sichern. Gleich am nächsten Tag würde sein Geselle die erste Materiallieferung in den Konvent fahren. Und auch die Magistra war es zufrieden. Hatte sie doch den Zimmerer um ein Fünftel des anfangs geforderten Preises herunterhandeln können, indem sie ihm die Arbeit am Zaun zusicherte.

Die Brandruine des Badehauses war gegen Abend vollständig abgetragen. Die geschwärzte Lücke zwischen Backhaus und Küche erinnerte Hildegard auf grausame Art an Buntauges leere Augenhöhle. Allein, das Haus konnte wiedererrichtet werden. Um ein Auge nachwachsen zu lassen, würde es ein Wunder brauchen. Und Hildegards Glauben an wundertätige Heilungen war nicht allzu groß. Die Zeiten, in denen Heilige allerorten Wunder geschehen ließen, waren lange vergangen.

19. Kapitel

Die Nacht schlief Hildegard wieder in ihrer Kammer. Agnes beanspruchte natürlich ihr eigenes Bett. Doch um unter dem Dach nicht ganz allein zu sein, bat sie Irmelin, ihre ehemalige Kammer gleich neben der ihren zu beziehen. Die beiden jungen Frauen ließen die Türen offenstehen und so war es fast, als schliefen sie gemeinsam in einem großen Raum. Einmal wurde Hildegard von Irmelins ängstlichem Stöhnen und furchtsam gestammelten Worte geweckt. Sie legte der Freundin die Hand auf die Schulter und sprach beruhigend auf sie ein.

Auch in ihr kehrten die schrecklichen Bilder der letzten Tage im Dunkeln zurück und die Köpfe von Jos, Henn und Oswald umtanzten sie und rissen grausige, spitzzahnige Mäuler auf, als wollten sie sie verschlingen. Doch erwachte sie von allein und saß mit flatterndem Herzen auf, bis die Gewissheit der Sicherheit die Oberhand gewann.

Nachdem Irmelin von einem zweiten Alptraum heimgesucht wurde, schob sich Hildegard unter deren Decke und nahm die andere behutsam in den Arm. Gleich darauf entspannte sich die Freundin und fiel in einen ruhigen Schlaf, der währte, bis der gesamte Konvent und wohl auch ein Teil der Nachbarschaft durch den Weckruf des neuen Hahns abrupt aus dem Schlaf gerissen wurden.

„Dieser Hahn braucht keinen Namen, denn er wird nur ein sehr kurzes Leben haben", knurrte Hildegard vor sich hin, als sie sich gähnend reckte.

Irmelin lachte hell auf. Das Grauen der Nacht war vergangen. Eine strahlende Sonne schob sich gerade über den Horizont und verscheuchte die angsteinflößenden Schreckensbilder der Dunkelheit.

Nach dem Morgenbrei wurden die Aufgaben verteilt. Theresia und Else sollten am Webstuhl arbeiten. Ein Ballen ihres feinen Tuches war vor drei Tagen von der Frau des Bronzegießers Meister Eberle bestellt worden. Es sollte der Aussteuer ihrer Tochter beigegeben werden, die zu Sankt Veit vor die Brautpforte von Sankt Johanni treten würde.

Grite konnte sich am Vormittag endlich wieder um ihren Handel kümmern.

In der Schulstube sollte von Mechthilda der Unterricht wieder aufgenommen werden. Wenn auch noch nicht alle ihrer Schützlinge anwesend sein würden, so sollte doch ein Zeichen von Normalität gesetzt werden.

Agnes würde sich daran machen, den hinteren Zaun vollends einzureißen. Hildegard und Irmelin sollten ihr dabei zur Hand gehen. Die beiden waren froh, endlich wieder einer Arbeit nachgehen zu können, die an frischer Luft und Sonnenschein unter körperlicher Anstrengung die Nachtmahre vertreiben würde. Heute war eigentlich der Tag für den allwöchentlichen Besuch bei Barbe. Die alte Frau würde sich hoffentlich keine Sorgen machen. Vielleicht war es möglich, morgen wenigstens eine kurze Zeit bei der gebrechlichen Freundin zu verbringen.

Die Arbeiten an dem Badehäuschen ruhten diesen Tag, denn noch fehlte das benötigte Material. So waren Bruder Kilian und seine Laienbrüder nicht gekommen. Ebenso ging der Pilger heute seinen eigenen Angelegenheiten nach.

Gegen Mittag erschien eine Magd Peter Honsteins, der die Magistra, seine Tochter sowie Hildegard und Irmelin am Nachmittag zu sich bitten ließ.

Und so machten sich die vier Frauen kurz vor der Terz zum Hause des Patriziers auf. Sie wurden bei ihrem Eintreffen sofort in die gute Stube im ersten Stockwerk geleitet. Dort empfingen sie der Ratsmann, seine Frau und ein kleiner, gedrungener Mann, der seine Lebensmitte wohl schon um einiges überschritten hatte. Sein ergrautes, feines Haar stand rund um seinen Schädel ab, wie der Flaum eines wenige Tage alten Entenkükens. Der Unbekannte musterte die Beginen neugierig aus kugelrunden Kinderaugen. Ein einfältiges, freundliches Lächeln umspielte seine Mundwinkel.

Der Fremde wurde ihnen als Magister Conrad vorgestellt, der dem Handelshaus Honstein bei Handelsstreitigkeiten und anderen Misshelligkeiten als Advocatus diente.

Hildegard blinzelte irritiert. Ein solch argloses Geschöpf sollte bei Rechtsstreitigkeiten seinem Klienten zur Seite stehen und den

Zwist zur Zufriedenheit seines Auftraggebers lösen? Kaum vorstellbar. Einzig der graue Gelehrtenmantel und eine ebensolche Kappe deuteten auf einen studierten Mann hin. Ähnliche Zweifel suchten wohl auch die anderen Beginen heim. Nur Mechthilda lächelte wissend.

„Heute Vormittag wurde eine erste Befragung der Malefikanten Oswald und Jos durchgeführt", begann Peter Honstein, nachdem den Gästen Wein und Apfelmost gereicht worden war. Magister Conrad griff mit spitzen Fingern eins von den kleinen Küchlein, die auf einem prächtigen Zinnteller in der Mitte des Tisches zum Zufassen einluden. Dass dies nicht sein erstes Gebäckstück war, zeigte die ansehnliche Lücke auf seiner Seite des Tellers. Mit wohlig zusammengekniffenen Augen ließ er sich die Leckerei schmecken. Hildegard erwartete, dass er jeden Moment, wie der Kater vor einem vollen Sahneschüsselchen, zu schnurren beginnen würde.

„Die Geschichte, welche die beiden Schurken erzählt haben, weicht beträchtlich von dem ab, was sich tatsächlich zugetragen hat", fuhr der Ratsmann fort. „Jos gab an, dass die beiden Jungfern ihm und seinem Freund freiwillig gefolgt wären."

Hildegard wollte auffahren, doch eine Handbewegung des Hausherren ließ sie innehalten. Wieder traf sie ein neugieriger Blick des Advocatus, der bisher vor allem Augen für den Gebäckteller gehabt hatte.

„Natürlich wissen wir, dass dem nicht so war. Der Beweis dessen wird nicht schwerfallen", setzte Honstein seine Ausführungen fort. „Für die Vorgänge gibt es ausreichend Zeugen."

„Welche da wären?" Magister Conrad hatte sich tatsächlich von den Küchlein losreißen können und eine Frage gestellt.

„Na, da ist zum einen Grite, die von dem, der auch Buntauge verstümmelt hat, niedergeschlagen wurde." Hildegard war ganz Entrüstung.

„Der aber leider nicht mehr lebt und aussagen kann. Sein Kumpan behauptet, dass die Frau den angegriffen habe und dieser sich nur gewehrt hat. Auf Eure Anweisung übrigens." Der Advocatus lächelte Hildegard gewinnend an.

„Das ist doch Unsinn", fuhr sie auf. „Grite wird bezeugen, dass dem nicht so war."

„Meint Ihr jene Grite vom Handelshaus Ellenbruch, deren Bruder ebenfalls im Kerker einsitzt, weil er die Bekanntschaft eben jener Männer machte? Nicht sehr glaubwürdig, Eure Zeugin. Sie könnte einen Groll gegen die Freunde ihres Bruders hegen, da die ihn in Schwierigkeiten gebracht haben."

Hildegard und auch Irmelin starrten den Advocatus fassungslos an. Auf wessen Seite stand der eigentlich? Er sollte ihnen doch helfen und nicht ihre Glaubwürdigkeit und die ihrer Zeugen in Zweifel ziehen.

„Buntauge!", rief Hildegard. „Buntauge hat auch alles beobachtet. Er hielt Wache an unserem rückwärtigen Zaun. Er hat gesehen, wie wir gefesselt auf den Wagen gebracht wurden und nach diesem Verlorenenort entführt wurden."

„Ach ja, der Junge, dem jetzt ein Auge fehlt." Magister Conrad leckte sich das Pflaumenmus von den Fingern, mit dem sein letztes Küchlein gefüllt gewesen war und wackelte bedauernd mit dem Kopf. Wobei nicht ganz klar wurde, ob er den Jungen bedauerte oder die Unterbrechung des Gebäckverspeisens.

„Der hat bestimmt allen Grund dem Beschuldigten Übles nachzureden."

Hildegard und auch Irmelin schnappten nach Luft.

„Henn hat dem Jungen auf Jos' Aufforderung hin ein Auge ausgestochen!" Irmelin wäre am liebsten aufgesprungen und hätte diesen Advocatus am Kragen gepackt.

„Das Ausstechen eines Auges wird übrigens von einigen Klerikern bei Menschen oder Vieh mit mehrfarbigen Augen empfohlen. Es soll den bösen Blick abwenden." Als hätte er die frohe Botschaft von der Geburt des Heilands verkündet, strahlte Magister Conrad alle am Tisch an.

Hildegard fühlte, wie ihr das Blut in den Kopf schoss. Sie ballte aufgebracht die Fäuste. Gleich würde etwas sehr Unfeines aus ihrem Mund herauskommen und sich über diesen seltsamen Advocatus ergießen, wie das übervolle Nachtgeschirr auf einen unvorsichtigen Spaziergänger.

Wieder hob der Ratsmann beschwichtigend die Hand.

Magister Conrad wandte sich jetzt Hildegard voll zu. „Meine Liebe, das werden genau die Fragen sein, die man Euch am Gerichtstag stellen könnte. Erzählt die ganze Geschichte von Anfang bis Ende. Lasst nichts aus. Wir müssen uns besonders auf die unerfreulichen Fragen vorbereiten. Wir wollen doch die Malefikanten ihrer gerechten Strafe zuführen."

Wieder erinnerte der Magister Hildegard an einen Kater. Doch jetzt eher an einen, der vor einem Mauseloch auf seine Beute lauerte. Alle Gutmütigkeit war aus seinem Blick geschwunden.

Also begann sie den Ablauf der Ereignisse vor ihm abzuspulen und der Faden, den sie spann, ergab ein Webmuster, dem sich auch der Advocatus nicht entziehen konnte. Sie berichtete von dem ersten Überfall in der dunklen Gasse, über den Anschlag mit dem durchgehenden Pferdefuhrwerk bis hin zu der Entführung in der Brandnacht.

Sehr zu seinem eigenen Bedauern und dem aller anderen Anwesenden musste der Advocatus die durchgehenden Pferde aus der Beweisführung ausklammern. Die bloße Anwesenheit eines der beiden Schurken bei dem Geschehen hatte keinerlei Beweiskraft. Und auch der Stoß in den Rücken konnte von jedermann in dem Gedränge unabsichtlich ausgeführt worden sein.

Hildegard knirschte mit den Zähnen, aber sie musste einsehen, dass da nichts zu machen war. Sie mussten sich auf die Vorgänge konzentrieren, die sich eindeutig beweisen ließen. Und der Angriff in der Gasse war dazu bestens geeignet.

Ursula von Buch nickte bestätigend, als der Magister fragte, ob denn der Pilger zum Schultheißen-Ding erscheinen würde, um seine Aussage zu machen.

Abschließend erklärte Magister Conrad, seine Blicke gingen schon wieder begehrlich zur Kuchenplatte, dass es wohl am schwersten fallen würde, dem Ritter Oswald etwas nachzuweisen. Der hatte bisher lediglich Angaben zu seiner Person gemacht und erklärt, nur die Bastardtochter seines Herrn gesund nach Hause geleiten zu wollen, die er zufällig bei den Fahrenden Jos und Henn aufgespürt hatte. Von einer Entführung wusste er nichts und leugnete jede weiterreichende Bekanntschaft mit den Galgenvögeln.

Aber in Anbetracht dessen, dass der Ritter Arno anscheinend seine Tochter zurück wollte und dass es die Personenangaben des Oswald zu bestätigen galt, machte ihnen Magister Conrad gute Hoffnung, dass es unter diesem Vorwand gelingen könnte, den Arno zum Gerichtstermin in die Stadt zu locken.

Hildegard brauchte einen Moment, um den langen, verschachtelten Satz des Magisters zu entwirren, aber dann stahl sich ein verstehendes Lächeln in ihr Gesicht. So könnte es gelingen.

„Ich werde in den nächsten Tagen eine Anklageschrift verfassen. Sowohl bei dem Überfall, als auch bei der Entführung wurden die Beklagten Jos und Henn auf handhafter Tat ertappt. Dass sie sich bei ersterem Vergehen dem Zugriff der Gerichtsbarkeit durch Flucht entziehen konnten, ist unerheblich. Ich werde Euch", er nickte Ursula von Buch zu, „eine Kopie dieser Schrift zukommen lassen."

Die Magistra zögerte eine Winzigkeit, dann nickte sie. Die Entlohnung des Advocatus würde ein ansehnliches Loch in den Geldkasten des Konvents reißen. Aber das ließ sich wohl nicht vermeiden, wenn dieser unseligen Heimsuchung durch die Handlanger des Arno endlich Einhalt geboten werden sollte.

„Dann werde ich Euch übermorgen um die Mittagszeit das Pergament überbringen." Erwartungsvoll sah er in die Runde der Beginen. Verstanden sie, was er ihnen damit andeuten wollte?

„Es wird uns eine Ehre und unserer begnadeten Köchin ein Vergnügen sein, Euch bei unserem Mahl als Gast begrüßen zu dürfen", gab die Magistra genau die richtige Antwort. Der Advocatus strahlte erneut so überaus erfreut, dass der Stern von Bethlehem dagegen ein flackerndes Binsenlicht in einer Sturmnacht war.

Unbemerkt war die Zeit vergangen und als die Glocken der nahen Sankt Johanniskirche zur Vesper schlugen, verabschiedeten sich die Beginen.

Magister Conrad wurde von Frau Lucardis zum Abendmahl eingeladen, was er mit einem entzückten Blick aus seinen nun wieder arglosen Kinderaugen dankend annahm.

Zurück im Konvent begab sich Ursula von Buch zu Walburga, um ihr schon entsprechende Anweisungen für das Mittagsmahl am Samstag zu geben. Sie wies insbesondere auf den, den Freuden des Essens gegenüber sehr aufgeschlossenen Gast, hin.

Hildegard und Irmelin durchquerten den Obstgarten und sahen nach Agnes. Sicherlich würde ihre weitere Hilfe bei der Arbeit am Zaun zur Stadtmauer benötigt werden. Doch der Flechtzaun war schon abgerissen und Agnes türmte die zerrissene Weidenzweige zu einem großen Haufen aufeinander. Haug, Tobias Schreinemaker und ein Geselle des Zimmerers waren bereits dabei, die ersten mannshohen Eichenpfosten zu setzten. Diese sollten mit starken Brettern verbunden werden. Auch würde diesmal eine Pforte in den Zaun eingepasst werden, die nicht nur mit einem Riegel sondern durch das Vorhängen eines schmiedeeisernen Sperrfederschlosses gesichert werden sollte. Niemand konnte dann mehr so leicht Zugang zum Konvent erlangen, wie es bisher der Fall gewesen war.

Der Anblick der zwei Maiden veranlasste den Schreinemaker, seinen großen Holzhammer noch kraftvoller auf den Pfosten niedersausen zu lassen, um ihn ins Erdreich zu treiben. Belustigt betrachtete Haug den jungen Mann, dem nicht nur von der anstrengenden Tätigkeit die Röte ins Gesicht stieg.

„Machen wir eine Pause", sagte er und ein verräterisches Grinsen umspielte seine Lippen.

Tobias trat zu der Bank unter dem alten Apfelbaum, auf der Walburga für die fleißigen Arbeiter vorsorglich einen Krug Dünnbier bereitgestellt hatte. Mit einem Becher in der Hand gesellte er sich dann zu Hildegard und Irmelin.

„Ihr seid jetzt schon den dritten Tag mit den Angelegenheiten des Konvents beschäftigt", Irmelin sah den jungen Handwerker offen an, „vernachlässigt Ihr da nicht die eigenen Geschäfte, Meister Tobias?"

Der Angesprochene hob beschwichtigend die Hände. „Mein Geselle und der Lehrjunge wissen sich allein zu behelfen. Ich habe sie ausreichend mit Arbeit versorgt. Und in einer gut geführten Werkstatt muss der Meister auch einmal einige Tage abwesend sein können." Als ihm aufging, dass dies wie ein Eigenlob wirken musste, vertiefte sich seine Gesichtsfarbe um einen Ton und er nahm einen großen Schluck aus seinen Becher, den er anschließend unschlüssig in den Händen drehte.

Haug verdrehte belustigt die Augen, trank seinen Becher aus und begann dann mit dem Gesellen, das vom Zimmerer angelieferte Material zu sortieren. Agnes war weiter mit dem Flechtwerk beschäftigt.

Hildegard sah ein, dass sie hier nicht gebraucht wurde, sondern offensichtlich nur störte. Ihr war es recht, wenn der Schreinemaker sich zu Irmelin hingezogen fühlte und sie selbst nicht weiter mit schafsäugigen Blicken verfolgte. Womöglich fanden der Holzschnitzer und Irmelin sogar zueinander. Etwas Besseres konnte der jungen Frau gar nicht passieren, um sich dem Zugriff ihres verbrecherischen Vaters zu entziehen. Und der angesehene Handwerker würde ihr ein guter Mann sein.

Lieber wollte Hildegard jetzt nach Buntauge sehen. Also durchquerte sie wieder den Obstgarten und stand schon bald in der offenen Tür zur Krankenstube. Der Junge schien sich weiter von seinen Leiden zu erholen. Erfreut über den Besuch sah er Hildegard entgegen. Täuschte sie das schummrige Licht in der Kammer oder hatten sich die Wangen des Kranken tatsächlich ein wenig gerundet? Zumindest machte er nicht mehr diesen ausgezehrten Eindruck von vor ein paar Tagen.

Auf einem kleinen Schemel neben seinem Bett stand ein Becher Honigwasser und auf einem Schneidbrett zeugten nur ein dunkler Fettfleck und einige Brotkrümel von einer gehaltvollen Zwischenmahlzeit.

„Wie geht es dir heute, mein kleiner Held?" Hildegard setzte sich auf die Bettkante.

„Die Frau Hedwigis ist eine richtige Wunderheilerin", strahlte er sie an.

„Nun, das wird sie nicht gerne hören, dass du sie eine Wunderheilerin nennst. Sie kennt sich nur gut mit allerlei Heilkräutern aus, deren Wirkungsweise sie aus gelehrten Büchern erfahren hat oder im Gespräch mit Bruder Kamillus disputieren konnte."

„Hm. Und die Frau Walburga versorgt mich mit Essen, wann immer ich Hunger habe." Er strich sich mit einer Hand über den Bauch. „Aber Hunger hatte ich schon seit ein paar Tagen nicht mehr", gestand er dann vertraulich grinsend. „Es macht Spaß, sich den Bauch richtig vollzustopfen." Und nach einer Weile fügte er noch hinzu: „Aber es ist langweilig, hier den ganzen Tag zu liegen."

„Du wirst noch kugelrund werden und dann können wir dich durch den Konvent rollen. Das wird dann auch ein Spaß und langweilig ist dir dann auch nicht mehr."

Von der Tür her war ein belustigtes Schnauben zu hören.

„Witho!", jubilierte der Junge und richtete sich weiter von seinem Krankenlagern auf. „Ich habe schon auf dich gewartet."

„Der Stadthauptmann konnte nicht länger auf meine Hilfe verzichten", spaßte der. „Die Heiden griffen von Osten an und nur mir gelang es, ihre Boote auf den Grund der Elbe zu schicken. So ist die Stadt wieder sicher und die dankbaren Bürger huldigten mir auf den Straßen zu diesem Ort." Er grinste breit. Gut, dass er auf dem Weg zum Konvent schon an diesen Sätzen gefeilt hatte.

„Und Ihr seid Euch sicher, unverletzt aus diesem Abenteuer hervorgegangen zu sein?", nahm Hildegard den spinnernden Faden auf. „Womöglich muss unsere Apothekerin Euch ein Krankenlager gleich neben diesem Helden hier richten."

„Au ja!", Buntauge hüpfte in seinem Bett hoch, ließ sich aber gleich darauf bleich niedersinken. Der Schmerz raste von seiner leeren Augenhöhle durch seinen Kopf und endete in einem grellen Blitz hinter dem anderen Auge.

Hildegard legte ein feuchtes, kühlendes Tuch auf die Stirn des Jungen und Witho blickte schuldbewusst drein.

„Es tut mir leid, ich wollte dir nicht wehtun Buntauge." Ungelenk zupfte Witho an seinem Gürtel und wusste im Moment nicht recht, wohin mit seinen großen Händen.

„Nicht Buntauge", flüsterte der Junge. „Oleg, mein Name ist Oleg."

„Ja. Oleg. Natürlich." Noch ging der fremde Name etwas ungewohnt über Withos Zunge, aber er würde sich daran gewöhnen.

Kurz darauf sah Hedwigis nach ihrem kleinen Patienten. Als sie dessen blasse Gesichtsfarbe sah und den kalten Schweiß auf seiner Stirn fühlte, scheuchte sie die beiden Besucher hinaus. Zum Abend hin hatte sich wieder das Fieber eingestellt. Sie würde wohl erneut die Nacht bei ihm wachen müssen, die kühlenden Umschläge wechseln und darauf achten, dass er sich im unruhigen Schlaf nicht die Heilsalbe von seiner Wunde riss. Vielleicht sollte sie Bruder Kamillus morgen noch um etwas Schlafmohnsaft bitten.

Sie trat an die Tür.

„Hildegard", rief sie die junge Frau zurück. „Geh zu Mechthilda. Sie soll dir von der Baldrianwurz geben und bitte Walburga, einen Aufguss daraus zuzubereiten. Oleg wird dann ruhiger schlafen."

So ging auch der Abend dahin. Witho half noch am Zaun und die Männer fanden sich später wieder unter dem Walnussbaum zu einem kräftigen Abendmahl zusammen. Walburga versorgte die Helfer mit dicken Schinkenscheiben, goldgelben Käse, Butter, Griebenschmalz und knusprigem Brot. Noch lag ihr Backes in Trümmern, aber auch das würde mit der Zeit gerichtet werden. Eine Kanne Bier spülte den Mannsleuten den Staub aus den durstigen Kehlen.

***

Am Vormittag des Samstags gestattete Ursula von Buch Hildegard in Begleitung Irmelins den Gang zu Barbe. Tobias bot sich an, die beiden jungen Frauen zu begleiten und so machten sie sich mit großen Körben am Arm auf zum Haus des Bäckermeisters Thomas Nürnberger. Dort sollten sie für das Mittagsmahl, zu dem auch der Advocatus erwartet wurde, helles Brot und allerlei schmackhaftes Backwerk kaufen.

Hildegard erlaubte sich ein feines Lächeln, als sie die Blicke bemerkte, die zwischen dem Schreinemaker und ihrer Freundin hin und her gingen.

Während Irmelin sich von Frau Inez die Körbe füllen ließ, eilte Hildegard die Treppe hinauf, die zu Barbes Kammer führte. Wie erstaunte sie, als sie beim Eintreten den Pilger am Bett der Freundin fand.

Barbe ergriff die Hände der jungen Frau, die sich neben ihr Krankenlager kniete, streichelte sie liebevoll und murmelte ein ums andere Mal: „Nun wird alles gut, nun wird alles gut."

Anscheinend hatte Matthias ihr von den bedrohlichen Ereignissen der letzten Tage berichtet. Und anders als Hildegard befürchtet hatte, hatte sich das Wissen um die Gefahr, in der sie geschwebt hatte, nicht nachteilig auf Barbes Gesundheit ausgewirkt. Im Gegenteil, die Anwesenheit des Pilgers schien belebend auf die alte Frau zu wirken.

Und so konnte Hildegard vom Besuch im Hause Honstein berichten und dass sich der Advocatus Magister Conrad ihrer Sache angenommen hatte.

Matthias von Eulenhorst versicherte Hildegard, dass er bis zum Gerichtstermin in Magdeborch verweilen und seine Aussage vor dem Schultheißen und den Schöffen tun würde. Darauf lud ihn Hildegard zum gemeinsamen Mittagsmahl ein. Die Magistra würde sicher nichts dagegen einzuwenden haben und der Pilger könnte dann mit dem Advocatus und der Vorsteherin das weitere Vorgehen besprechen. Matthias war es zufrieden.

Schon bald machten sich die beiden jungen Frauen, begleitet von Tobias und dem Pilger auf den Rückweg zum Konvent. Am Tor verabschiedete sich der junge Schreinemaker. Es war an der Zeit, dass er in seiner Werkstatt nach dem Rechten sah und seine

Bücher auf den neuesten Stand brachte.

In der Küche wurden sie bereits von Walburga erwartet, die seit dem frühen Morgen mit Töpfen und Pfannen herumwerkelte. Verlockende Düfte suchten sich ihren Weg durch die offenstehende Tür und ließen jedem, der an der Küche vorbeikam, das Wasser im Munde zusammenlaufen.

Zur Mittagszeit fand sich dann auch der Advocatus ein und seiner schnuppernden Nase entging nicht, dass heute einige köstliche Speisen seinen Gaumen verwöhnen würden. Und so war es auch. Walburga hatte sich wieder einmal selbst übertroffen.

Ungewohnt schnell versammelten sich alle Frauen, als der Triangel der Köchin zum Mittagsmahl rief. Fast hatte es den Anschein, als hätten sie schon in einer Ecke des Hofes gewartet, so schnell eilten sie herbei, setzten sich an ihre Plätze und sahen Walburga erwartungsvoll entgegen.

In Schmalz gebratene Geflügelleber, überbacken mit pfeffrigem Eierschaum, trug sie als erstes in einer großen Schüssel ins Refektorium. Hildegard und Irmelin, die ihr zur Hand gingen, brachten die gebratene Geflügelbrust, übergossen mit einer zimtwürzigen Soße, und die in heißem Fett gebackenen Eierstäbchen. Auch in einer Weinhonigsoße geschmorte Zwiebelscheiben und Mus von Rübchen hatte die Köchin zubereite. Körbe mit hellem Brot vervollständigten das Mahl.

Mit glücklichen Augen verfolgte Magister Conrad das Auftragen der Speisen und rieb sich schon in der Vorfreude die Hände. Er ließ sich nicht lange bitten und langte kräftig zu. Zwischen dem genussvollem Schmausen fand er immer wieder lobende Worte für die Köchin, darob Walburgas Wangen sich ein ums andere Mal röteten. Sie schloss den kleinen, rundlichen Mann in ihr Herz und sorgte dafür, dass er die besten Bissen erhielt. Wer mit so glückseligem Lächeln die Ergebnisse ihrer Kochkunst zu würdigen wusste, musste einfach von herzensgutem Wesen sein.

Als alle schon fast die Obergrenze des Fassungsvermögens ihrer Mägen erreicht hatten, reichte Walburga zum Abschluss des Festessens dicke Scheiben von Kletzenbrot, großzügig mit Honig bestrichen.

Nachdem sich alle die fettigen und klebrigen Finger in Schüsseln mit warmem Wasser, die Hildegard und Irmelin hereintrugen, gespült und mit reinen Leinentüchern getrocknet hatten, führte die Magistra ihre Gäste in ihren Raum über dem Refektorium. Sie bat auch Mechthilda, Hildegard und Irmelin hinzu.

Kaum fanden alle Platz in der Stube. Matthias von Eulenhorst und der Advocatus saßen auf den ledergepolsterten Stühlen, Mechthilda hatte sich auf dem Hocker niedergelassen und die beiden Maiden standen, in Ermangelung weiterer Sitzgelegenheiten, neben dem Fenster.

Durch den offenen Fensterladen drangen schräg die Strahlen der hochstehenden Maisonne aber auch die lauten, nicht abreißenden Geräusche des Lebens und Wirkens rund um die Ulrichskirche und der angrenzenden Anwesen. Durch ein kleines Handzeichen gab Ursula Hildegard zu verstehen, das Fenster zu schließen. Nun fand nur noch ein breiter Strahl der Sonne durch die kleine, verglaste Scheibe Zutritt zu diesem Raum. Wieder tanzten funkelnde Staubteilchen ihren Reigen im gelben Sonnenlicht.

„Wir wollen hören, wie weit die Angelegenheit um die Entführung gediehen ist und welche weiteren Schritte wir einleiten müssen", eröffnete die Magistra die Besprechung und bat dann den Advocatus von den bisherigen Vernehmungen der Malefikanten zu berichten.

„Die Beschuldigten Oswald und Jos verhalten sich weiterhin verstockt und waren auch bei der zweiten gütlichen Befragung nicht willens, die Entführung und die Anstiftung zu der Brandlegung zu gestehen", begann der Advocatus fröhlich seine Ausführungen. Matthias von Eulenhorst, der Magister Conrad zum ersten Mal erlebte, kniff irritiert die Augen zusammen. Ein kleines Lächeln stahl sich in Hildegards Mundwinkel. So war es auch ihr bei der Zusammenkunft im Hause Honstein ergangen. Inzwischen wusste sie es besser.

„Nun wird ihnen am Montag Meister Hardo die Marterinstrumente zeigen. Allerdings ist zu befürchten, dass auch das die Malefikanten nicht besonders beeindrucken wird. Besonders dem Halbohrigen dürfte dieses Vorgehen nicht unbekannt sein."

Er sah die unbefriedigten Gesichter seiner Zuhörer und fuhr munter in seiner Rede fort: „Allerdings hat sich der Merten Ellenbruch inzwischen einsichtig gezeigt. Das Anlegen der Daumenschrauben war ausreichend, um ihn gesprächig zu machen."

Hildegard und auch Irmelin überlief ein leichter Schauder, als sie sich die Tortur vorstellten.

Als der Advocatus beschwingt fortfahren wollte, gebot ihm die

Magistra jedoch mit einer Handbewegung Einhalt.

„Hildegard lauf schnell und schau, ob Grite schon von ihrem Schaffen im Handelshaus Ellenbruch zurückgekehrt ist! Sie soll sich dann hier einfinden. Es betrifft auch sie, wozu sich ihr Bruder bekannt hat."

Wie der Blitz sauste die junge Frau die Stiege hinunter.

Grite stand am Tor und hielt mit Mette ein kleines Schwätzchen, als Hildegard ihr aufgeregt zuwinkte und auf sie zueilte.

„Du sollst zur Magistra mitkommen", rief sie der Freundin zu, packte diese am Ärmel und zog die Überraschte mit sich fort.

„Brennnt's schon wieder?", grummelte die alte Pförtnersfrau, als sie so plötzlich ihrer Gesprächspartnerin beraubt wurde, lehnte sich dann aber mit dem Rücken an die warme Mauer ihres Häuschens und schloss wohlig vor sich hinbrummend die Augen.

Kurz darauf stand Grite vor der Magistra und Hildegard gesellte sich wieder zu Irmelin am Fenster.

„Grite, der Advocatus, der uns in der Anklage wegen der Entführung und der Brandstiftung zur Seite steht, hat Neues von deinem Bruder zu berichten."

Die junge Frau schluckte mehrmals und senkte dann betrübt den Kopf. Mochte auch sie persönlich keine Schuld an den Vorgängen treffen, so war doch ein Mitglied ihrer Familie ganz offensichtlich in die schlimmen Ereignisse verwickelt.

Heiter fuhr der Magister in seinen Darlegungen fort: „Dieser Merten Ellenbruch scheint wirklich nur zufällig an den Jos und den Henn geraten zu sein. Den beiden war wohl zu Ohren gekommen, dass da einer heftige Reden führte, der nicht gut auf die Frauen vom Beginenhof zu sprechen war. Darum sprachen sie ihn an und ließen sich dann von ihm in sein Haus einladen. Dort zechten sie weiter und schließlich bot der Merten Ellenbruch seinen Saufkumpanen eine Magd", hier machte der Advocatus eine kleine Pause und hüstelte mit einem entschuldigenden Blick zur Magistra, „also, er bot ihnen die Magd gegen Bezahlung zu deren Befriedigung ihrer körperlichen Bedürfnisse an. Hm, ja."

Grite riss die Augen auf.

„Er hat die kleine Magd verkauft, dieser Halunke? Sie ist gerade vierzehn Jahre. Darum war das Mädchen so eingeschüchtert, als ich bei der Inhaftnahme meines Bruders im Haus war und dann geradezu erleichtert, als die Büttel Merten davon führten."

„Und das war nicht das erste Mal", alle Fröhlichkeit war aus der Mine des Advocatus gewichen und Groll und Betroffenheit wechselten sich ab. „Regelmäßig gabelte der Ellenbruch zahlungswillige Kunden auf und führte sie der Magd zu. Vor vier Wochen gar, als das arme Mädchen merkte, dass sie schwanger war, flößte er ihr eigenhändig einen Sud aus Kräutern ein, die einen Abort hervorriefen." Dem Advokaten versagte die Stimme und er knetete seine Hände.

Anders Grite. „Dieser Mistkerl! Dafür soll er büßen! Er hat das Mädchen zur Hure gemacht, dieser Widerling, Mistvieh elendes!" Sie ballte die Fäuste, atmete tief durch und fuhr dann etwas ruhiger fort: „Ich kann sie zwar nun nicht weiter im Handelshaus beschäftigen, aber ich verspreche, dass ich dafür sorgen werde, dass sie gut unterkommt und nicht vom Henker ins Hurenhaus geführt wird."

„Für das Mädchen werden wir eine Lösung finden. Grite, du kannst dann erst einmal gehen." Als die junge Frau den Raum verlassen hatte, wandte sich Ursula von Buch wieder an den Advocatus: „Aber unser vordringlichstes Anliegen ist es, den Entführern und dem Arno das Handwerk zu legen. Magister Conrad, wie verfahren wir in dieser Angelegenheit weiter?"

Die krampfig ineinander verschränkten Fingern des Angesprochenen lösten sich voneinander. Seine Unterlippe zitterte noch einmal, dann hatte er sich wieder unter Kontrolle.

Hildegard musste erneut schlucken. Was mochte bei dem sonst immer fröhlich und zufrieden wirkenden Magister einen solchen Aufruhr der Gefühle hervorgerufen haben? Plötzlich tat er ihr leid und sie hätte ihm am liebsten über die Entenflaumhaare gestrichen oder wenigstens ein gebuttertes Milchbrötchen gereicht.

„Ich habe die Anklageschrift soweit vorbereitet." Wieder freundlich lächelnd entnahm der Advocatus seiner großen Gürteltasche ein zusammengerolltes Pergament, entrollte es und strich es mit seinen kurzen, dicken Fingern glatt. Dann verlas er mit der Stimme eines Predigers, der seiner gottesfürchtigen Herde die himmlischen Freuden des Paradieses schilderte, die einzelnen Anklagepunkte.

Die Zuhörer nickten immer wieder schweigend. Doch in ihren Minen spiegelten sich ihre Empfindungen wieder, je weiter der Advocatus fortfuhr. Als er endete, herrschte noch eine kleine Weile Schweigen.

Dann ergriff die Magistra erneut das Wort: „Soweit scheint alles dem zu folgen, was wir zuvor besprochen hatten. Hat noch jemand etwas hinzuzufügen, was mir oder Magister Conrad entgangen ist." Auffordernd sah sie in die Runde. Ihr Blick blieb fragend an Hildegard hängen. Diese hatte am meisten unter den Nachstellungen des Oswald und seiner Handlanger zu leiden gehabt. Doch diese schüttelte den Kopf. Der Advocatus hatte gute Arbeit geleistet und auch nicht die geringste Kleinigkeit vergessen.

„Wie geht es weiter?" Die Magistra wandte sich wieder dem Magister zu.

„Ich werde noch heute dem Schultheiß die Anklage übergeben. Es wäre gut, wenn Ihr", Magister Conrad nickte Ursula von Buch zu, „und die beiden Jungfern mich begleiten würden, da Ihr die Betroffenen seid und der Schultheiß womöglich doch noch eine Frage hat. Hat er die Anklage entgegengenommen, können die Befragungen der Malefikanten zielgerichteter geführt werden." Lächelnd rieb er sich die Hände, ebenso erwartungsvoll, wie vor Kurzem beim Auftragen der Speisen.

„Und wann nehmen wir uns den Ritter Arno vor?", wagte Irmelin einzuwerfen.

„Sobald die Beschuldigten gestanden haben und der Gerichtstermin festgesetzt wurde, schicken wir einen Reiter zur Burg des Ritters. Bis Dytershagen, nahe der Stadt Burg, kann es ein guter Reiter an einem Tag schaffen. Der Ritter wird es wohl etwas ruhiger angehen lassen, wenn man Eurer Beschreibung desselben zugrunde legt und darum sicher zwei Tage benötigen." Magister Conrad strahlte Irmelin an. „Das heißt, wir müssen drei Tage vor dem Schultheißen-Ding den Ritter als Zeugen in die Stadt bitten. Dann wird er kaum noch Gelegenheit haben, über die Angelegenheit Erkundigungen einzuziehen, um es sich womöglich doch noch anders zu überlegen."

„Und wenn er misstrauisch wird und gar nicht erst kommt?", fragte Hildegard besorgt.

„Nun, dann werden wir ihm klarmachen, dass wir über seine Machenschaften genauestens Bescheid wissen und er mit Vergeltung rechnen muss, wenn er die Nachstellungen gegenüber den Maiden zukünftig nicht unterlässt." Matthias von Eulenhorst machte eine Handbewegung, als würde er dieselbe auf einen Schwertknauf fallen lassen. War ihm als Pilger auch das Tragen von Waffen untersagt, so würde er seinen Wanderstab doch zu gebrauchen wissen. Und der kleine Dolch, den er unter seinem Gewand trug, konnte kaum als Waffe gelten, würde aber gute Dienste leisten.

So war nun alles gesagt und das weitere Vorgehen abgewogen und für gut befunden worden.

Matthias verabschiedete sich am Tor, als sich Magister Conrad und die drei Frauen auf den Weg zum Schultheiß begaben. Er würde heute noch im Dom vor den Reliquien des heiligen Mauritius für das Gelingen seiner Pilgerfahrt, aber auch für die Abwendung von Gefahr für Hildegard und Irmelin beten.

20. Kapitel

So ging die folgende Woche dahin, und das gewohnte Leben zog wieder in den Konvent ein. Der hintere Zaun war fertiggestellt und den Schlüssel zum Sperrfederschloss verwahrte die Magistra in ihrem Raum. Für das neue Badehaus hatten der Zimmerer und seine Gesellen bereits das Gerüst aus Balken und Bohlen errichtet. Nun mussten die Gefache noch mit Weidengeflecht ausgefüllt werden, die im Anschluss mit einem Lehm-Stroh-Gemisch verputzt werden konnten.

Auch der neue Backes war bereits in Arbeit. Der Bauhandwerker hatte sich den Schaden besehen und einen Abriss und Neubau nicht für nötig befunden. Die alten Steine ließen sich verwenden und innerhalb von zwei Tagen war der Backofen wie neu. Nun musste er im Verlaufe von mehreren Tagen vorsichtig angeheizt werden, damit die neuen Verfugungen langsam austrocknen konnten und nicht rissig wurden. Der Meister machte Walburga Hoffnung, zum Wochenende die ersten, eigenen Brote wieder herausziehen zu können. Diese Aussicht hob der Köchin Stimmung gewaltig, so dass sie das gewohnte Grummeln vergaß und sich hin und wieder gar ein Lächeln in ihre Mundwinkel verirrte.

Im Gemüsegarten beim Anhäufeln und Aufbinden der ersten Erbsenranken fanden Hildegard und Irmelin Gelegenheit, über die überstandenen Gefahren zu sprechen. Das machte das Erlebte einfacher und die Ängste ließen so langsam nach.

Eine Sache hatte Hildegard jedoch noch besonders beschäftigt, und das war Alheyts Kind. Als ihr Irmelin während ihrer Gefangenschaft davon hatte erzählen wollen, waren sie durch Witho unterbrochen worden.

„Sag Irmelin, wie war das doch mit Alheyts Kind", fragte sie die Freundin, während sie lange Strohhalme als Bänder für die Ranken zusammendrehte.

„Ja, Alheyts Kind, das ist eine traurige Sache", begann Irmelin und ließ ihre Hände in den Schoss sinken. „Kein Wunder, dass der eifernde Pater Bernhard darüber so entsetzt war. Alheyt wurde schon als kleines Mädchen ins Zisterzienserinnenkloster Althaldensleben gegeben. Sie kannte nur die Ordnung im Kloster. Die Welt außerhalb der Mauern war ihr fremd. So wuchs sie in größter Unschuld auf. Das einzige Mannsbild, das sie zu sehen bekam, war ein Pater, der schon dem Greisenalter nahe war und regelmäßig als Beichtiger zu den Nonnen kam. Aber als ein großer Sturm am Dach der Klosterkirche erhebliche Schäden anrichtete, musste ein Meister mit seinen Gesellen her und die Instandsetzung übernehmen. Dabei war ein junger Kerl, der Alheyt schöne Augen machte und so kam es, wie es kommen musste. Ohne dass Alheyt wusste, was mit ihr geschah, landete sie mit dem Burschen im Heu und wurde schwanger. Anfangs konnte sie sich gar nicht erklären, warum ihr Bauch immer runder wurde. Aber schon bald fiel ihr Zustand den anderen Nonnen auf."

Irmelin machte eine Pause und seufzte mitleidig. Ihr, die sie auf einer Burg mit vielerlei Viehzeugs aufgewachsen war, waren diese natürlichen Vorgänge schon als Kind bekannt und vertraut. Der Rüde besprang die Hündin, der Hengst die Stute und der Knecht hin und wieder die Magd.

„Ei wei, eine entlaufene Nonne mit Kind", Hildegard konnte sich gut vorstellen, wie das den Bernhard gezwickt hatte.

„Nun ja, nach der Geburt wurde ihr das Kind genommen und ins Agnetenkloster in der Magdeborcher Neustadt gebracht. Alheyt wollte nur zu ihrem Kind. Sie ist wohl erst einige Zeit herumgeirrt, bis sie auf Radegunde und Ketlin traf. Und kurz darauf schloss ich mich ihnen an."

„Da war sie ganz in der Nähe ihres Kindleins und hat es dann doch nicht mehr geschafft. Nie wird das Kind seine Mutter wiedersehen." Hildegard musste schniefen, denn sie dachte an ihr eigenes Schicksal. War auch sie das ungewollte Kind einer Verführung, fortgenommen und ausgesetzt, weil es keinen Platz für sie bei ihrer Mutter gab?

„Ich habe Alheyt auf ihrem Sterbebett versprochen, dass ich versuchen werde, mich um das Kind zu kümmern. Wenn ich auch noch nicht weiß, wie ich das zustande bringen soll, ich werde gewiss einen Weg finden, das arme Wurm aus dem Kloster zu holen."

„Na dann eheliche doch den Schreinemaker. Der kriegt immer ganz verträumte Schafsaugen, wenn er dich sieht." Hildegard stupste die Freundin an, dass sie aus der Hocke umplumste und mit rot angehauchten Wangen fast zwischen die Erbsen gefallen wäre.

„Ach, der." Irmelin winkte sich wieder aufrappelnd ab. „Der kriegt doch die Zähne kaum auseinander."

„Na dann müssen wir eben etwas nachhelfen." Hildegard lachte laut auf, als sie die Verlegenheit Irmelins sah. Die Bienen summten, die Schmetterlinge torkelten über die Beete. Ach, eigentlich war das Leben doch schön, wenn nur diese leidige Gerichtsverhandlung schon überstanden wäre.

Zweimal war der Advocatus erschienen, hatte sich lange mit der Magistra beraten und sich anschließend nur allzu gern zum Mittagessen einladen lassen. Dabei erfuhren die Beginen, dass des Magisters Haushälterin vor zwei Monaten an den Folgen eines Hundebisses gestorben war und der kleine Mann nun bar jeder weiblichen Fürsorge für Küche und Haus lebte.

Auch Buntauge erholte sich zusehends und die Fürsorge, die ihm zuteil wurde, ließ ihn den Schmerz um den Verlust seines braunen Auges wenigstens teilweise vergessen. Aber je mehr seine Genesung Fortschritte machte, desto näher rückte auch sein unvermeidlicher Abschied aus dem Beginenkonvent. Diesem Zeitpunkt sah er mit Betrübnis entgegen. Der Gedanke, sich der Fischmaulbande wieder anzuschließen, behagte ihm nicht sonderlich. Über lange Zeit waren die Kameraden dort seine Familie gewesen, doch er hatte nun auch ein anderes Leben kennengelernt. Ein Leben ohne die alltägliche Sorge um ein Stück Brot, ohne ständig in der Angst zu leben, bei einem Diebstahl ergriffen zu werden oder von Größeren und Stärkeren selbst der kärgsten Beute beraubt zu werden.

Nur mit Witho, der seinen Freund allabendlich besuchte, getraute sich der Junge über seine Ängste, Hoffnungen und Zweifel zu sprechen. Der war selbst von der Bande fortgegangen, als sich ihm eine bessere Möglichkeit bot, eine Möglichkeit, die eine kleine Hoffnung auf eine ehrbare Zukunft enthielt.

Am fünften Abend legte Witho Buntauge das Messer, das er aus Henns Hals gezogen hatte, auf die Decke. Der Junge richtete sich etwas auf, nahm das Messer in die Hand und drehte es in alle Richtungen. Er besah sich die Klinge und prüfte den einfachen, dunklen Holzgriff.

„Da ist kein Zeichen drauf", sagte er schließlich. „Niemand kann erkennen, wem das Messer gehört."

Witho grinste, legte den Finger auf den Mund und gebot Buntauge zu schweigen. Dann steckte er den Kopf durch die offene Tür. Kein heimlicher Lauscher war in der Nähe. Wieder zurück zwinkerte er dem Freund zu. „Und wer ist so schlau und zeichnet seine Messer nicht, damit ihm niemals jemand was anhaben kann, wenn es denn mal in jemandes Arm oder Arsch stecken sollte?"

Buntauge lachte laut auf bei der Vorstellung, wie jemand jammernd herumhüpfte, weil ihm eben dieses Messer das Sitzen gerade unmöglich machte. „Das ist eins von Fischmauls Messern." Und nach einer kleinen Weile: „Wo hast du es her?"

„Ich habe es in Verlorenenort dem Henn aus der Kehle gezogen, nachdem er bei seiner Flucht dem Wald zu nahe kam." Eindringlich sah Witho den Freund an. Verstand der, was er ihm sagen wollte?

„Henn ist der, der mir das Auge genommen hat", sagte der Junge und musste schwer schlucken. „Wie kommt Fischmauls Messer in Henns Kehle?"

„Ich denke, er hat genau gewusst, dass du verschwunden warst und mich beobachtet. Du weißt, dass auch Fischmaul sich nahezu unsichtbar machen kann und ich war viel zu sehr mit der Suche beschäftigt, als dass ich darauf geachtet hätte. Und dann hat er wohl gesehen, wie ich dich in den Konvent brachte. Danach musste er bloß noch warten, bis unsere kleine Streitmacht aufbrach und uns folgte."

„Fischmaul hatte ein Pferd?" Ungläubig sah Buntauge den Freund an und riss sein Auge staunend auf.

„Brauchte er nicht. Ich denke, er ist uns nachgelaufen. Wir haben im Wald erst eine Weile gelagert, weil wir in der Dämmerung angreifen wollten. Aber dann kam dieser Oswald und wurde überwältigt. Das hat auch noch gedauert. Und dann der Angriff auf die Hütte und der Kampf. Inzwischen konnte Fischmaul auch zu Fuß dort sein."

„Bist du dir sicher?" Noch immer schwang Zweifel in der Stimme des Jungen mit.

„Ich habe ihn zwischen den Bäumen gesehen."

Behutsam strich Buntauge mit den Fingern über Klinge und

Griff. „Er hat mich gerächt. Dann muss ich auch zurück zur Bande. Das bin ich ihm schuldig." Ein bisschen Traurigkeit schwang in seiner Stimme mit.

„Musst du gar nicht. Ich bin ja auch fortgegangen. Und jetzt kann ich der Bande manchmal helfen. Denk bloß an die Münzen, die mir der Ratsmann für die Nachforschungen gab. Ein Großteil davon kam zu euch."

Lange herrschte Schweigen.

Dann, nur leise und zögernd, bekannte Buntauge: „Bruder Kilian hat mir angeboten, mit ihm zu gehen."

„Ins Kloster!" Witho sprang auf. „Niemals! Bist du toll? Was willst du bei diesen Betbrüdern? Sie stecken dich in eine Kutte und machen dich zu einem der ihren."

„Nein, nein", beschwichtigte der Junge seinen Freund, bis der sich wieder setzte. „Ich muss dort arbeiten, wenn ich wieder richtig gesund bin. Im Stall, im Garten, in der Küche, was eben so ansteht. Dafür bekomme ich ein Nachtlager und zu essen. So wie du bei der Stadtwache."

Witho war noch immer nicht besänftigt. „Und sie werden dich ständig besäuseln, wie schön es doch als Mönch ist und dass du dann geradewegs in den Himmel kommst."

„Und ich kann vielleicht sogar lesen und schreiben lernen", trumpfte Buntauge auf. „Na ja, dazu muss ich dann natürlich viele Stunden in die Klosterschule."

„Ach, ein feiner Herr willst du werden. Einer, der lesen und schreiben kann. Dann sind wir sowieso nicht mehr gut genug für dich." Erneut sprang Witho auf, bedachte den Freund noch mit einem traurig, zornigen Blick und stürmte aus der Krankenstube und durch das Konventstor auf die Straße.

„Huch, was ist denn in den gefahren?" Hildegard brachte auf einem Holzbrett dick mit Griebenschmalz bestrichenes Brot, Käse und Zwiebeln für den Kranken.

„Der ist wütend, weil ich im Kloster vielleicht lesen und schreiben lernen darf. Er hat gesagt, dass ich ein feiner Herr werden will." Betrübt sah Buntauge Hildegard an.

„Ach, der beruhigt sich schon wieder." Sie stellte das Brett neben dem Krankenlager auf einen Schemel. „Jetzt iss erst einmal. Wenn du lesen und schreiben kannst, nimmt dich womöglich sogar ein Handwerker in die Lehre. Ich kann's ja auch und ich bin bestimmt keine feine, wohledle Dame."

„Doch, Ihr seid die wohledelste Dame, die es wo gibt." Buntauge strahlte Hildegard an, als die ihm lachend über das Haar strubbelte.

Am Abend dieses Samstags überbrachte Magister Conrad die Nachricht, dass am nächsten Gerichtstag, dem folgenden Mittwoch, die Anklagen gegen Merten, Oswald und Jos zur Verhandlung anstanden. Den Schöffen war die Anklage übergeben worden. Am morgigen Vormittag würde sich der Bote auf den Weg zu Arno von Quitzow machen.

***

Die folgenden Tage versetzten Hildegard in immer größere Unruhe. Was, wenn ihr Anliegen von den Schöffen abschlägig beschieden wurde? Würden die Anschläge auf Leib und Leben weitergehen? Und was würde mit Irmelin passieren? Und dieser Schandbube Arno, würde der erscheinen oder sich wohlweislich fernhalten?

Zwar hatte der Advocatus die Kunde gebracht, dass sowohl Oswald als auch Jos in der Marterkammer ihre Vergehen gestanden hatten, aber genausogut konnten sie vor Gericht ihr Geständnis widerrufen und dann würde alles von vorn beginnen.

Am Morgen des alles entscheidenden Tages bekamen weder Hildegard noch Irmelin einen Bissen herunter.

Schließlich reichte es Walburga. „Esst wenigstens den Brei. Oder wollt ihr vor diesen Mordbuben vor Schwäche in die Knie gehen?" Mit diesen Worten stellte sie vor die Maiden zwei Schüsseln mit süßem Milchbrei, unter den sie Eidotter und Butter gerührt hatte.

Lustlos stocherten sie in den Holzschüsseln herum und aßen nur Walburga zuliebe einige Löffel. Diese nickte zufrieden, als wenigstens jede die Hälfte ihres Morgenmahls verspeist hatte.

Kurz vor der Terz machten sich die Magistra, Hildegard, Irmelin und Grite auf zum Alter Markt. Die Beginen waren in saubere, fast neue Gewänder aus gutem Tuch gewandet. Das Gebände saß straff und keine der sonst so vorwitzigen Haarsträhnen wagte sich heute ans Licht des Tages. Der blütenweiße Schleier fiel in lockeren Falten bis über die Schultern.

Zwar fand am heutigen Tag nur ein unechter Schultheißen-Ding statt, doch hatte sich schon allerhand Volks versammelt, um dem Spektakel beizuwohnen. Diese, in vierzehntägigen Abstand stattfindenden Gerichtstage, waren vonnöten, da sich sonst zu den echten Schultheißen-Dingen, die Gerichtsfälle ins Unermessliche häufen würden. Die echten Dingtage fanden am 6. Januar sowie jeweils am ersten Dienstag nach der Oster- und Pfingstwoche statt. Um des sich vorteilhaft entwickelnden Handels der Hansestadt Magdeborchs willen waren häufigere Gerichtstage vonnöten. Dabei wurden dann auch gleich all die anderen anliegenden Klagen verhandelt. Heute würden also nur drei der ansonsten elf Schöffen das Urteil sprechen.

Vor der Gerichtslaube auf dem Alter Markt schlossen sich den vier Beginen Matthias von Eulenhorst, Witho, Tobias Schreinemaker und der Advocatus an. Ihre kleine Gruppe zog sich vorerst in eine Ecke der Gerichtslaube zurück, bis ihre Klage zur Verhandlung anstand. Wenige Schritte entfernt stand Peter Honstein und nickte ihnen aufmunternd zu.

Die drei Schöffen hatten bereits im Schöffenstuhl Platz genommen. In ihrer Mitte saß ihr Wortführer Jakob Hidde, der dem edlen Patriziergeschlecht der Hiddes entstammte. Wie es das Gesetz vorschrieb, waren sie unbedeckten Hauptes, mit einem Mantel bekleidet und trugen weder Handschuhe noch Waffen. Etwas abseits stand der Schöffenschreiber an seinem Pult. Pergament, Tintenfass und mehrere Federn lagen griffbereit.

Der Schultheiß würde den Vorsitz führen und darauf achten, dass die Verfahrensregeln eingehalten wurden. Das Urteil würde er bei den Schöffen erfragen.

Wer jedoch noch nicht erschienen war, so sehr Irmelin auch die Blicke schweifen ließ, war Arno von Quitzow. Sie presste die Lippen zusammen. Hatte dieses feige Schwein es also doch vorgezogen, sich aus allem herauszuhalten.

Als ersten Verhandlungsfall rief der Schultheiß den Ritter Hartman von Querfurt gegen den Bronzegießer Meister Berthold Kannengießer auf. Der Ritter beschuldigte den Bronzegießer, ihm ein schadhaftes Relief des heiligen Mauritius, welches für seine Burgkapelle bestimmt war, geliefert zu haben. Meister Berthold stritt das vehement ab und beschuldigte seinerseits den Ritter, den Bronzeguss beim Transport beschädigt zu haben. So gingen die gegenseitigen Anschuldigungen hin und her, bis schließlich der Geselle, der den Einbau des Reliefs in der Burgkapelle hatte vornehmen sollen, befragt wurde.

Bei der Nennung des Hartmann von Querfurt zuckte der Pilger heftig zusammen und reckte den Hals. War es Gottes Fügung, dass der Ritter, auf dessen Burg Hildegard das Licht der Welt erblickt hatte, heute hier ihren Weg kreuzte? Würde es ihnen zum Vorteil oder zum Nachteil gereichen? Oder war es für ihr Anliegen unerheblich? Gespannt verfolgte er den Prozessverlauf und die Urteilsfindung.

Schließlich gab der Geselle zu, dass bei seiner Arbeit in der Burgkapelle eine Ecke des Reliefs abgesprungen war. Meister Berthold blies die Backen auf und gab seinem Gesellen eine kräftige Maulschelle. Das Urteil war schnell gefunden. Der Bronzegießer musste ein neues Relief erstellen, eine Geldstrafe von fünf Silbermark zahlen, sowie die fälligen Gebühren für die Schöffen und deren Schreiber entrichten.

Mit dem Spruch: „Das Recht haben gegeben die biederen Schöffen und die Ratmannen von Magdeborch", war dieser Fall abgeschlossen.

In dem Moment krampfte sich Irmelins Hand in Hildegards Oberarm. Erschrocken sah diese zu ihrer Freundin. Irmelin war bleich wie ein frischgewaschenes Laken und starrte zum Eingang der Gerichtslaube.

Dort stand breitbeinig ein gewappneter Edler und ließ seinen prüfenden, abweisenden Blick über die Versammelten gleiten. Seine missmutig herabgezogenen Mundwinkel zeugten davon, dass er es als Zumutung erachtete, sich unter das Bürgervolk mischen zu müssen. Schütteres, ergrautes Haar wurde fast vollständig von einer pelzverbrämten Samtkappe bedeckt. Dem bestickten Wappenrock aus edlem Tuch gelang es indes nicht, den beachtlichen Bauchumfang und die krummen Beine seines Trägers zu verbergen. Um die Schultern trug er einen fast bodenlangen, weinroten Umhang aus feinstem, flandrischen Wollstoff

„Arno", flüsterte die junge Frau bang.

Auch Hildegard musste krampfhaft schlucken, als sie sah, wie selbstbewusst der verhasste Ritter hereinstapfte. Das war er also, der Urheber all des Ungemachs, dass sie und die Ihren in den letzten Wochen hatten erleiden müssen.

Ungeduldig ließ er wieder seinen Blick schweifen, bis seine kalten Augen an der kleinen Gruppe hängenblieben. Hasserfüllt starrte er Irmelin an und seine Hand glitt dahin, wo sonst sein

Schwert hing. Allein, er hatte wie alle anderen seine Waffen am Eingang zur Gerichtslaube abgeben müssen. Dann stutzte Arno, als sein Blick Hildegard traf. Unglaube mischte sich in seinen Blick. Abrupt wandte er sich ab. Seine Selbstsicherheit hatte einen winzigen Riss bekommen.

Hartmann von Querfurt hatte die Gerichtslaube schon, froh darüber, sein Recht bekommen zu haben, verlassen wollen, als er des anderen Ritters ansichtig wurde. Nachdenklich kniff er die Augen zusammen. War das nicht Arno von Quitzow, der Gatte seiner Nichte Petronella? Nur einmal hatte er den Ritter gesehen, vor einigen Wochen, bei der Beisetzung seines bei einem Jagdunfall verunglückten Halbbruders Gisilbert von Nigrebe. Hatte der womöglich auch einen Zwist mit einem dieser immer selbstherrlicher werdenden Handwerker und Pfeffersäcke? Vielleicht konnte er ihm ja beistehen. Also verharrte Hartmann in der Nähe des Eingangs der Gerichtslaube und folgte dem weiteren Geschehen.

Doch erst einmal rief der Schultheiß Merten Ellenbruch herein. Dem Tuchhändler waren die Hände gebunden, als er vor die Schöffen geführt wurde. Grite hatte ihm am Vortag ein sauberes Gewand gebracht und gegen ein entsprechendes Entgelt hatte er sich waschen und rasieren dürfen. Trotzdem waren ihm die Wochen im Kerker anzusehen. Ausgezehrt, mit flackerndem Blick ließ er sich vom Büttel am Strick hereinziehen, wie ein Ochse, der zum Schlachter geführt wurde. Seine Daumen waren mit sauberen Leinenstreifen bandagiert, dort, wo Meister Hardo die Daumenschrauben angesetzt hatte. Seine Schwester hatte sich alle Mühe gegeben, ihn nicht als verlausten und stinkenden Lumpenkerl vor seine Richter treten zu lassen. Ob es ihr aber auch gelungen war, sein Inneres einer gründlichen Reinigung zu unterziehen, war anzuzweifeln.

Blass und mit hängenden Schultern gestand er seine Schuld, schickte jedoch unter verhangenen Lidern einen schnellen Blick zu den Schöffen, hoffend, dass die durch sein Geständnis milde gestimmt würden.

Auch hier ging die Urteilsfindung schnell vonstatten. Die Schöffen befanden ihn für schuldig, eine unbescholtene Jungfrau in die Hurerei gezwungen zu haben. Am schwersten wog jedoch die Einflößung eines Kräutertrunks, der die Beendigung der Schwangerschaft zur Folge hatte. Nach kurzer Beratung taten die Schöffen dem Schultheiß die Bestrafung kund, die dieser dann für alle Anwesenden und den Malefikanten laut verkündete.

„Der Tuchhändler Merten Ellenbruch wird der Verführung zur Hurerei und dem Einflößen eines Kräutertrunks mit eigener Hand und somit dem Herbeiführen eines Abortes für schuldig befunden. Er soll am folgenden Tag von der Non bis zur Komplet in der Schandgeige an den Pranger geketet werden, anschließend mit Ruten gestrichen bis zum Krökentor hinaus. Er wird aus der Stadt verbannt auf drei Meilen und drei Jahre."

Wieder beendete der formelhafte Spruch der Schöffen diese Verhndlung.

Merten heulte auf, als er das Urteil vernahm. Die Verbannung bedeutete den Niedergang seines Tuchhandels. Es sei denn, die ungeliebte Schwester würde sich dessen annehmen. Doch sein Vertrauen in den Geschäftssinn eines Weibes waren dermaßen gering, dass er seines Vaters Erbe verloren sah. Dass von dem Erbe aufgrund seiner Misswirtschaft ohnehin kaum noch etwas vorhanden war, kam ihm in diesem Augenblick nicht in den Sinn.

Auch Grite krampfte die Hände ineinander. Mochte ihr Bruder auch ein Haderlump sein, einer der einem jungen Mädchen, kaum der Kindheit entwachsen, so schreckliche Dinge angetan hatte, so litt sie jetzt doch mit ihm.

Es war noch keine Stunde vergangen und die ersten beiden Urteile waren bereits gesprochen. Hildegard fand das Geschehen außerordentlich interessant und hatte den Anlass ihres Hierseins fast vergessen. Als jetzt jedoch Oswald und Jos an Händen und Füßen in Ketten geschlagen hereingeführt wurden, setzte ihr Herz einen Schlag aus, nur um gleich darauf mit einer Schnelligkeit und Heftigkeit weiterzurasen, dass sie jeden einzelnen Herzschlag bis in den Hals spürte.

Eine Hand legte sich leicht auf ihren Unterarm und als sie sich umwandte, sah sie den Pilger dicht hinter sich stehen. Er sah sie entschlossen an. In seinem Blick las sie Zuversicht, aber auch den unbeirrten Willen, dieses hier und heute zu einem gerechten Abschluss zu bringen.

Oswald und Jos sahen grauenhaft aus. Ihre Kleidung und sie selbst starrten vor Schmutz. Verfilzte Haare, in denen es von Läusen wimmelte, hingen ihnen in die bärtigen, von Brandwunden gezeichneten Gesichter. Ihre Hände waren blutverkrustet und die Schultern unter den zerrissenen Kitteln schienen unnatürlich geschwollen. Wahrscheinlich hatte Meister Hardo sie mit auf den Rücken gefesselten Händen aufgezogen und ihnen dann nach und nach wachsende Gewichte an die Füße gebunden. Früher oder später sprangen die Oberarme ob dieser Tortur aus den Schulterpfannen. Natürlich hatte ihr Peiniger anschließend die Gelenke wieder gerichtet, denn sie mussten ja für die nächste Befragung oder für den Gerichtstag wiederhergestellt sein.

Hildegard mochte sich die Pein gar nicht vorstellen, doch weder bei ihr noch bei sonst jemanden aus ihrer kleinen Gruppe wollte sich Mitleid für die Gemarterten einstellen.

Irmelins Augen wanderten zu Arno. Der hielt sich äußerst wachsam im Hintergrund. Es würde sie nicht wundern, wenn des Ritters Pferd gesattelt vor der Gerichtslaube angebunden war. Arno schien jederzeit zur Flucht bereit.

Der Schultheiß verlas die umfangreiche Anklageschrift, die Magister Conrad verfasst hatte. Im Anschluss daran brachte er den Zuschauern die Geständnisse der Malefikanten zu Gehör, die vom Schöffenschreiber während der peinlichen Befragung fein säuberlich und gewissenhaft niedergeschrieben worden waren. Trotzdem blieben einige Fragen zum Hergang des ersten Überfalls auf Hildegard und zur Entführung der beiden Maiden offen. Und so mussten Hildegard und Irmelin vor die Schöffen treten und ihre Geschichten erzählen.

Den beiden jungen Frauen bereitete es sowohl körperliches als auch seelisches Unbehagen, so dicht neben den Beschuldigten zu stehen. Hildegard, die mit dem Überfall in der Gasse beginnen wollte, konnte nur leise und stockend sprechen. Mehrmals wurde sie von einem der Schöffen aufgefordert, lauter und deutlicher zu reden.

Jos, der Hildegard genau beobachtete, machte plötzlich zähnefletschend einen Satz auf sie zu. Entsetzt tat sie einen Sprung zur Seite, auch wenn der Halunke sie auf Grund der Ketten nicht erreichen konnte. Jos lachte grauenvoll, streckte ihr die dicke Zunge heraus und wackelte mit weit aufgerissenen Augen mit dem Kopf. Bebend wandte sich Hildegard ab. Jetzt würde sie gar nicht mehr sprechen können. Und das war wohl auch das Anliegen des Halbohrigen. Ihm war klar, sein Leben war verwirkt, für ihn gab es nur den Weg zur Richtstätte. Da wollte er doch wenigstens noch seinen Spaß haben und dieses junge Weib in Angst und Schrecken versetzen.

Ganz anders Oswald. Der stand mit hängendem Kopf da, schaute weder rechts noch links und schien sich noch immer das Hirn zu zermartern, wie er doch noch ungeschoren aus der ganzen Sache herauskommen könnte.

Advocatus Conrad trat vor und beantragte mit fester Stimme, den Beschuldigten Jos in größerer Entfernung der Jungfern Hildegard und Irmelin zu schaffen und einen Stadtwächter oder eine Person des Vertrauens der Jungfern zwischen denen und dem Beschuldigten zu postieren.

Dem Antrag wurde stattgegeben und Matthias von Eulenhorst nahm seinen Platz an der Seite der Maiden ein. Endlich vermochte Hildegard ihre Schilderung des Überfalls deutlich vernehmlich vorzubringen. Da Matthias schon vor dem Schöffenstuhl stand, bezeugte er den Hergang, soweit er ihn verfolgt hatte, zeigte auf Jos und sprach: „Das war derjenige, der die Jungfer Hildegard mit einem Dolch in jenem schmalen Durchgang bedroht hat."

Die Schöffen sprachen leise miteinander. Dann wandte sich Jakob Hidde wieder an Hildegard und Irmelin: „Schildert jetzt den Hergang der Entführung."

Hildegard besann sich einen Augenblick. Da die Schöffen ihr offensichtlich wohlgesonnen waren, sprach sie ohne Befangen mit klaren Worten. Bei der Schilderung, wie Henn dem Jungen ein Auge ausgestochen hatte, versagte ihr die Stimme erneut. Irmelin fuhr fort und ein mitleidiges Raunen ging durch die Zuhörer, als sie von dem Leiden Buntauges berichtete.

Witho wurde als Zeuge benannt und er sprach von seinem Auftrag an Buntauge, wie er Tage später den Jungen vor dem Ulrichstor gefunden hatte und welchen Anteil er selbst an der Befreiung der jungen Frauen hatte.

Ebenso konnten Tobias Schreinemaker und Matthias ihre Aussage zur Befreiung der Jungfern machen und unter welchen Umständen diese gefangengehalten worden waren.

Wieder berieten sich die Schöffen leise. Schon wandte sich der Patrizier Hidde an den Schultheiß, um ihm das Strafmaß für Jos zu übermitteln, als Hildegard alle Scheu verlor und einen Schritt nach vorn trat.

„Hohe Herren, da ist noch die Brandlegung zu der Jos den Pater Bernhard von den Barfüßern angestiftet hat."

Unwillig wandte sich Hidde der jungen Frau zu: „Darüber können wir nicht befinden. Der Pater untersteht seinem Abt. Der wird ein angemessenes Urteil über seinen Mitbruder sprechen. Ansonsten ist aus Eurer Schilderung der Ereignisse nicht ersichtlich, dass beide Vorkommnisse den gleichen Ursprung haben."

„Ich kann Zeugnis ablegen," erhob sich eine Stimme aus der Schar der Zuhörer und ein Mönch in braunem Habit, gegürtet mit einem weißen Zingulum trat, das linke Bein nachziehend, vor die Schöffen.

„Wer seid Ihr und was ist Euer Anliegen?" Jakob Hidde lehnte sich vor, um den Franziskaner genauer in Augenschein zu nehmen und fuhr im gleichen Augenblick zurück, als er dessen zerstörten Antlitz gewahr wurde.

„Mein Name ist Kilian von Granzowe. Ich bin ein Bruder des hiesigen Franziskanerklosters und Beichtiger im Konvent der Beginen am Ulrichstor. Mein Vater Abt hat mich bevollmächtigt, vor diesem Gericht zu sprechen."

Pater Kilian wusste, dass es Abt Stephanus nicht leichtgefallen war, ihn zu diesem Schultheißen-Ding zu entsenden. Einerseits wollte der Abt sich und seinen Orden aus dieser unerfreulichen Angelegenheit möglichst heraushalten. Andererseits wusste ganz Magdeborch, dass ein Bruder seines Klosters die Brandlegung begangen hatte und zürnte nicht nur dem Bruder Bernhard, sondern darob auch dem Kloster insgesamt. Würde er als Guardian der Barfüßer an der Aufklärung und Bestrafung der Urheber des Feuers teilhaben, so konnte das ihm und seinen Mitbrüdern zum Guten ausgelegt werden. So hatte er denn Bruder Kilian den Auftrag erteilt, vor den Schöffen zu sprechen.

„Was habt Ihr zu sagen?", fragte einer der anderen Schöffen, der Hildegard unbekannt war, aber der sicherlich auch einem der angesehenen Geschlechter der Stadt entstammte.

„Pater Bernhard schießt in seinem Eifer, das Böse auszumerzen, mitunter etwas über das Ziel hinaus", begann Kilian und Ursula von Buch musste leicht lächeln. Das waren genau die Worte, die Abt Stephanus auch ihr gegenüber gewählt hatte. „Dabei ist er ein willkommenes Opfer für Menschen, die ihn in diesem Eifer bestärken und für ihre verderblichen Ziele ausnutzen. In seiner Abneigung gegen den Konvent der frommen Frauen", fuhr der Pater fort und der Magistra Lächeln erstarb. Abneigung war doch ein recht mildes Wort für den Hass, der Bernhard letztendlich zu seiner Tat getrieben hatte. „erlag Bruder Bernhard den Einflüsterungen dieses Mannes dort", Kilian wies auf Jos, „ohne zu erkennen, dass eben dieser mit der Zunge des Satans sprach und ihn zu unheilvollem Tun anhielt. Der dort", wieder zeigte der Mönch mit dem Zeigefinger auf Jos und seine Stimme schallte anklagend durch die Gerichtslaube, „legte Pater Bernhard die brennende Fackel in die Hand und wies ihn an, den Konvent der Frauen in Brand zu setzen."

„Lüge, das ist eine Lüge!", heulte Jos auf. „Mit der Brandlegung habe ich nichts zu tun!", wohl wissend, dass ihm das nicht nur den Strick sondern eine weit schlimmere Todesart einbringen würde.

Einer der Büttel, der ihn hereingebracht hatte, versetzte ihm mit seinem Knüppel einen kräftigen Schlag in den Rücken, so dass er wimmernd in die Knie ging.

„Du sprichst nur, wenn die hohen Herren dich befragen", knurrte der den Gefangenen an.

„Seid Ihr Euch sicher, dass jener Jos derjenige ist, der Euren Bruder anstiftete?", fragte zweifelnd einer der Schöffen.

Pater Kilian zog ein Pergament aus seiner Kutte. „Ich habe aufgeschrieben, wie Bruder Bernhard den Mann beschrieb, der ihm die Fackel gab." Kilian entrollte das Pergament und las vor: „Der Mann war von mittelgroßer, hagerer Gestalt. Als er bei der Darlegung des Plans lachte, sah ich, dass ihm die oberen Schneidezähne fehlten, unten waren es nur wenige dunkle Stumpfe. Seine Nase war platt und schief. Die Ohren standen durch sein dunkles Haar ab und vom linken Ohr fehlte die obere Hälfte." Der Mönch rollte das Pergament wieder zusammen und sah die Schöffen erwartungsvoll an.

„Bring den Kerl her und sperr ihm das Maul auf", wies Hidde den Büttel an.

Trotz heftigen Widerstrebens wurde Jos vor den Schöffenstuhl gezerrt. Als er sich weigerte, die Zähne zu zeigen, drückte ihm der Büttel dermaßen grob die Wangen zusammen, dass Jos Lippen sich öffneten. Die Schöffen beugten sich vor und nickten sich dann zu.

„Aber der da hat den Auftrag gegeben!", Jos wollte auf Oswald losgehen, wurde aber vom Büttel an der Kette zurückgerissen. „Der hat uns Münzen gegeben, dass wir ihm die Weiber zuführen!"

Oswald, der bis jetzt noch gehofft hatte, glimpflich davonzukommen, da sich so gar niemand mit ihm beschäftigte, zuckte zusammen, als sich auf einmal aller Augen ihm zuwendeten.

„Zur Rolle dieses unehrenhaften Ritters in dem geschilderten Geschehen kommen wir nun", verkündete Hidde und wandte sich Oswald zu. „Ihr habt angegeben, Ritter Oswald vom Winckel zu sein und in den Diensten des Ritters Arno von Quitzow zu Dytershagen zu stehen." Fragend sah er Oswald an. Der nickte eifrig.

„So ist es, hohe Herren", sprach er unterwürfig und neigte den Kopf. Er hätte alles getan, nur um hier mit heiler Haut herauszukommen.

„Gibt es unter den Anwesenden jemanden, der diese Angaben bezeugen kann?" Schöffen und Schultheiß ließen ihre Blicke über die Menge schweifen.

„Bitte, lieber Gott, bitte", murmelte Oswald flehentlich vor sich hin und ging in die Knie, „Bitte lieber Gott, lass ihn hier sein."

Arno fühlte, wie ihn diese kleine Gruppe, in der Irmelin stand, anstarrte. Mit entschlossenem Schritt trat er vor, baute sich vor dem Schöffenstuhl auf und sprach in dem ihm eigenen barschen Ton: „Ich bin Ritter Arno von Quitzow zu Dytershagen und bezeuge, dass der Name dieses Mannes", er wies auf seinen Gefolgsmann, „Oswald vom Winckel ist."

Der Genannte kam gewandt auf die Beine. Er fühlte, wie ihm sein Leben neu gegeben wurde. Für den Fall, dass Arno tatsächlich hier erscheinen würde, hatte sich Oswald schon etwas bereitgelegt.

„Ich widerrufe, ich widerrufe mein Geständnis. Es wurde mir unter der Folter abgepresst", sprudelte er hervor. „Ich habe mit dem Jos und dem Henn nichts zu schaffen. Ich wollte nur die Bastardtochter meines Dienstherrn bei ihnen abholen und sie zur heimatlichen Burg zurückbringen." Erwartungsvoll und auffordernd sah er seinen Herrn an. Der musste das nun bloß noch bestätigen und sie könnten beide als freie Männer hier herausspazieren und diese Irmelin würde ihnen ganz von allein zufallen.

Doch Arno würdigte ihn keines Blickes. Auch er hatte sich auf dem Ritt in die Stadt einiges zurechtgelegt. Und davon wollte er um nichts in der Welt abweichen. Dass ihm Oswald eine goldene Brücke gebaut hatte, die es nur noch zu überschreiten galt, entging seinem Geist, der noch nie sonderlich beweglich gewesen war.

„Ihr habt nur den Namen des Mannes bestätigt, nicht, dass er in Euren Diensten steht", setzte Jakob Hidde die Befragung fort, da ihm im Gegensatz zu Arno auch nicht die kleinste Feinheit in den Aussagen entging.

„So ist es. Dieser Mann da steht schon seit Wochen nicht mehr in meinen Diensten", donnerte Arno und zeigte erneut auf Oswald. Der zuckte unter der lauten Stimme zusammen, schwieg aber abwartend. Sein Herr hatte gewiss einen Plan, wie er ihm den Kopf aus der Schlinge ziehen konnte.

Ohne dazu aufgefordert zu werden, redete Arno weiter und spulte ab, was er sich bereitgelegt hatte: „Der Oswald stand in meinen Diensten, bis ich ihn mit meiner Bastardtochter Irmelin im Heu erwischte."

Oswald heulte auf und Irmelin musste von Hildegard mit Gewalt daran gehindert werden, auf Arno loszugehen. Der ließ sich von dem Aufruhr in keiner Weise beeindrucken. Unbeirrbar wie ein Rammbock setzte er seinen Weg fort: „Daraufhin habe ich den geilen Bock aus meinen Diensten gejagt und der Burg verwiesen. Aber seine Buhle war ihm schon zu sehr verfallen. Wenige Tage später ist sie ihm gefolgt. Was sie danach trieben und welchen Zwist sie mit den Gesetzen der Stadt Magdeborch haben, ist mir nicht bekannt." Sprachs, verschränkte die Arme vor der stolz geschwellten Brust und war aufs Äußerste mit sich zufrieden. Dieser Argumentatio würde sich niemand entziehen können. Auch auf das schwierige Wort war er stolz.

Mitnichten Oswald. Der schäumte vor Wut. So hatte er sich das nicht vorgestellt.

„Das ist eine gottverdammte Lüge", brüllte er und richtete sich zu seiner vollen Größe auf.

„An diesem Ort wird Fluchen mit sieben Stockhieben bestraft", brüllte der Schultheiß zurück und Oswald sackte um ein Weniges zusammen.

„Das ist eine Lüge", kam es etwas weniger laut. „Der Ritter hatte mich beauftragt, seine Tochter aus dem Wege zu schaffen." Jetzt kannte Oswald keine Freundschaft und keine Gefolgstreue mehr. „Anfangs sollte ich sie töten, doch dann wollte er sie lebend zurück, um sie mit dem Dorfschultes von Dytershagen zu verheiraten."

„Wage es nicht, mich in deine Lügengespinste mit einzubinden!" Arno versuchte Oswald mit einem Faustschlag zum Schweigen zu bringen. Als sich ihm aber der baumlange Büttel in den Weg stellte, ließ er von seinem Vorhaben ab.

„Ruhe", donnerte der Schultheiß wieder und schlug mit der flachen Hand auf den Tisch und mit der anderen wies er auf Arno. „Auch Ihr haltet Euch an die Regeln. Raufereien sind an diesem Ort ebensowenig erlaubt wie Fluchen, sonst gibt's Hiebe, Ritter hin oder her."

Jakob Hidde, der eine interessante Geschichte witterte, forderte Oswald, sehr zum Leidwesen Arnos, zum Weiterreden auf. „Warum hättet Ihr die Tochter des Ritters töten sollen?"

Erneut sah Oswald bittend zu seinem Dienstherrn. Doch der hatte sich von ihm abgewandt und würdigte ihn keines Blickes.

„Weil", noch einmal zögerte Oswald. Doch dann sprach er weiter. Wenn er schon auf dem Richtplatz stehen musste, dann sollte Arno neben ihm stehen, mit der Schlinge um den Hals, „weil die Irmelin belauscht hatte, wie ich ihm vom Tod seines Schwiegervaters berichtete." Ein letzter Blick zu Arno. „Arno von Quitzow hatte mich beauftragt, Gisilbert von Nigrebe aus dem Weg zu räumen, damit Ritter Arno an dessen Burg und somit an das Erbe vom Zweig seines Weibes Petronella gelangen konnte. Bei einem Jagdausflug traf ihn mein Pfeil ins Herz."

Arno erstarrte vollkommen. Man hatte den Eindruck, würde ihn jetzt auch nur jemand mit dem Finger berühren, würde er zerspringen, wie ein zu Boden gefallener Tonkrug.

„Was sagt ihr zu dieser Anschuldigung?" Hidde wandte sich an Arno und riss ihn aus seiner Lähmung.

„Erkennt Ihr nicht, dass dies nur das Gerede eines Mannes ist, der sich rächen will, da ich ihn aus meinen Diensten jagte? Ja, es stimmt. Gisilbert von Nigrebe ist auf der Jagd ums Leben gekommen. Doch war es ein bedauerlicher Unfall, wie unzweifelhaft festgestellt wurde." Ehrliche Entrüstung klang in seinen Worten. Irmelin musste Arno insgeheim bewundern. Solche Schauspielkunst hatte sie ihm gar nicht zugetraut.

„Habt Ihr solcherlei belauscht, wie der Malefikant Oswald vom Winckel angibt?" Der Blick des Schöffen wanderte zu Irmelin.

„Ja, hohe Herren", begann sie und schilderte dann, was sie vor der Tür zum Gemach ihres Vaters mitgehört hatte.

Wutschnaubend fuhr Arno auf, kaum dass Irmelin geendet hatte. „Natürlich redet sie so, wie es ihr ihr Buhle eingegeben hat. Gemeinsam haben diese beiden den gemeinen Plan ersonnen. Hier werden üble Ränke gegen mich geschmiedet."

Hartman von Querfurt war unmerklich näher getreten. Mit einer solchen Entwicklung der Dinge hatte er nicht gerechnet. Vor Kurzem noch hatte er diesem Ritter beistehen wollen und nun entpuppte sich dieser anscheinend als der Mörder seines Halbbruders. Auch wenn er und Gisilbert sich nie besonders nahe gestanden hatten, dazu war der Altersunterschied von fast siebzehn Jahren zu groß, so floss doch das gleiche Blut ihrer Mutter in ihren Adern.

Die Schöffen berieten sich leise. Hier ein Urteil zu finden war eine verzwickte Angelegenheit. Schließlich schienen sie zu einem Schuldspruch gekommen zu sein und wandten sich dem Schultheiß zu. Der abweisende Blick mit dem Jakob Hidde dabei Oswald streifte, ließ dessen Mut sinken. Doch noch waren ihm nicht alle Lanzen zersplittert. Einen letzten Stoß hatte er noch.

„Arno von Quitzow trägt auch Schuld am Tod seines Bruders Benedict von Quitzow, den er schwer verletzt auf dem Schlachtfeld dem Feind überlassen hat", rief er laut und für alle vernehmlich.

Der Geschmähte fuhr herum. „Noch so eine Unwahrheit aus deinem Lügenmaul. Mein Bruder, Gott nehme seine Seele in Gnade auf, war schon tot, als wir uns zurückzogen. Eine feindliche Lanze hatte ihn in den Unterleib getroffen und er war dieser Wunde erlegen. Gott weiß, wie sehr es mich schmerzte, dass wir seinen Leichnam nicht bergen konnten, doch der übermächtige Feind war uns zu nah auf den Fersen."

„Wo und wann soll sich solches zugetragen haben?" Schöffen und Schultheiß lehnten sich wieder zurück, da die Geschichte offensichtlich noch weiterging.

Oswald kam richtig in Fahrt, als er von dem Geschehen berichtete: „1350 beim Feldzug des Erzbischofs Otto gegen die Mark Brandenburg und gegen die Stadt Frankfurt. Nördlich der Stadt, in einem Auwald der Oder trafen wir drei auf einen feindlichen Trupp, der unser Lager auskundschaften wollte. Wir stellten ihn, doch der Feind war uns zahlenmäßig überlegen. Benedict von Quitzow wurde von einer Lanze in den Unterleib getroffen. Ich schwöre bei meiner unsterblichen Seele, dass er noch lebte, als sich sein Bruder von ihm abwandte. Nehmt ihn und behaltet ihn, rief Arno einem der feindlichen Ritter zu."

Hartman von Querfurt, der sich bis zu diesem Franziskanerbruder vorgeschoben hatte, vernahm, wie eben dieser Mönch die

Luft neben ihm heftig einzog und wieder ausstieß. Erstaunt sah er zu dem Barfüßer, dessen eines Auge nahezu hervorquoll und dessen Adamsapfel mehrmals kräftig auf- und abhüpfte. Der wusste doch etwas.

Doch bevor Hartmann dieser Vermutung nachgehen konnte, ergriff Arno erneut das Wort: „Hohe Herren Schöffen, Ihr werdet diesen aberwitzigen Anschuldigungen doch kein Gehör schenken. Beenden wir dieses Possenspiel. Gebt mir meine Tochter Irmelin, auf dass ich sie zurück auf meine Burg führen kann. Mit dem da", abfällig wies er auf Oswald, „verfahrt, wie Ihr es als richtig erachtet."

Die Beratung der Schöffen über das zuletzt Gehörte fiel sehr kurz aus.

„Was sich vor so langer Zeit während dieses Feldzuges zugetragen hat, liegt nicht in unserem Zuständigkeitsbereich. Es war ein Feldzug des damaligen Erzbischofs und demzufolge muss auch ein Erzbischof darüber befinden. Da unser Erzbischof Dietrich jedoch im Dezember des letzten Jahres verstorben ist, Gott hab seine Seele gnädig, und noch kein neuer Erzbischof ernannt wurde, muss diese Angelegenheit offen bleiben. Sie wird unser Urteil nicht beeinflussen."

Niemand, auch die Schöffen nicht, ahnte, dass eben an diesem 09.Juni im Jahre des Herrn 1368 Bischof Albrecht von Sternberg aus Leutomischl Böhmen von Papst Urban V. zum Erzbischof von Magdeborch und Halle ernannt worden war. Aber es sollten noch einige Monate ins Land gehen, bis der neue Erzbischof in seine Stadt einzog.

Wieder berieten die Schöffen leise. Für längere Zeit disputierten sie und die Menge konnte erkennen, dass die Meinungen ihrer Gerichtsherren diesmal auseinander gingen. Doch schließlich wurden sie sich einig. Jakob Hidde übermittelter dem Schultheiß das Urteil und der verkündete es laut und deutlich, so dass jedermann es vernehmen konnte.

„Der Malefikant Oswald vom Winckel ist der Anstiftung zum Mord für schuldig befunden, auch wenn die Ausführung der Tat vereitelt wurde. Weiterhin ist er der Anstiftung zur Entführung einer Jungfrau und im weitesten Sinne zur Brandlegung schuldig. Der Malefikant Jos ist des bewaffneten Überfalls mit Mordabsicht, der Entführung zweier Jungfrauen, sowie der Anstiftung zur Brandlegung schuldig. Beide sollen am folgenden Samstag zur Blutgerichtsstätte neben dem Rabenstein gebracht werden, dort mit dem Rad die Knochen zerschlagen bekommen, von den Füßen aufwärts, sodann aufs Rad geflochten, aufgerichtet und den Totenvögeln überlassen werden. Das Recht haben gegeben die biederen Schöffen und die Ratmannen von Magdeborch. "

Jos nahm seine Verurteilung stumm entgegen, nur ein leiser Schauer lief über seinen Körper. Oswald dagegen heulte auf, rief alle Heiligen um Beistand an und flehte um Gnade. Doch wer sollte sich Angesichts seiner Taten für ihn als Fürbitter einsetzten? Beide wurden an ihren Ketten hinausgeführt, wobei der Büttel den jammenden Oswald eher hinter sich herschleifen musste, als dass der auf eigenen Beinen gehen konnte.

Von der nahen Johanniskirche war das Mittagsläuten zu hören und die Schöffen wollten sich schon zur Mittagspause erheben. Der letzte Fall war doch sehr zeitaufwendig und anstrengend gewesen.

Doch Arno hielt sie noch zurück. Es erschien ihm fast unglaublich, dass er als freier, unbescholtener Mann diesen Platz würde verlassen können. Doch da war noch etwas, das getan werden musste, damit auch zukünftig alle üble Rede über ihn und seine Machenschaften unterblieb.

„Hohe Herren, ich bitte Euch, mir zu gestatten, meine Tochter Irmelin aus der Stadt mit auf die heimatliche Burg zu nehmen, auf dass sie wieder meiner Munt unterstehe und ich ihr einen angemessenen Ehemann suchen kann."

Die Schöffen brauchten nur kurz, waren auch ob ihrer leeren Mägen ungeduldig. Ein Weib war am besten unter der Munt eines männlichen Verwandten aufgehoben.

„So sei es, nehmt Eure Tochter mit", sprach Jakob Hidde und wandte sich endgültig dem Ausgang zu.

Der entsetzte Aufschrei Irmelins erreichte die Gerichtsherren zwar noch, allein, sie setzten unbeeindruckt davon ihren Weg fort.

Magister Conrad versuchte einen Einwand vorzubringen, aber auch seine Worte blieben unbeachtet. Hilflos wandte er sich der kleinen Gruppe zu und zuckte mit bestürztem Gesicht die Schultern.

Die Büttel begannen die Menge aus der Gerichtslaube zu drängen, auf das sie bis zur Fortsetzung des Gerichtstages verschlossen werde.

„Nein, nein, nie gehe ich mit diesem Mörder mit! Liebe Leute helft mir doch!" Tränen des Entsetzens rannen über Irmelins Gesicht.

Teils mitleidig, teils begierig ob des Schauspiels, das sich ihnen jetzt bot, verfolgten die Umstehenden das Geschehen.

Vor der Gerichtslaube wollte Arno Irmelin packen, doch sowohl Matthias, Tobias als auch Witho stellten sich ihm mit entschlossenen Gesichtern in den Weg. Tobias hatte plötzlich einen Dolch in der Hand, der Pilger hob seinen harten Stab und Witho ballte die Fäuste. Hildegard hatte Irmelin umklammert. Der Ritter würde sie schon mit seinem Schwert aus ihren Armen schlagen müssen, wenn er seine Tochter fortführen wollte.

Der dachte jedoch gar nicht daran, sich selbst einzumischen, sondern gab seinen zwei gewappneten Reitknechten einen Wink, das Mädchen zu ergreifen. Die zogen ihre Kurzschwerter und näherten sich der Gruppe, die sich schützend um Irmelin geschart hatte. Trutz stand mit gebleckten Zähnen und zurückgezogenen Lefzen neben seinem Herrn. Ein tiefes Knurren stieg aus seiner Kehle und ließ die Reitknechte mehr zögern, als die drei menschlichen Gegner.

Einer der Knechte machte einen Ausfallschritt nach vorn und stieß sein Schwert nach dem Hund, ohne ihn indes zu treffen. Der zweite Reitknecht hielt sich mehr im Hintergrund und schien nicht besonders begierig darauf, für seinen Herrn hier einen Kampf auszufechten.

Die gaffende Menge schwoll weiter an. Niemand wollte es sich entgehen lassen, wenn es gleich hier zu einem Blutvergießen kommen sollte.

Ob des erregt hin- und herwogenden Menschenauflaufs näherten sich jedoch drei der Stadtwachen, allen voran Dietrich von der Furth.

„Was geht hier vor?", übertönte sein voller Bass den Krakeel der Menge.

Witho trat vor, noch bevor Arno etwas sagen konnte.

„Mein Hauptmann", sprach er Dietrich von der Furth achtungsvoll an. „Dieser Ritter dort will diese Jungfer aus der Stadt verschleppen, die wir doch erst vor wenigen Tagen aus den Händen der Entführer befreit haben. Er wird sie töten, wenn sie die Stadttore hinter sich gebracht haben. Bitte lasst das nicht zu."

„Die Schöffen haben mir die Munt über diese meine Tochter

zugesprochen", fiel Arno ein, bevor der Stadthauptmann noch ein Wort erwidern konnte.

Dietrich von der Furth bedachte seinen Knecht mit einem mitleidigen Blick, doch auch er konnte sich dem Spruch der Schöffen nicht widersetzen.

„So sei es", musste er dem Ritter sein Recht zugestehen, auch wenn ihm nicht ganz wohl dabei war. „Er kann das Mädchen mitnehmen."

Hildegard und Irmelin schrien gleichzeitig entsetzt auf.

Matthias unternahm einen letzten Versuch, Irmelin zu retten.

„Ich fordere den Ritter Arno von Quitzow zu einen Zweikampf um das Mädchen", rief er mit lauter Stimme.

Ein anerkennendes Raunen ging durch die Menge und weitere Schaulustige drängten heran. Dieser Gerichtstag würde noch lange für Gesprächsstoff sorgen.

Der Herausgeforderte bedachte Matthias in seinem Pilgergewand indes mit einem abfälligen Blick.

„Wer bist du, der du es wagst, einen Lehnsmann des Erzstiftes zum Kampf zu fordern? Kann jetzt schon ein jeder hergelaufene Bauer oder Krämer einen Ritter solcherart beleidigen?"

Hoch aufgerichtet und stolz baute sich Matthias vor Arno auf, den er um Haupteslänge überragte. Auch wenn er nur seinen knorrigen Pilgerstab als Waffe führte, wirkte er doch bei Weitem edler als der krummbeinige Arno, der wieder sein Langschwert gegürtet hatte.

„Ich bin Ritter Matthias von Eulenhorst und stehe in Diensten des Ritters Eike vom Birkenhain, Lehnsmann Friedrich III., Landgraf von Thüringen und Markgraf von Meißen und fordere Euch erneut zum Kampf."

„Meinetwegen könnt Ihr der Ritter vom Taubenschlag sein und im Dienste des sonstwem stehen, ich nehme jetzt dieses Weib und bringe sie auf meine Burg. Stadthauptmann", wandte er sich herausfordernd an Dietrich von der Furth, „verhelft mir zu meinem Recht."

Zähneknirschend und äußerst unwillig musste ihm der Hauptmann seine drei Stadtwachen zur Seite stellen, damit Arno unbeschadet mit der jungen Frau davonreiten konnte.

Dahingegen mussten Hildegard und ihre Freunde ohnmächtig mitansehen, wie die widerstrebende, um sich tretende und kratzende Irmelin hinter einem Reitknecht aufs Pferd gezogen wurde und wie dieser dann der Freundin Hände vor seinem Bauch mit einem Strick zusammenband.

Ohne noch einmal zurückzusehen, ritt Arno mit seiner Beute davon.

„Wir können doch nicht einfach nur zusehen und sie davonreiten lassen", Tobias packte den Pilger an den Schultern und schüttelte ihn. Dann besann er sich, dass der sich gerade als hochgestellter Ritter einem anderen zum Zweikampf angeboten hatte und zog verlegen die Hände zurück.

„Schon gut mein Freund", beschwichtigte ihn Matthias. „ Auch ich habe nicht mit einer solchen Wendung der Dinge gerechnet und bin zutiefst bestürzt. Magister Conrad", wandte er sich an den Advocatus, „bitte prüft, welche Möglichkeiten es gibt, das Mädchen der Gewalt Arnos auf rechtlichem Wege zu entreißen."

„Ich werde mich sogleich in das Magdeborcher Recht vertiefen und werde nicht ruhen, bis eine Lösung gefunden ist", sprachs und eilte mit dermaßen schnellen Schritten davon, dass die Schöße seines Gelehrtenmantels ganz unstandesgemäß um seine kurzen, dicken Beine flatterten.

„Wir anderen", begann Matthias, konnte seinen Satz jedoch nicht zu Ende bringen, da sich von hinten eine Hand auf seine Schulter legte. Er wandte sich um.

„Matthias, seid Ihr es wirklich? Matthias von Eulenhorst?" Hartman von Querfurt musterte ihn mit erfreutem Blick. „Ich wähnte Euch auf einer wohlbestellten Burg in den Meißener Gemarken und finde Euch hier im abgetragenem Pilgermantel in Rechtsstreitigkeiten mit dem Quitzower verstrickt."

Matthias von Eulenhorst neigte etwas den Kopf vor seinem ehemaligen Dienstherrn. Die Jahre auf der Burg des Querfurters waren ihm in angenehmer Erinnerung und so freute es ihn, dass der ihn angesprochen hatte.

„Eine lange und überaus unerquickliche Geschichte", gab er zurück. „Dieser Arno ist ein übler Geselle, der weder vor Mord noch vor Menschenraub zurückschreckt."

„Hat er wirklich den Nigreber meucheln lassen?" Matthias entging nicht der harte Ton, der sich in die Stimme des Ritters Hartmann geschlichen hatte.

„Nach Aussage dieses Oswalds und der Jungfer Irmelin, die an der Tür lauschte, schon." Matthias musterte Hartmann mit wachem Blick.

„Man müsste diesen Oswald noch einmal befragen", murmelte der Ältere versonnen. Und dann wieder an Matthias gewandt: „Leistet mir doch beim Abendmahl Gesellschaft. Mein Stadthaus findet ihr neben dem Wohnturm unweit der Gerberhalle in der Buttergasse."

„Es wird mir eine Ehre sein", gab Matthias erfreut zurück. Bei der Gelegenheit könnte er sich nach Adelgund erkundigen. Jetzt, wo er Hildegard gefunden hatte, ergaben sich auch da ganz neue Möglichkeiten.

„Und nun lasst Eure Freunde nicht länger warten. Ich sehe, sie harren Euer voller Ungeduld." Hartmann wies mit dem Kopf in Richtung der kleinen Gruppe, die sich achtungsvoll einige Schritte zurückgezogen hatte.

***

Während Matthias, Tobias und Witho sich den Beginen anschlossen, um im Konvent gemeinsam nach einem Ausweg für Irmelins Befreiung zu suchen, schlug Hartman von Querfurt den Weg zum Bürgergehorsam ein.

Eine Handvoll Moritzpfennige bewog den Gefängniswärter, den Ritter in das unterste Verlies zu führen, dorthin, wo die zum Tode Verurteilten in Dunkelheit und Kälte den Richttag erwarteten.

Als Oswald den edel gekleideten Herrn im unsteten Licht der Fackel erblickte, wähnte er schon, seine Rettung wäre nahe. Doch schon bald musste er erkennen, dass seinem Besucher nichts an seinem Leben lag. Wieder begann er unter Heulen und Jammern zu beteuern, dass alles nur dem Kopf des Quitzower entsprungen war. Er verfluchte Arno mit den grässlichsten Verwünschungen und beteuerte ein ums andere Mal, dass er nur den Befehlen seines Dienstherrn gefolgt war. Doch Hartmann gebot ihm zu schweigen und schlug ihm dann ein Geschäft vor, dass ihm wenigstens die ärgsten Torturen der Hinrichtung ersparen würde. Und so erzählte Oswald in aller Ausführlichkeit vom Plan des Arno, seine Geldsorgen ein für alle Mal durch den Mord an seinem Schwiegervater zu beheben.

Wieder in seinem Stadthaus zurück, entsandte Hartmann seinen verschwiegenen, in einen zerschlissenen Leinenumhang gewandeten Knappen Notger zum Haus des Henkers, diesem eine halbe Silbermark dafür bezahlend, dass die Leiden des Oswald bei der Hinrichtung so kurz wie möglich zu halten seien. Einen Moment hatte er gezögert, dieses Versprechen an Oswald zu erfüllen. Doch der war nur ein Handlanger des Quitzower. Diesen galt es, als den Urheber des Mordes zu überführen und der gerechten Strafe zuzuführen. Und wenn das die Schöffen Magdeborchs sich nicht getrauten, so würde er es selbst in die Hand nehmen. Sicherlich würde er nicht warten, bis irgendwann ein neuer Erzbischof in die Stadt einzog.

***

Als die Glocken der Magdeborcher Klöster zur Komplet läuteten, machte sich Matthias auf zum Stadthaus des Querfurters. Er hatte sich gründlich gesäubert, den Pilgermantel von der Magd seiner Herberge ausbürsten lassen und stellte nun auf dem Weg allerlei Überlegungen an, warum Hartman ein Interesse an Arno und dessen unheilvolle Machenschaften haben könnte.

Dann fiel es ihm ein. Natürlich! Abrupt blieb er stehen, so dass ein Wasserträger fast in ihn hineingelaufen wäre. Mit einem gemurmelten Fluch warf der Mann dem Pilger einen erbosten Blick zu. Laut wagte er den frommen Mann nicht zu schmähen. Doch Matthias nahm das gar nicht wahr.

Es war nun schon viele Jahre her, aber er glaubte sich zu entsinnen, dass Adelgund die Nichte des Hartmann war. Dann wäre Gisilbert von Nigrebe der Bruder von Hartman von Querfurt oder Adelgunds Mutter seine Schwester. Wie auch immer, die Querfurter und die Nigreber waren verwandtschaftlich eng miteinander verbandelt. Kein Wunder, dass der Ritter so grimmig geguckt hatte.

Matthias setzte seinen Weg fort. Womöglich ließ sich sein ehemaliger Dienstherr zum Verbündeten gegen Arno gewinnen. Matthias beschloss, behutsam vorzugehen. Sollte erst einmal Hartmann sprechen.

Das Stadthaus des Ritters war an den Wohnturm angebaut. So, wie auch auf den Burgen, war der Wohnturm irgendwann zu beengt, zu ungemütlich und einfach nicht mehr zeitgemäß gewesen. Auf den Burgen wurde ein Palas angebaut und in der Stadt eben ein Stadthaus. Das dreigeschossige Giebelhaus zeugte vom Wohlstand seines Besitzers. Zu ebener Erde war es aus Naturstein errichtet, darüber folgte ein Geschoss aus Backstein und über diesem Fachwerk. Die zwei Fenster im Backstein zierten die Fassade allesamt durch bleigefasstes, teilweise buntes Glas.

Matthias betätigte den Türklopfer und es wurde ihm sogleich aufgetan. Die Magd führte ihn über eine matt schimmernde, gewachste, mit reichhaltigen Schnitzereien verzierte Treppe hinauf. Der Raum, den Matthias betrat, hatte die Ausmaße eines kleinen Rittersaals. Die Wände waren behängt mit Teppichen, die kunstvoll mit biblischen oder Schlachtszenen bestickt waren. Selbst auf dem Boden lag ein Teppich. In der Mitte stand ein massiver Eichenholztisch, umgeben von hochlehnigen Stühlen.

Doch für all das hatte der Gast kein Auge. Zu sehr beschäftigte ihn, was Hartmann von Querfurt in Anbetracht dessen unternehmen würde, dass Arno seinen Bruder oder eben seinen Schwager gemeuchelt hatte. Doch es galt, sich in Geduld zu fassen. Erst einmal machte er einige anerkennende Bemerkungen über das Haus und über die Ausstattung desselben.

In der Zwischenzeit wurde ein gutes Mahl aufgetischt und Krüge mit samtigem Burgunder dazugestellt. So verging die erste Stunde mit genussvollem Schmausen und anregendem Geplauder.

Dann, nachdem die Speisen abgetragen worden waren und der Wein die Zungen ein wenig gelöst hatte, kam Hartman auf den Grund seiner Einladung zu sprechen.

„Es ist Euch sicher nicht entgangen, dass mich dieser Ritter Arno interessiert", unternahm Hartman einen ersten, vorsichtigen Vorstoß.

Matthias nickte, schwieg aber. Er hatte sich ja vorgenommen, den anderen zuerst sprechen zu lassen.

„Der Quitzower ist kein mir Unbekannter. Er ist seit wohl siebzehn Jahren mit Petronella von Nigrebe verheiratet. Ich sah ihn das erste und einzige Mal vor einigen Wochen bei der Beisetzung ihres Vaters Gisilbert von Nigrebe." Hartman machte eine Pause. Dann fügte er betont langsam mit einem grollenden Unterton hinzu: „Gisilbert war mein Halbbruder."

Fast hätte Matthias einen Pfiff getan. Also doch, er hatte es geahnt.

„Es hieß, er wäre durch einen unglücklich abgeschossenen Pfeil ums Leben gekommen, ein Jagdunfall also. Doch als ich nach der Beisetzung fragte, wer der unselige Schütze sei, wollte man mir darauf erst keine Antwort geben. Auch am Pfeil war nicht zu erkennen, von wessen Bogen er geschossen wurde." Hartmann schwieg erneut.

Matthias wusste aus eigener Erfahrung, dass jeder Jäger seine Pfeile kennzeichnete, mit einer besonders geschnittenen Feder am Ende des Schaftes, mit einem Brandzeichen im Schaft oder anderswie. Am Ende der Jagd konnten so die fehlgegangenen Pfeile wieder an ihre Besitzer verteilt werden. Was aber bei Weitem wichtiger war, es war eindeutig festzustellen, wessen Pfeil die Beute tödlich getroffen hatte. Ein ungezeichneter Pfeil musste Misstrauen erregen.

„Schon zu diesem Zeitpunkt hatte ich Bedenken, dass nicht alles mit rechten Dingen zugegangen sein könnte. Aber Arno beruhigte mich schließlich. Schon am Tag nach dieser verhängnisvollen Jagd hatten sie im Forst der Nigreber Burg einen Bauern beim Wildern ergriffen und gleich am nächsten Baum gehängt. Angeblich führte der Bauer ebensolche Pfeile mit sich, wie der, der meinen Halbbruder traf. Jetzt weiß ich, dass es nicht der Bauer sondern dieser Oswald war, der den tödlichen Pfeil schoss." Zornig schlug Hartman mit der Faust auf den Tisch.

„Und Irmelin belauschte Oswald, als er Arno den Vollzug der Meucheltat meldete." Matthias Lippen wurden zu einem dünnen Strich.

Hartman berichtete von seinem Besuch im Verlies des Bürgergehorsams und was Oswald ihm über die geldlichen Schwierigkeiten des Arno erzählt hatte.

„So passt also alles zusammen." Matthias nahm einen großen Schluck aus seinem silbernen Weinbecher und drehte ihn nachdenklich zwischen den Fingern, wobei er das feinziselierte Muster betrachtete. „Dann bleibt noch zweierlei zu tun: den Arno seiner gerechten Strafe zuzuführen und Irmelin zu befreien."

„Beides will gut vorbereitet sein, stehen doch beide Ziele in unmittelbarem Zusammenhang", sinnierte Hartman. „Bekommen wir den Übeltäter in unsere Hände, ist auch die Jungfer frei."

Und so schmiedeten sie einen Plan, des Arnos habhaft zu werden.

Zu vorgerückter Stunde schilderte Hartman seinem Gast die verwandtschaftliche Beziehung zu seinem Halbbruder Gisilbert. Ihre gemeinsame Mutter hatte sehr jung den alten Nigreber heiraten müssen. Sie schenkte ihm einen Sohn, eben jenen Gisilbert.

Doch noch ehe der Sohn das sechzehnte Lebensjahr erreicht hatte, starb der Vater. Ein Kastellan wurde vom Erzbistum Magdeborch eingesetzt, bis der junge Gisilbert sein Erbe übernehmen könnte. Die Mutter wurde nach einer angemessenen Trauerzeit mit dem verwitweten und kinderlosen Herrn der Egeler Burg Albrecht von Querfurt verheiratet und gebar ihm ein Jahr darauf den lang ersehnten Erben, der auf den Namen Hartmann getauft wurde.

Auch Matthias sprach von seinem Leben seit dem Abschied von Egeln und über den Grund seiner Pilgerreise.

So wurde noch mancher Krug Wein geleert und als der Nachtwächter die Mitternachtsstunde verkündete, bot Hartmann Matthias an, die Nacht und die restlichen Tage seines Aufenthalts in Magdeborch in einer seiner Gästekammern im Dachgeschoss zu verbringen. Dankbar nahm der nicht mehr ganz sicher auf seinen Füßen stehende Matthias an.

21. Kapitel

Obwohl im Kopf noch etwas benommen von der nächtlichen Zecherei, erwachte Matthias, als die Sonne ihre ersten Strahlen über den Erdenkreis schickte und einen leisen rosa Schleier an die Unterseite der wenigen Wolken hauchte. Es versprach ein sonniger Frühsommertag zu werden.

Als er sich reckte und lauthals gähnte, klopfte es an der Tür. Auf seinen Ruf steckte eine dralle Magd den Kopf in die Kammer und als er nickte, trug sie einen großen Krug Wasser herein, den sie neben einen Hocker stellte, auf dem die tönerne Waschschüssel stand.

Wieder allein, schlug Matthias die Decke zurück, hielt den Kopf über die Schüssel und ließ das Wasser aus dem Krug langsam über seinen Schopf fließen. Das kalte, klare Brunnenwasser weckte seine Lebensgeister. Und als er sich auch den Rest des Körpers erfrischt hatte, waren alle Spuren der morgendlichen Trägheit gebannt. Nie hatte er verstanden, warum manch selbst ernannter Heiliger das Wasser scheute und seine Mitmenschen lieber mit unerträglichem Gestank behelligte, als sich, wie schon die Jünger bei der Taufe in einen Fluss zu tauchen oder wenigstens hin und wieder in den Badezuber zu steigen.

Die Morgenmahlzeit musste Matthias ohne Gesellschaft einnehmen. Hartman hatte sein Stadthaus bereits verlassen.

Er rührte mit einem Stück von frischem Fladenbrot das walnussgroße Stück Butter, dass sich in der Mitte seines Morgenbreis auflöste, unter den Getreidebrei. Stirnrunzelnd versuchte er sich an alles zu erinnern, was gestern Abend gesprochen worden war.

Eigentlich hatte er nach Adelgund fragen wollen. Doch bei dem vielfältigen Gesprächsstoff war er einfach nicht dazu gekommen. Es war wohl besser so. Vielleicht hätte er dann von Hildegard erzählt. Die alte Barbel würde nicht ewig leben. Wenn sie starb, war er der einzige, der von dem Geheimnis wusste. Und wenn auch ihm etwas zustieß, dann wäre Hildegards Abkunft auf immer verloren. Aber wie stand Hartman von Querfurt zu der Bastardtochter seiner Nichte? Als sie damals gemeinsam, wenige Tage nach Hildegards Geburt, von ihrem Jagdzug auf die Burg zurückgekehrt waren und Clothildis vom Tod des Kindes berichtete, war er selbst, Matthias, nicht zugegen. Wie hatte der Herr der Burg es aufgenommen? Betrübt oder erleichtert? Matthias stand Hartman zu der Zeit nicht so nahe, als dass der mit ihm über dermaßen vertrauliche Familienangelegenheiten gesprochen hätte.

Vielleicht ergab sich ja noch eine Gelegenheit, das Gespräch auf die damaligen Ereignisse zu bringen, bevor er seine Pilgerreise fortsetzte. Im Holzmonat, dem ersten Herbstmonat, wäre sein Pilgerjahr vorüber. Noch drei Monate, dann durfte er die heimatliche Burg wieder betreten. Oft hatte er sich gefragt, wie es den Seinen in der Zwischenzeit ergangen war. Doch sein kampferprobter und tüchtiger Burghauptmann würde die Burg und die umliegenden Dörfer gegen alle Anfeindungen zu verteidigen wissen. Seine Frau war belesen und selbstbewusst genug, sich von niemandem übertölpeln zu lassen. Oft mussten Frauen die Geschicke der Burg in die eigenen Hände nehmen, wenn sich ihre Männer auf manchmal jahrelange Kriegszüge begaben. Und womöglich würde ihm Fulko auf eigenen Beinen entgegengelaufen kommen, wenn er das Burgtor durchschritt.

Solcherart von angenehmen Gedanken beflügelt, machte sich Matthias schon bald auf den Weg in den Beginenkonvent. Er musste dafür Sorge tragen, dass die Frauen und vor allem der Schreinemaker keine Unbesonnenheit in Hinblick auf Irmelin begingen.

Die Stimmung im Konvent war, wie nicht anders zu erwarten, bedrückt. Die Frauen waren heilfroh, Jos und Oswald verurteilt zu wissen, doch das ungewisse Schicksal, welches Irmelin erwartete, hatte alle in Betrübnis versetzt.

Die alte Pförtnersfrau begrüßte ihn wie einen guten Bekannten und wäre auch einem Schwätzchen nicht abgeneigt gewesen, aber es zog den Pilger zur Magistra, um sie in den Plan Hartmans einzubeziehen. Jetzt galt es, einen kühlen Kopf zu bewahren und abzuwarten, was der Querfurter bewerkstelligen konnte.

Durch die offenstehende Tür der Webstube erklang das Klappern des Webstuhls und an dem neuen Badehaus wurde fleißig gewerkelt. Als sich Matthias dem Refektorium näherte, schob

Hildegard gerade eine Karre voller Hühnermist aus dem Stall. Sie ließ die Griffe der Karre fahren, wischte sich die Hände an ihrem Arbeitskittel ab und eilte auf den Pilger zu.

„Sagt, was können wir nur für Irmelin tun?", bestürmte sie ihn gleich, besann sich dann und wünschte ihm einen gesegneten, guten Morgen.

Gern hätte er ihr ihre Sorge um die Freundin vermindert, allein, er hatte mit Hartmann abgesprochen, nur die Magistra in ihren Plan einzuweihen.

So konnte er Hildegard nur beruhigen, dass schon alles gut werden würde und sie sich jetzt einfach in Geduld üben müsse.

Nu ja, Geduld zählte nun einmal nicht zu Hildegards ausgeprägtesten Tugenden. Wenn es nach ihr gegangen wäre, hätte sie alle befreundeten Magdeborcher Bürger zusammengerufen, die Konventsfrauen mit Rechen und Mistgabeln bewaffnet und wäre gegen die Burg des Arno gezogen. Dass ein solches Unterfangen zum Scheitern verurteilt war, war ihr schon klar. Nur ihrem nach Taten dürstenden Geist war es ein Graus, hier untätig herumzusitzen, derweil ihre Freundin in größter Gefahr schwebte oder ihr doch zumindest Ungemach drohte.

Matthias sah an ihren zornsprühenden Augen wohl, dass sie sich nicht so leicht besänftigen lassen würde. Darum nahm er ihr das Versprechen ab, nichts Unüberlegtes zu tun. Grummelnd und brummend wie die alte Mette gab sie schließlich nach.

Einen Versuch unternahm sie noch: „Es steht Mannsleuten nicht zu, so einfach durch den Konvent zu spazieren. Ich begleite Euch zur Magistra, denn sicher wollt Ihr zu ihr." Womöglich konnte sie im Raum der Oberin verweilen und deren Gespräch verfolgen.

Jedoch wurde auch diese Hoffnung zunichte gemacht. Ursula von Buch schickte Hildegard wieder an ihre Arbeit, nachdem diese den Pilger zu ihr geführt hatte. Einen winzigen, aber wirklich nur einen ganz winzigen Moment, zog Hildegard in Betracht, an der Tür zu lauschen. Aber schnell eilte sie die Stiege hinunter, bevor die Versuchung zu groß werden konnte.

Wieder an ihrem Mistkarren, schob sie ihn in den Obstgarten und entlud die Fuhre auf den Haufen dort in der Ecke. Voller Wut stieß sie die Mistforke in den Karren, stellte sich vor, in den dicken Wanst des Ritters Arno zu stechen und beförderte dann die Forke mit ihrer Last voller Schwung auf den Dunghaufen.

„Was meuchelst du den armen Hühnerdreck?" Belustigt beobachte Agnes ihr Tun.

„Ach, es ist so ungerecht, dass wir so gar nichts für die arme Irmelin tun können."

Die Mistgabel wurde in den Haufen geschleudert, dass sie bis über die hölzernen Zinken darin versank.

„Wie ich hörte, hat sich doch der Honsteiner bisher recht erfolgreich für die Belange des Konvents in dieser Angelegenheit eingesetzt", versuchte Agnes Hildegard Trost zu spenden. „Womöglich kann er auch hier helfen. Oder was ist mit diesem jungen Stadtwächter? Kann der seinen Hauptmann nicht bewegen, sich der Sache anzunehmen?"

An diese Möglichkeiten hatte Hildegard auch schon gedacht und sie dann wieder verworfen. „Die Mordbuben sind gefasst und harren ihrer Hinrichtung, der Frieden der Stadt und ihrer Bürger ist gesichert und Unheil abgewendet. Weder ein Ratsmann Honstein noch die Stadtwache wird sich mit einem Lehnsmann des Erzstiftes wegen einer Magd anlegen wollen. Nein, wenn wir Irmelin retten wollen, dann müssen wir es selber tun."

Und sie wusste auch schon, an wen sie sich wenden musste, an jemanden, der ein ebenso großes Interesse wie sie daran hatte, Irmelin in Freiheit und Sicherheit zu wissen. Tobias Schreinemaker! Der würde helfen und Witho sicherlich auch. Der Pilger? Nein, lieber nicht. Der hatte ihr ja gerade das Versprechen abgenommen, nichts Unüberlegtes zu tun. Und etwas Unüberlegtes würde sie fürwahr nicht tun. Sie würden vorher genau überlegen, wie sie vorzugehen hatten.

„Tu nichts Unüberlegtes", mahnte nun auch noch Agnes.

Hildegard murmelte etwas, das genausogut Zustimmung wie Ablehnung sein konnte und widmete sich wieder ihrer Karre. Agnes strich ihr besänftigend über den Arm und wandte sich dann ihren eigenen Arbeiten im Garten zu. Zwar waren die Maiden fleißig beim Unkrautziehen gewesen, doch es galt die Erde der Beete zu lockern, die kleinen Pflanzen vorsichtig zu wässern und die Triebe der größeren in die richtigen Bahnen zu lenken. Am Nachmittag sollte sie mit Grite zur alten Wagnerin in der Nähe der Bartholomäuskapelle. Die hatte sich vor Kurzem beim Ausgleiten im regennassen Unrat vor dem Nachbarhaus den Knöchel übel verrenkt und bedurfte jetzt regelmäßiger Pflege. Bis dahin gab es noch viel zu tun.

Den Rest des Vormittags brachte Hildegard mit der Säuberung des Ziegenstalls zu, streute neues Stroh ein und half Walburga anschließend bei der Zubereitung des Mittagsmahls. Ein deftiger Bohneneintopf mit den Resten des Pökelfleischs vom herbstlichen Schlachten köchelte in dem großen Kessel über der Herdstelle.

Als sich Agnes und Grite für den Gang zur Wagnerin fertig machten, trat Hildegard auf Agnes zu und unterbreitete ihr einen Vorschlag. Da Agnes doch sicherlich im Garten noch ausreichend Arbeit hatte, wollte sie, Hildegard, mit Grite zur Krankenpflege gehen. Agnes war es zufrieden. Hildegard meldete sich bei der Magistra ab, die nichts einzuwenden hatte, da sie keine Gefahr mehr für die junge Frau sah. Zusammen mit Grite war Hildegard schon bald unterwegs zu der alten Frau.

Sie waren kaum an der Ulrichskirche vorbei, als Hildegard langsamer ging und Grite beim Arm fasste, damit diese sich ihrem gemächlichen Schritt anpasste.

„Wir müssen etwas für Irmelin tun", begann sie und sah die Freundin forschend an. Würde die ihren Plan gutheißen?

„Im Moment können wir gar nichts tun." Grite klang nicht abweisend, eher bekümmert. Ihre Gedanken weilten noch immer bei ihrem Bruder und im Handelshaus. Das Wissen um dessen desolater Lage drückte beständig auf ihr Gemüt.

„Aber wir können doch nicht einfach die Hände in den Schoß legen und darauf hoffen, dass es sich schon irgendwie richten wird", fuhr Hildegard auf.

Grite blieb stehen und sah der Freundin aufmerksam ins Gesicht. „Du hast doch etwas vor."

„Hm, ja." Nun zögerte Hildegard doch. Dann gab sie sich einen Ruck: „Wir sollten beim Schreinemaker vorbeigehen. Ist doch direkt auf dem Weg zur Wagnerin."

„Beim Schreinemaker?" Unverständnis klang in Grites Stimme mit.

„Wahrscheinlich ist es dir ja bei all dem, was du zur Zeit zu bedenken hast, entgangen. Aber ich habe wohl gesehen, wie der Schreinemaker der Irmelin mit seligen Schafsaugen hinterherschaut. Und sie scheint es zu genießen."

„Der Tobias und die Irmelin?" Ungläubig weiteten sich Grites Augen. Dann musste sie trotz allem auflachen. „Oh, wie traurig für dich."

Hildegard machte eine wegwerfende Handbewegung. „Und

darum wird er helfen, Irmelin zu befreien."

„Zu befreien? Hat dich ein toller Hund gebissen?" Grite fasste an Hildegards Stirn, als wolle sie sich vergewissern, dass die Freundin nicht von einem schlimmen Fieber befallen war.

„Wir müssen uns mit Tobias beraten", beharrte Hildegard.

Aufseufzend gab Grite nach und schon bald bogen sie vom Breiten Weg in die Gasse ab, die zur Bartholomäuskapelle führte. Kurz darauf standen sie in des Schreinemakers Werkstatt. Der Geselle wies mit der Hand zum Hof. Die kräftigen Schläge einer Axt waren bis in die Werkstatt zu hören.

Der Anblick, der sich den Frauen dann bot, zeugte von des Schreinemakers tiefem Kummer. Ohne aufzusehen schlug er voller Ingrimm mit einer Axt auf einen Holzkloben ein, so dass die Späne nur so flogen. Schließlich warf er das Werkzeug auf den Boden, ließ sich auf den Kloben, den er eben noch malträtiert hatte, sinken und vergrub den Kopf in die Hände.

„Seid gegrüßt, Meister Tobias." Hildegard bemühte sich um einen aufmunternden Tonfall. „Eure Köchin hat jetzt sicher auf Wochen hinaus ausreichend Späne zum Feuer entfachen." Sie klaubte einiges an Kleinholz auf und hielt es ihm hin.

Der Angesprochene hob überrascht den Kopf und sah die beiden Frauen einen Augenblick an, als hätte eine jede zwei Nasen im Gesicht.

„Was kann ich für Euch tun?" Mit der Langsamkeit eines alten Mannes stand er auf.

„Nicht für uns, aber vielleicht für Irmelin", gab Hildegard zurück.

„Für Irmelin? Ist sie wieder in der Stadt? Wann kann ich sie sehen?" Augenblicklich wurde aus dem alten Mann einer, der vor Tatkraft nur so sprühte.

„Nein, sie ist nicht in der Stadt", musste Hildegard seinen Eifer bremsen. „Aber wir müssen etwas zu ihrer Befreiung unternehmen. Es ist doch schon einmal gelungen, dass Ihr und die anderen uns gerettet habt."

„Das ist nicht miteinander zu vergleichen. Mit sechs Mann zwei Mordbuben in einer brüchigen Bude zu überwältigen ist etwas anderes, als die Mauern einer Burg zu erstürmen." Tobias ließ sich wieder auf den Holzklotz fallen.

„So wollt Ihr sie ihrem Schicksal überlassen?" Hildegard stemmte erbost die Hände in die Hüften.

„Nein, natürlich nicht. Nur kann ich im Moment so gar nichts tun. Zudem ist der Herr von Eulenhorst in der Frühe schon hier gewesen und hat auf das Dringlichste davon abgeraten, auf eigene Faust etwas zu unternehmen. Er hat mir versichert, dass Hilfe auf dem Weg ist."

„Aber dann wird ja doch noch alles gut." Hildegard verstand die Sorge des Mannes nicht. Warum war der trotzdem so verdrießlich?

„Habt Ihr denn diesem Oswald beim Gerichtstag nicht zugehört? Ihr ritterlicher Vater will Irmelin mit dem Dorfschultes von Dytershagen verheiraten. Was, wenn die Hilfe zu spät kommt?" Verzweifelt blickte der Handwerker von seinem Sitzplatz zu Hildegard und Grite auf.

Daran hatte Hildegard gar nicht mehr gedacht. Einmal verheiratet würde es keine Möglichkeit geben, dieser Ehe wieder zu entrinnen. Jetzt konnte sie die Besorgnis des Schreinemakers verstehen. Es fiel ihr auch beim besten Willen nichts ein, womit sie Tobias noch aufmuntern könnte.

Sie nahm dem Schreinemaker noch das Versprechen ab, sie umgehend zu unterrichten, wenn sich etwas Neues ergeben sollte, und begab sich anschließend mit Grite, die auffällig schweigsam gewesen war, zur Wagnerin.

„Hast du heute deine Zunge verschluckt?", fragte Hildegard die Freundin unterwegs.

Grite seufzte sorgenvoll. „Der Merten, er steht heute am Pranger in der Schandgeige. Ich weiß, dass er schlimme Dinge getan hat, aber er ist doch mein Bruder." Sie presste die Lippen aufeinander, um deren Zittern zu unterdrücken. Dann schluchzte sie laut auf und schlug die Hände vor ihr Gesicht. „Wenn er aus der Stadt gejagt wird, ist der Tuchhandel verloren. Ich schaff das einfach nicht allein."

Hildegard nahm Grite in den Arm und strich ihr behutsam über den Arm. Sie wusste auch keinen Rat. Aber der Trost verfehlte nicht seine helfende Wirkung. Grite machte sich nach einem tiefen Durchatmen wieder los und rieb sich die Tränen vom Gesicht.

„Lass uns zur Wagnerin gehen. Abends, wenn Merten aus dem Krökentor gebracht wird, will ich dort sein, um ihn mit dem Nötigsten zu versorgen." Noch einmal schniefte sie auf, setzte dann aber entschlossen ihren Weg fort.

Der Knöchel der alten Frau war noch immer geschwollen, so dass sie sich nur auf einem Stock gestützt im Hause fortbewegen konnte. Grite legte ihr einen Breiumschlag aus Beinwell an, den Hedwigis ihnen mitgegeben hatte. Hildegard entleerte und säuberte indes den Nachttopf, versorgte die drei Hühner der Kranken, molk deren mageres Zicklein und weichte das Getreide für den Morgenbrei ein. Nebenbei unterhielten sie die Wagnerin mit dem neuesten Tratsch aus der Stadt. Allerdings ließen sie den Gerichtstag aus, obwohl die Alte immer wieder danach fragte. Zu sehr waren sie diesmal selbst darin verstrickt.

Zurück im Konvent erwartete sie eine weitere Trennung. Buntauges Heilung war gut vorangegangen und so war der Abschied unausweichlich. Schon vor einer Woche war er nicht mehr im Bett zu halten gewesen. Seither ging er den Frauen bei leichteren Arbeiten zur Hand, lag aber auch schon mal einen halben Tag im Obstgarten in der Sonne oder spielte mit dem schwarzen Kater. Aus dem abgerissenen, verlausten, schmächtigen Jungen war ein putzmunteres Bürschchen geworden, dessen Wangen sich gerundet hatten und unter dessen Hemd sich ob Walburgas Kochkunst ein kleines Bäuchlein wölbte. Den Verlust seines Auges hatte er überwunden, hatte ihm doch dessen Einbuße diese unglaubliche Wende zum Guten in sein Leben gebracht. Zwar würde er zukünftig eine Klappe über seiner leeren Augenhöhle tragen müssen, doch die Wunde war gut verheilt und er trug das Zeichen seines Heldentums voll Stolz.

Heute war Pater Kilian gekommen, um ihren kleinen Gast mit sich zu nehmen. Alle hatten ihn bisher umsorgt, verwöhnt und ihm Leckerbissen zugesteckt. Außer Theresia vielleicht. Die hatte schon am zweiten Tag getönt, die Nachbarn würden wohl denken, sie hätten einen Haderlumpen, dem der Henker ein Auge ausgestochen habe, im Konvent aufgenommen.

Erstmals nach dem Streit war Witho wieder bei seinem Freund. Irgendwie hatte er wohl in Erfahrung gebracht, dass heute dieser wichtige Tag für Buntauge sein würde. Er ließ es sich nicht nehmen, seinen Freund persönlich ins Kloster zu begleiten. Auch Hildegard gesellte sich dazu, als der Junge sich am Tor von Mette und den anderen Frauen verabschiedete.

Witho und Hildegard nahmen Buntauge in die Mitte, Witho schulterte Buntauges schmales Bündel, in dem sich der Umhang aus gewalktem Tuch befand, den der Junge bei der Verfolgung der Entführer unter dem Hagebuttenbusch hatte zurücklassen müssen. Auch das Hasenfellwams hatte er hineingestopft. Pater Kilian ging voraus.

Als sie auf die Straße traten, stupste Witho Buntauge an und wies mit dem Kinn zur anderen Straßenseite. Dort hatte sich ein schmächtiger Bursche mit karottenroten Haarstoppeln lässig an die Hauswand gelehnt. Mit einem einfachen Messer säuberte er sich die Fingernägel. Als er Buntauge sah, tippte er sich mit der Messerspitze auf die Brust, dort wo sein Herz saß. Dann nickte er dem Jungen zu, drehte sich um und ging davon.

Buntauge wollte ihm nachlaufen, sich bedanken, doch Witho legte ihm die Hand auf die Schulter. Als der Junge zu seinem großen Freund hochsah, schüttelte der den Kopf. Buntauge verstand. Heute begann ein neues Leben und sein altes hatte soeben Abschied von ihm genommen.

Auf dem Weg zum Kloster versäumte Witho nicht, seinen Freund zu ermahnen, sich ja nicht für das Leben als Mönch besäuseln zu lassen. Pater Kilians Gesicht verzog sich in Anbetracht dieser Ratschläge und mit viel gutem Willen konnte man es als Lächeln deuten.

Bei den Barfüßern angekommen, musste Hildegard beim Portarius warten, denn das Betreten der inneren Räumlichkeiten wart ihr als Frau untersagt.

Gewissenhaft nahm Witho in Augenschein, wo Buntauge untergebracht war und wie sich sein weiteres Leben gestalten sollte. Die Zelle der Klosterschüler, wo Pater Kilian dem Jungen ein Bett anwies, war nur dürftig eingerichtet. Aber in Anbetracht dessen, dass sich Buntauges Leben in den letzten Jahren auf der Straße abgespielt und er in einem alten Lagerschuppen auf dem Boden geschlafen hatte, mit nur einer zerschlissenen Decke als notdürftigem Schutz gegen die nächtliche Kälte, befand es Witho für gut. Er beschied dem Pater, dass er sich regelmäßig nach dem Wohlergehen seines Freundes erkundigen würde und der hatte dagegen nichts einzuwenden.

Schließlich verabschiedete sich Witho von Buntauge, den im Kloster alle nur unter dem Namen Oleg kennenlernen würden.

Auf dem Rückweg zum Konvent erzählte Hildegard Witho von ihrem Besuch beim Schreinemaker. Witho beteuerte, dass er sich an einer weiteren Befreiungstat ohne Zögern beteiligen würde. Ging ihm doch dabei auch der Gedanke im Kopf herum, dass, solange sich der Schreinemaker um Irmelin bekümmerte, derselbe kein erneutes Interesse an Hildegard bekunden würde. Dass er dabei womöglich etwas für sich selbst erhoffte, hätte er weit von sich gewiesen. Wie sollte so etwas auch gehen? Er, als entflohener Leibeigener. Noch etwas mehr als ein halbes Jahr musste er bei der Stadtwache aushalten, dann war er auf Jahr und Tag frei. Aber auch das würde nichts ändern.

22. Kapitel

Die folgenden Tage gingen im Konvent der Beginen ihren gewohnten Gang. Das Badehaus war fertiggestellt und ein neuer Badezuber von einem Böttcher geliefert. Am Samstag hatten dann alle Frauen endlich wieder ein Bad genommen und so hätten alle zufrieden sein können, wenn da nicht die beständige Sorge um Irmelin gewesen wäre. Die Magistra hatte zwar immer wieder versucht, die verzagten Gemüter zu beruhigen, aber worauf sich ihr Wissen um einen guten Ausgang der Sache begründete, entzog sich Hildegards Kenntnis. Sie vermutete, dass der Besuch des Pilgers am Donnerstag dazu beigetragen hatte.

Auch hatte sie Witho, der ihr wie zufällig auf dem Markt über den Weg gelaufen war, gebeten, den Pilger aufzusuchen und sich nach dem Fortgang der Befreiung zu erkundigen. Doch teilte ihr der am Abend dann mit, dass der Gesuchte bereits vor Tagen aus dem Gasthaus *Brandpeter* ausgezogen war. Hildegard wollte nicht glauben, der Pilger könne womöglich Magdeborch verlassen, ohne sich zu verabschieden. Auch ihre Hoffnung, ihn am Freitag bei Barbe zu treffen, hatte sich nicht erfüllt.

Dass die alte Frau endlich soweit wieder zu Kräften gekommen war, um Hildegard zu bitten, sie anzukleiden, einige Schritte mit ihr in der Kammer hin- und herzugehen und sich schließlich in eine Decke gehüllt auf einen Hocker ans Fenster setze, erfüllte sie zwar mit Freude, konnte die Sorge um Irmelin jedoch nur kurzzeitig verdrängen.

Und so gingen ihr wieder so vielerlei Gedanken durch den Kopf, so dass sie dem sonntäglichen Hochamt in der Ulrichskirche erneut nur sehr unaufmerksam folgte. Das hinderte sie jedoch nicht daran, ein besonders eindringliches Gebet für ihre Freundin zu sprechen. Schon an den vergangenen Abenden hatte sie vor der kleinen Marienstatue die himmlische Jungfrau von ganzem Herzen gebeten, ihre schützende Hand über Irmelin zu halten.

Jeden Morgen hatte sie zudem die Frühmesse in der nahen Kirche besucht und zur Jungfrau Maria und zum Patron für die Befreiung Gefangener, dem heiligen Medardus von Noyon, gebetet, Irmelin wohlbehalten zurück in den Konvent zu führen.

Trotz ihrer erneuten innigen Fürbitten konnte sie nicht vermeiden, dass andere gewisperte Gespräche an ihr Ohr drangen. Und so erfuhr sie denn, ob sie es nun wollte oder nicht, von der Hinrichtung am Samstagvormittag auf der Blutgerichtsstätte am Rabenstein. Jos und Oswald waren auf einem offenen Karren zur Richtstätte gefahren worden, wobei Oswald jammerte und wehklagte und immer wieder seinen Ritter zu Hilfe rief. Er war dann auch der Erste, der auf das hölzerne Podest mehr denn geschleift wurde, als dass er mit eigenen Beinen den Weg gefunden hätte. Dort wurde er festgeschnallt und Brecheln wurden ihm unter Arme und Beine geschoben. Dann schlug der Henker mit der eisernen Kante des Richtrades auf seine Schienbeine. Gar ohrenbetäubend soll das Kreischen des Delinquenten gewesen sein. Als Meister Hardo ihn sich dann wieder zurechtrückte, um den zweiten Schlag auf die Oberschenkel zu tun, war der Schurke plötzlich verstummt. Keinen Mucks hätte er mehr getan. Die Zuschauer hätten angefangen zu murren und den Henker zu schmähen. Es wäre ja nicht das erste Mal, dass der sich seinen Blutlohn aufbesserte, indem er einem Verurteilten gegen Bestechung einen schnellen Tod bescherte. Aber der Henker hätte gesagt, der Feigling wäre wegen der Schmerzen ohnmächtig geworden. Trotzdem war das Murren nicht ganz verstummt.

Erst, als bei dem zweiten Verurteilten sich das Rädern dann über eine angemessene Zeit hinzog und der wimmerte und heulte, dass einem die Ohren klangen, waren die Zuschauer zufrieden gewesen. Immer wieder hatte Meister Hardo das blutbesudelte Richtrad hochgehalten und es den erschauernden Gaffern präsentiert.

Schließlich waren beide, sowohl der Ohnmächtige als auch der Kreischende auf ein weiteres Rad geflochten worden. Zum Schluss waren die Räder auf einem kräftigen Pfahl aufgerichtet worden. Wer weiß, wie lange sie noch leben würden. Der eine Flüsterer wusste von einer Hinrichtung zu berichten, wo der aufs Rad Geflochtene noch drei Tage gelebt habe. Da hätten sich schon die Maden in seinen Wunden gesammelt und an seinem Fleisch genagt.

Hildegards Morgenbrei stieß ihr sauer in den Schlund und nur mit Mühe konnte sie ihn wieder hinunterwürgen. Wenn sie hier nicht gleich fortkam, würde es für die Umstehenden ein heftiges Ungemach geben. Also drängte sie sich ohne viel Rücksicht fort von dem Gewisper über die Hinrichtung. Selbst totenblass kam sie endlich bis an die offenstehende Tür und zog gierig die frische Luft ein.

Als die Magistra sie während des Rückwegs zum Konvent dann fragend ansah, meinte sie nur: „Der Berger hat dermaßen gestunken, ich hab's nicht mehr ausgehalten."

Nun saßen sie nach dem Hochamt am sonntäglichen Mittagstisch. Lustlos stocherte Hildegard in dem Mus aus jungen Rübchen herum und schob mit dem Messer die Scheibe Lammbraten in scharf-süßer Pflaumensoße hin und her. Selbst Walburgas strafender Blick kümmerte sie nicht. Wenn sie nicht bald eine Nachricht bekäme, würde sie sich selbst auf den Weg machen.

Just in diesem Augenblick wurde von fester Hand an die verschlossene Eingangstür geschlagen. Noch bevor Mette gemächlich von der Bank hochkam, war Hildegard bereits aufgesprungen und zum Tor geeilt.

Davor stand Tobias Schreinemaker, sein Pferd am Zügel haltend und stieß, nachdem ihm aufgetan wart, aufgeregt hervor: „Es geht los. Eben erhielt ich die Nachricht, dass sich ein Trupp von zwanzig Berittenen der Stadt nähert, um gegen die Burg des Quitzowers zu ziehen."

Hildegard hätte sich am liebsten sofort Tobias angeschlossen, um ihren Teil zur Befreiung Irmelins beizutragen. Doch brauchte sie dazu die Einwilligung der Magistra. Und das würde nicht so einfach sein. Also bat sie den ungeduldigen Schreinemaker herein und führte ihn ins Refektorium, wo die anderen ihnen erwartungsvoll entgegen sahen. Dort wiederholte er seine Mitteilung und ein erleichtertes Raunen ging durch die Reihen.

„Magistra, bitte lasst mich mitgehen", bat Hildegard eindringlich.

„Aber wie stellst du dir das vor? Das ist ganz unmöglich." Ursula von Buch schüttelte mit Nachdruck den Kopf. „Du kannst nicht mit einem Trupp Kriegsknechte, von denen wir rein gar nichts wissen, ins Feld ziehen. Außerdem haben wir kein Reittier."

„Der Bote, der mir die Nachricht überbrachte,", warf Tobias ein, „sagte weiter, dass der Trupp von Hartman von Querfurt befehligt wird. Auch der Ritter Matthias von Eulenhorst hat sich ihnen angeschlossen."

Ursula von Buch war noch immer nicht überzeugt. Sie erinnerte sich vom Gerichtstag her zwar an Hartman von Querfurt und der hatte auch einen recht ehrbaren Eindruck bei ihr hinterlassen, doch wollte sie Hildegard auf keinen Fall in diesen Krieg verstrickt sehen. Sie schüttelte erneut den Kopf.

Hildegard sah die Magistra flehentlich an. „Bedenkt, wir wissen nicht, wie es Irmelin in der Zwischenzeit ergangen ist, was man ihr angetan hat. Wäre es da nicht angebracht, dass sie nach der Befreiung eine Frau an ihrer Seite hat und nicht mit eben diesen Kriegsknechten allein sein muss?"

„Und was das Reittier anbelangt", unterstützte Tobias Hildegard Argumentatio, „könnte die Jungfer Hildegard bei mir mitreiten. Mein Pferd ist stark genug, auch zwei Reiter zu tragen."

„Und Ihr, Meister Tobias, verbürgt Euch dafür, dass unsere Hildegard wohlbehalten zu uns zurückkommt?" Die Magistra sah den Schreinemaker fest an.

„Mit meinem Leben werde ich Ehre und Leben der Jungfer verteidigen, wenn es denn nötig sein sollte." Tobias ließ die rechte Hand auf den Griff seines Kurzschwertes fallen.

Noch mehr als dem Schreinemaker vertraute Ursula von Buch Matthias von Eulenhorst, den sie bei dem Reitertrupp wusste. Der Ritter hatte Hildegard schon mehrmals in höchster Not beigestanden.

„So sei es. Walburga, richte Hildegard einen Beutel mit Verpflegung." Jetzt, wo die Entscheidung getroffen war, kamen die Anweisungen der Magistra kurz und knapp. „Und du", wandte sie sich an Hildegard, „schnür deinen wollenen Winterumhang und eine Decke in ein Bündel. Ihr werdet womöglich die eine oder andere Nacht im Freien verbringen müssen."

Hildegard eilte, die Anordnung zu erfüllen. Sie spürte ihr Herz bis in den Hals pochen und ihr Mund wurde trocken vor Aufregung. Sie hatte nur geringe Hoffnung gehegt, die Einwilligung zu erhalten. Jetzt, wo sie ihre Sachen zusammensuchte, kam es ihr noch immer unwahrscheinlich vor, dass sie an diesem Abenteuer teilnehmen durfte. In fliegender Hast schnürte sie ihr Bündel, immer in der Angst, die Magistra könne es sich doch noch anders überlegen.

Kurze Zeit später hastete sie zum Tor, wo Tobias sie schon ungeduldig erwartete. Agnes, der wieder einmal ihr bäuerliches Wissen zupass kam, hatte schon eine derbe Decke über den hinteren Rücken des Pferdes geworfen. Sie wusste wohl, wie sich eine ungeübte Reiterin auf einem Pferd ohne Sattel fühlen würde.

Alle Beginen hatten sich im Hof versammelt, um zuzusehen, wie der Schreinemaker eine der Ihren hinter sich aufs Pferd zog und um ihr Wünsche für ein gutes Gelingen ihres Vorhabens zuzurufen.

Tobias vergewisserte sich, dass Hildegard sicher saß, drückte seinem Karrengaul die Fersen in die Seiten und ritt eilig davon.

Vor dem Tor sahen die Zurückbleibenden ihnen hinterher, bis die Straße eine scharfe Kurve nach Osten beschrieb und das Pferd mit seinen Reitern ihren Augen entschwand.

„Womöglich hat der Schreinemaker sich das alles nur ausgedacht und will Hildegard jetzt entführen, um ihre Knöchelchen in seinen geschnitzten Schreinen als Reliquien zu verkaufen", unkte Theresia.

Den anderen verschlug es kurzfristig die Sprache. Dann kam es einstimmig und sehr tadelnd: „Theresia!"

Derweil ritt der so Verdächtigte an der Kapelle im Grauen Hof vorbei, wandte sich dann gleich wieder nach links und erreichte kurze Zeit darauf das Schrotendorfer Tor. Ohne von den Torwachen behelligt zu werden, durchritten sie das westliche Stadttor und befanden sich nun auf der Straße nach Rothensee. Hier sollten sie, so hatte es der Bote ausgerichtet, auf den Reitertrupp stoßen.

Unklar war jedoch, ob die Berittenen schon durch waren oder ob Tobias hier warten sollte. Unschlüssig ließ er sein Pferd im langsamen Schritt weitergehen und folgte der Straße nach Norden. Auch im Straßenstaub war nicht zu erkennen, ob eine größere Gruppe Reiter vor Kurzem diese Stelle passiert hatte. Tagelange Trockenheit und frühsommerliche Wärme hatten die Straße ausgedörrt und rissig werden lassen.

Gerade wollte Hildegard den Schreinemaker schelten, er solle doch nun mal seinen Gaul in eine etwas schnellere Bewegung versetzen, als sich von Süden das eilige Getrappel einer großen Anzahl von Hufen näherte.

Gleich darauf zog eine Gruppe Berittener vorbei, an deren Spitze Hartman von Querfurt ritt. An seiner Seite hielt sich Matthias von Eulenhorst. Das graue Pilgergewand wollte nicht recht zu dem edlen Ross passen, dass ihn trug, aber seine Haltung war allemal ritterlich. Hinter ihnen folgte Hartmans Knappe Notger und dann gut bewaffnet zwanzig Gewappnete.

Matthias scherte aus der Gruppe und ritt an Tobias' Seite.

„So schließt Euch uns an Schreinemaker. Die Zeit des Ausharrens ist vorbei." Und nachdem er einen belustigten Blick auf Hildegard geworfen hatte: „Es hätte mich auch sehr gewundert, wenn Eure Magistra Euch hätte im Konvent halten können."

Erneut drückte Tobias seinem Pferd die Fersen in die Seiten und schloss zu den Gewappneten auf. Die drei letzten Waffenknechte musterten zwar spöttisch den breitrückigen Karrengaul, den Reiter mit dem Kurzschwert und dessen hintere Last, enthielten sich jedoch jeder Bemerkung.

„Wir reiten über Rothensee Richtung Wolmirstedt. Vor Wolmirstedt werden wir der Straße nach Hohenwarthe folgen, um dort die Elbe zu überqueren. Die Nacht verbringen wir heute jedoch am Kreuzweg der beiden Straßen. Dort soll es eine Herberge geben", unterrichtete der Pilger die beiden Neuankömmlinge, bevor er wieder an die Spitze ritt.

Die folgenden Stunden hatte Hildegard alle Mühe, sich bei dem zügigen Ritt auf dem Pferd zu halten. Als die Dämmerung einsetzte, erreichten sie den Kreuzweg und die Herberge. Tobias hob Hildegard vom Pferd. Der knickten zuerst die Beine ein, so lahm war sie von dem ungewohnten Ritt. Alle Knochen schmerzten und sie bekam eine Ahnung davon, wie sie sich in Mettes Alter fühlen würde.

Der Wirt eilte ihnen entgegen, denn er witterte ein gutes Geschäft, rieb sich aber verlegen die Hände. Die Dame müsse sich eine Kammer mit einer anderen wohledlen Frau teilen, die in den frühen Abendstunden eingetroffen sei. Und für die drei hohen Herren, dabei streifte sein Blick Hartman, Matthias und Notger, hätte er nur noch eine gemeinsame Kammer. Den Schreinemaker wusste er noch nicht recht einzuordnen. Die anderen Waffenträger müssten allerdings mit einem Lager in Stall oder Scheune vorliebnehmen, wo sich schon ein anderer kleinerer Trupp Berittener niedergelassen hatte. Heute Nacht würde es eng werden. Aber das Geschäft blühte und das war dem Wirt allemal recht.

Hartman von Querfurt war es zufrieden und traf seine Anweisungen. Seine Mannen richteten sich also ein, versorgten ihre Pferde und freuten sich schon auf ein paar Krüge Bier und eine deftige Mahlzeit. Ihr Dienstherr hatte sich nie als geizig erwiesen. Tobias schloss sich ihnen an, derweil der Wirt Hildegard und die Ritter in die Gaststube geleitete.

Das saubere Gasthaus war gut besucht. Durchreisende aus allen vier Himmelsrichtungen hatten hier Obdach für die Nacht bezogen. An blankgescheuerten Tischen nahmen sie ihr Abendmahl ein und besprachen die weitere Reise.

In einer, gegen allzu neugierige Blicke geschützten Ecke, saß eine zwar einfach, aber in beste Stoffe gekleidete Frau mit einem graubärtigen Gewappneten an einem ansonsten freien Tisch.

Der dienernde Wirt wollte seine neuen Gäste schon an einen weiteren freien Tisch nahe dem Kaminfeuer geleiten, als Hartman ihm mit einer Handbewegung Einhalt gebot. Er musterte mit zusammengekniffenen Augen die Frau am anderen Ende des Raumes. Schon wollte er sich abwenden, als ihn die Erkenntnis wie ein Blitzstrahl traf. Das konnte alle Pläne zunichte machen.

Entschlossen stiefelte er auf eben jenen Tisch zu und baute sich davor auf. Der Graubärtige sprang sofort auf und stellte sich, mit der Hand am Schwertgriff, schützend vor seine Herrin. Die hob den Blick von dem Stück Brot, das sie zwischen ihren Fingern zerkrümelte und musterte ihrerseits Hartman.

„Oheim, was führt Euch so weit von Eurer Burg entfernt, an diesen Ort?" Auch ihr schien die Begegnung nicht sonderlich angenehm zu sein. Dann ging ihr Blick an Hartmann vorbei und überrascht stieß sie aus: „Irmelin?" Und nach einer eingehenden Musterung: „Nein, du bist nicht Irmelin. Oheim sagt, was hat das hier zu bedeuten?", wandte sie sich wieder an den Querfurter.

„Genau das wollte ich Euch auch gerade fragen, Petronella. Ich wähnte Euch daheim bei Eurem Gatten Arno und finde Euch stattdessen hier in diesem Gasthaus."

„Aber so setzt Euch doch und auch Eure Begleiter. Wir erregen schon Aufsehen und Aufsehen ist das Letzte, was ich brauchen kann."

Der Graubärtige ließ sich mit wachsamem Blick wieder neben seiner Herrin nieder und auch die Ritter, Notger und Hildegard nahmen Platz.

Das war also das Weib dieses Schandbuben Arno. Die Frau war hager und schien hochgewachsen, auch wenn sie jetzt saß. Sie wird wohl die Dreißig schon um einiges überschritten haben, dachte Hildegard. Wiewohl sich schon tiefe Falten um ihre

Mundwinkel gegraben hatten, musste sie in ihrer Jugend von großer Anmut gewesen sein. Doch war ihr Blick jetzt hart und undurchsichtig auf die Neuankömmlinge geheftet. Die passt zu so einem, wie diesen Arno, stellte Hildegard für sich fest und war sich sicher, dass sie diese Frau nicht mochte.

War das etwa die wohledle Dame, mit der sie die Kammer teilen sollte, mit dem Weib dieses Unholds? Die würde doch alles verraten. Am besten wäre es, das Weib einfach gefangen zu setzen. Hildegard presste die Lippen aufeinander. Aber da waren diese anderen Kriegsknechte. Womöglich war das der Begleitschutz für diese Petronella. Nicht auszudenken. Dann käme es schon hier zu einem ersten Gefecht.

Hartmann orderte gebratenes Huhn, Käse, Brot, Wein und Bier beim Wirt, der noch immer in angemessener Entfernung wartete. Eilfertig begab der sich in seine Küche, um Köchin und Schankmägden entsprechende Anweisungen zu erteilen. Emsig wurden Bratenplatten, Brotkörbe und Käse, Krüge und Becher herbeigetragen. Erst als sich die Schankmägde und auch der Wirt zurückzogen, um sich den anderen Gästen zu widmen, ergriff Hartman erneut das Wort.

„Nun Nichte, was führt Euch hierher, weit entfernt von der Burg Eures Gatten?"

Sie musterte ihn prüfend und antwortete zögernd: „Ich war am Grab meines Vaters in Niegripp, für sein Seelenheil beten."

„Dann seid Ihr weit von Eurem Weg abgekommen. Niegripp und Dytershagen liegen meines Erachtens auf der östlichen Seite der Elbe."

„Und Eure Burg liegt gar einen Tagesritt südlich von Magdeborch. Auch ein weiter Weg." Ein neues Stück Brot zerbröselte zwischen ihren Fingern.

Hartman beschloss dieses Katz- und Mausspiel zu beenden. Er musste herausfinden, wieviel seine Nichte wusste und was sie im Schilde führte.

„Nun, mir ist zu Ohren gekommen, dass sich beim Tod meines Halbbruders Gisilbert, Eures Vaters, nicht alles so zugetragen hat, wie es den Anschein hatte."

Hildegard horchte auf. Dieser Gisilbert von Nigrebe war also der Halbbruder des Hartman von Querfurt. Nun ergab es auch einen Sinn, warum der mit zwanzig Gewappneten gegen die Burg des Arno ziehen wollte. Sie hatte sich schon sehr gewundert, dass ein ihr unbekannter Ritter sich derart für die Befreiung Irmelins einsetzten wollte.

„Auch mir wurden dergleichen Gerüchte zugetragen." Petronella warf den Rest Brot entschlossen auf ihren Teller. „Ich werde nach Magdeborch reiten und Oswald nach dem Hergang fragen."

„Da kommt Ihr zu spät. Oswald ist gestern gerichtet worden. Aber ich habe ihn selbst nach dem Gerichtstag in seinem Kerker aufgesucht und er hat mir die Tat in allen Einzelheiten geschildert." Und Hartmann berichtete, was Oswald ihm erzählt hatte.

Danach herrschte Schweigen am Tisch. Petronella nickte nachdenklich. Dann sah sie ihrem Oheim direkt in die Augen.

„Was gedenkt Ihr zu tun?"

„Ich werde Arno von Quitzow zur Verantwortung ziehen. Er soll mit seinen Lügen und schändlichen Taten nicht so einfach davonkommen."

Wieder nickte seine Nichte. „Verfügt über meine Begleiter und mich, wie es für Euer Vorhaben am vorteilhaftesten ist. Ein Teil der Nigreber Burgbesatzung begleitet mich. Sie waren meinem Vater treu und werden geführt von Bruno von Dünnwald, Burghauptmann der Nigreber Burg." Ihr graubärtiger Begleiter nickte den Rittern zu.

Gemeinsam mit Petronella und Bruno von Dünnwald ersannen sie einen Plan, wie sie des Arno habhaft werden konnten, ohne dass es zu einem allzu großen Blutvergießen kam.

Hildegard folgte dem Pläneschmieden aufmerksam. Schließlich machte sie selbst einen Vorschlag, der umgehend abgelehnt wurde. Als die Mannsleute dann jedoch nicht weiter kamen mit ihren Eroberungsplänen, war es Petronella, die Hildegards Überlegungen erneut ins Gespräch brachte. Schließlich stimmten auch die Ritter und der Burghauptmann zu.

Als dann besprochen wurde, wie Arno zu strafen wäre, drifteten Hildegards Gedanken ab. Auch Petronella hatte sie mit Irmelin verwechselt. Womöglich gab es zwischen ihr und der Freundin doch verwandtschaftliche Bande. Ein gemeinsamer Vater konnte es nicht sein, denn Arno sahen sie beide so gar nicht ähnlich. Das wäre auch zu gruselig. Hildegard wolle auf gar keinen Fall mit diesem Mordbuben verwandt sein. Bliebe noch die Mutter. Aber nein, hatte Irmelin nicht erzählt, Arno hätte ihre Mutter bei der Rückkehr von einem Kriegszug aus einem Weiler in den ostelbischen Landen entführt? Zu der Zeit musste sie selbst, Hildegard, schon geboren sein. Sehr rätselhaft.

Der Abend war weit fortgeschritten und Petronella und Hildegard beschlossen, ihre Kammer aufzusuchen, um für den zu erwartenden langen Ritt am folgenden Morgen ausreichend erfrischt zu sein.

„Geht es Irmelin gut auf der Burg?", fragte Hildegard, als sie die Kammer betreten hatten. Ihr anfängliches Misstrauen gegen das Weib des verhassten Arno war einer unerwarteten Hochachtung für diese Frau gewichen. Sie scheute nicht davor zurück, die Hintergründe für den Tod ihres Vaters aufzuklären. Und nicht nur das. Sie wollte helfen, diesen Schandbuben Arno seiner gerechten Strafe zuzuführen, obwohl damit ihr eigenes Leben entscheidend beeinflusst wurde.

Petronella musterte die junge Frau. „Ihr ähnelt euch beide wirklich erstaunlich. Als Arno Irmelin zurückbrachte, schloss er sie in eine Kammer im Bergfried ein. Nur ein Wachmann darf zu ihr. Er bringt ihr das Essen und was sie sonst benötigt. Ich glaube schon, dass sie wohlauf ist. Aber was Arno mit ihr vorhat, konnte ich nicht von ihm erfahren. Überhaupt schwieg er über seinen Aufenthalt in Magdeborch beharrlich."

„Und doch habt Ihr erfahren, welches Verbrechens er dort bezichtigt wurde."

„Einer seiner Reitknechte hat an der Tür zur Gerichtslaube alles mitangehört. Er berichtete mir darüber. Du musst wissen, dass dieser Knecht nicht besonders gut auf Arno zu sprechen ist. Mein Gatte", verächtlich spie sie dieses Wort aus, „hat dessen Schwester vor zwei Jahren geschwängert. Als ihr Zustand sichtbar wurde, jagte Arno sie von der Burg. Nur Gott weiß, was aus dem Mädchen geworden ist."

„Verzeiht, aber Euer Gatte muss ein rechtes Ungeheuer sein." Scheu sah Hildegard zu der wohledlen Dame. Und doch begehrte sein Eheweib gegen ihn auf und fügte sich nicht bedingungslos seinem Willen. Hildegard erfüllte allergrößte Hochachtung. Beschämt musste sie sich eingestehen, dass sie mit ihrem ersten Urteil über diese Frau weit gefehlt hatte.

Petronella seufzte sorgenvoll, sagte dann aber nur: „Wir wollen uns niederlegen. Morgen wird ein anstrengender Tag. Und wir brauchen ein Reittier für dich."

***

Die beiden Ritter begaben sich noch in den Hof, um zu prüfen, ob ihre Männer gut untergekommen waren und ausreichend Speise und Trank erhalten hatten. Bruno von Dünnwald schloss sich ihnen an. Er würde die Nacht bei seinen Leuten im Stroh verbringen. In seinem langen Soldatenleben hatte er schon unter weit schlechteren Bedingungen nächtigen müssen. Da war so eine trockene, warme Strohscheune wahrlich behaglich.

Auf dem Rückweg zum Gasthaus verlangsamte Matthias seinen Schritt, so dass sich Hartman ihm anpassen musste. Unter einer Fackel blieb er stehen. Der Pilger hatte einen Entschluss gefasst.

„Weilte nicht die Schwester der Dame Petronella vor vielen Jahren auf Eurer Burg?", wagte er einen ersten vorsichtigen Vorstoß.

„Ja, Adelgund", Hartman kniff überlegend die Augen zu Schlitzen. „Ihr müsst damals gerade die Schwertleite erhalten haben." Er lachte auf. „Ihr hattet es anfangs nicht immer leicht, Euch als Ritter gegen Eure ehemaligen Kumpane durchzusetzen."

Matthias wurde nicht einmal rot. Das lag so weit zurück. In den folgenden Jahren hatte er in so mancher Schlacht seinen Mann gestanden, hatte Burgen verteidigt und eine als Lohn für seine Gefolgstreue und seinen Mut erhalten. Der junge, unbeholfene Ritter von einst war ihm so fern, wie das Funkeln der Sterne.

„Hat sie ihren Frieden gefunden dort im Kloster?"

„Sie hat den Namen Gertrud, Schwester Gertrud, angenommen, ist geachtet bei ihren Mitschwestern und wurde vor drei Jahren zur Priorin gewählt. Letztlich erreichte mich eine Nachricht von ihr. Nach Sankt Johannis wird sie aufbrechen zum Zisterzienserinnenkloster in Althaldensleben. Dort soll sie der greisen Äbtissin zur Seite stehen, um nach deren Ableben dieses Amt zu übernehmen. Ich werde ihr auf dieser Reise Geleitschutz geben."

„Sie brachte ein Kind auf Eurer Burg zur Welt."

Hartmans Blick verdunkelte sich. „Ein Mädchen. Es lebte nicht lange. Ihr müsst zur Zeit seiner Geburt auf der Burg gewesen sein. Habt Ihr Euch nicht am nächsten Tag meinem Jagdzug angeschlossen und die Kunde von seiner Geburt gebracht? Als wir drei Tage später auf die Burg zurückkehrten, war das Kind schon tot und begraben."

Matthias zögerte erneut. Hatte dieser Umstand Hartman erfreut oder betrübt? Was würde er tun, erführe er, dass dieses Kind, inzwischen zur jungen Frau herangewachsen, nur wenige Schritte von ihm entfernt schlief.

„Sicher wart Ihr froh, nicht noch ein Maul zusätzlich stopfen zu müssen. Es wurde damals gemunkelt, es sei ein Bastard und..."

Noch bevor Matthias den Satz beenden konnte, packte ihn der Querfurter am Kragen und zog ihn dich vor sein Gesicht.

„Wagt nie mehr solche Worte, wenn Euch etwas an meiner Freundschaft liegt! Für Adelgunds Tochter wäre immer ein Platz bei meinen eigenen Kindern gewesen." Er ließ Matthias los und schob ihn etwas von sich. „Es hätte ihr an nichts gemangelt. Ich war außerordentlich betrübt, als mich Clothildis an das kleine Grab führte." Er dachte einen Moment nach. „Adelgund war ob des Todes ihres Kindes sehr gefasst."

Matthias atmete tief ein und stieß die Luft dann kräftig aus. „Womöglich war sie so gefasst, weil sie ihr Kind in guten Händen wusste."

Wieder kniff Hartman die Augen zusammen. Glaubte sein Gegenüber so felsenfest an den Himmel für unbefleckte Seelen? Für so fromm hätte er seinen ehemaligen Knappen gar nicht gehalten. Nun gut, er war als Pilger unterwegs. Da sah man das eine oder andere wohl mit verklärten Augen.

„Gottes Gnade ist unergründlich", murmelte er darum unbestimmt und wollte seinen Weg zum Gasthaus fortsetzen.

„Mit Gott hatte das nicht viel zu tun", jetzt musste Matthias doch grinsen. „Wie hieß das Mädchen eigentlich."

„Der Kaplan hatte es auf den Namen Hildegard getauft."

„Und wie alt wäre sie jetzt?"

Eine kleine Pause entstand, als Hartman nachrechnete. „Es war im Jahr der großen Pest. Im November würden es wohl achtzehn Jahre sein. Was soll Euer Fragen? Ich sehe keinen Sinn darin. Lasst das Vergangene ruhen."

„Nicht, wenn das Vergangene bis ins Heute reicht."

„Wollt Ihr Euch nicht endlich erklären? Was bezweckt Ihr mit dieser Fragerei?" Hartman wurde zusehends ungeduldig.

„Ist Euch bei unserer jungen Begleiterin nichts aufgefallen? Nicht die Haare und das Gesicht, nein. Aber wie sie läuft, wie sie sich bewegt, wie sie einen anschaut."

„Ihr seid von Witz und Sinne. Hildegards in diesem Alter mag es viele geben."

„Aber nur eine, die auf Eurer Burg geboren wurde. Ich will Euch die Geschichte erzählen."

Und Matthias berichtete die Dinge, die ihm bekannt waren. Was ihm die Leibmagd Adelgunds hinter dem Backhaus anvertraut hatte. Wie er die Frau am nächsten Nachmittag auf seinem Pferd nach Magdeborch gebracht hatte.

„Clothildis, wie konnte sie so etwas Grausames tun?", rief der Querfurter zornig aus. „Wie konnte sie nur ein Neugeborenes aussetzen lassen? Dafür wird sie viele Jahre im Fegefeuer brennen müssen." Und dann etwas ruhiger: „Aber das beweist doch nicht, dass diese Hildegard hier auch Adelgunds Hildegard ist."

„Die Geschichte geht noch weiter. Hört zu." Und Hartman erfuhr, wie Matthias Oswald und die Mordbuben belauscht hatte, wie er Hildegard vor den Anschlägen hatte retten können und wie er dabei auf die alte Barbe gestoßen war, die als Barbel die kleine Hildegard vom Portal des Doms genommen hatte, um sie zum Konvent der Beginen zu tragen, wo sie zu einer frohen, klugen, jungen Frau herangewachsen war.

„Was für eine unglaubliche Geschichte." Aufgewühlt lief Hartman unter der Fackel auf und ab. „Natürlich werde ich sie, so das hier ausgestanden ist, mit auf meine Burg nehmen, wo sie standesgemäß erzogen wird und leben kann."

„Haltet Ihr das für klug? Schaut, sie hat schon eine Familie, die sie liebt und von der sie geliebt wird, die Beginen. Sie ist wohlerzogen und gebildet. Sie hat dort Freundinnen und nimmt Anteil am Leben vieler Menschen. Wollt Ihr Hildegard das alles nehmen, nur damit sie auf einer Burg den lieben langen Tag sticken und weben kann? Und dann sucht Ihr ihr einen Ehemann, der sich angenehm gibt, aber doch nur die Verbindung zu einem großen Namen sucht und dafür auch eine Bastardfrau in Kauf nimmt?"

„Ich würde den Anwärter auf ihre Hand recht genau in Augenschein nehmen."

„Tat das nicht auch Euer Halbbruder und wurde dann im Auftrage seines Eidams von einem Ehrlosen gemeuchelt?"

Hartman wischte den Einwand mit einer Handbewegung weg. „Aber ich kann sie doch nicht bei diesen Frauen lassen?"

„Warum nicht? Sie ist gut aufgehoben dort. Wacht aus der Ferne über sie."

„Nun gut, ich werde darüber nachdenken. Doch sollte Gertrud erfahren, dass es ihrer Tochter gut geht. Aber nun lasst uns endlich auf unsere Strohsäcke kriechen. Morgen kommt ein langer Ritt und womöglich ein Kampf auf uns zu."

***

Am späten Vormittag des folgenden Tages überquerten sie bei Hohenwarthe die Elbe und standen mit Einbruch der Dämmerung verborgen im Südwald vor Dytershagen. Hier würde sich ihre Gruppe trennen.

Die Ritter und der größte Teil ihrer vereinten kleinen Streitmacht sollte im Wald ausharren.

Petronella, der Nigreber Burghauptmann, Hildegard und der berittene Reitknecht, eben jener, der seiner Herrin den Bericht über den Gerichtstag gebracht hatte und mit dem sie vor zwei Tagen aufgebrochen war, ritten zur Burg.

Für Hildegard hatte Petronella beim Wirt der Herberge eine sanfte, fügsame Maultierstute erworben. Zuverlässig hatte das Tier Hildegard den ganzen Tag getragen. Trotzdem spürte sie ihr Hinterteil bei jedem Schritt des Tieres.

Die Turmwachen auf dem Wehrgang über dem massiven Tor meldeten die Annäherung der vier Reiter und das mit Anbruch der Dämmerung bereits geschlossene Tor wurde wieder geöffnet. Langsam ritten sie in den Zwinger ein. Der Graubärtige hob Hildegard von ihrem Maultier. Sie spürte kaum ihre Beine, die wacklig wie bei einer Fieberkranken, ein jedes von ihnen in eine andere Richtung davonstaken wollte. So fiel es ihr auch leicht, beim Laufen das linke Bein nachzuziehen und sich mit gesenktem Kopf, über den sie die Kapuze ihres Gewandes gestülpt hatte, gebeugt zu halten. Irmelin war so in den Konvent eingezogen und niemand hatte zunächst die Ähnlichkeit zur ihr selbst, Hildegard, erkannt.

Herbeieilende Stallburschen übernahmen die Zügel und führten die Tiere davon.

Petronella ging voraus, unaufgeregt, als wäre sie gerade vom Blümchenpflücken gekommen. Bruno von Dünnwald und Hildegard folgten ihr die Holztreppe hinauf, die zu der vorgebauten, überdachten Holzgalerie führte. Von dort betraten sie den Rittersaal, in dem Arno mit seinen Mannen beim Abendmahl saß.

Hildegard zog sich die Kapuze ihres Umhangs tiefer ins Gesicht und blieb im Schatten nahe der Tür stehen, so wie es Petronella ihr geraten hatte.

Der Burgherr unterbrach sein Schmausen und sah seinem Weib, dass in Begleitung eines graubärtigen Fremden mit unbewegtem Gesicht auf ihn zuschritt, interessiert entgegen.

„Wen bringt Ihr mir da, Frau?", fragte er nicht unbedingt unfreundlich. Sein Sieg beim Gerichtstag, hatte seine sonst oft griesgrämige Laune nachhaltig aufgebessert.

„Dies ist Bruno von Dünnwald, Burghauptmann der Nigreber Burg. Er hat mich auf den Rückweg vom Grab meines Vaters begleitet." Scharf sah Petronella ihren Gatten an. Aber die Erwähnung des Grabes ihres Vaters rief bei ihm nicht die geringste Gemütsbewegung hervor. „Da Ihr jetzt Herr über die Nigreber Burg seid, habt Ihr womöglich einiges mit dem Burghauptmann zu bereden."

„Sehr gut", Arno nickte seiner Gemahlin wohlwollend zu und wies dem Burghauptmann mit einer Handbewegung an, Platz bei seinen Mannen zu nehmen. „Sicher habt Ihr Hunger nach der langen Reise. Ich wollte ohnehin in den nächsten Tagen meiner neuen Burg einen Besuch abstatten. Aber da Ihr nun schon einmal da seid, können wir morgen bereits das eine oder andere bereden."

Bruno von Dünnwald setzte sich zwischen die Dienstleute, die bereitwillig Platz machten. Ein Page brachte einen Holzteller und einen Becher, füllte ihn sogleich mit Bier und Bruno griff nach Brot und Fleisch, als hätte er seit Tagen nichts zwischen die Zähne bekommen.

Arno wies auf den freien Platz an seiner Seite und sah sein Weib auffordernd an. „Setzt Euch zu mir und erzählt, wie Eure Reise verlaufen ist."

Petronella wies sein Ansinnen zurück. „Ich werde mich nach dem anstrengenden Ritt in mein Gemach zurückziehen und dort speisen. Meine neue Magd, die ich von Niegripp mitgebracht habe", sie wies nachlässigen auf Hildegard, „kann Liese zur

Hand gehen."

Petronella wandte sich einer, der mit Teppichen verhangenen Türen zu und bedeutete Hildegard, ihr zu folgen.

In ihrem Gemach wurde sie bereits von ihrer Leibmagd Liese und ihrer Tochter Jonatha erwartet.

Neugierig wurde Hildegard beäugt, doch die zog ihre Kapuze nur noch tiefer und hielt sich im Schatten.

„Was wollt Ihr mit diesem verhuschten Geschöpf?" Liese schob abfällig die Unterlippe vor.

„Das soll dich nicht kümmern. Hol Speise und Trank herbei und spute dich. Ich will zeitig zu Bett kommen."

„Liese und ich haben schon im Saal gegessen", wandte Jonatha ein. „sind dann aber gegangen. Die Mannsleute führten grobe Rede und der Herr Vater hat ihnen nicht Einhalt geboten."

Hildegard linste unter ihrer Kapuze hervor und versuchte, einen Blick auf Petronellas Tochter zu erhaschen. Diese sah ihrer Mutter überaus ähnlich. Ihre noch kindlich runden Gesichtszüge ließen erahnen, dass Jonatha einmal zu einer anmutigen jungen Frau heranwachsen würde.

Sie begrüßte ihre Mutter nun ehrerbietig und beschwerte sich dann weiter über ihren Vater: „Wie gut, dass Ihr zurück seid, Frau Mutter. Der Herr Vater hat mir untersagt, auszureiten. Den ganzen lieben Tag sollte ich mich meiner Handarbeiten widmen. Wie langweilig! Dabei grünt und blüht es jetzt allerorten vor dem Tor der Burg. Gern hätte ich Euch Blumen am Rande der Felder gepflückt."

„Die Blumen werden noch eine Weile warten müssen. Es gibt Dringlicheres zu tun", gab Petronella ihrer Tochter Bescheid.

Noch bevor Jonatha etwas einwenden konnte, trugen Liese und eine weitere Magd Brot, Käse, Wein, Apfelmost und süße Kuchen herein.

Nachdem sich die Tür hinter der Küchenmagd wieder geschlossen hatte, gebot Petronella Hildegard, von der Speise zu nehmen und bediente sich auch selbst.

Hildegard blieb nun nichts weiter übrig, als die Kapuze zurückzuschlagen.

„Irmelin", entfuhr es Jonatha überrascht. „Ich dachte, mein Vater hätte dich in den Turm gesperrt."

„Das ist nicht Irmelin", stellte Petronella richtig, ohne weiter auf Hildegards Herkunft einzugehen. Dann wandte sie sich an

Liese: „Du und Jonatha geht jetzt in ihre Kammer. Ihr werdet die Tür von innen verriegeln und erst wieder herauskommen, wenn ich es erlaube. Aber zuvor bring mir noch einen Krug Wein und eines deiner alten Kleider."

Jonatha wollte widersprechen, denn eine Ahnung beschlich sie, dass heute noch Aufregendes auf der Burg vor sich gehen würde. Doch Petronella gebot ihr zu schweigen: „Ich dulde keine Widerrede. Morgen wirst du alles erfahren. Und zu niemanden ein Wort, wenn ihr zu deiner Kammer geht."

Murrend machte sich Jonatha mit Liese, nachdem die mit Wein und Kleid zurück war, auf den Weg zu ihrer Kammer im Dachgeschoss. Gern wäre sie Liese entwischt, um ja nichts von den spannenden Ereignissen zu verpassen, aber die Leibmagd hatte ein wachsames Auge auf ihre Schutzbefohlene und so erreichten sie die Kammer in kurzer Zeit. Liese schob den Riegel von innen vor und dann setzten sich mit einem Hocker unmittelbar hinter die Tür, damit wenigstens ihren Ohren nichts entgehen konnte. Doch es wurde eine lange Wartezeit.

23.Kapitel

Petronella hatte eine Stundenkerze entzündet. Es waren noch etwa zwei und eine halbe Stunde bis Mitternacht. Sie hatte Hildegard in den Scherenstuhl genötigt und sich selbst aufs Bett gesetzt. In ihrem Kopf gab es keinen Zweifel an ihrem Tun. Sie hoffte nur, dass niemand zu größerem Schaden kam, weder Eroberer noch Verteidiger. Die Mannen Arnos hatten sich ihr gegenüber immer respektvoll verhalten und sie wünschte Keinem Übles. Nur Arno, der sollte büßen für das, was er getan hatte.

Mit einer sanften Berührung am Arm weckte sie Hildegard, die trotz der ungewissen Lage kurz eingenickt war. Erschrocken fuhr sie hoch und sah sich in der fremden Kammer um. Als ihr Blick den Petronellas traf, wurde sie sich ihrer Umgebung wieder bewusst.

Die Burgherrin nickte ihr zu. „Es ist soweit."

Mehr musste nicht gesprochen werden. Gestern in der Herberge und auf dem Ritt in den Südwald hatten sie immer wieder durchgesprochen, wie die Festnahme Arnos vonstatten gehen sollte. Wenn alles wie geplant verlief, wäre die Burg erobert, noch bevor Arno die Füße aus seinem Bett geschwungen hatte.

Petronella fischte aus einer der mit kunstvollen Schnitzereien verzierten Truhen eine Phiole mit einer milchigen Flüssigkeit heraus.

„Schlafmohnsaft", erklärte sie kurz, fügte dann aber mit einem grimmigen Lächeln hinzu: „Mitunter nützlich, um den trunkenen Gatten todmüde in sein eigenes Bett fallen zu lassen." Entschlossen entleerte sie den Inhalt des Fläschchens in den Weinkrug und rührte ihn mit einem Holzstäbchen um..

Hildegard wechselte ihr Gewand und zog sich Lieses altes Kleid über. Sie schürzte es soweit, dass der Saum kaum die halbe Wade bedeckte. Fast fühlte sie sich wie nackt in diesem Aufzug. Das Beginengewand hatte in der Regel ihren Körper züchtig verhüllt. Doch dieses Kleid hier hatte sogar einen Ausschnitt am

Hals, der ihr gewagt erschien. Aber sollte ihr Plan gelingen, musste sie ihre Rolle überzeugend spielen.

Petronella öffnete vorsichtig die Tür zum Rittersaal und spähte in den Saal. Zwei kurz vor dem Verlöschen vor sich hinblakende Wandfackeln ließen den größten Teil des Saales im Dunkel verschwinden. Tischbretter, Schragen und Bänke waren an die Wand gerückt. Im Stroh und in den Binsen lagen schnarchend Arnos Dienstmannen.

Die Burgherrin ergriff den Weinkrug und suchte sich behutsam einen Weg durch die Schläfer. Hildegard schlich ihr mit pochendem Herzen hinterher. Trotz aller Vorsicht konnten sie nicht vermeiden, dass das Stroh und die Binsen unter ihren Füßen hin und wieder sacht raschelten. Sie verharrten dann lauschend einen Augenblick, aber keiner der Mannsleute rührte sich.

Schließlich erreichten sie die Tür, die auf die Holzgalerie hinausführte. Endlich draußen lehnte sich Hildegard mit dem Rücken gegen die wieder geschlossene Tür. Mehrmals zog sie die Luft tief ein. Es kam ihr vor, als hätte sie im Rittersaal das Atmen vergessen. Aber das war erst der leichte Teil ihres Unterfangens.

Von nun an würde sie ihren Weg allein gehen müssen. Petronella reichte Hildegard den Wein, nickte ihr aufmunternd zu und barg sich dann wieder im Schatten der Hauswand.

Beim Einreiten in die Burg hatte Hildegard versucht, sich den Weg zum Zwinger und zur Holztreppe, die auf den äußeren Wehrgang führte, einzuprägen. Auch die Burgfrau hatte ihr noch einmal ganz genau beschrieben, wie sie gehen musste.

Den Krug fest an sich gepresst, tastete sich Hildegard die Treppe hinunter. Hin und wieder lugte ein blasser Mond zwischen die jetzt dichter ziehenden Wolken hindurch. In seinem Schein konnte Hildegard den Brunnen in der Mitte des Innenhofes erkennen. Schnell huschte sie hinüber, dabei tunlichst darauf achtend, dass ihr der Krug ja nicht entglitt. Dann wäre der Plan gescheitert und auch sie in der Burg gefangen.

Langsam gewöhnten sich ihre Augen an die Dunkelheit und die bis dahin verborgenen Schemen traten hervor. Vom Brunnen konnte sie das Tor zum Zwinger erkennen. Wie Petronella versichert hatte, war das Fallgitter nicht heruntergelassen. In Friedenszeiten wurde lediglich das äußere Tor geschlossen. Auf leisen Sohlen schlug sie einen kleinen Bogen und näherte sich von der Seite her.

Sie atmete noch einmal kräftig durch, richtete sich dann auf, setzte den Krug auf ihre linke Hüfte und schlenderte durch den Zwinger auf die hölzerne Treppe zum Wehrgang hin.

Sie hatte die Treppe noch nicht erreicht, als sie forsch, aber nicht unfreundlich, vom Tor her angerufen wurde: „Wer kommt da und was will er?"

„Wein für die Wachleute bringe ich und wenn's mir gefällt, vielleicht noch mehr." Hildegard hoffte, dass ihre Stimme nicht so zittrig klang, wie sie sich fühlte. Mit wiegendem Schritt näherte sie sich dem Torwächter. Der packte sie um die Taille und wollte sie an sich ziehen.

„Nur nicht so schnell. Erst will ich die Wächter dort oben versorgen und dann komme ich zu dir mein Schöner." Sie versuchte sich dem Wächter aus dem Arm zu winden, ohne dass in dem Gerangel der Krug zu Bruch ging. Doch der Kerl wollte sie nicht gehen lassen, sondern bedrängte sie heftiger.

Schon dachte Hildegard, dass sowohl der Plan als auch ihre Unversehrtheit ein Opfer der Nacht würden, als ihr Bedränger kräftig von ihr fortgerissen wurde.

„Hast du die ehrenwerte Dame nicht gehört, Hesse?" Ihr Befreier lachte hämisch. „Erst sind wir dran und wenn dann noch was da ist, kannst du noch mal nachfragen."

Der zweite packte Hildegard an der Hand und zog sie die Treppe rauf. Dann beugte er sich noch einmal über das Treppengeländer nach unten und höhnte weiter: „Aber ich glaube, weder von Weib noch Wein wird viel übrig sein, wenn wir hier oben fertig sind."

Hildegard betete zu allen Heiligen, die ihr einfielen, dass die ihr bei diesem Abenteuer beiständen. Sie würde auch ganz bestimmt den Konvent nicht mehr verlassen und sich unnötig in Gefahr bringen. Dann fiel ihr ein, dass sie um Irmelins Willen hier war. Mochten die Ritter auch andere Ziele verfolgen, ihr ging es zuvörderst um das Wohlergehen der Freundin. Also ließ sie sich die Treppe widerstandslos hinaufziehen und kicherte dabei, wie in Vorfreude auf was auch immer.

„Schau mal, Cornel, was mir für ein Vögelchen zugeflogen ist", präsentierte der erste stolz dem zweiten Wächter auf dem Wehrgang seinen Fang.

Der streckte gleich die Finger aus, doch anders als Hildegard befürchtet hatte, fasste er nicht nach ihr, sondern nach dem Krug.

„Wird auch Zeit", grummelte Cornel und nahm einen tiefen Zug. „Die fressen und saufen da drinnen und unsereins wird immer vergessen."

Der andere zog ihm den Krug vom Mund und setzte ihn selbst an.

Dann musterte er Hildegard mit gierigen Augen, stutzte aber einen Augenblick. „Bist du nicht die Irmelin?", nuschelte er mit schon schwerer Zunge.

„Quatsch, die sitzt doch im Turm", gab der andere zurück und stolperte mit ausgestreckter Hand auf Hildegard zu.

Die wich geschickt aus. Dass dieses spezielle Weingemisch nach Petronellas Rezept so schnell wirken würde, hätte sie nicht gedacht.

Der mit Cornel angeredete wäre in seinem unsicheren Gang fast den Wehrgang hinab vor das Tor gestürzt, wenn ihn Hildegard nicht am Gürtel gepackt und zurückgerissen hätte. Das fehlte gerade noch, dass der dem unteren Wächter direkt vor die Füße fiel.

Scheppernd schlug Cornel gegen die steinerne Außenmauer und blieb benommen liegen. Der zweite torkelte auf Hildegard zu und lallte immer wieder: „Du bist so schön, so wunderschön", bis er schließlich mit einem glückseligen Seufzer zu ihren Füßen niederfiel und sich nicht mehr regte.

Hildegard wischte zufrieden, wie nach angestrengter Arbeit, die Hände aneinander ab und lauschte dann nach unten. Von dort war kein Laut zu hören.

„Hesse, bist du noch da?", zischte sie die Treppe hinunter.

„Hesse wurde abgelöst", vernahm sie die Stimme des Nigreber Burghauptmanns und musste grinsen. Humor war das Letzte, was sie dem Graubärtigen zugetraut hätte.

Ohne weiter zu zögern, zog sie eine der Fackeln aus der Wandhalterung des Wehrgangs, beugte sich durch eins der Schießlöcher hindurch und schwenkte die Fackel dreimal. Dann steckte sie die Fackel zurück und eilte, nach einem letzten prüfenden Blick auf Cornel und seinen Kumpan, die Treppe zum Tor hinunter.

Unter der Treppe lugten die Beine eines Menschen hervor.

„Hesse, habt Ihr ihn ...?", flüsterte Hildegard dem Burghauptmann zu und musste angestrengt schlucken.

„Keine Angst, der schläft nur und wird morgen mit einer

prächtigen Beule aufwachen. Und Ihr geht jetzt wie abgesprochen zurück zur Herrin und bleibt in ihrem Gemach, bis alles vorbei ist."

Zwar hatte Hildegard vor nicht allzu langer Zeit noch gelobt, sich nicht mehr unnötig in Gefahr zu bringen, aber die unmittelbare Bedrohung war erst einmal vorbei und das Versprechen vergessen.

„Und wenn ein anderer Wachmann kommt? Ich bleibe noch. Dann kann ich ihn ablenken, bis Ihr das Tor den Rittern geöffnet habt."

„Mir scheint, Ihr findet Gefallen an dem Spiel. Aber das ist kein Spiel. Jeden Moment kann es ein blutiger Kampf werden. Also geht! Nicht dass ich auf Euch mehr achten muss als auf einen Gegner."

Das sah Hildegard ein. Trotzdem verharrte sie noch.

„Nun gut, einen Auftrag hätte ich noch für Euch", lenkte Bruno von Dünnwald ein. „Klettert wieder auf den Wehrgang und gebt mir ein Zeichen, wenn sich unsere Männer der Burg nähern. Ich werde erst dann das Tor öffnen, wenn sie nah genug sind. Sollte doch noch ein nächtlicher Spaziergänger hier herumstreichen, erregen wir keinen vorzeitigen Verdacht."

Hildegard huschte die Treppe zum Wehrgang hinauf und lehnte sich aus dem Loch, durch das sie eben noch das verabredete Zeichen gegeben hatte. Noch war nichts von ihrer Streitmacht zu sehen, so sehr sie ihre Augen auch anstrengte. Schon wollte sie zu zweifeln beginnen, ob das Schwenken der Fackel auch bemerkt worden war, als die Wolken den Mond freigaben und sich sein fahles Licht auf einer blanken Rüstung widerspiegelte. Auch das Schnauben eines Pferdes war jetzt deutlich zu vernehmen.

Sie beugte sich wieder nach unten und zischelte: „Sie kommen."

Im gleichen Moment war das Scharren des Sperrbalkens zu hören, den Bruno aus den Lagern zog. Die Torflügel schwangen weit auf und die Ritter und ihre Mannen führten fast lautlos ihre Pferde am Zügel herein. Aber nicht so lautlos, dass einem der Stallburschen im Zwinger die Ankunft einer größeren Schar entgangen wäre. Diensteifrig eilte er herbei. Der alte Stallmeister konnte seine Aufgaben kaum noch zur Zufriedenheit verrichten und der Bursche hoffte, sich bei entsprechendem Eifer seinem Herrn geneigt zu machen. Wie erstaunte er aber, als er plötzlich eine Schwertspitze an seiner Kehle spürte.

„Ab ins Stroh und rühr dich nicht bis der Morgen graut", raunte ihm eine Stimme ins Ohr. Flink wie eine Maus huschte der Bursche zurück und vergrub sich tief im Heu. In diesen Händel wollte er nicht verstrickt werden. Wer als erster Alarm schrie, würde sicher auch als erster sterben. Und am Sterben lag ihm nun so rein gar nichts.

Drei der Männer übernahmen die Zügel der Pferde. Die anderen huschten schon unter dem Fallgitter hindurch zum Innenhof. Hildegard schloss sich ihnen in gebührender Entfernung an.

Weitere Männer blieben auf dem Hof zurück, um ihn zu sichern. Angeführt von Hartmann von Querfurt, mit dem Pilger dicht auf seinen Fersen, erklommen die anderen fast geräuschlos die Treppe, die zum Eingang des Rittersaals führte. Dort stand noch immer Petronella, die die Hand ihres Oheims ergriff und sie dankbar drückte.

Hartman bedeutete seinen Männern, hier auszuharren. Er selbst, Matthias und ein weiterer Ritter des Querfurters folgten Petronella in den Rittersaal, wo sie sich ihren Weg durch die Schläfer suchten. Da die zwei Wandfackeln inzwischen erloschen waren, war das ein schwieriges Unterfangen. Und so trat Matthias auf die ausgestreckte Hand eines Dienstmannen, der brummend hochfuhr und noch schlaftrunken nach dem Woher und Wohin fragte.

„Darf deine Herrin nicht einmal unangefochten durch ihren eigenen Rittersaal gehen?", zischte Petronella ihn an.

Noch ehe der andere eine zweite Frage stellen konnte, hatte sich Matthias neben ihn gekniet und ihm die Spitze seines Dolches an den Hals gedrückt.

Alle verharrten bewegungslos und lauschten, ob einer der anderen Schläfer aufmerksam geworden war. Als das nicht der Fall war, tasteten sie sich weiter vor zu Arnos Gemach. Matthias blieb mit dem Dolch in der Hand bei dem Erwachten zurück. Er bedeutete ihm aufzustehen und führte ihn nach draußen, wo er gefesselt und geknebelt wurde.

Leise zog Petronella die Tür zu Arnos Kammer auf und trat ein. Auf einer Truhe spendete eine kleine Kerze ein schwaches Licht. Arno lag schnarchend und schmatzend in seinem Bett auf dem Bauch. Bier und Wein war in Strömen geflossen. Jetzt, wo die Burg des Nigrebers ihm gehörte, würde er nie wieder knausern müssen. Ein Speichelfaden rann aus seinem Mund und hatte auf dem Kissen einen dunklen Fleck hinterlassen. Die Decke hatte er größtenteils weggestoßen und sein nackter, feister Hintern schaute darunter hervor.

„Gleich ist es vorbei mit dem Wohlleben und den weichen Kissen", knurrte Hartman und setzte Arno die Spitze seines Schwertes in den Nacken. Doch das schien den gar nicht zu stören. Er wedelte nur mit der Hand, als wolle er ein lästiges Insekt verscheuchen.

„Nun gut, der Herr Ritter mag es deftiger." Hartman versetzte Arno mit der flachen Klinge einen klatschenden Schlag auf den Hintern.

Wie von einer Hornisse gestochen fuhr Arno hoch und versuchte die Anwesenheit der Personen in seinem Gemach zu sortieren.

„Was geht hier vor?", brüllte er empört und versuchte, nach seinem Schwert zu angeln.

Hartmans Ritter trat es weg und wandte sich der Tür zu, falls, alarmiert durch Arnos Gebrüll, einer seiner Dienstleute Einlass begehren sollte. Doch im Rittersaal blieb alles still. Dass Arno hin und wieder im Traum brüllte, erschreckte schon lange niemanden mehr.

„Ruhe, Ihr Aussatz eines Ritters oder ich schlage Euch gleich hier in Eurer Schweinesuhle den Kopf von den Schultern", herrschte ihn Hartman an. „Erkennst Ihr mich nicht, teurer Verwandter? Ich bin es, der Halbbruder von Gisilbert von Nigrebe, Hartman von Querfurt."

Allmählich klärte sich Arnos Hirn soweit, dass er eine Ahnung von dem bekam, was hier vor sich ging. Gehetzt ging sein Blick hin und her und blieb schließlich hoffnungsvoll an Petronella hängen. Als er jedoch ihr hartes Gesicht sah, wurde ihm klar, dass er auch von seinem Weib keine Hilfe zu erwarten hatte.

„Und wenn Ihr nicht wollt, dass ich Euch wie den gemeinsten Straßenräuber fessele und kneble, dann verhaltet Ihr Euch jetzt ruhig. Mit Beginn des neuen Tages werden wir über Euch zu Gericht sitzen."

Bruno von Dünnwald hatte die Führung der Gefolgsleute Hartmans im Hof der Burg übernommen. Zweimal hatten seine Männer, die auf der Holzgalerie Posten bezogen hatten, Dienstleute des Arno festsetzten müssen. Die waren ihnen schlaftrunken direkt in die Arme gestolpert, als sie wohl das Bier, welches sie am Vorabend reichlich genossen hatten, an die nächste Ecke tragen wollten.

Ansonsten war alles ruhig geblieben. Sollten tatsächlich einer Magd oder einem niederen Knecht die nächtlichen Vorgänge nicht verborgen geblieben sein, würden sie es im Hinblick auf das eigene Wohlergehen so halten wie der Stallbursche. Sie würden sich irgendwo verkriechen und abwarten. Niemand von ihnen war Arno so ergeben, dass er ohne Not sein eigenes Leben für ihn wagen würde. Nicht für einen Dienstherrn, der Mägde zu seinem Willen zwang und einen Knecht schon mal, um eines nichtigen Vergehens willen, auspeitschen ließ.

Hildegard und auch Tobias hatten den Burghauptmann bedrängt, doch endlich auch nach Irmelin zu suchen und sie zu befreien. Doch der hatte nur gebrummt, da wo die Jungfer sich jetzt befinde, sei sie am sichersten. Wenn es nötig würde, ließe seine Herrin sie schon holen, um ihre Aussage zu machen.

Schon wollten sich die beiden selbst auf den Weg machen, als verhaltene Unruhe im Hof entstand. Bruno von Dünnwald beorderte den größten Teil seiner Männer auf die Holzgalerie.

Im Osten begann ein erster Grauschimmer die Schwärze der Nacht zu verdrängen.

Bruno ließ mehrere Fackeln entzünden. Dann öffnete er lautlos die Tür zum Rittersaal. Verbrauchte Luft, gesättigt mit den Ausdünstungen der Schläfer, schlug ihm entgegen. Mit einem schnellen Blick vergewisserte er sich. Noch schlief alles tief und fest. Auf seinen Wink hin huschten seine Männer in den Saal, steckten die Fackeln in die Wandhalter und stellten sich mit gezogenen Schwertern und Schilden kampfbereit entlang der Wände auf. Eigentlich wäre Bruno eine laute Erstürmung des Rittersaals und ein kräftiges Handgemenge lieber gewesen. Doch Petronella hatte darauf bestanden, das Blutvergießen so gering wie möglich zu halten.

Einer der Teppiche an der gegenüberliegenden Wand bewegte sich und Arno trat heraus. Im schwachen Schein der Fackeln war sein wutverzerrtes Gesicht nicht zu erkennen. Doch unübersehbar glitzerte an seinem Hals die Klinge eines Dolches. Als er die fremden Ritter und Waffenknechte mit gezogenen Schwertern entlang der Wände erblickte, mischte sich in seinen Zorn ein erster Anflug von Angst.

Hartmann führte ihn auf das Podest, rechts und links stellten sich zwei Männer und hielten ihre Fackeln so, dass sie Arnos Gesicht beschienen.

Nun wurden doch die ersten Schläfer unruhig. Der frische Luftzug, der von der offenen Tür hereinwehte und die Geräusche, die trotz der vorsichtigen Bewegungen der Eindringlinge entstanden, ließen die ersten zwei, drei die Köpfe heben.

Hartmann gab das verabredete Zeichen und seine Männer schlugen krachend die Schwerter gegen die Schilde und verursachten einen Heidenlärm, der Arnos Gefolgschaft aus dem Schlaf riss, als wären die Sarazenen unter sie gefahren. Verwirrt griffen sie zu ihren Waffen, drehten sich gehetzt um ihre eigene Achse und erstarrten mitten in der Bewegung, als vom Podest her eine bekannte Stimme schrie: „Legt die Waffen nieder!"

In ihrer Wahrnehmung noch etwas getrübt, versuchten zwei Ritter, sich auf die Männer an der Wand zu stürzen. Doch schnell wurden sie niedergerungen.

„Nieder mit den Waffen!", wurde erneut gebrüllt. In die kräftige Stimme mischte sich die Furcht, es könne doch zu einem Waffengang kommen und er selbst wäre der Erste, der unter den Streichen des Feindes an seiner Seite falle.

Schließlich sanken die Waffen und Arnos Gefolgsleute erkannten ihren Herrn im Licht der Fackeln auf dem Podest stehend. Neben ihm ein unbekannter Ritter, der unmissverständlich in feindlicher Absicht sein Schwert auf Arno gerichtet hielt. Was hatte das zu bedeuten? Wer war dieser Fremde, der Arno zwang, seine Männer anzuweisen, die Waffen niederzulegen?

Als das Getümmel sich gelegt hatte, schritt Petronella zum Podest und stellte sich neben Hartman. Ihre Herrin dort frei und wohlbehalten zu sehen, beruhigte Arnos Gefolgschaft nur geringfügig.

„Hört mich an Ritter, Knappen und Dienstmannen", hub sie an. „Mein Gatte Arno von Quitzow hat sich schändlicher Taten als schuldig erwiesen. Er hat üble Ränke geschmiedet und schreckte nicht vor Mord und Entführung zurück. Wir wollen hier über ihn zu Gericht sitzen und ihn seiner gerechten Strafe zuführen."

Erregtes Gemurmel klang auf und hier und da wurden unwillige Rufe laut.

„Seit wann darf ein Weib über seinen Gatten zu Gericht

sitzen?"

„Erklärt uns die Anwesenheit der fremden Ritter!"

„Nur der Erzbischof darf einen Schuldspruch gegen seine Lehnsleute verfügen."

Arno, durch den Zuspruch seiner Gefolgsleute wieder mutig geworden, rief dazwischen: „Diese Raubritter haben meine Burg durch List und Trug erobert und mich heimtückisch und feige im Schlaf überwältigt. Mein eigenes Weib vergilt mir meine Großzügigkeit und treue Fürsorge, indem sie sich mit diesen Schandbuben gemein macht."

Bei ‚treue Fürsorge' mussten allerdings einige von Arnos Dienstleuten verhalten grinsen. Wie weit es mit Arnos Treue her war, wussten alle. Aber das war noch lange kein Grund, die Burg dem Feind anheimfallen zu lassen. Wenn das alle betrogenen Weiber täten, gäbe es ein größeres Gemetzel, als bei der Eroberung Jerusalems.

„Ruhe!", donnerte Hartman. „Ich bin Hartman von Querfurt, Halbbruder von Gisilbert von Nigrebe, Oheim Eurer Herrin Petronella. Meine Männer werden alle Waffen einsammeln. Die Ritter und Knappen werden bis zur Verhandlung in den Turm gesperrt. Die anderen Dienstleute richten den Rittersaal für das Gericht her. In einer Stunde werden wir über diesen Mordbrenner", er wies auf Arno, „zu Gericht sitzen und ihn seiner Strafe zuführen."

Dem machtvollen Gewitter Hartmans wagte sich niemand zu widersetzen. Schnell waren Schwerter und Dolche auf einen Haufen geworfen und die Ritter und Arnos Knappe in den Turm geführt.

Dort wurde endlich Irmelin aus ihrem Gefängnis befreit. Ein Ritter des Querfurters fasste sie an den Oberarm, um sie in Petronellas Gemach zu führen. Ungläubig sah Irmelin, was sich während der Nacht in der Burg ereignet hatte.

Das Gesinde hatte sich inzwischen im Innenhof versammelt und harrte der Dinge, die da kommen mochten. Ein Herr war so gut oder so schlecht wie der andere. Für sie würde sich nie etwas ändern. Aber dass es Arno an den Kragen gehen sollte, erfüllte sie allemal mit Befriedigung.

Vergeblich hielt Irmelin nach ihrer Mutter Ausschau. Arno würde ihr doch in seinem Hass auf ihre Tochter nichts angetan haben? Doch der fremde Ritter hielt sie mit fester Hand und schob sie entschlossen weiter, noch bevor Irmelin jemanden fragen konnte.

Kaum konnte sie Hildegard in der Halle überrascht und erleichtert zugleich um den Hals fallen, kaum konnte der junge Schreinemaker zaghaft ihre Hand streicheln und sie entrückt anlächeln, als auch schon die Tür hinter ihr zuschlug.

In der Kammer fand sie Jonatha und Liese, die von Petronella dorthin gebracht worden waren. Arnos Tochter sollte dem Gericht beiwohnen. Nur so würde sie verstehen, warum die Burg von Fremden übernommen worden war. Das Verhältnis zwischen Vater und Tochter war keinesfalls innig gewesen. Eher hatte Furcht vor seinen Launen und Gewaltausbrüchen ihr Leben überschattet. Zwar hatte sich Arnos Zorn nie über seine Tochter entladen, aber die Hilflosigkeit seiner Opfer hatte Jonatha stets betroffen gemacht.

Irmelin durfte sich notdürftig in einer irdenen Schüssel Gesicht und Hände reinigen. Das klare Wasser tat ihr gut. Doch ihr Beginengewand, das sie noch immer trug, war zerknittert und schmutzig von den langen Tagen der Gefangenschaft.

***

Es war noch keine Stunde vergangen, als die Halle soweit hergerichtet war, dass Tische und Bänke wieder standen. Doch kein Frühmahl erwartete die Ritter und den Knappen, als sie in die Halle geführt wurden. Schweigend nahmen sie Platz, wachsam beobachtet von den fremden Waffenknechten, die wieder an den Wänden Aufstellung genommen hatten.

Auf dem Podest stand die lange Tafel, an der ihre Herrin, zwei fremde Ritter, ein Pilger und, auf Bitten Petronellas, der Burgkaplan Platz genommen hatten.

Etwas abseits, doch gleich unterhalb des Podestes, standen einige Stühle, auf denen Hildegard, Irmelin, Jonatha und Liese saßen.

Arno wurde hereingeführt und musste sich auf dem Podest, jedoch vor der Tafel, auf einen Schemel setzen. Hochmütig gingen seine Blicke hin und her. Was konnte ihm schon groß passieren? Niemand würde es wohl wagen, einem Lehnsmann des Erzstiftes ans Leben zu gehen.

Furchtbare Rache würde er an all den Untreuen, allen voran

sein Weib, nehmen, wenn dieser Hartmann mit seinen Männern erst abgezogen war.

Die Tür zum Hof war offen und auf der Holzgalerie standen die Köchin, der Stallmeister und die Hauswirtschafterin. Sie würden alles im Saal Gesprochene an das Gesinde weitergeben, das noch immer im Hof ausharrte. Petronella hatte beschlossen, dass auch der letzte Stallbursche und das letzte Milchmädchen erfahren sollten, wie heute und hier Gerechtigkeit gesprochen wurde.

Hartman erhob sich und sofort verstummte alles Getuschel und Gewisper. Jeder wollte erfahren, was der Querfurter zu sagen hatte.

„Das Gericht, dass über Arno von Quitzows Schuld und Strafe befinden wird, setzt sich aus mir, Hartman von Querfurt, seiner Ehegattin Petronella von Quitzow, Tochter des Gisilbert von Nigrebe, dem Ritter Matthias von Eulenhorst, Herr über Burg Sevschicz, in Diensten des Ritters Eike vom Birkenhain, Lehnsmann Friedrich III., Landgraf von Thüringen und Markgraf von Meißen zusammen." Hartman deutete auf den Pilger, den sein eigener, langer Titel nicht im mindesten beeindruckte, wohl aber die Männer, die sich auf den Bänken in der Halle drängten.

„Ebenfalls werden sich an der Rechtsfindung Bruno von Dünnwald, Burghauptmann von Nigrebe und der Kaplan von Burg Dytershagen, Pater Sebastian, beteiligen." Er ließ seinen Blick in die Runde schweifen und fuhr dann mit leicht erhobener Stimme fort: „Arno von Quitzow wird beschuldigt, Oswald vom Winckel beauftragt zu haben, Gisilbert von Nigrebe auf die Jagd zu locken und ihn dort mit eigener Hand mit einem Pfeil zu töten."

Gemurmel erhob sich von den Bänken.

Unbeeindruckt fuhr Hartman in seinen Ausführungen fort. Er forderte Irmelin auf, von dem Erlauschten zu berichten. Anfangs sprach sie noch verhalten, doch dann wurde ihr bewusst, dass Arno ihr nie wieder etwas antun konnte und deutlich und klar beendete sie ihre Aussage.

Danach trat Matthias vor und berichtete, was sich im Stall des Gasthauses *Zur Silberflosse* zugetragen hatte. Bei der erneuten Nennung von Oswalds Namen wurden die Zuhörer auf den Bänken unruhig. Oswald trauten die meisten fast jede Schurkentat zu.

Auch Hildegard kam zu Worte. Sie und Irmelin sprachen abwechselnd darüber, wie Oswald sie in Magdeborch aufgestöbert hatte, wie seine Mordbuben versucht hatten, Hildegards statt Irmelins Leben ein Ende zu setzen. Sie schilderten die Brandlegung und die Entführung. Auch Buntauges Taten würdigten sie. Manch Ritter wünschte sich danach, einen so treuen und mutigen Knappen an seiner Seite zu wissen. Dieser Straßenjunge hatte gar ritterliche Tugenden bewiesen, was man von Oswald so gar nicht behaupten konnte.

Arno schien jetzt doch die Geduld zu verlieren. Er fuhr von seinem Schemel hoch. Der Zorn hatte sein Gesicht rot gefärbt und am liebsten hätte er seine Hände in jemandes Kehle gekrallt, so krampfig zuckten seine Finger.

„Welch schamlose Lügen werden hier erzählt! Oswald hat aus eigenem Antrieb gehandelt, weil er sich mir unentbehrlich machen wollte."

„Beim Gerichtstag in Magdeborch habt Ihr noch etwas ganz anderes erzählt", widerlegte ihn Hartman. „Dort war die Rede davon, dass Ihr Oswald aus Euren Diensten gejagt hattet, weil er mit Eurer Bastardtochter im Heu war und diese ihm dann Tage später folgte."

„Darum hat er ja den Nigreber gemeuchelt, weil er dachte, ich würde es gutheißen." Arno klang gar nicht mehr so selbstsicher, merkte er doch, dass er begann, sich in Widersprüche zu verwickeln.

Petronella hielt es nicht länger auf ihrem Stuhl. „Haltet Ihr uns für so dumm, dass wir nicht merken, was Ihr uns für plumpe Lügen auftischt?", fauchte sie ihren Gatten an. „Wissen wir doch alle hier, dass zuerst Irmelin verschwand und Oswald sich erst Tage später auf die Suche nach ihr machte, um eine entlaufene Magd zurückzuschaffen, wie Ihr uns alle Glauben machen wolltet."

„Schweig Weib, oder..." Arno brachte seinen Satz nicht zu Ende, funkelte sie aber dermaßen hasserfüllt an, dass ihr ein Schauer über den Rücken lief. Würde er weiter Herr über Burg Dytershagen bleiben, wäre sie die Erste, die seinem Rachedurst zum Opfer fiele.

Unbeeindruckt von Arnos Ausbruch fuhr Hartman in seiner Beweisführung fort. Er sprach von seinem Besuch bei Oswald im Kerker, was der ihm über den Hergang der Dinge gestanden und welches unrümliche Ende Arnos Handlanger auf dem Richtplatz gefunden hatte.

Oswald vom Winckel war bei der Burgbesatzung alles andere als beliebt gewesen, doch dieses Schicksal hatte ihm kaum einer gewünscht. Unehrenhaft wie ein gemeiner Wegelagerer durch die Hand des Henker sein Ende zu finden, würde seinem Namen und dem seiner Familie auf ewig Schande ins Stammbuch schreiben.

„Für alle Anwesenden ist es somit erwiesen, dass Ihr, Arno von Quitzow, den Auftrag zur Ermordung meines Halbbruders, Gisilbert von Nigrebe, gegeben und auch die weiteren Untaten des Oswald gebilligt habt, um diese Tat zu verheimlichen", beschloss Hartman seine Ausführungen.

Inzwischen stand die Sonne hoch am Himmel und bei allen machte sich die durchwachte Nacht und die Aufregungen um die Einnahme der Burg bemerkbar.

„Das Strafgericht soll nun unterbrochen werden", verkündete Hartman. „Wir wollen ein kurzes Mahl einnehmen und dann die Strafe finden, die Arno von Quitzow auferlegt wird, um seine Taten zu büßen."

Mit Genugtuung hatte das Gesinde im Hof die Anklage gegen Arno verfolgt, darauf hoffend, dass seiner Gewaltherrschaft nun ein baldiges Ende bereitet werden würde. Zwar hatte heute niemand daran gedacht, Brot in den Ofen zu schieben oder einen Braten vorzubereiten, doch eifrig machten sich alle daran, aus den Resten des gestrigen Tages, sowie aus Mehl, Eiern und Milch ein nahrhaftes Mittagsmahl zu richten. Schon bald wurden den Herren und der Dame an der herrschaftlichen Tafel eine mit feinem Mehl angedickte Milchsuppe und Platten mit kaltem Braten, Käse und Speckeiern gereicht. Mägde trugen Krüge mit Bier und Wein herbei.

Auch den auf den Bänken sitzenden Gefolgsleuten Arnos und den anderen Gästen wurde aufgetischt. Dass Arno nur ein Holzbrett mit einem altbackenen Kanten Brot und einem Stück harten Käses sowie einen Becher mit mehr Wasser als Wein erhielt, zeigte deutlich, auf wessen Seite das Wohlwollen der Bediensteten stand.

Während des Essens wurde an der hohen Tafel angeregt beraten, welche Strafe Arno auferlegt werden sollte. Hartman brachte unumwunden zum Ausdruck, Arno durch das Schwert zu richten. Er war bereit, es selbst zu führen und sich dafür dem Spruch des künftigen Erzbischofs zu beugen.

Matthias wandte ein, dass Arno zwar ein mörderischer Ränke-schmied war, sie jedoch nicht das Recht hatten, ihm das Leben zu nehmen. Besser wäre es, ihn einzukerkern, um ihn dann später der Gerichtsbarkeit des Erzstiftes zu übergeben.

Petronella schwankte zwischen den Ansichten der beiden Ritter. Sie scheute davor zurück, für den Tod eines Menschen zu sprechen, aber sah auch andererseits die Gefahr, dass ein einge-kerkerter Arno doch noch von einem Getreuen befreit werden könnte. Oder womöglich würde ein erzbischöfliches Gericht ihn sogar von jeder Schuld freisprechen. Dann gäbe es mit Sicherheit ein grausiges Morden auf der Burg, daran war nicht zu zweifeln.

Schließlich machte Pater Sebastian, der bisher schweigend dem Gericht beigewohnt hatte, einen Vorschlag, dem nach einigem Hin und Her, alle zustimmen konnten. Petronella lächelte ihm zu. Sie hatte gewusst, der greise Burgkaplan, den sie vor siebzehn Jahren von der Nigreber Burg als Beichtiger mitgebracht hatte, wäre um einen guten Rat nicht verlegen.

Die Teller und Platten wurden abgetragen und nachdem wieder Ruhe im Rittersaal eingekehrt war, erhob sich Hartman.

„Wir sind zu einem Urteil gekommen", hub er an. „Arno von Quitzow wird all der Taten, derer er angeklagt wurde, von uns für schuldig erachtet. Er soll sein Recht auf diese Burg und die des Nigrebers für die Dauer von sieben Jahren verlieren, bis sein Sohn Linnard die Schwertleite erhalten hat und der rechtmäßige Herr über Burgen und Dörfer geworden ist. Zur Sühnung seiner Taten soll Arno von Quitzow sich den Herren des Deutschritter-ordens anschließen, die vor drei Tagen auf dieser Burg rasteten. Er soll als Kreuzfahrer mit ihnen ins Kulmerland ziehen, dort gegen die heidnischen litauischen Fürsten kämpfen und das den Pruzzen abgerungene Land sichern helfen. Arno von Quitzow darf nicht vor Ablauf der sieben Jahre heimischen Boden betreten. Ansonsten gilt er als vogelfrei und darf von jedermann getötet werden."

Arno, der schon mit seinem Leben abgeschlossen hatte, atmete unhörbar auf. Ein abfälliges, böses Lächeln umspielte seine Lippen. Was für Weichlinge! Er selbst hätte keinen am Leben gelassen, der ihm Schaden zufügen konnte. Nun gut, es würde ihm schwerfallen, sich in seine Rüstung zu zwängen und das weiche Lager und das reichhaltige Essen würde er auch vermissen. Aber er würde wiederkommen und dann blutige Rache nehmen.

„Wer von den Gefolgsleuten des Quitzowers diesen ins Kulmerland begleiten will", fuhr Hartman fort, „kann mit ihm abziehen. Aber auch für diese gilt die siebenjährige Verbannung. Wer bleiben will, muss den Treueeid auf die Herrin Petronella und ihren Sohn leisten. Ihr habt eine Stunde Zeit, euch zu bedenken. Zur Non ziehen die Verbannten aus der Burg. Bruno von Dünnwald wird sie mit genügend eigenen Männern bis zur Stadt Burg begleiten. Dort sammeln sich die Kreuzfahrer."

Es brauchte keine halbe Stunde und die Burgbesatzung hatte sich entschieden. Zwei Ritter, Arnos Knappe und drei Waffenknechte würden Arno folgen. Weniger die Treue zu ihrem Herrn als vielmehr die Abenteuerlust hatte sie zu diesem Schritt bewogen. Dort gab es noch herrenloses Land. Und was blieb einem nachgeborenen Sohn weiter übrig, wollte er eigenes Land besitzen, als in den Krieg zu ziehen, sich auszuzeichnen und Land und Herrschaft zu erringen. Da war es gleich, ob ein Ritter eine eigene Burg mit dazugehörigen Dörfern oder ein Waffenknecht nur einen Freibauernhof sein Eigen nennen wollte.

Im Verlaufe der nächsten zwei Stunden richteten die zukünftigen Kreuzfahrer ihr Gepäck. Auf dem Trosswagen wurden ihre Waffen in einer eisenbeschlagenen Truhe verwahrt, deren Schlüssel Bruno von Dünnwald an einem Lederband unter seinem Ringpanzer trug. Die Abtrünnigen würden Schwerter und Dolche erst erhalten, wenn sie vor den Deutschrittern ihren Eid geleistet hatten.

Kurz vor der Non formierte sich der Trupp im Hof. Das Gesinde stand abseits und verfolgte stumm den Auszug Arnos und seiner Gefolgschaft.

Irmelin fand endlich ihre Mutter. Mila legte den Arm um ihre Tochter und zog sie an sich. Mit hartem Gesicht verfolgte sie, wie Arno als Verbannter davonritt. Vor langer Zeit hatte sie sich geschworen, ihn mit seinem eigenen Dolch zu richten für das Unrecht, das er ihr angetan hatte. Doch nach der Geburt Irmelins war daran nicht mehr zu denken. Wer sollte sich um das Kind kümmern, wenn seine Mutter als Mörderin starb? Schon lange hatte Arno nicht mehr ihr Lager aufgesucht. Es gab jüngere Mägde, die sich nicht zu wehren wagten. Doch der Hass über Entführung und Schändung fraß noch immer in ihr. Sie wünschte nichts sehnlicher, als dass die Heiden Arno über ganz kleinem Feuer rösten würden.

Von der Holzgalerie aus sahen Petronella, Matthias und Hartman dem davonreitenden Trupp nach. Arno und seine Männer wurden von sieben schwerbewaffneten Rittern und Waffenknechten des Querfurters flankiert. Voran ritt Bruno von Dünnwald.

Bis zur festen Stadt Burg war es ein etwa zweistündiger Ritt. Wenn dort alles zügig ablief, konnte die Wachmannschaft noch vor Anbruch der Dunkelheit zurück sein.

Ein Aufatmen, als würde sich das Gras nach einem Hagelschlag wieder aufrichten, ging durch Gesinde und Herrschaft gleichermaßen. Eine Last war von allen genommen. Im Hof setzte emsiges Tun ein, dass vermuten ließ, dass nach dem kargen Mittagsmahl ein kräftiges und wohlschmeckendes Festmahl zum Abend gerichtet wurde. Hie und da erklang gar ein lustiges Lied.

In der Zwischenzeit traten die verbliebenen drei Ritter, neun Waffenmänner und der Burghauptmann der Quitzower Burg einzeln vor die hohe Tafel, knieten nieder und legte ihren Treueeid auf die Herrin der Burg Petronella und ihren Sohn Linnard ab. Trotz dieses Bekenntnisses zu den neuen Herrschaftsverhältnissen würde Hartman noch eine Woche auf der Burg verbleiben und danach zehn seiner erfahrensten Männer an diesem Ort belassen. Sollte sich Arno doch noch entschließen umzukehren, würde er seinen ehemaligen Besitz nicht im Handstreich erobern können.

Als diese Prozedur beendet war, traten unaufgefordert der Stallmeister, die Köchin und die Hauswirtschafterin vor Petronella. Die Wirtschafterin gelobte im Namen des gesamten Gesindes, wenn nötig die Burg mit Mistgabeln und Sensen gegen Arno zu verteidigen. Über diese Treue gerührt, gebot Petronella auch für das Haus- und Hofgesinde ein Festmahl zu richten und im Hof ein Fass Bier auszuschenken.

Dann befahl sie Irmelin und Mila vor das Podest zu treten. Sie maß die beiden Frauen mit unbestimmbarem Blick.

„Irmelin, ich bin dir zu Dank verpflichtet", begann sie. „Durch dein Einwirken wurde der Meuchelmord an meinem Vater aufgedeckt. Doch kann ich dich nicht weiter auf dieser Burg dulden. Dein Anblick würde mich allzeit an die vergangenen unglückseligen Ereignisse erinnern. Auch du, Mila, wirst gehen müssen."

„Aber...", wollte Matthias einwenden, doch Petronella gebot ihm mit einer herrischen Handbewegung zu schweigen.

„Niemandem ist hier verborgen, dass du Arnos Tochter geboren hast", fuhr Petronella fort. „Ich kann und will es nicht hinnehmen, dass ihr beide weiterhin hier lebt."

Mila presste die Lippen aufeinander. Das war also die neue Gerechtigkeit, die sich alle vom Wechsel der Herrschaftsverhältnisse erhofft hatten. Für unsereins wird sich nie etwas ändern, dachte sie verbittert.

Hildegard, die abseits zuhörte, ballte die Fäuste. Hatte sie nicht noch kürzlich Hochachtung vor der Frau empfunden, die sich gegen die Machenschaften ihres Gatten auflehnte? Wie hatte sie nur so dumm sein können, Mitgefühl und Anteilnahme von einer wohledlen Dame zu erwarten?

„Doch weiß ich auch", sprach Petronella unbeirrt weiter, „dass du, Mila, dich nicht freiwillig meinem Gatten hingegeben hast. Mir ist bekannt, dass Arno dich gewaltsam deiner Heimat entriss. Darum will ich euch auch nicht als mittellose Bettlerinnen der Burg verweisen. Richtet euch einen Karren mit Hausrat, Verpflegung für mehrere Tage und spannt morgen Vormittag das Maultier vor, welches Hildegard geritten hat. Ich will euch auch drei Silbermark mitgeben. Mit Gottes Hilfe wird es euch gelingen, euch anderswo ein auskömmliches Leben einzurichten."

Mit dieser Wendung hatten weder Mila noch Irmelin noch Hildegard gerechnet. Die Letztere stürmte auf die Freundin zu, umarmte sie und frohlockte: „Dann kommt ihr mit nach Magdeborch in den Beginenkonvent. Platz haben wir dort genug." Und mit den drei Silbermark würden sich die zwei auch einkaufen können. Wenn es nötig wäre, würde Hildegard einen Teil ihres Schmucks hergeben, der sicher verwahrt bei der Magistra lag.

Irmelin warf einen verstohlenen Blick zu Tobias, der auf einer der Bänke zwischen all den anderen Dienstmannen saß und empfing einen strahlenden Blick zurück.

Für Mila würde es wie eine Weltreise sein. Seit ihrer Entführung war sie nur wenige Male aus der Burg herausgekommen und das auch nur bis Dytershagen. Fünfzehn Sommer hatte sie gezählt, als Arno sie an seinen Trosswagen band. Nun sah sie dem neuen, freien Leben mit einiger Unsicherheit aber auch einer gewissen Neugierde entgegen.

„Gut, es freut mich, dass ihr so schnell ein Unterkommen gefunden habt." Jetzt stahl sich doch ein kleines, erleichtertes Lächeln in Petronellas Mundwinkel. „Dann brecht ihr morgen auf.

Ich werde euch zwei Waffenknechte mitgeben, die euch sicher noch Magdeborch geleiten werden."

Der ereignisreiche Tag sollte mit einem ausgelassenen Fest beendet werden.

Waren die ehemaligen Dienstmannen Arnos anfangs noch misstrauisch ob der neuen Herrschaft eines Weibes, so mussten sie doch zugestehen, dass es weder am Essen noch an Wein und Bier mangelte. Andererseits wurde ein Waffenknecht, der eine der Mägde mit roher Hand in eine Ecke des Saales zerren wollte, von der neuen Herrin mit harten Worten zurechtgewiesen. Niemals mehr sollte einer Frau auf dieser Burg Gewalt angetan werden. Diese Neuerung rief schon das Murren des einen oder anderen hervor. Wie sonst sollte man sich denn einem Weib nähern?

Aber noch bevor die Männer weiter darüber nachdenken konnten, lieferten sich zwei der verbliebenen Ritter Arnos in der Mitte des Saals einen Scheinkampf. Für die schnelle Ablenkung ernteten sie von ihrer Herrin ein huldvolles Lächeln und der Sieger einen zinnernen, reich ziselierten Becher.

Der Tag neigte sich seinem Ende zu und Dämmerung senkte sich über Burg und feiernde Menschen. Bruno von Dünnwald ritt mit seinen Mannen in die Burg ein und konnte berichten, dass er Arno und seine Gefolgschaft bei den Deutschrittern abgeliefert hatte und diese sofort unter Eid genommen worden waren. Arno und seinen Rittern war der weiße Mantel mit dem schwarzen Kreuz um die Schultern gelegt worden.

Noch von einem anderen absonderlichen Vorkommnis konnte Bruno berichten. Zugleich mit ihnen waren in Burg drei Franziskanermönche eingetroffen. Einer von ihnen, ein dürrer Mönch, war mit den Händen an den Sattel seines Maultieres gebunden. Er hatte in einem fort über Teufelsweiber und deren Ausmerzung durch Feuer gezetert. Auch er wurde den Ordensrittern übergeben mit der Anweisung, ihn zum Zwecke der Missionierung mit auf die Kreuzfahrt zu nehmen.

„Bernhard", flüsterte Hildegard Irmelin zu. „Das muss der verrückte Bernhard sein. Nun sind wir ihn endgültig los."

„Die armen Heiden", flüsterte Irmelin zurück.

„Vielleicht entledigen sie sich seiner ja schnell."

„Damit er dann in 100 Jahren als Heiliger und Märtyrer verehrt wird?"

Beide mussten sich ob dieser Vorstellung lachend schütteln.

24. Kapitel

Gleich nach dem Frühmahl des nächsten Tag machte sich ein zweiter Trupp bereit, die Burg zu verlassen. Im Hof stand der vollgepackte Karren mit den Habseligkeiten Milas und Irmelins. Doch hatte Petronella ihnen das eine oder andere Stück dazu gegeben, denn was nannte eine leibeigene Magd schon ihr Eigen? Vor dem Wagen hatte Tobias nicht Hildegards Maultier, sondern seinen kräftigen Karrengaul gespannt. Es selbst saß auf dem Sitzbrett, Irmelin hatte sich vertrauensvoll neben ihn gesetzt. Ihre Schultern berührten sich und beiden schien das gut zu tun. Mila saß hinten auf dem Wagen zwischen Töpfen und Kleidertruhe. Ihre Wangen hatte die Aufregung rot gefärbt. Hildegard hatte sich von einem Trittstein aus allein in den Sattel ihres Maultieres geschwungen und auch Matthias, der heute ebenfalls nach Magdeborch zurückkehren wollte, saß auf einem Pferd des Querfurters bereit. Er würde es in dessen Stadthaus abgeben, bevor er seine Pilgerfahrt fortsetzen würde.

Die beiden Waffenknechte, die sie begleiten sollten, sahen eher gelangweilt aus. Was brachte es schon für eine Ehre, einen solchen Weiberzug von Dienstmägden zu begleiten? Trotzdem würden sie ihre Aufgabe gewissenhaft erfüllen. Mit der neuen Herrin war nicht zu spaßen, wenn es um das Wohlergehen von Frauensleuten ging, mochten sie noch so niedrigen Standes sein.

Tobias klatschte seinem Wagenpferd die Zügel auf den Rücken, ließ ein lautes „Hüja" erschallen und der Gaul zog an.

Petronella und Hartman sahen von der Holzgalerie aus dem Trupp nach. Dann wandten sie sich wieder dem Rittersaal zu. War Petronellas Anerkennung auf der Burg auch gesichert, so musste nun doch die Geistlichkeit des Erzstiftes überzeugt werden, dass sie dieser Aufgabe auch gewachsen war. Dabei kam ihr zugute, dass sich Arno auf eine langjährige Kreuzfahrt begeben hatte. Wäre Arno bei dem Händel zu Tode gekommen, würde seine Witwe spätestens nach Ablauf der schicklichen Trauerzeit mit irgendeinem anderen Ritter verheiratet werden.

Eine Zeit lang ließ Mila noch den Blick auf der kleiner werdenden Burg verweilen. Am Morgen hatte sie sich von ihren Freunden verabschiedet. Wieder einmal würde es ein Weggehen für immer sein. Auch diesmal, so wie vor fast achtzehn Jahren, war es ein unfreiwilliges Scheiden. Doch anders als damals, fühlte sie nicht diese abgrundtiefe Verzweiflung. Diesmal empfand sie es als Aufbruch in ein neues, in ein freies Leben. Entschlossen wandte sie sich ab und blickte zwischen Tobias und Irmelin hindurch in Fahrtrichtung. Ein bisschen Angst, viel Aufregung und ein gerütteltes Maß an Neugierde auf das Leben, das auf einmal ganz neue Möglichkeiten bot, zauberten ein zaghaftes Lächeln in ihr Gesicht.

Sie überquerten die Elbe wieder bei Hohenwarthe und verbrachten die Nacht in der Herberge am Kreuzweg vor Rothensee. Erfreut stellte Hildegard fest, dass ihr Hinterteil sich langsam ans Reiten zu gewöhnen begann. Trotzdem fiel sie todmüde auf ihren Strohsack, den sie sich in der Frauenkammer mit Irmelin und Mila teilte.

Zeitig am nächsten Morgen brachen sie auf. Hildegard zog es jetzt mit ganzer Macht zurück nach Magdeborch und in den heimatlichen Konvent. Noch nie in ihrem Leben war sie eine so lange Zeit von dem vertrauten Ort mit seinen Frauen, von ihrer Ziehmutter und von ihren Freundinnen getrennt gewesen. Sie sehnte sich danach, von einer grummelnden Walburga in den Arm genommen zu werden, mit den Händen in der warmen Erde des Gartens zu wühlen, ja sie sehnte sich nicht nur nach Rose, der sanften, sondern sogar nach Dorne, der stets zänkischen und widerspenstigen Ziege. Und wie war es Oleg inzwischen im Kloster ergangen? Und dieser Stadtwächtersknecht, dachte der noch hin und wieder an ihr gemeinsames Abenteuer oder hatte er es schon abgeschüttelt wie ein Hund das Wasser?

Schon zuckten ihre Fersen, um sich dem gemütlich dahintrabenden Maultier in die Seiten zu bohren und es zu einem Galopp angetrieben, ungeachtet dessen, dass das Tier wohl kaum dazu in der Lage war, und ganz abgesehen davon, dass sie selbst wohl schon nach den ersten Metern aus dem Sattel gestürzt wäre. Doch das tat ihrem Sehnen nach dem gewohnten Umfeld, nach den vertrauten und geliebten Menschen keinen Abbruch.

Am Schrotendorfer Tor wendeten die Waffenknechte mit einem kurzen Gruß ihre Pferde und ritten in einem schnellen Trab davon.

Die Glocken des nahen Barfüßerklosters läuteten zur Sext. Die Sonne stand hoch am Himmel und Hildegard hatte noch nie dermaßen stark das Gefühl des Nachhausekommens verspürt, wie an diesem Mittag. Am liebsten hätte sie jeden, egal ob Mann, Frau oder Kind, der ihr in den Straßen und Gassen begegnete im Kreis herumgewirbelt und an ihrer Freude teilhaben lassen. Doch nur flüchtige, gleichgültige Blicke streiften den Karren und die zwei Reiter. Die Menschen gingen ihrem gewohnten Tagwerk nach, nicht ahnend, dass andere gerade Abenteuer auf Leben und Tod überstanden hatten.

Aber das war wohl nur natürlich. Auch Hildegard hatte sich nie Gedanken darüber gemacht, was ein Handelszug, der von langer Fahrt heimkehrte, unterwegs für Gefahren, Wetterunbilden und Wagnisse zu überstehen hatte. Die letzten Tage hatten jedoch ihren Blick geschärft und ihr gezeigt, dass auch außerhalb von Konvents- und Stadtmauern Menschen mit ihren Ängsten, Wünschen und Hoffnungen lebten und wenn nötig, mit dem Schwert in der Hand um die Erfüllung ihrer Träume kämpfen würden.

Sie sah vom Rücken ihres Maultieres herunter zum Karren. Dort saßen Irmelin und Tobias eng beieinander. Irmelin hatte bis zum Stadttor die Zügel gehalten, denn Tobias hatte sie unterwegs geduldig darin unterwiesen, wie ein Wagenpferd zu führen war. Jetzt legte die junge Frau die Zügel wieder in die Hände des erfahrenen Mannes. Hier im Straßengewühl war es sicherer, wenn ein geübter Wagenlenker dem Pferd anzeigte, wo es lang ging.

Nun dauerte es nicht mehr allzu lange und sie bogen in die Straße zum Konvent ein. Hildegard konnte gar nicht anders. Sie schlug ihrem Reittier nun doch die Fersen in die Seiten. Das Maultier machte einen überraschten Satz und verfiel dann wirklich in einen schnelleren Trab. Vor dem Konventstor musste Hildegard es allerdings zügeln, denn durch die schmale Tür hätte sie nie durchreiten können, ohne sich tief auf den Maultierhals niederzubeugen. Soweit gingen ihre Reitkünste denn doch noch nicht.

Wie gewohnt saß Mette auf ihrem Hocker, den sie, angesichts des heißen Frühsommertages, in den Schatten gerückt hatte und bewachte mit geschlossenen Augen das Tor. Als sie das Hufklappern vernahm, blickte sie nun doch auf und straffte den Rücken.

„Na, da ist es ja endlich, unser Maultier. Wurde auch Zeit. Agnes wird's freuen." Schnaufend kam sie hoch, trat zu dem Tier und tätschelte ihm den Hals. Und dann zu Hildegard gewandt, die schon etwas enttäuscht ob dieser Begrüßung, die als erstes dem Tier galt, auf die alte Frau herabsah: „Schön, dass du wieder da bist, Kindelein. Wir haben dich vermisst und jeden Tag für dich gebetet." Die Pförtnerin wandte sich wieder dem Maultier zu und streichelte ihm ausgiebig die weichen, weißen Nüstern. Sie schniefte zweimal und wischte sich verstohlen eine Träne aus dem Auge.

Hildegard sprang vom Rücken des Tieres und nahm die alte Frau in die Arme, drückte sie und flüsterte ihr froh ins Ohr: „Ich bin wieder zu Hause."

Inzwischen waren auch Wagen und Reiter herangekommen. Hildegard öffnete weit das Tor und Tobias lenkte das Gespann in den Hof, wo er es unter dem Walnussbaum zum Stehen brachte.

Von allen Seiten strömten die Frauen herbei, um die Heimgekehrten aber auch den Neuankömmling in Augenschein zu nehmen.

Walburga, die gerade den Triangel zum Mittagsmahl hatte schlagen wollen, umfing ihre Ziehtochter mit ihren starken Armen und presste sie so fest an sich, dass Hildegard erst nach Luft ringend protestieren musste, bevor sie aus der Umarmung entlassen wurde.

Zweimal war die Köchin in den vergangenen Tagen zum Schrotendorfer Tor geeilt und hatte Ausschau nach ihrer Tochter gehalten. Bang hatte sie alle Heiligen angerufen, um für eine gesunde Heimkehr Hildegards und ihrer Begleiter zu bitten. Und nun waren sie wohlbehalten zurück. Erneut zog Walburga die junge Frau an ihren Busen und ihre Tränen netzten Hildegards Wangen, so dass sie selbst fühlte, wie ihre Augen feucht wurden.

Tobias und Irmelin kletterten vom Sitzbrett des Karrens und der junge Mann reichte Mila die Hand, um ihr vom Wagen zu helfen.

„Das ist meine Mutter Mila", stellte Irmelin sie vor und Mila lächelte schüchtern in die Gesichter der Umstehenden, die auch sie willkommen hießen, als hätte sie schon ihr ganzes Leben unter ihnen geweilt.

Die konventsunüblichen, lauten Geräusche hatten auch die Magistra herbeigerufen. Die schlimmen Unbilden der vergangenen Wochen schienen endgültig ausgestanden und sie bat alle ins Refektorium, um das gemeinsame Mittagsmahl einzunehmen und von den Erlebnissen außerhalb der Konventsmauern zu berichten.

Matthias führte Pferde und Maultier auf die Obstwiese und schloss sich dann den Frauen an. Auch er fühlte sich zugehörig und ein wenig bedauerte er, dass er nun bald seine Pilgerreise fortsetzen musste. Der Beginenkonvent war ihm ans Herz gewachsen und er dachte ernsthaft darüber nach, das Angebot Hartmans zu überdenken. Der Querfurter hatte ihm am letzten Abend auf der Quitzowschen Burg nahegelegt, wieder in seinen Dienst zu treten und eine seiner Burgen mit mehreren dazugehörigen Dörfern zu übernehmen. Das wäre weit mehr, als er jetzt in der Markgrafschaft Meißen bewirtschaftete. Man würde sehen.

Es wurde ein langes, ausgiebiges Mittagsmahl. Auch wenn es ohne Voranmeldung fünf zusätzliche Mäuler zu füllen galt, so brachte das Walburga nicht in Verlegenheit. Schnell brutzelte eine Pfanne Würste vor sich hin, wurden Eier in eine zweite Pfanne geschlagen, Platten mit Schinken und Käse gerichtet und Krüge mit Wein, Bier und Apfelmost herangeschafft.

Offenen Mundes hörten die im Konvent verbliebenen Beginen, wie die Burg des verhassten Arno erobert worden war. Ungläubig staunten sie über Hildegards Anteil an der fast unblutig verlaufenen Überrumpelung der Burgbesatzung. Und erfreut vernahmen sie, dass sich sowohl Arno von Quitzow als auch der wahnsinnige Pater Bernhard weit, weit fort von ihnen in ein fremdes Land begeben mussten, so dass sie fürderhin von deren Machenschaften verschont bleiben würden.

Kurz nach der Non machten sich Matthias und Tobias auf, um sich um ihre eigenen Belange zu kümmern. Tobias würde in seiner Werkstatt nach dem Rechten sehen und hoffte, dass Geselle und Lehrjunge alle Aufgaben gewissenhaft erfüllt hatten. Doch ging er nicht, ohne Irmelin einen letzten verliebten Blick zuzuwerfen. Die strahlte zurück und beschwingt ritt Tobias davon, als würde er den Heiligen Gral in seinen Händen halten.

Auf der Magistra Anweisung hin bezogen Irmelin und Mila das Gästehäuschen, wo sie sich in der hinteren Kammer einrichteten. Töpfe und Pfannen vom Karren wurden in die Küche zu

Walburga getragen. Ursula von Buch hatte keinen Zweifel daran, dass sich Mila schon bald in ihre Gemeinschaft einfügen würde. Sie hatte den zwar schüchternen, nichtsdestotrotz wachen Blick der Frau gesehen und die lebendige Neugierde, mit der diese alles Neue in sich aufsog.

Dass auch Irmelin noch lange bei ihnen verweilen würde, daran zweifelte die Magistra allerdings. Ihr waren nicht die Blicke entgangen, die die junge Frau mit dem Schreinemaker gewechselt hatte. Sie hoffte für Irmelin nur, dass der Handwerker es auch ernst meinte. Er würde sich gegen seine Zunft durchsetzen müssen, die natürlich anstrebte, einen Meister mit einer Tochter aus der Tischlerzunft zu verheiraten. So eine dahergelaufene ehemalige Magd würde doch keinen Moritzpfennig als Mitgift einbringen. Andererseits waren ein Paar fleißige Hände und ein frohes Gemüt noch immer die beste Mitgift. Und daran mangelte es Irmelin in keiner Weise.

Am späten Nachmittag machte Irmelin ihre Mutter mit den Örtlichkeiten im Konvent vertraut. Dabei trafen sie auf Agnes, die das Maultier umsorgte, als wäre ein verlorener Sohn heimgekehrt. Gleich am nächsten Tag würde sie zu einem Bauern in Sankt Katharinen eilen, nein fahren, jawohl, sie würde mit dem Maultierkarren dorthin fahren, um Stroh, Heu und Hafer für die erste Zeit zu erstehen. Nun konnte sich die Magistra dem Tier nicht mehr verweigern.

Hildegard nutze die Stunde vor dem Abendmahl, um Walburga zur Hand zu gehen. So erfuhr sie, wie das Leben der letzten Tage im Konvent verlaufen war. Alle Schäden der Brandnacht waren behoben und endlich konnten die Frauen wieder ihren eigentlichen Aufgaben nachgehen. Grite verbrachte die Vormittage nach wie vor im Handelshaus Ellenbruch und versuchte, erste neue Handelsbeziehungen zu knüpfen oder alte wieder neu zu beleben. Dabei war ihr der Tuchhändler Hannes Gessler hilfreich, der ihr einen Handelspartner in Tangermünde, welcher mit flandrischem Tuch handelte, empfohlen hatte,

„Nach dem Abendmahl solltest du noch mal die Nase vors Tor stecken", sagte Walburga schließlich mit einem leicht ironischen Unterton.

Verunsichert sah Hildegard sie an. „Was erwartet mich dort?"

„Dieser Stadtwächter, der stromert hier jeden Abend rum und geht erst, wenn er erfahren hat, was es Neues gibt. Redete sich immer raus, dass er seinen Freund Oleg im Kloster nicht besuchen könne, ohne Bericht von der Jungfer Hildegard. Der spillerige Bengel würde ihn ansonsten vierteilen."

Hildegard lachte hellauf. „Na, dann wollen wir ihm mal heute Abend sagen, dass er nun nicht mehr zu kommen braucht, da alles ausgestanden ist."

Walburga nickte grummelnd. Was hatte dieser Bursche mit ihrer Hildegard zu schaffen? Rettung hin oder her, der sollte gefälligst bei Seinesgleichen bleiben. Der war kein rechter Umgang für ihre Tochter. Wer weiß, aus welchem Loch der gekrochen war. Einmal hatte sie versucht, ihn über seine Herkunft und seine Eltern auszufragen. Aber da hatte er nur etwas Unbestimmtes vor sich hingebrummt und war schnell verschwunden.

Und so trat Hildegard nach dem Abendmahl ans Tor, schwatzte ein wenig mit Mette, griff sich dann Reisigbesen, Schaufel und Weidenkorb, um die Straßenseite vor ihrem Konvent zu kehren. Mette blinzelte zwar überrascht, als ihr die abendliche Arbeit von so hilfreichen Händen abgenommen wurde, aber gleich darauf kräuselte ein schelmisches Lächeln die unzähligen Runzeln ihres Gesichts und sie wedelte Hildegard zur Tür hinaus, als würde sie einer Schar Hühner den rechten Weg weisen müssen.

Hildegard gestattete sich nur einen winzigen Blick aus dem Augenwinkel. Und fürwahr, da stand dieser Stadtwächtersknecht auf der anderen Straßenseite und tat so, als würde er die Wolken am Himmel zählen. Na, das konnte sie auch. Ohne weiter nach rechts oder links zu schauen, begann sie den Reisigbesen so kräftig zu schwingen, dass die Staubschwaden nur so aufstoben. Recht so, der Wind stand günstig und wehte dem Burschen den miefigen Odem um die Nase. Ein unterdrücktes Husten von gegenüber belohnte ihre Bemühungen.

Hildegard sah von ihrer Arbeit auf und rief überrascht: „Oh, der Herr Stadtwächter! Vergebt mir meine Unachtsamkeit, durch die ich Euch Ungemach bereitete."

Witho schlenderte herbei, die Augenbrauen hochmütig nach oben gezogen, und musterte Hildegard, als würde ihm erst jetzt die Erkenntnis zuteil, wer da vor ihm stand.

„Ich kam rein zufällig vorbei." Doch seine Anspannung und kaum unterdrückte Neugierde straften ihn Lügen.

„Aha, wie jeden Abend, wie mir meine Mutter sagte."

„Nu ja, ich bin auf dem Weg zu Oleg."

„Und der führt Euch direkt am Konvent vorbei?"

„Öhhh, ja ja, ich hatte heute am Ulrichstor zu tun."

„Nun fragt schon."

„Was soll ich fragen?"

„Ob und wie wir den bösen Arno besiegt haben."

„Habt ihr den Schandbuben bezwungen? Und wenn ja, wie?"

„Lasst uns ein Stückchen gehen. Es ist eine lange Geschichte."

Witho schluckte. Er war noch nie mit einem Mädchen oder einer jungen Frau die Straße entlanggeschlendert. Wie stellte man so etwas an? Musste er ihr den Arm reichen und über die Unebenheiten der Straße hinweghelfen, so wie er es einmal bei einem herausgeputzten Stutzer und seiner kichernden Begleiterin beobachtet hatte?

Doch noch bevor seine Unbeholfenheit in Verlegenheit umschlagen konnte, begann Hildegard zu erzählen und das zog ihn so in seinen Bann, dass er jede Überlegung betreffs des gebührlichen Betragens vergaß.

Als Hildegard von ihren Verführungskünsten auf dem Wehrgang sprach, knurrte Witho unwillig. Seine Hände fuhren in die Luft und schlossen sich um die Kehle eines unsichtbaren Gegners.

„Das war nicht recht, dass man Euch dieser Gefahr ausgesetzt hat", brummte er tadelnd. „Waren's nicht genug kampferprobte Männer, um sich Einlass mit dem Schwert zu erzwingen?"

„Männer", stöhnte Hildegard und verdrehte die Augen. „Es war der Plan der edlen Dame Petronella, dem ich den Anstoß gab. Es ging nicht darum, eine blutige Schlacht zu schlagen mit möglichst vielen abgehackten Armen und Beinen. Wir wollten Arno strafen und Irmelin befreien. Die restliche Burgbesatzung besteht zum größten Teil aus rechtschaffenen Kerlen, wie die Dame versicherte und fast alle haben ihr später auch den Treueeid geschworen."

Nur mäßig besänftigt brummte Witho etwas Unverständliches vor sich hin.

Inzwischen hatten sie das Ulrichstor erreicht und bogen in den Weg entlang der Stadtmauer hinter den Gärten ein. Hildegard fuhr in ihrer Schilderung der Ereignisse fort. So erfuhr Witho von der Gefangennahme des Arno und dem anschließenden Gerichtstag. Ohne weitere Kommentare nahm er das hin. Als er jedoch vom Pater Bernhard erfuhr, der gefesselt den Deutschrittern übergeben worden war, klatschte er in die Hände und tanzte vor Freude um Hildegard herum. Gleich darauf besann er sich mit hochroten Wangen und mehrmaligem tiefen Räuspern auf seine männliche Würde und schritt wieder gesetzt neben ihr einher. Das schadenfrohe Funkeln in seinen Augen konnte er aber nicht verbergen.

Dass Irmelin und ihre Mutter Mila jetzt, zumindest vorübergehend, im Konvent Aufnahme gefunden hatten, erfreute ihn ehrlich. Allerdings nicht so sehr um Irmelins und ihrer Mutter Willen, sondern eher, weil der Schreinemaker nun weiter seine Irmelin anhimmeln konnte und nicht womöglich doch seine alte Zuneigung zu Hildegard wieder entdeckten würde.

Schließlich kamen sie am neuen Zaun zum Beginenkonvent an. Den würde niemand mehr so einfach niedertreten. Höher war er als der alte und weitaus stabiler. Der Zimmerer mit seinem Gesellen hatte gute Arbeit geleistet.

Vor dem Hagebuttenstrauch blieb Hildegard stehen. Sie ließ ihre Finger über die noch kleinen, grünen Früchte streichen.

„Ist Oleg wohlauf?", fragte sie dann. „Hat er sich im Kloster eingelebt oder sehnt er sich schon nach dem freien Leben auf der Straße?"

Kurz kniff Witho die Lippen zusammen. Noch immer hatte er nicht richtig verwunden, dass sein Freund nun im Kloster lebte. Und dessen Versicherung, dass die Brüder ihn zu nichts drängen würden, wollte er nicht recht Glauben schenken. Allein schon, dass Oleg die Kuttenträger Brüder nannte, hatte ihm einen Stich gegeben. Bisher war die Fischmaulbande ihre Familie und sie waren wie Brüder gewesen. Witho fühlte sich von Olegs neuem Leben ausgeschlossen.

Doch dann entspannte ein Lächeln seine Züge. Der Freund war glücklich an diesem Ort. Und allein das zählte und nicht, dass ihn selbst dessen Entscheidung verstimmt hatte.

„Es geht ihm gut. Seine Genesung ist schon fast abgeschlossen. Er springt herum wie ein Floh und darf im Stall bei den Maultieren und Pferden helfen. Aber am liebsten ist er bei diesem Kamillus. Dort wühlt er in der Erde wie eine Wildsau und hört sich gelehrte Sachen über Heilkräuter an." Wieder verzog Witho missbilligend das Gesicht. „Er ist doch kein Kräuterweiblein oder gar eine Waldhexe."

„Wie wunderschön!" Hildegard strahlte Withos Missmut hinweg. „Dann kann er womöglich später bei einem Apotheker oder Bader in die Lehre gehen." Forschend sah sie ihren Begleiter an und knuffte ihm in die Seite. „Warum seid Ihr immer so stofflig, wenn es um Euren Freund im Kloster geht? Ihr missgönnt ihm doch wohl nicht das Glück dort?"

„Wie könnt Ihr...", fuhr Witho auf, ließ dann aber betrübt die Schultern hängen. Er zupfte einen Grashalm heraus, kaute darauf herum und lief stumm neben Hildegard den Weg an der Stadtmauer zurück. „Es ist nur", setzte er nach einer Weile ruhiger fort. „Ich freue mich ja für ihn, dass er dort leben und lernen kann. Ich würde ja selbst gern", wütend schoss er einen Stein davon, der ihm im Wege lag. „Also nicht ins Kloster, das nicht. Aber ich würde auch gern was lernen. Ich will nicht ewig Knecht der Stadtwache bleiben."

„Ich verstehe."

Schweigend setzten sie ihren Weg bis fast vors Konventstor fort.

„Ich könnte Euch ja zeigen, wie das mit dem Lesen und Schreiben geht", hatte Hildegard schließlich einen Entschluss gefasst.

„Ihr würdet wirklich?" Nun strahlte Witho, als hätte die Sonne höchstpersönlich ihren Wohnsitz in seinem Gesicht aufgeschlagen. „Aber wie soll das gehen? Eure Mutter sagte, dass Ihr in wenigen Wochen ins Haus des Ratsmannen Honstein einziehen werdet, um dort in all den Verrichtungen der feinen Leute unterwiesen zu werden."

„Bis dahin ist doch noch etwas Zeit und auch hernach wird sich ein Weg finden." Hildegard war zuversichtlich.

Sie waren wieder am Tor angelangt, wo noch immer die Gerätschaften zur Straßenreinigung auf Hildegard warteten. Entschlossen griff sie zum Besen und wollte ihre Arbeit fortsetzten.

Doch mit den Worten: „Ich habe Euch von Eurer Arbeit abgehalten", nahm ihr Witho den Reisigbesen aus der Hand und begann mit kräftigen Strichen den Unrat vor der Mauer zusammenzukehren. Hildegard schaufelte alles in den Weidenkorb und im Handumdrehen war die Arbeit getan.

Bevor sie den Konvent wieder betrat, blitzte sie Witho noch einmal fröhlich an. „Kommt morgen zur selben Zeit und ich werde Euch die ersten Buchstaben lehren."

Mit sich und der Welt hochauf zufrieden stolzierte Witho pfeifend davon.

Epilog

In gewohnter kleiner Prozession begaben sich die Beginen zum
sonntäglichen Hochamt in die Ulrichskirche. Es war drei Tage
nach Sankt Johannis, die Sonne schien gelinde vom Himmel,
Schäfchenwolken, die sich schnell zu Bändern formiert hatten,
zogen eilig davon und von Regenwolken war weit und breit keine Spur. Wenn man Agnes' Bauernweisheiten Glauben schenken
durfte, dann entschied sich in den nächsten Tagen das Wetter für
die folgenden Wochen. Ihr sollte es recht sein. Der vergangene
Blühmonat war oft regnerisch und kühl gewesen. Aber das sollte
den Pflanzen ja guttun, hatte Agnes gesagt. Doch Sonnenschein
und Wärme waren Hildegard allemal lieber.

Die wohlhabenden Bürger der Kirchengemeinde von Sankt Ulrich und Levin hatten bereits ihre Plätze vor dem Lettner einge-
nommen. Das restliche Volk, zu dem auch die Beginen zählten,
stand weiter hinten und konnte von dort aus mehr oder weniger
aufmerksam der Predigt folgen.

Hildegard gehörte, wie schon so oft, zu den weniger aufmerksamen Zuhörern. Alles hatte sich zur Zufriedenheit gerichtet. Das
Konventsleben verlief wieder in geordneten Bahnen und ohne
Furcht vor Anschlägen gingen die Beginen ihren vielfältigen Verrichtungen in der Stadt nach. In zwei Wochen, am Siebenbrüdertag, sollte sie in das Honsteinsche Haus einziehen. Gleichwohl sie
diese Aussicht einerseits mit Unsicherheit und Zweifel erfüllte,
freute sie sich andererseits doch. Die Ereignisse der letzten Wochen hatten ihr gezeigt, dass mit Mut und Zuversicht so einiges
zu bewältigen war.

Mila und Irmelin waren im Konvent wohlgelitten und erfüllten
die ihnen übertragenen Aufgaben gewissenhaft und wohlüber-
legt. Advocatus Conrad hatte vor einer Woche beim sonntäglichen Mittagsmahl, zu dem er wieder einmal geladen war, erneut
über eine fehlende Haushälterin geklagt und wie schwer das Leben ohne die ordnende Hand eines Weibes war. Und so waren

sie, unter Vermittlung der Magistra, zu der Übereinkunft gekommen, dass Mila, sobald sie sich erst besser in der Stadt zurechtfand, diese ordnende Hand sein sollte. Sie könnte weiter im Konvent leben, würde aber tagsüber das Haus des Magisters versorgen. So würden weder ihr Ruf, noch der des Advocatus unter ihrer Tätigkeit in seinem Hauswesen leiden. Auch sie sollte ihren Dienst am Siebenbrüdertag antreten.

Mit einem Grinsen musste Hildegard an Witho denken. Dafür erhielt sie von der stets wachsamen Walburga einen sanften Stoß in die Seite. Nicht für die Gedanken an Witho, sondern für das Grinsen. Man verzog seinen Mund nicht, wenn der Priester gerade über Sünde und Verdammnis predigte.

Erst hatte sie den Burschen überreden wollen, an Mechthildas Unterricht teilzunehmen. Doch zwischen die gickernden Mädchen wollte er sich auf keinen Fall setzen. So hatte sich Hildegard von der Lehrerin eine alte Wachstafel und einen Griffel geben lassen und unterwies ihn jetzt allabendlich eine halbe Stunde in deren Gebrauch. Sie saßen auf der Bank unter dem Walnussbaum, Witho bei seinem Bemühen die Zunge im Mundwinkel, stets argwöhnisch beobachtet von der Köchin. Er war nicht dumm, einige Buchstaben konnte er schon deuten und zu kleinen Wörtern zusammenziehen. Doch mit dem Schreiben wollte es einfach nicht gelingen. Seine Hand war an grobe Arbeiten gewöhnt. Das feine Zeichnen von Strichen und Bögen stellte für ihn eine ungeahnte Herausforderung dar.

Hildegard ließ ihre Blicke schweifen. Ob der Pilger noch immer in Magdeborch weilte? Sie hatte ihn seit jener Rückkehr in die Stadt nicht mehr gesehen. Auch sein Hund hatte nicht vor der Kirchenpforte gelegen. Aber er würde sich doch wohl verabschieden und nicht einfach so seines Weg ziehen?

Dann war ihr, als würde ein Trugbild ihre Augen narren. Dort, nur wenige Schritte entfernt, schräg hinter ihr stand die alte Barbe. Das konnte doch wohl nicht sein. Zwar war die alte Frau bei ihren letzten beiden Besuchen kräftiger geworden und hatte sich an Hildegards Arm schon mal die Treppe hinuntergewagt und in den Garten gesetzt, aber den Weg vom Haus des Nürnbergers bis hierher konnte sie keinesfalls allein bewältigen.

Hildegard verlagerte ein wenig ihren Stand, so dass sie besser sehen konnte und richtig, Barbe wurde von einem Arm gestützt. Die junge Frau schob sich noch einen halben Schritt nach hinten, was ihr von Walburga ein gezischtes: „Was hampelst du hier so rum?", eintrug. Aber das war ihr egal. Der Arm gehörte zu einem jungen Burschen, edel und farbenfroh gekleidet, der sich von den Umstehenden wie ein Fasan im Hühnerhof abhob. Aber er kümmerte sich rührend um die alte Frau, beugte sich jetzt gar zu ihr hinunter und flüsterte ihr etwas ins Ohr, was ein seliges Lächeln bei der Greisin hervorrief. Die beiden mussten nach ihr die Kirche betreten haben.

Hildegard kniff die Augen zusammen. Den Burschen kannte sie doch. Noch ein kurzes Kramen in ihren jüngsten Erinnerungen, dann hatte sie den Namen zu diesem Gesicht. Das war Notger, der Knappe des wohledlen Ritters Hartman von Querfurt.

Was hatte der Ritter mit der alten Barbe zu tun? Oder dessen Knappe? Hildegard beschloss, ihn nicht mehr aus den Augen zu lassen, bis sie das Rätsel gelöst hatte.

Der Edelknabe schien ihre scharfen Blicke zu bemerken, denn er wandte leicht den Kopf in ihre Richtung. Als er sie erkannte, grinste er doch tatsächlich herüber und deutete eine Verbeugung an. Was dachte sich dieser Bursche eigentlich? Hildegard neigte hoheitsvoll den Kopf und sah wieder nach vorn, nicht ohne auch weiterhin die Augen zur alten Barbe hin zu verrenken.

Wie eine an den Fäden gezogene Marionette kniete sie nieder, sprach die Gebete mit und sang, wenn die anderen sangen. Schließlich war das Hochamt beendet und alles strebte dem Ausgang zu, um zum sonntäglichen Festmahl zu gelangen und den Rest des Tages der Ruhe zu pflegen.

Hildegard ließ sich beim Verlassen der Kirche Zeit. Keinesfalls wollte sie vor Barbe hinaustreten, um dann sofort den Weg zum Konvent einschlagen zu müssen. Und da Mette wieder an ihrem Arm hing, trieb Walburga sie auch nicht an. Verhaltenen Schrittes führte sie die alte Pförtnerin zur großen Kirchtür, ließ immer mal wieder andere Kirchgänger vortreten, so dass Mette sie schon unwirsch voran zerrte, schließlich hatte es bereits vor dem Kirchgang verführerisch aus Walburgas Küche geduftet.

Dabei versuchte Hildegard immer mal wieder einen Blick auf Barbe zu erhaschen. Diese schien nicht nur vom Knappen Notger gestützt zu werden. Aha! Da war auf der anderen Seite eine graue Kutte, eine Pilgerkutte. Das wurde ja immer verwunderlicher. Kannte Barbe Ritter Hartman etwa auch aus ihrem Leben vor der Magdeborcher Zeit? Natürlich! Hatte der Pilger nicht irgendwann, während des Zuges zu Arnos Burg, erwähnt, dass er bei Hartman von Querfurt in Diensten gestanden hatte? Dort musste er Barbe kennengelernt haben. Was für eine absonderliche Geschichte, dass sich alle hier wiedergefunden hatten. Und noch absonderlicher, dass der edle Herr seinen Knappen abgestellt hatte, um eine alte Frau mit Hilfe des Pilgers zur Kirche zu führen.

So, wie es Hildegard im Sinn gehabt hatte, verließ Barbe mit ihren zwei Begleitern vor ihr die Kirche. Nun aber nichts wie hinterher, bevor die drei im Menschengewimmel untertauchten. Sich plötzlich Hildegards eiligem Schritt anpassen zu müssen, behagte Mette nun auch nicht. Wieder brummte sie ungehalten.

Vor dem Kirchenportal warteten die anderen Beginen auf die Nachzügler. Hildegard reckte den Kopf. Wo war Barbe abgeblieben? Hatte sie die alte Frau nun doch verpasst?

„Wohledle Jungfer, würdet Ihr mir bitte die Ehre erweisen, mir zu folgen?"

Hildegard fuhr herum. Da stand dieser Notger, war in einer formvollendeten Verbeugung vor ihr versunken und reichte ihr gleichzeitig seinen Arm. Irritiert, ohne weiter nachzudenken, legte sie die Hand auf seinen Unterarm, konnte dann aber doch nicht folgen, weil Mette noch immer an ihrem anderen hing. ‚Wie schrecklich lächerlich', dachte sie und fühlte, wie ihr das Blut in den Kopf schoss. Sie zog ihre Hand zurück. Was wollte der überhaupt von ihr?

„Und wohin wollt Ihr mich bringen?" Ihr Ton war ein bisschen zickig, aber damit ließ sich noch immer vortrefflich die eigene Verunsicherung überspielen.

Notger wies unbestimmt mit dem Arm nach rechts.

„Mein Herr, Hartman von Querfurt, möchte Euch noch einmal seinen Dank für Eure Hilfe bei der Eroberung der Burg des Quitzowers aussprechen."

Hildegard linste in die gewiesene Richtung durch die sich jetzt lichtenden Reihen der Kirchgänger hindurch. Dort stand Barbe am Arm des Pilgers. Nun gut, des Rätsels Lösung schien sich ihr von ganz allein zu offenbaren.

Grite hatte Mettes Arm ergriffen und so konnte Hildegard dem Knappen folgen, ohne allerdings nochmals ihre Hand auf seinen dargebotenen Arm zu legen. In einigem Abstand folgten die anderen Beginen, nicht etwa weil sie um Hildegards Wohlergehen fürchteten, sondern weil auch sie eine gewisse Neugierde trieb.

Hildegard begrüßte Matthias von Eulenhorst freundlich und umarmte dann die alte Frau auf das Herzlichste. Und wo war jetzt der andere Ritter? Als sie sich umwandte, sah sie eben diesen nähertreten. Ihn begleitete eine Frau, vielleicht Mitte dreißig, im Habit der Zisterzienserinnen. Die hochgewachsene Frau sah Hildegard mit einem warmen, gütigen Lächeln entgegen.

„Jungfer Hildegard, es freut mich, Euch noch einmal meinen Dank aussprechen zu können", hub Ritter Hartman an. Dann deutete er auf seine Begleiterin. „Darf ich Euch meine Nichte, Schwester Gertrud, vorstellen? Ich geleite sie zu ihrem neuen Wirkungskreis ins Kloster Althaldensleben und wir haben einen Tag Rast in meinem Stadthaus eingelegt. Auch sie steht in Eurer Schuld und möchte Euch Dank sagen."

Hildegard versank in einem artigen Knicks vor der Ordensfrau, auch wenn ihr noch nicht klar war, warum eine Nonne in ihrer Schuld stehen sollte.

Schwester Gertrud nahm Hildegard bei der Hand und zog sie hoch. Ihre Finger zitterten leicht. Doch gleich hatte sie sich wieder in der Gewalt. Aufmerksam musterte sie die junge Frau und Hildegard hatte den Eindruck, als wäre da ein feuchtes Glitzern in den Augen der Schwester.

„Mein liebes Kind, nicht Ihr müsst vor mir den Rücken beugen. Ich bin es, die Euch zu großem Dank verpflichtet ist. Wisst, dass Petronella, der Ihr so mutig beigestanden habt, meine Schwester ist. Ihr habt geholfen, den Meuchelmord an unserem Vater, Gisilbert von Nigrebe zu ahnden."

Hildegard dachte, dass diese Nonne ihren Vater wohl sehr geliebt haben musste. Warum sonst sollten ihre Augen noch immer feucht schimmern?

„Ich habe es gern getan, haben doch die Handlanger des Arno unseren Konvent in große Not gebracht. Es galt auch meine Freundin Irmelin zu befreien." Hildegard wies auf die Beginen.

Die Schwester nickte, konnte jedoch auch weiterhin ihre Augen nicht von Hildegard wenden.

„Solltet Ihr jemals in Bedrängnis geraten, wird sich mein Oheim Eurer Angelegenheiten uneingeschränkt annehmen und Euch zur Seite stehen. Scheut Euch nicht, ihn um Hilfe zu bitten."

Hartman von Querfurt bekräftigte dieses Versprechen.

Hildegard bedankte sich artig und gesellte sich wieder zu den Beginen. Nun war es aber an der Zeit, in den Konvent zurückzukehren. Nicht etwa, dass Walburgas Braten im Backes noch zäh und trocken wurde.

Was Barbe mit dieser Sache zu tun hatte, wusste Hildegard nun noch immer nicht. Sie schaute nach wenigen Schritten nochmals über die Schulter zurück. Die Nonne hatte die alte Frau in die Arme geschlossen und über beider Wangen rannen Tränen.

Hildegard zuckte leicht mit den Schultern. Das betraf wohl nur die beiden Frauen und hatte mit ihr nichts zu tun.

Beginen

Beginen wirkten im Mittelalter in vielen deutschen und anderen europäischen Städten. Sie lebten in relativer Armut, waren fromm und keusch und verdienten sich ihr täglich Brot mit ihrer Hände Arbeit. Dabei standen textile Berufe im Vordergrund. Doch unterrichteten sie auch Mädchen, kümmerten sich um mittellose Kranke und Alte und waren dem Leben zugewandt. Man könnte sie als „Sozialarbeiterinnen" des Mittelalters bezeichnen.

Die Beginen entstammten unterschiedlichen Ständen. Es gab Adlige und Bürgerliche, Witwen und unverheiratete Jungfrauen, welche in die konventsähnlichen Gemeinschaften eintraten, um sich nicht oder nicht mehr der Vormundschaft von Männer, Brüdern oder Vätern zu unterwerfen. Der Beginenkonvent konnte zu jeder Zeit verlassen werden, um wieder in die Welt zurückzukehren oder zu heiraten. Die Beginen legten kein bindendes Gelübde ab.

Obwohl in ihrer Lebenseinstellung zutiefst christlich-religiös geprägt, waren die Beginen auf Grund ihrer selbstbestimmten Lebensweise sowohl dem Klerus als auch Teilen der weltlichen Obrigkeit häufig ein Dorn im Auge. Ihr Tun wurde mit Misstrauen und Aufmerksamkeit verfolgt.

Magdeburgs bekannteste Begine war Mechthild von Magdeburg, geboren 1207, gestorben 1282 im Kloster Helfta bei Eisleben. Etwa vierzig Jahre hat sie in Magdeburg als Begine gelebt und gewirkt. Ihr Buch „Das fließende Licht der Gottheit" gilt als das bedeutendste Beispiel der deutschsprachigen Mystik vor Meister Eckhart und wird bis heute verlegt.

Quellen

„1200 Jahre Magdeburg, Band 1, die Jahre 805 bis 1631", Helmut Asmus

„Parthenopolis – Aussagen über Magdeburg", Werner Kirchner, Hans Graf

„Geschichte der Stadt Magdeburg", Friedrich Wilhelm Hoffmann

„Magdeburg 1200, Mittelalterliche Metropole, Preussische Festung, Landeshauptstadt. Die Geschichte der Stadt von 805-2005", Matthias Puhle, Tobias von Elsner

„Historischer Atlas Deutschland", Manfred Scheuch

„Die Magdeburger Ulrichskirche", Tobias Köppe

„Wie man eyn teutsches Mannsbild bey Kräfften hält" (mittelalterliches Kochbuch), H. Juergen Fahrenkamp

Stadtarchiv Magdeburg, leider wurde Magdeburg im Dreißigjährigen Krieg fast vollständig zerstört und auch das mittelalterliche Stadtarchiv wurde ein Opfer der Flammen

Kulturhistorisches Museum Magdeburg - Zentrum für Mittelalterausstellungen

Leseprobe

Ein Mord zur Herrenmesse

Gudrun Krohne

erscheint Ende 2018

1. Kapitel

Die spätsommerliche Sonne sandte ihre wärmenden Strahlen auf die Oldenstadt Magdeborch, als wolle sie Maß nehmen für die Heiltumsweisung und die drei folgenden Tage der Herrenmesse. Noch zwei Tage dauerte es bis zur Prozession der Heiltümer, doch Pilger und anderes stadtfremde Volk hatte sich schon dermaßen zahlreich eingefunden, dass in den schmalen Gassen und Straßen kaum ein Durchkommen war.

Hildegard und Irmelin traten eben aus dem Hoftor des honsteinschen Anwesens, eines prächtigen, dreigeschossigen Patrizierhauses gleich neben dem Schöffenstuhl am Alten Markt. Die nächtlichen, starken Regenfälle hatten schon am Vormittag einem strahlend, blauem Himmel Platz machen müssen. Und nun, nach sonntäglichem Kirchgang und Mittagsmahl kündeten nur noch einige Schlammpfützen und vereinzelte dampfende Unratshaufen vom Unwetter der Nacht. Größtenteils war der Schmutz in der Nacht gen Elbe gespült worden und die Straßen jetzt ungewohnt frei und gut begehbar.

Vor dem Tor des Hauses verhielten die jungen Frauen den Schritt. Suchend glitten ihre Blicke über die sonntäglichen Spaziergänger, welche über den Markt flanierten. Noch bevor sie fanden, wonach sie Ausschau hielten, trat ein junger Mann an sie heran und verbeugte sich artig.

„Jungfer Hildegard, Jungfer Irmelin, darf ich Euch meine Begleitung an diesem strahlenden Nachmittag anbieten?"

Dabei reichte er der Jungfer Irmelin seinen Arm, den diese mit einem gnädigen Neigen ihres Kopfes annahm. Doch der Schalk blitzte in ihren Augenwinkeln und einem scharfen Beobachter wäre schnell klar geworden, dass diese Begegnung keine zufällige war.

„Meister Tobias, wollt ihr uns heute wieder Schutz und Beistand bieten und uns durch die Magdeborcher Fährnisse geleiten?" Die dies sprach war die Zweite und noch ehe der Angesprochene antworten konnte, nahm sie seinen anderen Arm.

„Meister Schreinemaker." Die leise, nichtsdestotrotz befehlsgewohnte Stimme der Frau Lucardis, Herrin über das honsteinsche Hauswesen, rief das Dreigespann noch einmal zurück. „Meint Ihr, dass es schicklich ist, mit zwei Jungfern am Arm durch die Stadt zu spazieren?" Tadelnd stiegen ihre Augenbrauen bis zum gekräuselten Rand ihrer Rise empor.

Schuldbewusst zog der solcherart Gerügte seine Arme dicht an den Körper, als wolle er jeden Moment stramm stehen. Seine Wangen überzog ein flammendes Rot und die alte Unsicherheit flog den fast dreißigjährigen Mann wieder an. Er konnte nur noch stammeln: „Nein, nein, Frau Lucardis, ganz bestimmt nicht Frau Lucardis. Ich wollte nur, ich dachte..." Verzweifelt ging sein Blick zwischen Irmelin, Hildegard und der Hausherrin hin und her.

„Schon gut Meister Schreinemaker, ich bin mir sicher, dass Ihr Sitte und Anstand wahren werdet." Sprach's, drehte sich um und trat zurück auf den Hof.

Hildegard, die sich inzwischen bei Irmelin eingehakt hatte, schlug nun den Weg hinunter zur Schiffslände ein. Die bevorstehende Herrenmesse bot schon an diesem Nachmittag allen Neugierigen vielerlei Sehenswertes am Elbufer. Täglich kamen neue Schiffe und ausladende Flussboote an, die Waren aus allen der Christenheit bekannten Ländern heranschafften. In wenigen Tagen würden diese auf dem Neuen Markt am Dom zahlungswilligen Kunden zum Kauf angeboten werden.

Tobias Schreinemaker folgte ihnen ergeben. Ob die Maid Irmelin wohl bemerkt hatte, wie fein er sich heute herausgeputzt hatte? Den Handwerkerkittel hatte er abgelegt, war gestern ins Badehaus am Heiliggeisthospital gegangen und hatte sich heute in sein burgunderrotes Wams und die hellbraunen Beinlinge gekleidet. Die weiten, geschlitzten Ärmel seines schneeweißen Hemdes leuchteten in der Sonne. Auch die neuen Schnabelschuhe wurden heute eingeweiht. Zwar waren deren Spitzen nur mäßig lang, nicht hochgebunden oder gar mit Glöckchen behängt wie bei so manchem Stutzer, doch kam sich der Handwerker inzwischen über Gebühr hinaus geputzt vor. Nur gut, dass er die mit Stickerei verzierte Samtkappe mit den zwei Fasanenfedern zurück auf seine Kleidertruhe gelegt hatte.

Die beiden Jungfern, nichts ahnend von des Schreinemakers Gedanken, betrachteten neugierig die anderen Fußgänger, vornehmlich die Frauen der reichen Kaufleute und der vornehmen Geschlechter der Stadt. Insbesondere Letztere dachten nicht im Mindesten daran, sich den Kleidervorschriften, die der Rat immer wieder erließ, zu beugen.

Die zweihörnige Haube des Eheweibs des Schöffen Hidde reizte die Freundinnen zu verstohlenem Kichern. Sie waren sich sicher, so etwas würden sie nie aufs Haupt setzen. Noch trugen sie ein Schapel aus bunten, geflochtenen Bändern auf ihrem offenen Blondhaar, das sich fast bis zu den Hüften hinunter kringelte.

Irmelin hatte ihren Haarreif zusätzlich mit den Blüten des späten Löwenzahns geschmückt. So unterschieden sich die beiden zumindest in der Art ihres Haarputzes. Ihre große Ähnlichkeit in Gestalt und Aussehen wurde durch das blauweiße Gewand aus feinem Wollstoff unterstrichen, das eine jede trug. Ein Gürtel aus weichem Leder legte es in reiche Falten.

Ein flüchtiger Beobachter hätte sie womöglich für Zwillingsschwestern halten können. Jedoch war Hildegard um ein weniges größer und einige letzte, schon verblassende Sommersprossen hatten sich um ihre schmale Nase versammelt. Auch zählte sie ein gutes halbes Lebensjahr mehr als die Freundin. Ende November würde sie ihr achtzehntes Jahr vollendet haben. So genau wusste sie ihr Geburtsdatum nicht. Im November des Pestjahres 1350 war das nur wenige Tage alte Mädchen vor dem Tor des Beginenkonvents am Ulrichstor abgelegt worden. Nur ihre Ziehmutter, die Köchin Walburga sowie die Magistra des Konvents und die alte Mette wussten darum. Für alle anderen galt sie als Tochter der Köchin. Ihre wahre Herkunft war im Dunkeln geblieben.

Doch hatte eine liebende Seele dem kleinen Kind eine Anzahl wertvoller Schmuckstücke mit in die Wickeldecke gesteckt, welchen die Magistra des Konvents wohlverwahrt in die Geldtruhe des Beginenhofs geschlossen hatte. So war zu vermuten, dass Hildegard von hoher Geburt war und ein Schicksalsschlag ihre Mutter bewogen hatte, sich von dem Neugeboren zu trennen. Hildegard hatte die fehlende Kenntnis über ihre Herkunft nie als Mangel empfunden. Die Beginen waren ihr eine liebevolle, vertraute und bei Bedarf auch gestrenge Familie.

Irmelin versuchte Hildegard zu zügigerem Ausschreiten zu veranlassen. Ungeduldig setzte sie die Schritte weiter und Hildegard passte sich ihr an. Sie verstand die Aufgeregtheit der Freundin. Bevor sie beide seit Sommer diesen Jahres im honsteinschen Haus von Frau Lucardis in der Führung eines Hauswesens unterwiesen wurden, hatte Irmelin ihr ganzes Leben als Magd auf der Burg ihres ritterlichen Vaters, eines rechten Schandbuben, verbracht. Noch immer sog die junge Frau alles Neue, dass das Leben in der großen Stadt mit sich brachte, wie ein Schwamm in sich auf und bestaunte das bunte Leben und Treiben mit großen Augen.

Schon bald verließen sie die Stadt durch das Elbtor und ein Stimmengewirr wie beim Turmbau zu Babel empfing sie auf der Flussseite des Tores. Fluchende, befehlende und gelassene Wortfetzen in fremden Zungen aber auch einheimische Satzteile, aus dem Zusammenhang gerissen, nicht weniger unverständlich als die Sprachen aus aller Herren Länder, bildeten einen undurchdringlichen Geräuschewirrwar. Dazu das Knarren der Tretkräne und das Rumpeln einer eben anlegenden Kogge, die gezogen von zwölf schwerfälligen Ochsen die Elbe heraufgetreidelt worden war. Allgegenwärtig mischte sich das raue Lachen der Seeleute darunter, die trotz der schweren Lasten, die sie von den Kähnen schleppten, jedem Rockzipfel hinterherjohlten.

Eifersüchtig wachte der Schreinemaker darüber, dass die beiden, ihm anvertrauten Maiden diesem Teil der Schiffslände nicht zu nahe kamen.

Hildegard und Irmelin wandten sich nach rechts und gingen unterhalb der Stadtmauer in Richtung Brückentor. Von dort spannte sich eine hölzerne Brücke über die Elbe und erreichte die Insel Werder, die den Fluss teilte und sich fast über die ganze Länge der Stadt hinzog. Auch auf der Inselseite waren Landungsstege beiderseits der Brücke geschaffen worden, um alle auf dem Wasserwege anreisende Händler aufnehmen zu können. Noch hatten dort nur zwei, drei breite Lastkähne angelegt.

Wer zu spät den Handelsort erreichte und auf der Insel festmachen musste, war gezwungen, einen der ortsansässigen Fuhrunternehmer in Dienst zu stellen, um seine Waren zum Neuer Markt transportieren zu lassen. Das schmälerte den eigenen Gewinn und war nicht erstrebenswert. Aus diesem Grunde reisten viele der Fernhändler schon Tage vor der Herrenmesse an oder schickten zumindest einen berittenen Boten voraus, der gegen eine entsprechende Gebühr einen günstigen Liegeplatz reservieren ließ.

Hildegard zupfte an ihrem Brusttuch und strich sich die Haare hinter die Ohren. Obwohl sie nun schon acht Wochen im honsteinschen Haus lebte, hatte sie sich noch immer nicht recht daran gewöhnt, ihr Haar in der Öffentlichkeit, nur von einem Schapel gehalten zu tragen. Auch die Gewänder erschienen ihr mitunter zu bunt und zu freizügig. Bis vor Kurzem hatte sie sich noch in das züchtige, weite, graue Beginengewand mit dem Schleier gehüllt, sobald sie die schützenden Mauern des Konvents verlassen hatte.

Von den beiden vorausschreitenden Jungfern nicht bemerkt, verlangsamte Tobias Schreinemaker den Schritt. Wenn ihn seine Augen nicht täuschten, hatte die Kogge, welche sein Interesse weckte, einen sehr weiten Weg hinter sich. Die am Heck flatternde Flagge tat kund, dieses Schiff kam aus Bergen in Norwegen. Es segelte im Auftrag der Tyskebryggen, des deutschen Handelskontors, jener Stadt.

Sehnsüchtig glitten seine Blicke über die Planken, die Aufbauten und das Segel des Schiffes. Nicht etwa, dass er davon träumte ein solches Gefährt selbst zu besteigen und die Meere zu bereisen, da sei Gott vor. Aber hin und wieder hatten Schiffe aus diesen Gewässern überaus wertvolle Walrosszähne oder Walknochen als Handelsware geladen. Könnte er etwas davon erwerben, wären die Reliquienschreine, die er in großer Kunstfertigkeit herstellte, um ein Vielfaches teurer zu verkaufen. Auch musste es wundervoll sein, ein so außergewöhnliches Material bearbeiten zu dürfen.

Solcherart in Träumereien verfangen, bemerkte der Schreineschnitzer nicht, dass die ihm anvertrauten Maiden unweit des Brückentores um ein Haar eine unerquickliche Begegnung mit mehreren Seeleuten gehabt hätten. Hier hatte sich schon vor langen Zeiten eine kleine Bucht gebildet, so dass die Liegeplätze fast bis ans Tor heranreichten.

Zwei junge Frauen ohne männliche Begleitung ließen bei den liebesdurstigen Burschen nur einen Schluss zu. Hier wollten sich zwei weniger ehrenwerte Frauensleute ein paar Münzen verdienen. Nicht bösartig, sondern eher neugierig machten sich vier, fünf Fahrensleute gegenseitig auf die willkommene Abwechslung von harter Arbeit aufmerksam und schon flog das eine oder andere zweideutige Scherzwort von Bord gen Land.

Glücklicherweise verstanden weder Hildegard noch Irmelin die kehlige, harte Sprache der Fremden. Erst als einer an Land sprang, unter den Anfeuerungsrufen seiner Kameraden eine tiefe Verbeugung machte und nach Irmelins und Hildegards Hand griff, wurden sich diese ihrer bedrängten Lage bewusst. Sich hilfesuchend nach dem Schreinemaker umwendend, mussten sie zu ihrem Missfallen feststellen, dass der noch immer in träumerischer Begeisterung für die norwegische Kogge gefangen war.

Aber Hilfe nahte von anderer Seite. Seine Pike wie eine Lanze vorgestreckt, stürmte ein junger, kräftig gebauter Brückenwächter herbei und richtete seine Waffe gegen die Brust des Seemanns.

„Nimm deine dreckigen Pfoten von den Jungfern, du Sohn eines besoffenen Heringsschwanzes!", rief er dem verblüfften Schiffsknecht zu und ließ die Spitze der Pike unmissverständlich vor dessen Nase tanzen. Der schob jedoch nur die Unterlippe vor und wandte den Kopf zu seinen Kameraden. Die ließen nicht lange auf sich warten, sprangen ebenfalls an Land und gesellten sich zu ihrem Freund.

Doch auch der Brückenwächter erhielt Unterstützung vom nahen Stadttor. Der Stadthauptmann Dietrich von der Furth hatte schon gewusst, warum er gerade an diesem Tor, an dem sich alles drängte, um in die Stadt zu gelangen, die Besatzung verstärken ließ.

Es hätte nicht viel gefehlt und die schönste Keilerei wäre schon bald im Gange gewesen, wenn nicht von Bord des Schiffes eine tief dröhnende, harte Stimme die Fahrensmänner zurückbefohlen hätte. Sie grollte nicht wie ein entferntes Gewitter, sondern wie eines, welches sich direkt über den Häuptern der Betroffenen entlud. Flink sprang das Schiffsvolk zurück an Bord. Dort duckte es sich weg, als erwartete es, von der mächtigen Pranke, die zu dieser Stimme gehören musste, niedergestreckt zu werden.

Hildegard warf einen flüchtigen Blick auf diesen stimmgewaltigen Mann, bevor sie sich abwandte. Seine gesamte Erscheinung ging über das Normalmaß hinaus. Er musste weit mehr als sechs Fuß messen und auch sein Umfang war beachtlich. Brokatstoffe, verziert mit aufwändiger Goldstickerei, pelzverbrämten Besatz von weißen Fellen, erhaschte sie. Was sich ihr aber einbrannte, war der grimmige Blick aus schwarzen Augen, die umrahmt von einer schwarzen Lockenmähne und einem ebensolche Bart sie und die Freundin verächtlich maßen.

Die halbe Portion, die neben diesem geputzten Bären stand und mit spöttisch verzogenem Mund dem Aufruhr folgte, nahm Hildegard nur unterbewusst wahr.

Irmelin hinter sich herziehend, eilte sie durch das Brückentor zurück in die Stadt.

„Was fällt Euch nur ein, ohne Begleitung zwischen den Schiffen und all dem üblen Gelichter herumzuspazieren?" Entrüstet baute sich der breitschultrige Brückenwächter vor ihnen auf und stieß den Schaft seiner Pike ins Straßenpflaster.

„Ich freue mich auch, Euch zu sehen, Herr Stadtwächter", antwortete Hildegard schnippisch. Obgleich sie selbst für eine junge Frau um ein Weniges zu groß erschien, musste sie den Kopf leicht in den Nacken legen, denn der Kerl vor ihr überragte sie wohl um Haupteslänge. „Wie ich sehe, dürft Ihr heute sogar Waffen tragen."

„Warum soll der Wächter keine Waffen tragen?", fragte Irmelin erstaunt. Und an den jungen Mann gewandt: „Habt Dank für die Rettung, Witho."

Doch der funkelte noch immer wütend Hildegard an. Dass er heute mit einer Pike die Brückenwache verstärken durfte, war nur dem großen Andrang der Kaufleute mit all ihren Handelswaren, ihren Knechten und anderen Gefolgschaften geschuldet.

Kaum einer wusste, dass er ein entlaufener Leibeigener war. Dem Ratsmann Honstein verdankte er den Dienst bei der Stadtwache. Und dass er dort nur Knecht war, band er auch nicht jedem auf die Nase. Doch zu Hildegard hatte er von seinem Leben gesprochen, als er sie vor drei Monaten auf seinem Pferd zurück in die Stadt zum Beginenkonvent brachte. Die Irmelin war auf dem Pferd beim Schreinemaker mitgeritten. Gemeinsam hatten die ungleichen jungen Männer mit einigen Freunden die Maiden vor den Handlangern von Irmelins Vater, Arno von Quitzow, gerettet. Der unritterliche Ritter wurde verbannt, sich dem Deutschritterorden anzuschließen und befand sich nun auf einer siebenjährigen Kreuzritterfahrt im Kulmerland. Von dort würde er hoffentlich nie zurückkehren.

Damals hatte es den Anschein gehabt, als würden er und Hildegard trotz des Standesunterschieds Freunde werden können. Sie hatte ihn sogar eine Zeitlang im Lesen und Schreiben unterwiesen. Seit sie jedoch zum honsteinschen Hauswesen gehörte, hatten sie sich nur noch selten gesehen und die Unterrichtsstunden waren ganz ausgefallen. Witho presste, noch immer enttäuscht, die Lippen aufeinander. Da kam ihm Tobias Schreinemaker gerade recht, der den jungen Frauen hinterhergeeilt war und nun ratlos von einem zum andern sah.

„Habt Ihr die Aufsicht über die Maiden?", blaffte Witho ihn an. Und ohne eine Antwort abzuwarten, denn die war an des Schreinemakers schuldbewusstem Blick abzulesen: „Wie konntet Ihr sie nur dem gierigen Schiffsvolk überlassen? Frau Lucardis wird das nicht gern hören."

Tobias zog den Kopf vor dem Tadel des mehr als zehn Jahre Jüngeren ein. Mit der gestrengen Frau Lucardis zu drohen, verfehlte nie seine Wirkung. Mit Argusaugen wachte sie über die Tugend der ihr anvertrauten Jungfern.

„Wie gut, dass Ihr wieder einmal in der Nähe wart, Witho." Tobias schlug dem Jüngeren freundschaftlich auf die Schulter. Kurz überlegte er, ob er dem Wächter ein Geldstück geben sollte. Aber nein, der hatte, trotz seines niederen Standes, doch eine ganze Portion Stolz. Lieber ihn nicht noch zusätzlich verärgern. „Frau Lucardis muss doch hiervon nichts erfahren. Es ist ja nichts passiert. Niemand ist zu Schaden gekommen. Und die beiden Jungfern werden nun wohl gelernt haben, dass sie sich nicht eigenmächtig entfernen, wenn ihre Begleitung den Schritt verhält."

„Was? Jetzt sollen wir Schuld sein, nur weil Ihr, ohne einen Ton zu sagen, mitten am helllichten Tag in einen Traum fallt?", mischte sich nun Irmelin empört ein. Tobias war ihr bedingungslos ergeben und hoffte inständig, dass seine Innung einer Verbindung mit der mittellosen jungen Frau endlich zustimmen würde. Umso schmerzhafter trafen ihn ihre spöttischen Worte. „Demnächst wird uns Meister Schreinemaker noch am Gängelband durch die Stadt führen."

Sie ergriff Hildegards Hand und ohne der beiden Männer weiter zu achten, schritten sie hocherhobenen Hauptes dem Alten Markt und dem Haus des Patriziers und Ratsmannen Honstein zu.

Wo war nur das sanfte Wesen geblieben, als das Tobias Irmelin vor drei Monaten kennengelernt hatte? Er warf Witho einen entnervten Blick zu, doch der hatte sich schon schulterzuckend abgewandt und strebte wieder seinem Dienst an der Brücke zu.

Frau Lucardis bemerkte sogleich, dass etwas auf dem Spaziergang der drei vorgefallen sein musste. Zum einen war der Schreinemaker mit seinen Begleiterinnen schon nach recht kurzer Zeit zurück. Meist dehnten sie ihren sonntäglichen Nachmittagsspaziergang bis zum Abendessen hin aus. Zum anderen vermittelte Meister Tobias einen bedrückten Eindruck. Die beiden Maiden verabschiedeten sich von ihm recht kühl mit einem kaum wahrnehmbaren, gnädigen Neigen des Kopfes und verschwanden im Hausinnern. Unglücklich sandte ihnen der Verlassene noch einen Blick nach und verabschiedete sich dann von der Hausherrin.

Ein seltenes Lächeln umspielte die Lippen der Frau. Niemanden war verborgen geblieben, dass der Schreineschnitzer in eine heftige Zuneigung zu der jungen Irmelin entbrannt war. Eigentlich hatte nur Hildegard am Siebenbrüdertag ins honsteinsche Haus eintreten sollen. So war es mit der Magistra des Beginenkonvents abgesprochen gewesen. Hier sollten der jungen Frau die Grundzüge eines gedeihlichen Wirkens in einem zukünftigen eigenem Hauswesen vermittelt werden. Doch dann war Irmelin mit einem Grüppchen schweifender Beginen auf der Flucht vor ihrem Vater im Konvent aufgetaucht. Nach und nach, je mehr der Schmutz und das Ungeziefer von dem unansehnlichen, jungen Ding abgewaschen wurde, kam ihre Ähnlichkeit mit Hildegard zum Vorschein. Sie wurden gar für Schwestern gehalten, obwohl rein gar keine bekannten verwandtschaftlichen Beziehungen zwischen den beiden bestanden. Irmelin hatte bis dahin auf der väterlichen Burg nur Magddienste versehen und von der Führung eines eigenen Hauswesens so gar keinen Schimmer. Doch wenn der Schreinemaker es ernst meinte und mit ihr vor die Kirchenpforten treten wollte, dann musste sie zumindest Grundkenntnisse im Wirtschaften besitzen.

Also hatte Frau Lucardis mit ihrem Ehewirt Peter Honstein ein Gespräch geführt. Es war ein kurzes Gespräch gewesen. Der Hausherr hatte sich nicht nur um sein Amt als Ratsmann, sondern darüber hinaus auch um einen weit verzweigten Weinhandel zu kümmern. So hatte er in allen Angelegenheiten, welche die Führung des Haushaltes betrafen, seiner Frau stets freie Hand gelassen. Bisher hatte er es noch nie bereut. Als Folge dieses kurzen Gesprächs war auch Irmelin zum Siebenbrüdertag ins honsteinsche Haus eingezogen.

Dort war es Tradition, immer wieder Jungfern und Jünglinge aus befreundeten Häusern oder von Geschäftsfreunden des Weinhändlers aufzunehmen, um diese zu unterrichten und anzuleiten.

So lebte seit gut einem Jahr der jetzt dreizehnjährige Jakob van Cohnen, zweiter Sohn eines Kölner Handelspartners, bei ihnen. Er war ein etwas vorlauter, pausbäckiger Bursche, dem noch einiges an Ecken und Kanten abgeschliffen werden musste. Nichtsdestotrotz war er fleißig und bemüht, sich das Wissen eines Weinhändlers anzueignen, um dem älteren Bruder dereinst bei der gewinnbringenden Weiterführung und Ausweitung des väterlichen Handels beizustehen oder sich gar einen eigenen Handel aufzubauen.

Nachdem er gehört hatte, dass der Haushalt Zuwachs in Form zweier Maiden aus dem Beginenkonvent erhalten sollte, hatte er nur abschätzig die Lippen verzogen und kurz kommentiert: „Zwei so alte Tanten."

Womit er nicht ganz unrecht hatte. Besonders Hildegard war mit ihren fast achtzehn Jahren doch schon reichlich alt für solcherart Unterweisungen. Andere Frauen in ihrem Alter waren bereits zwei, drei Jahre verheiratet und hatten schon ein, zwei Kindern das Leben geschenkt. Soweit das Gespräch auf den Ehestand zu sprechen kam, zögerte Hildegard nie, ihre Ansichten dazu kund zu tun. Sie hatte nicht die Absicht, sich der Munt irgendeines Mannes zu unterwerfen. Für sie stand felsenfest, dass sie nach Ablauf ihrer Lehrzeit wieder in den Beginenkonvent zurückkehren würde, um dort bis zu ihrem hoffentlich fernen Ende zu leben und zu wirken.

Frau Lucardis folgte den Maiden in den Hof und beschloss, sie keiner Befragung zu unterziehen. Die zwei waren alt genug, kleine Unstimmigkeiten allein zu bewältigen. Und sollten sie einen Rat benötigen, würden sie das Gespräch mit ihr suchen.

Bis zum Abendmahl blieben Hildegard und Irmelin in ihrer Kammer und arbeiteten an ihrer Aussteuer. Irmelin mit weit größerem Eifer als Hildegard. Hoffte doch Erstere, dass Tobias ihr noch in diesem Jahr die Ehe antragen würde. Auch wenn sie ihn vorhin heftig angefahren hatte, so erwiderte sie doch seine Zuneigung und bereute nun schon ein wenig ihre schroffe Rede.

Hildegard stichelte eher lustlos an dem Betttuch aus feinem

Leinen, dass ihnen die Hausherrin zum Säumen überlassen hatte. Im Konvent hatten solche Aufgaben zu ihren alltäglichen Arbeiten gehört. Häufig traten wohlhabende Mütter an die Beginen mit dem Auftrag heran, besonders schöne Handarbeiten an Tischwäsche und Bettzeug für die Aussteuer ihrer Töchter anzufertigen. Dort war Hildegard immer eifrig bei der Sache gewesen. Doch jetzt, wo es um ihre eigene Aussteuer ging, entwickelte sie weit weniger Ehrgeiz. Wozu eine Aussteuer, wenn sie doch nie vor die Kirchenpforten treten würde, um sich einem Manne zu unterwerfen?

Um sich von den unerquicklichen Gedanken abzubringen, beschloss sie, die Freundin ein wenig zu necken.

„Meinst du, dass der Tobias seine von kratzbürstiger Zunge verursachten Wunden genügend gepflegt hat, um uns demnächst womöglich auf den Neuen Markt zu begleiten? Dort sollen schon etliche Gaukler und andere Fahrensleute ihre Künste darbieten."

„Ach der." Irmelin versuchte ihre eigene Unsicherheit in Bezug auf den Schreineschnitzer hinter einer gleichgültigen Miene zu verbergen. „Manchmal glaube ich, die zwölf Jahre Altersunterschied sind doch zu viel. Er ist immer so gesetzt, ernsthaft und geradlinig."

„Nu ja, er ist ein gestandener Handwerksmeister, da kann er nicht umhertollen wie ein trunkener Springinsfeld. Doch er mag dich sehr", hielt Hildegard dagegen. „Hat er schon einmal angedeutet, dass er die Absicht hat, um deine Hand anzuhalten?"

Irmelin verknotete den Faden und biss ihn ab. Dann zog sie einen neuen Faden in die Nadel ein und begann, den Saum fortzusetzen. Sie presste die Lippen aufeinander.

„Bei wem soll er denn um mich anhalten", stieß sie schließlich verzagt hervor. „Mein Vater ist auf sieben Jahre verbannt und kommt, so Gott will, nie wieder. Meine Mutter ist eine freigelassene Magd. Zwar lebt sie jetzt im Beginenkonvent, aber kann Tobias sie fragen? Dann wäre da noch die Magistra. Nein die wird sich auch nicht einmischen wollen. Vielleicht der Ratsmann, aber ich stehe doch nicht unter seiner Munt. Das geht auch nicht. Es gibt einfach niemanden, der mich dem Tobias geben könnte."

„Ja, das ist verzwickt. Aber lass den Mut nicht sinken. Sprich doch mit Frau Lucardis darüber. Sie weiß bestimmt einen Rat."

Über diese sorgenvollen Gespräche verging der Rest des Nachmittags.

Schließlich rief ein feiner Glockenton alle in die Küche. Martha, die Köchin, schwang das kleine Glöckchen und gab damit das Zeichen, dass sich das Hauswesen zum abendlichen Mahl versammeln solle.

Irmelin und Hildegard halfen Lina, der zwölfjährigen Spülmagd, Teller, Becher und Löffel auf dem sauber gescheuerten, breiten Tisch zu verteilen. Das schmächtige, schüchterne Mädchen dankte mit einem scheuen Lächeln. Irgendwie hatte man immer den Eindruck, ein verängstigtes, graues Mäuslein würde nach einem Schlupfloch Ausschau halten. Dabei hatte kaum jemand in diesem Hause je ein wirklich lautes Wort zu ihr gesagt. Einem so verhuschten Geschöpf womöglich mit harten Strafen zu drohen, bedurfte schon eines bösen Gemüts. Und das hatte in diesem Hauswesen, Gott sei's gedankt, niemand.

Eben polterte Haug in die Küche. Vor dem muskelbepackten, hünenhaften ersten Knecht mit den wachsamen Augen unter der fliehenden Stirn konnte ein sanftes Wesen schon zusammenzucken. Doch die beiden Maiden wussten dass hinter seinem groben Äußeren ein zuverlässiger Kerl steckte. Auch er hatte seinen Anteil daran, dass sie vor einem viertel Jahr glücklich aus der Hand der Entführer befreit worden waren.

Im Schlepptau des ersten Knechts befand sich wie fast immer Fricke, der segelohrige, dürre zweite Knecht. Der war wohl Anfang Zwanzig und befand sich seit etwa zehn Jahren im Dienste des honsteinschen Hauses. Wie alt er genau war, konnte er nicht sagen. Als vielleicht Zehnjähriger war er nach einem besonders heftigen Frühjahrshochwasser an einen Balken geklammert aus der Elbe gezogen worden. Frau Lucardis, gerade auf dem Fischmarkt mit dem Erwerb eines Korbes fangfrischer Aale beschäftigt, war Zeugin der Rettung geworden. Kurz entschlossen nahm sie den verwirrten, halb verhungerten und erschöpften Jungen mit. Die Erinnerung an seine Herkunft war nie wiedergekehrt und sie gaben ihm den Namen Fricke. Auch hatte er die ersten Jahre nicht gesprochen, zu tief saß das Grauen über das Erlebte. Nachdem er jedoch die Sprache wiedergefunden hatte, schwatzte er den lieben, langen Tag und hatte zu allem und jedem eine Meinung. Doch an den Fluss, an den Fluss ging er nie.

Schließlich erschien auch Frau Lucardis, setzte sich als erstes und Gesinde und Jungfern nahmen auf den Bänken entlang des Tisches Platz. Der Platz des Ratsmannen blieb leer. Wahrscheinlich besuchte er in Vorbereitung auf die Messe eine der unausweichlichen Ratssitzungen.

Martha trug die Reste des Schmortopfes vom Mittagsmahl auf und stellte Platten mit gelbem Käse, ein Tontöpfchen mit Butter, eins mit Schmalz und einen Korb frischen Brotes dazu. Gerade begann sie die dunkle, kräftig gewürzte Soße mit den daumengroßen Fleischstücken und dem geschmorten Kohl in die Schüsseln zu füllen, als die Tür zum Hintereingang der Küche eilig aufgerissen wurde. Wie fast immer kam Jakob zu spät zum Essen. Seine pummelige Erscheinung hätte vermuten lassen, dass er stets der Erste an der Futterkrippe sein würde, aber weiß Gott, dem war nicht so. Dafür schaufelte er dann um so emsiger, um vermeidlich Versäumtes wieder aufzuholen.

Es war also nicht verwunderlich, dass er sogleich die Hand nach der nächsten gefüllten Schale ausstreckte. Doch Martha wusste den Kochlöffel, Zeichen ihrer Namensvetterin der Heiligen Martha, Patronin aller Köchinnen, wirkungsvoll gegen solcherart Ansinnen einzusetzen. Ein schmerzhafter Klaps veranlasste Jakob, sich zu gedulden. Die Köchin führte ein strenges, selbstbewusstes und umsichtiges Regiment in der Küche, dem sich kaum jemand zu widersetzen wagte. Zwar war die rotwangige Frau mittleren Alters wohlbeleibt, trotzdem aber rege und wendig genug, wenn es darum ging, vorwitzige Finger aus Honigtöpfen und dergleichen zu fischen. Sie war sich der Würde ihres Amtes im Hause Honstein wohl bewusst und kochte mit Liebe, Hingabe und viel Geschick.

Ihr Handwerk hatte sie in einer wohlhabenden Kaufmannsfamilie in Nürnberg erlernt. Doch dann kam die zweite Pestwelle und sie wollte sich zu ihrem Bruder nach Meißen flüchten. Der Treck, dem sie sich angeschlossen hatte, wurde unterwegs vom Schwarzen Tod aufgerieben. So strandete sie nach langen Irrungen in Magdeborch und hatte schließlich die Anstellung im Hause Honstein gefunden. Mitunter brachte sie deftige oder auch süße Speisen aus ihrer Heimat auf den Tisch, etwa die köstlichen Maultaschen oder die nicht minder leckeren Grießklößchen mit brauner Butter. Doch ein solcher Tag war heute nicht.

Die Hausherrin sprach ein kurzes Dankgebet und dann hörte man nur noch das Scharren der Löffel. Der Schmortopf vom Mittag mundete allen nochmals.

Nach und nach beendeten alle ihre Mahlzeit, der letzte Soßenrest wurde mit einem Stück Brot aus den Schüsseln gewischt und die Becher aus den bereitstehenden Krügen mit Most, Bier oder Wein nachgefüllt.

„Kurz vor dem Essen kam ein Bote meines Mannes." Sofort hatte Frau Lucardis die ungeteilte Aufmerksamkeit. „Morgen zum Mittag erwarten wir mehrere Gäste, ein Handelsherr aus unserer Stadt, sowie ein Handelspartner aus Nowgorod. Mein Gatte hat heute dessen Schiff an den Landungsstegen entdeckt und beide Händler zum Essen eingeladen. Wir werden also morgen alle Hände voll zu tun haben."

„Nowgorod? Ist das diese Hansestadt weit im Osten?" Selbst Jakob hatte das letzte Stück Brot in seine Schüssel gelegt und interessiert zugehört.

„Richtig, Nowgorod liegt weit im Osten in der Kiewer Rus." Frau Lucardis hatte nicht nur ihr Hauswesen fest im Griff, sie wusste auch um die Handelsverbindungen ihres Gatten.

„Ist das dieser Russe, groß und stark wie ein Bär, der vor vier, fünf Jahren schon mal hier war?" Haug erinnerte sich an alle, die es an Größe und Muskelkraft mit ihm aufnehmen könnten.

„Auch das ist richtig. Rostislaw Jurjewitsch war schon einmal zu Gast bei uns. Und wer sich daran erinnert, dem wird auch wieder einfallen, dass dieser Mann nicht nur von riesiger Gestalt ist, sondern auch riesige Mengen vertilgen kann." Frau Lucardis sah belustigt in die Runde.

Martha seufzte ergeben, Haug und Fricke grinsten und Jakob fischte schnell seinen Brotkanten aus der Schüssel, als stände der Russe schon hinter ihm und wolle ihm trocken Brot streitig machen.

„Wo hat denn das Schiff des Russen festgemacht?", fragte Hildegard nun und warf Irmelin einen heimlichen Blick zu.

„Am Brückentor, wenn ich den Boten recht verstanden habe. Kaufmann Heideke Fewerhake wird ihn dort morgen abholen und mitbringen."

Den Magdeburger Fernhändler kannten fast alle. Er war schon des Öfteren im Hause Honstein zu Gast gewesen.

Auch Irmelin rutschte jetzt auf ihrem Platz beunruhigt hin und her. Hoffentlich war der Nowgoroder Gast nicht dieser geputzte Bär, der sie heute so abwertend gemustert hatte.

„Damit morgen auch alles zur Zufriedenheit ablaufen kann, gilt es entsprechende Vorbereitungen zu treffen. Martha, du wirst gleich am Morgen mit Hildegard und Irmelin auf den Markt gehen. Die beiden können dir dann auch in der Küche zur Hand gehen. Ich möchte, dass du Hammelbraten mit Kräuterkruste zubereitest, dazu in Sahne, Honig und Kräutern gedünstete Erbsen und ...." Lucardis dachte einen Moment nach.

„Wie wär's mit geschmälzten Spätzle?", sprang Martha ihr bei.

Die Hausherrin nickte und fügte hinzu: „Und Geflügelleber mit Apfelscheiben und Zwiebeln gebraten."

„Und Küchlein von Honigseim!", platzte Fricke dazwischen.

„Gut", stimmte die Hausherrin zu. „Aber bedenke, Martha, dass du in ausreichender Menge kochst und brätst."

Martha ließ nur ein beleidigtes Knurren hören. Noch nie hatte jemand hungrig von ihrem Tisch aufstehen müssen.

„Jakob, du ...", doch weiter kam Lucardis nicht.

„Ich muss morgen Vormittag die leeren Fässer schrubben", grummelte der Junge. „Doch wenn Ihr andere Arbeit für mich habt." Hoffnungsfroh sah er Frau Lucardis an.

„Nein, mach das, was dir aufgetragen wurde." Dann wandte sie sich an die Jüngste am Tisch: „Lina, du wirst das Haus fegen, frische Binsen ausstreuen und das Silber- und Zinngeschirr putzen."

„Und den Hof fegen", wagte Lina mit gesenktem Blick einzuwerfen und verschränkte ihre Finger ineinander, dass die Knöchel weiß hervortraten.

„Das wird Fricke machen." Lucardis musterte das schüchterne Mädchen erstaunt.

„Der muss doch mit Haug den Wein zum Alemann schaffen", hauchte dieses jetzt nur noch, scheinbar über seine eigene Rede entsetzt.

Überrascht wandten alle ihre Aufmerksamkeit der jungen Spülmagd zu. Die wurde wieder einmal zur grauen Maus, deren Augen nach dem nächsten Schlupfloch spähten. Niemand hätte ihr zugetraut, dass sie für mehr als ihre Spülküche und Töpfe und Pfannen Interesse hegte. Nun ja, vielleicht noch für das nächste Schlupfloch. Aber dass sie die Arbeitszusammenhänge durchschaute und sich darüber Gedanken machte, nötigte nun doch allen eine Portion Achtung ab.

„Gut gemacht, Lina." Das Lob der Hausherrin ließ das Rot auf Linas Wangen in ein durchsichtiges Blass wechseln, so dass man schon befürchten musste, sie würde gleich in Ohnmacht fallen.

Doch Martha tätschelte ihr die Hand und erneut huschte ein scheues Lächeln über das Gesicht des Mädchens. Den Blick von ihren Fingern zu lösen, wagte sie trotzdem nicht.

„Also, Haug und Fricke liefern den Wein aus. Und ich bitte mir Höflichkeit aus." Ein mahnender Blick traf Haug. „Nicht dass der Alemann sich wieder beschwert, du hättest seinen Knecht mit dem Fass an die Wand gedrückt, dass der drei Tage nicht arbeiten konnte."

„Dann soll der spillerige Kerl mir nich immer zwischen die Füße rumrennen", knurrte der Gescholtene.

„Keinen Ärger mit dem zukünftigen Bürgermeister!"